KB245086

독한공부 대학**편입** 합격수기

국립중앙도서관 출판시도서목록(CIP)

독한공부 대학편입 합격수기 / 지은이: 독편성사. -- 서울
: 지상사, 2013
    p. ;   cm

권말부록: 일반편입, 학사편입 등
ISBN 978-89-6502-158-2 03810 : ₩35000

편입 시험[編入試驗]
대학 편입[大學編入]

377.37-KDC5
378.1664-DDC21   CIP2013014914

독한공부
대학편입
합격수기

1판 1쇄 인쇄 | 2013년 9월 13일
1판 1쇄 발행 | 2013년 9월 23일

지은이 | 독편성사
펴낸이 | 최봉규

책임편집 | 김종석
표지본문디자인 | 이오디자인
마케팅 | 김낙현

펴낸 곳 | 지상사
출판등록 | 제2002-000323호(2002년 8월 23일)
주소 | 서울특별시 강남구 역삼동 730-1 모두빌 502호
전화 | 02)3453-6111
팩스 | 02)3452-1440
이메일 | jhj-9020@hanmail.net
홈페이지 | www.jisangsa.co.kr

독한공부 대학편입 합격수기

독하게편입에성공한사람들 지음

지상사 Jisangsa

패자들의 화려한 부활전, 대학편입

편입에 도전하는 사람들은 패자들입니다. 학력 혹은 학벌이라는 기준으로 보면, 자신이 원하던 대학, 원하던 학과에 진학하지 못한 패자들입니다. 아니, 우리 사회가 승자라고 인정하는 기준에 들지 못한 패자들이라고 하는 게 더 정확한 표현일지도 모르겠습니다.

하지만 편입에 성공한 사람은 더 이상 패자가 아닙니다. 치열한 경쟁률을 뚫고 기필코 자신이 원하던 대학과 학과, 사회가 인정하는 대학과 학과에 입성한 승자입니다. 강철 같은 의지와 확고한 목표, 찬란하게 펼쳐질 꿈으로 무장하고 수치심과 자기연민, 자괴감의 진흙탕을 건너 철옹성 같은 편입의 장벽을 넘어서 성공의 깃발을 쟁취한 진정한 승자입니다.

여기 27명의 이야기가 있습니다. 이들도 한때는 이 글을 읽는 분들과 같은 패자들이었습니다. 자신이 왜 그 자리에 있는지, 무엇을 하고 있는지, 무엇을 할 것이지 알지 못하고 방황하던 패자들이었습니다. 하지만 이들은 더 이상 패자이기를 거부했고, 화려한 부활의 날개를 펼쳤습니다. 물론 쉽지 않았습니다. 편입이라는 철옹성 앞에는 부활의 의지를 꺾는 함정이 무수히 깔려 있기 때문입니다. 무수히 많은 함정과 철옹성을 넘을 의지와 각오가 확고한 분이라면, 편입에 도전해보십시오. 그리고 철옹성 너머에 펼쳐진 새로운 세상에서 새로운 삶을 시작해보십시오. 새로이 편입에 도전하는 분들이라면 무엇보다 두려움이 앞설 겁니다. 편입의 관문은 날로 좁아지고 준비해야 할 것은 점점 많아집니다. 자신에게 적합한 편입 유형은 무엇이고, 어느 대학을 목표로 해야 하는지, 무엇을 어떻게 준비해야 할지도 몰라 난감할 겁니다. 이에 27명이 많은 궁금증에 속 시원하게 답을 드릴 겁니다.

지금 이 시간에도 많은 대학생이 편입을 생각하고 또 도전 중에 있을 겁니다. 그리고 그 이유는 모두 하나일 것입니다. 자신의 꿈과 미래를 위해서 지금보다 좀 더 나은 대학과 환경에서 공부해야 할 필요성을 느꼈기 때문일 것입니다. 이에 우리 '독편사'는 무한한 응원을 보냅니다. 꼭 목표한 대학과 학과에 합격해 자신의 밝은 미래를 설계하시기 바랍니다.

편입에 성공한 선배로서 또 새로운 도전을 준비하는 예비 사회인으로서, 편입 후배들의 노고를 조금이라도 덜어주고 용기를 주고자 진솔한 경험담을 제공한 27인의 노력에 아낌없는 격려를 보냅니다. 편입에 도전하는 모든 분들의 성공을 기원하며 이 책을 추천하는 바입니다.

- 편입 온라인 최대 커뮤니티, 네이버 카페 독편사 (독하게 편입하는 사람들)
http://cafe.naver.com/kcidorcen

대학편입, 절박한 그들의 리그

매년 수많은 학생들이 편입에 도전합니다. 누군가는 독학으로 외롭게 공부하며, 누군가는 어려운 가정형편 속에서 꿋꿋이 정진하며, 누군가는 만학의 어려움을 딛고 또 다른 도약을 위해 준비하며, 누군가는 주위의 반대를 무릅쓰며 편입에 도전합니다. 합격이라는 최종 목표를 설정하고 각자의 말 못할 사정에 절실함을 안고 도전합니다.

시험에 도전하는 사람들에게 가장 도움이 되는 것 중 하나는 바로 합격수기입니다. 합격자들의 수기는 수험생들에게 합격으로 가는 가장 빠르고 적절한 길을 제시해줍니다. 과거에 자신과 같은 상황 속에서 공부했던 합격생의 수기를 보며 고단한 마음에 힘을 얻을 때도 있습니다. 하지만 기존에 접할 수 있는 편입생 합격수기는 온라인 사이트에 올린 길지 않은 분량의 수기가 대부분이었습니다. 뭔가 채워지지 않는 아쉬움이 남습니다.

자신의 또 다른 미래를 위해 대학편입 공부를 하며 외로움과 불안감에 후미진 구석에서 홀로 눈물짓는 학생들을 한두 번씩은 보았습니다. 그들의 모습은 바로 저희의 모습이기도 했습니다.

"이 목마름이 채워진다면 더 나은 공부를 할 수 있을 텐데!"

"이 목마름을 채워줄 편입 합격수기는 없을까?"

그 목마름은 너무도 깊은 것이었기에, 합격 이후에도 이 같은 갈증은 쉬이 가시지 않았습니다. 합격자들을 만나고 이야기를 나눌수록 저희가 비슷한 생각을 가슴에 품고 있었음을 알았습니다.

'누군가는 이 일을 해야 한다!'

앞으로 편입을 준비하는 사람들을 위해 저희가 이 일을 감당하자고 생각했습니다. 결심한 다음부터는 힘닿는 한 최선을 다하여 합격수기를 모으기 시작했습니다. 단순히 피상적인 정보 전달에 그치는 것이 아니라 구체적이고 자세한 공부법, 그리고 공부법을 넘어 각종 생활에서의 조언들을 가득가득 담아갔습니다.

세 달 동안 매일 두 시간에서 다섯 시간씩 온라인 편입 대표 커뮤니티 '독편사'를 비롯해 각종 온라인 커뮤니티와 오프라인 모임, 지인들, 그리고 지인들의 지인들을 통해 총 700여 개의 이메일과 프린트한 편지글을 직접 전달해가며 공동 저자를 모집했습니다. 꼭 철저하게 공부를 잘한 사람들의 이야기뿐만 아니라 편입이라는 목표 아래 다양한 이야기, 무엇보다 가슴을 울리는 이야기를 모으고 싶었습니다. 다양한 환경에 있을 수험생들을 위해 가능하면 많은 학생들의 수기를 싣고자 했습니다. 결과적으로 이 책에 실린 27인의 수기 역시 약 세 달 동안의 대면 면담과 토론, 거듭된 피드백, 수정과 보완 작업, 그리고 마지막 선별 과정을 거치면서 최종 선정되었습니다.

한정된 지면으로 인해 부득이하게 몇몇 수기는 제외할 수밖에 없었습니다. 마지막까지 힘을 모아준 그 학생들에게 지면을 빌어 죄송하다는 말, 또 감사하다는 말을 올립니다. 특히 공동저자들을 모으는 데 큰 도움을 준 온라인 편입 대표 커뮤니티 '독편사'에 고맙다는 말을 드립니다.

*

우리들의 책 『독한 공부 대학편입 합격수기』 공동 저자로 참여해준 고영석 · 김민규 · 김수현 · 김정 · 김진호 · 김재훈 · 김편입 · 노철희 · 박성균 · 심예솔 · 배우리 · 배우정 · 백두산 · 양우영 · 오새롬 · 유재홍 · 윤진영 · 이동곤 · 이서현 · 조나연 · 최헌영 · 황명하, 그리고 이 책의 기획과 저자 모집, 집행 및 편집장으로 힘쓴 한도형, 귀한 시간 쪼개 집행 및 편집부로 함께 애써 준 안지윤 · 이훈희 · 김동영 · 김서희 이상 27인의 공동 저자님들, 또한 부록 작업에 힘을 보탠 강유신 님, 가장 이상적인 대학 편입 합격수기를 출판하기 위해 모두 열심히 했다고 감히 말씀드릴 수 있습니다.

끝으로 대학편입에 도전하는 많은 학생들에게 부디 많은 도움과 큰 힘이 되었으면 합니다. 편입이라는 외롭고 힘든 도전에서 꿈꾸는 좋은 과정과 결과가 끝까-지 함께하기를 바랍니다.

2013. 9
공동 저자 독편성사 올림

목 차

1장   패자의 절실함으로 도전하다

01 편입은 학벌을 바꿀 수 있는 마지막 수단
편입시장에 돌아다니는 단어는 깡그리 알고 있어야 합격

이서현 [건국대 ➡ 고려대] ■ 일반편입 … 021

02 열심히 할 뿐만 아니라 잘해야 합격
수능 외국어 · 수리 영역 9등급의 편입 분투기

김진호 [남서울대 ➡ 성균관대] ■ 학사편입 … 047

03 무모하게 도전한 것이 성공의 비결
누군가에겐 슬럼프 기간이 나에게는 역전의 기간 … 067

심예솔 [전북대 ➡ 이화여대] ■ 일반편입

2장 독한 근성으로 매진하다

4장 새로운 세상으로 비상하다

부록

1장

패자의 절실함으로 도전하다

01

편입은 학벌을 바꿀 수 있는 마지막 수단

편입시장에 돌아다니는 단어는 깡그리 알고 있어야 합격

이서현

[건국대 ➡ 고려대]

- **일반편입**
- **전적대학** : 건국대학교 정치외교학과(3.9/4.5)
- **편입대학** : 고려대학교 철학과(가채점 80점)
- **나이** : 26세
- **성별** : 남자
- **합격한 학교**
  - 경희대학교 언론정보학과(가채점 90점)
  - 한국외국어대학교 언론정보학부(가채점 90점)
- **불합격한 학교**
  - 서강대학교 정치외교학과/성균관대학교 철학과
  - 한양대학교 정치외교학과/중앙대학교 광고홍보학과

편입하여 학교를 다닌 지 벌써 1년이라는 시간이 흘렀습니다. 새로운 사람들을 만나고 새로운 환경에서 배운다는 것이 쉽지만은 않지만 무척이나 즐겁습니다. 흔히들 전역하면 복학생 신세라고 하는데, 학교를 새로 다니는 것 같은 기분마저 듭니다. 합격통지를 받았을 때는 날아갈 듯 기뻤고 내가 대단한 일을 해낸 것 같은 기분이 들었지만, 학기가 시작되니 그저 한 명의 고려대학교 학생일 뿐이었습니다. 높아진 기준에 해야 할 것이 산더미 같지만, 그래도 그때처럼 막막하거나 불안하진 않습니다. 편입을 통해 더 성장할 수 있는 발판을 충분히 마련했기 때문인 것 같습니다. 사실 많은 사람들이 편입에 대해 잘 모르지만, 저는 한때 같은 경험을 했던 사람으로서 편입 준비생들의 이야기를 들으면 늘 어려움과 열정에 공감을 느낍니다. 부족하지만 이 수기가 도움이 되었으면 좋겠습니다.

음서헌

나는 왜 편입을 했는가?

　모두가 그렇겠지만, 저 역시 수능에 대한 아쉬움이 있었습니다. 편입을 시작하는 대다수가 대입에서 원하는 결과를 얻지 못했기 때문이라는 말이 있는데, 저도 마찬가지였습니다. 처음에는 좌절도 있었지만, 뭐 대학생활이라는 것이 금세 우울함을 날려버려 주더라고요. 점차 대학생활에 적응해갔습니다. 무척이나 즐거웠고 모든 면에서 만족하고 있었습니다. 그렇게 2년을 보내고, 이제 더 이상은 놀면 안 되겠다 싶은 마음이 들어서야 편입이라는 제도에 대해 알게 되었습니다.

　입대하기 전에 많은 사람들은 만나고 다녔습니다. 그러던 차에 현직 기자로 있는 선배님과 면담할 기회가 있었습니다. 고등학교 시절부터 기자라는 직업을 진로로 결정하고 있었기에 큰 기대감을 가지고 참여하게 되었습니다. 많은 이야기가 오고 갔지만 기억나는 결론은 하나였습니다.

　"사실상 다섯 손가락 안에 드는 명문대학을 나오지 않으면 메이저 언론사에 들어가기 어렵다."

　동문 선배님이었고 바로 옆에 교수님까지 있었지만, 그분은 거침없이 단언했습니다. 물론 실력이 있다면 불가능은 없겠지요. 허나, 갓 대학을 졸업한 사회초년생이 과연 기자로서 얼마나 뛰어난 소양을 갖출 수 있을까요? 모두가 고만고만한 수준이라면 기업의 입장에서는 과연 누구를 뽑을까요?

　"꼭 명문대학만 뽑는 것은 아니지만, 그러려면 운이 가장 중요하다."

　아무리 노력해도 운이 따르지 않으면 어렵다는 말도 했습니다. 참으로 갑갑하지요? 그렇다면 억지로라도 이 '운'을 끌어올 수 있는 방법은 없겠느냐? 그 유일한 답변이 학벌이었습니다. 직접적으로 수능을 다시 보거나 편입을 하라고 말한 것은 아니었지만, 의미상으로는 큰 차이가 없었습니다. 당시 그 선배와 면담을 했던 많은 학생들이 충격을 받았고 큰 불만을 가졌습니다. 애교심도 없고 학벌사회나 조장한다고 말입니다. 하지만 저는 오히려 그게 좋았던 것 같습니다. 어쭙잖은 힐링이나 위로를 내세우기보다는 현실 그대로를 가감 없이 보여주는 것이 진짜 기자의 모습처럼 보였습니다. 그 후 군대생활을 하면서 구체적인 편입 계획을 세웠습니다. 모두가 그렇듯 군대생활을 하면서 전역 후 삶에 대해서 많은 고민을 하게 되었고, 각종 언론 관련 서적들과 자기계발서들을 탐독하던 중에 편입에 대해 진지하게 생각할 기회가 있었습니다. 신문기자 출신이 쓴 책『회사가 붙잡는 사람들의 1% 비밀』의 내용 중 일부를 발췌해보겠습니다.

　한국 최고의 직장이라고 불리는 주요 공기업에 취직할 수 있는 사람은 상위 9개 대학 출신들뿐이라는 말은 괜히 떠도는 풍문이 아니다. 공개적으로 학력을 채용 기준으로 내세우지 않는 기업들도 있지만, 채용된 사람들의 면면을 보면 결과적으로 학벌이 중요한 선발 기준이었음을 알게 된다. (중략) 결국 서울 주요 대학의 인기 학과 출신이 아니면 서류에 합격하는 것부터가 어렵다. 그런데 어떻게 그 기업에는 지방대 출신의 신입사원이 있을까? 비판을 피하기 위해 특별채용을 하기 때문이라는 것이 기업 관계자에 힌트다. 그는 현실적으로 상위 9개 대학 출신이 아니면 입사가 어렵다고 단언한다.

　경력 채용에서도 학벌은 중요하다. 직장생활 경력이 점점 더 불어나도, 아무리 다양한 이력을 쌓아도, 새로운 관문을 두드릴 때마다 학벌은 어김없이 주요한 평가 기준이 된다. 한국 사회에서 학벌이란 새로운 관문에 들어설 때마다 꺼내 들어야 하는 통행증이나 마찬가지다. (중략)

　실제로 학력은 세계적으로 인재 평가의 주요 기준으로 통용된다. 사회적으로 합의된 지식과 가치를 제대로 습득하고 적절히 구현하도록 하는 것이 바로 교육이고, 그러한 교육 성취도가 적나라하게 반영된 것이 바로 학력 아닌가. 그렇다면 기업에서 학력 또는 학벌을 가장 중요한 기준으로 삼는 것은 아주 당연한 일이다. (중략)

　그래서 이런 현실 논리를 알아챈 눈치 빠른 젊은이들은 재수나 편입을 선택하고, 그래도 안 되면 한국의 대학 서열화에서 상대적으로 자유로운 외국 대학을 택하거나 대학원에 진학하려 한다. 사회에 1~2년, 어쩌면 3~4년 늦게 진출하게 되더라도 평생 꼬리표로 달고 다니게 될 학력을 남들보다 빠지지 않게 갖추어놓으려는 것이다.

　역시 누구보다 현실을 잘 알고 있는 나로서는 그들을 말릴 명분이 없다. "능력과 노력이 중요하지 학벌이 뭐가 대수냐." 이런 태평한 소리를 함부로 할 수가 없는 것이다. 오히려 나는 "기왕 하려거든 어정쩡하게 하지 말고 제대로 학력을 만들라."고 권한다.

　어떠신가요? 저 역시 이 책을 읽기 전만 해도 편입은 하나의 선택지에 불과했습니다. 하지만 이런 현실 논리를 깨닫게 되자 '편입은 기회가 주어진다면 반드시 한번 해봐야 하는 것'이라는 생각을 갖게 되었습니다. 전역 후에 하고 싶은 일들이 참 많았지만, 망설임 없이 편입을 택하게 되었습니다. 흔히들 노력하고 능력을 갖추면 된다고 말하지만 태평한 소리일 뿐입니다. 말콤 글래드웰은 『아웃라이어』에서 어떤 분야든 제대로 된 전문가가 되기 위해선 1만 시간의 투자가 필요하다고 말했습니다. 그리고 그 1만 시간조차 기회가 제대로 주어져야 채울 수 있다는 점을 강조했습니다.

　스스로 기회를 잡아서 전문가의 역량을 갖추는 데만도 몇 년의 시간이 필요합니다. 대학에서 배우는 것은 기초 소양일 뿐, 사회에 뛰어든 우리가 남들보다 우위에 설만한 능력을 갖추기는 쉽지 않습니다. 반면에 학벌이 갖춰진다면 쉽게 기회를 얻고, 시간을 단축할 수 있습니다. 비슷한 실력의 경쟁자들 사이에서 우위를 점할 수 있는 겁니다. 다들 학벌이 어렵다고 하지만 오히려 쉽게 갈 수 있는 기회는 여기에 있는지도 모릅니다. 꿈을 이루고 원하는 직업을 갖는 것이 이보다 더 어려운 일이니까요. 많은 사람들이 준비하는 각종 스펙 경쟁, 과연 얼마나 실효성 있고 투자한 만큼의 결과를 얻을 수 있을까요? 저는 차라리 편입이 빠른 길이라고 생각했습니다.

편입은 어렵다

편입은 정말 어렵습니다. 물론 '고시'에 비할 정도는 아니겠지만, 그래도 어렵습니다. 전적대학이 외국 소재 대학, 한국외대, 건국대인 편입 준비생들도 흔히 말하는 '올킬(all kill)'을 당합니다. 저도 그런 사례를 직접 봤습니다. 제대로 준비하지 않으면 전적대학이 어디든 간에 떨어지게 되어 있습니다. 수능시험과 비교해 봐도 편입은 체감상 그 난이도가 뒤떨어지지 않았습니다. 제 개인적인 생각으로는 수능이나 편입이나 어느 한쪽이 더 쉽거나 어렵지는 않아 보입니다. 그래서 아직 수능을 볼 수 있는 나이인 사람들은 편입보다는 수능이 낫다고 말하고 싶습니다. 편입은 합격 후 고작 2~3년을 다니지만, 다시 수능을 쳐서 들어가면 4년간의 학적이 고스란히 남기 때문입니다.

처음에는 저 역시 편입이 그리 어렵지 않을 것이라고 생각했습니다. 편입은 전공을 보는 몇몇 대학을 제외하면 영어만 공부하면 되고, 편입생들은 기본적으로 수능 실패자들이기 때문에 그 전반적인 수준도 높지는 않을 것이라고 여겼습니다. 하지만 오산입니다. 저는 수험생활 내내 머리 좋은 사람이 너무 많고, 영어를 잘하는 사람은 더 많다는 것을 절실히 깨달았습니다. 수능과 상관없이 영어 잘하는 사람은 널리고 널렸고, 똑똑한 사람도 많습니다. 그러다 보니 시험의 난이도는 갈수록 높아질 수밖에 없습니다.

기존에 영어에 대한 접근성이 없던 사람의 경우에는 수능보다 몇 배의 난이도로 다가오는 시험이 바로 편입입니다. 좀 과장해서 말하자면 일반 인문에서 영어 하나도 모르는 사람이 1년 만에 고려대에 가는 것은 불가능에 가깝습니다. 물론 엄청난 노력을 통해 1년 만에 최상의 결과를 얻은 사람이 있을지도 모릅니다. 그러나 설령 그렇다고 해도 합격을 낙관하기 보다는 불가능에 도전한다고 생각하고 공부해야 합니다. 특출한 한두 명이 가능하다고 해서 대다수가 불가능한 것을 쉽게 생각해서는 안 되니까요. 사실 그렇죠. 평소에 '나 영어 좀 한다'고 자부하던 사람들도 무수히 떨어지는 시험인데, 영어에 자신 없는 사람이 어찌 붙을 수 있겠습니까. 저는 전적대학도 좋은 편이었고, 고등학교도 흔히 말하는 명문을 나왔습니다.

한때 공부를 열심히 했었다고 자부하는 편입니다. 군대 전역하고 바로 3일 후부터 편입학원을 다녔기 때문에 체력도 좋았고 몸에 밴 규칙적인 생활이 있었습니다.

대학에서 영어 공부를 전혀 안 하기는 했지만, 아예 생기초도 모르는 상태는 아니었습니다. 1년 내내 편입학원을 꾸준히 다녔고, 전반기에는 아르바이트를 병행하기는 했지만 후반기에는 일명 세븐일레븐(오전 7시~오후 11시)을 비교적 꾸준하게 지켰습니다. 시험 직전 대형 학원들의 모의고사(10회 가까이 됩니다)를 전부 치렀는데, 단 하나만 5%대가 떴고, 모두 1~3%의 성적이 나왔습니다. 하지만 실질적인 목표였던 서성한에 모두 떨어졌습니다.

공부를 시작해보면 알겠지만, 열심히 하는 학생들이 너무 많습니다. 고등학교 시절과 달리 자발적으로 하는 수험생활이기에 열심히 하지 않는 이가 더 드뭅니다. 하지만 열심히 하고 모의고사 성적이 잘 나와도 톱 7에 합격하는 일반 인문 학생은 거의 없습니다. 학원에서 10등 안에 꾸준히 들던 학생도 원서를 잘못 넣으면 '올킬'을 당합니다. 결코 가벼운 결심으로 시작할 시험이 아닙니다. 저 역시 잠을 줄이고 끼니를 거르면서 공부했습니다. 대학별, 학과 별로 한두 명만 합격할 수 있는 것이 편입의 특성입니다. 정신이 피폐해지는 것은 물론이고, 몸도 급속도로 망가지기 시작합니다. 외모를 꾸미거나 힘들 때 쉬어가면서 준비할 수 있는 시험이 결코 아닙니다. 일이나 학교와 병행하기도 어렵다고 생각합니다. 그냥 다 내려놓고 오직 편입에만 집중할 수 있어야 합니다.

어차피 수능에 실패한 사람들의 2라운드라고 하지만 영어 잘하는 사람은 많습니다. 인터넷에 떠도는 합격수기들을 잘 살펴봅시다. ①외국 대학, 교환학생, 어학연수 등의 외국 경험 ②카투사, 어학병 등 기본 영어 접근성 ③토익, 학원 강사, 과외 등 영어 숙련도 ④전적대학과 수능 성적에 기반을 둔 기본 공부 내공 ⑤편입 재수, 삼수, 학사, 전산원, 독학사 등등등. 꼼꼼하게 속아내면 정말 1년 만에 일반 인문으로 최상위권 대학에 합격한 경우는 거의 찾아보기 어렵습니다.

'편입을 하면 이름만 들어도 대단한 대학에 들어갈 수 있을 거야.'라는 생각이 가장 위험합니다. 먼저 합격 가능성이 극히 낮다는 것을 인지해야 합니다. 오랜 고민 끝에 그래도 할 수밖에 없다는 판단이 들었을 때 시작해야 편입에서 성공할 수 있습니다.

공부할 준비부터 해야 한다

본격적으로 공부 이야기를 해보겠습니다. 우선 저는 1년 동안 편입학원을 다녔습니다. 영어공부를 안 한 지 상당히 시간이 흐르기도 했지만, 편입 자체에 대한 정보가 너무나 부족했기 때문입니다. 편입에 대해서 잘 알거나 충분한 정보를 쌓았다면 독학도 괜찮겠지만, 편입에 대해서 잘 모른다면 학원을 다니는 것이 효율적이라고 생각합니다. 대형 학원과 소수정예학원 선택에 대해서는 전 크게 상관없다고 여겼습니다. 학원의 크기보다는 열심히 하는 학생이 많은 학원이 좋을 것 같습니다.

저는 공부를 시작하기 전에 공부할 준비가 되어 있어야 한다고 생각합니다. 졸음을 깨고, 배를 채우고, 잡념을 떨치고, 공부하겠다는 의지를 충전한 후에 책상에 앉아야 합니다. 머릿속에 딴 생각이 가득 들어차 있으면 아무리 책상에 앉아 있어봐야 공부가 되지 않습니다. 책상에 앉았으면 적어도 1시간은 엉덩이를 떼지 말아야지, 이런저런 이유로 자리를 벗어나면 집중력이 유지되지 않습니다.

저도 3월 한 달 동안은 제대로 공부가 되지 않았습니다. 전역 직후라 여기저기 부르는 곳도 많았고, 만나고 싶은 사람도 많았습니다. 무엇보다도 공부할 마음의 준비, 절박한 의지가 마련되지 않았습니다. '학원비가 아까워서라도 더 이상은 이래선 안 되겠다.'는 생각했을 때에야 강제로라도 공부할 환경을 만들기 시작했습니다. 먼저 지인들과 연락을 끊었습니다. 주변 사람들에게 사정을 밝히고 누구의 전화도 받지 않았습니다. 편입을 준비한다는 사실을 구구절절 밝힐 수 없던 사람들에게는 좀 미안한 이야기지만 여행 간다고 거짓말을 했습니다. 그 다음에 공부를 방해하는 유혹들을 하나씩 제거해갔습니다. 공부라는 것 자체가 저에게 너무 힘든 일이기 때문에, 주변에 유혹이 조금이라도 있으면 제대로 머리에 들어오지가 않았습니다. 수단과 방법은 간단합니다. 공부가 하고 싶도록 만드는 것이 아니라, 다른 하고 싶은 것들을 하나씩 없애나가면 됩니다. 강제로라도 '공부 말고는 딱히 아무것도 할 게 없도록' 만들었습니다. 그렇게 되니 자연히 공부로 관심이 가게 되었습니다. 자, 공부할 준비가 되셨나요?

앞서 설명했듯이 가장 먼저는 사람입니다. 일부러라도 사람들과 거리를 두어야 합니다. 사람을 만나고 함께 있으면 시간이 빨리 지나가고 공부에 집중이 안 됩니다. 밥을 먹어도 여럿이면 금세 한두 시간이 지나갑니다. 아주 잠깐 이야기를 나누어도 시계를 보면 이미 상당한 시간이 흘러있습니다. 혼자 밥을 먹으면 책을 보게 되고, 빨리 밥을 먹고 다시 공부를 시작합니다. 혼자서 쉬면 아무리 길어도 30분을 넘기 어렵습니다.

두 번째는 그 외에 자신이 가지고 있는 욕망들로부터 멀어져야 합니다. 가장 대표적인 것이 게임, 드라마, 예능, 축구 경기, 웹툰, 소설 등입니다. 운동도 너무 많이 하는 것은 좋지 않습니다. 강제적으로라도 이런 것들을 멀리할 수 있는 환경을 만들어야 합니다. 이런 작은 유혹들이 공부의 질적인 면에 영향을 미칩니다.

스트레스는 어떻게 풀겠느냐고요? 공부하는 데서 스트레스를 받는 것 자체가 절박하지 않다는 뜻입니다. 더 어려운 환경에서 공부하는 이들도 얼마든지 많습니다. 저도 그랬지만 당연히 처음엔 완벽하게 지키기 힘듭니다. 하지만 8월, 9월이 되었을 때, 자는 시간 밥 먹는 시간을 제외하고 12~14시간을 책상에만 앉아있을 수 있도록 조금씩 생활환경을 만들어가야 합니다. 생활 자체를 바꾸려고 노력해야 조금씩 공부하는 시간이 늘어납니다.

고득점을 향한 나만의 공부 비법

공부 방법에 대해 기술하기 전에 필요한 하나의 전제는, '어차피 공부 방법은 사람마다 다 다르다'는 점입니다. 저 역시 제 공부 방법이 그렇게 좋다고는 생각지 않았습니다. 하지만 바꾸려고 노력하는 시간에 나에게 익숙한 방식으로 하는 게 더 낫다고 판단했습니다. 합격생들의 공부 방법은 그저 참고용으로만 사용해야지 여기에 얽매일 필요는 없습니다.

■ 하루의 4시간은 단어를 외워야 한다 ■

편입을 시작하기 전에 대형 학원에서 열리는 합격자 간담회에 몇 번 찾아갔었습니다. 대부분이 편입 준비생들에게 헛된 희망이나 부풀게 하는 소수의 성공담에 불과했지만, 그 중에서도 몇 가지 중요한 힌트는 얻어 올 수 있었습니다.

그 중 가장 첫 번째 오는 것이 바로 '하루에 4시간은 단어에 투자해야 한다'는 것입니다. 분량과 개수는 상관없습니다. 무조건 하루에 4시간은 단어장을 붙잡고 있어야 합니다. 이 시간이 적다고 느껴지는 것은 괜찮습니다. 이것은 최소 수치일 뿐 독해와 논리를 하면서 나오는 단어를 외우는 시간까지 합하면 5~6시간이 되어도 괜찮습니다. 문제는 이 4시간이 너무 많다고 느껴지는 경우입니다.

편입은 단어가 성패를 가른다는 말이 있듯이, 편입에서 단어의 중요성은 아무리 강조해도 부족하지 않습니다. 독해와 문법에서 아무리 할 것이 많아도 단어를 외우는 4시간을 침범해서는 안 됩니다. 단어 암기는 3월부터 시험 치는 1월까지 어느 때도 소홀해서는 안 됩니다. 저 역시 다른 공부에 치여서 단어 공부 시간을 4~5시간에서 3시간으로 변동한 시기가 있었습니다. 시간 배분을 바꾸고 한 달이 채 지나지 않아 모의고사 성적에 직접적인 타격이 오는 것을 실감했습니다. 단어에 투자하는 시간은 성적으로 직결됩니다. 아무리 문법과 독해를 잘해도 단어를 모르면 점수가 나오지 않습니다.

아는 사람이 편입을 공부한다면 하루에 4시간은 무조건 단어 암기에 할당하라고 조언하고 싶습니다. 너무 공부가 안 되는 날도 무조건 4시간은 단어장을 펴고 책상에 앉아있어야 합니다. 다른 공부는 하루 이틀 쉴 수도 있지만, 단어는 쉬어서는 안 됩니다. 오늘 하루 쉬고 싶다면 아침에 일찍 단어 4시간 외운 후에 푹 쉬시기를 바랍니다.

단어를 외울 때는 꼭 시험을 치는 것이 좋습니다. 단어스터디를 통해 서로 문제를 내주는 것도 좋고, 그것이 힘들 경우에는 가족이나 친구에게 부탁해도 됩니다. 단어스터디는 조력자가 한 명만 있어도 충분히 할 수 있습니다. 하루 시험 분량은 제 경우 50~80개 정도였는데, 상황에 따라 변동해가며 했습니다. 하루에 5개 이하로 틀리는 것을 목표로 해야 합니다.

어떻게 외우느냐 하는 점도 큰 고민이었습니다. 눈으로 보면서 외우느냐, 아니면 손으로 쓰면서 외우느냐 하는 문제가 저를 거의 3개월 가량 괴롭혔습니다. 모두가 시간 아깝게 손으로 쓰는 것보다는 눈으로 외우는 게 훨씬 효율적이라고 말했지만, 저는 손으로 써가면서 외우지 않으면 제대로 암기가 되지 않는 느낌이었습니다. 중간에 여러 방법을 시도하며 바꾸려고 노력도 해봤지만 결국 다시 쓰면서 외우는 원래 방식으로 돌아왔습니다. 이런 시행착오를 거쳐 얻은 제 결론은, 그냥 각자에게 맞는 방식으로 하라는 겁니다. 좋은 공부 방법이 있으면 그것을 벤치마킹하여 시도해보는 것은 좋지만, 그것이 자신에게 맞지 않을 경우 자신의 방식대로 밀고 나가는 것도 나쁘지 않습니다. 저는 단어를 일일이 손으로 쓰면서 외워, 4시간 동안 쉼 없이 쓰고 나면 펜을 쥔 손이 얼얼할 정도였습니다. 굳은살이 박였음에도 손톱을 바짝 깎지 않으면 손이 아파서 왼손으로 쓰며 외우기도 했습니다.

저는 또 개인 단어장도 만들어서 활용했는데, 사실 개인 단어장이라는 것이 정리해서 옮겨 적는 등 만드는 시간만 상당히 오래 걸립니다. 하지만 모르는 단어가 나왔는데 정리하지 않고 흘려보내는 것보다는, 그 과정에서도 나름대로 암기가 된다고 생각하고 만들었습니다. 단어를 외우는 방식은 각자에게 맞는 방식이 좋다고 생각합니다. 돌아다니면서 외워도 되고, 쓰면서 외워도 되고, 되뇌면서 외워도 됩니다. 결과적으로 단어를 딱 봤을 때 3초 안에 그 뜻을 떠올릴 수 있을 정도로만 만들면 됩니다.

제가 아는 사람 중에는 단어 리스닝 파일을 다운로드 받아서 이어폰으로 들으면서 그 템포에 맞춰 외우는 사람도 있었습니다. 그 친구도 좋은 대학에 합격했습니다.

다음으로 '단어장은 한 권을 보는가, 여러 권을 보는가?'의 문제가 있습니다. 저는 여러 권이 더 좋다고 믿는 편입니다. 어차피 A라는 단어장에 있는 단어의 80%가 B라는 단어장에도 있습니다. 그런데 A라는 단어장에서 보면 기억이 잘 나고, B라는 단어장에서 볼 땐 생소하다는 것은 말이 되지 않습니다. 제 생각에 편입 단어의 수준은 높으면 GRE 혹은 대학교 전공 원서 수준까지 올라갑니다. 아무리 단어를 많이 외워도 시험장에 가면 듣도 보도 못한 단어들이 튀어나옵니다. 당연히 단 하나의 단어장에서 모든 단어를 커버할 수 없고, 설령 그렇다고 하더라도 아주 작은 글씨로 적혀 있을 겁니다.

단어를 어느 수준까지 외워야 하는가? 제 경험으로는 그냥 편입시장에 돌아다니는 모든 단어는 깡그리 알고 있어야 합격이라고 보면 됩니다. 그 어떤 단어건 간에 공부하는 당신 앞에 딱 떨어졌으면 반드시 외워야 하는 단어입니다. 어느 단어장에 있는지, 어느 지문에서 나왔는지는 중요하지 않습니다. 그냥 닥치는 대로 다 외우면 됩니다. 적어도 하루에 4시간씩 300일, 1200시간만큼의 단어를 외워야 합니다.

■ 문법에 너무 집착해서는 안 된다. 강의를 듣는 것이 좋다 ■

문법에 대해서는 '문법이 그리 중요하지는 않다'는 것을 먼저 이야기하고 싶습니다. 많은 수험생들이 하는 오해 중에 하나가 '문법은 아무리 해도 부족하다, 문법이 부족하기 때문에 해석이 안 되고 실력이 오르지 않는다'고 생각하는 것입니다. 물론 저 역시 시험 치기 바로 며칠 전까지 문법 이론을 공부했고, 여름방학에는 아예 문법책이 너덜너덜해질 때까지 보았습니다. 하지만 편입이 끝난 후에 뒤돌아보면 문법에 대한 이해가 합불을 결정할 만큼 중요하지는 않다는 생각이 들었습니다.

문법 공부에 관한 일화를 하나 소개해 드리겠습니다. 제가 모 학원 특별반에 있던 시절 딱히 친하게 지내는 사람이 없었습니다. 친구를 사귀는 데 시간을 낼 여유도 없었고, 그럴 필요성도 느끼지 못했습니다. 그래서 문법 문제를 풀다가 막히는 것이 있을 때는 그날 시험을 가장 잘 본 친구(특별반 1등이기에 곧 학원 전체 일등)에게 직접 물어보았습니다.

"여기서는 A동사가 4형식이니까 이렇게 해야 맞는 거 아냐?"

하지만 저는 원하는 답을 얻지 못했습니다. 제 질문에 대한 그 친구에 대답은 황당하게도 모른다는 것이었습니다. 분명히 맞힌 문제였는데 말입니다. 이게 대체 무슨 소리냐고요? 그 친구의 대답을 간단히 요약하자면, 네가 말하는 복잡한 문법 이론들에 대해서 자신은 하나도 아는 바가 없고, 너무 어려운 문법 문제는 그냥 감으로 찍는다는 것이었습니다. 저는 그때 꽤 충격을 받았습니다. 분명히 성적이 학원에서 손꼽히는 수준이었고 학원 전체에서 3등 밖으로는 거의 떨어지는 일이 없는 아이였습니다. 복잡한 문법에 대해 거의 알지 못하는데 어떻게 문제를 맞히고 좋은 성적을 낼 수 있을까요? 그 이유를 곰곰이 생각해보면 이렇습니다.

모의고사나 실제 시험에서 문법 문제의 비중은 그리 크지 않습니다. 한 시험에 문법이 5~10문제 나오는 것이 보통인데, 문법 문제에 배당된 점수는 100점 만점으로 보면 얼마 되지 않습니다. 또한 그 중에서도 3~8문제는 아주 기본적인 문법 사항을 물어보는 것입니다. 즉 문법 문제가 총 5문제 출제되면 어려운 문제는 1~2문제, 10문제가 출제되면 어려운 문제는 2~3문제입니다. 어렵고 복잡한 문법을 몰라도 실제로 풀지 못하는 문제는 1~3문제 밖에는 되지 않습니다. 영어 공부를 통해 충분히 감이 쌓였다면 그 중에서도 찍어서 반은 맞힐 수 있습니다.

결론적으로 복잡한 문법을 몰라도 고득점 하는 데는 별다른 지장이 없습니다. 문법에 대한 이해는 독해에 도움이 될 정도면 충분합니다. 문법 문제풀이는 기출문제를 통해 공부하는 것이 바람직합니다. 즉 이론서를 너무 많이 볼 필요는 없다는 말입니다. 어려운 문법 이론은 거의 나오지 않습니다. 쉬운 문법 사항을 어렵게 만들어서 출제하는 것이 대부분입니다. 그렇기 때문에 기본적인 문법 사항들을 확실하게 공부해두고 문제를 푸는 식으로 공부하는 것이 좋습니다. 문법에 대한 이해가 기본 수준으로 완료되었다면 그 이후부터는 단어처럼 암기 위주로 접근해야 합니다.

예를 들어 '어떤 동사 몇 형식으로 쓰이는가, 목적어로 부정사와 동명사 중 어느 것을 취하는가?' 등의 내용은 문법적 이해와는 관련이 없습니다. 단어나 구문처럼 통째로 외워야 하는 것입니다. 문법 사항을 단지 이해하고 넘어가면 실력이 오르지 않습니다. 기본적인 문법은 대체로 머릿속에 암기가 되어 있어야 문제를 맞힐 수 있습니다.

문법을 공부할 때는 강의를 듣는 것이 가장 좋은 것 같습니다. 우리나라는 영어 사교육 시장이 충분히 발전되어 있어서 싸고 질 좋은 문법 강의들이 많습니다. 혼자 공부하는 것보다 인터넷강의를 통해 몇 번씩 반복적으로 돌려보는 것이 훨씬 효율적일 수 있습니다. 또 독학으로 하기에는 추천할 만한 문법 교재가 없습니다. 흔히 많이 사용하는 대표 문법책들도 곳곳에 오류가 있습니다(실제로 공부하는 과정에서 발견할 수 있을 겁니다). 하지만 강의를 들으면 교재 오류의 염려가 줄어듭니다.

마지막으로 강의를 통해 문법 문제의 감을 잡을 수 있습니다. 편입시험에 나오는 문법 사항들은 대체로 정해져 있습니다. 문법이라는 것이 실제 영어에 완벽하게 적용될 수는 없는 것이고, 애매한 부분들은 수준 높은 시험일수록 거의 나오지 않습니다. 좋은 문제는 늘 그렇듯 답이 확실하기 때문입니다. 오랫동안 편입시장에서 강의를 해온 유명 강사들은 축적된 노하우를 가지고 있고, 또 문법 문제의 출제 빈도에 대한 지식을 가지고 있습니다. 강의를 통해서 그러한 노하우를 자연스럽게 체득할 수 있습니다.

반면에 혼자 문법을 공부하면 어느 것이 중요한지 감을 잡지 못하고, 공부가 산으로 갈 위험이 있습니다. 선생님들께 문법 사항에 대한 질문을 하면 '중요하지 않다거나, 그런 것은 시험에 안 나온다'는 대답이 돌아오는 경우가 종종 있습니다. 그러면 불만을 가지고 스스로 답을 찾을 것이 아니라 있는 그대로 받아들이는 것으로 충분합니다. 가르치지 않는 것은 사실 중요하지 않기 때문인 경우가 많습니다. 그런 것은 과감하게 버려도 상관없는 것이지요.

■ 논리와 독해는 정독이다 ■

저는 논리를 독해와 따로 구분해서 공부하지 않았습니다. 논리를 공부할 시간을 따로 마련하기에는 하루가 촉박했고, 정확한 독해만 이루어지면 논리 문제는 저절로 풀린다고 생각했습니다. 논리를 그렇게 잘하는 편은 아니었는데, 틀린 문제를 상세하게 분석해보면 결국은 해석이 잘못되었기 때문에 틀렸다는 것을 확인할 수 있었습니다. 그래서 논리도 짧은 독해지문이라고 생각하고 공부했습니다.

학원에서는 여러 가지 스킬들(접속사나 연결어들에서 힌트를 얻는 방식, 문장의 뉘앙스에서 긍정적 성격의 단어와 부정적 성격의 단어를 구분하는 방식 등)을 가르치지만 그것은 부차적인 것일 뿐입니다. 정말로 어렵고, 변별력 있는 논리 문제들을 맞히는 방법은 정확한 해석밖에 없습니다.

논리 문제를 해석할 때는 긴 지문을 독해할 때보다도 더 심혈을 기울여야 합니다. 흔히 단어들의 뜻만을 조합해서 멋대로 해석을 내놓는 것을 '상상 해석'이라고 하는데, 논리에 약한 사람들은 대체로 이 때문입니다. 논리는 해석하기 어려운, 혹은 잘못 해석하기 쉬운 문장들을 바탕으로 만들어집니다. 독해와 달리 문장이 짧기 때문에 맥락 속에서 뜻을 도출해내기가 어렵습니다. 따라서 한 문장 한 문장 정확히 해석하는 연습으로 논리를 공부해야 합니다.

독해의 경우, 다독(많이 읽는 것)보다는 정독(정확하게 꼼꼼히 읽는 것)이 우선이라는 것을 원칙으로 했습니다. 여기서도 단어 암기와 같은 오랜 고뇌의 과정이 있었습니다. 많은 사람들이 특정 지문에 얽매이기보다는 다독을 해야 한다고 말합니다. 어려운 한두 문장에 집착하지 말고, 여러 지문을 읽는 것이 독해력을 늘리는 데 좋다고 합니다. 그리고 사실은 그것이 맞는 방법일 것입니다. 모두가 좋다고 하는 것은 대체로 그럴 만한 이유가 있습니다. 하지만 지문 하나가 완벽히 해석이 되지 않은 상태에서 양만 늘리는 것은 저한테 맞는 공부법이 아니었습니다. 해석이 안 되는 부분을 버리고 넘어가면 공부에서 도망치는 느낌까지 들었습니다. 저는 어느 정도였냐면, 어려운 지문의 경우 하루에 고작 두세 개를 붙잡고 있기도 했습니다. 하루 대부분을 독해에 투자했는데 말입니다(후반기에는 단어 암기 시간을 제외하면 거의 독해에 매달리게 됩니다). 저는 하나라도 제대로 읽는 것이 도움이 된다고 생각하는 편입니다. 어려운 지문이라고 미루기 시작하면 결국 실력이 늘지 않는 것처럼 느껴졌습니다. 막히는 문장을 모아 공책에 적어두고 끝까지 물고 늘어지는 자세로 공부했습니다. 끊어 읽기가 어려운 복잡한 지문은 그대로 공책에 옮겨 적으면서 외우기도 했습니다. 직독직해를 해야 한다고 하는데, 사실 그렇게 쉽지는 않습니다. 익숙해지면 어렵지 않지만, 처음에는 감을 잡기가 어렵습니다. 그보다는 꾸준히 해석 연습을 하다 보면 한 번에 머리에 들어오는 문장의 덩어리가 달라집니다. 따라서 주어, 동사, 수식어 등을 구별해서 끊어 읽는 연습이 독해가 느는 데 도움이 됩니다. 그리고 어려운 문장은 구문처럼 통째로 외워버리는 것도 나쁘지 않습니다. 달달 외우는 것이 아니라 자꾸 보면서 눈에 익도록 하면 됩니다.

모의고사와 원서 지원, 그리고 실제 시험까지

■ 모의고사 ■

먼저 모의고사 이야기를 하겠습니다. 전반기(여름방학 이전)에는 모의고사를 최대한 많이 보는 것이 좋습니다. 전반기에는 모의고사를 볼 기회가 많지 않기 때문에 학원 등에서 실시하는 모의고사를 빠짐없이 찾아다니고 신청해야 합니다. 성적이 나오지 않아도 괜찮습니다. 그냥 경험이라고 보면 됩니다. 사실 전반기부터 성적이 나오는 경우가 예외적인 것입니다. 대다수의 학생들이 4, 5, 6월 모의고사에서는 높은 점수가 나오지 않습니다. 점수보다 중요한 것은 최종적으로 목표로 해야 할 공부 수준이 어느 정도인지를 가늠해보는 것입니다. 그래야 미리 시작한 편입 재수생들과의 격차를 줄일 수 있습니다.

수능의 경우 3월 모의고사가 수능 당일 성적으로 직결된다고 하는데, 편입은 결코 초반의 점수가 후반까지 그대로 이어지지 않습니다. 마찬가지로 4월에 모의고사를 잘 봤다고 해서 12월에도 점수가 그대로 나온다는 보장은 없습니다. 후반기에는 모의고사를 거의 매일 보게 될 겁니다. 막판에는 거의 기출과 모의고사만 가지고 공부를 한다고 해도 과언이 아닙니다. 하지만 저는 오히려 후반기에는 너무 많은 모의고사가 독이 될 수 있다는 말을 하고 싶습니다. 저는 매일 모의고사를 보는 것이 힘들었습니다. 1회 시험을 치는 데 너무 많은 에너지를 소비하고, 시험을 치고 나면 정신이 빠져서 그날 공부에 지장이 갔습니다. 그러다보니 모의고사를 볼수록 성적이 들쭉날쭉했고, 정신적인 스트레스도 쌓여갔습니다. 그래서 결국엔 매일 모의고사를 보는 것을 포기하고, 학원 선생님들께 양해를 구하고 3일에 한번 꼴로 시험을 보는 것으로 바꿨습니다. 그러자 들쭉날쭉했던 성적의 기복이 눈에 띄게 줄어들었고 점수가 잘 나오기 시작했습니다. 사실 모의고사를 보는 것은 힘든 작업입니다. 거의 2시간 가까이 집중력을 유지하느라 상당한 정신력을 소모하게 됩니다. 그래서 시험을 치고 나면 한동안은 제대로 공부가 되지 않는 일도 허다합니다.

후반기에 너무 많은 모의고사를 보게 되면 중요한 시기에 공부 흐름이 완전히 깨질 우려가 있습니다. 정신없이 모의고사만 치다가 공부는 제대로 못하게 되는 것입니다. 특히 저 같은 경우에는 모의고사 검토에 시간이 상당히 오래 걸리는 편이었기에, 매일 모의고사를 치게 되면 공부할 시간을 제대로 확보하기가 어려웠습니다. 저와 같은 경우라면 차라리 모의고사의 횟수를 조절하는 것이 좋다고 생각합니다.

모의고사 결과는 기본적으로 실제 시험보다는 쉽게 나온다는 것을 염두에 두고 받아들여야 합니다. 대부분의 학원 모의고사들은 기출문제들을 바탕으로 출제될 수밖에 없고, 대다수 문제들이 실제 기출이거나 아니면 기출과 비슷한 유형으로 만들어진 것입니다. 따라서 모의고사에는 공부하면서 한두 번 접해보았던 문제들이 나오게 됩니다. 따라서 점수가 잘 나온다고 하여 그것이 그대로 자기 실력이라고 보기 어렵습니다. 모의고사 성적에는 필연적으로 거품이 낄 수밖에 없다는 것이지요. 그 편차는 사람마다 다르지만, 실제 시험 점수는 모의고사 결과보다 낮게 나온다고 생각해야 합니다.

점수가 잘 나온다고 자만해서는 안 됩니다. 기출을 풀어볼 때도 마찬가지입니다. 반면 모의고사 성적이 좋지 않다고 반드시 불합격이라는 법도 없습니다. 아무리 모의고사 성적이 좋아도 결국 합격은 당일 시험으로 결정됩니다. 다만 점수가 안 나오는데 대수롭게 여기지 않는 것도 문제가 있습니다. 모의고사에서 한 번도 고득점을 맞은 적이 없는데 실제 시험에서 높은 점수가 나올 리 없습니다. 늘 모의고사에서 고득점을 맞아야 하는 건 아니지만, 계속 점수대가 낮게 유지되다가도 한두 번은 90점 가까이 점수를 찍어줘야 합니다. 그렇게 몇 번씩 터져줘야 실제 시험에서도 터질 확률이 높습니다. 모의고사에서 한번도 90점 가까이 가본 적이 없는데, 실제 시험에서 갑자기 90점이 나올 가능성은 극히 낮습니다.

마지막으로 모의고사를 풀 때는 '꼼꼼히 푸느냐, 아니면 빠르게 풀고 검토를 하느냐?'의 문제가 있습니다. 저는 후자를 택했는데, 결코 문제를 빠르게 푸는 편이어서 그런 것은 아니었습니다. 오히려 빨리 푸는 것이 안 되어서 일부러 빨리 풀려고 노력했습니다. 공부 스타일이 좀 꼼꼼한 편이라 모의고사마저 꼼꼼하게 풀면 시간 안에 다 풀 수가 없었습니다. 빠르게 푼다고 생각하고 풀어야 가까스로 시간 안에 풀고 10~20분 정도 남았습니다. 그 시간 안에 검토를 해봐야 얼마 더 보지 못합니다. 결국 헐레벌떡 풀다가 시험이 끝나고는 했습니다. 하지만 점점 실력이 늘면서 남는 시간이 길어졌습니다. 나중에는 시험이 좀 쉽게 나오면 시간 내에 모든 문제를 검토할 수 있었습니다. 문제가 좀 술술 풀리면 세 번 보는 것도 가능해집니다. 이렇게 검토 시간이 늘어나자 자연히 성적도 올랐습니다.

■ 처음부터 끝까지 한 번 보면 70점대,
두 번 보면 80점대,
세 번 보면 무조건 90점대가 나온다! ■

수없이 모의고사를 풀면서 제가 발견한 규칙입니다. 물론 처음에 풀었을 때 80~90점대가 나오는 경우도 있습니다. 앞에 점수는 최소 점수입니다. 시간 안에 문제를 다 풀면 적어도 70점은 나옵니다. 시간이 부족해서 다 풀지 못했다면 50~60점도 나오지만, 일단 다 풀면 70점은 나오게 되어 있습니다(이 점수가 나오지 않는 분은 문제 푸는 방식에 문제가 있다고 생각합니다).

하지만 시험 시간 내 2회독하면 점수대가 최소 80점으로 뜁니다. 한 번 읽었을 때보다 점수가 덜 나오기도 하지만, 아무리 망쳐도 80점 밑으로 떨어지지 않았습니다. 세 번 읽으면 무조건 90점대가 뜹니다. 물론 막 찍어서 세 번 푸는 것이 아니라, 처음에는 약간 촉박한 느낌으로 풀고, 두 번째 볼 때는 천천히 봅니다. 두 번째 볼 때 답이 확실한 것과 애매한 것을 문제 옆에 간단하게 표시해두었다가, 세 번째는 애매한 것만 다시 한 번 확인합니다. 시험시간이 60분이건 100분이건 이렇게 세 번 보면 무조건 90점대 점수가 나왔습니다. 3회독을 했는데 점수가 90점 밑으로 나온 적은 한 번도 없었습니다. 물론 한번 보기도 힘든데 억지로 세 번 보려고 노력해봐야 되지 않습니다. 하지만 이런 방식을 가지고 구준히 공부하다 보면 시간 안에 세 번 보게 되는 때가 옵니다.

아무리 공부해도 점수가 오르지 않는다면 두 번 세 번 검토할 수 있을 때까지 공부하기 바랍니다. 그리고 긴 지문을 읽을 때는 반드시 메모를 하면서 봐야 합니다. 수능 언어 영역에서 하는 것처럼 문단별로 내용을 간단히 메모하거나, 중요 부분에 밑줄을 쳐놔야 문제를 풀 때 시간을 단축할 수 있습니다.

■ 원서 지원 ■

수능에서 이미 한번 겪어보았겠지만, 원서 지원은 시험을 잘 보는 것만큼이나 중요합니다. 같은 실력이라도 원서를 어떻게 넣느냐에 따라 합불이 결정됩니다. 가장 경계해야 할 것은 특정한 전공(특히 인기 전공)으로 모든 대학에 원서를 동일하게 넣는 것입니다. 정말 실력이 있다면 당연히 붙겠지만, 애매하거나 약간 부족한 성적이라면 결과가 좋지 않을 가능성이 큽니다.

　편입은 학과별로 단 한두 명만 뽑는 시험이기 때문에 1등 할 자신이 없다면 최악을 피하는 방식으로 생각할 필요가 있습니다. 예를 들어 모든 원서를 행정학과로 썼다고 하면, 학교별로 1~3명을 모집할 것입니다. 대학 서열로 줄을 세워보면 행정학과를 지망하는 인원들 중에 10명 안에 드는 실력이어야 '고서성한'에 붙는다는 결론이 나옵니다. 운이 좋지 않아 몇몇 시험을 망친다면 원래 잘하는 학생이라도 아예 톱 7 밖으로 밀려날 수도 있습니다. 그리고 실력자들이 어느 학과로 몰릴지 예측할 수 없다는 점도 고려해야 합니다.

　저는 고서성한은 차라리 낮은 학과를 지원하는 게 낫다고 조언합니다. 제 실력이 부족해서이기도 하지만, 저보다 훨씬 잘하는 학생들이 떨어지는 경우를 많이 봤습니다. 정말 잘못 꼬이면 시험을 잘 보고도 탈락하는 경우가 있습니다. 내가 시험에서 95점을 맞았어도 97점짜리가 세 명만 있으면 탈락입니다. 다른 학과에 원서를 넣었다면 충분히 붙고도 남았을 텐데 말입니다.

　저는 원래 고려대 미디어학과를 지망하고 공부했습니다. 하지만 정작 모집요강이 나왔을 때 미디어학과의 일반 인문 모집인원이 한 명도 없었습니다. 그리고 제 원래 전공인 정치외교학과는 단 1명을 모집했습니다. 원래대로라면 정치외교학과에 원서를 넣어야 했지만, 저는 끝내 포기했습니다. 학원에 저랑 비슷하거나 약간 더 잘하는 학생 3~4명이 정치외교학과를 지망한다는 것을 알고 있었기 때문입니다(학원에 저보다 잘하는 학생이 엄청 많지는 않았는데 2012년도에는 유독 정외과가 인기가 좋았습니다). 또 다른 분원 전체 1등 학생이 외국에서 대학을 다녔을 정도로 뛰어난데, 그 학생 역시 고려대 정치외교학과를 지망한다는 것을 선생님들께 들어 알고 있었습니다.

　단 한 명 뽑는 시험입니다. 제가 그 모든 실력자들을 제치고 그 한 자리를 차지할 확률이 얼마 되지 않는다고 판단했습니다. 그래서 거의 3일 정도를 고민하다가 원서접수 마지막 날 철학과로 바꾸어 원서를 넣었습니다. 부모님과 학원 측에 정치외교학과를 넣겠다고 이미 이야기를 한 후였고, 전공 공부의 경우에도 언론학과 정치학 외에는 전혀 준비가 안 되어 있었지만, 결과적으로는 잘한 선택이었다고 생각합니다.

　그렇게 생각하는 이유는 서강대 시험 때문입니다. 제가 넣은 7개 원서 중에 단 두 개만이 정치외교학과 지망이었는데, 한양대 같은 경우 시험이 끝나는 순간부터 망했다는 느낌이 강하게 왔습니다. 저에게는 마지막 시험이었기에 그날 바로 돌아와 가채점을 했고, 붙지 못할 거라는 것을 알았습니다. 반면 정외과로 원서를 넣은 또 다른 대학인 서강대는 시험을 잘 봤다는 느낌이 있었습니다. 가채점을 하지는 않았지만 수없이 모의고사를 봐왔기 때문에 그날 시험을 잘 봤는지 못 봤는지는 감으로 파악할 수 있습니다. 지문을 몇 번이나 반복해서 읽었고, 충분한 시간이 남았기에 거듭해서 검토도 했습니다. 그날 서강대 오전 시험에 소크라테스 관련 지문이 나왔다는 정보가 커뮤니티에 올라왔고, 그 지문을 인터넷을 통해 찾아낸 후 시험 보기 직전에 읽었습니다. 동일한 지문은 아니었지만 오후 시험에도 소크라테스 관련 지문이 나왔습니다. 망칠 수가 없는 시험이었습니다. 시험을 마치고 나오는 순간 '오늘은 잘 봤다'는 예감이 강하게 들었습니다. 하지만 결과는? 탈락이었습니다.

불합격했다는 통보를 받았을 때 제가 얼마나 큰 충격을 받았는지 모릅니다. 그리고 다른 학과에 지원했다면 붙을 수 있지 않았을까 하는 생각이 저를 괴롭혔습니다. 나중에 합격자 행사에서 서강대 정외과에 합격한 학생을 만날 기회가 있었습니다. KUET시험에서 92점(무척 높은 점수입니다)을 맞았는데 떨어졌고, 그 다음으로 서강대에 합격했다고 했습니다. 저보다 훨씬 뛰어난 학생에게 합격의 기회가 돌아간 것입니다. 그럼 고려대 붙은 한 명은 대체 누구일까요? 다른 합격생에게 듣기로는 외국 대학 출신이라고 했습니다. 줄 세우기가 어떻게 이루어지는지 보이시나요? 저는 모의고사에서 1%를 찍어주는 학생이었고 당일 시험도 잘 봤지만 결국 떨어졌습니다. 그 이유는 간단합니다. 저보다 뛰어난 학생이 3명 있었기 때문입니다. 마찬가지로 서강대에 합격한 학생은 고려대 시험을 잘 봤지만 합격하지 못했습니다. 점수가 아무리 높아도 1등이 되지는 못했으니까요. 제가 만약 고려대마저 정외과로 지원했다면요? 저는 아마 1차 시험에도 통과하지 못했을 겁니다.

이런 경우가 생각보다 많습니다. 원체 잘하기로 소문난 학생들 중에서도 소신지원을 했다가 떨어지는 경우가 부지기수입니다. 누구도 자기보다 잘하는 사람이 한 명도 없다고, 그날 내가 가장 시험을 잘 볼 것이라고 자신할 수 없기 때문입니다. 모집정원이 한두 명인 학과는 더더욱 그렇습니다. 그럼 모집인원이 많은 경영학과는 괜찮을까요? 마찬가지입니다. 경영학과는 모두가 가고 싶어 하는 학과입니다. 학생들이 몰리지 않을 리 없습니다. 따라서 최대한 실력자들과 원서가 겹치지 않도록 전략을 짜야 하고, 마지막까지 경쟁률을 확인하며 줄타기를 해야 합니다.

명심하세요. 함부로 원서를 넣으면 시험을 잘 보고도 탈락합니다. 원서를 신중하게 넣는다면 실력이 약간 모자라도 합격의 행운을 누릴 수 있습니다.

　그날의 컨디션이 시험의 합격을 크게 좌우합니다. 그래서 단판 시험에는 운도 크게 작용한다고 하는 것입니다. 편입이 수능보다 가장 좋은 점은 기회가 여러 번 주어진다는 것으로, 7개의 원서를 넣는다면 7번의 시험을 치게 됩니다. 실력 순으로 가장 좋은 대학에 붙는다기보다는 그날 운과 컨디션이 좋아 점수가 잘 나온 대학에 붙게 됩니다. 약간의 불운으로 점수가 조금만 안 나와도 예비조차 받지 못합니다. 그날 운이 좋아 당신보다 시험을 잘 보는 학생이 반드시 있을 것입니다. 시험을 치고 나왔는데 망친 것 같다는 느낌이 든다면 떨어졌다고 봐도 무방합니다.

　다관왕? 남의 이야기입니다. 재수생이나 외국계 혹은 베이스가 뛰어난 학생들이나 여러 대학에 붙어 등록할 대학을 선택할 수 있습니다. 원서를 넣은 대학 중에 하나만 붙어도 다행이라는 생각으로 임하는 것이 정신건강에 좋습니다. 하지만 홈런을 치기 위해서는 훈련이 바탕이 되어야 하는 법. 단 하나의 대학에 합격하기 위해서라도 끊임없이 준비해야 합니다. 운이 좋으면 원하는 대학에 합격할 수 있을 것이고, 그렇지 못한다면 약간 불만족스러운 결과가 나올 수 있습니다. 결코 실력이 부족해서가 아닙니다. 운이 나빴을 뿐이지요. 저 같은 경우에도 모집인원이 한 명인 학과에 입학했지만, 결코 실력이 뛰어나서 붙었다고 생각하지 않습니다. 마찬가지로 다른 대학에도 실력이 부족해 떨어졌다고 생각하지 않습니다. 그저 운의 차이일 뿐입니다.

　시험장에 갈 때 꼭 준비해야 하는 것은 수정테이프와 핫팩(휴대용 손난로)입니다. 시험 감독관에 따라 다르지만, 대부분의 경우 수정테이프 사용이 허용됩니다. 제가 시험 본 대학 중에는 고려대를 제외하고 모두 예비마킹과 수정테이프 사용을 허용해주었습니다. 시험장에서 수정테이프가 필요한 상황이 발생했는데, 옆 사람에게 빌리느라 시간을 낭비할 수는 없는 노릇입니다. 기본적으로 답안지 마킹용 싸인펜과 수정테이프는 여분을 준비해야 합니다.

　시험을 보는 겨울은 매우 춥습니다. 그리고 대부분 시험을 아침에 보기에, 손이 얼어있으면 시험에 지장이 옵니다. 손을 녹일 핫팩 정도는 준비를 하는 것이 좋습니다. 또한 복장에도 신경을 써야 합니다. 너무 춥거나 덥게 옷을 입는다면 집중에 방해가 될 수 있습니다. '너무 좀스러운 것이 아니냐, 결국 시험만 잘 보면 되는 것 아니냐'고 쉽게 생각할 수도 있지만, 작은 차이가 시험장에서는 큰 차이가 됩니다. 그리고 제가 그랬듯이 편입을 준비하는 모두가 이토록 간절한 상황에 처해 있습니다.

생활수칙 세 가지

앞으로 설명할 세 가지는 제가 시험을 준비하면서 실제로 철저하게 지켰던 것들입니다. 물론 생활수칙은 완벽하게 지킬 필요는 없고, 나사가 헐거워질 수도 있습니다. 하지만 그러면 다시 조이면 됩니다. '아, 난 왜 이리 의지력이 없지?' 하고 자책하기보다는 샛길로 샜으면 다시 유턴해서 원래 자리로 돌아오면 됩니다. 생활에 너무 스트레스를 받을 필요는 없습니다. 스트레스는 공부에서 받는 것으로 충분합니다.

■ 혼자 공부해라 ■

앞에서도 언급했지만 사람을 멀리해야 합니다. 아무리 힘들어도 당신이 기댈 곳은 오직 두 자리 점수뿐입니다. 개인적인 생각이지만, 학원생활이 즐겁고 공부하는 나 자신이 너무 만족스럽다면 불합격이라고 봅니다. 편입을 준비하면서 사람들과 어울리고 친구를 사귀는 과정은 전혀 필요가 없습니다. 스터디도 꼭 필요한 것은 아닙니다. 힘들다고 다른 사람에게 기대면 안 됩니다. 사람들을 사귀면 힘들 때 그들에게 의지하게 됩니다. 서로 의지하면 스트레스가 줄고 힘을 받을 수는 있겠지만, 결코 성적은 오르지 않습니다. 당신이 마음의 위안을 얻을 수 있는 것은 오직 모의고사 성적, 기출문제 성적뿐입니다. 무조건 성적이 잘 나오도록, 1점이라도 더 맞을 수 있도록 하는 것에서 스스로를 증명해야 합니다.

사람들을 사귀면 막상 실질적인 것은 커지지 않으면서 겉보기만 늘어나게 됩니다. 말만 그럴듯하게 하고, 괜히 외모를 꾸미게 되고, 남녀가 만나면 서로 끌리는 마음도 생깁니다. 그리고 사람들과 함께 있으면 자신의 객관적인 현재 상태를 파악하지 못하게 됩니다.

제 경험으로 순수 공부시간 10시간을 채우기 위해서는 거의 하루에 16시간(7시부터 밤 11시까지)을 책상 앞에 앉아있어야 합니다. 첫차를 타고 나오면 좋겠지만, 늦어도 7시까지는 학원이나 도서관에 도착해서 자리에 앉아야 합니다. 완전히 불이 꺼져서 문 닫고 나오면 좋겠지만, 적어도 11시까지는 엉덩이를 붙이고 앉아있어야 합니다. 이렇게 하루에 14~16시간을 해야 겨우겨우 순수 공부만으로 10시간을 채울 수 있습니다. 아니 채우지 못하는 날이 더 많습니다. 밥 먹는 시간, 쉬는 시간, 집중이 되지 않아 허비하는 시간, 그리고 엄밀히 말해 단순히 받아들이기만 하는 수업을 듣는 시간, 혹은 인터넷강의를 보는 시간까지 제외하고 나면 실제 순수 공부시간은 하루에 8~9시간도 나오지 않는 것입니다.

12시간을 공부해도 그 중에 10시간을 채울 수 있다면 충분합니다. 하지만 그 정도로 독하게 공부한다는 것이 쉽지는 않습니다. 저는 시간을 허비하는 편이 아니었는데도 이 10시간을 채우는 데 16시간이 걸렸습니다. 그런데 사람들과 웃고 떠들어서 어찌 하루에 10시간을 채우겠습니까. 대부분의 학생들이 아침 일찍 공부를 시작해 늦은 밤까지 책을 봅니다. 저보다 항상 일찍 시작해서 더 늦게 집으로 돌아가는 학생들도 많았습니다. 하지만 정작 중요한 것은 그렇게 많은 시간 중 실제로 공부하는 시간이 얼마나 되느냐 입니다.

순수 공부시간을 확보하는 가장 유용한 방법은 혼자 밥을 먹는 것이고, 그 다음은 책상에서 일어나지 않는 것, 세 번째는 아예 말 자체를 줄여버리는 것입니다.

"밥을 먹거나 휴식을 취할 때 혼자 행동하고, 하루 책상에서 일어나는 횟수를 7~8번으로 제한한다. 그리고 되도록 입 밖으로 소리 내어 말을 하지 않는다."

쉬워 보이나요? 극히 지키기 어렵고, 저 역시 제대로 지킨 날이 얼마 되지 않습니다. 여러분이 이 정도만 꾸준히 지키실 수 있다면, 올킬만은 피할 수 있을 것이라 생각합니다. 이렇게 생활하면 공부하는 시간이 늘어날 수밖에 없습니다. 심지어 눈을 뜨고 잠을 잘 때까지 입 밖으로 한마디도 내지 않은 날도 종종 있었습니다. 부모님이 출근하기 전에 집을 나서고, 두 분이 모두 주무실 때가 되어서야 집에 돌아오니까요. 물론 외로움과의 싸움은 힘들지만, 성적이 안 나오고 불합격하는 것보다 힘들지는 않습니다.

■ 나만 힘들다는 생각을 버려라 ■

나만 힘들다는 생각부터 버려야 합니다. 당신뿐 아니라 대부분의 학생들이 힘든 상황에서 공부하고 있습니다. 그리고 수험생이 아무리 힘들어봐야 자식들을 위해 돈을 버는 부모님들의 노고에 비할 바는 아닐 것입니다.

1년 정도 친구들을 만나지 못하고 책상에 앉아 공부만 하는 것이 그리 엄청난 고생은 아닙니다. 저는 아침 5시에서 6시 사이에 집 앞을 지나는 146번 버스를 타고 강남에 있는 학원으로 갔습니다. 아침이면 피곤하고 힘들지만 좌석에 앉을 수가 없었습니다. 새벽 시간에 146번 버스는 일터에 나가시는 아주머니 아저씨들로 가득 차기 때문입니다. 막차 역시 마찬가지입니다. 11시 12시가 되어서 돌아오는 버스를 타면 버스 안은 사람들로 발 디딜 틈이 없습니다. 저는 귀에 꽂은 이어폰이라도 있고, 단 1년의 편입 준비기간만 참으면 되지만, 평생을 아침 5시에 일터로 나가 막차를 타고 돌아오는 분들도 많을 것입니다. 그렇게 새벽부터 일터에 나가 늦은 밤이 되어서야 돌아가는 분들을 매일 보다 보면 힘들다고 불평할 틈이 없었습니다. 하루하루 힘들게 사는 분들이 너무 많습니다. 편입에 성공하지 못하면 나 역시 마찬가지일지도 모른다는 경각심을 가져야 합니다.

공부하다가 집중이 되지 않으면 잠깐 바람을 쐬러 학원 바깥으로 나옵니다. 꼬질꼬질한 추리닝 차림이지만 상관없습니다. 어차피 다들 바쁘고 힘들게 살기에 팔자 좋은 수험생에게 누구도 주의를 기울이지 않습니다. 강남에는 편의점이나 길거리에서 끼니를 때우는 사람들이 많습니다. 워낙 물가가 비싸기 때문이지요. 점심시간이면 편의점 앞에 길게 줄이 늘어서고 삼각김밥이나 샌드위치 같은 간편 음식들은 금세 동나 남아나질 않습니다. 요즘은 끼니를 굶는 사람들도 많다고 합니다. 제대로 먹지 못하면서 하루 종일 서서 일하는 분들도 많습니다. 그런데 대부분의 학생들은 세 끼를 다 먹고, 따뜻한 곳에서 하루 종일 앉아있으면서 힘들다고만 생각합니다. 힘든 건 맞습니다. 하지만 고작 1년일 뿐입니다. 1년만 참으면 좋은 대학에 합격해 대학생활을 누릴 수 있습니다. 만일 시험에 떨어지면 어떻게 될까요?

군대에 다녀오면 20대의 한 해가 얼마나 귀중한지를 체감하게 됩니다. 청춘의 가장 소중한 1년 중 하나를 편입에 허비한 셈이고, 편입을 준비했던 기간보다 더 힘든 시간을 보내게 될 것입니다.

■ 자만하면 필패다 ■

뭐든지 그렇지만, 공부에서도 자만하면 반드시 실패하게 되어 있습니다. 항상 불안감을 가지고 있어야 합니다. 모의고사 점수가 좀 잘 나온다고 주변에서 추켜세워준다고 자만하게 되면 불합격만이 당신을 기다리고 있습니다. 항상 '지금 하지 않으면 떨어지게 된다'는 불안감에 휩싸여서 공부해야 합니다. '떨어질지도 모른다' 정도가 아닙니다. 장담하건대 자만하면 반드시 떨어집니다.

다시 원서 이야기로 돌아가봅시다. 일반 인문 기준에서, 자신은 반드시 붙을 거라고 믿으며 소신지원을 한다면 냉정히 말해 떨어질 확률이 더 높습니다. 꼭 합격한다는 굳은 의지로 공부하다가도 원서를 쓸 때가 오면 겸손하게 자신의 실력을 점검해야 합니다. 정말 잘하는 사람들은 그동안 자신의 노력과 희생이 아까워서 혹시 떨어지면 어쩌나 벌벌 떨면서 원서를 씁니다. 반면 떨어지는 사람들은 원서 지원까지만 해도 자신감과 희망에 부풀다가 합격자 발표 때 벌벌 떨게 됩니다. 저는 '난 될 거야!'라는 긍정적인 마인드는 불합격의 지름길이라고 생각합니다. 모두가 넌 합격할 거라고 말해도, 스스로는 불안감을 가지고 있어야 합니다.

편입시험이라는 것이 원래 아무리 잘해도 합격보다는 불합격의 확률이 더 큰 시험입니다. 냉정하게 '난 안 될 거야!'라고 생각하면서도 끝까지 포기하지 않는 자세를 견지해야 합격할 수 있습니다.

슬럼프와 애로사항

미안한 말이지만 저는 큰 슬럼프는 없었습니다. 몸이 좋지 않거나 다른 일로 하루 이틀 공부를 쉰 적은 있으나, 다른 사람들처럼 몇 주씩 슬럼프에 빠지지는 않았습니다. 아무래도 군대생활이 큰 도움이 된 것 같습니다. '더러운(?) 군대생활도 버텼는데 공부하는 게 뭐가 힘드냐!'는 생각이 있었습니다. 오히려 힘겨운 것은 합격하지 못할 것 같은 불안감이 너무 크다는 점이었습니다. 위기는 몇 번 있었는데, 수기를 읽는 분들을 위해 나열해 보겠습니다.

첫 번째 위기는 4월에 치른 경희대 모의고사였습니다. 3월에 제대로 공부를 하지 못했기 때문에 4월에도 낮은 반에 머물러 있었습니다(편입학원들은 학생 수준에 따라 클래스를 구분합니다). 하지만 3월 후반에는 공부에 몰두했고, 하면 성적이 나올 것이라는 자신감은 가지고 있었습니다. 그러던 차에 경희대 모의고사를 치렀습니다. 60분에 60문항, 1분당 1문제를 풀어야 한다는 압박 속에서 저는 거의 10문제 이상을 풀지 못했습니다. 당연히 점수는 바닥을 쳤고, 제 기억에 50점대가 나왔던 것 같습니다. 이미 잘하는 학생들은 쉽다고 하는 시험에서 고작 50점이라니, 한심했습니다. 저는 공부 스타일 자체가 빨리빨리 하기보다는 시간을 많이 쓰는 편이라 좌절감이 더 컸습니다. 아무리 공부를 해도 60분에 60문항을 풀 수는 없을 것 같았습니다(당시에 제 고민을 담아 썼던 글이 편입 커뮤니티 '편한도'에 그대로 남아 있고 아직도 새 댓글이 올라옵니다. 저와 같은 충격을 받은 분들이 많을 겁니다). 사실상 한동안 경희대는 포기 상태였습니다. 9월, 10월이 될 때까지 경희대 기출이나 모의고사는 쳐다보지도 않았으니까요. 하지만 이러한 초반부의 성적은 조금도 신경 쓸 필요가 없습니다. 사실 경희대는 시간이 부족한 만큼 문제가 쉽게 나오는 편입니다. 하나도 쉽지 않다고요? 저도 그렇게 생각했습니다만, 나중 가면 생각이 달라질 겁니다. 제가 가장 잘 본 시험이 경희대 시험이었습니다. 시험장에서 처음부터 끝까지 세 번을 풀고도 시간이 남아서 엎드려 잤습니다. 영어시험이 끝나면 연달아 적성시험을 치르는데, 집중력을 유지하고 싶어서 말입니다. 초반부의 좌절감은 열심히 공부하면 정말 아무렇지 않게 해결할 수 있습니다.

두 번째 위기는 여름방학이었습니다. 대다수 학원들이 방학이 시작되는 6월 이전에 잘하는 학생들을 선별하는 상급반을 만듭니다. 여기에는 이유가 있습니다. 방학이 되면 엄청나게 많은 학생들이 학원으로 몰리기 때문이지요. 저 역시 상급반에 들어가고 싶었으나, 선별시험은 너무 어려웠고 좌절감만 맛보며 떨어졌습니다. 그리고 다가온 방학은 저에게 '멘붕'을 가져왔습니다. 학교를 다니던 학생들, 지방에서 올라온 학생들, 떨어졌다가 다시 편입을 결심한 학생들 등 학원에 사람이 너무 많아서 제대로 공부할 자리조차 마련하기 어려웠습니다. 강의실에는 책상보다 학생이 더 많아 수업을 서서 듣기도 하고, 자습 공간을 마련하기 위해 여기저기 옮겨다녀야 했습니다. 상황이 이런데 밥을 먹을 만한 공간이나 스터디를 할 공간이 있을 리가 없습니다. 여름이 되면 날씨가 덥기까지 하니 공부는 안 되고 짜증만 납니다. 여름방학은 가장 중요한 기간이면서도 가장 열악한 기간이기도 합니다. 이 여름방학 기간을 흔들리지 않고 잘 보내야 합니다. 저는 악착같이 공부해서 그 다음 달에 상급반으로 올라갔습니다. 아니면 그리 덥지 않고 자습 공간도 마련하기 용이한 새벽반 수업을 듣는 것도 좋습니다. 방학이 끝나 9월이 되면 다시 여유가 생기긴 하지만, 그때까지 기다리기에는 6, 7, 8월 이 세 달이 매우 중요합니다.

세 번째 위기는 전공 준비였습니다. 처음 특별반에 들어갔을 때 특별반 내 제 등수는 바닥에서 벗어나지를 못했습니다. 상급반의 가장 큰 장점 중 하나가 자기 실력을 아주 매몰차게 비교 당한다는 것입니다. 편입 준비를 2년째 하고 있는 학생들이나 원래 잘하는 학생들과의 실력 차는 어마어마합니다. 그래도 상급반에서 떨어지지만 말자는 각오로 버티다 보니 9월에는 그럭저럭 중간 정도의 성적에 도달했습니다. '살아남는다'는 목표가 달성되자마자 저는 자신감과 함께 전공 공부에 대한 고민을 시작했습니다. 9월은 제가 전공 공부의 기준점으로 삼아놓은 달이었으니까요. 아침부터 밤까지 타이트하게 짜여있는 특별반의 커리큘럼 내에서는 도저히 전공 공부를 할 시간을 낼 수가 없을 것 같았습니다. 그래서 고민 끝에 특별반을 포기하고 새벽반으로 옮겼습니다(결코 성적 때문에 탈락한 것이 아닙니다. 믿어주세요). 하지만 매일 보는 모의고사, 더 많은 수의 강의와 막대한 복습량에서 벗어난 후에도 전공 공부 시간을 마련하는 것은 쉽지 않았습니다. 후반부에 가서는 독해에 집중하느라 문법과 논리 공부마저 필수적으로 듣는 수업과 과제물에 국한되었습니다(물론 그러면서도 저는 문법 이론을 놓지 못해 시간을 할당하기는 했습니다만). 문법이랑 논리 공부할 시간도 없는데 전공 공부에 낼 시간이 있을 리 없었습니다. 9월, 10월이 되면 거의 하루 공부의 틀이 이미 잡혀있을 때라 더욱더 그렇습니다. 하다하다 안 되서 찾은 해결책이 결국 주말에 따로 시간을 내서 전공 공부를 하는 것이었습니다. 사실 아무리 의지가 강해도 주말이나 일요일이면 능률이 많이 떨어지는데, 이때 생소한 전공 공부를 통해 기분전환(?)을 하면 좋을 것 같습니다. 전공 공부를 할 때만은 공부 장소를 바꾸는 것도 기분전환에 도움이 됩니다. 저는 그렇지 않았지만, 스터디를 짜거나 전공 과외를 하는 것도 나쁘지 않을 것 같습니다(전공 공부 상세 내용은 부록에).

마지막 위기가 준비 기간 막바지에 왔습니다. 학원을 다니는 학생들은 이 시기에 대부분 고민을 합니다. 11월과 12월이 되면 더 이상 학원에 의존하기보다는 독학을 하거나 독서실로 옮겨 혼자 공부하는 학생들이 많아집니다. 저 역시 그런 고민에 빠졌습니다. 더 이상 강의를 듣는 데 시간을 쓰기보다는 혼자 공부할 시간을 더 확보하고 싶었습니다. 학원비도 적지 않은데, 그 돈으로 차라리 필요한 인터넷강의나 교재를 마련하는 데 쓸까 하는 생각도 있었습니다. 결과적으로는 학원을 포기하면 모의고사를 치는 횟수가 줄어든다는 것 때문에 이를 포기했습니다만, 지금 생각해보면 학원을 계속 다녀서 이득이 더 많았던 것 같습니다.

11월과 12월에는 말 그대로 공부의 마무리를 해야 하는데, 이 마무리가 잘 안 되면 한 해 농사를 망칠 수 있습니다. 이 시기에는 문법, 논리, 단어, 독해의 전반적인 실력을 높이기보다는 놓치기 쉬운 구멍들을 메워나가야 합니다. 대표적으로 숙어, 구문, 속담, 관용어 등을 암기해야 하고, 독해 역시 과학, 인문, 시사, 상식 등으로 나누어서 자기가 취약한 부분을 중점적으로 공부해야 합니다. 또 목표하는 대학의 기출문제를 반드시 구해야 하고, 여기에 대한 완벽한 해설도 필요합니다. 대부분에 학원에서 이런 부분들을 잘 지원해줍니다. 강의를 듣는 시간이 아깝게 느껴지더라도 파이널 특강들의 자료들은 꼭 받아서 챙겨야 합니다. 아주 좋은 자료들을 많이 구할 수 있습니다. 시험 직전의 합격률 예측이나 원서 지원 등도 학원에서 도움을 받을 수 있습니다. 이를 혼자서 일일이 얻으려고 하면 시간낭비가 될 수밖에 없습니다.

시험이 다가오면서 집중력이 흐트러지는 문제도 있습니다. 모집요강이 발표되면 학생들의 고민이 많아지고 전체적인 분위기가 산만해집니다. 저는 막바지에 마음이 싱숭생숭할 때면 일찍 공부를 끝내고 원서를 넣은 대학에 직접 방문해서 마음을 다잡고는 했습니다. 저녁에 한적한 목표 대학들을 기웃거리면서 내일부터는 공부를 열심히 하겠다고 다짐했습니다. 대학이 보이는 근처 카페에 자리를 잡고 공부하기도 했습니다. 어차피 시험을 칠 텐데 미리 한 번 가보고 교통도 익혀둔다는 의미도 있었습니다. 아무래도 처음 간 곳에서 시험을 치기보다는 한두 번 방문해 익숙한 곳이어야 덜 긴장되지 않을까요?

그래도 응원합니다

다시 한 번 강조하면, 편입은 어렵습니다. 전적대학이 어디든, 영어를 얼마나 잘하든 간에 합격할 확률보다 불합격할 확률이 더 큰 시험이라고 생각합니다. 1년 동안 최선을 다해야 원서를 넣은 대학 중 하나 정도 합격하고, 운이 따라줘야 원하는 대학에 갈 수 있는 것 같습니다. 그럼에도 누가 저에게 편입을 하는 게 좋겠냐고 묻는다면, 저는 해야 한다고 말할 것입니다.

이 글 초반부에도 잘 나타나있지만, 우리나라는 인적자원이 힘인 나라이고, 학벌은 평생 따라다니는 꼬리표입니다. 그리고 편입은 학벌을 바꿀 수 있는 마지막 수단입니다. 아쉬운 사람은 반드시 고려해야 하고, 힘들다고 외면할 수는 없습니다. 입장을 바꿔서 당신이 기업의 인사담당자라면 학벌이라는 평가 기준을 무시할 수 있을까요? 당신이 CEO라면 완전히 같은 조건에서 누구를 승진시키겠습니까? 저의 전적대학도 좋은 학교였지만, 많은 분들이 취업에 어려움을 겪는 것을 잘 알고 있었기에 편입을 택해야 했습니다. 학벌은 우리나라의 기둥이 되는 판입니다. 판을 바꿀 수 없다면, 이 판의 규칙을 따라야 합니다.

막말로 의사 아들이 의사되고, 변호사 아들이 박사가 되는 것이 자본주의 사회입니다. 편입을 통해서 그저 한 계단 높은 학교에 합격한다고 해도 앞으로 10년, 20년을 내다본다면 편입은 가치 있는 투자가 될 수밖에 없습니다.

저도 편입을 준비하면서 '이건 아닌데…' 싶을 때가 많았습니다. 단 하나뿐인 파이를 차지하기 위해 너무 많은 사람들이 달려들고 있다는 기분이 내내 저를 우울하게 했습니다. 하지만 먼저 경험한 입장에서 이야기하자면, 포기하지 않으면 하나 정도는 합격이 되는 것도 사실입니다. 저 역시 편입은 1년 만에 성공할 수 없는 길이라고 생각했지만, 떡 하니 합격하고 나니 확실히 가능성 있는 게임이라는 것을 알게 되었습니다.

요즘 편입이 점점 더 힘들어진다는 이야기를 들었습니다. 하지만 제가 여러분의 입장이 되더라도 저는 편입을 선택할 것 같습니다. 이 글을 보는 모든 분들이 편입을 통해서 자신의 꿈을 찾기 바랍니다. 어쩌면 짧은 생각이겠지만, 대한민국에서 원하는 직업을 갖고, 하고 싶은 일을 하면서 살기 위해서는 차라리 학벌이 빠른 길일 수 있습니다. 편입이야말로 빙빙 돌아가지 않고 바로 꿈을 향해 나아가는 직선 코스일지도 모릅니다. 먼저 경험한 선배 입장에서 이야기하자면 이 길은 안전하진 않지만, 한 번 걸어볼 만한 가치는 충분한 길입니다.

읽어주셔서 감사합니다. 여러분의 건투를 빕니다.

tjgusrj@naver.com

02

열심히 할 뿐만 아니라 잘해야 합격

수능 외국어 · 수리 영역 9등급의 편입 분투기

김진호

[남서울대 ➡ 성균관대]

- **학사편입** : 학점은행제 학위 취득(4.1/4.5)
- **전적대학** : 남서울대학교 호텔관광경영학과(2년 수료)
- **편입대학** : 성균관대학교 사회학과(80점/24:1/1차 추가합격)
- **나이** : 26세
- **성별** : 남자
- **합격한 학교**
  - 중앙대학교 아시아문화학과(85.1점/51:1)
  - 동국대학교 회계학과(77.5~80점/34:1)
  - 숭실대학교 회계학과(점수 모름/31:1)
- **불합격한 학교**
  - 서강대학교 경영학과(70점/19:1)
  - 한양대학교 행정학과(72점/34:1)
  - 한국외국어대학교 중국학과(81점/10:1)
  - 한국항공대학교 교통물류(점수 모름/40:1)

축구와 야구를 좋아해서 운동선수가 꿈이었지만 부모님의 반대로 학교를 거의 억지로 다녀야 했습니다. 운동선수가 꿈이라 물론 공부는 전혀 하지 않았고 관심조차 없었습니다. 그렇게 중학교를 보내고 실업계 고등학교(상업계)에 들어가게 되었습니다. 공부에 관심 없었던 내가 회계라는 과목에 흥미를 가지게 되었고, 회계 관련 자격증과 학교 대표로 대회에 나가 수상하게 되면서 대학 대신 회계 관련 회사로 취업을 하리라 다짐했습니다.

하나만 걸려라

인생은 늘 그렇듯 내가 하고자 하는 대로 되지 않았고, 취직만 바라보고 달려온 나는 고졸 아니면 대학이라는 선택을 해야 했다. 처음부터 취직 준비를 했기 때문에 수능 준비는 전혀 하지 않았고, 점수 또한 직업탐구 영역을 제외한 언어, 수리, 외국어, 점수는 각각 7, 9, 9의 정말 찍어도 더 잘 나올 수 있는 등급보다 낮은 점수를 가지고 있었다. 불행 중 다행으로 그나마 취직을 위해 내신을 잘 관리해놔서 지방대는 들어갈 수 있게 되었다.

남서울대학교 호텔관광경영학과에 입학하고 '대학 신입생'이라는 로망을 가지고 역시나 공부는 뒤로한 채 '아, 이게 대학이라는 곳이구나!' 라고 느끼며 정말 재미있게 그리고 행복하게 대학 1학년이라는 시간을 신나게 놀면서 보냈다. 그리고 다른 학생들과 마찬가지로 짧은 방황의 시기를 보내고 군대를 가게 되었다. 나는 항상 다른 사람과 똑같은 것을 하고 싶지 않았다. 그래서 군대도 나름 특별한(?) '공군'으로 지원해서 가게 되었다. 공군에 들어가서 내가 느낀 가장 충격적인 사실은, 모두 하나같이 '학벌'이 좋다는 것이었다. 서울대, 연세대, 고려대 등등. 나에게는 꿈만 같은 학교를 다니는 학생들이 넘쳐났다. 군대에서 학교에 대한 열등감을 느낀다는 것을 상상조차 하지 못한 내게는 엄청난 충격이었다. 그 후 내가 다니는 학교에 대해 그리고 내 주변 사람들의 학교에 대해 생각을 하면서 '편입'이라는 것에 한 발짝 다가가기 시작했다.

제대한 후에는 항상 꿈꾸던 유럽 배낭여행을 혼자서 다녀왔다. 그동안 별 탈 없이 잘 살아온 내 자신에 대한 상으로 '이번 겨울 크리스마스는 유럽에서 보내자'는 생각을 가지고 다녀오게 되었다. 숙박, 교통 등 모든 과정을 혼자서 준비하고 다녀온 결과, 내가 그동안 생활했던 한국에서의 생활은 정말 '그대로 우물 안 개구리였으며', '세계는 정말 넓다'는 생각을 하게 되었다. 그러면서 문득 '다시 유럽에 올 수 있을까?' 하는 생각이 들었고, 동시에 앞으로 한국이 아닌 해외에서 일을 하고 싶다는 생각이 들었다. 꿈을 이루기 위해 내가 지금 무엇을 해야 할지 많은 생각을 하게 되었다.

복학 후 학교를 다니며 이것저것 많은 경험을 해야겠다는 생각을 하게 되었고, 대외활동이라는 것을 처음 하게 됐다. 대외활동에서 1박 2일 합숙을 하며 여러 학교에 다니는 친구들과 즐겁게 시간을 보냈지만, 이때 또 '학벌'이라는 것이 내게 큰 충격을 주었다. 다른 학생들은 모두 인 서울에 누구나 들으면 알 만한 대학에 다니고 있었고, 나는 아무도 모르는 대학교, 일명 '지잡대'에 다니고 있었다. 여기서 다시 한 번 '학벌'이라는 열등감을 느끼게 되었고, 정말 편입을 해야겠다는 생각을 하게 되었다.

그 후 진지하게 공부의 필요성을 느끼게 되었고, 장학금을 받으며 학교를 다니면서 좀 더 체계적인 커리큘럼에 열정적으로 공부하는 학생들과 '공부'하고 싶다는 생각이 들었다. 거의 24년 동안 '공부'에는 관심이 전혀 없던 내게 '제대로 공부가 하고 싶다'는 생각이 들었던 것이다. 꼭 취직을 위해서가 아닌, 순수하게 공부를 하고 싶었던 것이다. 더 넓은 곳에서 공부하기 위해 편입을 하기로 마음먹고, 대학 2학년 수료를 준비하면서 외국어 9등급에 be동사도 모르는 내가 혼자서 편입 영어에 뛰어들었다.

2개월 동안 기초 문법책을 보면서 독학을 했는데, 영어를 하나도 모르는 내게는 너무 어려웠고, 하고 싶다는 생각도 들지 않았다. 그렇게 방황을 하며 시간을 보내던 중 편입에 실업계 특별전형이 있다는 것을 알게 되었다. 천만다행이었다. 그래서 성균관대학교와 국민대학교에 지원하게 되었다. 물론 이때 모의고사 점수는 40점대, 그냥 잘 찍으면 나오는 점수였다. 점수에 상관없이 편입시험이라는 것을 경험해보자는 생각에서 시험을 봤지만, 결과는 정말 당연하게도 불합격이었다.

그 후 2011년 일반편입이 아닌 학사편입으로 제대로 편입시험을 준비해보자 마음먹고, 학사 학위를 6개월 동안 준비하게 되었다. 학사 학위를 취득하니 2011년 6월이었다. 이때도 정신을 못 차렸는지 학사를 취득한 상태에서 6개월만 영어 공부를 하면 붙을 거라는 어처구니없는 생각을 하고 있었다. 물론 이때 영어 성적은 역시나 40점대였다. 그냥 외국어 9등급 그대로였다. 이런 생각을 가지고 학사 학위라는 히든카드(?)를 손에 쥐고 룰루랄라 학원을 다니게 되었다. 2개월 동안 학원에 다니면서 영어를 공부했지만, 기초가 정말 없던 나는 또 다시 영어의 절벽에 부딪치며 한계를 느끼게 되었다. 8월에 결국 학원을 나와 다시 한 번 방황을 하기 시작했다. '내가 왜 편입을 시작했을까? 난 왜 이렇게 영어를 못하는 것일까? 편입에 합격할 수 있을까?' 이런 질문을 내 자신에게 수백 번 반복하면서 8월을 보냈다.

이대론 안 되겠다 싶어 그 후 다시 독학에 돌입하게 되었다. 9월부터 11월까지 3개월 동안 어느 때보다 열심히 공부했지만, 성적은 쉽게 오르지 않았다. 이때 모의고사 점수는 50점. 합격을 하기에는 정말 턱없이 부족한 점수였다. 이 점수에서 더 이상 점수 상승이 없자 12월을 술과 함께 보냈다. 술과 함께 시간을 보내며 약 10개 대학에 원서를 접수했다. '하나만 걸려라'라는 심정으로 지원했지만, 당연하게도 모두 불합격하며, 올킬(all kill)이라는 것을 경험하게 되었다. 지금 생각해보면 공부를 열심히 하지 않았기 때문에 정말 당연한 결과였다.

아직도 가슴이 벅차오른다

'나는 왜 안 될까? 나는 왜 이렇게 머리가 나쁘지? 영어는 정말 나하고 안 맞는 걸까?' 이런 생각을 하며 하루하루를 죽을 듯이 살았다. 그렇게 2월 역시 술과 함께 보내고, 정말 제대로, 처음이자 마지막으로 미친 듯이 공부를 해보자는 오기가 생겼다. '영어, 네가 이기나 내가 이기나 해보자!' 하는 마음가짐으로 다시 시작했다.

2012년 3월 학원에 등록하면서 동시에 핸드폰을 정지시켰다. 내가 폰을 정지시킨 것은 정말 독하게 마음을 먹었다는 것이다. 워낙 말이 많고 활발한 성격이라, 학원을 다니면 오히려 독이 될 것 같다는 생각을 했지만, 영어에 대한 감각이 없었던 내게는 어쩔 수 없는 선택이었다. 그래서 학원에 다니면서 다른 사람과는 절대 말을 하지 않으리라 다짐을 하고 다녔다. 3월부터 7월까지 정말 다른 학생들과 말을 하지 않는 것은 물론이고, 누가 누구인지조차 알지 못할 정도로 혼자서 학원을 다녔다. 질문을 제외하고는 하루에 말을 한마디도 안 할 정도로 독하게 정말 닥치고 공부만 했다. 물론 나도 사람이기에 정말 외로웠다. 하지만 이럴수록 '진작 더 열심히 해서 합격을 했더라면, 이런 상황까진 오지 않았을 거야!' 라며 내가 실패한 경험을 생각하며 내 자신에게 계속해서 채찍질을 했다.

8월부터 '재수생'이라는 꼬리표를 가진 내게 사람들이 말을 걸기 시작했다. 아무래도 편입 시험을 한번 경험한 내게 이것저것 정보를 얻고 싶어서 말을 걸지 않았을까 생각한다. 성격상 말이 많고 활발한 나는 말문이 트이기 시작했다. 지금 생각하면 정말 좋은 친구와 동생들을 사귀어서 좋지만, 한편으로는 좀 더 말을 줄이고 열심히 했으면 더 높은 성적으로 불안하지 않게 합격하지 않았을까 생각한다.

그렇게 학원에서 3월부터 12월까지 하루도 지각이나 결석을 하지 않고, 정말 미친놈처럼 새벽 5시에 일어나서 12시에 집에 오는 생활을 반복했다. 외국어 9등급이라는 내 성적을 누구보다 잘 알고 있었기에, 다른 사람보다 몇 배는 열심히 해야겠다는 생각을 가지고 공부를 했다.

그렇게 시간은 흘러 어느덧 12월이 되었고, 내가 가고 싶은 학교에만 지원했다. '이제 안 되면 편입은 내 길이 아니다.'라는 마음을 가지고 시험에 임했다. 정말 미친놈처럼 달려온 결과일까? 내 인생에서 처음으로 '합격'이라는 기쁨을 맛볼 수 있었다.

성균관대학교에 입학한 지 한 달이 되었다. 동일계열이 아니라 학교 수업을 따라가는 데 힘이 들지만, 그래도 내가 하고 싶은 공부를 할 수 있어서 열심히 하고 있다. 난 아직도 신기하고 놀랍다. 내가 성균관대학교에 다니고 있다니. 내가 여기서 무엇을 하는 것인지. 이것이 꿈이 아닌지. 하루하루 감사함을 가지고 정말 행복하게 학교생활을 하고 있다. 내 인생에서 처음으로 뭔가 큰 것을 달성했다고 생각하니, 아직도 가슴이 벅차오른다. 이 합격수기를 보는 수험생들도 꼭 합격해서 이 기쁨을 함께 누리길 바란다.

수능 외국어 9등급의 영어 비법

■ 단어 ■

나는 고등학교 단어도 잘 몰랐기 때문에『우선순위 영단어』와『고등학교 필수 영어-숙어』를 한 달 동안 암기했다. 그 후『보카○○○』을 빠르게 눈으로 보았다. 편입시험은 철자를 쓸 필요가 없기 때문에, 눈으로 빠르게 최대한 많이 반복해서 보려고 했다. 표제어를 어느 정도 익힌 뒤 옆에 있는 동의어와 숙어를 보기 시작하면서 점점 단어의 양을 늘려갔으며『보카○○○』의 부록인 어원북과 고급 단어 등을 보며 마무리를 했다.『보카○○○』만 봐도 편입시험에서 나오는 단어는 거의 알 수 있다. 그 외 고려대와 중앙대처럼 단어 수준이 높은 대학들은 '빨간책'을 보면 많은 도움이 되고, 공부하면서 모르는 단어들은 단어장을 따로 만들어서 이동시간, 화장실, 그 외 자투리시간을 이용해서 계속 외웠다.

내가 생각하기에 다양한 교재를 보는 것 외에, 가장 중요한 것은 '유의어사전'을 끊임없이 검색하는 것이다.

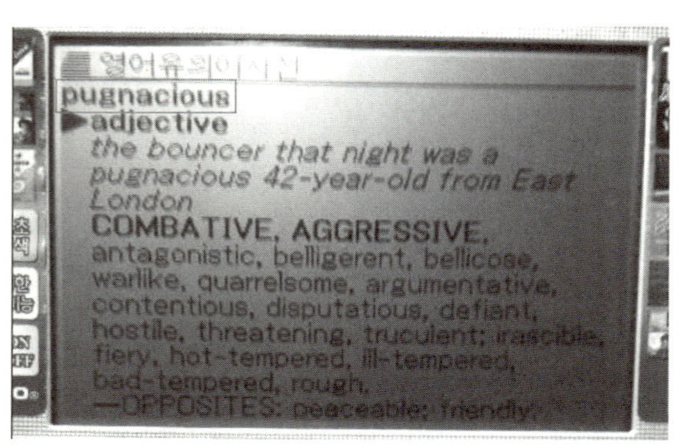

◀ 전자사전에 유의어사전이 있는데, 위의 네모 박스가 내가 검색한 단어고 그 아래에 약 20개의 동의어와 반의어가 나온다. 이렇게 내가 영한사전으로 검색하는 단어는 무조건 유의어사전을 봐서 최대한 동의어를 많이 보려고 했으며, 이런 습관이 단어의 범위를 늘리는 데 큰 도움이 되었다.

한 단어에 약 20개나 되는 동의어들을 계속 외워야 되냐고 질문할 수 있다. 난 자신 있게 말한다. 외워라. 단어는 어차피 누가 많이 아느냐 싸움이다. 단, 단어를 검색할 때마다 많은 동의어들을 눈으로 계속해서 보면서, 단어에 최대한 노출을 많이 시킬 것을 추천한다. 한번 본 단어랑 아예 보지 않은 단어는 엄청난 차이가 있다. 이렇게 반복해서 단어를 보면 어느 순간 자신도 모르게 그 단어가 익숙하게 되고, 자동적으로 외워지게 된다.

'apple'이라는 단어를 손으로 써가면서 외워본 사람이 있을까? 그만큼 많이 듣고 노출이 많이 되니 저절로 외워지는 것이다.

편입시험의 특징 중 하나는 필요로 하는 단어의 수가 엄청나다는 것이다. 편입시험에 단어가 절대적인 영향을 미친다는 것이다. 편입 공부를 시작하고 끝날 때까지 단어는 절대 손에서 놓으면 안 된다.

■ 암기 방법 ■

단어를 암기하는 방법은 사람마다 다양하고 많은데, 내가 생각하기에는 자기만의 방법이 중요하다고 생각한다. 'antagonistic(적대적인)'을 예로 들면, 나는 발음을 이용해서 'anta〈안타〉'[goni야 타라는데 안타 / 적대적이네]라고 외웠다. 지금 생각하면 참 유치하지만 이런 방법으로 잘 외워지지 않는 단어도 금방 익숙해질 수 있었다. 그리고 정말 외워지지 않는 단어는 손목에 3개 정도의 단어를 적고 수시로 보면서 그날 외워 버렸다. 이렇게 자기만의 방법을 만들어서 '현명하게' 공부를 하면 큰 도움이 될 것이다.

■ 단어스터디 해야 할까? ■

단어스터디를 한 달 동안 했었는데, 개인적으로 단어스터디는 비추천한다. 단어스터디를 하려고 모이는 시간이나, 혹여나 내가 스터디에서 꼴등을 해 문제를 만들어야 한다면, 그만큼 시간낭비가 많은 것도 없다. 그리고 외로운 수험생들이 만나면 말문이 트이면서 스터디의 본래 목적은 사라지고 계속해서 시간낭비를 하게 된다.

물론 단어를 강제적으로 외우게 돼서 효과가 좋지만, 꼭 강제적으로 해서 단어를 외워야 할까? 편입시험은 결코 쉽지 않다. 열심히 하는 사람 태반이 떨어지는 시험이고, 누가 강제적으로 시킨다고 해서 합격할 수 있는 시험은 더더욱 아니다. 본인의 '의지'가 없어서 공부를 할 수 없다면, 편입 말고 다른 길을 선택하라고 과감하게 말하고 싶다. 나는 항상 공부를 할 때 '시간을 어떻게 효율적으로 쓸까'를 생각하며 공부했었다. 1분 1초가 아까울 정도로 정말 시간이 없다. 다른 사람보다 두 배 열심히 해야 합격할 수 있다.

■ 문법 ■

기본 베이스가 없는 상태라 문법을 이해하기 힘들었기 때문에, 학원 수업을 듣고 예습과 복습을 철저히 했다. 학원에 다니건 독학을 하건 문법은 무조건 정확히 알고 넘어가야 한다. 그리고 문장을 분석할 줄 알아야 하는데, 주어가 무엇이고 동사가 무엇인지, 왜 이 자리에 부사가 오는지 이유를 정확히 알고 있어야 문장을 보는 눈이 생겨 문법 문제를 풀 수 있다. 문법에서 가장 중요한 것은 문장 분석이다.

개인적으로 정말 문법에 기본 베이스가 없는 사람은 독학보다는 초반에 2개월이라도 학원이나 인강을 통해 꼭 배우길 바란다. 이유는 내가 처음에 문법을 독학으로 시작했는데, 정말 쓸데없고 말도 안 되는 습관을 가지게 되어 이런 것을 바로잡는 데 너무 힘들었다. 마치 그림이 그려져 있는 도화지에 다시 그림을 그리는 것보다는 백지에 그림을 그리는 것이 훨씬 수월한 것처럼, 차라리 아무것도 모르는 상태에서 제대로 배워야 한다고 생각한다. 그리고 나는 모르는 것을 수시로 질문하며 확실하게 알고 넘어갔다.

정말 3~5월 동안 하루에 질문을 10개 이상 했던 것 같다. 이렇게 모르는 것을 알고 가는 것이 나중에 큰 도움이 되었다. 모르는 것에 대해 질문을 안 하고 대충대충 넘어가면 분명 나중에 시험장에서 모르고 지나갔던 것이 발목을 잡게 된다. 모르는 것은 죄가 아니다. 모르는 것을 계속 모른 척하는 것이 죄라고 생각한다. 꼭 무엇이든지 모르는 것을 질문해서 확실하게 알고 넘어가길 바란다.

3~6월 문법 이론을 다지고 7월부터 문제풀이를 시작했다. 문법은 이론을 암기하는 것도 중요하지만, 문제를 푸는 능력이 더 중요하다고 생각한다. 실전에서는 단어와 문법 문제에서 시간을 줄이고 논리와 독해에 시간을 투자해야 한다.

> 3. Neighborhoods are very clearly ①demarcated according to income level, and there is not much overlap. Poor people live in poor neighborhoods that are characterized by ②dilapidated buildings, broken glass, graffiti and a general state of disrepair. People are not dedicated to ③create an aesthetically ④pleasing environment.

▲ 2013 한양대 문법 문제

나는 문법 문제를 풀 때 처음에 해석하지 않는다. 우선 밑줄을 하나씩 보고 밑줄 근처의 '키워드'를 빠르게 본다. 지금 이 '키워드'가 무엇인지 잘 모르겠지만, 어느 정도 공부하다 보면 '키워드'를 알 수 있을 것이고, 빠르게 눈으로 주위를 스캔할 수 있을 것이다(키워드는 무조건 외우면 맞출 수 있는 문법 내용을 말한다).

이 문제에서 '키워드'는 보기 3번 밑줄 앞의 dedicate이다. dedicate는 뒤에 무조건 '전치사 to+명사'를 받는 동사이므로, to부정사인 create는 오답이 된다. 즉 암기 사항이다.

만약 처음 문장부터 해석을 하면서 문제를 푼다면 해석을 하면서 밑줄 1번과 2번의 문법 사항이 맞는지 안 맞는지 생각을 하게 되고, 그러면 시간이 많이 걸리게 된다. 하지만 내가 하는 방식으로 우선 보기를 먼저 봐서 내가 아는 '키워드'가 나온다면 문제를 5초 만에 풀 수 있을 것이다. 거짓말 같이 들리겠지만, 어느 정도 공부하고 한번 시도해브길 바란다. 그리고 계속 이런 방법을 연습하면 문법 문제 푸는 시간이 엄청나게 단축될 것이다. 이러한 사소한 것에서부터 상위권과 하위권의 격차가 생기게 되고, 결국 합격과 불합격이 갈리게 된다.

다시 한 번 말하지만 편입시험 쉽지 않다. 한 문제, 1초, 잠깐의 차이로 합불이 갈린다. 꼼꼼하게 자기만의 전략을 만들어서 체계적으로 접근해야 문제를 빠르고 정확하게 풀 수 있다.

7월부터 계속 문법 문제풀이를 하며 위와 같은 방법으로 '어떻게 하면 시간을 단축시킬 것인가'를 고민하면서 나만의 전략을 많이 만들었다. 그리고 하루에 10~20문제씩 꾸준히 풀며 모르는 것은 12월까지 계속 질문을 했다. 나중에 가서는 문법 시간을 줄이고 독해에 많이 투자했다. 갈수록 문법 문제가 줄어들고 독해가 늘어나는 추세이기 때문에 점점 문법에 대한 비중을 줄일 수밖에 없었다.

■ 논리 ■

논리는 정확한 해석과 누가 단어를 많이 아느냐 싸움이다. 나는 단어에 자신이 있어서 어휘문제 뿐만 아니라 논리는 거의 놓치는 문제가 없었다. 그리고 논리에서 중요한 점은 어휘의 1차 뜻이 아닌 2, 3, 4번째 뜻이 중요한데, 그래서 어휘를 외울 때 꼼꼼히 외워야 한다.

보기 두 개가 분명 동의어인데 하나는 답이 되고 하나는 답이 안 되는 경우가 있는데, 이럴 경우 무조건 영영사전을 봐야한다. 영영사전을 보면 왜 동의어인데 이것이 답인지 알게 될 것이다.

논리에서는 무조건 근거를 찾아야 한다. 논리에서는 문장 흐름상 말이 된다고 답이 되는 경우는 거의 없다. 왜 이 문제에 이게 답인지는 무조건 '근거'를 찾아야 된다. 근거는 문제를 풀고 틀리면서 해설을 확인하고 어떤 단어나 문장 때문에 틀렸다는 것을 알게 되고, 그것을 반복하다 보면 근거를 쉽게 찾을 수 있을 것이다. 다음 예를 보자.

문제1. 편입시험은 _______ 1년 동안 영어 공부를 해야 되기 때문이다.

1 쉽다   2 어렵다

1번과 2번 둘 다 말은 되지만 여기서 근거는 '1년 동안 영어 공부를 해야 되기 때문이다.'라는 문장 때문에 어렵다가 더 자연스럽다. 이해를 쉽게 할 수 있도록 말도 안 되는 문제를 만들었지만 대충 이런 뉘앙스로 문제가 나온다. 물론 실전은 문제가 훨씬 어렵다는 것을 염두에 두길 바란다.

　개인적으로 생각하기에 편입은 '단어+독해'다. 논리도 결국 단어를 모르면 풀 수 없기 때문이다. 그렇다고 문법을 소홀히 하라는 말은 아니다. 문법은 초반에 확실하게 이해하고 암기해야 나중에 편하다.

　단어와 논리를 합쳐서 결론을 내리자면 사전을 볼 때 한영사전만 보지 말고 동의어사전과 영영사전을 계속 보는 습관을 들이면 정말 큰 도움이 될 것이다. 갈수록 이런 것이 누적이 되어 나중에 다른 학생과 보이지 않는 큰 격차를 만들 것이다.

■ 독해 ■

　독해는 내가 제일 취약했던 부분이다. 그리고 거의 모든 대학들이 갈수록 독해 위주로 바뀌는 중이어서, 합격에 자신감이 많이 없었다. 하지만 000 선생님의 책을 통해 독해 실력을 많이 상승시킬 수 있었다. 이 책의 큰 장점은 해설에 '본문 분석'이라는 항목을 두고 자세하게 설명해줘서 어떻게 글을 읽어야 하는지 알려줘서 큰 도움이 되었다.

　독해 방법에 대해 간단히 설명을 하자면, '중심 소재를 잡고, 소재에 대해 무엇을 말하려는지'를 파악하면 된다. 인터넷에 대한 글을 쓴다면 여기서 소재는 인터넷이 되고, 인터넷이라는 소재를 가지고 무엇을 말하려 하는지를 파악하는 것이다. 즉 인터넷의 장점을 얘기하느냐 단점을 얘기하느냐, 이런 식으로 글을 파악해가면 된다. 그리고 글을 읽으면서 많은 수험생들이 하는 실수는, 한 문장을 읽고 다음 문장을 읽을 때 앞에서 읽었던 문장 내용을 잊어버린다는 것이다. 이렇게 글을 읽다 보면 한 문장 한 문장이 따로 놀게 되고, 결국 글을 다 읽고 나서도 무슨 말을 하는지 도통 알 수가 없다.

　모든 문장은 연결이 되어 있다. 앞 문장이 나오고 그 다음 문장이 나오는 데는 이유가 꼭 있다. 즉 내용상 무조건 한 문장 한 문장이 연결되어 있다는 것이다. 이 점을 명심하고 글을 읽어가면서 앞 문장과 다음 문장의 연관관계를 생각하고, 계속해서 한 문장 한 단어로 내용을 요약하면서 글을 읽기 바란다. 즉 글을 읽으면서 채를 친다고 생각해야 된다. 필요한 내용만 기억하고 다음 문장과 연결시켜 글을 읽어야 한다. 그래야 글을 읽고 나서 글쓴이가 주장하려는 것이 무엇인지 요약이 되며, 글도 쉽게 이해할 수 있다.

　내가 앞서 말한 대로 글을 읽지 않으면 글을 다 읽고 나서 무슨 말을 하는 것인지 도통 알 수가 없다. 나도 경험한 것이고, 내 주변 친구들도 경험한 것이다. 수험생 태반이 독해에 대해 하소연하는 것이 늘 글을 읽으면 무슨 내용인지 모르겠다는 것이다. 내가 앞에서 말한 것을 여러 번 읽고 꼭 '생각'하면서 글쓴이가 무슨 말을 하려 하는지 끊임없이 머릿속으로 질문을 하며 글을 읽기 바란다.

그리고 독해 문제를 잘 풀기 위해서는 지문을 읽기 전에 문제와 보기를 보고 지문을 읽는 연습을 하는 것이다. 나는 처음에 이 방법이 익숙하지 않아 지문을 먼저 봤는데, 이렇게 하다 보면 너무 막연하게 지문에 접근해 나만의 상상력을 펼쳐서 글을 읽게 되었다. 하지만 보기 와 보기 내용을 보고 지문을 읽기 시작하니, 글을 읽는 범위가 좁혀져서 훨씬 수월하게 글을 이해할 수 있었고, 문제를 빨리 풀어 시간도 단축할 수 있었다.

[29-30] Animal cells are typical of the eukaryotic cell, enclosed by a plasma membrane and containing a membrane-bound nucleus and organelles. Unlike the cells of the two other eukaryotic kingdoms, plant and fungi, animal cells fail to have a cell wall. This feature was lost in the distant past by the single-celled organisms that gave rise to the kingdom Animalia.

It is important to note that animal cells can't synthesize certain necessary complex molecules from simple compounds. Instead, certain large organic molecules must serve as building blocks. Such so-called fundamental dietary components include the vitamins, some amino acids, and certain fatty substances. In general, higher animals appear to have more restricted synthetic powers than lower ones and to require a correspondingly greater number of fundamental foodstuffs. Microorganisms in the intestines of vertebrates may synthesize materials essential for the host, so that the food of the latter need not contain these substances.

29. Which of the following doesn't animal cells contain?
    ① organelles　　　　　② membrane-bound nucleus
    ③ plasma membrane　　④ a cell wall

30. According to the passage, what do higher animals require because they have more restricted synthetic power?
    ① fundamental foodstuffs
    ② building blocks
    ③ complex molecules
    ④ amino acids

위의 지문과 문제를 예로 들어보겠다. 문제를 풀 때 문제를 먼저 보면, 29번 문제는 동물 세포가 포함하지 않은 것을 찾는 것이다. 이 문제를 통해 지문 내용을 예측해보면, 지문에는 동물세포가 포함하는 것이 '나열'될 것이다. 그와 동시에 동물세포가 중심 소재며, 이 중심 소재를 바탕으로 한 '설명문'이라는 것을 예측하면서 글을 읽을 수 있게 된다.

보통 지문의 중심 소재와 내용을 문제로 많이 내기 때문에, 29번의 동물세포를 보면 '아, 이게 중심 소재구나!' 예측을 하고, '그럼 동물세포(중심 소재)에 대해 어떤 말을 하려 하지?' 생각하면서 글을 읽어내려 가면 훨씬 지문을 빠르게 이해할 수 있다.

이런 것들이 앞에서 말한 것처럼 중심 소재를 바탕으로 '뭘 말하려 하나?' 많이 연습한 결과다. 그리고 문제와 보기를 먼저 봄으로써 지문 내용을 미리 예측하며 빠르게 지문을 이해할 수 있을 것이다. 물론 30번 문제도 문제를 먼저 읽고 higher animal이 나오는 부분에서 자세히 읽고 빨리 풀고 넘어가는 식으로 하면 된다. 가장 중요한 점은 편입시험은 독해 지문을 누가 완벽하게 다 해석하느냐가 아니다. 누가 문제를 빠르고 정확하게 푸느냐가 합격을 좌우한다.

내가 이런 것을 몰랐을 때는 무조건 지문 먼저 보고, 지문을 처음부터 끝까지 다 해석하고 난 다음에 문제를 풀었었다. 이렇게 되면 읽은 내용이 뭔지 기억도 안 나고, 문제를 풀다가 찍게 되고, 또한 시간이 너무 부족하게 된다. 하지만 문제와 보기를 먼저 읽고 지문에 접근하면, 지문을 쉽고 빠르게 이해할 수 있을 뿐만 아니라, 지문을 다 해석하지 않고도 문제를 풀수 있어 시간도 절약할 수 있다. 단, 주의할 점은 지금 알려준 방식은 해석이 자연스럽게 된다는 전제가 깔려있어야 한다. 아직 기초 수준의 학생들은 한 지문을 풀고 나서 한 문장 한 문장 끊어 읽어가며 정확하게 해석을 해서 다음에 비슷한 문장이 나왔을 때 막히지 않고 해석할 수 있도록 해야 한다.

많은 사람들이 독해에서 딜레마에 빠지는 것이 '다독을 하느냐, 아니면 한 권이라도 제대로 하느냐?'인데, 나는 무조건 한 권이라도 제대로 하라고 말하고 싶다. 다독도 물론 중요하고 더할 나위 없이 좋은 방법이다. 하지만 우리는 단시간에 최대한 점수를 끌어 올려야 하는 수험생이다. 한 지문이라도 정확하게 분석해서 왜 이 문제에 이것이 답인지 확실하게 이해하고 넘어가야 된다.

■ 기출문제 ■

모든 시험에서 합격으로 가는 가장 빠르고 쉬운 방법은 기출문제를 많이 풀어보고 분석하는 것이다. 편입시험도 예외는 아니다. 기출문제를 보면 학교마다 유형이 다르다는 것을 알수 있을 것이다. 자신이 목표로 하는 학교가 있다면 미리 그 학교의 기출문제를 훑어봐서(풀지 말고) 단어, 문법, 논리, 독해가 몇 문제씩 나오는지, 시간은 몇 분인지 파악해라. 적을 알고 나를 알면 백전백승이라 했다. 기본 중에 기본이다. 그리고 늦어도 10월부터 기출문제를 풀며, 적어도 3년의 기출문제를 하나하나 꼼꼼히 분석해라.

학교마다 문제를 출제하는 교수님이 정해져 있다. 물론 해마다 변경될 수도 있다. 이 말은 그 교수님의 문제 스타일이 있다는 것이다. 그래서 기출을 분석하다 보면 A학교에서 문제를 내는 교수님은 '문법문제를 어렵게 내는구나.' or '동사 쪽의 문제를 많이 내는구나.'라는 것을 알 수 있을 것이다.

나는 내가 지원하는 학교의 3개년 기출문제를 문법과 논리, 독해 파트별로 철저하게 거의 한 글자까지도 분석을 했었다. 'A학교 단어는 숙어가 많이 나오고, 문법은 동사 파트의 비중이 크고, 논리는 단어가 어렵고, 독해는 지문이 유달리 길어서 속독을 필요로 하겠구나.' 하는 식으로 분석했다. 그리고 독해는 좀 더 구체적으로 분석했다(지문 스타일-주로 설명문이 나오는지, 시사 지문이 나오는지 또는 보기에서 주로 시제를 바꾸는지, 지문에 없는 내용을 보기에 넣는지). 이렇게 하다 보면 분명 그 학교의 문제 스타일이 보일 것이고, 이렇게 기출문제 분석만 잘해도 많게는 10점까지도 오를 수 있다. 꼭 11월, 12월에 기출문제 분석 철저히 하고 시험 전날 훑어보고 가길 바란다.

성균관대학교 면접 내용

교수님 : xxx학교 xxx학생 맞나?

나 : 네 맞습니다.

교수님 : 지원 동기가 뭔가? (학업계획서에 지원 동기를 적어 내서 안 물어볼 줄 알고 준비를 안 해 조금 당황했었다. 그래서 조금 이상하게 즉흥적으로 답했었다.)

나 : 평소에 다양한 사회현상에 관심이 많았고, 사회학 책을 통해서 흥미가 생겼습니다. 어쩌고저쩌고. (정말 즉흥적으로 이상하게 답했었다)

교수님 : 사회학과 수업을 들은 적이 있나?

나 : 직접적으로 관련된 수업을 들은 적은 없습니다. 하지만 앞으로 사회학을 공부하는 데 도움이 될 수 있도록 간접적으로나마 비슷한 과목을 학습했습니다.

교수님 : 어떤 과목이지?

나 : 경제학개론과 인간관계론 입니다. (꼬리질문이 올 것이라 생각하고 있었다)

교수님 : 그 과목이 어떻게 관련이 있나?

나 : 제가 사회현상뿐만 아니라 경제에 관심이 많아 앞으로 경제사회학을 학습하고 싶어 경제학개론을 미리 학습함으로써 … 도움이 되었던 것 같았고, 또한 제가 생각하기에 사회학은 거시적으로 사회 구조나 변화, 현상들을 연구하는 학문이라고 알고 있으며, 미시적으로는 조직이나 집단, 사람들과의 상호작용을 연구하는 학문이기 때문에 제가 배운 인간관계론의 … 내용이 관련이 있다고 생각합니다.

교수님 : (교수님께서 '너 딱 걸렸어'라는 눈빛으로) 그럼 거시와 미시에 대해 얘기해보자. 사회학자 미드를 거시적인 관점에서 설명하고, 호프만을 미시적인 관점에서 설명해보게.

나 : (미드는 … 프리즌 브레이크 밖에 안 봐서. 호프만은 누구신지? 조금 생각하다가) 미드는 상징적 상호작용론을 주장한 학자로써 … 입니다. 그리고 호프만은 죄송하지만 모르겠습니다. 다른 질문을 주시면 그 질문에 답을 해보겠습니다.

교수님 : 그럼 뒤르켐 아나? 자살론에 대해 설명해보게.

나 : 에밀 뒤르켐은 자살을 개인적인 현상이 아닌 사회적인 현상으로 바라보고 … 어쩌고 저쩌고.

교수님 : 흠, 내가 의도한 질문과는 조금 다르군.

나 : (속으로 '망했군!')

교수님 : 우리 학과엔 영어 수업이 있는데 따라올 자신이 있나?

나 : 편입 영어를 준비하면서 리딩과 리스닝을 꾸준히 공부했기 때문에 영어 수업을 따라가는 데는 문제가 없을 것입니다.

교수님 : 오호. 그럼 자신이 있단 말인가?

나 : 네, 재학생들에게 뒤처지지 않을 자신 있습니다!

조교 : 똑똑똑! (그만하고 나오라는 신호)

교수님 : (역시 걸려들었다는 눈빛으로) 그럼 자네가 앞서 말한 지원 동기를 영어로 말해보게.

나 : (준비를 못했기 때문에 끝났구나 하고 생각했었다.) 죄송합니다. 제가 스피킹은 아직 준비가 안 돼서 못하겠습니다. 하지만 앞으로 수업을 들으며 스피킹 연습을 하여 … 하겠습니다.

교수님 : 오케이, 나가봐!

나 : 마지막으로 하고 싶은 말이 있습니다.

교수님 : 그래.

나 : 이 짧은 시간 내에 제 장점을 많이 보여드리지 못해서 너무 아쉽습니다. 지금 면접에서의 제 모습을 저의 전체 모습으로 낙인찍지 마시고 앞으로 교수님 및 학생들과 상호작용하며 발전할 수 있는 점을 봐주셨으면 좋겠습니다. (사회학에서의 낙인이론과 상징적 상호작용론을 빗대서 준비해간 멘트다)

교수님 : 그러려고 여러 가지 질문을 한 거네. 나가봐.

나 : 네, 감사합니다.

교수님은 두 분이었고, 꼬리잡기 질문이 계속해서 이어졌다. 전공 질문이 쉬운 것 같지만,

그 상황에서만큼은 정말 어렵게 느껴졌었다. 그리고 밖에서 조교가 4분을 재고 시간이 되면 문을 두드렸고, 그러면 교수님들이 면접을 마무리했다.

면접 & 전공 준비

작년 면접이 '전공 위주'라는 것을 알고 있었고, 올해에는 학업계획서를 제출했기 때문에 인성은 준비를 하지 않았다. 그래서 지원 동기에 대한 물음에 제대로 대답을 못했었다. 그리고 전공은 1차 합격 후 5일 동안 『사회학에세이』, 『사회학 지식여행』(이해하기 쉬운 만화책), 앤서니 기든스의 『현대 사회학』 등의 책을 읽고 정리를 했으며, 이틀 동안 예상문제를 만들어 연습했었다(기출문제를 토대로 예상문제를 만들었었다). 나는 비동일 계열(호텔관광경영학과)임에도 불구하고 1차 합격 후 일주일 동안 면접 준비를 했었는데, 약간 부족한 감이 있었지만 크게 문제가 되진 않았다.

물론 미리 전공면접 준비를 하면 좋겠지만, 비중을 크게 두진 않았으면 한다. 미리 너무 많은 신경을 쓸 필요가 없다는 말이다. 1차 합격 후 준비해도 대부분 준비할 수 있다. 대부분 학생들이 면접 비중이 10%라고 소홀하게 생각하는 경향이 있는데, 그래도 이왕 1차 합격을 했다면 면접을 철저하게 준비하길 바란다. 아무리 자신이 영어시험을 못 봤다고 생각하더라도 그것은 본인의 추측일 뿐이며, 학교 측에서 어떻게 채점했는지 알 수가 없다. 그러니 더더욱 면접을 열심히 준비하길 바란다. 개인적으로 생각하기에 면접 비중은 10%지만, 교수님 파워를 무시할 수 없는 것 같다.

이것만은 명심하자

■ 불합격하고 싶으면 연애해라 ■

학원에 가보면 열심히 안 하는 사람은 없다. 그런데 열심히 해서 합격할 수 있는 시험이 아니다. 열심히 하는 것은 기본이고 잘해야 합격한다. 이런 상황에서 연애를 하면 결과는 뻔하다. 나라면 차라리 합격 후 훨씬 더 당당하게 연애하겠다.

■ 모의고사는 대형 학원을 이용해라 ■

우리는 편입시험 기간인 1월 한 달을 위해 1년을 공부한다. 무엇보다 실전이 중요하기 때문에 대형 학원 모의고사를 이용해서 실전감각을 키우길 바란다. 그리고 대형 학원은 많은 학생들이 시험에 응시하기 때문에 내 위치를 좀 더 정확하게 확인할 수 있어서 자극도 될 수 있다.

한 가지 중요한 점은 모의고사 '점수'가 아닌 '백분율'을 자세히 보길 바란다. 점수는 그날 시험 난이도에 따라 계속 요동치기 때문에, 가장 정확한 나의 위치는 '백분율'이다. 내가 가장 잘 본 시험은 약 1800명 중에 19등을 해서 1%에 든 것이다. 점수는 75점으로 그렇게 높지 않았지만, 시험 자체의 난이도가 높았기에 19등으로 1%의 성적을 얻을 수 있었다.

■ 자투리시간을 잘 활용해라 ■

나는 언제나 단어장을 들고 다녔다. 화장실 갈 때, 이를 닦을 때, 지하철을 탈 때도 단어장을 들고 있었고, 집 책상과 화장실, 식탁에도 단어장을 붙여놓았다. 다시 한 번 말하지만 남는 시간, 낭비할 시간 없다. 다른 사람보다 두 배 세 배 열심히 해야 합격한다.

■ 졸리면 자라 ■

특히 점심을 먹고 나서 졸리는 건 당연하다고 생각한다. 졸리면 알람을 맞춰놓고 10분 정도 잠을 자는 것을 추천한다. 잠을 안 자려고 애쓰려다 한 시간을 멍한 상태로 집중도 못한 채로 낭비할 수 있다. 늘 효율성을 생각해야 된다. 몸이 피곤하지 않아야 뇌가 활성화된다.

■ 공부는 혼자 해라 ■

나는 학원에서 7개월 동안 혼자서 공부했다. 다른 사람하고 말하는 시간조차 아깝다고 생각했기 때문에 하루에 한마디도 안 한 적이 있을 정도였다. 하지만 10월 이후에 학생들과 친하게 되어서 시간낭비를 정말 많이 했었던 것 같다. 결과론적으로 만족할 만한 성적을 받았지만, 조용히 혼자서 공부했다면 좀 더 높은 점수를 얻을 수 있었을 것이라 생각한다.

■ 항상 효율성을 생각해라 ■

양보다 질이다. 물론 양을 줄이라는 말은 아니다. 양과 질을 모두 잡으라는 것이다. 즉 공부하는 시간만큼은 정말 집중해서 시간을 낭비하지 않도록 해라. 나는 평소에 학원 수업을 제외하고 순수 공부시간 10시간을 채우려고 노력했다. 물론 이 10시간도 멍한 상태가 아닌 '집중', '초집중' 상태를 말하는 것이다.

■ 슬럼프는 사치다 ■

분명 많은 학생들이 어느 순간 슬럼프를 겪게 된다. 나 또한 잠깐 슬럼프를 겪었지만, 지금 생각하면 슬럼프조차도 사치라고 생각한다. 괜한 생각이 많아지면 슬럼프를 겪게 되는 것 같다. 지금 내가 계획한 대로 쭉 밀고나가라. 뭔가 불안하면 학원 선생님이나 멘토, 부모님, 친구들에게 상담을 해라. 혼자 끙끙 앓지 말고 말을 해서 풀어라. 연애에도 밀당이 있듯이, 공부에도 밀당이 있는 것 같다. 계속해서 본인에게 채찍질을 했으면, 가끔은 당근을 줘서 쉬는 것도 좋은 방법이다.

■ 계획을 짜라 ■

의외로 많은 학생이 계획을 짜지 않고 공부한다. 나는 학원 수업에 맞춰 나만의 계획표를 일별, 주별, 월별로 짜고 그 계획을 꼭 달성하려고 했다. 그리고 주말에는 평일에 하지 못했던 공부를 보충하는 식으로 해서 무조건 계획을 달성했다. 이렇게 계획을 짜지 않으면, 마구잡이로 공부하게 되어 방향을 잃고, 이것 또한 슬럼프로 빠지는 지름길이 된다.

■ 주말에 쉬지 마라 ■

나는 주말에도 쉬지 않고 공부를 했다. 물론 일요일은 10시까지 늦잠을 자며 평일에 부족했던 잠을 보충했다. 하지만 절대 하루도 쉬지 않았다. 다시 한 번 말하지만, 시간 정말 없다. 남보다 두 배 이상 해야 합격한다.

■ 무조건 틀린 이유와 답인 근거를 찾아라 ■

문제를 틀리면 분명히 틀리는 이유가 있다. 틀린 문제에 대해 대충대충 넘어가지 말고 무조건 왜 틀렸는지 '이유'를 찾아내라. 감으로 문제를 풀면 무조건 불합격이다. 문법, 논리, 독해 모두 무조건 '근거'를 찾는 연습을 해라. '이게 답 같은데?' 하면 무조건 불합격이다. 장담한다. '이러한 문장 또는 단어가 있으니 이게 답이야!' 이렇게 돼야 합격한다.

■ 귀마개 하지 마라 ■

실제 시험장에서 귀마개를 못 쓰게 하는 학교들이 많이 있다. 지금부터라도 귀마개를 사용하지 않고 공부하고, 모의고사를 보는 습관을 들이자. 뭐든지 노력하고 연습하면 된다.

■ 절대 독해를 손에서 놓지 마라 ■

많은 학생들이 초반에는 단어, 문법, 구문 위주로 공부하지만, 무조건 하루에 한 지문이라도 독해 공부를 꼭 해라. 편입의 끝판왕은 독해다. 독해 못하면 합격 장담 못한다.

■ 문제를 풀 때 자기만의 기준과 방법을 만들어라 ■

앞에서 공부 방법에 대해 말한 것처럼 자기만의 문제 푸는 방법을 만들어서 실전에서 적용해야 한다. 즉 어떤 기준을 가지고 문제를 풀어야 틀리지 않는다. 다시 한 번 말한다. 감으로 문제 풀면 틀린다. 아니 불합격한다고 보면 된다. A유형의 문제는 어떻게 풀고, B유형의 문제는 어떻게 푼다는 나만의 기준과 방법이 있어야 한다.

■ 구체적인 목표를 세워라 ■

이번 달에는 10점을 올릴 거야. 이런 목표는 초등학생도 세울 수 있다. 추상적이 아닌 구체적인 목표를 세워라. 예를 들어 '나는 단어 문제에서 유독 유의어에 약한 것 같다. 그러니 이번 달에는 유의어를 따로 정리해서 유의어만큼은 절대 틀리지 않도록 할 거야. 자꾸 독해 지문을 읽고 문제를 대충 읽어서 맞힐 수 있는 문제를 계속 틀리니, 시간이 조금 걸리더라도 좀 더 꼼꼼하게 문제를 보는 연습을 하겠다.' 이렇게 목표를 세우는 것이다.

목표를 세울 때는 우선 앞의 예시처럼 무조건 현재의 상태를 정확하게 파악해야 된다. 단어, 문법, 논리, 독해 과목별로 본인이 유독 틀리는 문제 유형이 있을 것이다. 이런 것을 하나하나 바로잡아나가는 것을 목표로 하면, 이것은 점수 상승과 직결된다.

■ 기본 베이스가 없으면 학원 인강을 통해 기초를 꼭 배우자 ■

여러 가지 사정으로 독학하는 사람들 분명 있다. 하지만 자신이 정말 기초가 없다면 무조건 학원이나 인강을 통해 기초를 탄탄히 배우길 바란다. 기초가 없으면 나중에 절대 성적이 오르지 않는다. 이것은 외국어 9등급인 내가 여러 번 경험한 사실이다. 지금 한두 푼 아낀다고 아무것도 모르는 상태에서 독학하면서 잘못된 방향으로 공부하면 나중에 불합격할 확률이 높아진다.

■ 학교 vs 학과 ■

원서를 쓸 때, 그리고 여러 학교에 합격했을 때 학생들이 가장 많이 하는 고민이다. 내가 합격하고 지금 공부하면서 느끼는 것은, 본인이 하고 싶은 공부를 할 수 있는 '학과'를 선택해야 한다는 것이다. 단지 학교 이름만 보고 들어가서 관심도 없고 하기도 싫은 공부를 한다면 수업을 따라가지 못해 재편입을 해야 할지도 모른다. 하지만 '나는 무조건 학교 이름이 중요해.'라고 하는 사람은 편입학을 해서 복수전공을 하는 방법도 있으니, 정확하게 알아보고 결정하길 바란다.

■ 나이에 얽매이지 말자 ■

나도 분명 나이가 많은 편이고, 편입하는 학생들 중에 나이 많은 사람이 의외로 정말 많다. 공통점은 모두 나이에 대한 부담감을 가지고 있다는 것이다. 지금 내 친구는 취업했는데, 누구는 결혼했는데 등등 다른 사람과 비교하면 끝도 없다. 다른 사람과 비교하지 말고 과거의 나와 현재의 나를 비교해라. 그리고 미래의 나를 생각해라. 늦었다고 무조건 불리한 것이 아니다. 속도보다 방향이 더 중요하다고 생각한다.

■ 간절해야 합격한다 ■

앞에서도 말했지만, 열심히 하는 사람 정말 많다. 열심히 할 뿐만 아니라 잘해야 합격할 수 있는 시험이다. 그리고 무엇보다 정말 간절해야 합격할 수 있다. 간절한 마음으로 1분 1

64

초도 낭비하지 말고 1년만큼은 영어에 올인 하자. 이렇게 열심히 한 뒤 얻는 결과는 그 무엇과도 바꿀 수 없을 것이다.

나는 지금 아주아주 행복하다

매일 공부를 하며 꿈꾸던 그 상황이 현실이 되어서 행복하다.

나 스스로 공부해서 '합격'이라는 타이틀을 얻을 수 있어서 행복하다.

나를 믿고 응원해준 가족들과 친구들 덕분에 행복하다.

내가 가고 싶은 학교를 다니게 돼서 행복하다.

편입이라는 관문을 통과해 새로운 인생의 문턱에 있어 행복하다.

그리고 지금 이 합격수기를 쓸 수 있어서 행복하다.

이 글을 보는 독자들도 열심히 공부해서 꼭 나처럼 합격수기를 쓰는 날이 오기를 바란다.

wjrqur1200@naver.com

무모하게 도전한 것이 성공의 비결

누군가에겐 슬럼프 기간이 나에게는 역전의 기간

심예솔

[전북대 ➡ 이화여대]

- **일반편입**
- **전적대학** : 전북대학교 화학과(3.4/4.5)
- **편입대학** : 이화여자대학교 화학나노학과
- **나이** : 24세
- **성별** : 여자
- **합격한 학교**
  - 세종대학교 화학과(최종 합격)
  - 건국대학교 화학과(1차 합격)
  - 동국대학교 화학과(1차 합격)
  - 인하대학교 화학과(1차 합격)
- **불합격한 학교**
  - 성균관대학교 화학과/중앙대학교 화학과/고려대학교 화학과
  - 서강대학교 화학과/홍익대학교 화학공학과/한양대학교 화학과

합격하고 나서 이화여대 교수님이 저를 불렀습니다. 어떤 계기로 편입을 하게 되었고, 학교생활에는 잘 적응하고 있는지 궁금하다고 했습니다. 처음에는 잘 얘기했는데 말하다 보니 어느새 제가 울고 있었습니다. 사실 준비하는 동안은 힘들다는 생각을 못했는데, 끝난 제 자신의 몸은 많이 힘들었다고 외치고 있었던 것입니다.

가족과 함께 집에서 살고 싶다

내 인생의 터닝 포인트였던 1년 전을 회상합니다. 생각해보면 지난 6개월의 시간은 길고도 험난한 시간이었습니다. 학교에서 학원까지 버스로 2시간 40분에 또 지하철로 1시간이 넘는 거리를 왕복하며 어떻게 보내왔는지 모르겠습니다. 학원 아르바이트로 번 300만 원으로 편입을 준비했습니다. 준비하는 시간이 길어질수록 학교로 가는 버스 밖 풍경이 제 심경을 대변해주는 것 같았습니다. 휑한 들판을 바라보며 버스를 타고 학교로 갈 때면 제 마음이 밑도 끝도 없이 가라앉는 것 같았습니다.

'나도 통학하며 학교를 다니고 싶다.'

'가족들과 함께 집에서 살고 싶다.'

여러 생각이 저를 힘들게 했었습니다.

*

편입 관련 카페에 합격수기를 올리고, 지금까지 정말 많은 사람이 쪽지와 메일로 궁금한 점들을 물어왔습니다. 1년 전 올린 합격수기를 찾아보니 7천 명 넘는 사람이 읽어주었습니다. 그 숫자를 보면서 편입 정보에 목말라 하고 도움이 필요한 사람들이 아직도 많다는 것을 느꼈습니다.

"용기를 내어서 그대가 생각하는 대로 살지 않으면, 머지않아 그대는 사는 대로 생각하게 된다." 프랑스의 시인이자 비평가인 폴 발레리의 명언입니다. 이화여대에 합격하고 첫 물리화학 수업에서 교수님이 해주신 말이기도 합니다. 맨 처음에 이 명언을 듣고 얼마나 가슴이 떨렸는지 모르겠습니다.

이 글을 읽고 있는 사람들은 바로 용기를 내어서 도전하는 사람들입니다. 시작이 반이라고, 편입을 하겠다고 마음을 먹은 사람들은 용기를 내어서 생각하는 대로 살려고 노력하는 사람들입니다. 이미 반은 성공한 것이라고 생각합니다. 남은 반도 열심히! 남은 기간 동안 준비해서 원하는 결과를 성취하길 바랍니다.

잃어버렸던 자유가 생긴 기분

'짧은 6개월이지만 후회하지 않을 시간을 보내자!'

제 친구들보다 대학을 1년 늦게 입학했습니다. 재수를 했던 것입니다. 중학교 때까지는 성적에 얽매이지 않고 열심히 학교 수업에만 충실했습니다. 중학교 성적이 잘 나오던 터라 '고등학교 들어가도 잘하겠지!'라고 생각하며 뜬구름 잡았습니다. 하지만 그런 오만한 생각이 부메랑처럼 돌아왔습니다. 아직까지도 생각나는 말이 중학교 3학년 겨울방학 때 수학 과외선생님이 "너 이제야 고등학교 수학 준비하면 어쩌자는 거니?"라는 말입니다. 아니나 다를까 고등학교 3년 동안 예전에는 생각지도 못한 등수와 점수가 나왔습니다. 처음에는 우수반에 들어갔지만, 나중에는 탈락하면서 예전의 저는 온데간데없이 열등감 많은 여고생이 되어 있었습니다.

고등학교 3학년 성적표를 보고 인정할 수 없어서 담임선생님의 만류에도 불구하고 재수를 택하게 되었습니다. 하지만 재수도 실패했고, 국립대를 가자는 생각에 전북대학교를 가게 되었습니다.

처음 전북대학교에 도착하고 기숙사에 들어갔을 때는 제 마음대로 할 수 있었고, 잃어버렸던 자유가 생긴 기분이었습니다. 1학년 1학기 동안 친구들과 밤새 술을 마시기도 하고, 멀리 놀러가기도 하고, 그동안 못 누려봤던 자유를 모두 누려본 것 같습니다. 그런데 시간이 흐르면서 공허해지고 안주하게 되었습니다. 다른 친구들은 저 멀리 앞서 나가고 있는데, 혼자 맨 뒤에서 친구들 뒷모습만 보고 멍청하게 서있는 것 같은 느낌이 들었습니다. 가끔 가족을 보려고 서울에 올 때면 학창시절 친구들 만나기가 창피해서 조용히 집에 왔다가 가곤 했습니다. 좀 더 많은 사람들과 만나고 싶었지만, 제가 생각해오던 캠퍼스 생활과는 조금 거리가 멀어 보였습니다.

그러던 중에 편입이란 제도가 생각났습니다. 당시 편입에 대해 고민을 많이 하고 있을 때, 제 인생의 멘토인 수학 과외선생님이 한번 해보라며 조언해주었습니다. 집안 형편상 편입 준비하는 비용은 제가 부담해야 했기 때문에 대학교 1학년 겨울 계절학기를 다니며 학점을 채우고 학원 아르바이트를 하면서 돈을 모았습니다. 2학년 1학기, 4월까지 아르바이트를 해서 모은 돈을 확인해보니 약 300만 원이었습니다. 이 돈을 가지고 학원비를 부담하는 것은 불가능해 보였습니다. 그런데 마침 소셜커머스에서 편입학원 수업을 할인하여 살 수 있다는 것을 알게 되었습니다. 운 좋게 싼 가격에 학원을 등록하고, 7월이 되어 맨 처음 학원에 가서 상담을 받던 일이 생각납니다. "지금부터 준비하기에는 이미 늦었어."라는 말은 당시에 저를 더 옥죄게 했습니다. 같이 학원에 들어간 문과 친구는 영어 단어 외우는 데 별로 어려움이 없어 보였는데, 저는 영어 단어를 외우는 것이 너무나 힘들었습니다. 준비하는 기간은 6개월. 그때 당시 저는 너무나 뒤처져 보여서 조바심이 났던 기억이 납니다.

7~8월, 2개월 동안 적응할 만했던 찰나에 다시 학교로 돌아가 남은 학점을 채워야 하는지라 걱정이 되던 기억이 납니다. 왕복 시간을 따져보면 일주일에 7시간을 버려야 하는 상황이었습니다. 시간적으로도 여유가 없었고, 영어와 수학을 모두 준비하는 것은 두 마리 토끼를 다 놓치는 격이라는 생각이 들었습니다. 동점자의 경우 이과생은 수학 점수가 높은 사람이 합격한다는 소리를 듣고 '그래, 수학을 파자!'는 전략을 세웠습니다.

오전에 학교 수업 갔다가 기숙사로 돌아와 밤늦게까지 독서실에서 영어와 수학을 공부했습니다. 새벽 6시에 일어나 공부한 적도 있었는데, 그때마다 학교 기숙사 아저씨가 열심히 한다며 먹을 것이나 과일을 싸가지고 와서 나누어 주었습니다. 지금 와서 생각해보면 정말 즐거운 추억거리였던 것 같습니다.

평일은 오전에는 학교 수업, 오후에는 학원 공부를 하고난 뒤 금요일 저녁에 서울 집으로 올라왔습니다. 토요일에는 신도림에 있는 학원으로 수학 수업을 들으러 가고, 일요일 4시쯤 수업이 끝나면 바로 영등포역으로 향했습니다. 학교에 가기 위해 기차를 타고 가는 일이 반복되었습니다. 2학기가 끝날 때까지 이 생활을 반복했습니다. 이 당시 하루에 영어 기출문제 1개씩 풀었고, 수학은 복습과 함께 '지퍼백'이라는 학습을 같이 병행했습니다.

2학기가 다 끝나고 이제부터는 아침부터 학원에 나가면서 계속 복습을 했습니다. 12월 중반까지는 반복의 연속이었습니다. 12월 말부터는 수학 기출문제 횟수를 늘려가면서 계속 지퍼백만 돌리고, 영어는 계속 기출문제 한 개씩을 꼬박꼬박 풀었습니다. 1월 초 건국대부터 2월 중반 홍익대를 마지막으로 계속 시험을 봤습니다. 1월에는 1주일간 연속으로 시험을 보기도 했었습니다. 체력적으로 많이 힘들었던 시기였던 것으로 기억합니다. 2월에 홍익대까지 시험 보고 나서 합격할 때까지 약 1주에서 2주 동안은 아무것도 못하고 집에만 있었습니다. '안 되면 어쩌지?'라는 생각에 하루 종일 멍 때리던 나날이었습니다. 기다리는 동안 이화여자대학교 정문 앞에서 커피를 한손에 들고 등교하는 모습을 상상했습니다. 정문을 지나 수업 들으러 가는 그 길을 상상하면서 잠이 들곤 했습니다. 학교 홈페이지에 뜬 '합격 축하드립니다.'라는 문구를 상상하고, 학교에서 전화 오는 상상을 했습니다.

합격자 발표 당일, 저녁 8시쯤 합격자를 발표했다는 소식을 듣고 홈페이지에 들어가 확인할 때, 저는 두 손으로 컴퓨터 모니터를 가렸습니다. 왼손부터 손을 떼고 모니터를 봤을 때 합격자 명단에 들었다는 것을 확인하고 그 자리에 엎드려 대성통곡했던 기억이 납니다. 동생이 뒤에서 등을 토닥여주며 "수고했어."라고 얘기해주었고, 부모님께 전화해서 합격했다고 울면서 말씀드렸을 때, 울먹이시는 부모님 목소리를 듣고 더 감격스러웠습니다. 친구에게도 전화해서 합격했다고 얘기하고, 친구 동생도 울고 친구도 울고 저도 울고…. 고등학교 선생님, 과외 선생님 등등 전화 돌리느라 정신이 없던 하루였습니다. 지금도 그때를 생각하면 울컥하는 것 같습니다.

사실 6개월이라는 시간은 너무나 짧은 시간이었습니다. 지금 생각해도 '어떻게 내가 저런 무모한 생각을 했을까? 1년 준비하는 사람도 있는데, 과연 내가?' 이런 생각이 드는 것도 사실입니다. 어쩌면 무모하게 도전한 것이 성공한 비법이 아닐까 생각합니다. 준비하면서 느낀 것이지만 시간은 상대적이라는 것입니다. 내가 노력하면 만들어낼 수 있는 것이 시간이라는 것이죠. 일주일에 학교 수업 듣는 시간과 학교, 집, 학원을 다니는 데 들어가는 시간을 따져보면, 저는 준비할 수 있는 시간이 정말 없었습니다. 하지만 걸어가면서 단어 몇 개 더 외웠고, 기차 타는 시간 동안, 버스 타는 시간 동안 공부했습니다. 저에게는 시간이 없다는 핑계를 댈 시간조차 없었거든요. 따라서 시간이 부족해서 실패했다는 말은 자기합리화라고 생각합니다.

지금은 4학년 1학기에 재학 중에 있습니다. 지난 1년간 학교에서의 생활은 저에게는 꿈같은 일입니다. 사실 아직도 제가 이 학교에 다니고 있는 것이 맞나? 이런 생각이 들 때도 있습니다. 단순히 학교를 편입한 것을 넘어서, 어느새 저 스스로도 많이 변한 것 같습니다. 자책하고 열등감에 휩싸여 부정적이던 제가 지금은 무엇인가 간절히 바라고 노력한다면 어떤 것이든 해낼 수 있다는 생각을 가지게 되었습니다.

편입은 저에게 있어 터닝 포인트입니다. 어두운 터널 속에서 한줄기 빛을 만난 것처럼, 제 인생에서 잊지 못할 최고의 선택이라 생각합니다. 제 수기를 읽는 분들도 용기를 내서 자신의 인생의 방향을 바꾸길 간절히 바랍니다.

벼락치기 공부 방법

■ 파트별 공부 방법 ■

- 문법: 학원 교재 이용
- 논리: 학원 교재 이용
- 독해: 학원 교재 이용 & 3개년 기출문제
- 수학: 학원 수업·교재 이용 & 5개년 기출문제
- 면접: 복장에 신경 쓰기

• 전공: 독편사에 나와 있는 면접·전공 요약집 활용

■ 단어 ■

단어를 외운다는 것은 생각보다 쉽지가 않습니다. 저도 처음에 학원에 들어가서 단어시험을 보았을 때 정말 많은 어려움을 겪었습니다. 단어는 많이 보면 볼수록 실력이 향상되는 분야이지만, 외우는 방법이 정말 중요한 부분이기도 합니다.

7, 8월-단어책을 딱 보자마자 일일이 손으로 적어서는 절대 승산이 없을 것이란 생각이 강했습니다. 일단 눈에 익히는 것이 중요하다는 생각으로 욕심 부리지 않고 2개월 동안 '정의' 부문만 읽고 넘어갔습니다. 하루에 5챕터씩 5번씩 반복해서 빠르게 읽어가는 형식으로 진행했습니다.

9, 10월-정의 부분+유사 단어군까지 읽어나갔습니다. 좀 더 빠르게 10챕터씩 3번 진행했습니다.

11, 12월-정의 부분+유사 단어군+심화학습까지 읽고 눈에 익은 단어들을 적어가며 확실하게 암기해나갔습니다.

■ 논리 ■

논리 부분은 학원에서 알려준 방법을 적용했습니다. 제 생각에는 논리 부분은 난이도가 있는 부분으로 학원에 있는 선생님들의 방법을 적용하는 것이 좋다고 생각합니다. 가장 좋은 방법은 많은 문제를 통하여 해당 단어를 외우는 방법입니다.

사실 저는 시중에 나와 있는 단어집을 사서 읽어보는 것을 좋아하는 편이 아니어서 주로 교재를 이용했습니다. 동일한 단어도 문장의 구조에 따라 의미가 달라지는 경우가 많기 때문에, 책에 나오는 모르는 단어를 찾아서 외우는 방식을 많이 이용했습니다. 실제로도 저는 이 방법이 더 효과가 좋았던 것 같습니다. 단어집에 나와 있는 단어의 다양한 뜻을 다 외운다 한들, 실제 독해할 때는 적용이 잘 안 되는 편이기 때문입니다(문제를 많이 풀다 보면 느낍니다). 논리책 한 권을 선정하여 제대로 보되, 한 단어의 의미를 문제를 통해 습득하는 것이 오히려 도움이 될 것이라 생각합니다.

■ 독해 ■

독해의 경우 저는 학원에서 주는 문제집과 기출문제집 위주로 했습니다. 준비하는 시간이 턱없이 짧았던 터라 학원 외의 문제집을 풀어야겠다는 것은 오만이라고 생각했습니다. 학원에서 주는 책도 많은데, 그 책을 다 풀지도 못한 채 책을 사는 것은 낭비인 것 같았거든요. 결과적으로 시험 보러 갈 때까지 학원에서 준 기출문제 외에 논리나 단어 쪽 책은 다 풀어보지 못하고 시험장에 들어갔습니다. 학원에서 주는 책도 정말 많은 편이니, 그 책들을 전부 섭렵한 뒤에 다른 책을 고려하는 것이 낫다고 봅니다.

독해는 시간을 재고 풀었습니다. 한 지문 안에 문제가 4~5개 정도 있는 경우 약 4분 정도 잡고 풀었습니다. 긴 지문을 다 읽고 문제를 풀려고 하면 문제가 기억이 안 나는 경우가 대부분이어서, 문제를 먼저 읽고 난 뒤에 지문을 통해 찾아가는 방식을 이용했습니다. 문제에 나와 있는 특정 단어나 특정 인물, 특정 사건에 밑줄을 친 뒤 지문으로 돌아가 찾는 방식으로 진행했습니다. 특히 일치 여부를 묻는 문제(지문의 내용과 같은 것은? 지문의 내용과 맞지 않는 것은?)는 자세히 읽기만 한다면 쉽게 맞힐 수 있는 문제기 때문에 문제 번호 위에 따로 표시를 하고 풀었습니다.

■ 수학 ■

수학의 경우 저는 기출문제를 많이 활용했습니다. 학원 수학선생님이 항상 기출을 강조했기에, 그 말을 믿고 학원에서 나눠준 문제풀이 외에는 기출문제만 풀었습니다. 제 편입의 합격 요인은 기출문제라고 할 수 있겠습니다.

7월 처음 학원에 들어가자마자 토요일과 일요일에 학교 기출문제를 풀기 시작했습니다. 학교 기출문제란 특정 대학의 기출문제만을 말하는 것이 아니라 편입시험을 진행하고 있는 모든 학교의 기출문제를 말합니다. 특히 편입 수학은 문제가 돌고 도는 경우가 많기 때문에 한 학교의 기출문제만 푸는 것은 좋은 방법이 아닙니다. 예를 들어 2011년 광운대에서 나온 미적분 문제가 2012년 국민대 문제에 나올 수도 있는 것입니다.

7, 8월에는 시험의 난이도가 쉬운 편인 국민대, 세종대, 광운대의 2007년도, 2008년도 문제들로 일주일에 두 개의 기출을 풀기 시작했습니다. 진도가 다 나가지 못한 부분은 따로 문제와 답지를 오려서 지퍼백에 모아두는 방법을 이용했습니다.

■ 지퍼백 방법이란 ■

지퍼백 방법은 박○○ 수학선생님이 알려준 방법으로, 저는 이 방법을 통해서 정말 많은 점수를 올릴 수 있었습니다. 이 방법을 사용하고 정확히 한 달 뒤에 학원 내에서 수학 1등을 할 수 있었습니다. 사실 이름은 거창해 보이나, 기출을 최대한 많이 활용할 수 있게 도와주는 최적의 방법입니다. 학원 안에서 상위 7개 대학에 들어간 사람들을 보면 다 이 방법을 활용한 사람들이었습니다.

〈이 방법이 좋은 이유〉

① 오답노트 만드는 시간보다 훨씬 적게 든다.

② 틀린 문제만을 쉽게 조합하여 나만의 실전 대비 문제를 준비할 수 있다.

③ 자신이 많이 틀리는 유형의 문제를 쉽게 파악할 수 있다.

④ 자연스럽게 기출문제를 많이 접하게 되는 시스템이다.

'지퍼백'은 말 그대로 투명한 지퍼백을 말하는 겁니다. 지퍼백 안에 틀린 문제들을 오려서 뒤에 답지와 함께 넣어두는 것입니다. '지퍼백'을 활용하는 방법에 대해 순차적으로 설명해 보겠습니다.

〈지퍼백 활용방법〉

① 기출문제를 B4용지에 복사하여 실제 시험을 보듯이 시간을 재고 풉니다.

② 다 풀고 난 뒤 틀린 문제를 체크합니다.

$$\sin^{-1} x - x = \frac{1}{2\cdot 3}x^3 + \frac{1\cdot 3}{2\cdot 4\cdot 5}x^5 + \cdots > 0 \text{ 이므로 거짓}$$

6. 극한 $\lim\limits_{x\to 0}\dfrac{\tan x}{x}$ 는? <09한양대>

① -2　② 0　③ 1　④ ∞

【답】③

해설 로피탈의 정리를 이용하면

$$\lim_{x\to 0}\frac{\tan x}{x} = \lim_{x\to 0}\frac{\sec^2 x}{1} = 1$$

7. 정적분 $\int_0^{\pi} \sin^2 x\, dx$ 는? <09한양대>

① $\dfrac{1}{4}\pi$　② $\dfrac{1}{2}\pi$　③ 1　④ π

【답】②

해설 정적분의 기본성질을 이용한 후에 Wallis공식을 적용하

$$\text{즉} \int_0^{\pi}\sin^2 x\, dx = 2\int_0^{\frac{\pi}{2}}\sin^2 x\, dx = 2\left(\frac{\pi}{4}\right) = \frac{\pi}{2}$$

8. 다음 중 수렴하지 <u>않는</u> 것은? <09한양대>

① $\displaystyle\int_0^{\infty} e^{-x^2}\, dx$　② $\displaystyle\int_{-\infty}^0 x e^x\, dx$

③ 틀린 문제와 해설 및 답을 함께 오립니다.

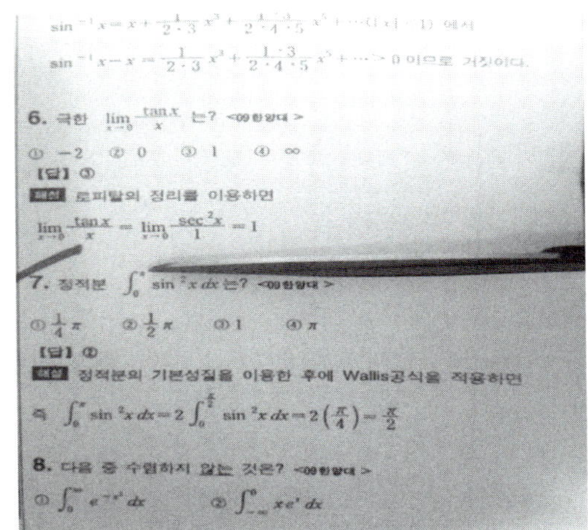

④ 한꺼번에 오린 뒤 틀린 문제와 해설 및 답을 같이 준비합니다.

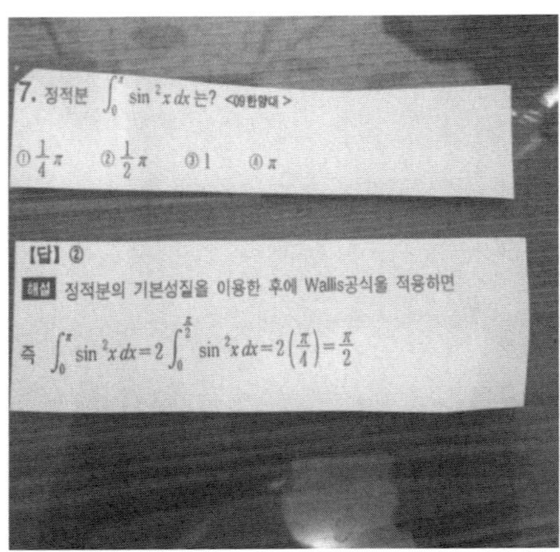

⑤ 문제와 답을 반대 방향으로 포갠 뒤 풀로 붙입니다. 그리고 해당 년도와 학교를 적습

니다(문제에 나와 있을 때는 적을 필요 없음).

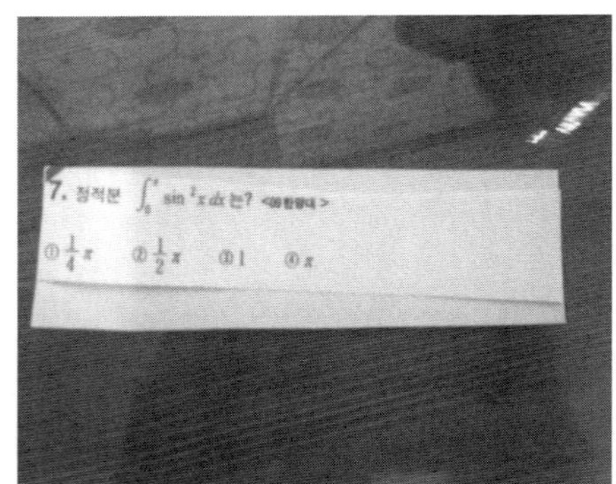

⑥ 과목별로 분류해놓은 '지퍼백' 안에 넣어줍니다.

이때 지퍼백은 한 과목당 2개를 준비합니다. 정중앙에 과목명을 적고, 한쪽은 미해결, 다른 한쪽은 해결이라고 적어서 두 개의 '지퍼백'을 그림과 같이 포개어 테이프로 붙입니다. 지퍼백 안에는 처음 문제를 풀었을 때 틀린 문제만 넣어두고, 맞은 문제는 그대로 버리면 됩니다.

나중에 11월, 12월이 되면 단원별로 지퍼백 안에 있는 문제 중 20문제씩 꺼내서 시간을 잡고 풀며 실전 감각을 익힐 수 있습니다. 이때 맞은 문제는 해결 '지퍼백'에 넣고, 또 틀린 문제의 경우 '미해결' '지퍼백'에 넣으면 됩니다. 다시 말해서 틀린 문제는 계속해서 반복하여 풀 수 있게 만든 시스템이라 할 수 있습니다.

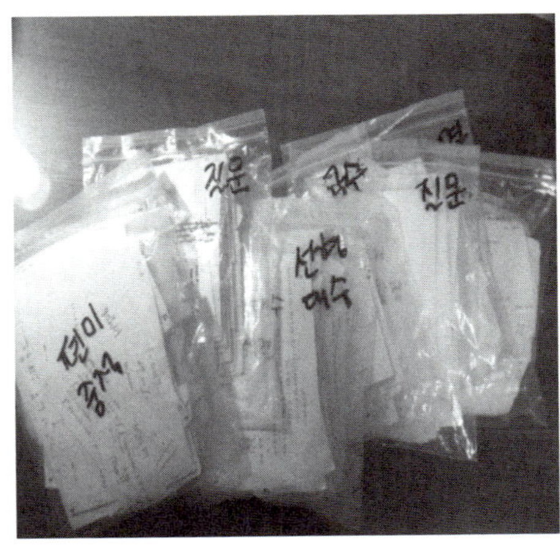

기출문제를 계속 풀어나가다 보면 '지퍼백' 안에 들어 있는 문제의 수가 늘어나게 됩니다. 시험을 볼 때쯤이면 사진처럼 많이 쌓여 있는 것을 볼 수 있습니다.

■ 전공 ■

전공은 사실 저에게 많은 부담이 되지는 않았습니다. 전적대학의 전공이 화학과였고 지원했던 학과 역시 화학과여서 기본적으로 전공에 대한 지식은 있는 편이었습니다. 하지만 저와 달리 전과로 지원하는 사람이라면 편입 공부를 좀 더 일찍 시작하고, 시험 보기 2~3개월 전부터 속성으로 중요한 부분만 공부하는 것을 추천합니다.

학교별 대비 방법

■ 건국대 ■

건국대의 경우 전공과 영어, 수학을 같이 본 학교였습니다. 전공, 영어, 수학 모두 높은 난이도는 아니었습니다. 수학의 경우도 미적분 문제가 많이 나왔고, 영어도 고등학교 수준의 독해 지문이었습니다. 면접은 앞에서 대기번호를 불러주면 교실 책상에 놓여있는 전공 문제를 7분 동안 읽고 생각할 시간을 줍니다. 7분이 지나면 교수님이 있는 방으로 들어갑니다. 교수님 세 분 앉아 있었고, 그 앞에 혼자 의자에 앉아서 전공면접을 시작하게 됩니다. 문제 수는 총 2개였고, 오비탈에 관한 문제였던 것으로 기억합니다.

■ 동국대 ■

사실 동국대는 기대하지 않은 학교였습니다. 해당 연도에 갑자기 시험이 사라지고 1차를 토익 점수로 대체했습니다. 이과의 경우 기준 점수가 650점이었는데, 저는 토익 점수가 높은 편이 아니기 때문에 밑져야 본전이라는 생각으로 넣어본 것이었습니다. 결론적으로 1차 합격을 하긴 했지만, 2차 면접에서 교수님들께 많은 질타(?)를 받은 기억이 납니다. 제 개인적인 생각이지만 토익 점수로 학생을 뽑는 학교의 경우, 최소한 900점 이상은 받아야 면접에서도 유리하다는 생각이 듭니다. 이 점 유의하고 나중에 지원할 때 잘 판단하길 바랍니다.

■ 이화여대 ■

여러 가지 생각지 못한 변수가 많아 제일 기억에 남는 학교입니다. 필기시험 날 다른 학교의 경우 시계가 다 놓여 있던 터라 손목시계를 가지고 가지 않았는데, 이화여대만 유일하게 시계가 준비되어 있지 않았습니다. 결국 시간을 보지도 못한 채 앞 진행요원에게 계속 시간을 물어보며 문제를 풀 수밖에 없었습니다. 이화여대 시험을 보러 가는 분들께서는 반드시 손목시계를 따로 준비하고 가길 바랍니다.

면접의 경우 제가 유일하게 정장을 입고 간 학교입니다. 다른 사람들의 조언과 인터넷에 올라와 있는 글을 보면 다들 정장을 입고 갔다는 글이 많아서 따로 옷을 맞춰 입고 갔습니다. 면접 당일의 경우 시간에 맞춰서 집을 나왔는데 갑자기 1호선이 고장이 나는 바람에 시험 시작 1시간 전에 부리나케 택시를 타고 문 닫기 10분 전에 도착했던 기억이 납니다. 만약 제때 도착하지 못했다면 어떻게 되었을지 지금도 떨립니다. 면접을 보러 들어가자마자 느낀 것은 다들 정장을 입고 왔고, 헤어와 메이크업까지 전문적으로 받고 온 것 같은 느낌이 들었습니다. 다들 너무 예쁘게 하고 와서 속으로 기가 죽었던 기억이 납니다.

세 명씩 면접을 진행하는 교실 앞에 일렬로 앉아서 순서를 기다리는 방식입니다. 맨 앞에 앉아있는 학생에게는 공통질문을 1분 정도 보여준 뒤, 차례가 되면 바로 들어가서 생각한 답을 교수님께 설명합니다. 공통질문은 제 기억에 고등학교 수리논술과 비슷했던 걸로 기억합니다. 바이러스와 항체, 항원 반응에 대한 질문이었고, 문제는 총 3개였습니다. 교수님 두 분이서 면접을 진행했고, 공통질문이 끝나면 스피드퀴즈 같이 문제를 던져즈고 답변하는 식으로 이루어집니다. 그중 가장 기억에 남는 질문은, 물병을 들어 보이며 "이 물병 안에 들어있는 물 분자 수를 계산해보게."라는 것입니다. 다른 합격생들은 지원한 동기나 개인적인 것에 대해 물어봤는데, 저는 전공질문이 대부분이었습니다. 아마도 동일계열 학생에게는 전공질문이, 타과 학생에게는 동기에 대해서 물어보는 편인 것 같습니다.

전반적인 면접 대비 방법으로는 독편사에 올라와 있는 글들을 활용했습니다. 독편사에서 면접 대비용 전공별 질문을 모아놓은 파일이 있었는데, 해당하는 질문과 답변을 모두 정리해서 암기했습니다. 3군데 학교에서 면접을 봤는데 실제로 파일 안에 들어있는 질문들이 대부분이었던 것 같습니다. 질문도 거의 비슷하게 반복되는 편이니 전공 대비 질문을 모아놓은 파일 안에서 해결해도 무방하다고 생각합니다.

시기별 공부 방법

■ 5~6월 ■

학교를 다니면서 미분학, 적분학을 인강으로 들었습니다. 영어는 따로 준비한 것은 아무것도 없었습니다. 학교에 충실하며 방학 때 시작하는 수업을 바로 들을 수 있게 하루에 3강의씩 들었습니다.

■ 7~8월 ■

영어는 단어 외우는 데에 많은 시간을 투자했습니다. 사실 저는 7월부터 영어를 준비해서 학원 수업을 듣고 복습하는 데 많은 시간을 투자했습니다. 제대로 복습까지 하다 보면 사실 하루 시간도 저에게는 부족한 편이였습니다. 논리의 경우 무료강의를 신청하여 듣고 따로 정리하는 정도로만 끝냈습니다. 수학은 7월 달부터 선형대수학을 나갔습니다. 학원 수업 제대로 듣고, 토요일과 일요일에는 하루에 기출 1개씩 진행하며 지퍼백을 만들었습니다.

■ 9~10월 ■

영어는 학교로 다시 돌아가야 하는 상황이라 수업은 들을 수가 없었습니다. 평일에 영어 수업이 진행되어서 아쉽지만 포기할 수밖에 없었습니다. 대신에 기출문제를 제대로 공부하자는 생각으로 하루에 1개씩 기출을 정리해나갔습니다. 모르는 문제는 표시한 뒤 주말에 조교나 선생님을 찾아가서 질문하여 해결하는 방향으로 했습니다. 수학은 9월, 10월에는 편미, 중적 파트 수업을 진행했습니다. 마찬가지로 주말에 기출 1개씩 풀어나갔습니다. 동시에 지퍼백도 하루에 20~30문제씩 미적분과 선형대수학 파트를 꺼내서 풀어나갔습니다.

■ 11월 ■

영어는 기출문제 풀어나가며 단어를 정리했습니다. 수학은 공업수학을 진행하며 기출문제를 동일하게 일주일에 두 번 풀었습니다.

■ D−1개월 ■

영어는 동일하게 기출문제를 풀어나갔습니다. 동시에 단어는 기출문제에서 나왔던 것들을 정리하며 외우는 식으로 진행했습니다. 시간이 지날수록 단어가 부족함을 느껴서 핸드폰에 단어 5개씩 저장해두고 이동하는 동안에 계속 외웠습니다. 수학은 공업수학 못 나간 진도를 나갔습니다. 사실 진도가 느리게 나간 편이라 12월 중순까지 수업을 들었습니다. 12월 말에는 어려운 문제, 많이 틀리는 문제를 정리해서 수업하는 방식이라 개인적으로 부족한 부분을 채울 수 있었습니다. 기출은 하루에 1개씩 풀어나갔습니다. 이미 어느 정도 진도가 다 나간 상태였기에 정확하게 시간을 재면서 실전처럼 시험을 봤습니다. 수학의 경우 이 시기에 지퍼백을 잘 활용해야 합니다. 진도가 나가면서 동시에 하루에 60문제 정도를 지퍼백에서 꺼내 풀었습니다. 11월까지는 일일이 공책에 계산해가면서 풀었지만, 12월 중순부터는 문제 푸는 시간도 아까워, 문제를 보고 푸는 방법이 떠오르면 버리는 형식으로 진행했습니다. 한 문제라도 시험 보기 전에 더 보자는 생각에서 이렇게 진행했습니다.

■ D−1주일 ■

영어는 문법이나 논리에는 집중하지 않았습니다. 극단적인 방법일 수 있지만, 저에게는 주어진 시간이 별로 없었고 지금 준비한다고 오를 것 같지 않았기 때문입니다. 대신 기출에서 틀린 문제를 보고 넘어가는 형식으로 했습니다. 계속 단어를 정리해나가며 외우는 시간을 늘렸습니다. 수학은 당시 기출은 다 풀어놓은 상태였습니다. 미적분은 어느 정도 자신이 있었고, 선형대수학과 편미중적, 공업수학 부분이 조금 약한 편이었습니다.

월	화	수	목	금	토	일
미적 20문제 공업 40문제	선형 30문제 편중 30문제	미적 20문제 공업 40문제	선형 30문제 편중 30문제	미적 20문제 공업 40문제	선형 30문제 편중 30문제	미적 20문제 공업 40문제

그래서 위의 방법으로 지퍼백에서 문제를 뽑아 시간을 재며 풀었습니다. 마찬가지로 틀린 문제는 다시 넣어두고, 맞은 문제는 버리는 식으로 진행했습니다.

■ **D-1일** ■

영어는 문제를 따로 풀지는 않았습니다. 대신에 단어를 외우고 정리하면서 시간을 보냈습니다. 수학은 남은 날만큼 계속 지퍼백을 활용하다 보면 시간이 지날수록 지퍼백 안에 들어 있는 문제의 수가 현저히 줄어들게 됩니다. 시험 전날에는 남아있는 문제들을 다 꺼내서 다시 한 번 훑어보고 넘어가는 식으로 진행했습니다. 계속 반복하다 보면 자신이 틀리는 문제들이 계속 반복되기 때문에, 제 경험상 많은 도움이 되었던 것 같습니다.

■ **시험 준비하면서** ■

시험 보기 30분 전에는 도착해야 합니다(변수가 많기 때문에). 영어는 시험 당일 지하철 안에서 단어를 외우면서 갔습니다. 시험장에서 따로 독해를 푼다거나 문제를 풀지는 않고, 단어 정리만 하고 시험을 봤습니다. 수학은 학교에 30분 전에 도착하고 나서 정리해놓은 이론서를 쭉 읽으며 복잡한 식을 다시 한 번 암기하고 시험을 봤습니다.

효율적인 공부가 필요

가장 먼저, 시간이 없다는 것은 핑계입니다. 저는 학교를 다니면서 동시에 주말에 올라와 학원 수업을 듣고 다시 내려가는 생활을 약 3~4개월을 했습니다. 더군다나 제대로 학원을 다니며 공부를 한 것은 6개월 정도뿐입니다. 이론적으로 생각해보았을 때, 다른 사람들이 준비한 시간에 비하면 저는 터무니없이 적은 시간을 준비한 것입니다. 하지만 그렇다고 제가 똑똑한 것은 절대 아닙니다. 그만큼 최대한 효율적으로 공부한 것이지요.

수업이 끝나고 다음 수업으로 이동하는 시간마저 아까워 10분 동안 5개의 단어를 외우려 노력했고, 기차 타고 학교로 돌아가는 동안 단어를 외우거나 학원 수업 복습을 했습니다. 또한 남들이 슬럼프라며 집중하지 못했을 때 저는 '이때가 기회'라는 생각으로 정신없이 달려왔습니다. 어느 누군가에겐 슬럼프인 기간이 저에게는 역전의 기간이었던 것입니다. '시간이 없다.', '난 해도 안 된다.' 등등의 말들은 자기 자신의 능력을 한계 짓는 말이라 생각합니다. 자신의 가능성을 믿고 열심히 한다면 좋은 결과가 있다고 생각합니다.

학원에 다니다 보면 시험일이 다가올수록 집중이 안 되는 현상이 생깁니다. 이럴 때는 과감히 쉬는 시간을 주는 것도 중요하다고 생각합니다. '이 시간에 공부해야 하는데…'라는 생각하지 마세요. 시간을 많이 투자한다고 좋은 결과가 나오는 것은 아니니까요. 효율이 제일 중요하다고 생각합니다.

편입 합격 이후

합격하고 학기가 시작된 3~4월에는 이런 생각을 한 적이 있습니다. 비록 1년 전이지만 '내가 1학년부터 이 학교에 다녔더라면 어땠을까?'라는 것입니다. 그런데 이 의문에는 큰 오류가 있다고 생각합니다. 1년 전의 저는 돌이켜보면 너무나 어린 생각을 했다고 봅니다. 저의 1학년, 2학년 생활을 모두 부정하려 하는 것이기 때문입니다. 솔직히 처음에는 제 자신에 대한 자괴감과 열등감으로 편입을 시작한 것이 맞지만, 막상 돌이켜보면 제가 전북대학교에 있었기 때문에 이화여자대학교에 올 수 있었다고 생각합니다. '내가 집을 떠나 기숙사에 살지 않았다면, 학원비를 벌기 위해 학원 아르바이트를 하지 않았다면, 내가 자괴감과 열등감을 갖지 않았다면?' 이 세 가지 중에 어느 하나라도 빠져있었다면 저는 합격할 수 없었다고 생각합니다. 전북대학교에 다니지 않았으면 경험할 수 없는 추억들과 친구들, 그리고 제 스스로 자립할 수 있는 기회 등등.

이렇게 생각하자 전적대학인 전북대학교도 저에겐 너무 소중한 추억이 되어 있었습니다. 1학년, 2학년의 추억을 부정해버리는 것은 저 자신을 부정하는 것이라는 생각이 들었습니다. '내가 이렇게 살아온 걸 어떡하라고?'라고 생각하고 스스로 인정하니 마음이 편해지더군요.

후배님들도 합격하고 나서 전적대학에 대한 모든 추억들을 잊지 않고 생활한다면 좋겠습니다. 사실 편입했을 때는 모든 것들이 해결될 줄 알았습니다. 전적대학에 다니면서 취업 걱정, 스펙 걱정을 많이 했는데, 편입에 성공하면 걱정 안 해도 될 줄 알았거든요. 그런데 막상 학교에 와서 보니 모든 것이 해결될 거란 생각은 저의 안일한 생각이었다는 것을 깨달았습니다. 편입은 단지 제가 넘어야 할 산의 일부분이었던 것입니다.

입학하고 나서 6개월~1년 동안을 합격했다는 기쁨으로 허무하게 보내고 나서야 이 사실을 깨달았습니다. 정신 차리고 돌아보니 다른 친구들은 발 빠르게 다른 것들을 준비하고 있더군요. 편입 합격하고 나서는 반드시 기본적인 것들에 충실하길 바랍니다. 학교가 바뀌면서 학교 시험 난이도도 달라지고, 공부 잘하는 학생들에 파묻혀 대부분의 편입생들은 방황하는 시간이 많은 것이 사실입니다. 특히 타과에서 온 학생들은 말할 것도 없습니다. 교환학생을 준비하는 분들은 합격하자마자 준비해야 할 겁니다. 저도 교환학생 가고 싶었는데, 정보를 찾아볼 때는 이미 시간이 너무 흘러 있더군요.

마지막으로 가장 당부하고 싶은 점은 편입생으로서 학교생활을 열심히 하라는 것입니다. 학교를 다니다 보면 실제로 편입생들에 대한 차별이 있습니다. 그 차별이라 함은 개인적으로 재학생들의 문제가 아니라고 생각합니다. 바로 편입생들의 문제지요. 실제로 합격한 편입생들은 대개 6개월에서 1년 정도를 합격했다는 기쁨에 심취해 학교 공부에 집중하지 않습니다. 그런 모습들을 본 재학생들에게 편입생에 대한 부정적인 생각이 드는 것은 어쩌면 당연하다는 생각이 듭니다. 편입생 중 한 사람으로서, 자신이 잘못한 행동으로 인해 편입생 전부가 안 좋은 소리를 듣지 않게 노력해야 한다고 생각합니다. 실제로 학교 언니가 "원래 편입생들에 대해 안 좋은 생각을 많이 했었는데, 너를 보고 생각이 달라졌어."라고 얘기해준 기억이 납니다. 편입생을 차별한다고 불평할 것이 아니라, 우리들 스스로 인정받을 수 있도록 노력하는 자세가 중요하다고 생각합니다.

합격한 후의 일과

이 책을 읽는 독자 분들은 합격하고 나면 어떤 것을 제일 먼저 하고 싶으신가요? 어쩌면 이 질문이 독자 분들이 가장 많이 궁금해 하는 질문일 수도 있겠다는 생각이 들었습니다. 그래서 합격한 후의 제 생활에 대해서 말하고자 합니다. 다양한 답변이 있겠지만, 저의 경우 1, 2학년 동안 하지 못했던 많은 경험들을 해보고 싶었습니다. 가장 먼저 하고 싶었던 것은 '한국어 도우미' 활동이었습니다.

■ 한국어 도우미 ■

제가 만난 외국인은 'kanoonsing jirarat'이란 이름의 태국에서 온 언니였습니다. 이 책을 읽는 분들도 꼭 한번 '한국어 도우미'를 해보기를 바랍니다.

■ 취미생활—동호회 활동(Dance Story Crew) ■

저는 학교 들어가서 동아리를 먼저 들어가려고 했습니다. 하지만 제가 들어가고 싶던 동아리는 새내기들만 받는다는 소리에 'Dance Story Crew'라는 직장인 동호회에 들어갔습니다. 춤을 잘 추는 편은 아니지만, 동호회에 들어가 제가 하고 싶던 취미를 할 수 있는 좋은 시간이었습니다. 합격하게 되면 자신만의 취미를 찾아 해보는 것도 정말 좋은 경험이라고 생각합니다.

■ 실험실 인턴 ■

'화학나노학과'이기 때문에 실험실 인턴을 해보기로 했습니다. 졸업하기 위해서는 논문을 써야 하기 때문에 3학년 여름방학 때 랩실에 들어가게 되었습니다. 인턴을 하게 되면서 선배 언니들을 많이 만나게 되었고, '연구'에 대해 현실적으로 받아들이는 좋은 경험이었습니다.

공대나 자연계열에 있는 분이라면 꼭 실험실 인턴을 해보기를 바랍니다.

■ 다양한 대학교 프로그램 참여 ■

학교 홈페이지에 올라오는 다양한 프로그램에 참가해보길 바랍니다. 저의 경우 '청춘대학생 2인 3각 서울 달리기' 프로그램이라는 '탈북 대학생 초청 1일 캠프'에 참여했습니다. 이 캠프는 탈북 대학생과 남한의 대학생이 같이 한 조가 되어 서로에 대해 이해할 수 있는 시간을 갖도록 하는 내용의 프로그램으로, 이를 계기로 사회적인 이슈에 대해 많은 생각을 해볼 수 있는 좋은 경험이었습니다.

■ 대외활동 ■

"대학생활의 꽃은 대외활동이다."라는 말이 있듯이, 대학생일 때 꼭 해봐야 하는 것이 대외활동이라고 생각합니다. 저의 경우도 저보다 뛰어난 학생들을 만나는 경험을 통해서 스스로 반성하는 좋은 계기가 되었습니다. 저는 '뉴스몬 대학생 기자 활동'을 통해 인터넷에 일주일에 한 번씩 기사를 올렸습니다. 현장취재를 통해서 스스로 사회에 얼마나 무지했는지를 많이 느낄 수 있었던 좋은 경험이었습니다.

꾸준히 일관되게 묵묵하게 공부

　벌써 학교에서 생활한 지 1년이 지났습니다. 제게 편입은 정말 후회되지 않는 선택이었습니다. 생각해보면 너무나 빨리 흘러갔던 시간들입니다. 밤늦게까지 공부하다 집에 가는 길에 예쁜 캠퍼스를 보며 사진 찍던 날들, 우산 없이 발을 동동 구를 때 동문 학생이 다가와 우산을 씌어주어 감동받은 날, 새벽부터 운동하러 나온 학생들을 보며 스스로 반성하던 날들까지….

　1학년과 2학년을 보냈던 전북대학교에 다녔던 기억도 저에게는 너무나 소중한 추억입니다. 마치 한 편의 꿈같이 멀리 여행을 떠났다 다시 돌아온 기분이랄까요? 그때 당시에는 힘들고 외롭다는 생각이 들었는데, 지금은 그때의 추억조차도 너무나 소중한 자양분인 것 같습니다.

　지금 당장은 힘들고 안 될 것 같은 불안감에 휩싸이겠지만, 이 모든 시련이 나중에 돌이켜보니 피가 되고 살이 되었던 것 같습니다. 지금 당장 원하는 결과가 안 나오더라도 실망하지 마세요. 저 또한 그랬으니까요. 똑똑한 사람이 성공한다기보다는, 자신과의 싸움에서 얼마나 견뎌냈는가가 합격을 좌우하는 것 같습니다. 꾸준히 일관되게 묵묵하게 공부하는 것이 가장 좋은 방법인 것 같습니다.

yesol0158@naver.com

04 제가 생각하는 공부는 '깡'이 필요합니다

선박 승무원에서 수능 수험생에 이어 편입으로 단계 상승

김수현

[경기대 ➡ 성균관대]

- **일반편입**(+실특)
- **전적대학** : 경기대학교 기계시스템공학과(3.88/4.5)
- **편입대학** : 성균관대학교 전자전기공학
- **나이** : 27세
- **성별** : 남자
- **합격한 학교**
  - 홍익대학교 기계시스템
  - 국민대학교 신소재(2013년도)
- **불합격한 학교**
  - 고려대학교 기계공학
  - 건국대학교 기계공학
  - 아주대학교 기계공학

지금부터 혼신의 힘을 다해 글을 써내려 갈 것입니다. 왜냐고요? 바로 당신 때문입니다. 당신은 무엇이든지 마음먹으면 해낼 수 있다고 생각하는 한편 '내가 할 수 있을까?'라며 확신을 갖지 못할 수도 있을 것입니다. 그런 당신에게 부서지지 않는 뚝심과 꺼지지 않는 열정을 갖도록 도와드리고 싶습니다.

김요수희

시련은 내 삶의 원동력

편입을 준비하려는 마음을 먹었다면 당신은 이미 많은 일들을 겪었을 것입니다. 사회생활, 군대, 가족 간의 갈등, 빈곤, 친구 관계, 연인 관계 등등 편입하고 싶은 이유는 정말 많을 것입니다. 저는 한마디 하고 싶습니다. '편입은 누구나 할 수 있다'고 말입니다. 공부를 잘하든 못하든, 머리가 좋든 나쁘든, 부자든 가난하든, 나이가 많든 적든 상관없습니다. 단지 '깡'과 스스로 만들어내는 '운'만 있으면 됩니다. 당신이 이 글의 마지막을 읽을 때쯤이면 의문이 풀리고 저의 메시지를 전달받아 당신 스스로 더 큰 자신감을 갖게 될 것이라고 확신합니다.

■ Middle & High school ■

저의 어렸을 적 꿈은 축구선수였습니다. IMF의 여파로 초등학교부터 했던 주니어 선수를 중학교 2학년 때 그만두어야 했습니다. 그것이 제 삶에서 처음으로 꿈을 상실한 것이었습니다. 사춘기 시기와 겹쳐서 당시 길을 찾지 못하고 방황하기 시작했습니다. 중학교를 졸업할 때가 되어서야 제가 잘못하고 있다는 것을 깨닫게 되었습니다. 고생하시는 부모님께는 대들기만 하는 못된 아들이었습니다. 며칠을 고민한 끝에 달라지기로 했습니다. 그리고 공부도 못하는데 차라리 돈을 벌어야겠다고 생각했습니다. 그래서 항해사 양성 학교로 진학하게 되었습니다. "대학이 다 무슨 소용이고 공부가 다 무슨 소용이야? 돈만 잘 벌면 되지. 난 돈 벌 거야!"라고 말하면서 말입니다. 그리고 그때 새로운 꿈을 가졌습니다. 영화 '타이타닉'에서 나오는 초호화 여객선의 최연소 선장이 돼보자고 결심했습니다. 제가 진학한 고등학교는 항해사와 기관사를 양성하는 학교였습니다. 실업계 고등학교였고, 3학년이 되자마자 난생 처음 알바가 아닌 사회에 첫발을 내딛게 되었습니다. 나이 18세였습니다.

■ Work ■

2004년 5월 28일, 가족들에게 작별인사를 한 후 짐을 짊어지고 부산역으로 갔습니다. 그리고 회사에서 간단한 면접과 신고식 등을 치른 후 다이아몬드라는 선박에 승선하게 되었습니다. 2004년 5월 30일, 다이아몬드호는 중국으로 출항했습니다. 처음 승선하자마자 저를 괴롭혔던 것은 배멀미였습니다. 선박생활을 끝마치는 날까지 멀미는 저를 떠나지 않았습니다.

2004년 9월, 그렇게 100일쯤 지났을 때 일이 터져버렸습니다. 회사가 파산한 것입니다. 사장은 제가 타고 있는 배를 이미 팔아버렸습니다. 나중에 알고 보니, 다른 사람들은 회사가 문 닫을 것을 이미 알고 있었습니다. 그러니까 저는 잠깐 써먹을 일회용이었던 것입니다.

그렇게 첫 취업은 산산조각이 나버렸습니다. 얼마 되지 않는 월급을 받아서 짐을 싸들고 집으로 돌아왔습니다.

집에 돌아와 보니 제 건강했던 몸은 만신창이가 되어있었습니다. 고작 3개월밖에 되지 않았는데 말입니다. 그때 저는 뼈저리게 후회를 했습니다.

'고졸이 이런 거구나.'

'부모님 말씀을 잘 들었어야 했는데….'

'공부를 안 하면 이렇게 막노동을 해야 하는구나.'

'공부 좀 열심히 할 걸….'

후회해봐야 소용없었습니다.

2004년 10월, 두 번째 회사에 입사해서 약 10개월 동안 근무했습니다. 그러던 중 3등 항해사로 추천을 받아 세 번째 회사로 이직하게 되었습니다. 저의 첫 임무는 일본 홋카이도에 있는 Oita조선소에서 새로 건조한 선박을 인수해 오는 것이었습니다. 그래서 20명의 선원들과 일본 홋카이도로 날아갔습니다. 약 한 달간 호텔에 묵으면서 일을 하게 되었는데, 같이 온 사람들 인상이 정말 좋아 보였습니다. 다들 인자한 얼굴이고 잘 챙겨줬습니다. 직속상관인 2항사는 학교 3년 선배였습니다.

한 달 후, 인수인계가 끝나고 한국을 향해 출항했습니다. 저는 거기서도 사관으로 인정받고 싶어 열심히 했습니다. 나이는 어렸지만, 나이 많은 부하직원들을 통솔하려면 인정을 받아야 한다고 생각해서 잠도 줄이고 좀 더 부지런해지려고 노력했습니다. 잠이 많이 부족해서 화장실 다녀온다고 하고 변기에 앉아 10분씩 선잠을 자는 일도 수두룩했습니다.

그런데 2항사(선배)가 선장한테 무슨 말을 했는지, 언제부턴가 선장은 절 싫어하기 시작했습니다. 잔소리가 신경질로 바뀌고, 신경질은 손찌검으로 바뀌었습니다. 후배들 앞에서 제게 갖은 모욕을 주고 2항사(선배)와 세트로 절 힘들게 했습니다. 역시나 감옥이었습니다. 바다 한가운데에서 전화도 안 되고, 할 수 있는 것이 아무것도 없었습니다. 거기서 저는 점점 세뇌되어 갔습니다. 주눅이 들기 시작했고, 제 정신의 탑이 조금씩 무너져가기 시작했습니다. 나만의 휴식이라는 것은 있을 수가 없는 선박생활이었습니다.

갈수록 더해지는 정신적, 육체적 고통으로 저는 작은 소리에도 깜짝깜짝 놀라는 겁쟁이가 되어갔습니다. 모든 일에 눈치를 봐야 했습니다. 선장은 제가 무엇을 하려고 하면 "아무것도 건들지 마라!"면서 야단을 쳤습니다.

전에는 회사에서 열심히 배우고 일 잘하고 싹싹하다고 칭찬도 많이 들어서 일에서만큼은 프라이드가 강했는데, 정말 자존심이 많이 상하고 서러웠습니다. 결국 우울증에 걸리고 말았습니다. 태어나서 그렇게 많이 울어본 것은 처음이었습니다. 당직을 마치고 새벽에 제 방에 가면 문을 잠그고 누가 들을까봐 이불을 뒤집어쓰고 침대매트를 주먹으로 마구 내리치면서 소리 없이 울었습니다. 새벽에 선미에 나가서 소리 없이 울었습니다. 아무리 소리를 질러도 들리지 않는 기관실에 들어가 숨어서 목놓아 울었습니다. 제가 하는 일에 대한 자부심은 사라져버렸고, 결국 저는 정신줄을 놓게 되었습니다. 하루하루 고달픔에 지쳐버렸던 저는 생각 끝에 항해사를 포기하기로 결정했습니다. 저는 선장한테 갔습니다. 퇴직하고 싶다고 하선시켜 달라고 말했습니다.

2005년 11월, 그렇게 짧지만 길었던 선박 승무원의 생활은 끝이 났습니다. 저는 고등학교 2년, 그리고 약 20개월이라는 사회생활, 이렇게 총 4년 가까이 항해사란 꿈을 가지고 보냈던 시간들을 한순간에 포기했습니다. 몇 날 며칠 동안 아픈 과거에 대해 또 막연한 미래에 대해 생각을 했는지 모릅니다. 그런데 그렇게 어느 정도 시간이 흐르자 새로이 공부에 대한 갈망이 떠올랐습니다.

'그래, 내가 다시 일어설 수 있는 길은 공부밖에 없어.'

'그런 거지같은 삶을 다시 살 수는 없잖아?'

'그런 인간들처럼 되기는 싫잖아?'

'그래 처음부터 다시 시작해보는 거야.'

'공부하자, 해보자, 대학가서 내가 정말 하고 싶은 공부를 해보자.'

이렇게 굳은 다짐을 하고 제 자신을 추스르며 주위를 정리하기 시작했습니다. 그렇게 2005년 11월에 짧지만 길었던 삶을 정리하고 수험생활로 들어갔습니다.

■ 늦은 수험생활 ■

2005년 11월 스무 살의 겨울, 저는 아픈 몸과 마음을 끌고 수능 공부를 위한 책을 사러 서점으로 갔습니다. 초등학교 고학년 영어 문법책과 중학생 듣기 교재, 그리고 수학 10-가·나 개념원리를 사서 중학교 이후로는 가본 적이 없던 독서실로 갔습니다. 큰마음 먹고 앉아 공부를 시작했는데, 어떻게 공부를 해야 하는지를 몰랐습니다. 그냥 읽으면 되는 것인가? 아니면 쓰면서 하면 되는 것인가? 공부 방법은 둘째고, 책상에 앉는 습관이 전혀 없어서 오래 앉아있는 것이 정말 힘들었습니다. 처음에는 초등학교 영어책을 폈는데, 도무지 뭔지를 모르겠고 졸리기만 했습니다. 이를 악물고 오래 앉아있는 습관부터 들이려고 했습니다. 그렇게 며칠이 지나자 30분도 앉아있기 힘들던 것이 차츰차츰 시간이 늘어나기 시작했습니다.

한 달이 흘러 12월이 되었습니다. 공부를 제대로 해본 적이 없던 저에게 독학은 그렇게 어려울 수가 없었습니다. 그래서 동네에 있는 입시학원을 다녀보기로 했습니다. 그리고 당당히 이과를 선택했습니다. 엔지니어가 되고 싶었으니까요. 배를 타면서 모아뒀던 돈으로 한 달에 50만 원이나 하는 비싼 학원에 등록하는데, 가슴이 많이 저렸지만 더 나은 제 자신을 만들기 위한 투자라고 생각했습니다.

학원에 등록하고 첫 수업이 시작되었습니다. 그런데 기초반인데도 너무 어려웠습니다. 정말 수업을 들으면서 화가 많이 났습니다. 다른 사람은 다 아는데 나만 이해를 못한다고 생각했습니다. 그래도 중고등학교는 졸업했는데, 이 정도일 줄은 몰랐습니다. 2월까지 선생님들 앞에서 인상을 쓰면서 공부했습니다. 선행학습반이 끝나고 수준이 제일 낮은 이과 하위권 반으로 들어갔습니다.

나름대로 열심히 했다고 생각했지만, 스물한 살 겨울에 본 2006학년도 수능에서 평균 5~6등급 정도의 성적이 나왔습니다. 수능이 끝나고 저는 생각했습니다. '돈은 둘째고, 내 머리가 대학갈 머리가 아닌데 대학을 가서 뭐해?' 어떤 대학이 되었든 간에 제 스스로 아직 대학갈 실력이 부족하다 생각했습니다. 2007년은 정말 기억하기도 싫은 치욕스런 한 해였습니다. 항해사로 근무할 때 이후 두 번째로 바보같이 정체성을 상실해버렸습니다.

그렇게 1년이 지난 2007년 12월에서야 다시 제 자신에게 채찍질을 했습니다. '이런 머저리 같은 놈아, 이렇게 정신 못 차릴 바에는 군대 가서 고생 좀 더 하고, 나태해진 정신 상태와 마음을 좀 더 굳게 다지고 오자. 너 지금 이렇게 살면 안 돼.' 그렇게 육체적으로나 정신적으로나 강해져서 돌아오자고 마음을 먹었습니다. 그래서 바로 군에 지원했습니다.

■ Army ■

2008년 2월에 입대하여 일병이 되고 군생활을 8개월쯤 했을 무렵, 저는 훈련 중에 큰 부상을 입게 되었습니다. 기갑부대로 중장비를 많이 다루었는데, 인근 야산에서 철야 훈련 중 무거운 장비들을 메고 이동하다 굴러버렸습니다. 그 당시에는 긴장을 많이 했던 터라 고통을 알지 못했습니다. 아침이 되고 훈련이 끝남과 동시에 허리에서 끊어지는 듯한 통증이 시작되었습니다. 갈수록 통증이 더 심해졌고, 몇 주 후 다리에 마비가 오기 시작했습니다. 그제야 부모님께 알렸고, 부대 간부들의 도움으로 군병원을 다니면서 166일간의 투병생활을 하게 되었습니다. 하지만 결국에는 복원이 불가능해져서 수술을 해야 했습니다. 어머니가 너무 가슴아파하셨습니다.

2009년 1월 29일, 우울한 23번째 생일이 찾아왔습니다. 정말 슬펐습니다. 조각난 내 인생, 앞이 보이지 않는 내 인생, 열여덟 살부터 생일 한번 제대로 챙겨보지도 못한 내 인생, 불쌍한 내 인생, 저는 또 다시 무너지기 시작했습니다. 부모님께서는 민간병원에서 수술을 받기 원하셨지만 군병원의 방침 때문에, 자포자기의 심정으로 군의관들에게 수술을 받기로 했습니다. 수술대에 올라가 마취가스를 마시며 기도했습니다. '제발 깨어날 수 있게만 해주세요.'

8시간의 대수술을 받았습니다. 수술은 다행히 잘 되었습니다. 그리그 온몸에 딱딱한 보호대를 차고 생활하게 되었습니다. 수술을 하고 난 뒤 몸이 예전 같지 않았습니다. 몸속에는 인공물이 들어왔고 장애가 있다는 낙인이 찍혀버렸습니다. 제가 좋아하던 축구도 할 수 없고, 배드민턴, 탁구, 헬스는 물론 뛰는 것도 힘든 일이었습니다. 건강이 가장 큰 재산인 나에게 이제 희망은 사라졌습니다. 마음도 점점 약해졌습니다.

2009년 4월에 의병 전역을 하게 되었습니다. 집으로 돌아와 자포자기의 심정으로 지냈습니다. 3개월 동안 갑옷 같은 보호대를 차고 누워서 지냈습니다. 완전히 삶을 포기하고 싶었습니다. 우울증에 대인기피증까지, 이제 몸도 병신이고 살기가 싫었습니다.

2009년 5월, 저는 고민했습니다. '이제 어떻게 살까? 미래에는 어떻게 살고 있을까? 이 불공평한 세상에 굴복하면서 노숙자처럼 살고 있겠지?'라는 생각을 하면 할수록 먹구름밖에 보이지 않았습니다. 저는 목숨을 걸고서라도 다시 한 번 더 일어서보자는 큰 결심을 했습니다. 이렇게 끝내기에는 젊은 청춘이 너무 아까웠습니다. 그래서 실패했던 수능 공부를 다시 시작했습니다.

2009년 6월, 마음을 추스르고 공부를 시작했습니다. 책상에 앉고 30분이 지나자 허리가 너무 아파서 도저히 집중이 되질 않았습니다. 눈물이 나려고 하는 것을 꾹 참고 침대에 누웠습니다. 침대에서도 1시간쯤 지나자 목과 어깨가 아프고 졸리고 눈이 침침해졌습니다. 그래서 허리에 파스를 붙이고 다시 책상에 앉았습니다. 이번에는 35분 앉아 있다가 다시 침대에 누웠습니다. 그렇게 며칠을 반복했습니다. 한 달쯤 지나고 나니 누워서 공부하는 것에 익숙해져 갔습니다.

침대에 누워서 공부하는 시간이 점점 많아지면서 피로를 덜 수 있는 받침대가 필요했습니다. 인터넷을 검색했지만 제 상황에 맞는 책상이 없었습니다. 그래서 직접 만들기로 했습니다. 마침 집 앞에 각목과 큰 합판이 버려져 있었는데 그것들을 이용허서 반나절 동안 맞춤 책상을 만들었습니다. 집에 부모님이 계셨지만 무리하지 않고 스스로 만들고 싶다고 말씀드리고 공구들과 버려진 합판을 가져다 달라고 해서 직접 만들었습니다. 그리고 책상 전체를 테이프로 감아 침대로 옮긴 후 체크해봤습니다. 누워서 책과 팬을 놓을 수도 있고 위아래로 움직일 수도 있는 책상이 되었습니다. 그렇게 책상을 만들고 나니 본격적으로 공부하는 시간이 늘어났습니다. 몸이 아플 때마다 물리치료와 산책을 했고, 정신이 힘들 때마다 인터넷 강의 선생님의 쓴 소리를 다시 보며 마음을 추스렸습니다. 정말 서러웠지만 꾹 참았습니다. 포기할 수는 없으니까요.

2009년 11월 12일 수능 날이 되었습니다. 아침 일찍 40분 가량 자전거를 타고 수능 시험장까지 이동하면서 많은 생각을 했습니다. 지금까지 내가 살아온 삶을 돌아보면서 수능 시험장에 거의 다다랐을 때, 차량들과 수험생들이 보이고, 오토바이를 타고 가는 수험생들도 보이고, 선배를 응원하는 후배들, 후배를 응원하는 선배들, 가족들…, 오늘 만큼은 각박한 세상 같지 않았습니다. 서로 힘내라고 격려해주고 배려하는 모습을 보니 또 다른 세상 같았습니다. 저는 도착해서 학교 앞에 있는 김밥집에서 아침을 해결하고 누군지도 모르는 사람들에게 응원과 격려의 박수를 받으며 시험장으로 이동했습니다. 그리고 최선을 다해 수능을 무사히 마쳤습니다.

그렇게 이 악물고 했던 공부, 병원 다니면서 아픈 것 참아가면서 한 공부, 하늘에서도 알아준 것인지, 2010년 운 좋게 경기대학교에 입학하게 되었습니다. 꿈만 같았습니다. 내가 드디어 대학생이 되다니, 믿기질 않았습니다. 합격통지서를 받고 정말 많이 울었습니다. 비록 제가 목표했던 학교에는 가지 못했지만, 경기대학교는 우울한 제 인생에 새로운 한줄기의 빛이 되어 먹구름을 걷어주었습니다. 그리고 새로운 인생이 시작되었습니다.

■ 편입 ■

2010년 3월, 대학생이 된 저는 그동안 비관적이고 우울하게만 살았던 자신을 변화시키려 노력했습니다. 사람들과 대화도 많이 하고, 행사에도 많이 참여하면서 추억을 만들고, 학업에도 충실히 임했습니다. 그렇게 대학생활을 하면서 2학년이 되었을 때, 저는 행복한 고민을 하기 시작했습니다. '지금의 한계를 뛰어넘어볼까? 더 좋은 학교에서 더 뛰어난 학생들과 경쟁하고 싶다. 부모님께 효도하고 내 욕심도 채우고 싶다. 편입해볼까? 나이는 숫자에 불과하잖아? 좋아, 이왕 공부한 거 끝까지 해보자! 갈 때까지 가보자!' 이렇게 저는 2012년 편입을 준비하게 되었습니다.

2012년 1월, 편입학원을 찾아갔습니다. 처음 영어 수업을 들을 때 조금 부끄러웠습니다. 영어 공부를 입학 후 거의 안 하긴 했지만 그래도 너무 생소했습니다. 인칭이나 형식도 잘 기억나지 않는 상태에서 시작했습니다. 단어는 중고교 단어를 외우기 시작했습니다. 3개월간 수능 공부처럼 공부했습니다. 3개월 동안 하루 30개씩 단어테스트를 봤는데, 단 하나도 틀리지 않았습니다. 단 하나도! 제가 생각하는 공부는 '깡'이 필요했습니다. 마음을 독하게 먹었으면 지키는 간단한 논리였습니다. 항상 처음 공부하는 것처럼 공부했습니다. 그런데 문제가 하나 생겼습니다. 2009년 수술을 받은 후로 항상 통증이 있고 1시간 이상 앉아있기가 힘들었습니다. 최대 2시간 이상 앉아있으면 심한 통증이 생기고 피로가 쌓여서 오후 4시만 넘어가면 집중을 할 수 없었습니다. 잠도 제대로 잘 수 없었습니다. 그래서 서서 공부할 수 있는 책상을 구입해 학원으로 가져갔습니다. 그리고 학원 독서실과 강의실에서 힘들 때마다 서서 공부를 했습니다.

4~6월에는 많은 일들이 있었습니다. 허리 부상 문제로 법원에 출두해야 했고, 변호사도 수차례 만나야 했고, 여기저기 불려 다녀야 했습니다. 공부하는 시간도 부족해서 아까워 죽겠는데 나라에서는 제가 국가유공자가 되지 못하게 시간을 끌고, 말도 안 되는 법들로 싸우게 만들고 돈을 쓰게 만들면서 나의 귀중한 시간들을 갉아먹었습니다. 아무리 생각해도 나는 잘못한 것이 없는데, 훈련 중에 부상을 당한 것인데, 어이가 없었습니다. 이 문제로 3년간 저희 집안은 많이 힘들었습니다. 무엇보다 어머니의 마음고생이 심했습니다. 결국 6월이 되고서야 어머니와 저는 포기하게 되었습니다. 이렇게 살다가는 산 사람도 죽겠다고 하시면서 어머니는 제게 잊자고 했습니다. 저도 그랬고요. 설상가상 부모님이 별거를 하셨습니다. 부모님은 제게 별거 소식을 알리지 않았고 동생을 통해 알게 되었습니다. 저는 일부러 모른 척했습니다. 정말 당장 부모님에게 전화에서 왜 그러셨냐고 물어보고 싶었지만 참았습니다. 그리고 생각했습니다. '내가 가족을 다시 화합시키려면 지금 공부를 해야 한다. 참자.'고 말이죠. 그래서 이 악물고 더욱 열심히 했습니다.

9월이 되었습니다. 이때는 자금 사정이 너무 좋지 않았습니다. 학원을 그만두려고 생각했지만 나태해질 것 같아 차라리 아르바이트를 하는 편이 낫다고 생각했습니다. 그래서 9~10월 두 달간 새벽반을 저녁반으로 옮겼고, 식당과 전단지 아르바이트 등을 했습니다. 오전에 집에서 공부하다가 점심을 먹고 집 근처의 식당에 갔습니다. 그리고 5시 전까지 서빙과 잡일을 했습니다. 일을 마치고는 다시 학원으로 갔습니다. 그리고 10시까지 수업을 듣고 집에 오는 생활로 이어졌습니다. 몸도 너무 아프고 마음도 너무 아팠습니다. 그래도 참을 수 있었습니다. 예전의 많은 경험들이 정신줄을 놓지 않도록 해주었습니다.

주말에는 수학 수업을 했는데, 9월 이후로는 수학 성적이 50~60점대로 추락하기 시작했습니다. 복습을 많이 못했거든요. 이때부터 몇 번 빠지기 시작했습니다. 9월 전까지는 단 한 번도 지각과 결석을 하지 않았지만, 9월부터 한계가 오기 시작했습니다. 어느 날 수학 문제에 손을 못 대고 있는 저에게 학원 선생님이 무언의 한숨을 여러 번 쉬셨습니다. 순간 저는 너무 부끄럽고, 죄송하고, 제 자신에게 화가 났습니다. 그래서 죄송하다는 말만 하고 학원을 나왔습니다. 학원 선생님은 당연히 제 사정을 몰랐겠지만, 일일이 핑계를 대기는 싫었습니다. 10월 이후로 수학은 독학을 했습니다.

11월이 되고 다시 공부에 전념할 수 있었습니다. 비록 허리병이 심해져서 힘든 점은 많았지만, 편입시험이 끝날 때까지 잘 마무리할 수 있었습니다.

2013년 2월 8일, 성균관대학교 합격자 발표가 났습니다. 저는 홈페이지에 접속해서 입력란에 인적사항을 넣고 잠시 눈을 감았습니다. 가슴은 계속 쿵쾅거리고 1년 동안 고생했던 기억들이 스쳐지나갔습니다. 잠시 모니터를 끄고 소주를 사왔습니다. 그리고 한 컵 가득 따른 후 원샷 해버렸습니다. 큰 숨을 한번 들이쉬고는 컴퓨터로 가서 자판에 손을 올려놓았습니다. '떨어지면 이제 어떡하지? 포기해야 할까, 다시 준비해야 할까? 만약에 붙으면 정말 행복할 텐데…' 가슴이 조마조마했습니다. 그리고 눈을 질끈 감고 클릭했습니다. 잠시 후 'We are the champions~' 음악이 흘러 나왔습니다. 감은 제 두 눈엔 이미 눈물이 미친 듯이 쏟아져 나오고 있었습니다. 정말 집이 떠나갈 정도로 소리를 지르고 울부짖었습니다.

7년 동안 공부를 위해 바친 내 젊은 청춘, 감격의 순간이었습니다. 그 동안의 많은 시련의 기억들을 한 잔의 소주에 담아 계속 들이켰습니다. 눈물이 그치지 않았습니다. 정말 행복했습니다. 내가 드디어 해냈다는 성취감에, 부모님에 대한 감사함에, 내 자신이 자랑스럽다는 자부심에, 성균관대학교에서 나를 인정해주었다는 감사함에 등등…. 7년 만에 행복한 설을 맞이할 수 있었고, 가족들과 지인들에게 정말 뜨거운 축하를 받았습니다.

*

여기까지가 제 인생 이야기의 전부입니다. 왜 공부해야 하는지 아시겠죠? 공부하고 싶으시죠? 당신은 제가 살아온 삶보다 더 힘든 삶을 겪었을 수도 있고 덜 겪었을 수도 있습니다. 그 어떤 경우에도 당신도 할 수 있다는 것이 중요합니다. 단지 '깡'과 스스로 만들어내는 '운'만 있으면 됩니다. 저는 '운'이란 포기할 부분(이성, 술, 게임 등)은 과감히 포기하고 간절한 목표(공부)에 더욱 더 열정을 쏟아 스스로 만들어내는 것이라고 생각하며, 이 '운'은 그런 사람들에게는 최후의 순간에 일어난다고 확신합니다. 저는 이 '깡'과 '운'을 저의 수능과 편입 성공의 핵심이라고 생각합니다. 당신은 저보다 훨씬 놀라운 결과를 만들어낼 잠재력이 있습니다. 자신을 믿으세요.

파란만장 차츰차츰 편입 공부법

■1~3월■

1월 1일 신정, 일출을 보면서 새로운 각오를 다짐하고 편입 준비를 시작하는 사람들 많을 겁니다. 영어 이론을 공부 안 한 지 최소 2년 이상 되었거나 be동사의 단수 복수 구분조차 안 되는 사람도 있을 것이고요. 저 역시 다 잊어버려서 기억이 나질 않았습니다. 하지만 걱정하지 않아도 됩니다. '깡'을 가지고 꾸준히만 하면 여유롭게 소화할 수 있습니다. 저는 학원을 병행했기 때문에 학원을 다니면서 공부한 방법을 중심으로 말하겠습니다. 3월 전까지 하루 평균 순공시간(수업 제외)은 4~6시간 정도였습니다.

문법

보통 1~3월은 학원 수업에서 문법 비중이 가장 높은 시기입니다. 그 중에서도 1월은 '동사' 하나로 한 달을 수업하게 됩니다. 제 경험상 1월 한 달 동안 동사만 공부한 것이 편입 끝나는 날까지 아주 많은 영향을 미쳤습니다. 공부 방법도 그리 어렵지 않았습니다. 그냥 편안하게 수업 내용 필기하면서 암기할 부분은 마인드맵으로 연습장에 그리면서 암기하였습니다.

하루 평균 공부시간(수업 제외)은 1~2시간 정도면 충분했습니다. 교재는 학원에서 동사만 다룬 프린트나 간략한 교재로 했습니다. 중학생 수준 정도의 난이도입니다. 2~3월이 되면 편입 문법 전체를 표면적으로 정리하게 됩니다. 이때 문법을 바짝 해놓으면 여름에 정말 많이 편해지게 됩니다. 저는 2~3월에 문법을 하루 평균 3시간씩 공부했습니다. 교재는 학원 수업 교재에다가 제가 보기 편한 문법 이론서 하나를 따로 공부했습니다. 학원 수업이 부족하다 싶으면 마음에 드는 교재 하나를 선택해서 공부하는 것을 추천합니다.

단어

저처럼 단어가 바닥이면 고교 필수 단어부터 시작하면 됩니다. 교재보다도 더 큰 고민은 아마도 암기입니다. 공부를 오래 안 하다가 하는 경우라면 1시간을 외워도 고교 단어 30개가 어렵습니다. 하루 종일 외워봤자 100개도 머릿속에 남지 않습니다. 여기서 학원이 좋은 이유가 매일 단어테스트를 반복해서 본다는 것입니다. 하루에 일정 분량을 누적해서 랜덤으로 테스트하는 것이 학원의 가장 큰 장점이라고 할 수 있습니다. 일반적으로 쓰면서 테스트하는 방식이기 때문에 영어 스펠링 암기도 자동적으로 할 수 있게 됩니다.

학원에서 나눠주는 단어테스트 시험지를 선생님에게 공부하고 싶다고 좀 더 달라고 하면 많이 줍니다. 그것을 가지고 스스로 또는 친구들과 단어시험을 보는 겁니다. 그러면 정말 암기력이 금방 올라가고 즐겁게 할 수 있습니다.

고교 필수 단어를 외우면서 부수적으로 독해 교재나 문법 예문 등에 나오는 단어를 정리하게 되면 하루 암기 분량이 생각보다 많습니다. 아직 단어 암기가 많이 안 되어 있기 때문에 고급 단어는 시작하지 않는 것이 좋습니다. 하지만 고교 단어가 어느 정도 수준에 이르렀다 생각되면 편입에 많이 쓰는 고급 단어책을 시작해도 무방하다고 생각합니다. 저는 3월부터 고급 단어책을 시작했고, 4월까지 표제어와 빈출 단어만 암기했습니다.

독해/논리

기본 난이도 지문 중에서 한 단락을 봤을 때 모르는 단어가 최소 10개 이상이면 해석이 안 됩니다. 그래서 너무 어려운 지문보다는 쉬운 지문부터 하는 것이 좋습니다. 저는 수능용 『천일문(심화)』부터 시작했습니다. 영어 문장과 문법을 한꺼번에 공부할 수 있었습니다. 끊어 읽기 연습도 했습니다. 수능용이라 내용도 재미있고 조금만 노력하면 금방 끝내버릴 수 있는 책입니다. 수능용 메가스터디『고난도 400제』같은 문제집도 풀었습니다. 그리고 혼자 공부하는 책들 외에 학원에서 사용하는 독해 교재로 수업을 듣고 복습을 했습니다. 3월 전에는 무엇보다도 글의 구조 파악과 해석이 정확하게 되도록 연습했습니다. 9월 이후가 되어서는 해석이 정확하게 되면서 술술 읽히고 주제를 정확하게 파악할 수가 있었습니다.

논리는 문법과 단어가 되어있지 않으면 아무런 의미가 없었습니다. 3월 전에는 수업 외에는 하지 않았습니다. 3월까지는 문법과 단어에 가장 많은 비중을 두었는데, 독해를 공부하면서도 역시 문법과 단어에 중점을 두고 공부했습니다.

수학

3월부터 학원에서는 편입 수학을 시작했습니다. 미적분을 배우기 이전에 기초 수학을 한 달간 배우게 됩니다. 중고교 수준에서 꼭 필요한 수학적 기본 지식과 미적분의 기초를 배웠습니다. 개인적인 생각으로, 편입 수학은 수능 수리-가형에 비해서 정말 암기할 부분이 훨씬 많습니다. 하지만 성실하게 공부한다면 점수는 훨씬 얻기 쉽다고 생각합니다. 수능 수학이 종합적인 사고를 요구한다면, 편입 수학은 암기력과 계산력이 필요합니다. 얼마나 많은 공식을 알고 있고 빠르게 풀어낼 수 있는지가 가장 중요합니다.

3월에 배우는 기초 수학은 중고교 수준의 난이도라 수학을 처음 접하거나 문과라도 이해하는 데 아무런 어려움이 없기 때문에 누구라도 할 수 있습니다. 보통은 프린트로 수업을 하게 되고, 학원마다 기초 미적분학 교재로 문제를 풀게 됩니다.

3월에는 수학노트를 만들지 않았습니다. 그냥 프린트만 잘 모아서 복습하다가 4월부터 노트를 만들었습니다. 4월에 다시 3월 부분을 복습하고 새로운 교재를 보면 또 반복합니다. 편입 수학은 항상 반복입니다. 그냥 마음 편하게 공부하면 되는데, 수학을 공부할 때 가장 중요한 점은 문제를 많이 푸는 겁니다. 이론 하나를 공부했다면 그에 따른 문제집을 하나 구입하여 꼭 문제를 많이 풀어야 합니다. 수학은 그날 바로 복습하고 문제를 풀어야 기억이 가장 오래 남았습니다.

■ 4-6월 ■

4월이 되면서 본격적으로 공부에 불이 붙기 시작했습니다. 학원에서는 가장 핵심적인 내용으로 돌입합니다. 수학도 난이도가 올라가기 시작했습니다. 이때부터 하루 순공시간이 6~7시간이 기본이 되고, 열정이 불타올라 이렇게만 공부하면 고려대도 문제없겠다는 착각에 빠져들게 합니다. 학원에 아침 6시 도착하여 저녁 10시까지 공부만 하는 생활에 익숙해지는 시기입니다. 영어는 평일에 집중하게 되고, 수학은 주말에 집중하게 되었습니다. 그리고 휴일은 사라져버렸습니다.

문법

4월이 되면서 최소한 동사는 완전히 알게 되었고, 전체적인 문법 이론은, 자세히는 알지 못하지만, 대충 남에게 설명할 수 있을 정도가 되었습니다. 소위 기본서라는 두꺼운 문법 교재로 문법 이론 전체를 자세히 공부하게 되었습니다. 이때부터 저만의 문법 교재와 노트를 만들었습니다.

여기서 하나 당부하고 싶은 점이 있습니다. 저는 이론서를 세 권 가지고 있었는데, 가장 많이 보는 이론서 한 권을 위주로 회독 수를 늘리고, 나머지 두 권의 이론서는 참고용으로 봤습니다. 결론은 한 권으로 계속 공부하는 것이 좋다는 것입니다. 왜냐하면 한 권 이상의 이론서는 머리만 복잡해지고 스트레스만 받을 뿐, 실전 시험에서는 도움이 되지 않았습니다.

자세히 공부한 이론으로 문법의 바탕이 잡히면서 많은 문제를 풀었습니다. 저의 방법은 하루에 이론서 1챕터를 복습/정리/암기하고 챕터별로 나누어진 문제집을 풀었습니다. 평일에는 하루 10~30문제 정도 풀었고, 한 달 평균 이론서 2회독을 했습니다. 5~6월도 마찬가지로 계속 반복했습니다. 하루 평균 2~3시간 공부하면서 3개월간 6회독 이상을 하게 되었습니다. 문법에는 자신감이 생겼고 문법은 이제 마스터했다고 생각하게 됐지만, 실제로 문제를 풀어보면 아직 멀었다는 생각이 들었습니다. 문법 이론만 잘 안다고 해서 문제를 잘 푸는 것은 아니었습니다. 저는 6월쯤에 모의고사를 보면 10문제 중 6~7개 정도 맞혔습니다.

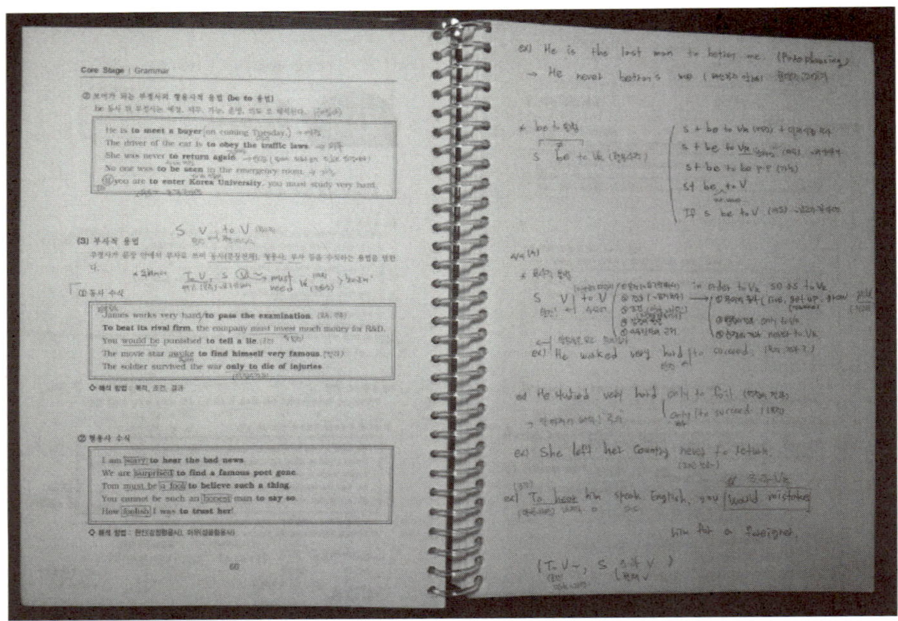

▲ 왼쪽에는 이론이 있고 오른쪽에는 빈 페이지가 되도록 만들었습니다. 그래서 오른쪽에 배운 내용을 요약 · 정리하고, 이니셜을 따 외웠습니다(예를 들어 비교급 강조 〈셈퐈!〉semfa: still, even, much, far, a lot).

단어

단어는 본격적으로 고급 단어책을 중점으로 외우기 시작했습니다. 4~6월까지는 기본 단어, 어근 관련, 표제어, 빈출 단어만을 공부했습니다. 하루 두 챕터씩 공부하면서 매일매일 단어테스트를 봤습니다. 오늘은 어제 범위를 시험 보고, 내일은 누적해서 시험 보고, 금요일에는 일주일 치를 몰아서 랜덤으로 시험을 봤습니다. 학원에서 아침저녁으로 관리를 잘 해줘서 꾸준히 잘 따르기만 한다면 단어는 걱정 안 해도 되었습니다.

단어책에 보면서 어근을 가지고 외우는데, 접두어와 접미어를 통해 유추가 잘 되는 부분도 있고 안 되는 부분도 있습니다. 안 되는 부분은 과감히 버리고 유추가 잘 되는 부분만 어근 공부를 했습니다. 예를 들면 un 같은 접두어가 not을 의미한다는 것은 정말 잘 이해가 갑니다. 하지만 딱 봐서 도저히 유추가 안 되는 어근들은 외우지 않아도 됩니다. 독해하거나 단어를 유추할 때 그다지 도움이 안 될 겁니다. 나중에 저는 조금 후회를 했습니다. 괜히 시간 들여서 외워지지도 않는 것을 억지로 외웠는데, 시간만 낭비한 꼴이 되었습니다.

그리고 단어책에 있는 긴 예문들은 가능한 한 보지 않는 것을 추천합니다. 정말 외워지지 않는 단어만 예문을 같이 보면 될 것 같습니다. 왜냐하면 저는 조금 무식하게 욕심내서 다

보려고 했는데, 예문들까지 전부 공부하니까 하루에 두 챕터를 소화할 수 없었습니다. 거기다가 그다지 많은 도움도 안 되었고요. 한 달 이상을 그렇게 공부한 후에야 선생님과의 상담을 통해 방법을 바꾸었습니다.

딱 눈에 들어오는 어근과 표제어, 빈출 단어만을 3~6월에 반복하는 것을 추천합니다. 그리고 이때쯤 저는 단어에 하루 평균 2~4시간 정도를 투자했습니다. 2~3개월 정도면 1회독을 하게 되는데, 그 다음부터 다시 봤을 때 아는 단어는 넘어가고 모르는 단어만 체크하면서 공부를 하니 속도가 엄청나게 붙기 시작했습니다.

독해

문법과 단어를 꾸준히 했다면 독해도 탄력을 받기 시작합니다. 해석이 70% 이상 되면서 전체적인 주제와 키워드들을 잡는 연습을 했습니다. 물론 분석적인 공부도 계속 했습니다. 지문을 분석하더라도 쌓인 단어가 많기 때문에 얼마 걸리지 않았습니다.

이때부터는 틀린 지문만 분석하는 것을 추천합니다. 또한 너무 많이 틀렸다고 하더라도 정한 시간만큼만 공부하고 넘어가도 됩니다. 보통 하루 평균 수업 외에 2시간 정도 공부하면 충분할 겁니다. 푸는 문제의 양은 재량껏 하면 됩니다. 저는 보통 수업 외에 하루 2~4지문을 풀었습니다. 참고로 너무 어려운 문제들은 넘어가도 괜찮습니다. 여름이 지나면서 정말 어려운 지문을 많이 풀게 됩니다. 꾸준히만 하세요.

매일매일 독해 지문을 읽어야 됩니다. 주말에도 마찬가지고요. 꼭! 그래야 독해 감이 생기거든요. 그리고 끊어 읽기는 계속 하고 있어야 합니다. 조금씩 끊어 읽기의 길이를 늘려야 합니다. 구를 문장으로, 한 문장을 두 문장으로 시야를 넓혀야 합니다. 처음에는 잘 안 되지만 계속 지문을 보다 보면 자연스럽게 어디에서 끊어야겠다는 생각이 듭니다. 제 경우는 보통 동사 앞에서 끊고 핵심이 되는 의미를 구분할 수 있는 부분을 끊었습니다. 왜냐하면 문제를 풀어보면 보통 키워드가 들어간 문장의 의미와 동사 부분이 답이 많이 되기 때문입니다. 그리고 7월이 넘어가면 선생님이 어디에서 끊으라고 말하는 것과 자신이 끊는 부분이 신기하게 일치되기 시작합니다.

논리

4월부터는 그동안 공부했던 문법과 단어를 기반으로 논리 공부를 시작했습니다. 보통 수업 복습 외에 하루 평균 1시간씩 논리 공부를 했습니다. 하루 평균 10문제 정도 풀었고 부족한 부분은 주말을 이용했습니다. 역시 분석적으로 공부를 했고, 논리에서 나오는 단어는 따로 암기를 했습니다. 왜냐하면 논리형 단어는 일반 단어와 뉘앙스가 다른 부분이 많고, 논리에만 나오는 단어들이 거의 정해져 있기 때문입니다.

쉬운 난이도부터 논리를 공부하게 되면 정말 재미있습니다. 문장도 별로 길지 않고 틀린 그림 찾는 것 같은 기분이 들면서 시간도 금방 지나갑니다. 이때쯤 학원 수업에서는 스킬도 조금씩 가르쳐주기 시작합니다.

논리는 푸는 스킬이 중요하다고 생각합니다. 저는 처음에는 논리를 독해처럼 공부했습니다. 다 읽고 해석하고, 끊어 읽고, 독해의 빈칸 문제를 푸는 것처럼 문맥상 들어가는 뜻을 유추하면서 공부했는데, 여름이 지나고 나서야 공부 방법이 잘못된 것을 깨닫게 되었습니다. 논리는 독해처럼 공부하는 것이 절대 아니었습니다. 물론 논리 문제 중 장문형은 독해처럼 푸는 것이 맞지만, 대표적인 논리 문제들은 짧은 두세 문장을 보고 빠른 시간 내에 답을 찾아내는 것입니다. 두세 문장의 한 문제를 푸는 데 1분이 넘어가면 그것은 독해하고 있는 겁니다. 즉 빠른 시간 내에 답이 되는 근거를 찾아내는 것이 논리라고 생각합니다. 그렇게 하기 위해서는 논리 문제에서 쓰이는 장치들(역접, 순접, 인과관계 등)을 익혀야 하고, 많은 문제를 풀어봐야 합니다.

논리는 혼자 공부하기보다는 학원 수업을 추천합니다. 시중에 나온 책들만 가지고는 잘 알 수가 없습니다. 한두 번 반복한다고 해서 체득되는 것도 아닙니다. 정말 많은 시행착오를 겪어봐야, 그리고 지도를 잘 받아야 이해가 갑니다. 1분이라면 시간이 너무 촉박한 것 같죠? 물론 저도 9월 넘어서까지 '이렇게 제 시간에 풀지도 못하는데 대학은 갈 수 있으려나?' 생각하곤 했습니다. 공들여 풀었다고 해도 채점하면 비가 내렸지만, 그래도 포기하지 않고 최대한 시간을 줄이려 노력했습니다.

수학

미적분학, 선형대수를 4~6월 동안 했습니다. 편입 수학은 대체로 이해하기 쉽고, 어려운 이론은 거의 쓸모가 없기 때문에 제쳐두고 공식 위주로 수업을 합니다. 공식을 외우고 문제에 적용하는 연습이라고 할 수 있습니다. 보통 여러 학원에서는 주말에 수학 수업을 합니다. 수학은 학원 수업만 잘 듣고 복습만 열심히 하면 정말 쉽습니다. 제 생각으로는 문제를 얼마나 많이 풀어보고 공식을 적용해 보았느냐가 최후의 시험에서 당락을 결정한다고 생각합니다. 그만큼 편입 수학은 공식과 문제풀이가 중요합니다.

저는 월수금은 미적분학을 공부하고, 화목은 선형대수를 공부했습니다. 주말은 수학을 전체 복습하는 데 사용했고, 평일 복습시간은 1~2시간 정도였는데, 수업 내용을 복습하고 공식 암기하면서 몇 문제 푸는 식으로 했습니다. 영어 때문에 아픈 머리를 수학으로 잠깐잠

간 풀어주는 식이었습니다.

■7-9월■

편입생들이 가장 힘들어하는 슬럼프의 계절입니다. 더운 날씨 때문에 짜증나고, 체력이 떨어지고, 성적도 오르지 않고, 놀고 싶고, 연애세포가 활발해지는 시기입니다. 이 시기에 가장 중요한 것은 마인드컨트롤입니다. 7월부터 엄청난 문제풀이가 시작됩니다. 이 시기가 1년 중 가장 중요하다고 생각합니다. 꼭 마인드컨트롤을 잘해서 문제풀이에 집중하고 성적을 올려야 합니다.

문법

7월부터는 문법 이론 공부를 최소화했습니다. 정리해놓은 노트와 공부한 교재를 보았는데, 두세 챕터 정도 빠르게 읽고 넘어갔습니다. 기억만 되돌릴 정도로 한 후 문제풀이를 많이 했습니다. 문제는 챕터별이 아닌 종합형을 최종 시험 전까지 풀었습니다. 학원 수업도 마찬가지로 종합형을 푸는 수업을 했습니다. 저는 이 시기에 하루 문법 공부를 1시간 남짓으로 줄이고 독해와 수학에 비중을 많이 두었습니다.

단어

저는 이과생이라 동의어와 반의어까지만 공부하고 그 외에는 안 했습니다. 그 시간에 수학을 공부하는 것이 오히려 이득이라고 생각했습니다. 분량도 많아서 차라리 아는 것만 확실하게 하는 것이 낫다고 생각해서 동의어와 반의어까지만 반복하여 암기했습니다. 하루 평균 2시간 정도 꾸준히 공부했는데, 9월까지 10회독 이상을 했습니다.

이때쯤 되면 암기해야 할 단어의 수준이 너무 높아져서 어근으로 안 되고, 철자 수도 너무 많아 외워지지 않는 단어들이 많이 생겼습니다. 그래서 이때부터는 연상암기를 시작했는데, 수험생활이 끝나는 날까지 정말 많은 도움이 되었습니다. 연상암기를 하게 되면 기억이 오래 간다는 장점도 있지만, 단어 공부를 즐겁게 할 수 있다는 이점이 가장 컸습니다.

독해

그동안의 문법 및 단어 내공으로 다독을 하게 되었습니다. 수업 외에 하루에 최소 7지문 이상씩 풀었고, 영어가 너무 익숙해져서 한글 단어를 까먹고 영어 단어만 생각나는 이상한 현상이 생기기도 했습니다. 보통 하루에 3~7시간을 했는데, 공부시간의 절반 이상을 독해에 쏟아부었습니다. 정말 많은 지문을 보게 되기 때문에 9월쯤 되면 '어디서 봤던 지문 같은데…'라는 생각이 들 때가 빈번해지면서 무슨 문제가 나올지를 예상하게 되었습니다.

논리

7월부터는 논리 수업도 문제에 초점을 맞춰서 합니다. 그 동안 단어와 문법 지식을 배경으로 논리의 장치 및 스킬들을 공부했다면, 이때부터는 많은 문제를 풀면서 적용하는 연습을 했습니다. 그동안 논리는 저에게 최대의 적이었는데, 이때쯤부터 논리 점수가 팍팍 오르기 시작했습니다.

제가 생각하기에 이 시기에 가장 중요한 것은 시간이었습니다. 저는 4분에 10문제 푸는 연습을 했습니다. 항상 시간이 부족했지만 그래도 계속했습니다. 문장에서 필요 없는 수식은 없애고 핵심만 찾아내려 노력했습니다.

수학

7~9월은 수학에 열을 올리는 시기였습니다. 편미분, 중적분과 공업수학을 배우게 되는데, 이 부분부터는 생소한 내용이 많고 난이도가 있기 때문에 매일 복습을 했습니다. 배웠던 미적분학과 선형대수는 까먹지 않게 1주일에 이틀 정도 잠깐 정리한 노트로 복습을 하고 나머지 시간에는 편미분, 중적분과 공업수학에 초점을 맞춰서 공부했습니다.

이 시기에는 하루에 보통 수학 3~4시간, 독해 4~5시간, 단어 2시간을 했고, 논리와 문법은 하루 건너서 1~2시간씩 공부했습니다. 7월이 넘어가면 수학 관련 프린트와 필기가 엄청나게 많아져서 관리가 힘들어지게 됩니다. 그래서 많은 시행착오 끝에 저만의 노트정리 방법을 사용하게 되었습니다.

■ 10월 이후 ■

날씨가 추워지고 시험 날짜가 가까워지면서 정신이 번쩍 들었습니다. 편입 공부 시작할 때가 추웠는데, 벌써 한 해가 다가고 있다는 생각에 공부는 잘 안 되고 마음만 급해졌습니다. 벌써 10월인데 성적은 중간쯤이고, 앞이 안 보여서 낙담했습니다. '아, 이래서 대학에 갈 수나 있겠나?' 하면서 말입니다. 남자다 보니 가을까지 타게 되었습니다. 마음이 허전하고 '누가 옆에 같이 있어주면 좋겠다'는 생각을 하게 되고 잡생각이 많이 들었습니다. 그때 허전한 마음을 달래주고 정신 차리도록 도와준 것이 바로 같이 공부한 동생들이었습니다. 저와 함께 스터디도 자주 했던 동생들이 2명 있었는데, 그들과 서로 의지하면서 마음을 다시 바로잡을 수 있었습니다.

문법

10월부터는 다시 한 번 전체적인 복습을 했습니다. 그동안 문제풀이에 초점이 맞춰져 있었기 때문에 문법의 깊은 부분은 까먹게 되었습니다. 그래서 학원에서는 다시 총 복습을 한번 진행합니다.

이때쯤은 스스로 어떻게 공부해야 하는지 잘 알게 되는 시기입니다. 자신만의 스타일이 생기고, 문법의 어느 부분이 취약한지 파악하게 되고, 어떻게 공부해야 할지 스스로 알게 되었습니다. 저는 전치사와 도치 부분이 약했기 때문에 부족한 부분들을 중점적으로 공부했습니다.

그리고 9월부터 가장 중요한 것은 자신이 원하는 대학별로 기출문제를 푸는 것이었습니다. 대학마다 문법 문제 스타일이 다르기 때문에 제가 원하는 대학의 기출문제를 최소 5개년 이상 풀었습니다. 저는 상중위권 대학의 5~7개년 분을 학원과 독편사, 대학생 연합모임 등에서 구입하여 풀고 분석했습니다.

단어

단어는 그동안 했던 대로 계속 반복했습니다. 더 이상 알려고 하기보다 지금까지 외운 몇만 개의 단어와 수백 개의 숙어를 까먹지 않도록 반복했습니다. 시험장에 들어가는 날까지 반복했습니다.

독해/논리

독해와 논리도 마찬가지로 9월부터 기출문제 분석을 시작했습니다. 대학별로 5~7개씩 분석하면서 9~10월은 순식간에 지나갔습니다. 학교마다의 스타일과 난이도, 시간 배분, 보기 스타일 등등이 머릿속에 각인될 정도로 반복해서 공부했습니다.

학업계획서 작성과 면접 이야기

■ 학업계획서 ■

학업계획서는 1주일 정도 수정을 반복하면서 혼자 준비했습니다. 학원에서 첨삭을 해주기도 하는데, 저는 스스로 했습니다. 제가 대학을 가기 위해서 어떤 노력을 했으며, 앞으로의 꿈을 위해 모든 것을 바칠 수 있다는 마인드를 어필하는 것에 중점을 두고 작성했습니다. 물론 진심이었습니다. 최소 50번 이상은 첨삭했습니다. 학업계획서는 자신의 정성이 가장 중요하다고 생각합니다.

■ 전공면접 ■

전공면접 준비는 성균관대학교만 했습니다. 비전공이었습니다. 면접을 위해서 성균관대학교의 교육 이념과 전공 이수 체계 등을 암기했고, 학원과 카페에서 전공면접 자료를 입수해 기초 전공과목의 기본 개념들을 공부했는데, 이해가 안 되는 부분들은 외웠습니다.

면접을 볼 때는 교수님 두 분이었는데, 한 분은 주로 인성을 물어보고 한 분은 전공을 물었습니다. 자기소개부터 시작하여 8분 남짓 진행되었습니다. 옷차림은 학생답게 머리를 단정하게 자르고 옷도 무난하게 캐주얼차림이었습니다. 옷차림에는 많이 신경 쓰지 않아도 되는 것 같습니다. 옷차림보다는 제 눈을 뚫어져라 보셨거든요. 들어갈 때와 나올 때는 서류만 보고 계셨고요.

제가 생각하기에 면접에서 가장 중요한 것은 자신감입니다. 저 같은 경우는 자기소개 대본을 만들어서 100번 넘게 외웠는데도 교수님들 앞에서는 계속 버벅대고 침이 마르고 혀가 꼬여 이상한 발음을 하기도 했습니다. 하지만 쑥스러워도 쩌렁쩌렁하게 말했고, 제 진심을 담아 말했습니다. 비전공자로서 부족한 부분도 많았지만, 그 자신감을 좋게 봐주신 것 같습니다.

자신의 신체리듬을 파악

■ 계획표 ■

저는 일요일마다 1주일 단위로 계획을 세웠습니다. 계획은 쉬는 시간과 여분의 시간을 넉넉히 잡아두고 지키려 노력했고, 70% 정도 달성했습니다. 계획표 덕분에 지각을 안 할 수 있었고, 시간을 효율적으로 사용할 수 있었으며, 얼마나 공부하고 얼마나 시간을 허비했는지 확인할 수 있었습니다. 처음에 마음에 드는 노트를 하나 구입해서 자유로운 형식으로 계획표를 짰는데, 그 이후 1년 동안 계획표를 짜면서 진화가 일어났습니다. 계획표를 짜는 것이 습관이 되면서 자신에게 가장 맞는 계획표를 스스로 만들고 싶은 충동이 생겨서 자연스럽게 자신에게 맞추게 되었습니다.

■ 역할모델 ■

공부를 할 때, 제 자신의 역할모델은 '강영우 박사님'과 '이승복 재활의사'였습니다. 강영우 박사님은 사고로 두 눈을 잃고, 부모를 잃고, 누나도 잃은 상황에서 점자책으로 공부하신 분입니다. 연세대를 차석으로 졸업하고 미국 국방성에서 차관까지 하신 분입니다. 이승복 재활의사는 기계체조 금메달리스트였는데 사고로 사지마비 장애인이 되었고, 잘 움직이지도 않는 손가락 하나로 공부를 해서 현재 미국에서 재활의사로 활동하는 분입니다. 이 두 분은 절대로 공부를 할 수 없는 처지에 있는 분들이었는데도 자신의 한계를 뛰어넘었습니다. 저는 이 두 분을 항상 생각했고, 나도 이분들처럼 이겨내겠다고 다짐하면서 포기하지 않았습니다. 그래서 힘든 고비도 넘길 수 있었고, 항상 제 자신을 돌아볼 수 있었습니다. 꼭 자신의 역할모델을 만들길 바랍니다.

■ 공부 같이 할 친구 사귀기 ■

혼자는 정말 힘듭니다. 저는 수능 준비 때 혼자 했었지만, 편입 때는 공부할 지인들이 생겼습니다. 너무 늦게 알게 되었습니다. 혼자 하는 것이 정말 힘들다는 것을요. 식사 같이 할 수 있고 공부도 경쟁하면서 할 수 있을 만한 경쟁자를 친구로 만드는 것이 좋다고 생각합니다. 한두 명이면 충분합니다.

■ 독학보다는 학원을 ■

편입은 많은 전략과 정보가 필요합니다. 독학하게 되면 우선 편입 정보를 얻기가 힘듭니다. 편입 카페나 온라인에는 거짓 정보가 많기 때문에 잘못된 길로 빠질 수도 있습니다. 또 독학하게 되면 나태해질 가능성도 높고요. 이미 독학을 해본 사람도 많겠지만, 편입에서만큼은 독학보다 학원에 다니는 것이 유리하다고 생각합니다. 자료도 제공받을 수 있고, 매주 모의고사를 보기 때문에 실전 감각도 익히기가 수월합니다. 그 외에도 정말 많은 이유가 있지만, 독학은 절대로 비추천합니다. 교육의 질보다는 학생관리가 잘 되는 학원을 추천합니다.

■ 짬나는 시간에 단어 암기 및 독해 ■

네이버 사전, Word up 어플 등을 다운받아 짬이 나는 대로 보았습니다. 네이버 사전을 이용하면 검색했던 단어를 저장해서 단어장 활용이 가능합니다. 「뉴욕타임즈」 어플을 받아서 짬이 나는 대로 보았습니다.

■ 잠 이기기 ■

가장 난해한 부분입니다. 제 경우 하루 평균 6~7시간을 잤고, 피곤한 날은 낮잠을 1시간 정도 잤습니다. 편입을 준비하면서 이렇게도 자보고 저렇게도 자보고 했는데, 어떤 리듬이라는 것을 느끼게 됐습니다. 제 신체리듬은 밤 9~10시쯤 잠이 쏟아졌다가 12시가 넘어가면 새벽까지 잠이 오지 않는 야행성이었습니다. 그래서 여름 이후로는 저녁 9시 반쯤에 학원에서 돌아와 세면만 하고 잤습니다. 11시가 넘어가면 슬슬 잠이 깨기 시작했지만, 무조건 잤습니다. 절대 욕심내서 새벽까지 공부하지 않고 그냥 잤습니다. 그리고 기상은 항상 5시에 했습니다.

자신의 신체리듬을 파악해보세요. 졸리기 시작하는 시간, 일어났을 때 상쾌한 시간 등등을 파악해서 자신만의 생활패턴을 만들어야 합니다. 토요일도 마찬가지로 똑같이 생활하고, 일요일은 조금 더 푹 자도 좋습니다. 하루 정도는 신체리듬에 영향을 주지 않는데, 토요일과 일요일을 연달아 푹 자버리면 월요일이 힘들었습니다. 일요일 하루만 푹 자세요.

포기를 모르는 당신에게

편입 수험생 여러분! 저의 메시지가 잘 전달되었는지 모르겠습니다. 편입이 어렵다고들 합니다. 더군다나 인원까지 줄어가고 있으니 더 암울하다고 하죠. 하지만 제가 여러분에게 드리고 싶은 말은, 얻고자 하면 얻을 수 있다는 것입니다.

상황이 힘들고 어렵다고 하더라도 절대 포기하지 마세요. 간절한 마음으로 원하면 이뤄낼 수 있습니다. 힘내세요. '깡'으로 무장하고 편입을 박살내버리시기 바랍니다. 목숨을 걸고 열심히 하세요. 열심히 하여 스스로 자신의 '운'을 만드세요. 수험생에게 '열심'이라는 말은 '더울 열'이 아니라 '불 열'이래요. 즉 가슴에서 열이 나도록 공부하라는 뜻입니다. 열심히 하세요! 가슴이 뜨거워지도록! 저도 가슴이 뜨겁도록 앞으로도 계속 열심히 살아갈 것입니다.

dreamkuv@naver.com

Select the one that best completes the sentence(s) according to standard written English.

1. Smoking low tar and nicotine cigarettes ________ an ineffective way to quit smoking. According to researchers, the amount of cigarettes people smoke significantly increases when they switch to a low tar and nicotine brand.
   A. prove that it is
   B. proves to be
   C. proves that they are
   D. prove to be

2. I am sorry to hear that the book is not available yet, but can you tell me ________ to be released?
   A. when is expected of you
   B. when it expects of you
   C. when you expect it
   D. when you will expect

3. Man, biologically considered, and ________ into the bargain, is simply the most formidable of all the beasts of prey, and, indeed, the only one that preys systematically on its own species.
   A. what be he else may
   B. what may be he else
   C. whatever he else may be
   D. whatever else he may be

4. Robust and persistent sailors gathered from all the nations of Europe and set out on the voyages that laid foundations for great empires ________ sail and oar.
   A. with no other power than
   B. with no so power as
   C. with no any power as
   D. with no so power than

5. The opposition vehemently objected to any increase in the powers of local government, ________ that the new system was thrown out in the same year.
   A. so much so
   B. so much as
   C. too much as
   D. as much as

05 무언가를 이루려면 무언가는 포기해야 한다

짧은 기간의 노력 그리고 실패, 또 다른 도전

박성균

[지방교대 ➡ 고려대]

- **학사편입**
- **전적대학** : 지방교육대학교 미술계열(3.9/4.5), 영문학사(4.0/4.5)
- **편입대학** : 고려대학교 생명공학부(KU–TOSEL 76.5, 상위 3%/경쟁률 64:1 최종 1명 선발)
- **나이** : 28세
- **성별** : 남자
- **합격한 학교**
  - 한양대학교 정보시스템학과(92.5/24:1)
  - 건국대학교 특성화학부(8:1)
- **불합격한 학교**
  - 성균관대학교 심리학과(85_1차 합격/면접 불합격)

안녕하세요? 저는 2011년도 고려대학교에 입학해 2013년 2월 고려대학교 생명공학부를 졸업한 후, 현재 직장인으로서 사회의 역군이 되어 국가에 이바지하고 있습니다. 오늘은 휴일이라 오랜만에 휴식 시간을 갖고 기분 좋게 봄비 내리는 것을 보면서 커피를 홀짝거리며 이렇게 글을 씁니다. 지금이야말로 다시금 제 인생을 돌이켜볼 순간이란 생각으로 지난 기억을 옮겨봅니다.

박성균

자신에 대한 기대치

생각해보면 지금껏 인생이 저에게 호의적이었던 적이 없어서, 항상 약간 비딱한 시선으로 실패를 대비하면서 두 배를 준비하자는 마음을 가지고 살았습니다. 제가 합격한 것은 지금 생각해보면 단지 조금 더 운이 좋았던 것뿐이라는 생각이 듭니다. 그동안 가지고 살았던 상대적 열등감이란 멍에를 놓게 해주신 하나님께 감사함을 느낍니다(그렇다고 제가 독실한 기독교도는 아닙니다).

사실 편입시장 3~5만의 수험생 중에 목표를 이루어 자신의 의지를 관철하는 사람은 많지 않습니다. 인 서울 상위권 기준으로 2천 명 전후의 합격자들이 목표를 이루었다고 보면 말입니다. 편입은 소문도 많고 오해도 많습니다. 많은 수험생들에게 제가 겪은 경험이 혼란스러운 편입시장에서 방향을 잡는 데 도움이 되었으면 좋겠습니다.

지금 이 글을 읽고 있는 여러분들도 4년 전의 저처럼 대형 서점 구석에서 편입 관련 책을 통해서 '편입에 도전해볼까?' 하고 정보를 수집하고 있는 중인지, 아니면 개도전의 치열한 수험 생활 중인지 모르겠지만, 모두에게 도움이 되고자 제 1년간의 일을 담담히 써보겠습니다.

수기를 쓰기 전에 먼저 수험생 여러분은 어떤 목적과 의미를 두고 편입을 하는지 명확히 해야 한다고 조언하고 싶습니다. 왜냐하면 저는 잘 모르는 상태에서 뛰어들어 5~6개월 공부하다가 시험 떨어지고 1년을 또 했는데, 전적대학과 비슷하거나 조금 나은 대학을 가는 사람들도 부지기수인 만큼 시작에 신중했으면 합니다. 합격자 이야기만 들으면 다 될 것 같고 쉬워 보입니다만, 불합격의 아픔이 있는 사람들의 이야기도 들어보았으면 합니다.

제가 편입을 결심한 것은 '나 자신에 대한 기대치'와 타협할 수 없어서였습니다. 즉 지기 싫어하고 인정받으려는 강한 욕구를 가지고 있어서입니다. 편입은 패자부활전이란 말이 있고, 한번 실패를 경험한 사람들의 싸움이라고 생각합니다.

사실 고3 시절 저는 특별히 SKY를 가야겠다는 욕심은 없었습니다만, 딱히 집안 배경도 걸출한 재능도 없는 제가 사회에서 조금이나마 더 인정받을 수 있는 방법은 좋은 대학에 진학하는 것뿐이라는 생각에서 열심히 수능 공부를 했습니다. 수능 보기 몇 달 전, 집에 가던 길에 당한 교통사고로 인하여 3개월간 병원 신세를 져야만 하는 아픔이 있었습니다. 수능 당일 오른손에는 깁스를 한 채 왼손으로 수학 문제를 풀었고, 그렇게 본 시험 점수에 맞춰서 지방에 있는 교대의 미술계열에 진학했습니다. 제가 원래 관심 있던 분야가 심리와 교육이었는데, 그곳에서 그걸 배울 수 있을 것이라고 생각했습니다. 중학교 시절에 예고에 진학하려고 했지만 집안의 반대에 부딪쳐 가지 못한 아쉬움, 국립이라 학비가 싸며 장학금을 받을 수 있다는 이유도 교대를 선택한 이유였습니다.

대학생활이 그렇듯이, 시작하니 저는 청춘을 소비하기 바빴습니다. 1년간 방황을 했습니다. 학교 친구들은 정말 성실하고 열심히 사는 친구들이었으나 저랑은 무언가 맞지 않았습니다. 저는 이상주의자였기에 정의와 꿈을 이야기했지만, 그 친구들은 항상 취업과 임용에 대해서 고민했습니다. 학점을 지상 최대의 과제로 생각하는 친구들이 대부분이었습니다. 지금 생각해보면 나중에 겪게 된 고려대도 크게 다르지 않았는데, 서울 상위권 대학에 가면 마치 무언가 다를 것 같았고 멋진 모습이 기다릴 것이라는 막연한 생각을 했었나 봅니다.

여러분도 지금 다니는 학교가 마음에 들지 않더라도, 일단 가장 빠르게 만족에 이르는 길은 학교에 정을 붙이고 그 안에서 잘 해보려고 노력하는 것이라고 조언하고 싶습니다. 저 역시 이러한 조언을 바탕으로 군 제대 이후 우선 제가 다닌 학교에서 과톱을 하려는 노력을 했습니다. 그 결과 교수님과 주변 친구들로부터 인정을 받게 되고, 학교생활에 자신감을 가지게 되었습니다.

편입을 해서 얻을 수 있는 메리트를 냉정히 따져보십시오. 1년의 내 젊음과 청춘을 바쳐서 얻을 만한 가치가 있는지를 말이죠. 일반적으로 편입한 이후에 편입생이라고 자대생들에게 묘한 거리감을 느끼고, 살짝 무시하는 감도 있어서 먼저 다가가려는 노력을 해야 하고, 대다수가 그렇게까지 적극적이지 않기에 편입생들은 졸업할 때까지 자기네들끼리 어울려 다니는 경우를 많이 보았기 때문입니다(저는 그게 싫어서 더욱 더 다양한 친구들과 교류를 했습니다. 문과, 이과, 우리 학교, 타학교, 국제학생들 등등 가리지 않았습니다).

일단 내가 현재 손에 쥔 가치를 소중히 여기는 것도 방법입니다. 저도 편입 시작할 때 나이가 25세였는데, 그때 놀지도 못하고 연애도 못하고 강남의 비좁은 독서실에서 보냈던 시간을 생각하면, 보상받았기에 망정이지 아니었다면 정말 아찔합니다.

일단 현재 상황에서 의미를 찾아보세요. 그게 가장 빠른 길이고, 나중에 대학원이나 취업을 잘하는 것도 자신의 기대를 충족시키는 좋은 수단일 수 있습니다. 저는 대학 입시에 다소 타협할 수 없던 이유가 있었기에 기회비용과 시간을 고려치 않고 끝까지 한 케이스입니다만, 주변을 보면 취업을 잘 하거나 대학원을 학부보다 확 올려서 가 학벌 콤플렉스를 어느 정도 커버하는 경우도 많습니다. 대학생일 때야 처음 묻는 것이 '어디 다니냐?'지만, 사회에서는 '무슨 일 하세요?'가 세 손가락 안에 드는 질문입니다. 이런 저의 설명에도 확실히 자신이 편입으로 역전 한번 해보고 싶다고 생각하는 사람들은 계속 읽어주십시오.

돌이켜보면 참 의미 있던 시절입니다. 제가 처음 편입 영어 공부를 시작한 것은 8월부터입니다. 다소 늦은 감이 있었지만, 지방에 거주하다 보니 정보가 거의 없어서 3~4개월 하면 되는 시험인 줄 알았습니다. 서울 강남의 편입학원을 8월부터 10월까지 약 3개월 가량 전적대학과 병행하면서 다녔습니다.

고3 때 한 번의 실수와 불운으로 돌이킬 수 없는 지경까지 이르게 된 제 인생의 오점을 바로잡고, 역전까지는 아니더라도 다시 본 궤도에 올리고 싶다는 마음에서 고3과 같은 마음가짐으로 새벽 6시에 집을 나와 밤 11시까지 치열하게 공부했습니다. 준비기간은 짧았지만 값지게 보낸 첫해, 10군데 지원하여 세 학교에 1차 합격했습니다. 한양대 법대, 세종대 호텔경영, 가톨릭대 심리학과였습니다. 하지만 최종적으로는 단 한 곳 가톨릭대 심리학과에만 합격했습니다. 이곳으로 가야 하나 말아야 하나를 두고 3일간 고민했고, 좋아하는 공부를 한다는 목적 이상으로 저의 자존감이 컸기에 고민 끝에 진학을 포기했습니다.

다시 시작

나만의 길을 가자고 생각했습니다. 이것도 다 의미 있는 고통이라고 생각하면서, 합격한 사람들은 학원에서 클럽파티도 열어주고 엠티도 보내주는데, 저는 차마 가지 못했습니다. 돈도 없고, 학벌도 없고, 여친은커녕 있는 친구들이랑 연락 끊은 지도 오래되었고, 가진 것은 튼튼한 몸뿐이고, 정말 지치는 2월이었습니다. 2월 말까지 방황을 거듭하다가 영어 회화라도 배워야겠다는 마음으로 3월 강남의 어느 회화학원에 등록하고 그곳에서 한 달간 공부했습니다. 집안에서도 취직시장에서도 실질적인 영어 활용능력을 강조하고 있던 시점이어서 명분도 있었습니다. 모아둔 돈은 이미 작년 원서대와 학원비, 교통비 등으로 다 탕진한 상태여서 저로서도 집에서 반대하는 편입을 계속할 만한 경제적 여건이 안 되던 상황이었기에 선택의 여지가 없었습니다. 그곳에서 취업 준비생들 사이에서 한 달간 돌아가는 형편을 들으면서 시간을 보냈습니다.

그곳에서 동갑내기 서울대학교 간호대학 학생을 같은 스터디원으로 만나 좋아하게 되었습니다. 그 친구만큼 사람 마음을 잘 헤아리고 센스 있는 사람을 본 적이 없었습니다. 학원 수강 한 달 내내 단 두 벌의 옷과 샌드위치 도시락으로 소박하게 다녀도 전혀 초라한 기색 없이 빛이 났던 그녀의 모습이 저에게는 참 감명 깊었습니다. 하지만 당시 저는 이룬 것이 없는 지방대 휴학생 신분이었기에 왠지 모를 자격지심을 느꼈고, 제대로 다가가지도 못해보고 학원을 그만뒀습니다. 그 친구가 저의 학교 이름을 물었을 때 주저하며 망설이다가 결국 대답을 못하고 얼버무렸던 기억이 납니다. 이때의 경험은 결국 저로 하여금 다시 열심히 공부해야겠다는 마음을 갖게 했습니다.

위험천만한 영어 공부

첫해는 계획도 없이 4개월이라는 비교적 짧은 시간 동안 학원에 의지하여 문제지와 3년분 기출분석 3회독을 했고, 모의고사는 100회 가량을 풀었습니다. 편입생에게 인기 있는 영어책은 약 10회독 했습니다. 하지만 결과는 좋지 않았습니다. 저보다 독하고 잘하는 사람이 생각보다 많았습니다. 그래서 재도전할 때 깊이 생각했습니다. 진로도 바꾸고, 그 뒤 5~6년까지 머릿속에 그려가면서 신중히 계획을 짰습니다.

■ Plan A ■

구체적으로 저의 목표인 '마음을 치료하는 의사'의 꿈을 다시 꾸기 시작했습니다. 해외 의대, 그리고 의학전문대학원, 의대 편입에 대한 정보를 구했고, 그에 맞춰서 준비했습니다. 정신과 전문의로서 사람을 약이 아닌 대화와 진심으로 치료하고 싶다는 생각을 늘 가져왔던 터라(사실 심리학과에 목을 매던 것도 그런 이유 때문이었습니다) 저는 조금 시간이 걸린다 할지라도 의대에 가는 것이 장기적으로는 맞는다고 보았습니다. 그 밖에 의사라는 타이틀이 주는 학계에서의 권위 등 부가적인 이점도 염두에 두고 목표를 잡았습니다.

■ Plan B, SKY로 가자 ■

Plan B로 서울대를 목표로 잡았습니다. 서울대가 안 되더라도 연세대와 고려대는 가서 다시 제대로 해보자는 마음을 가졌습니다. 주요한 목표는 서울대지만, 서울대 진학에 실패했을 때의 상황도 항상 염두에 두면서 신중히 계획을 짰습니다.

돈이 바닥났지만, 영어 공부를 해야 하고, 토플 성적이랑 학사 학위도 따야 합니다. 집에서는 반대합니다. 친구들과 연락 끊는 지 반년입니다. 전적대학으로는 죽어도 돌아가기 싫었습니다. 이미 편입 영어는 신물이 나서 하기 싫었습니다. 그리고 3월부터 한 달간 H학원의 토플 종합반을 수강했습니다. 목표가 서울대였기 때문에 고려대를 토플 전형으로 합격하면, 1개월간은 서울대 전공시험에 집중하여 시험을 칠 수 있을 것이라 판단했습니다. 그래서 우선은 토플을 잡는 데 주력했습니다.

H학원에서 편입학원의 학생들보다 더 치열하게 공부하는 서울 명문대 학생들과 경쟁했습

116

니다. 편입 준비를 한 까닭으로 그들보다 영어 단어는 잘했던지라 얼추 따라는 갔으나, 회화나 작문 실력은 크게 부족했습니다. 매일 몇 시간씩 준비해 갔지만 스터디 시간마다 심히 손발이 오그라드는 부끄러움을 느끼곤 했습니다. 그렇게 한 달을 버텼습니다.

두 번째 달부터 영어회화의 재미에 눈을 떴습니다. 회화라는 것은 별것 아니라 그냥 미팅을 가서 하는 얘기를 영어로 한다고 생각하면 됩니다. 말하기 좋아하고 사교성 좋은 저로서는 안성맞춤이었습니다. 그러던 중에 두 번째 문제에 부딪쳤습니다. 강남에서 토플학원 수강료가 만만치 않았던지라, 계속 공부할 여력도 없었습니다. 그렇다고 알바를 해서 돈을 벌 시간적 여유도 없었습니다. 그러던 중 전적대학에서 토익(특강)을 가르쳐준 스승님이 계시던 학원에 멘토링을 받았는데, 감사하게도 이때의 멘토링을 계기로 일이 잘 풀리면서 5월부터 강남 M학원의 조교로 일할 수 있게 되었습니다. 학원비를 면제 받는 제도도 알게 되었습니다. 그 뒤로 3~4개월 정도 그곳에서 생활하며 9월까지 외국인 선생님들과 교포 선생님들 밑에서 회화와 작문을 배웠습니다. 조교들에게 3과목 정도의 수업료가 면제되는데, 그것을 돈으로 따지면 60~70만 원 정도 됩니다. 몇 가지 경영지원 업무를 하면서 받는 혜택으로는 상당히 좋은 것이었습니다.

그 학원은 5~8명 정도의 대학생들이 스터디그룹을 이루어서 토론식으로 공부하는 곳이었습니다. 그와 같은 토론식 공부법은 저에게 영어 공부에 대한 큰 재미를 알게 했습니다. 한편으로는 그동안 해왔던 편입시험 대비 공부가, 즉 수험 영어를 공부했던 경험이 오히려 실제적인 영어 능력과의 거리를 멀어지게 만들었다는 것도 깨달을 수 있었습니다.

저는 그곳에서 많은 친구들을 사귀면서 딱히 공부한다는 느낌 없이 회화 공부와 작문 공부를 했습니다. 기본적으로는 토플 대비 틀로 맞추어서 영어 공부를 했고, 간간히 있는 편입학원 모의고사를 치면서 편입 영어에 대한 감도 유지했습니다. 강남에는 무료로 모의고사를 칠 수 있는 편입학원이 많기에 추가적인 비용이 많이 들지는 않았습니다. 밥은 간간히 저렴한 점심 뷔페에서 끼니를 해결할 때 이외에는 대부분 집에서 싸온 도시락으로 해결했습니다. 추가적으로 들어가는 비용은 결국 교통비 정도였습니다.

저는 이렇게 적은 비용으로 꼭 필요했던 영어회화 능력과 작문 능력을, 덤으로 소중한 인간관계까지도 얻게 되었습니다. 그렇게 3개월 정도 필요한 훈련을 마치니 토플시험에 필요한 회화와 작문 실력을 얼마만큼 얻어서 학원을 나올 수 있게 되었습니다. 가진 것이라곤 튼튼한 몸과 의지뿐인 제가 그곳에서 3개월간 거의 살다시피 하면서 학사 학위와 토플 성적 그리고 고려대를 꿈꾸었습니다. 석 달을 버티고 나서 제가 얻은 것은 이대로 좀 더 하면 원하는 성적을 얻을 수 있겠구나 하는 자신감이었습니다.

9월에는 H토플종합실 전반을 수강한 후, 토플시험 대비를 집중적으로 했고, 10월 초에 시험을 두 번 쳤습니다. 그 뒤로는 바로 전공 준비를 시작했고, 10월 중순부터 3개월간 영어 공부와 전공 공부를 동일한 비율로 하루 5~6시간씩 했습니다. 이 정도면 전공 공부의 비율이 상당히 높은 편입니다. 제가 이공계가 아니라 예체능계 출신이기 때문에 전공시험에서 핸디캡이 작용할 수도 있다는 것을 우려해서 이렇게 시간을 더 투자했습니다. 영어에 다소 질려서 새로운 공부를 하고 싶은 욕심도 있었습니다.

처음에는 낯설었던 생물학은 재미있는 학문이었습니다. 저는 마음을 치료해주는 의사가 되기 위한 배경지식을 쌓는다는 큰 목표가 있었기 때문에 더욱 즐거운 마음으로 공부할 수 있었습니다. 그때부터 근처 시립도서관에서 고려대 편입시험 때까지 공부를 했습니다. 영어 공부시간의 대부분은 그곳의 편입 준비생들과 단어스터디를 같이 하면서 떨어진 영어 감을 되살리는 데 중점을 두었습니다.

그렇게 결전의 고려대 1차 시험 날, 부모님의 차를 타고 꿈의 학교로 갔습니다. 처음보다는 차분한 마음으로 시험장에 들어갔던 것 같습니다. 새로운 유형이었던 KU-TOSEL은 토플 유사 시험이어서 토플을 준비해온 저에게는 익숙했던 것이었고, 덕분에 꽤 시간 여유를 가지고 문제를 풀 수 있었습니다. 편입시험 자체 준비기간은 한 달 정도였지만, 실전에서 고득점을 할 수 있었습니다. 토플을 공부하면서 독해 속도는 큰 폭으로 신장되어 있었습니다. 문법적 지식을 통해 큰 그림 안에서 문맥을 파악하는 능력도 생겼고, 글 전반의 대의를 파악하는 능력이 커졌습니다. 당시 전국 최종 실전 배치고사에서 상위 5% 정도를 찍었던 것으로 기억합니다. 지원한 과의 모의 지원자들 중에서는 제가 1등이었기 때문에 큰 자신감을 얻을 수 있었습니다. 고려대 실전 시험에서는 3% 정도 찍고 1차를 합격했습니다. 이렇게까지 좋은 결과는 사실 예상하지 못했습니다.

그렇게 고려대 시험을 마치고, 바로 학교로 돌아와 생물학과 물리학 기말고사를 봤습니다. 기말고사까지 끝난 뒤에는 수업을 들으면서 알게 된 사람과 장충동 족발을 술과 곁들여 먹으면서 지난 한 달간 영어 단어 외우느라 고생한 저 자신에게 선물을 주었습니다.

■ 단어 ■

단어와 문법이 저에게는 항상 발목을 잡는 부분이었습니다. 일반적으로 공부 기간에 비례하는 부분인지라 초심자들은 이 부분을 극복하면 상위권에 이를 수 있습니다. 단어는 먼저 30회독을 하는 시점부터 잡힌 것 같습니다. 스터디 독학 등의 방법으로 하루 4시간씩 6개월

118

정도 하면 잡힙니다. 하지만 말처럼 쉽지는 않습니다. 저는 문장 속에서 그 뜻을 유추하는 방법을 통해 공부의 분량을 줄여나갔습니다.

■ 문법 ■

문법의 경우 잘 요약된 정리본을 구하면 점수의 50%를 확보할 수 있습니다. 제가 추천하는 책은 편입학원의 서머리 문법책인데, 당시 3000원에 구입해 10회독 이상하여 좋은 효과를 본 책입니다. 유명 학원은 거의 기출 1200제라고 하는 모음집이 있는데, 이것을 3회독 정도 하면 시험에서 70% 정도를 커버할 수 있습니다.

■ 독해 ■

독해의 경우, 정말 감이 좋고 평소 책을 많이 읽어 배경지식이 많은 사람에게는 쉬운 영역입니다. 그리고 무엇보다 상위권으로 갈수록 비중이 높아지고 난이도도 급상승합니다. 일반적인 다른 멘토들의 조언을 따르면서, 제가 추천하는 독특한 방법은 ◦ 학원의 토플 정규 교재와 Actual Test RC 영역의 책을 보는 것입니다. 저작권 문제로 학원 자료를 제공해줄 수는 없으나, 전체 글 속의 맥락을 파악하는 능력을 기를 수 있고, 단편적으로 부분을 출제하는 편입시험 기출문제만으로 커버되지 않는 부분이지만, 독해에서 속도를 올릴 수 있는 가장 확실한 방법이 전체 맥락을 염두에 두고 글을 읽는 능력입니다. 어차피 다 읽고 풀기에는 지문의 길이가 엄청나기에 저는 이 방법으로 극복했습니다.

독해 실력을 올리기 위해서는 배경지식(스키마)이 많은 영향을 미칩니다. 저는 적성을 찾기 위해 많은 아르바이트를 하면서도 시간을 내어 도서관에서 책을 읽었습니다. 도서관에서 일한 것만 2년 가까이 되었습니다. 그때 서울대 권장도서 200권과 다양한 고전, 그리고 철학과 토론을 하면서 학과 공부 이외의 재미를 찾았고, 나중에는 다독왕도 되었으며, 독후감으로 장학금도 받는 소소한 재미로 학교생활을 했습니다. 이 부분이 독해에서 결정적으로 남들보다 뛰어날 수 있었던 원동력이 되었습니다. 편입 영어 지문은 대학 교양 강의나 전공 입문 정도의 수준에서 출제되는데, 그에 대한 상식이 풍부할수록 접하는 지문의 논리 전개 방식이나 구조에 익숙해지기 때문에, 거기에 1년 정도 문제를 푼 스킬과 감이 더해지면, 시간 부족으로 지문을 읽지 않고 풀어도 5문제 중에 3문제 가량을 맞힐 수 있는 능력이 가능해지기도 합니다.

■ 단어와 문법 단권화, 그리고 마무리 ■

단어와 문법이 약해서 귀찮아도 틀린 것과 모르는 것을 합쳐 한 번에 볼 수 있도록 만들었습니다. 그러다 보니 틀린 문제만을 집중적으로 공략하여 자주 틀린 패턴을 파악할 수 있었습니다. 이를 통해 빠른 시간에 일정 수준까지 끌어 올리는 데 성공했습니다. 또한 이것을 시험 전까지 꾸준히 공부했습니다.

단어와 문법은 어차피 밑 빠진 독에 물이 빠지는 것보다 '더 빠르게' '더 많이' 계속 더 부어서 일정 수준 이상 만드는 것이 중요하며, 지치지 않기 위해서 정리하는 겁니다. 문법은 10회독 하고부터 틀리는 데가 줄어들었습니다. 당장은 버거워도 오래 공부하면 확실히 점수 텃밭이 되어 플러스가 되고, 특히 문법을 버리고는 절대로 상위권은 겨냥 못 합니다.

전공시험 준비

■ 고려대 전공과 면접 ■

고려대 1차 시험을 마치고 영어 공부를 하고 싶은 마음이 싹 사라졌습니다. 그래서 바로 영어 공부를 놓고, 생물학 공부에 전력을 다했습니다. 고려대는 다른 학교에 비해 1개월 이상 먼저 봅니다. 원서를 쓴 한양대와 성균관대 그리고 건국대는 공인 영어 성적을 제출해 따로 영어시험을 안 봅니다. 이 시점에서 저는 가장 원하는 학교인 고려대에 집중하는 것이 맞는다고 생각했습니다.

의학대학원 강의와 교재로 전공시험을 준비했고, 시립도서관에서 의학전문대학원 준비를 하던 한양대 졸업생 형한테 과외도 2개월간 받았습니다. 생물학이란 학문 자체를 고등학교 졸업 이후 공부해본 적이 없었기에 두꺼운 교재를 한번이라도 제대로 보려면 방향을 정확히 잡고 기출을 분석해보는 것이 중요했기 때문입니다.

정말 매일 8~9시간씩 생물학을 기말고사 볼 때의 집중력으로 공부했습니다. 한양대와 성균관대 시험 전날에만 영어 공부를 하루씩 했습니다. 두 학교는 긴장을 하지 않아서 그랬는지 생각보다 결과가 잘 나왔고, 면접에서도 꽤 자신감을 가지고 임했던 것 같습니다.

대망의 고려대 전공시험과 면접일, 아침 일찍부터 안암동은 뜨거웠고, 많은 1차 합격생들이 모였습니다. 시험은 세 문제가 적힌 A4와 B4의 답안지를 주었습니다. 3개월간의 미약한 공력으로 소신껏 적어 내려갔지만, 한 문제는 도저히 모르는 내용이라 공상과학소설을 써서 제출했습니다. 다행히 공상과학소설이라 생각했던 그 부분이 어느 정도는 정답에 해당되어 부분 점수를 받았던 것 같습니다. 두 문제는 생화학 공부를 심도 있게 했던 터라 맞힐 수 있었습니다. 그 중 하나는 미생물 문제였는데, 훗날 다시 검토해본 결과 4학년 전공 심화수업에서나 나올 문제였습니다. 전공시험 직후 진행된 면접에서는 두 분의 교수님이 돌아가면서 질문을 하고, 제가 대답하는 방식으로 10~15분 정도로 짧게 진행되었습니다. 면접 순서와 받았던 질문들은 다음과 같습니다.

- 간단한 영어로 자기소개와 왜 지원했나?
- 전공을 바꿔서 생물학도가 되려는 이유는?
- 왜 고려대가 자네를 뽑아야 하는가?
- 생물학 공부가 재미있다고 했는데, 어느 부분에서 그러한가?
- 전공 문제는 어땠는가?

다소 딱딱한 분위기로 진행되었습니다. 예상보다 빨리 끝나버려서 당황하면서 나온 면접이었습니다. 면접을 위해 부모님이 양복까지 준비해주셨는데, 이렇게 간단히 끝나다니…. 무언가 모두 보여주지 못한 것을 허무해하며, 말했던 것을 몇 번이고 곱씹으면서 고려대를 뒤로 하고 집으로 왔습니다.

여담입니다만, 최종 합격 발표 나기 전까지는 떨어졌다고 생각했습니다. 편입하고 나서 면접했던 교수님 중 한 분이 제 지도교수가 되었습니다. 어쩌면 그때 면접이 제가 고려대와 인연을 맺게 된 시작이었는지 모릅니다.

■ 탈락한 성균관대 면접 ■

유일한 심리학 전공 지원인 성균관대 면접에서는, 시키지도 않았는데 부족한 영어로 면접을 했습니다. 저는 그것이 떨어진 이유라고 생각합니다. 회사 입사 전 수많은 면접을 경험했는데, 대체로 시키지도 않았는데 튀는 행동을 한 사람이 합격한 일은 거의 없었던 것 같습니다. 이것은 실력의 문제가 아닌 자세, 곧 겸손한 태도의 문제라는 생각이 듭니다. 성경 시편에 나오는 "겸손한 사람이 오히려 땅을 차지할 것이며, 그들이 크게 기뻐하고 평화를 누린다."는 말을 명심하길 바랍니다. 표현을 절제하고 담담하게 임하는 것이 합격에 이르는 면접법이라고 생각합니다.

■ 건국대 그리고 발표 ■

건국대 면접에서는 좀 더 차분하게 임했습니다. 세 분의 교수님을 앞에 두고 면접을 했는데, 3개월간 준비한 생물학 실력이 인정이 되었는지 면접 도중 두 분이 미소를 지으셨고, 저는 합격을 직감했습니다. 건국대 면접을 마지막으로 모든 시험이 끝났고, 결과를 기다렸습니다. 어찌되었건 최선을 다했고, 떨어진다 할지라도 의학대학원 시험을 준비할 생각이었기에 저는 도서관에서 형들과 의학전문대 공부를 하면서 시간을 보냈습니다.

건국대학교가 가장 먼저 발표를 했는데, 예상대로 합격했습니다. 며칠 뒤 한양대 발표에서도 역시 합격했고, 그 다음 고려대도 최종 합격으로 발표가 났습니다. 한양대와 고려대 둘 사이에서 잠시 고민을 했지만, 고려대를 선택했습니다. 취업을 생각하면 한양대 전공이 좀 더 유리했지만, 제 꿈인 '마음을 치료하는 의사'의 길을 가기 위해서는 고려대를 택하는 것이 옳았습니다.

선배의 느낌표

■ 마음가짐 ■

지치지 않는 열정으로 1년이란 시간을 달렸습니다. 주말이라도 쉰다는 생각 자체를 안 했고, 몸이 너무 안 좋거나 공부가 정말 안 되는 날은 맛있는 것을 사먹으면서 버텼습니다. 매일 같이 도서관에 아침 9시 전에 도착해서 밤 10시에 집에 돌아오곤 했습니다. 제 집중력의 한계가 10시간 정도라는 사실을 경험으로 알고 있었고, 매일 10시간의 공부시간을 지키려 노력했습니다. 건강 유지가 오랜 수험생활을 버티는 데 큰 원동력이 된다는 사실을 염두에 두고, 1주일에 2~번은 근처 여성회관 수영장에서 운동했고, 자전거로 통학하여 체력을 길렀습니다.

친한 친구의 결혼식과 친인척의 결혼식에도 참석하지 않았습니다. 물론 그 때문에 훗날 많이 혼났지만, '고대남'이 되고 나니 모든 것을 이해해주었습니다. 노는 것을 다 포기하고, 절친 2~3명만을 만나고 나머지 친구들은 1년간 연락을 끊었습니다. 처음에는 불편했지만 나중이 되니 익숙해졌고, 고통을 견디고 난 다음에 올 환희를 생각하며 버텼습니다. 여러분도 무언가를 이루고자 한다면 무언가는 포기해야 한다는 사실을 수험생활을 하면서 절실하게 느끼게 될 것입니다.

■ 원서 개수 ■

편입시험은 무작정 많이 열심히 한 사람이 합격하는 것이 아니라, 자기분석이 잘 되어 있고 그에 맞는 전략을 세우고 준비한 학생이 합격합니다. 돌이켜 생각했을 때, 저는 독해를 제외하고는 그리 뛰어난 학생은 아니었습니다. 스터디원들 중에서도 저보다 어떤 면에서 잘하는 학생들도 있었고, 당시 제가 낸 벌금으로 시험 끝나고 6명이 회식을 할 정도였으니, 제 단어 실력은 편입생들 사이에서 뛰어난 편은 결코 아니었습니다. 하지만 제가 원하는 바를 달성할 수 있었던 것은, 다양한 대안을 생각해보았고, 조금이라도 더 경쟁력을 갖추고자 발품을 팔았으며, 금전적 혹은 시간적 제약을 극복할 방법을 실천에 옮겼기 때문일 것입니다.

그럼 원서는 몇 개나 써야 할까요? 학원에서는 최대한 많이 쓰는 것이 유리하다고 합니다만, 저는 원서를 딱 네 곳에 넣었고, 그 중 세 곳에서 최종 합격을 했습니다. 많은 학원에서 원서 쓰는 것을 다다익선인 것처럼 권해서 과잉경쟁을 부추기는데, 합격자들은 원서를 그리 많이 쓰지 않습니다. 금전적인 문제도 있고, 많은 원서를 쓰다 보면 시험 보는 것이 아니라 모의고사 치는 것처럼 집중력도 흐트러져서, 한 문제로 당락이 결정되는 시험에서 치명적인 기회 상실로 이어질 수 있습니다. 사실 저도 첫해에는 학원의 말을 듣고 생각 없이(그리고 불안한 마음에) 10군데나 지원했습니다. 덕분에 저는 매 학교마다 10만 원씩 기부하여 우리나라 사립대학의 발전에 기여했는데, 여러분들은 저 같은 실수를 하지 않기를 당부합니다.

두 번째 해에는 제가 충분히 붙을 수 있을 만큼 해당 학교의 모의고사 성적이 잘 나오는 동시에 면접 유형이 저에게 유리한 것으로 판단되는 상위권의 몇몇 학교들을 선별하여 집중 공략했습니다. 건국대가 마지노선이었던 만큼, 그곳 교수님 얼굴과 최근 논문까지 다 파악하고 들어가서 마지막에 교수님 성함과 함께 인사를 드리고 나왔습니다. 이렇게 선택과 집중을 했기에 합격의 영광을 누릴 수 있었던 것 같습니다.

여러 곳에 지원해서 한 곳이 붙을 확률은 그리 크지 않습니다. 사실 합격하는 사람이 위에서부터 아래까지 다 합격한다는 것(소위 '다관왕'을 한다는 것), 그리고 일정 수준의 성적이 만들어진 사람만이 그나마 한 곳이라도 붙는다는 것이 이 편입시장의 현실입니다.

다시 기본적인 이야기로 돌아옵니다. 지원 요령을 논하기 이전에 기본적인 실력을 만들어야 합니다. 최소 6개월의 시간 동안 이루어지는 집중적인 노력, 그리고 많은 것을 희생해서라도 반드시 합격하고 말겠다는 마음가짐이 있어야 편입 합격을 위한 출발선에라도 설 수 있습니다.

■ 독학도 가능 ■

학원을 꼭 다녀야 합니까? 편입 준비는 돈이 많이 든다는데, 집안 사정이 어려워서….

학원은 꼭 안 다녀도 됩니다. 돈은 생각보다 많이 안 듭니다. 꼭 학원을 다녀야 편입 합격하는 것이 아니라는 것을 말하고 싶습니다. 제가 재수할 때는 편입학원 근처에도 가지 않았습니다. 간혹 학원 모의고사를 치고 예전에 같이 공부했던 재수 친구들한테서 정보를 얻는 일이 전부였습니다. 가보면 알겠지만, 학원 스케줄은 상당히 획일적이고 일방적으로 진행됩니다. 저마다 공부 방법이 다르고 생각하는 바가 다르니, 모든 학생이 군이 학원 스케줄에 맞출 필요는 없다고 생각합니다.

편입 준비에 드는 비용 문제에 대해서는, 저 역시 정보가 부족하여 학원을 잠깐 다니는 동안 갖다 부은 돈이 많았지만, 사실 돌이켜 생각해보면 그 비용들이 꼭 필수적인 것은 아니었습니다. 학사 취득도 독학사와 약간의 발품으로 다른 사람들의 절반에도 미치지 않는 총 200만 원 정도로 취득할 수 있었습니다. 그것도 고려대 입학 이후 장학금을 받으면서 대부분 커버되었습니다.

생각보다 많은 지원자들이 독학으로 합격의 영광을 누립니다. 학원에 붙은 합격자 플랜카드는 합격자들이 꼭 그 학원에서 공부해서 이름이 오른 것이 아닙니다. 해당 학원에서 노출된 개인정보를 이용하여 동의 없이 홍보에 이용하는 것입니다. 거기에 속지 마세요.

합격 동기 중에 학원 근처에는 한 번도 안 가고 꽤나 특이한 방법으로 공부했는데도 합격한 친구가 있는 것을 보면, 꼭 정도가 있는 것은 아닌 것 같습니다. 모로 가든 정상에 도달할 수 있으면 됩니다.

■ 토플과 편입 영어와의 연관성 ■

토플과 편입 영어는 일단 영어라는 점에서는 연관성이 있지만, 큰 차이가 있다고 말하고 싶습니다. 일단 문법이나 단어 수준에서부터 차이가 많이 납니다. 유형도 완전히 다르고요. 말 그대로 다른 시험공부를 한다고 생각하면 됩니다.

토플을 보는 학교도 많지 않습니다. 상위권의 서울대, 고려대, 연세대, 건국대를 제외하고는 토플 성적을 받아주는 학교는 거의 없다시피 합니다. 그런데도 제가 토플과 편입 영어를 동시에 진행한 이유는 차오르는 나이로 인하여 교환학생 준비와 취업 준비를 따로 할 여력이 없었기에, 한 번에 두 마리 토끼를 다 잡고자 다소 무리해서 위험한 선택을 했던 것입니다. 다행히 결과는 좋았지만요.

저는 10월까지 토플을 붙잡고 있었습니다만, 결국 원하는 점수를 얻지는 못했습니다. 그래서 고려대는 토플 점수(IBT 103/120)를 제출하는 동시에 1차 시험을 치고 합격했습니다. 원래 목표로 하던 서울대는 원서도 못 써보았습니다. 여담이지만, 나중에 교류학생으로 서울대를 경험하는 것으로 그 후회를 해소했습니다.

저는 토플과 편입 영어를 동시에 진행하는 것에 큰 위험 부담이 따른다는 것을 경험으로 느꼈습니다. 때문에 제 수기를 읽는 분들 중에 토플과 편입 영어 병행을 생각하는 분이 있다면 좀 더 신중하게 고민하길 바랍니다.

■ 그리고 2년 ■

편입이라는 과정을 통해서 고독을 견디는 방법을 알게 되었고, 제 자신의 성장가능성을 확신할 수 있었습니다. 그러나 입학 후에는 그저 한 명의 고려대학교 학생일 뿐이란 것을 깨달

124

았습니다. 새로운 환경에 빠르게 적응하는 것이 우선이었습니다. 아무리 열심히 전공 공부를 했다지만, 비전공이었던 저에게 학과 공부는 다소 생소했습니다. 수업은 전부 원서로 진행되었습니다. 시험도 졸업할 때까지 한국어로 출제된 적이 한 번도 없었던 것 같습니다. 저는 편입 영어 준비하면서 다른 것은 몰라도 영어는 좀 낫지 않을까 하는 자신감이 있었는데, 그 자신감은 이곳에 오고 한 학기도 안 되어 사라졌습니다. 이곳은 이렇게 새로운 세계였습니다. 하지만 저는 편입을 통해 더 성장할 수 있는 충분한 발판을 마련했고, 새로운 출발을 할 수 있었다고 생각합니다.

*

처음 합격 통지를 받았을 때가 20대에 들어서 가장 기뻐했던 날로 기억합니다. 합격하고 2주간은 정말 콧노래가 절로 나왔습니다(그렇지 않다면 편입생이 아니지요. 마치 기분 좋은 휴가를 맞은 기분이 듭니다). 제 손으로 이룬 성취였기에 더욱 값졌고, 미루어두었던 제 자신과의 숙제를 해결한 듯한 느낌이었습니다.

합격 이후 한 학기에 저는 바로 의전 공부를 시작했고, 그러면서도 동아리 활동을 하고, 학생회 활동, 고대만의 정수 저항정신을 바탕으로 한 토론 배틀 고대를 저의 무대로 2년을 살았습니다. 2년간 다양한 사람들을 만났는데, 정말 뛰어난 친구들이었고, 그 친구들과 대화하면서 제 삶의 수준이 달라졌습니다. 비싼 학비와 생활비가 들었지만, 그럴 가치가 충분히 있었고, 장학금과 각종 인턴과 과외활동으로 다 충당이 가능했습니다.

maeda26@gmail.com

06 정말 간절히 바라고 상상하면 이루어진다

우리나라의 학벌 편견은 100년이 지나도 사라지지 않을 것

김재훈

[동의대 ➡ 건국대]

- **일반편입**
- **전적대학** : 동의대학교 전기공학과(4.2/4.5)
- **편입대학** : 건국대학교 전기공학과(2013년도)
- **나이** : 23세
- **성별** : 남자
- **합격한 학교**
  - 경희대학교 물리학과
  - 한국항공대학교 항공전자(2013년도)
- **불합격한 학교**
  - 고려대학교 전기전자전파공학
  - 연세대학교 수학과
  - 성균관대학교 물리학과
  - 한양대학교 물리학과
  - 서강대학교 전자공학과
  - 중앙대학교 전자전기공학부
  - 홍익대학교 전자전기공학부

'나는 비록 지방대지만 과톱이었다. 또한 비교적 취업이 잘 되는 전기공학과였기에 여기서 과톱을 하면서 토익 점수만 만들면 대기업도 뚫을 수 있다.'고 생각했지만…

김재후

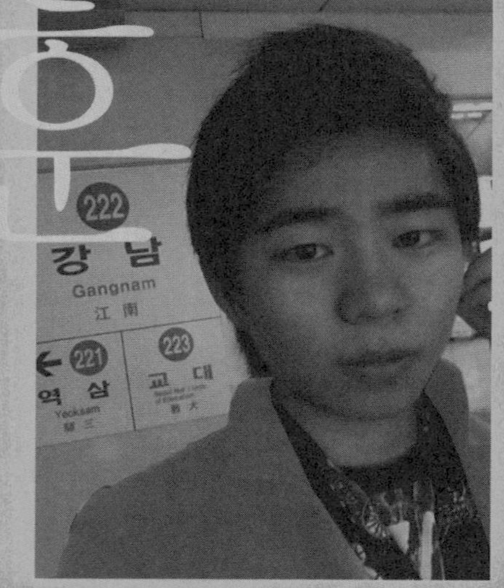

지방대생의 비애

　나의 절친들은 쟁쟁했다. 서울대, 단국대 치대, 해군사관학교, 한양대. 그리고 유학파. 하지만 나는 지방대생이었다. 그들과 있다 보면 그냥 나도 모르게 꿀리는 기분을 느꼈다. 고등학교 때는 아무 능력 차이 없이 그냥 같이 웃고 즐기고 노는 친구들이었지만, 대학에 간 이후부터는 각자의 위치에서 보고 배우는 수준, 자신감, 그리고 마인드가 정말 다르다는 걸 느꼈다. 아직은 이렇게 학창시절의 친한 친구 사이지만, 시간이 지날수록 격차가 커지고 결국은 내가 이 친구들 모임에 창피해서 '못 나갈 수도 있겠구나' 하는 위기감마저 느꼈다.

　지방대생들의 대부분은 자기 학교에 큰 애착이 없는 것이 사실이다. 나도 그랬고, 지방대생 친구들도 그랬다. 그렇기 때문에 나처럼 그냥 본인 전공 하나만 열심히 해서 취직이나 빨리 하자고 생각하는 학생들이 많을 것이다. 그런데 내가 볼 때, 명문대를 다니는 친구들은 전공 공부에 많은 시간을 투자하는 나에 비하여 동아리활동, 어학연수, 배낭여행 등 학과 공부 이외의 다양한 대외활동에 훨씬 많은 시간을 투자하면서 즐기고 있었다. 참 아이러니한 것이다. 지방대를 학점 4.0 이상 학과 수석으로 졸업하고 전공 지식이 뛰어나면 뭐하나? 결국 흔히 말하는 대기업에 취직되는 사람은 학점 3.5 정도로 평타(?) 친 인 서울 출신들이 대다수다.

　여기서 혹자들은 이렇게 생각할 수도 있다. 아무리 지방대에서 학점 4.0 받아봐야, 인 서울 대학에서 학점 3점대 초반 받는 학생의 실력이 더 좋지 않겠느냐고. 아니다. 그렇지가 않다. 지금 서울에 와서 비교해보니 내가 있던 전적대 전기공학과에는 공고 출신들이 많아서였는지, 솔직히 전공 필기와 전공 실기 능력은 인 서울의 어느 학교보다 좋았다. 다만 인 서울 학생들은 수학과 영어를 잘하며, 전공 하나만이 아니라 여러 방면으로 좋은 능력을 가지고 있다. 어찌됐든 내 말은 지방대 출신들이 아무리 전공 능력이 인 서울 출신보다 좋아도 사회의 시선은 그것이 아니라는 것이다. 그것이 정말 안타까웠다. '아니꼬우면 출세하라.'는 말이 생각나는 대목이다.

2011년 겨울 방학에 친구들과 함께 고향에 있는 술집에서 있었던 일이다.

- 서울대 친구: 저희 OO고등학교 나와서 전부 명문대 학생이에요. 서비스 많이 주세요.
- 주인아줌마: 와, 진짜 멋있어 보인다. 다들 어느 대학 다녀?
- 친구: 서울대, 치대, 해사, 한양대, 중앙대요(내가 꿀릴까봐 나를 중대생이라고 ㅎㅎ).

아, 지방대에서 장학금 받고 교수님들한테 인정받으면서 과 수석 하면 뭣 하나, 결국 밖에

선 간판이 최고인데. 그리고 명문대 다니는 친구와의 대화 중 충격을 받았던 것 하나 더.

- 친구: 우리 학교는 거의 4학년 시작하자마자 취직이 돼. 삼성, 엘지, 현대자동차에서 리 쿠르팅을 엄청 많이 하고, 그냥 대충 토익 700 중후반만 되면 다 대기업 가더라. 근데 나는 대기업은 일을 너무 많이 시키니까 안 가려고. 내가 하고 싶은 거 계속 고민해봐야지.
- 나: 리쿠르팅? 그게 뭔데? 난 그런 거 처음 들어보는데? 토익 점수만 있으면 대기업 간다 고? 가끔 가다 우리 학교에서 대기업에 취업한 선배들 보니까 자격증 7개 정도 되고 토 익 점수도 엄청 높고 학점 높아도 여러 곳에서 떨어지고 한 군데 겨우 취직하던데.
- 친구: 서울 쪽 상위권 대학 공대에서 대기업 취직은 쉬워. 거의 여러 개 붙어서 조건 좋은 곳으로 취직하지.

아, 그때 난 1~2년 걸리더라도 좋은 대학으로 편입하는 것이 훨씬 남들보다 유리한 위치에서 경쟁할 수 있겠구나 싶었다.

나도 명문 고등학교에 다닐 때는 어디 가서 "저 OO고등학교 다녀요." 하고 자랑스럽게 말하며 다녔다. 어딜 가든 공부 잘하는 학생으로 인정받았다. 그런데 지방대에 입학하고부터는 웬만하면 어느 대학인지 안 물어봤으면 했고, 누가 물어보더라도 부산에 있는 학교에서 전기공학 전공하고 있다고 했다. 가끔 좋은 대학 간 자식을 둔 어른이 본인 자식 자랑하다가 나에게 어느 학교 다니냐고 물을 때, 정말 창피하지만 그냥 부산대학교 다닌다고 거짓말을 한 적도 여러 번 있었다. 나뿐만 아니라 내 부모님도 어디 가서 대학 얘기가 나오면 그냥 부산에 있는 대학에서 장학금 받고 다닌다며, 학교 이름은 밝히지 않았다.

정말 우리나라의 학벌 편견은 100년이 지나도 사라지지 않을 것이다. 전기공학 전공으로는 진짜 인 서울 출신이랑 붙어도 이길 자신 있을 정도로 전공 공부 열심히 했는데, 왜 나는 만날 학교 이야기만 나오면 기가 죽고 거짓말하고 다른 얘기로 돌리려고 하는지….

고등학교 때 동아리활동에 빠져 미친 듯이 공부하지 않았던 나 자신한테 화가 났다. 더럽지만 '아니꼬우면 출세해야지' 어쩌겠는가? 나는 절대 실패해서 지방대학으로 돌아오지 않겠다고 독하게 마음먹고 편입을 시작했다.

외롭고 서러운 독학

편입시험에서 영어는 딱히 정해진 범위가 없고, 수학은 고교 과정 전체를 대상으로 하는 수능보다 범위가 작다. 일반적으로 3월에 공부를 시작하여 다음해 1월 중순쯤 편입시험이 주로 몰려있으므로 공부기간도 수능보다 길다. 그렇기에 편입은 마라톤과 많이 비교된다. 영어는 공부를 열심히 한다고 눈에 띄게 팍팍 점수가 오르지 않으므로 많은 사람들이 도중에 지치거나 슬럼프에 빠지기도 한다. 이러한 슬럼프를 그때그때 잘 극복해나가거나 혹은 슬럼프에 적게 빠지는 자기만의 방법을 터득해야 한다고 생각한다.

나는 아침 9시부터 낮 12시까지 공부, 12시부터 1시까지 운동, 1시부터 1시 30분까지 점심식사, 1시 30분부터 저녁 6시까지 공부, 6시부터 7시까지 저녁식사. 7시부터 밤 11시까지 공부, 이런 식으로 생활했다. 초반에는 8:2 비율로 영어를 많이 했고, 후반에는 3:7 비율로 수학을 많이 했다.

나는 독학을 했으므로 정말 외로웠다. 매일 어두컴컴한 독서실 방에 들어가 자리에 커튼을 쳐서 주위와 분리시킨 뒤, 아침 9시부터 똑같은 단어책, 독해책, 문법책을 보다가, 점심시간이 되면 컵라면이나 삼각김밥을 사가지고 독서실 휴게실에서 혼자 먹었다. 편입시험 준비하는 동안 대략 이런 생활의 반복이었다. 이렇게 독학하면서 정말 외롭고 서러웠다. '이렇게까지 해서 대학을 바꿔야 하나?', '만약 혹시라도 올킬(all kill)이 된다면, 토익이나 자격증처럼 스펙으로 남는 것도 아니고, 이렇게 힘들고 외로운 1년을 어디서 보상받아야 하나?' 혼자 한탄할 때도 많았다.

가끔 공부가 안 될 때는 자기계발 관련 책이나 다큐를 보았다. 가장 기억에 남는 내용은 '정말 간절히 바라고 상상하면 반드시 이루어진다'는 말이었다. 이 말 하나만 믿었다. 힘들 때마다 합격하는 장면을 상상했고, 합격 직후 무엇을 할지, 합격 후 합격수기는 어떻게 적을지, 합격 후 학교생활은 어떻게 할지 등을 다이어리에 적어 두었다.

2주에 한 번은 항상 놀았다(진짜 공부가 안 되는 여름에는 일주일에 한 번씩 놀았다). 주말은 내 자신에게 약간의 느슨함을 허용했다. 토요일은 아침부터 오후 6시까지 공부하고, 그 이후는 여자친구랑 맛있는 음식점을 찾아다니는 등 데이트를 했고, 일요일은 늦잠도 자고 하루 종일 쉬거나 놀았던 것 같다. 물론 '주말에 놀 시간이 어디 있느냐, 1년 365일 빡세게 해야 합격하지.'라고 생각하는 사람들도 있겠지만, 편입 공부는 특성상 매번 새로운 것을 배우는 것이 아니라 어느 순간부터는 내용의 반복이고, 개념 2시간과 문제풀이 1시간으로 이루어진 공부다. 양보다 중요한 것이 질이라고 느꼈다. 어느 때인가 책 내용을 머리로 이해하고 받아들이는 느낌보다는 기계적으로 마냥 의무감 때문에 책을 보고 있다는 느낌이 들었다. 그래서 나는 아예 일요일은 푹 쉬고, 월요일 아침이 되면 공부 의욕이 다시 생기도록 했다. 매주 수요일 오후 6시 이후로는 영어 기출문제를 풀거나 독해 5지문, 문법 10문제, 단어

10문제, 논리 10문제를 풀었다.

잠을 줄이더라도 운동은 하루에 한 시간 정도 꼭 할 것을 강력 추천한다. 시작할 때는 반드시 합격하겠다는 열의를 가지고 공부하지만, 시간이 갈수록 앉아만 있어서 그런지 체력이 많이 떨어져서 아침이랑 밤늦게는 집중해서 공부할 수 없었다. 그래서 공부에 집중이 안 되는 시간에 운동을 하고, 나머지 시간에는 더욱 집중해서 공부를 해야겠다고 결심했다. 3월 중순부터 8월 말까지 주말을 제외하고 매일 점심 먹기 전 한 시간은 수영장에 가서 수영을 했다. 독서실에서 버스로 10분 거리에 있는 수영장을 다녀서 차비가 아깝기도 했지만, 다른 운동을 해서 땀나고 찝찝한 것보다는 수영하고 개운하게 씻고 나왔던 것이 오후 공부할 때 집중력에 도움이 되었다고 본다. 9월부터는 시기상 수영장까지 왔다 갔다 할 시간도 아까워서 독서실 마치고 집에 돌아가기 전 40분 정도 운동장을 뛰면서 운동을 했다.

모의고사는 매달 꼭 쳤다. 영어 모의고사를 본 후에는 각 파트에서 내 성적이 상위 몇 %인지 확인하여 기록했다. 그 기록에 따라서 다음 달 계획을 조절했다. 독해는 점수가 잘 나왔지만 문법이 부족하면, 다음 달 계획에서는 독해 공부시간을 조금 줄이고 문법 공부시간을 늘렸다. 수학은 진도가 맞지 않아서 7월부터 시험을 봤는데, 내가 어느 정도인지 확인하고 틀린 부분만 빠르게 해설 강의를 보면서 이해했다.

편입 공부 하느라 바쁘고 힘든데, 이성 친구 때문에 추가적인 고민을 하는 사람이 분명 있을 것이다. 가끔 편입학원에서 만나 사귀는 커플들도 있었다. 공부에 독이 되지 않는다면 이성 친구는 좋은 힘이 될 수도 있다고 본다. 나는 당시 3년 정도 사귄 여자친구가 있었다. 솔직히 하필 내가 편입한다니깐 편입 대폭 축소라고 뉴스에 나오고, 점수는 오르지 않는 것 같고, 군대도 아직 다녀오지 않은 상태에서 1년 휴학을 했고, 전적대 교수님도 내가 편입 준비하는 것을 알고 나를 안 좋게 보던 중이고, 대략 이런 일들로 인해 꽤나 예민해져서 여자친구와 많이 싸웠다. 그래서 큰마음 먹고 여자친구와 헤어졌는데, 나 같은 경우 오히려 공부가 되지 않았다. 정말 오래된 이성 친구가 있는 사람이라면 굳이 헤어지지는 말고, 이성 친구가 없는 사람이라면 수험생활 동안에는 솔로가 최선인 것 같다.

[이후 나는 다시 여자친구랑 사귀면서 적절히 머리도 식힐 겸 데이트를 했고, 동기부여를 잘 해주는 여자친구 덕분에 어려울 때 힘도 많이 받았다.]

잠들기 전에 몇 편의 합격수기를 꼭 읽었다. 나도 합격자들만큼 잘 하고 있는지, 체크해보기도 했다. 내가 편입할 때는 뽑는 인원이 더 줄어서 '이 사람들보다 더 열심히 해야 합격하겠지!'라고 수시로 끊임없이 동기부여를 했다.

고시원 생활

지방에 사는 사람들은 시험기간이 다가오면 서울의 친척집이나 고시원에 들어가곤 한다. 이때 갑자기 변화된 생활에 얼마나 잘 적응하느냐도 굉장히 중요하다고 본다.

나는 12월 20일경에 있는 고려대 시험을 위해 12월 1일부터 노량진에 있는 고시원을 잡았다. 원래 계획은 서울 올라와서 시험 치기 전까지 편입학원으로 모의고사를 치러 다닐 생각이었지만, 막상 서울에 오니 한 번도 가보지 않은 학원에 가는 것도 선뜻 내키지 않았기에, 밖에 돌아다니지 않고 고시원에서 쭉 공부를 했다.

고시원 생활 3일째쯤 정말 이유도 없이 미칠 것처럼 답답했다. 공부도 되지 않았고 밥도 먹기 싫었다. 노량진 거리에 나가면 여러 부류의 수험생들이 길거리에서 컵밥을 먹으면서 책을 보고, 다들 큰 가방을 메고 학원에 다니는 모습을 보고 말 그대로 멘붕이 되었다. 서울사람은 다 저런가, 전부 저렇게 공부에 얽매여 사는데 저렇게 살면 행복할까? 당시에는 나도 힘들었기 때문에 전부 부정적으로 보였던 것 같다. 하루에 한 번씩 꼭 엄마한테 힘들다고 투정부리며 전화하고, 너무 공부가 되지 않아서 12월 15일 정도까지는 수학 개념 정리와 영어 단어만 외웠다. 다른 문제풀이는 머리에 들어오지 않아서 하지 못했다.

이런 부적응은 이내 성적 추락으로 이어졌다. 11월까지 수학 모의고사는 상위 1~2%였고 영어는 상위 10%였다. 하지만 12월 대학별 모의고사에서 수학은 2~3%, 영어는 30%도 되지 않았던 것 같다. 혼자 기출문제를 공부할 때 분명 풀었던 문제인데 그때보다 훨씬 낮은 점수가 나오기도 했다. 정말 이 시기를 잘못 보낸 것 같다.

고려대 시험을 일주일 남겨놓고 나서야 뒤늦게 정신을 차려 가까운 도서관에 다니면서 고려대 4개년 기출문제와 예상 쿠엣(KUET) 문제 4회를 풀었다. 하루에 2회씩 풀고 틀린 문제는 해설 강의를 들었다. 고려대 편입시험을 치고 난 뒤 남은 학교들은 다가오는 학교의 3개년 기출문제를 풀고 틀린 부분만 해설 강의를 빠르게 듣는 것으로 진행했다.

시험 치러 가는 지하철 안에서는 중요한 단어나 수학 틀린 문제를 빠르게 보고, 수학 공식을 다시 보았다. 시험 치러 가는 시간이 적어도 40분은 걸릴 것이고, 걸어서 가는 시간까지 하면 1시간은 잡아야 하는데, 이 1시간을 잘 이용하면 한두 문제는 더 맞힐 수 있다고 생각한다. 편입 응시생들의 점수는 상향평준화 되어 있고 동점자들도 많아서 여러 기타 조건으로 선발하는데, 여기서 한두 문제가 당락을 가를 수 있다고 생각한다. 실제로 경희대 시험을 치기 전 학교 앞 스타벅스에서 여자친구랑 같이 외운 단어가 3개 이상 나와서 기분 좋게 시험을 친 기억도 있다.

나만의 공부 비법

■ 수학_공대는 수학을 잡아야 산다 ■

수학은 수능에서도 수리 가형 상위 5%였고, 대학에서도 미적분, 공업수학, 전기수학 등이 전부 100점으로 A+이었기에 기본적으로는 자신이 있었다. 하지만 편입 수학은 편입 수학이다. 추가적인 스킬과 편입 유형에 맞는 기출문제 등이 중요했다. 인터넷강의를 여러 개 찾아서 고민했다. 단순히 공식 암기 스킬보다는 확실한 개념과 이론을 요구하는 스타일로 바뀌었다고 판단하고 여기에 적합한 인강을 선택해서 3월부터 시험이 끝날 때까지 모든 강의를 다 들었다. 수학 진도는 기본적으로 인강에 맞춰서 뺐다.

하루 공부시간은 3월부터 8월까지는 개념(인강) 공부 2시간 반에 복습 및 문제풀이에 1시간, 9월부터 11월까지는 개념 공부 3시간 반에 복습 및 문제풀이 1시간, 12월부터는 개념 반복은 틈틈이 하였고, 틀린 문제 풀이와 새로운 문제 풀이, 기출문제 풀이를 6시간 정도 했다.

수학은 초반에는 응시생 사이에 점수 차가 크지만 후반으로 갈수록 합격권 사람들의 점수는 상향평준화 된다. 개념 공부 다 끝내고 막바지에 열심히 문제풀이를 반복하고 개념 정리를 해나가면 이 정도면 되겠다는 감이 온다. 꼭 이런 감이 올 때까지 확실하게 개념 정리를 하고 많은 문제풀이를 해야 한다. 만약 수학이 정말 부족하다면 학원 선생님이나 인강 선생님을 붙잡고 늘어지거나 과외를 해서라도 꼭 점수를 만들어놓아야 한다. 중상위권 공대 합격자들 보면 영어는 상위권이 아니지만 수학을 잘해서 합격하는 사람들이 있는 반면, 수학은 못하는데 영어 하나 잘해서 합격한 사람은 보기 드문 것 같다. 수학은 꼭 잡자.

■ 수학 시기별 공부 & 공부 방법 ■

3~7월 미분과 적분

8~9월 선형대수학

10~11월 공업수학

12~1월 기출, 문제풀이 강의

나는 12월 전에는 단 한 번도 시간을 재면서 기출문제를 풀어본 적이 없었고, 단원별로 섞여있는 문제를 푼 적도 없었다. 대신 매달 학원의 모의고사는 꼭 쳤다. 제일 잘했을 때는 전국 4등, 제일 못했을 때는 전국 50등이었다(응시자 수는 기억 안 남).

134

① 무조건 개념이 이해될 때까지 반복해서 보고, 내 자신에게 설명하면서 개념을 이해하도록 했다.

② 개념 관련 문제는 기출이든 문제집이든 다 찾아서 풀었고, 못 푸는 문제들은 답지를 펼쳐 놓고 이해될 때까지 보았다.

③ 한 단원이 끝나면 그 단원 전체 문제를 순서에 상관없이 전부 다시 풀었다(순서대로 다시 풀면 자연스럽게 문제 푸는 방법이 외워져 있을까봐).

④ 미분이면 미분, 적분이면 적분, 이렇게 한 파트가 끝나면 공책에 따로 개념 정리한 것들을 100% 이해할 때까지 다시 보고, 해당 파트의 어려운 문제와 틀린 문제를 다시 찾아 풀었다.

⑤ 개념서에 있는 문제들은 적어도 3번 이상씩 반복해서 풀었다. 그리고 문제를 풀 때 문제 옆에 표시를 해뒀다. O 표시는 100% 이해한 문제, △ 표시는 틀렸지만 답지 보면 이해되는 문제, X 표시는 답지를 봐도 이해가 안 되는 문제였다. 여기서 △ 표시 문제는 여러 번 반복해서 외워질 때까지 풀었다. X 표시 문제는 그 부분만 강의를 다시 듣던가 그 부분 개념을 다시 공부한 다음, △ 표시한 것과 마찬가지로 반복해서 외워질 때까지 풀었다.

나는 무작정 많은 문제를 푸는 것보다 일단 개념을 완벽히 이해하고, 또한 기출문제랑 중요 문제를 반복해서 푸는 것을 중요시했다. 기출만 완벽히 마스터해도 시험장 가면 많이 본 문제로 보인다. 마지막으로 정말 중요해서 나올 것 같은 문제와 정말 여러 번 풀었는데도 계속 틀린 문제는 폰으로 사진 찍어서 시험 치러 가는 길에 봤다.

■ 영어_연상법을 이용했다 ■

단어 : 단어 공부시간은 6월까지 하루 세 시간씩 잡았다(1시간 반씩 나눠서 공부했다). 6월부터는 책 두 권을 선택하여 하루에 한 시간씩 공부했다. 단어 공부는 회독보다는 정독이 중요하다고 생각한다. 가끔 합격수기를 보면 몇 회독 했다고 적혀있는데, 그런 것보다 그냥 책 한 권을 마스터할 때까지 계속 반복해서 봤다. 처음 단어 공부할 때는 3회독 정도까지는 표제어를 천천히 어근도 같이 봐 가면서 공부했고(처음에 어근을 함께 공부하는 걸 추천한다), 3회독 후에는 표제어를 확실히 외우려고 했고, 그 이후부터는 동의어도 같이 공부했다. 잘 안 외워지는 단어는 어근과 어미를 끊어 이해하면서 공부한 적도 있고, 진짜 잘 안 외워지는 단어는 워드 스펀지에 나오는 것처럼 연상법을 이용해서 외운 적도 있다. 예를 들어 'catastrophe'는 '큰 재해'라는 뜻인데 'kətǽstrəfi 곁에 수두룩 피'라서 큰 재해라고 외운 적도

있다. 은근 바보 같지만 이런 게 기억은 오래갔다. 정말 안 외워지는 단어는 이런 방법으로
라도 외우길 바란다.

문법 : 문법책을 여러 번 정독하고 문제풀이를 계속 했다. 문법은 개념 정리를 확실히 하고
막바지에는 문제풀이를 많이 해서 감을 잡는 것이 중요하다. 나는 독해 공부와 수학 공부에
중점을 두느라 문법은 하루 1시간밖에 하지 못했고, 결국 점수 변동 폭이 컸다(고려대의 경
우 문법 10문제를 전부 맞혔지만, 서강대 문법은 다 틀렸다. 나머지 학교들도 정답을 확신
하고 푼 문제는 많지 않았다). 문법은 확실히 개념 정리와 문제풀이에 많은 시간을 투자하
는 게 정답인 듯싶다. 자연계는 수학을 많이 해야 하므로, 나중에는 문법 공부할 시간이 거
의 없다. 그러므로 초반에 문법을 확실히 잡고, 후반엔 문제풀이를 하면서 감을 유지하는 게
좋을 듯싶다.

논리 : 논리는 인강을 들었다. 논리는 확실히 유형마다 푸는 방법이 따로 있다. 그런 스킬
을 가지고 있는 것이 남들보다 유리하다고 본다. 논리는 꾸준히 풀면서 역접, 순접, 재진술
이라는 걸 잡아내는 감을 유지할 수 있어야 한다. 이 감을 시험 보는 날까지 끝까지 유지하
는 게 중요하다. 나는 12월 2주 정도 논리에서 손을 뗐는데, 결국 그 잘 되던 감을 못 찾고
시험을 치게 되었다. 자연계라서 수학 하느라 바쁠지 모르겠지만, 문법과 논리는 조금씩이
라도 시간을 할애해서 매일 문제를 풀고 감을 유지하기 바란다.

독해 : 먼저 나는 편입 공부를 2년 가까이 했으므로 웬만한 편입 독해책은 다 보았다. 문
법 개념이 정리가 안 된 것도 아니었고, 단어 실력이 떨어지는 것도 아니었다. 그런데도 4월
까지 점수 변화가 없었다. 독해 성적은 평균을 밑돌았다. 그러나 9월부터는 모의고사에서
독해를 거의 틀리지 않게 되었다. 당시 너무 독해 점수가 오르지 않아서 속독학원을 다녀야
하나 고민하던 중에 언어 독해력을 상승시켜주는 프로그램이 있다는 것을 신문으로 접했다.
수능 공부하는 사람들의 언어 점수를 올리기 위해 만들어진 듯했지만, 나는 그것이 필요했
다. 그래서 그 프로그램을 결제해서 4월부터 모든 시험이 끝나는 1월 말까지 매일 1회씩(1
회에 20분) 꼭 하였다. 언어 독해력을 올리니 영어 독해할 때 앞부분만 해석해도 뒷부분과 결
론을 추론할 수 있는 능력이 생겼다. 이전에는 지문을 한번 읽고 나서 문제를 풀려고 하면 그
사이에 내용을 잊어버리곤 했는데, 그런 일도 거의 없어졌다.

　처음 편입 공부 1년째일 때 편입학원에 같이 다니는 여자애가 있었다. 필리핀에서 고등학
교, 대학교를 나오고 편입 공부를 하던 아이였는데, 문법은 그냥 느낌만으로도 정말 잘 풀었
지만, 독해는 그다지 잘하지 못했다. 만날 영어로 대화하고 영어로 된 책들만 봤을 텐데 왜

독해를 못할까? 문법 개념도 잡혔고 단어도 잡았지만 독해 성적이 잘 나오지 않는다면, 언어 독해력이 문제일 수 있다. 언어 독해력 먼저 상승시키길 강추한다.

독해도 단순히 많은 양을 푸는 문제풀이 위주보다는, 제대로 차근차근 가는 길을 택했다. 구문 공부를 많이 했고, 시간을 재면서 문제를 푼 다음에는 정독으로 다시 지문을 보며 답이 되는 근거를 찾아서 형광펜으로 표시했다. 예를 들어 어느 문제에서 제목 찾는 것을 물어봤고 답이 3번이라면, 답 3번의 근거나 핵심 단어를 형광펜으로 칠하고 지문에서 그에 상응하는 부분을 찾아 같은 색으로 칠했다. 이렇게 공부하면 단지 느낌으로 답을 체크한 게 아니라, 확실한 근거로 답을 찾고 넘어가는 것이기에 독해 실력이 느는 것에 더해 마음이 편해지는 효과도 있었다.

합격 대학의 면접 실황 지면 공개

나는 면접에서 전공 질문에 완벽히 대답하지 못했지만 합격했다. 결국 면접이라는 것은 자신감과 자기 자신의 가능성을 당당하게 어필하는 게 중요하다고 생각한다. 나의 면접 내용을 약술해본다.

○나: 반갑습니다. (크게)
◇교수님: 긴장될 텐데 자기소개 먼저 하고 시작하자.
○나: 성공은 절대 운명의 장난이 아니라고 했습니다.
◇교수님: 성공이 뭐라고? (웃으면서)
○나: 성공은 절대 운명의 장난이 아니라고 들었습니다. 저는 건국대학교가 저를 필요로 했기 때문에 제가 지금 이곳에 있는 것이라고 생각합니다. 어릴 적부터 영재반이나 각종 대회에 참가하며 저에게는 많은 끼와 능력이 있다는 것을 일찍이 깨달았습니다. 대학교에서도 학과의 스태프를 맡는다거나 각종 프레젠테이션 발표에 앞장섬으로써 교수님들의 이목을 집중시키곤 했습니다. 하지만 우물 안 개구리로 살기엔 20대가 턱없이 짧다고 보았습니다. 그렇기 때문에 저에게는 단지 어루만져주기만 하는 손이 아니라 저를 부각시켜줄 큰 무대가 필요합니다. 그래서 저는 이곳 건국대학교에 입학해 이곳의 슬로건 '미래를 위한 도약, 세계를 향한 비상'에 걸맞은 블루오션과 같은 존재가 되고자 합니다.

◇교수님 : 그래 전기공학과에 지원한 동기는?

○나 : 국가가 존재하는 한 전기를 전공한 사람은 평생 대우 받고 산다고 생각합니다. 요즘 기술의 발달로 사람의 삶이 고도화되고 있기 때문에 까다로운 요구들도 많아지고 있습니다. 그런데 그 요구를 충족시키려면 앞으로 사회의 어느 분야에서도 전기를 마다할 수 없습니다. 전기는 미래에도 생활 전반에 자리 잡을 것입니다. 또한 저희 아버지는 대우조선해양 전기 부서에서 근무하고 계시는데, 저는 아버지 영향을 받아 어릴 적부터 전기 관련 책들과 부품들을 보며 자랐습니다. 전기란 제게 익숙한 존재이며, 최선을 다해 배우고 싶은 전공입니다.

◇교수님 : 이제 전공 질문 하겠네. 플레밍의 오른손 법칙과 왼손 법칙에 대해 설명하고, 두 개의 차이점을 말해보게나.

○나 : 왼손은 전동기에 사용하고, 오른손은 발전기에 사용하고, 엄지손가락은 힘을 나타내고, …… 입니다.

◇교수님 : 그럼 전기가 어떻게 만들어지는지 설명해보게.

○나 : …… 발전소에서 만들어집니다.

◇교수님 : 발전소에서 어떻게 만들어지나? 전류 형태로 만들어지나 전압 형태로 만들어지나?

○나 : …… 죄송합니다. 더 열심히 공부하겠습니다.

◇교수님 : 전압 형태로 만들어진다면 어떻게 우리 가정까지 전기를 내보내는가?

○나 : …… 전기를 정류시켜서 …… 아, …… (우물쭈물) 죄송합니다.

◇교수님 : 공부를 더 열심히 해야지. 아쉽네. (고개를 흔드셨음) 이제 나가보게, 수고했어요.

○나 : 교수님! 전공 대답은 잘 못했지만 마지막으로 하고 싶은 말이 있습니다.

◇교수님 : 그럼 마지막으로 딱 30초 주겠네.

○나 : 인터넷 뉴스를 보면 건국대 전기공학과 교수님들의 기사를 쉽게 찾아볼 수 있습니다. 이번 달만 하더라도 OOO 교수님의 LED 보급 관련 기사와 OOO 교수님이 전기요금 인상에 관하여 말씀하신 기사가 있었습니다. 2008년에 건국대 전기공학과를 우리나라에서 다섯 손가락 안에 드는 전기공학과로 만들겠다고 하신 논문형 기사도 접했습니다. 또한 건국대학교 전기공학과의 80%가 넘는 높은 취업률과 취업생의 높은 만족도 등의 결과들은 교수님들의 능력이라고 생각합니다. 저는 꼭 훌륭한 교수님들의 제자가 되

고 싶습니다.

이렇게 전공 질문에 제대로 대답 못해서 찜찜했지만, 나름대로 나를 어필하고자 최선을 다해서 본 면접이었다.

건국대의 크고 예쁜 캠퍼스와 학교 앞의 큰 번화가를 보면서 이런 대학교에서 캠퍼스라이프를 즐기고 싶다고, 면접 보는 내내 학교에서 기다려준 여자친구한테 꼭 여기 오고 싶다고 기도해달라고 말했었다. 최상위권 대학은 아니지만, 그래도 그렇게 간절히 바라던 건국대학교에 최종 합격하게 되었고, 오랜 고통과 번민이 사르르 녹아내리는 느낌이 들어서 정말 기뻤다.

■ 마무리 ■

2014년부터는 학사편입 인원이 축소돼서 이야기가 달라질 수 있겠지만, 2013년까지는 '학사가 정말 꿀'이라는 말이 틀린 말이 아니었다. 편입 공부 1년째 학원 다니면서 같이 스터디하던 8명 성적이 거기서 거기로 다 비슷했다. 그런데 결론은 일반편입은 전부 불합격, 학사편입 세 명은 전부 합격이었다. 합격한 학교도 한양대, 이화여대, 동국대였다. 올해도 '학사+공대' 같은 경우 수학 점수 50점 넘겨본 적 없는 사람들이 합격하는 사례도 여럿 봤다.

학사편입 인원이 줄었지만 공대라면 '학사+공대' 아직 메리트가 있다고 본다. 나도 편입 공부를 시작하면서 학사 취득해서 학사로 시험 칠까 많이 고민하다가, '그 시간에 영어, 수학 공부 더 해야지' 하고 학사를 접었지만, 나보다 못하던 형이 학사로 돌려서 한양대 공대에 가는 걸 보면서 사실 배가 아팠다. 학사로 합격하든 일반으로 합격하든, 합격하면 똑같은 편입생이고 전혀 차별이 없다. 학원에서 잘 상담해보고 진짜 유리한 방향으로 선택하길 바란다.

잠깐 슬럼프가 오기도 했지만, 대체로 나는 합격할 거라는 긍정적인 생각을 가지고 버텨나갔다. 이 글 보는 분들도 끝까지 포기하지 않고, 매달 매일 피드백하고, 다음 달 계획 적절히 수정해가면서 매번 더 좋은 공부법, 자기한테 더 맞는 공부법을 찾아 공부하길 바란다. 꼭 원하는 대학에 가서 학벌 콤플렉스 없이 자신감을 가지고 대학 다니길 응원한다.

goodjh0698@naver.com

07 모든 것을 내던지고 한번 미쳐보자

전문대를 졸업하고 직장에서 받은 수모

윤가희(가명)

[B전문대 ➡ 가천대]

- **일반편입**
- **전적대학** : B전문대학(서울 소재) 중국어
- **편입대학** : 가천대학교 법학과
- **성별** : 여자

안녕하세요. 우선 이렇게 수험생에게 힘을 줄 수 있는 기회에 참여하게 되어 큰 영광입니다. 제 글이 부족하나마 최대한 자극제이면서 희망의 메시지가 될 수 있으면 더할 나위 없이 좋겠습니다. 제 소개를 먼저 드리자면, 5개월 공부 후 일반편입으로 올해 2013년 가천대학교 법학과에 편입학한 윤가희(가명)입니다. 저는 이 기회를 통해 철저하게 준비된 상위권 대학을 목표로 하는 학생들보다 '내가 할 수 있을까' 하는 자신에 대한 혐오와 의심으로 휩싸인 마음 아픈 수험생들과 지금 생활에 불안을 가지고 다음 단계에 나아가지 못하는 다른 모든 분들에게 용기를 드리고 싶기에, 저의 경험과 노하우를 진심을 담아 전해드립니다.

윤가희

가천대
3
Gachon Univ. 嘉泉大

22살, 여자의 일상

    대부분의 학생들이 그러하듯 상위 3%는 SKY, 그리고 10%는 IN 서울이라고 합니다. 나머지는 몽땅 묶어 '나 예전에는 잘했는데' 하는 사람들이 결과로 말하지 못하고 결국에는 수도권과 전문대, 지방대 등으로 분포되어 버립니다. 저도 그 나머지에 속했습니다. 자신에게 면죄부를 만들어 좋은 대학을 가지 못한 것에 대한 변명들을 합니다.

    "나는 집이 가난해 학원에 갈 수 없어서 수능을 못 봤다."

    "나는 수능 타입이 아니다."

    "우리 애는 똑똑한데, 시험을 못 보는 타입이다."

    정말 특별한 이유가 아니면, 우리가 좋은 결과를 만들어내지 못한 것은 결국 자신의 책임입니다.

    저의 고3(현역) 시절도 마찬가지입니다. 이러한 섭리 아닌 섭리를 깨닫게 된 것은 이미 수능이 코앞에 다가왔을 때로, 어떤 변명도 통하지 않았습니다. 결과가 말해주듯, 저는 서울에 있는 B전문대에 입학했고, 뜬금없이 중국어를 전공하게 되었습니다. 시트콤 '논스톱'과 같은 대학생활을 꿈꾸었습니다. 선배가 밥 사주고, 대외 동아리에서 여러 대학의 학생들과 교류하고, 자기 발전을 위해 꿈꾸는 대학생으로 생활하는 저를 기대했지만, 입학 후에는 그저 갈피를 못 잡는 전문대 학생이 되어 있었습니다.

    건물 4개가 전부고, 운동장도 부속 중고등학교와 같이 쓰는 열악한 환경은 둘째 문제였습니다. 여기저기서 여학생들이 담배를 피우고, 수업 끝나고 어떤 남자를 만날지 무슨 클럽을 갈지 욕을 섞어가며 저급한 농담을 하는 그곳은 학교가 아니었습니다. 대학생이 시끄러워서 부속 고등학교 벽에 '대학생 언니들 조용히 해주세요.'라는 벽보가 붙어있고, 다른 어떤 학과에는 신입생에게 소위 담배빵이라는 신고식이 있다는 얘기도 들려왔습니다. 열악한 외관보다 이곳이 나에게 주는 영향이 너무나도 큰 문제였습니다. 저는 그 앞선 부류에 낄 만큼 불량하지도 못할뿐더러, 그렇다고 중국어를 열심히 해서 장학금을 받을 만한 의욕도 없었습니다. 그러한 환경에 익숙해지며 그냥 '나는 이곳에 있을 사람이 아니야!'라는 푸념만 하다가 시간을 보냈습니다.

    1년은 그렇게 2점대 학점을 유지하며 이도 저도 아닌 시간을 보냈고, 취업조차 못 할 것이라는 불안감에 휩싸이기 시작해 졸업 때까지 겨우 3점 초반으로 학점을 끌어 올렸지만, 내가 뭘 하고 싶은지 여전히 의문이었습니다. 학벌은 좋고 싶은데, 그러던 '대학원을 가야 하나'

아니면 '중국 학교로 편입을 해야 하나' 쓸데없는 망상에만 휩싸여 살다가 남들보다 늦게 등 떠밀려 취업을 준비했고, 22살 되던 해 3월에 무역회사에 입사했습니다. 제가 할 수 있는 것이라곤 전공한 중국어 조금과 Excel, Powerpoint 정도였습니다. 이런 것밖에 없는 저를 회사가 뽑은 것이 신기할 정도였습니다.

이 상황에서 인생의 세 번째 패배감을 느꼈습니다. 입사와 동시에 타 회사에서는 세 사람이 하는 업무를 막내인 제가 모두 해야 했고, 업무도 모자라 커피 심부름에 화초에 물 주기까지 잡다한 일을 모두 하며 몸이 남아나질 않았습니다. 새벽까지 업무를 하다 나갈 타이밍을 놓쳐 탈의실에서 잠을 자고, 점심 먹을 시간도 없이 일하다 끼니를 놓쳐 굶고…. 그렇게 일했지만, 업무 하다가 찌뿌듯하면 커피 사 마시러 나가고, 칼퇴근 하면서 술 한 잔 하고 집에 들어가는 여유로운 생활을 하는 다른 직원들과는 달리, 제 연봉은 4년제 학위를 가진 사람들과 1000만 원 이상 차이가 났습니다.

앞서 언급한 세 번째 패배감을 뼈저리게 느꼈지만, 저는 현실적인 두려움에 여전히 자기를 합리화하며 회사에 다니고 있었습니다. 피부트러블을 고민해본 적이 단 한 번도 없던 제 얼굴은 여기저기 울긋불긋하다 못해 긁어 흉터까지 남았고, 늘 입술이 튼 채로 업무를 했습니다. 스트레스로 인해 머리는 빠지고, 소화가 되질 않아 게워 내는 게 일상이었으며, 식사를 자주 걸러 체중이 8kg이나 줄었습니다. 소화기관이 망가질 때로 망가졌으나, 어른들이 소위 말하는 어린 여직원 기쁨조는 모든 회식에 참여해야 했으니, 마시고 게우고 마시고 게우고. 매일 같이 힘든 일상을 반복해야 했습니다. 제 생활은 정상적인 22살 여자의 일상이 아니었습니다.

퇴사와 동시에 편입 시작

그러던 어느 날, 이제는 그만 벗어나고 싶다는 생각에 벌어놓은 돈으로 유학을 가야겠다고 마음먹었습니다. 평소 친하게 지내던 대리님에게 말을 꺼냈습니다.

"저 사진 배우러 프랑스에 유학가려고요."

이에 대리님은 저에게 짧게 조언을 한 마디 해주었습니다.

"윤가희 씨가 진정 그 일을 하고 싶은 것인지, 아니면 그 일을 하고 싶게 억지로 자신을 만드는 것인지 다시 한 번 생각해봐."

망치를 맞은 듯한 충격과 함께 그날 저녁 제 인생의 터닝 포인트가 찾아왔습니다. 회사의 상사 몇 분과 함께 회식을 했는데, 4차 정도 되니 지칠 대로 지쳐 있었습니다. 그런데 그 자리에서 한 분이 갑작스레 말을 뱉었습니다.

"사람은 자기가 웃으면서 일을 하고, 자신이 뭘 하고 있는지 돌아봤을 때 행복하다고 말할 수 있는 사람이 진짜 행복한 거야."

그 말을 듣고 저는 제 자신을 보았습니다. 이틀 동안의 철야로 피곤했지만, 머리가 너무 아파 잠을 잘 수 없었고, 위액이 나올 만큼 게워낸 통에 역겹고 배도 너무 아팠습니다. 저는 행복하지 않았습니다. 더 이상 이렇게 살 수 없었습니다. 아무리 노력해도, 저는 이곳에서 성공할 수가 없었습니다. 무역회사에 환멸을 느낀 저는 다른 계열의 회사를 알아보았지만, 그 어느 곳에도 제가 하고 싶은 일은 없었고, 모두 4년제 대학 학위를 필요로 했습니다. 그래서 현실적인 부분보다는 제 자신에게 초점을 맞추기로 했습니다. 저의 현재 상황과 스펙, 제가 잘하는 것과 하고 싶은 것들을 종이에 적었습니다.

나이 : 23살, 전문대학 졸업, 연봉 ****만 원

하고 싶은 것 : 어려운 사람 돕는 일

잘하는 것 : 남을 웃기고 기쁘게 하는 일

좋아하는 것 : 나로 인해 남이 웃는 것

                       :

제가 재밌게 공부했던 과목과 자신 있었던 과목까지 모두 적었습니다. 사회의 부조리가 싫었기에 법학 과목이 좋았습니다. 잘하진 못했지만, 학창 시절에는 '법과 사회'와 '영어'가 좋았습니다. 법학을 좀 더 공부하고 싶었고, 봉사하는 삶을 원했습니다.

결론은 경찰이었습니다. 결론이 나왔을 때, 가진 대로 세상 흐름에 순응하며 살아왔던 제 인생에서 처음으로 욕심이 생겼습니다. 동기부여가 되었습니다. 그리고 마지막, 내가 경찰을 하지 않았을 때 내 인생의 대략적인 모습과 경찰이 되지 못할 만한 현실적인 이유가 있는지를 적었습니다.

'지금 회사를 계속 다닌다면 때가 되면 결혼하고, 임신하면 회사를 그만두고, 그렇게 아이를 기르며 시간이 흐르고, 아이는 자라 내 모습을 보면서 더 큰 그릇이 되기보단 나를 닮아 내 욕심 정도로 비슷한 인생을 살겠지!'

너무 무서웠습니다. 적힌 내용을 보고서 너무 두려웠습니다. 또한 후회가 물밀듯이 몰려왔습니다. 그 다음으로 현실적인 이유를 적었을 때, 이유는 그저 경찰이 되기 위한 공부를 '아직' 하지 않았다는 것이었습니다. 너무 단순하게도 그저 그뿐이었습니다. 이렇게 모두 정리한 내용을 본 후, 지체하지 않고 퇴사와 동시에 편입이라는 제 인생의 첫 도전을 시작하게 되었습니다.

공부하는 마인드

이 글을 읽는 분들께 좀 더 현실적이고 잔인하게 말하고 싶습니다. 더 와 닿기를 바라서입니다. 먼저 지금 하고 있는 공부가 도피처로, 그저 단지 좋은 학교 때문에 하는 사람들에게 말하고 싶습니다. '절대 성공하지 못할 것'이라고 장담합니다. '남들 하니까 내가 해도 되겠지!'라는 마인드를 가진 사람도 반드시 실패할 것이라 생각합니다. 공부는 도피처가 아니고, 면죄부도 아닙니다. 그러한 사람들을 위해 이러한 시험들이 존재한다면, 그저 잘못된 남용일 뿐입니다.

시험에 실패하고 "아 이번에 너무 어려웠어. 이번에 편입 인원이 너무 줄었어."라고 말하는 사람은 자신의 얼굴에 침 뱉기라는 것만 명심하십시오. 자신의 게으름을 다른 곳에 알리는 또 다른 실수를 저지르지 말길 바랍니다.

카톡 사진 바꾸고 "이제 공부할 거예요.", 페이스북에 "나 이제 공부해. 연락 잘 못해요." 이렇게 찌질한 글들을 적으면서 왜 핸드폰을 놓고 다니는 과감함을 가질 생각은 못합니까? 그런 생각조차 못하면서 공부를 어떻게 할 생각을 하는지 잘 모르겠습니다.

남들이 후기 쓰는 것과 다르지 않게 저도 영어의 1형식과 2형식마저 헷갈리며 시작했습니다. 다들 극적인 반전 스토리를 위해 그렇게 말한다고 생각하는 사람들이 많습니다. '나도 기초 다 아는데 떨어졌는데 무슨 헛소리야, 만날 저렇게 얘기하지.' 식으로 말입니다. 그런 것을 아니꼽게 생각하는 사람들 마인드가 저는 이해되지 않습니다. 그런 기초지식을 알면서 올킬(all kill)이나 실패라는 경험을 하는 사람들이 나약한 것입니다. 그리고 정말 깨어 있는 사람이라면, '웃기고 있네, 그것도 모르는데 편입을 어떻게 시작해?'라는 반응이 아니고 '아, 그럼 나도 할 수 있겠네!'라는 생각이 들겠죠. 저는 다행히 후자로, 할 수 있겠다는 마음으로 시작했습니다. 이런 마인드라면, 시작조차도 부정적인 사람들과 다르게 시작할 수 있겠지요? 저는 첫 마음가짐이 긍정적이고 바르다면, 편입의 시작 또한 매끄럽게 열릴 수 있다고 생각합니다.

5개월간의 공부 보고서

편입에 있어서 가장 큰 적 중에 하나는 공부 방법을 모른다는 것입니다. 그런 적과 대면하며 저 또한 고군분투했습니다. 친언니는 2008학년도에 고려대학교에 편입했습니다. 그래서 편입을 쉽게 봤는지도 모릅니다. 나도 할 수 있겠다는 마음이 생긴 지 얼마 안 돼서 언니가 유학을 가게 되었고, 사실상 연락이 불가능한 상태라 조언을 구할 사람이 없었습니다. 언니만 믿고 아무런 대책이 없었던 저는 막막했습니다. '이걸 그냥 외워야 하는 건가? 그냥 문제만 미친 듯 풀면 되는 건가?' 앞이 너무너무 막막했습니다. 문법이라고는 수동태가 전부. 문장 구조가 어떻게 이루어지는 지도 모르고 'He loves me.'에 s가 왜 붙는지도 몰랐습니다. 하지만 조급해하지 않고 주어진 시간 5개월을 효율적으로 보내고자 방법을 찾았습니다.

저는 계획을 세우는 것이 가장 중요하다고 생각했습니다. 지금 시작하는 분이라면, 먼저 장기플랜이 아닌 단기플랜을 세우는 것을 추천합니다. 1주 단위로 계획을 세우고, 1주가 정상적으로 지켜졌다면 2주 분으로 늘려 계획을 세우고, 지켜졌다면 한 달 계획, 그 다음 장기플랜 식으로 넘어가는 것이 맞다고 생각합니다.

한 달 동안 기초 단어와 문법을 하고자 하여 첫 주는 하루에 단어 50개씩과 기초 중학 영문법 2파트씩으로 시작했습니다. 주말에는 주로 복습을 했습니다. 그렇게 몇 주 지켜지는 것을 보고 양을 늘렸습니다. 하루에 단어 200개씩 외우고, 문법 파트는 동일하게 하면서 전날의 내용을 똑같이 복습하는 형식으로 2주를 더 반복했습니다. 그렇게 한 달이 지난 후 제가 쌓은 것은 중학 영문법을 통해 쌓은 Basic 문법과 작은 단어집(2500단어 분량)이었습니다.

한 달 동안 잘 지켜진 계획을 통해 이젠 다음 단계를 보았습니다. 가장 기초적으로 필요한 문법을 정독하여 독해를 할 수 있는 실력을 다진 후 조금 더 타이트하게 계획을 세웠습니다. 예로 두 번째 달의 공부 플랜을 보여드리겠습니다.

독해	문장 완성	문법	단어
예습 단어 찾기 전 먼저 풀어보기. 어떻게 풀었는지 해석해보고, 어떻게 답을 도출했는지 적어보고, 어떤 부분이 헷갈렸는지 따로 표시. 후에 단어 찾아서 표시하고 암기	예습 따로 방법이랄 것 없이 내용이 짧기 때문에 수업 전 한 part (23문제)씩 풀어갔습니다. 3일 동안 예습한 단어 외워서 본 수업 참여	예습 (중학 영단어 마스터 후) 하루에 part 2개씩 공부 후 이해 및 내용 암기	예습 하루 단어 200개씩

독해	문장 완성	문법	단어
자습 복습(수업 분 청취) 다시 독해 해석해보기. 독해집을 따로 구매해 시간 내에 푸는 연습과 paraphrasing 연습	자습 복습	자습 수업 내용 복습 후 공 부한 part를 토대로 문 제 풀기. 오답노트를 통해 다시 풀고, 틀린 부분의 문 법 녹음을 통해 다시 이해 =>해결 안 된 경 우에는 선생님께 질문 하여 확인 후 내 것으 로 만듦	자습 단어 스터디 통해 문장 완성용 단어 및 학원 단어집(7set) 단어 암 기. 시험 때까지 단어집 7권 몇 번씩 돌린 후 다 른 단어집(한 페이지에 작은 글씨로 100개씩 되어 있음)으로 하루에 3장씩, 도합 600개씩 5 일 하여 1번 정독. 주말 에는 복습

이 계획을 보고는 막막하고 '저걸 어떻게 할까' 하는 생각이 대부분일 것입니다. 왜냐하면 그렇게 안 하는 사람들이 이 계획을 보고 있을 테니까요. 저보다 많이 했던 사람은 이미 콧방귀를 끼었겠지요. 하지만 정확히 말하면, 이 정도조차 하지 않았다면 저는 지금의 학교에 올 수 없었습니다. 하지만 이 계획표는 저에게 맞춰진 계획표이기 때문에, 맞는 사람도 있고 그렇지 않은 사람도 있을 수 있습니다.

세 번째 달에는 철저히 단어 위주로 공부했습니다. 예습과 복습, 독해 스터디를 제외하고는 전부 단어 공부에 투자했습니다. 하루 공부시간을 대략 15시간이라고 보았을 때, 3시간은 예습과 복습에, 3시간은 스터디 및 스터디 문제풀이에 투자하고, 나머지 시간은 모두 단어 공부를 했습니다. 단어집 하나만 죽어라고 9시간 동안 보는 것은 사실상 불가능하다고 생각합니다. 그래서 돌렸던 단어집을 300단어씩 3시간을 돌리고, 5시간 동안 새로운 단어를 보았습니다.

제가 단어에 초점을 맞추고 공부한 것은 단어가 너무나도 약했기 때문입니다. 무슨 문제를 풀어도 항상 단어가 제 발목을 잡았기에 저는 어떻게든 이 단어라는 '놈'을 잡았어야 했습니다. 기초가 부족한 저에게는 살짝 위험이 있었지만, 그것을 감수하고 단어에 대부분의 시간을 투자했습니다. 남은 1시간은 다시 문법을 보았습니다.

이렇게 네 번째 달이 왔습니다. 7월에 시작한 저에게는 10월이 네 번째 달이겠죠? 발등에 불이 떨어져서 뭘 해야 할지 고민도 못할 정도로 바빴습니다. 이것도 해야 되고 저것도 해야 되는데, 뭐부터 손을 대야 하나 머리가 터질 것만 같았습니다. 그래서 이 시점에서 선생님과 상담을 했습니다.

여기서 한 가지 팁이자 강조하고 싶은 것이 있습니다. 선생님이 모든 것을 말해주지는 않는다는 것입니다. '제가 어느 대학에 갈 수 있을까요?'가 아닌 '제가 어느 정도의 공부를 하고, 어느 수준에 있습니다. 어떤 방향으로 공부를 해야 할까요?'라고 물었을 때, 가장 맞는 해답을 주는 것이 학원 선생님입니다. 우리가 어느 대학에 갈 수 있는지는 선생님도 알 수 없습니다. 선생님이라고 모든 상황을 다 예측할 수는 없습니다. 이 시점에서 무엇을 해야 할지 고민할 때, 오랜 노하우로 공부 해결책을 주는 것이 선생님의 또 다른 본분입니다. '어느 대학에 갈 수 있을까요?'라는 물음에 단지 '넌 여기 힘들어!' 아니면 '아니, 넌 갈 수 있어!'라는 대답은 희망 고문입니다. 붙여주는 것은 대학이지, 선생님이 아닙니다. 간단히 말해, 결론은 '대학 이름 상담에 시간을 버리지 말자'는 것입니다.

다시 돌아와 제가 네 번째 달에 한 상담 내용은, 그 시점에서 앞으로 어떻게 공부해야 할지, 무엇에 중점을 두어야 하는지 등이었습니다. 성적(모의고사)과 저의 학습량 등을 보고 선생님은 실전 연습을 위한 시간이 부족하다는 결론을 주었습니다. 즉 문제풀이가 시급하다는 것이었습니다. 여태 제가 한 것은 단어와 문법, 스터디용 독해 풀이뿐이었기에 실전에서는 절대 좋은 결과가 나올 수 없었습니다. 그래서 문제풀이에 집중해야겠다고 마음먹고 단어의 비중은 최소한으로 줄이고 주말을 활용했습니다. 평소에는 세 번째 달처럼 똑같이 공부하고 주말을 이용하여 문법 문제를 풀었습니다. 한 권에 400문제씩 총 4권짜리를 토요일에 한 권, 일요일에 한 권씩 풀어서 2주가 걸렸고, 그 중 틀린 문제를 다시 2주 동안 풀었습니다. 거기서 또 틀린 문제를 골라 또 풀고, 제가 계속 틀리는 문법 문제를 계속하여 보완했습니다.

대망의 다섯 번째 달입니다. 시간이 너무 빠른 다섯 번째 달, 소위 멘탈이 붕괴되는 시간이었습니다. 몸이 무너지는 시간이죠. 다음에 또 한 번 말하겠지만, 저는 여기서 모의고사 점수로 한번 무너졌습니다. 그래서 계획이 조금 삐끗했습니다. 다섯 번째 달은 전기와 후기로 나눠서 설명을 드리겠습니다.

전기(첫째 주와 둘째 주)는 세 번째, 네 번째 달의 공부에 경제신문 보기가 더해졌습니다. 이전까지 5시간을 잤다면, 1시간을 줄여 4시간을 잤습니다. 아마도 주말을 제외하고 대부분은 3~4시간 정도 잤던 것 같습니다. 제가 목표로 하던 학교들 중 학업적성고사가 있는 학교도 있었기에 중요하다고 생각했고, 상식을 필요로 하는 문제들도 많았기에 어느 정도 도움이 되리라고 생각했습니다. 정리하면 '단어 많이 보기+주말에 문법 문제 풀기(4권짜리 1200제)+신문 보기' 순이었습니다.

후기에는 조금 바꿔서 문법 문제의 비중을 줄이고 모의고사 풀기가 더해졌습니다. 앞서 문법 문제를 많이 풀면서 나름대로 노하우가 생겼고, 그 적정선만 유지하면 된다고 생각했기에 문법 문제 비중을 줄이고 실전을 위해 모의고사 풀이를 시작했습니다.

여기서 두 갈래로 의견이 갈릴 수 있습니다. '처음부터 그 학교에 들어가려고 한 건가?' 아니면 '성적이 그 정도인 것인가?' 저는 대학보다 학과 중심이었습니다. 가천대는 법학과와 경찰학과의 전공 연계가 가능하고, 추후에 경찰 특채 기회가 주어지기 때문에 가천대 중심으로 모의고사를 풀었습니다. 고려대, 성균관대, 한양대, 이화여대 등 소위 TOP 10에 드는 학교들의 모의고사는 3개년 이상 풀지 않았습니다. 가천대는 5개년을 풀고 틀린 문제를 다시 풀었습니다. 다시 풀고 다시 풀고, 그래도 모르겠으면 질문을 해서 끝까지 확인을 했습니다. 그렇게 다섯 번째 달 후반에는 하루에 한두 학교의 기출문제를 시간을 재며 풀었는데, 대략 15~17개 정도 학교의 문제를 풀었습니다. 모든 문제를 풀고 학교 성향과 성적 등을 보며 저에게 맞는 학교를 골랐습니다.

사실, 여섯 번째 달에는 드릴 말이 없습니다. 몸을 혹사시킨 대가로 몸에 무리가 와서 하루가 멀다 하고 아파서 집중할 수가 없었고, 일주일에 한 번 꼴로 병원에 갔습니다. 또한 일주일에 한번 꼴로 시험 응시 준비를 하느라 제대로 공부하지 못했습니다. 창피하지만 마지막 12월 들어 시험(22일) 전에 공부한 날은 채 5일이 되지 않는 것 같습니다. 제가 공부기간을 5개월로 보는 이유가 이것입니다.

드릴 말이 없기에 만약 제가 12월을 잘 보낼 수 있었다면 하려고 했던 공부를 대신 말하고자 합니다. 저는 시험 보고 나서 가장 후회했던 것이 숙어 공부 부족이었습니다. 아마도 시간이 있고 공부 계획이 흐트러지지 않았다면, 숙어를 보았을 것 같습니다. 물론 학습을 통해 발견한 저의 부족한 부분이었습니다.

공부 방법이 도움이 되었을 수도 아니면 반대일 수도 있으나 저의 5개월간의 공부 방법을 진술하게 썼습니다. 어느 면으로든 긍정적으로 작용하길 간절히 바랍니다.

무리하면 지친다

제 경험에서 비롯한 충고를 먼저 드리고자 합니다. 초반에는 하루에 계획한 모든 분량을 소화하기 위해 아침 4시 30분에 일어나 6시까지 학원에 갔고, 자습실이 닫는 밤 10시까지 공부하다가, 집에 와서는 1시 30분에 잤습니다. 그렇게 하다가 지쳐서 몸이 고장이 나버렸고, 좀 더 할 수 있는 시간을 허비하게 되었습니다.

첫째, 무리하면 지친다는 것입니다. 자신의 체력에 조금 과한 정도가 적당한 것 같습니다. 너무 과해지면 정작 시험 시기에 체력이 떨어져 미끄러지는 경우가 많습니다. 제 경우 시험 기간 중에 몸살이 나서 H대학의 시험에 응시하지 못했습니다.

둘째, 모의고사 점수는 절대 신경 쓰지 마세요. 모의고사는 우리의 실력을 평가할 수 없습니다. 모의고사는 말 그대로 모의이기 때문에 본 시험이 아닙니다. 아무리 시험 문제를 잘 낸다 해도 그것은 그저 모의시험입니다. 점수가 잘 나온다고 해서 자만할 필요도, 안 나온다고 해서 포기할 필요도 전혀 없습니다. 저는 첫 시험에서 잘 나와서 자만한 상태로 하다가 11월에 한 차례 무너졌습니다. 만약에 무너지지 않았다면 한 문제로 합격 불합격이 왔다 갔다 하는 상황을 조금이나마 완화시킬 수 있었겠죠. 이것을 명심하길 바랍니다. 될 대로 되라 자포자기할 때 당신보다 못하던 사람이 당신을 밟고 올라갑니다. 한 마디로 내가 가질 수 있는 자리를 누군가가 강탈 아닌 강탈을 해간다는 기분, 정말 싫지 않을까요? 비단 편입 시험이 아닌 모든 시험과 사회생활까지 포함됩니다.

셋째, 현실적인 눈이 필요합니다. A학생은 성적이 그럭저럭 입니다. 하지만 고려대, 성균관대, 한양대 이외에는 생각하지 않습니다. A학생에게 학과는 두 번째 문제입니다. 그래서 고려대, 성균관대, 한양대의 경영학과에 지원했습니다. B학생은 성적이 좋습니다. 경영학과에 꼭 가고 싶지만, 그렇다고 학교의 레벨을 무시할 수는 없습니다. 그래서 A학생과 같은 대학의 독문과와 소위 안전빵(?)으로 몇몇 서울 중위권 대학의 다른 학과에도 지원했습니다. C학생은 성적이 중간 정도입니다. 최대한 자신이 원하는 학과에 합격하기를 희망합니다. 그래서 소위 명문대는 아니지만 자신에게 잘 맞는 학교와 학과를 찾아서 지원했습니다. 결과는, A학생은 모두 떨어졌고, B학생은 상위권 대학 독문과에 합격했지만 적응하지 못하고 다시 편입을 준비하고 있습니다. C학생은 Name value는 상대적으로 낮은 학교지만, 열심히 다니며 자신이 원하는 공부를 하고 있습니다. 자신의 목표를 이룰 수 없을 정도로 높이면, 이룰 수 있는 목표조차 이루지 못하는 경우가 태반입니다. 사회생활을 조금이나마 경험한 바에 의하면, 4년제 학사 학위가 중요한 것이지 나이 들면 어차피 유명무실해질 학벌은 그다지 중요하지 않습니다. 학벌에 연연하기보다는 내 인생을 길게 보는 안목이 필요합니다.

싸움에서 이겨내야 하는 이유

우리가 지금 직면하고 있는 편입시험은 물론 모든 시험에서 꼭 이겨내야 하는 이유를 말하면, 저는 이 시간을 통해 처음으로 성취감을 느꼈습니다. 성취감은 스스로 성장하고 수준을 높일 수 있는 유일하고 가장 중요한 감정입니다. 만약 인생에서 단 한 번도 성취감을 느낀 적이 없는 분이라면, 앞으로의 인생은 무미건조하고 더 침울한 시간을 겪을 것이라고 생각합니다. 성취감 없이 현실에만 안주하는 것이 가장 처량하고 불쌍한 인생입니다.

저는 24년을 그렇게 살았습니다. 하지만 편입시험을 통해 원하는 공부를 할 수 있는 기회를 가졌고, 또한 원하는 미래의 제 모습을 위해 준비할 수 있는 기회를 가졌습니다. 이러한 성취감을 한번 느낀 저는 다시 한 번 성취감을 느끼기 위해 이전과는 비교할 수 없을 정도로 노력하고 있습니다. 저는 무척 행복합니다. 좋은 학교에 들어가 다시 대학생이 되어서가 아니라 성취감을 느꼈기 때문입니다.

모든 것을 내던지고 한번 해보자, 미쳐보자는 각오로 불가능에 도전해서 성공했습니다. 학교 이름? 중요치 않습니다. 저는 제 학교를 사랑하고, 커리큘럼에 만족하며, 열심히 공부할 수 있는 이 기회에 너무 감사하고, 제 자신이 자랑스럽습니다. 시험 이후에 마인드가 완전히 바뀌었습니다. 경찰시험을 준비하고 있으며, 제가 반드시 붙으리라 믿어 의심치 않습니다. 인생 가운데 처음 도전하여 성공했을 때의 노력보다 지금 더 노력하고 있기 때문입니다.

2장

독한 근성으로 매진하다

08 지방 전문대 졸업생 성균관大 편입 성공

포기와 전진 사이에 있을 때, 이것을 읽어주세요

이동곤

[청강문화산업대 ➡ 성균관대]

- **학사편입**(학점은행제 경영학)
- **전적대학** : 청강문화산업대학 컴퓨터게임과(3.9/4.5), 경영학(3.5/4.5)
- **편입대학** : 성균관대학교 사회학과(87/100, 24.28:1)
- **나이** : 27세
- **성별** : 남자
- **합격한 학교**
  - 건국대학교 커뮤니케이션학과(39:1)
  - 인하대학교 문화컨텐츠학과(95/100, 34.67:1)
- **불합격한 학교**
  - 중앙대학교 사회학과(68/100, 32:1)
  - 동국대학교 광고홍보학과(75/100, 38.33:1)
  - 국민대학교 사회학과(76/100, 30.50:1)
  - 명지대학교 디지털미디어학과(82/100, 15.67:1)

2012년 성균관대 사회학과에 편입하여 4학년에 재학 중입니다. 무슨 이야기부터 시작해야 할지 모르겠습니다. 너무나 할 이야기가 많습니다. 현재 10학번이지만 실제 나이를 따지면 그렇게 보기 힘들다는 전설의 06학번입니다. 대학생 시점으로 보면 대학생활을 본격적으로 즐기기에는 조금 늦은 시기일지도 모르겠습니다. 전적대학이 2년제다 보니, 대학생활을 그리 즐겨보지 못했습니다. 지금은 보통 대학생처럼 학점관리는 물론이고, 늦게나마 마케팅학회도 다니고 있습니다. 그리고 대외활동도 하고, 공모전도 나가고, 자격증도 따보고, 자기소개서와 이력서도 준비하고 있습니다.

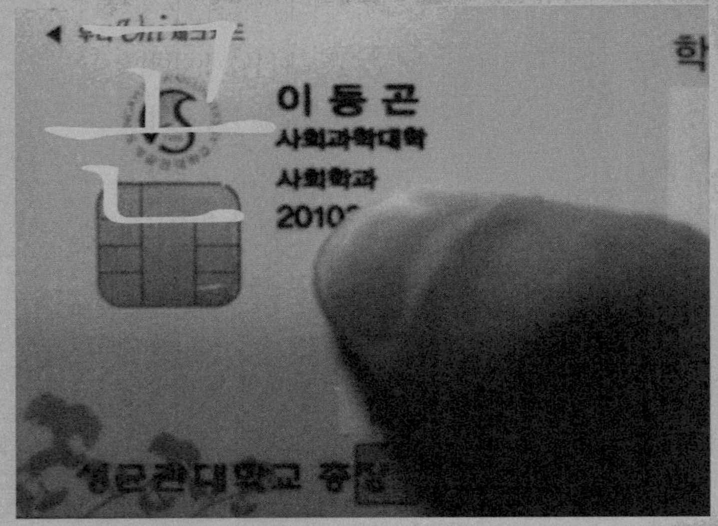
이 동 곤
사회과학대학
사회학과
2010
성균관대학교 총장

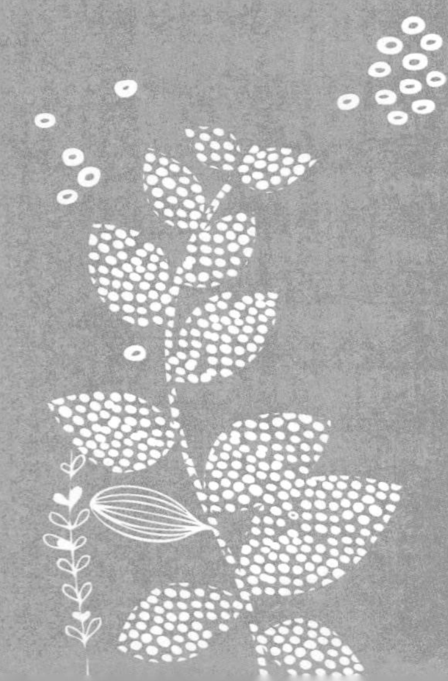

But I've come through

이제는 여느 대학생과 같이 연휴 때가 오면 취직은 물론이거니와 때 이른 결혼 이야기까지 슬금슬금 내 귀에 뻗치고 있습니다. 부모님도 나도, 눈물 흘렸던 대학 편입의 영광은 이제 어디로 갔나 싶습니다. 합격하면 '삼보일배'로 통학하겠다던 나만의 공약은 어디로 갔는지, 성균관대의 높고 긴 언덕을 걷다 보면 "아, 이래서 TOP 7 대학이구나!"라며 재미없는 농담도 날려봅니다.

이 수기를 쓰기 시작한 때가 2013년 3월 5일입니다. 생각해보니 벌써 편입 준비 1년과 대학생활 2년이 지났습니다. 2년 전, 편입시험을 위해 서울로 올라오는 고속버스 안에서 편입합격을 상상했던 때가 생각납니다. 편입 1년은 저에게 그 어떤 해보다 길었던 나날이었습니다. 제 주변 친구들은 열심히 일하며 돈을 벌고 있는데, 미래가 확실치 않은 편입을 준비하고 있던 모습이 자신을 절망으로 몰고 갔던 시간들도 생각납니다. 열심히 공부했는데도 점수가 오르지 않는 날엔 공부는 집어치우고 주말 내내 게임을 하거나 잠만 잤던 때도 있었습니다. 편입 공부를 하면서 인터넷으로 다른 직업을 찾던 때도 생각납니다. 낮은 점수 때문에 원하는 대학에 넣을 수 없는 것을 냉정하게 느꼈던 자신이 너무 싫었던 적도 있었습니다. 제가 평범한 인간임을 처절하게 느꼈던 1년입니다.

그런 과정 뒤에 저는 여기에 있습니다. 지금처럼 누군가는 저에게 "편입 생활이 어떠냐?"고 진지하게 물어올 날이 있겠죠. 때문에 수기를 쓰는 것이 필요하다고 생각했습니다. 이 순간이 굉장히 특별하다고 생각합니다. 누가 언제쯤 자기 인생의 한 편을 소설처럼 써볼 수 있을까요? 저는 사실 남들과는 조금 다른 길을 걸어왔습니다. 하지만 이 1년만큼이나 소설 같은 순간이 없었다고 생각합니다. 공부만 하는 조금 지루한 소설이지만요. 어쨌든 역시 편입 생활 동안 가장 기억에 남고, 가장 감동적인 순간은 성균관대 최종 합격 소식이었습니다. 솔직히 말해서, 우리는 그것 때문에 공부를 하니까요. 단순히 합격했다는 문자 그대로의 소식뿐만 아니라, 거기에는 그 이상의 특별한 순간이 있었습니다. 성균관대에 최종적으로 합격하게 되면 합격 창에 'Queen'의 'We are the Champions'라는 유명한 곡이 흘러나옵니다. 개인적으로 록음악을 좋아하기에, 퀸의 노래는 제가 록음악을 사랑해온 시간만큼, 제가 편입을 준비해온 시간만큼 여운을 남겼습니다.

많은 사람들이 퀸의 명곡인 이 노래를 좋아합니다. 하지만 많은 사람들이 따라 부르는 'We are the champions'라는 후렴구는 사실 제가 좋아하는 부분이 아닙니다. 제가 정말 좋아하는 부분은 그 후렴구 이전의 외침, 마치 어둠을 묵묵히 꿰뚫고 시련을 통과하여 승리를 증명하는 'But I've come through', '결국 이겨냈다'고 외치는 부분입니다. 편입 1년은 얻은 것이 컸지만, 잃은 것도 만만치 않았습니다. 그러나 결국 이겨낸 것입니다. 저에게 편입 1년은 그런 의미였다고 생각됩니다.

다녔던 학원 선생님의 말이 생각납니다. "1년 동안 공부하고 후회 없이 쏟아 부었다면, 탈락조차도 합격 이상의 무언가를 얻은 것이다."라는 말입니다. 그런 마음가짐이 절 압박감에서 해방될 수 있도록 만들었던 것 같습니다. 이전까지는 '스승의 은혜'라는 것을 진심으로 느끼지 못했는데, 이런저런 소중한 조언들을 제 마음에 남겨주신 선생님께도 이 수기를 빌어 진심으로 감사드립니다. 그리고 이 수기를 통해 제가 편입 1년에서 얻었던 의미처럼, 이 글에서 당신도 어떤 의미를 얻을 수 있도록 최선을 다해 전하고자 합니다.

게임 때문에 편입하다

청강문화산업대 컴퓨터게임과를 졸업했습니다. 조심스러운 이야기지만, 보통 편입 준비생들은 자신의 전적대학에 대하여 일종의 열등감을 가지고 있습니다. 사실 전적대학이 마음에 들면 편입할 필요가 없으니까요. 하지만 저는 전적대학을 졸업한 것에 후회가 없습니다. 아직도 전적대학 동기는 물론 선후배들과 자주 만나고 있으며, 게임업계로의 진로를 멈추지 않고 있습니다.

물론 그 중간에 방황의 시간이 있었지만, 지금도 게임을 제 운명이자 비전이라고 생각합니다. 학창시절을 되돌아보면, 선생님들도 그 진로 선택을 만류했었던 것 같습니다. 하지만 학교와 현실마저 막지 못할 정도로 저에게 게임은 꽤 운명적인 상대였습니다. 결국 저는 게임 개발자로 진로를 설정하고, 관련학과에 입학하여 졸업까지 하게 되었습니다. 짧은 기간이지만, 1년 정도 게임 개발자와 게임 수습기자로도 일했습니다. 그 당시 일을 하면서 뼈저리게 느꼈던 것이 뭔가를 좋아하는 열정만으로는 부족하다는 것이었습니다. 맹목적인 열정은 다른 사람을 설득시키지 못합니다. 그때가 되어서야 자신과 타인을 납득시킬 수 있는 논리와 그 논리를 추구하고자 하는 열정이 있어야 함을 뼈저리게 깨달았습니다. 그리고 그 능력이 부족함을 느꼈을 때, 저는 처음으로 게임에게 배신을 당했던 것 같습니다. 그 이후로 약 2년 반 정도 게임 개발자라는 진로를 그만두었습니다. 그 기간 동안은 더 이상 게임 개발을 생각하지 않았고, 다른 진로를 찾고 있었습니다. 당시 저는 군복무 대신 군수무기 제작업체에서 산업기능요원으로 일했는데, 이전의 게임 개발과는 전혀 상관없는 생산직이었습니다. 이 시기가 저에게 일종의 터닝 포인트였습니다. 게임 개발이 아닌 직장에서 일하고, 적응함으로써 게임과 상관없는 것까지 잘할 수 있다는 것을 스스로 증명해낸 시기였습니다.

산업기능요원의 복무 완료 날짜가 점점 다가오면서 저는 미래의 진로에 대해 많은 혼란을 느꼈습니다. 많은 전문대 출신이 그렇게 느낄지 아닐지는 모르겠지만, 전문대는 사회적으로 편견이 존재합니다. 취직 지원 조건에 '4년제 졸업생'이 붙은 회사들이 적지 않습니다. 그 당시 진로 중 하나로 생각했던 기자 역시 주요 신문사는 물론이고, 웹진이나 잡지의 기자도 대부분 4년제 졸업이 필수였습니다. 다른 진로를 생각하기 위해서라도 편입은 저에게 필수적이었습니다. 그 진로를 찾는 과정 중에 우연찮게 TED(기술, 오락, 디자인에 관련된 강연회를 개최하는 비영리 재단)의 영상 중 여성 게임 개발자 Jane McGonigal의 강연을 보게 되었습니다. 게임에 등장하는 주인공이 게임 스토리상의 가상세계를 구하는 것이 아니라 게임을 통해 현실을 구한다는 영상은 큰 충격으로 다가왔습니다. 그때 저의 세계는 다시 뒤집혀 버렸습니다. 그리고 약 2년 반 동안 잊고 살았던 게임이라는 진로를 다시 돌아보게 되었습니다. 제가 풀 수 없었던 그 부족함에 무엇을 채워야 할지 문득 깨닫게 되었습니다. 다시 게임에 대하여 자신과 타인을 납득시킬 논리와 열정을 가지고 싶었습니다. 게임을 통해 현실을 좀 더 좋게 만든다는 저의 비전을 위해 사회문제가 무엇인지, 그 문제는 어떤 이유에서 생겨나는지에 대한 전문적인 공부를 하고 싶었습니다. 그 결과 저는 사회학을 선택했고, 복무 완료 후 1년 동안의 편입 생활을 시작하게 되었습니다.

편입은 단거리가 아닌 마라톤

■ 나의 1년 스케줄 ■

시간	내용
06~08	기상, 식사
08~11	운동(헬스), 학원 이동(30분)
11~13	학원 강의
13~15	아르바이트 장소 이동(1시간) 및 식사
15~20	아르바이트(아르바이트는 11월 말까지)
20~24	학사 공부(집에서 공부, 자취생활) * 9월 말에 학사 과정 수료 뒤 영어 공부로 전환
24~02	영어 공부 (학사 과정 때는 학사 공부)

저는 1년 동안 학사 취득과 아르바이트, 그리고 편입 영어를 병행하며 생활했습니다. 경제적인 문제 때문에 알바가 필수였습니다. 앞의 표가 편입 준비 1년 동안의 스케줄입니다. 너무 빡빡한 생활을 하다 보니, 생활의 큰 변화 없이 일정한 리듬을 가지고 공부를 해왔습니다. 게으른 공부 태도 때문인지는 몰라도 쉬는 날이나 여유시간이 많아지면 공부를 미루게 되었습니다. '오늘은 쉬는 날이니까', '오늘은 시간은 많으니까'라는 생각이 들었습니다. 지금 와서 생각해보면 오히려 빡빡한 일정이 공부에 더 도움이 되었던 것 같습니다. 또 보는 바와 달리 스케줄 중간 중간 저에게 쉬는 시간을 많이 주었습니다. 공부 2시간 정도 하면 30분 정도 쉬었습니다. 제가 오랫동안 집중하는 성격이 아니라는 것을 잘 알기에 그것을 스케줄에 반영했습니다.

학사를 준비하는 기간에는 영어를 거의 공부하지 못했습니다. 빡빡한 생활이 피곤해서 그날 영어 공부를 못 하거나 그 다음날 학원을 못 간 적도 종종 있었습니다. 만약 학사라면, 빨리 학사 과정을 마쳐 조금이라도 시간의 압박에서 벗어나도록 해야 합니다. 알바를 해야 한다면, 학원 조교나 독서실 알바를 구하는 것이 좋습니다. 제 주변 편입생들은 이런 식으로 공부와 알바를 병행했더군요. 저는 전에 일했던 직업을 살려 돈은 만족스럽게 벌 수 있었지만, 집과 학원에서 모두 멀었다는 단점이 있었습니다. 제 생각에는 주변 편입생들이 했던 방법이 더 좋은 방법이라고 생각됩니다.

■ 공부하는 것만큼 쉬는 것도 중요 ■

제가 공부하는 집중력이 좋지 않다는 것을 편입 공부를 통해 알았습니다. 2시간 정도 앉아있으면 금방 지쳐버렸습니다. 그래서 2시간 공부한 뒤 30분 정도 휴식하는 것이 자연스럽게 저의 공부 패턴이 되었습니다.

처음에는 30분에 그냥 TV를 보거나 웹서핑을 했는데, 좀 더 생산적인 휴식을 꾀하고자 미국 드라마나 미국 애니메이션을 보게 되었습니다. 처음에는 단순히 영어 실력을 늘리기 위해 봤는데, 요즘에는 그 자체의 재미에 맛 들어서 계속 보는 중입니다. 하여튼 쉬는 시간에 하는 감상이 저에게는 꽤 도움이 되었다고 생각합니다.

미국 애니메이션이나 시트콤은 재미가 있기 때문에 영어에 자연스럽게 호감을 가지게 되기도 합니다. 'How I met your mother'나 'Big bang theory' 같은 시트콤은 한 번쯤 들어보았을 겁니다. 미국 문화라 이해가 안 되는 경우가 있는데, 이럴 때 정보를 찾아보는 것도 공부가 됩니다. 그리고 영어 자막을 통해 보는 것을 권장합니다. 영어 자막을 보면서 문장을 재빨리 해석하는 훈련도 됩니다. 놀면서 공부하는 셈이죠. 신기하게도 제가 봤던 미국 드라

마의 소개가 지문으로 나오기도 했습니다. 아마 'Last man standing'이라는 가족 시트콤이었던 것으로 기억합니다.

공부할 때는 집중이 가장 중요합니다. 하지만 지치거나 너무 졸려서 집중이 되지 않는 경우가 자주 있습니다. 저 같은 경우 쉬는 중간 중간 초콜릿 같이 단 음식을 자주 먹었습니다. 공부는 뇌를 쓰고, 뇌는 당을 요구하기 때문입니다. 집중이 안 될 경우, 다른 공부를 해보는 것도 좋습니다. 이것은 독해 지문 중 집중력에 관한 연구에서 얻은 사실인데, 집중력이 고갈될 때 다른 공부를 함으로써 집중력을 꾸준히 유지시킬 수 있다고 합니다.

졸릴 때는 잠을 자는 것이 최고입니다. 하지만 피곤하기 때문이 아니거나 잠을 자야 할 그런 상황이 아닐 경우 커피 같은 카페인 섭취보다는 비타민C 같은 영양제를 챙겨먹는 것이 좋습니다. 비타민C를 먹으면 목이 마르긴 하지만, 잠이 오지 않게 하는 데 효과가 있으며, 카페인의 부작용도 없습니다.

놀든 공부하든 밤을 새지 않는 것이 좋습니다. 실전 시험이나 모의고사 이전에 밤새 공부하는 경우가 있는데, 이는 컨디션에 악영향을 끼치는 안 좋은 습관입니다. 실전에서는 오후 시험도 물론 있지만, 대부분은 아침에 합니다. 실제 시험기간이 되면 여러 대학을 돌아다녀야 하기 때문에 시험 보러 가는 것만으로도 꽤 고생스럽습니다. 제가 강북 수유동에 살았을 때는 인천에 있는 인하대에 시험 보러 가는 데만 2시간이 걸렸습니다. 만약 아침에 일어나는 습관이 되지 않는다면, 시험 컨디션에 악영향을 끼칠 수 있습니다.

밤늦게 자고 늦게 일어나는 습관을 계속 가지고 있으면 잠에서 깨지 못한 채로 시험을 치거나, 최악의 경우 잠 때문에 시험 시간을 놓쳐버리는 불상사 또한 발생할 수 있습니다. 그리고 일주일에 반나절 혹은 하루쯤은 기분 좋게 놉시다! 저는 거의 매주 독학사 시험이나 자격증 시험, 모의고사가 있었는데, 시험 이후에는 휴식을 가졌습니다. 친구와 술을 마셔도 좋고, 영화를 봐도 좋고, 자기가 하고 싶은 것을 하세요. 편입은 100m 달리기가 아니라 마라톤이라는 점을 명심했으면 좋겠습니다. 편입은 느린 속도로 꾸준히 전진하는 겁니다.

■ 운동이 곧 체력 ■

운동의 경우 사람마다 의견이 다르지만, 저는 운동을 권장합니다. 실제 미국에서도 0교시 때 자습이 아닌 유산소운동을 시켰더니 성적이 상승되었다고 합니다. 그리고 근육운동을 하면 혈액순환이 좋아지기 때문에 뇌에도 포도당이 잘 전달됩니다. 앞에서 말했듯이 포도당은 뇌가 요구하는 영양소입니다. 편입 준비기간 동안 대부분의 시간을 앉아서 보낸다는 점을 생각할 때, 운동은 몸이 허약해지는 것을 막는 데 꽤 중요합니다. 저는 주 5일 하루 2시간씩 운동을 했습니다. 만약 운동이 처음인 사람이라면 처음부터 너무 무리한 운동은 오히려 몸에 해가 오니 명심하세요. 운동 강도는 헬스장의 트레이너 등 전문가와 상담하는 것이 가장 현명합니다.

사실 저는 아르바이트 때문에 학원 자습실이나 수업 후 스터디를 활용하지 못했습니다. 아르바이트를 마치면 늦은 시간이라 바로 집에 가서 공부할 수밖에 없었습니다. 혼자 공부했다는 것이 편입기간 중에 아쉬웠던 점입니다. 그렇지 않았다면 더 기억에 남는 일들이 많았을 테니까요. 기회가 된다면 자습실, 독서실, 스터디를 활용하는 것을 권장합니다. 그룹 스터디의 경우 사람만 잘 만난다면(같은 학원의 사람들과 이야기한 바에 따르면), 같이 공부하는 것이 시너지효과를 불러일으킵니다. 반면 공부를 게으른 사람과 같이 하면 같이 게을러지죠. 같이 공부할 분위기가 형성되지 않는다면, 과감하게 다른 그룹을 찾거나 혼자 공부하는 것도 좋습니다.

세 가지 원칙에 따른 영어 공부법

제가 소개하려는 공부 방법은 아마 합격한 다른 사람들과는 차이가 있을 수도 있습니다. 보통 편입학원들은 단어와 문법, 독해 파트가 단과 강좌 형식으로 나뉘어져 있고, 각각의 수업을 선생님들이 개별적으로 담당합니다. 하지만 제가 다니던 학원에서는 단어, 문법, 독해 파트를 한 수업에 한 선생님에게 동시에 받았습니다. 학원의 선생님이 파트를 각각의 선생님들에게 나눠서 수업 받는 것을 권장하지 않았습니다.

저는 이 방법으로 편입 영어 외에도 편입 후 대학 영어에서도 꽤 많은 도움을 받았습니다. 참고로 편입 영어에서 쓰는 단어들은 대학 논문이나 이론 원서에도 자주 나오기 때문에 대학 후에도 많은 쓸모가 있습니다. 추가로 저는 제가 다닌 학원 책만을 가지고 공부했기 때문에 책 선택에 대한 조언은 어렵다는 점을 이해해주시길 바랍니다.

■ 첫 번째 원칙—RC(Reading Comprehension) ■

편입 영어는 '단어', '문법', '독해' 파트를 공부하는 것이 아니라, 궁극적으로 'RC(Reading Comprehension, 독해력)'을 시험하는 것입니다. 읽기 능력을 시험하는 겁니다. 물론 실제 시험에서 문제는 단어, 문법, 논리, 독해로 이루어져 있습니다. 보통 문제를 풀면 단어 문제는 단어만을 생각하게 됩니다. 당연한 것이지만, 단어 문제는 단어를 풀기 위해 있는 것입니다. 실제 시험에 들어가면 그 문제에 관련된 파트만을 집중해야 합니다. 그러나 우리가 시험

162

이 아닌 공부를 할 때는 어떤 문제에서든 한 문장 안에서 단어와 문법, 논리, 독해를 동시에 생각해야 한다는 것을 잊지 말아야 합니다.

많은 편입생들이 가장 많이 하는 걱정 중 하나가 자기가 푼 문제가 차지하는 비중입니다. 자기가 단어 문제만 혹은 문법 문제만, 독해 문제만 많이 풀었다고 걱정하는 것입니다. 하지만 조금만 더 생각해보면, 단어든 문법이든 독해든 하나의 요소로 이루어져 있다는 것을 알 수 있습니다. 바로 '문장'입니다.

편입에서 가장 중요한 공부는 '문장'이라고 생각합니다. 공부할 때는 문장 하나하나에 대해 네 파트를 모두 생각함으로써 남들보다 많은 영어 문장의 경험, 더 나아가 많은 문제에 대한 경험을 얻을 수 있는 것입니다. 왜 문제가 아닌 문장에 비중을 두는지 궁금한 사람도 있을 겁니다. 하지만 사실 공부하는 데 영어 문제는 그리 중요치 않습니다. 문제 형식은 몇 가지로 정해져 있기 때문에, 문제에 접근하는 방법 또한 어렵지 않습니다. 어려운 것은 영어 문장 내의 구조를 통해 무슨 문법이 쓰였는지 파악하고, 영어 문장의 의미와 그 문장의 관계를 통해 전체적인 주제나 흐름을 파악하는 것입니다.

> Finally, in 1863, Congress provided that the mail carriers who delivered the mail from the post offices to private addressed should receive a government salary, and that there should be no extra charge for that delivery.

▲ 편입 실제 시험의 독해 구문 중 한 문장. that절, who절, and 용법을 사용하면서 한 문장이 꽤 깁니다.

앞의 문장에서 보듯이, 편입 영어가 어려운 것은 단문 형식의 문장이 많은 수능과 달리, that절이나 what절이 추가된 복문 형식의 문장이 많기 때문입니다. 그래서 문법을 모른 채 단어만을 가지고 풀기에는 수능과는 다른 차원의 난이도입니다.

지금은 수능이 어떨지 모르겠지만, 제가 고등학생 때는 문법에 대해서는 전혀 몰라도 단어만 알면 수능 독해 부분에서는 어려움이 없었습니다. 저는 단문이나 복문 같은 기초적인 영어 문법도 몰랐던 상태였는데, 편입에서는 문법을 모르면 해석 자체가 안 되는 경우가 많았습니다. 때문에 문장을 중심으로 공부할 필요성이 생기는 것입니다.

문장을 공부함으로써 문법을 실제로 사용해보고, 문법의 사용이 독해력의 향상으로 이어지니까요. 문법 구조나 단어, 문장의 의미가 이해 안 되는 것일수록 문장을 보다 구체적으로 분석하는 것이 중요합니다. 영어 문장을 보면서 단어의 뜻, 주어와 동사를 찾는 문장 구조, 접속사를 통한 논리 흐름, 문장의 의미를 보다 빨리 파악하는 것이 'RC'의 관건입니다. 우리가 책을 많이 읽으면 국어 실력이 늘듯이, 영어도 마찬가지로 문장을 많이 읽어 그 실력을 늘리는 것입니다.

■ 두 번째 원칙─Real English ■

Real English, 학원의 선생님이 가르쳐준 공부법 중 하나입니다. 제가 마음대로 이름을 붙여보았습니다. 다시 말해 '영어를 영어로 인식'하도록 공부하는 것입니다. 편입시험은 독해 구문이 길고 복문이 많아서 해석이 상당히 어려운 편입니다. 때문에 시간에 구애 받지 않고 문제를 풀기 위해서는 문장을 읽고 우리말로 해석하는 속도가 관건입니다.

여기서 우리는 'Real English'를 배움으로써 한글로 해석하는 과정을 과감히 생략하고 영어를 영어로 인식함으로써 문장을 읽는 속도를 향상시키게 될 것입니다. 우리가 당연하게 생각하면서도 알아차리지 못하는 것이 영어권 태생의 사람들은 영어를 한글로 해석하지 않는다는 점입니다. 한글을 배운 우리가 한글을 영어로 해석하지 않듯이 말이죠. '이게 뭔 꿈같은 이야기냐'고 할지 몰라도, 사실 우리는 기본적인 영어 표현들을 이런 식으로 읽어가고 있습니다. 예를 들어 'I love you.'나 'How are you?', 'I go to school.' 같은 문장을 생각해봅시다. 우리가 초등학교 때나 중학교 때부터 배운 문장들은 따로 해석을 거치지 않아도 그냥 무슨 뜻인지 알 수 있습니다. 우리의 목표는 이런 문장을 늘려가는 것입니다.

어떻게 이런 문장을 늘려나갈까요? 공부하는 동안 우리가 배우는 모든 단어의 의미, 문법 용법, 모르는 문장을 모두 영어로 쓰고 최대한 한글을 쓰지 않는 것입니다. 물론 영어로 표현하기 힘든 경우 한글을 써도 되지만, 모든 문장에 한글을 쓰지 말아야 한다는 것입니다. 그리고 최대한 영어로 인식할 수 있도록 자주 읽는 겁니다. 'subside(진정되다, 내려앉다)'란 단어를 예로 들어봅시다. 이 단어를 외우기 위해서 'weak foundations caused the house to subside.'라고 문장을 적습니다. 이 문장의 한글 의미는 '약한 지반이 집을 내려앉게 했다.'입니다. 이렇게 씀으로써 'subside'라는 단어가 '약한 지반으로 인해 집이 내려앉는' 장면의 이미지로 혹은 'weak foundation'이라는 단어로 유추되도록 하는 것입니다. 중요한 것은 되도록이면 문장을 자신의 힘으로 만들라는 것입니다. 그저 사전에 나와 있는 것을 카피하는 것이 아니라, 실제로 단어를 사용하고, 문법까지 사용해봄으로써 단어와 문법 모두에 대한 암기력을 높이게 됩니다. 그리고 내가 알고 있는 쉬운 동의어를 같이 쓰고, 그 단어를 사용한 영어 문장을 같이 씁니다. 그 단어의 동의어와 반의어도 모두 예문으로 적습니다. 문장은 그 단어를 몰라도 문장을 통해 그 단어의 의미를 유추할 수 있을 정도의 수준이면 적당합니다. 처음에는 아주 간단한 문장이 될지 몰라도, 문법과 단어를 배울수록 더 어려운 문장을 쓰게 되는 자신을 발견할 수 있습니다.

문장을 만드는 것이 어렵다면 앞에서 말했듯이 영영사전의 의미 풀이나 인터넷사전의 예문을 참조하세요. 저는 전자사전이나 사전을 사지 않고 스마트폰의 사전 어플을 활용했습니다. 제 주변에는 전자사전을 사용하는 사람이 많았는데, 개인적으로는 어플만으로도 충분하더군요. 그리고 한눈에 봐도 단어의 의미가 무엇인지 자연스럽게 알 수 있도록 자주 봅니다.

문법과 독해도 마찬가지로 공부합니다. 문법은 하나의 문법이 적용된 문장을 적습니다. 독해 구문의 경우 해석이 잘 되지 않는 문장이 있다면 단어를 적듯이 문장을 따로 적어 자연스럽게 익힐 때까지 봅니다. 추가로 단어나 문법, 문장 등은 적으면서 외우지 않고, 자주 보는 시간을 늘려가세요. 저는 짬날 때마다 자주 보았습니다. 이는 스터디카드 활용법에서 다시 이야기하겠습니다.

미리 말하자면, 상당히 힘든 과정이 될 것입니다. 저도 처음에는 이렇게 써놓고도 뜻을 몰라서 한글 뜻을 자주 보았습니다. 하지만 단어를 외우기 위해 문장을 만드는 기회가 늘어나니 문장 속에서 단어를 유추하거나, 영어 문장으로 단어를 설명하는 테크닉이 늘기 시작하더군요. 그 과정이 느껴질 때 꽤 신기합니다. 하지만 이 과정을 편입기간 동안에 꾸준히 수행해도 독해에 나오는 모든 문장을 모두 영어로 인식할 수는 없을 겁니다. 어떤 문장은 여전히 한글로 해석하는 과정이 필요할 것입니다. 혹시 모르죠. 정말 열심히 한다면 원어민처럼 모든 문장을 영어로 읽게 될지 모르지만요. 하지만 이 방법을 통해서 독해 구문 내의 상당히 많은 문장들을 영어로 인식할 수 있게 될 것입니다.

저도 이 방법을 사용하여 많은 효과를 보았습니다. 실제 성균관대 시험 때도 모든 문제를 푼 뒤 약 15분 정도 시간이 남았습니다. 다른 시험도 마찬가지였습니다. 편입 이후에도 대학에서 전공 원서를 읽는 데도 상당히 도움이 되고 있습니다.

■ 세 번째 원칙-Basic ■

편입 영어에는 꼼수나 특별한 노하우가 없습니다. 토익 같은 시험으로 알고 덤비기에는 편입 영어는 그 범위가 너무 방대하고 깊습니다. 때문에 사람들이 1년씩이나 준비를 합니다. 편입 영어는 특히 단어, 독해 주제 등에서 어떤 특정한 범위가 존재하지 않습니다. 그리고 유형이 매년 달라지는 학교도 있고, 난이도 또한 매년 달라집니다. 같은 대학인데 오전과 오후 시간의 시험 난이도가 달라지기도 합니다. 비인기 대학일수록 편입 영어 난이도가 낮을 것이라는 생각은 최소한 수도권 대학에서는 맞지 않습니다. 편입이 수능처럼 국가적으로 형식화

된 시험이 아니기 때문입니다. 오히려 비인기 대학이 더 어려운 경우도 있습니다. 때문에 편입 성공에 어느 정도 운이 작용하는 것도 거짓이라고 할 수 없습니다.

　이런 불확실한 상황에서 어떤 노하우나 족집게가 통할까요? 유형이나 대학 전략, 족집게 강의는 존재하지 않다고 보는 것이 낫습니다. 개인적으로는 오히려 공부하는 데 편향이 없어져서 잡다하게 신경 쓸 것이 없으니 집중하기 편하더군요. 이럴수록 기본으로 돌아가야 합니다. 그 기본은 바로 복습과 예습, 스터디카드, 오답노트입니다.

　복습과 예습은 말 그대로 배운 내용을 다시 공부하고, 배울 내용을 미리 공부하는 것입니다. 여러분이 원하는 시간에 공부하도록 하세요. 사람마다 복습과 예습의 방법이 크게 다르지 않을 것이라고 생각합니다. 저 같은 경우 복습은 3가지로 나뉘었는데, 강의 그리고 앞에서 말한 스터디카드와 오답노트입니다. 강의 복습의 경우에는 강의를 녹음하는 방법을 사용했습니다. 요즘에는 모두들 스마트폰을 가지고 있으니, 녹음기를 따로 살 필요는 없죠. 그리고 학원을 가지 않는 날(제가 다닌 학원은 수요일과 주말에는 가지 않았습니다)에 복습합니다. 학원 책도 마찬가지로 보고, 그때의 수업과 같은 환경과 방식, 흐름으로 공부하는 것이 좋습니다. 강의 한 달 동안 같은 방법을 사용합니다. 그리고 새로운 달이 되면, 그 달의 수업에 따라 또 복습하는 시간을 가집니다. 녹음 파일은 가지고 있는 편이 좋습니다. 저 같은 경우 지난달의 강의도 꾸준히 들은 적은 없으나, 어떤 특정 내용이 필요할 때 필기한 부분과 맞춰 녹음을 틀었던 기억이 납니다. 간직하고 있으면 언젠가 도움이 됩니다. 스터디카드와 오답노트를 사용한 복습은 스터디카드와 오답노트 사용법 때 설명하겠습니다.

　예습은 학원 책을 활용했습니다. 복습과 달리, 예습은 책을 중심으로 내용과 문제를 먼저 풀어봅니다. 특히 문제를 풀 때 실전처럼 시간을 재면서 문제를 푸는 것이 좋습니다. 문제당 단어/문법은 1~2분, 논리는 3분, 독해는 한 지문에 포함된 2~4문제를 5분 안에 푼다면 실전 시험의 이상적인 시간 안배라고 생각합니다. 그리고 문제풀이는 하지 않는 것을 추천합니다. 이 문제에 대해서 알든 모르든, 문제를 풀고 그 풀이는 그 수업시간에 하는 것을 권합니다. 자신이 모르는 부분을 선생님이 지나갈 우려도 있으니 질문할 거리를 만드는 것도 좋습니다.

　스터디카드는 자투리시간을 위한 방법입니다. 쉬는 시간이나 이동하는 시간 같은 짧은 시간들을 무시하지 마세요. 저 같은 경우 집에서 학원까지 가려면 지하철로 30분이 걸렸는데, 저는 이 시간에 가장 많이 단어를 외웠고, 문법의 용법을 외우는 데도 가장 많은 도움이 되었습니다. 저는 9월부터 자투리시간을 활용하기 시작했는데, 지하철에서 할 게 별로 없다 보니

166

많은 집중력이 발휘되었습니다. 스터디카드는 되도록이면 주머니에 넣을 수 있을 정도로 작은 것이 좋습니다. 앞에서 말했듯이 한글의 사용은 최소화하고, 영어만으로 단어와 문장, 문법 등을 적어 넣습니다. 의외로 상당한 도움이 됩니다. 제가 어떻게 스터디카드를 작성했는지 예를 들어 보겠습니다.

동명사, To부정사에 따라 의미가 다른 동사	
Remember	I remembered seeing you. (Past)
	I remembered to see you. (Future)
Forget	He forgot meeting me. (Past)
	He forgot to meet me. (Future)
Stop	He suddenly stops laughing. (~을 멈추다)
	He stops to smoke. (~하기 위해 멈추다)

Subtle	A subtle difference of opinion has arisen between team members.
Faint	He had a faint smile on his lips
Delicate	He is apathetic to delicate women's feelings.
Refined	The singer charmed the fans with his refined manners.

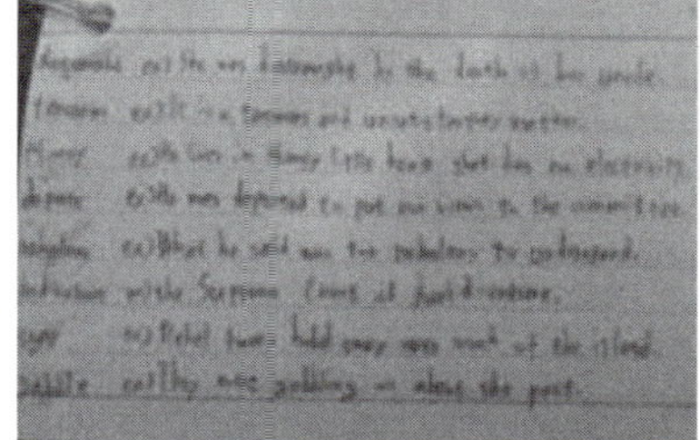

제가 악필이고 사진으로 부족할 것 같아 표도 같이 만들어보았습니다. 꽤 간단하죠? 사실 이런 형식이 되기까지 저에게는 여러 형식의 변환이 있었습니다만, 가장 처음의 변환을 보여드리겠습니다.

Compromise	There is no room for compromise
Com- (= together) / -promise (=promise)	
Ó(반의어)　disagreement, support	
= (동의어) concede, meet halfway, make concessions	

앞의 표가 제가 이전에 썼던 스터디카드의 형식입니다. 접두사 등의 뜻까지 적었습니다. 여기서 잠깐, 접두사까지 외울 필요가 있을까 궁금할 사람들이 있을 것이라 생각합니다. 편입 영어의 단어 범위가 끝이 없다 보니 아무리 많은 단어를 외워도 모르는 단어가 나올 경우가 자주 있습니다. 그럴 때 접두사나 접미사의 뜻을 안다면 얼추 뜻을 유추할 수 있습니다. 아예 모르는 것보단 어느 정도 힌트가 있는 것이 더 나으니까요. 그리고 접두사가 붙은 것들은 대부분 같은 의미가 많아서 같이 외우기도 편합니다.

스터디카드 이전 버전은 앞에서 말한 접두사는 물론, 반의어와 동의어까지 모두 한 단어에 적어 넣었습니다. 하지만 이렇게 만들다 보니 단어 하나를 기록하고 외우는 시간이 너무 오래 걸리더군요. 스터디카드도 많이 사야 했고요. 앞에서 말했듯이, 저의 경우 학사를 늦게 마무리해 편입 영어를 본격적으로 공부한 시기가 9월 말입니다. 그래서 좀 더 빠르고 많은 단어를 기록하고 외울 필요가 있었습니다. 그래서 앞의 스터디카드 형식을 사용하게 되었습니다. 개인적으로 이전 버전이 더 확실하게 외울 수 있는 방법이라고 생각됩니다.

오답노트는 우리가 익히 알다시피 틀린 문제를 노트에 정리하는 것입니다. 저 같은 경우 오답노트는 독해를 제외한 모든 문제에 활용했습니다. 오답노트는 스터디카드와는 다른 일반 노트를 사용했습니다. 틀린 문법 문제는 문제와 함께 그 답이 틀린 이유와 그 문제가 요구하는 문법의 원리를 모두 적습니다. 논리와 독해의 경우는 문제의 길이가 긴 경우가 많아서 오답노트를 따로 만들지 않았고, 보관해놓은 시험지를 오답노트 복습할 때 같이 보았습니다. 이 또한 예를 들어보겠습니다.

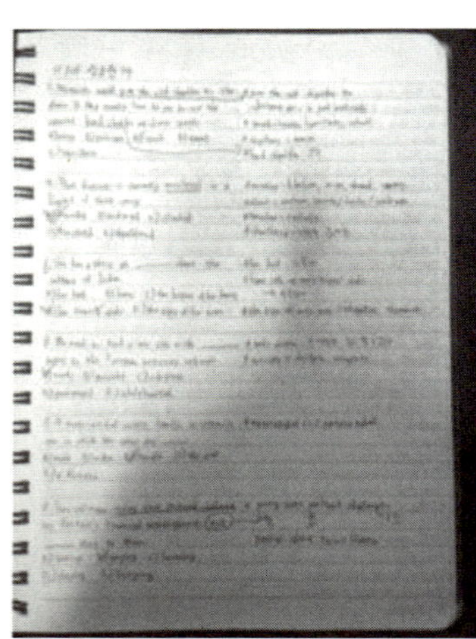
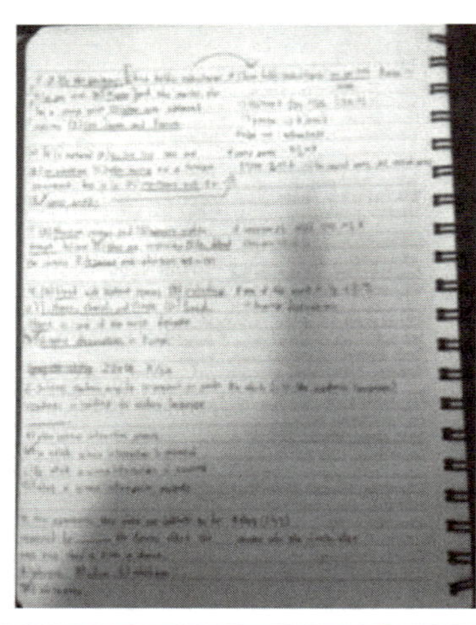

단어	
17. No matter how hard we try, there is no way to <u>circumvent</u> taxes. a) pay In installments b) get around c) ✔ travel around d) round up	Circumvent = detour, get around * round up = gather, arrest * circumspect = cautious * circumscribe = restrict

문법	
11. You should be more careful! You ______ by that speeding car! a) may have been killed b) must have been killed c) ✔ could have been killed d) should have been killed	가정법 과거 완료 문제 a), b) → may, must - 추측 c) → could - 가능성 d) → should - 죽었어야 하는데(죽지 않았다)

앞의 표를 보면 두 부분으로 나뉘어져 있죠? 왼쪽에는 실제 문제, 오른쪽에는 해설을 달아 놓았습니다. 이처럼 실제 노트에서는 노트를 세로로 반 접어서 사용했습니다. 그리고 앞에서 말했듯이, 우리는 오답노트를 풀 때만큼은 문제를 실전처럼 푸는 것이 아니라 공부를 하는 것이니, 단어뿐 아니라 문장과 문법 해석을 같이 해보는 것이 좋습니다. 오답노트는 모의고사뿐만 아니라 책에서 풀던 문제가 틀렸을 때도, 어떤 상황이든 문제가 틀렸다면 빠짐없이 적어주세요!

앞에서 말한 3가지 원칙을 잊지 않았으면 좋겠습니다. 사실 이 수기를 쓰면서, 이 글을 읽는 당신에게 공부 방법에 대한 가장 중요한 기초 규칙에 대해서 어떻게 전해야 할지 고민을 많이 했습니다. 그리고 제가 제시한 이 3가지 원칙은 저의 공부 방법의 원천이라고 보면 됩니다. 아니, 저뿐만 아니라 제가 다녔던 학원에서 편입에 성공한 사람들 모두의 원천입니다.

편입 영어 각 파트별 공부법

■ 단어는 6000개 잡기 ■

단어는 편입 영어의 가장 중요한 부분입니다. 시험 보기 몇 분 전까지 놓을 수 없는 것이 단어고, 가장 양이 많고 기초가 되기 때문입니다. 편입 영어는 대학 영어 수준이고, 대학 논문 수준의 단어를 많이 사용하기 때문에 수능이나 토익과는 다른 새로운 단어를 보는 기회가 굉장히 많을 것입니다. 오히려 원어민도 잘 모르는 단어를 쓰는 것이 편입 영어입니다.

편입시험을 위해 외워야 할 단어의 수를 확실하게 정하는 것은 거의 불가능에 가깝다고 생각합니다. 학원마다, 편입생마다, 책마다 다 다르기 때문입니다. 단어 개수에 관한 의견은 순전히 저의 개인적인 의견입니다. 편입 영어에 필요한 단어 개수가 4만 개, 2만 5천 개라고 말하는 사람이 있지만, 제가 봤을 때 그것은 과장이라고 생각합니다.

앞에서 말한 스터디카드를 저도 가지고 있는데, 앞뒤 한 장에 총 16개의 단어와 문장이 들어갑니다. 스터디카드 하나가 총 90장이고, 이 카드 3개를 썼으니 계산하면 총 단어 개수는 약 4000개입니다. 이 단어 개수로 편입 실전을 치렀습니다. 물론 여기서 제가 이미 알고 있는 단어들은 제외했는데, 모두 수능 수준의 단어들입니다. 그렇다면 중고등학교 수준의 단어 2000개까지 합하면 약 6000개의 단어로 추측할 수 있습니다. 이 단어의 선택은 학원 내에 가이드가 있었기에 가능했다는 점을 알아두셨으면 좋겠습니다.

단어 문제를 풀 때, 단어만 보지 말고 문장의 해석도 같이 해주어야 하는 것 잊지 마세요.

종종 한 문제에 같은 2개의 동의어를 놓아서 잘못된 문제인 것처럼 헷갈리게 만드는 경우가 있습니다. 한 단어는 2개의 서로 다른 의미를 가지고 있는 경우가 있거든요. 그럴 때는 문장의 풀이에 따라 단어의 선택을 달리해야 합니다. 앞에서 말한 스터디카드 만드는 방법을 잊지 마세요. 단어 공부에서는 그게 전부라고 할 정도로 저에게는 중요성이 컸습니다.

■ 문법은 큰 흐름을 따라가자 ■

문법은 아직도 제가 가장 어려워하는 파트입니다. 실전에서도 사실 그렇게 자신 있게 푼 적은 없었던 것 같네요. 아마도 많은 학생들이 그렇지 않을까 싶습니다. 문법의 용법이나 원리를 아는데도 실전에서 사용하기 어려운 것은, 문장 안에서 무슨 문법을 썼는지 캐치하지 못하기 때문입니다.

사실 문법 자체가 어디서부터 어떻게 공부해야 되는지 혼란스럽기도 합니다. 문법은 큰 흐름을 잡고 그 흐름 안에서 기출문제 등을 풀어 구체적인 사례들을 통해 점점 살을 붙여나가는 것이 좋습니다. 큰 흐름이란, 문장 구조와 동사에 따른 문장 형식, 동명사와 to부정사, 대명사, 가정법, 분사, 시제, 접속사, 비교급, 의문문, 전치사 등입니다. 이 문법 흐름 안에서 특히 동사가 중요한데, 동사에 따라 전체 문장의 문법이 달라지는 경우가 정말 많습니다. 예를 들어볼까요? 출제빈도가 상대적으로 높다고 알려진 4형식에서 3형식으로 환원하는 동사 중에 몇 개만 골라보았습니다.

4형식 → 3형식 환원 시 for를 사용하는 동사	Buy, make, leave, do, find, do
4형식 → 3형식 환원 시 of를 사용하는 동사	Ask, demand, beg, inquire
4형식 → 3형식 환원 시 on을 사용하는 동사	Play, bestow, confer, inflict
4형식 → 3형식 환원 시 to를 사용하는 동사	Give, deny, do , furnish, grant, hand, offer, send, sell, show, teach, tell, write

문법에서 가장 기본이 되는 문장 구조는 형식에 따라 달라지고, 그 형식은 동사에 따라서 달라집니다. 문장에서 가장 중요한 것은 주어와 동사라고 할 정도입니다. 동사에 따라 전치사, 동명사, to부정사 등이 붙는 다양한 경우가 존재합니다. 문법책에 나오는 동사들은 대부분 기본적인 동사들이고, 편입 문제에 나올 동사는 전혀 모르던 동사들일 겁니다. 그런 동사들의 경우 어떤 쓰임새를 가질지 알 수 없는데, 이때 사전이 큰 힘이 될 수 있습니다. 사전은 단순히 단어의 의미뿐만 아니라 기본 문법책에 나오지 않지만 편입에는 출제되는 동사의 구조나 전치사의 쓰임새 등까지 파악할 수 있게 합니다.

기출문제를 풀어보면 큰 흐름 안에서 동사의 용법이나 사용법만 달라지는 것을 확인할 수 있습니다. 이것은 지금으로서는 감이 잡히지 않겠지만, 편입 영어 문법을 공부하면서 문장 구조가 어떻게 이루어져 있는지 알게 되면 자연스레 깨닫는 부분입니다. 문제를 풀어보면서 새로운 단어를 알게 되고, 그 쓰임새를 알게 되면서 점점 자신의 문법 지식에 살을 붙여나가는 것입니다.

영어 문법은 가끔 일반적인 문법을 무시하는 관용적인 표현이 등장하기도 하니, 일반적인 문법을 사용하는 것과 관용법의 분류도 필요합니다. 문법을 공부할 때는 모든 용법을 공부한다고 생각하지 마십시오. 편입생들이 일반적으로 추천하는 문법책은 중요하지 않은 사소한 문법까지 나옵니다. 이런 사소한 문법들은 시험에 거의 출제되지 않기 때문에 공부시간을 헛되게 쓸 수도 있습니다.

■ 논리와 독해는 국어 읽듯이 ■

논리 문제는 빈칸에 문장과 뜻이 맞는 단어를 찾는 문제입니다. 논리는 답이라는 결과보다는 과정이 중요합니다. 논리나 단어라도 문제마다 그 문제의 저자가 말하고자 하는 주제는 명확하며, 그 답은 그 저자가 말하고자 하는 바와 관련이 없는 것은 나오지 않습니다.

논리는 2가지가 중요합니다. 첫째는 접속사와 그 문제의 키워드를 찾는 것이고. 둘째는 but, even though, and와 같은 접속사를 통해 문장과 문장과의 관계가 서로 이어지는지 혹은 반대되는지 파악하는 것이 중요합니다. 빈칸에 들어가는 답을 찾는 논리 문제의 예를 들어보겠습니다.

Even though the evidence produced did not turn out his guilt, the jury still believed in his ( ).
①innocence ②guiltlessness ③apprehension ④culpability

이 논리 문제에서 키워드는 guilt(유죄)입니다. 'did not turn out?'을 보니 그의 죄가 밝혀지지 않았다고 하네요. 그렇다면 그가 무죄라는 뜻이죠. 그러나 앞 문장을 보니 'Even though(그럼에도 불구하고)'라는 단어가 있습니다. 뒤의 문장과는 반대된다는 것이죠. 앞 문장은 그가 무죄지만, 뒤 문장에서는 앞 문장의 접속사 때문에 아직 유죄라고 믿고 있다고 유추됩니다. 그렇다면 뒤의 빈칸은 guilt와 동의어인 ④culpability(유죄)가 됩니다.

논리 문제는 이런 식으로 풀게 되는 것입니다. 접속사가 없는 문장도 나오는데, 이 경우 문장의 키워드와 같은 의미의 단어를 찾거나 문장의 맥락을 유추하는 것을 요구하는 문제가 대부분입니다. 이를 연어, 'Collocation'이라고 합니다. 토익에서도 자주 요구하는 부분입니다. 논리 문제는 어떻게 보면 재미있는 문제이기도 합니다. 논리는 일종의 논리적인 탐정수사이며, 문장 내에서 결정적인 증거를 찾는 것이 중요하니까요.

독해는 제가 특히 좋아하는 파트입니다. 편입 영어의 독해는 문제의 양이나 난이도 면에서 가장 비중 있는 파트입니다. 그리고 RC의 종착역이기도 하구요. 일상생활의 주제를 사용하는 토익과 달리 모든 공인 영어를 범위로 다양하고 심도 깊은 내용을 바탕으로 한 지문이 나옵니다. 토플하고 지문의 난이도가 비슷하다고 알려져 있습니다. 하지만 11~13개 정도의 많은 문제로 이루어진 토플과 달리 편입 영어의 지문 당 문제 개수는 최소 2문제에서 최대 5문제로 이루어져있습니다. 독해 문제는 그 종류가 한정되어 있다는 것을 잊지 않았으면 합니다. 제목이나 주제 묻기, 지문과 틀린/맞는 사실 찾기, 지문 순서, 분위기 파악, 빈칸 넣기 정도가 있습니다. 여기서 문제 유형이 변형되는 경우도 있지만, 새롭다고 할 정도로 급격하게 변형되지는 않습니다. 그리고 이 문제 유형들마다 지문을 읽어야 하는 방법이 달라집니다. 때문에 독해 문제의 경우 지문보다 먼저 문제를 읽는 것이 중요합니다.

보통 처음 영어 문제를 접하면 밑도 끝도 없이 구문을 먼저 읽는 경우가 많은데, 안 좋아요. 효율성이 없습니다. 잊지 말아야 할 것은 우리는 문제를 풀기 위해 구문을 읽는다는 것입니다. 그리고 문제를 통해 이 구문에서 무엇을 원하는지 파악할 수 있습니다. 제목이나 주제를 묻는 문제가 있다면 구문의 주제를 먼저 찾고, 분위기를 묻는다면 구문의 분위기를 파악합니다. 이렇게 구문을 읽는 목적을 구체화하고, 글의 종류가 무엇인지 파악함으로써 효율적으로 구문을 읽게 됩니다. 무엇보다 구문을 모두 읽을 필요가 없어진다는 것이 가장 좋은 점입니다. 문제가 요구하는 부분만 찾으면 되니까요. 지문 일치 문제일 경우 문제 안의 틀린 사실과 함께 구문을 읽어나가는 것이 좋습니다. 문제 안의 답안을 하나 읽고, 전체 지문 중 3문장 정도를 읽습니다. 보통 문제 안의 답안들은 지문의 흐름과 같은 경우가 많습니다. 앞의 답안이 지문의 뒷부분에 나오는 경우는 본 적이 없습니다. 다시 강조하자면, 문제를 먼저 읽는 것이 상당히 중요합니다.

이 방법에 익숙해지면 문제만으로도 독해 구문이 무엇을 요구하는지 파악하는 것도 충분히 가능하며, 독해 구문을 보지 않고 문제를 풀 수 있는 경우도 가끔 있습니다. 하지만 구문을 무시하고 문제만으로 푸는 방법은 위험하니 사용하지 않았으면 좋겠습니다. 모의고사에서 이런 방법을 써봤는데, 효과는 봤습니다. 하지만 무서워서 실전에서 써본 적은 없습니다.

또 독해 지문의 내용은 한글 해석이라도 쉬는 시간에 읽어보는 것을 권장합니다. 몇몇 난이도 높은 독해 구문은 한글로 해석해도 쉽게 주제를 파악하기 어려울 정도입니다. 특히 철학이나 역사를 주제로 할 때가 그런 경우입니다. 독해 지문은 내용이 다르더라도 같은 주제나 분야를 말하는 구문들도 상당히 있으니까요. 독해 지문을 읽어 미리 내용을 파악하는 것도 시험에 도움이 됩니다. 그리고 독해 구문은 상식에도 상당히 도움이 되며, 글을 많이 읽는 경험을 통해 논리적인 흐름을 파악하는 데도 도움이 됩니다. 더 궁금하다면 관련된 정보를 인터넷에서 찾는 것도 권장합니다.

1차 합격, 이제는 면접이다

■ 성균관대 사회학과 면접 준비 ■

영어시험을 통과하면 이제 면접을 보게 됩니다. 면접에 들어가기 전에 대기실에서 면접 준비를 하게 되는데, 1차 합격에는 꽤 사람이 많아서 면접번호가 뒤에 있으면 오래 기다려야 합니다. 저는 거의 마지막 순서였는데, 1시간 30분 정도 기다렸습니다. 면접 준비를 위해 책을 읽어도 상관없습니다.

면접은 학과 교수님이나 대학 전형에 따라 달라질 수 있기 때문에, 편입 전체의 면접이 어떤지에 대해서 말하는 것은 무리가 있습니다. 여기서는 성균관대의 사회학과만으로 한정하려고 합니다.

성균관대의 면접시간은 5분 정도로 짧습니다. 그 5분이라는 시간에 질문해봤자 얼마나 많은 것을 물어볼 수 있을까요? 사실 성균관대의 면접은 그리 어렵지 않습니다. 아니, 어렵지 않다기보다 어떤 정해진 형식이 없다고 보는 편이 맞을 것입니다. 저 같은 경우 자기소개조차 하지 않았습니다. 면접 스타일이 전공면접인지 인성면접인지 궁금해하는 사람들이 많은데, 두 경우를 모두 생각하고 가는 것이 속 편합니다. 좀 애매모호한 표현임을 인정하나, 특별히 정해진 형식이 없기 때문에 확실히 말하기가 어렵습니다. 그래도 하나를 정하자면, 합격한 편입생들과 나중에 만나 면접에 대한 이야기를 해보니 질문의 비중이 대부분 전공에 있었습니다.

사람마다 면접의 수준이 천차만별입니다. 제 경우 면접에서 물어본 것이 '파슨스가 어떤 사회학자인가?'와 '사회학 이론을 통해 학교폭력을 설명하라' 같은 개론 수준의 질문이었습니다. 같은 연도에 편입한 친구 중 한 명은 사회학 이론에 대해서 영어로 질문하고 답변하도록 했으며, 다른 한 명은 '마르크스가 현대로 온다면 조선일보, 중앙일보, 동아일보에 대해 어떤 생각을 할 것인가?'라는 고난이도의 응용 질문도 받았습니다.

이렇게 앞이 보이지 않는 면접에서 어떻게 길을 찾아야 할까요? 제 경우와 다른 편입생들의 면접 이야기를 들으며 낸 결론이 '자신을 알아야 한다'는 것입니다. 사회학 이론에 대해서 영어로 질문하고 답변하도록 지시받은 친구는 '외고' 출신이었거든요. 고난이도의 응용 질문을 받은 사람은 전적대학 전공과 같은 사회학으로 편입했었습니다. 저는 비전공계열이었기 때문에 상대적으로 개론적인 수준의 질문을 받았던 거죠.

면접의 길을 자신에게서 찾아보세요. 자신이 어떤 고등학교 출신이며, 전적대학에서는 어떤 전공이었는지, 꿈은 무엇인지를 사회학적인 관점으로 보고 예상 질문을 만들어보세요. 당연한 것이 제 이력서와 학업계획서(저희는 학업계획서가 없었는데, 후에 추가될지도 모릅니다)를 보는 면접위원들은 사회학과 교수님들이지 않습니까. 이는 면접 전에 편입 영어를 공부하면서 자기 자신에게 물어보는 것도 자기 진로와 정체성 설정에 큰 도움이 됩니다. 추가로, 인성 질문이 빠지는 것은 아닙니다. 자기소개, 왜 사회학을 선택했나, 왜 이 대학을 선택했나, 꿈이 무엇인가, 들어오고 난 뒤 계획 같은 기본적인 인성 질문은 준비하고 가는 것이 좋습니다.

■ 건국대 면접 후기 ■

사실 이 면접 후기는 써야 할지 말아야 할지 고민이 있었습니다. 건국대는 매년 전형이 바뀌기 때문에 제 면접 후기가 사실 얼마나 유용할까 의문이 있었기 때문입니다. 하지만 전형이 바뀌지 않을 가능성도 있으니 한번 적어보려고 합니다.

저는 건국대 커뮤니케이션학과에 지원했습니다. 건국대 면접 전형 중에서 독특했던 점이 '우수성 입증 자료'였습니다. 그 당시에 가장 논란이 많았던 전형 중 하나였습니다. '어떤 것이 우수성을 입증하는가?'에 대한 어떠한 기준도 없었으니까요. 주변에서는 토익 점수나 자격증, 알바 경험 등을 서류로 가져간 것으로 알고 있습니다. 저 같은 경우 수습기자 경력증명서, 전적대학에서 만든 졸업작품 게임 프로젝트의 기획 서류, 텔레마케팅관리사 자격증을 우수성 자료로 가지고 갔습니다. 그런데 면접에서는 우수성 입증 자료에 대한 이야기는 나오지 않았습니다.

건국대 면접에서는 대기실에서 기다린 뒤 바로 면접 보러 가는 것이 아니었습니다. 면접 보기 10분 전에 '리딩실'이라는 방에서 면접에 관한 문제를 7분 정도 읽게 하고, 면접에서 그 문제에 관한 의견을 말하는 방식이었습니다. 문제는 한 문제였습니다. 내용은 '현대사회에서 간접 커뮤니케이션의 비중이 점점 증가하고 있는데, 이에 따라 직접 커뮤니케이션에서 느낄 수 있는 감각의 제한을 보완할 수 있는 방안을 예를 들어 설명하시오.'였습니다. 정답이 있는 문제는 아니고, 토론 문제에 가깝습니다. 제 전적대학이었던 컴퓨터게임과에서 이런 이슈에 관해 토론한 경험이 있어서 그 사례를 중심으로 설명했습니다. 비전공자라 그런지 전공 질문은 없었고, 인성이나 동기 쪽의 질문이 대부분이었습니다.

■ 마지막 조언 ■

편입을 한 뒤, 주변 사람들이 편입에 대한 조언을 구할 때 저는 공부 노하우보다는 정신적인 부분을 조언합니다. 왜냐하면 저도 편입을 포기하고 싶은 때가 있었고, 그때마다 얼마나 공부 노하우를 많이 알든 노력을 하지 않았을 때는 아무 소용없는 것처럼 느껴지는 순간을 지켜봐야 하니까요.

생활적인 면을 봤을 때, 저는 그리 성공적인 편입생활을 하지 못했습니다. 앞에서 말했듯이 준비 없이 꽤나 허겁지겁 서울로 올라왔고, 학사 과정과 영어 모두 주먹구구식으로 부딪혔습니다. 알바 때문에 학원을 빠진 적도 많고, 학원생들과 이야기 한번 나눠본 적 없었습니다. 고민이 들 때마다 자유롭게 찾아오라던 학원 선생님과의 상담도 저는 많은 기회를 가지지 못했던 것 같습니다. 편입한 뒤에 학원생들과 친해지고 선생님과의 교류도 유지하고 있지만, 만약 알바를 하지 않았더라면 심적으로 힘들 때 서로 같은 상황을 공유하면서 기댈 수 있는 관계들이 많지 않았을까 생각합니다.

1년 동안 편입이라는 생활에서 저는 대부분의 시간을 홀로 보냈습니다. 지금 생각하면 혼자라는 사실이 저를 상당히 힘들게 했습니다. 정말 힘든 순간은 이런 저런 일들이 한꺼번에 모여 찾아오더군요. 텔레마케팅관리사 1차 실기시험에 떨어지고 난 뒤 편입 영어 모의고사에서 제 점수가 더 떨어졌다는 것을 알게 되었을 때였습니다. 그때가 9월 말의 토요일이었던 걸로 기억합니다. 학원이 서울 중심의 종각이라, 제가 모의고사를 마치고 집에 갈 때쯤이면 사람들이 술을 마시는 모습들이 많이 보입니다. 그때 주변 사람들은 토요일이라 즐겁게 쉬고 있는데, 제 모습을 보며 갑자기 '여기서 나는 뭘 하고 있는 것인가?'라는 자괴감이 들었던 겁니다. 그런 생각이 든 이후로 그날 뭘 했는지 잘 생각은 안 납니다. 그냥 생각 없이 계속 걸었던 것 같습니다. 정신을 차린 것은 지인에게 전화가 왔을 때였습니다. 차마 전화를 못 받겠더군요. 그리고 집에 와서 주말 동안 그냥 계속 누워있었습니다. 오히려 정말 아무 것도 안 느껴졌습니다. 그저 너무 지쳐서 뭘 할지 아무것도 안 느껴지더군요. 생각하는 것도 지쳤나 봐요.

사실, 그 절망감에서 헤어나기 위한 어떤 특별한 해결법이 있었던 것은 아닙니다. 그냥 그렇게 있다 보니 그런 감정들이 없어져요. '시간이 약'이라는 말이 절로 생각나는 순간이었습니다. 모의고사나 자격증 시험, 외로움…, 그런 순간들을 여러 번 겪고 나니 마음이 단련이 되었는지, 사실 어떤 결과에도 감정적으로 흔들리지 않게 되더군요. 저희 학원 선생님이 편입 공부를 하다 보면 자연스레 감정에 해탈하는 '부처'가 된다고 말했는데, 그때가 바로 그 상태가 아니었나 싶습니다.

여러분은 이런 말을 하는 제가 위선자처럼 보일지도 모르겠습니다. 편입의 목적은 더 좋은 대학에 합격하기 위해서지 않습니까? 그리고 합격까지 한 사람이 '편입 공부에서 합격은 그렇게 중요치 않다'고 말하니까요. 허세가 아닐까 하는 생각 말입니다. 사실 저는 노하우를 남들에게 전수할 정도로 그리 공부를 잘하는 사람이 아닙니다. 저는 우등생이 아니라 꼴통이었거든요. 1년 동안의 편입생활에서 제 유일한 목표는 고려대 편입, TOP 7 편입이 아니라, 모의고사 점수 70점을 넘기는 것이었습니다. 그리고 저는 12월 마지막 모의고사까지도 결국 70점을 넘기지 못했습니다. 그때가 고려대 이후 모의고사였는데, 아마 67.5점이었을 겁니다. 학원 배치 상담 시 저 자신조차도 중하위권 대학의 편입을 최선의 목표로 두었습니다. 성균관대는 사실 제가 자신 있어서 넣은 것이 아니라, 1년 동안의 내 편입생활에 대한 마지막 미련으로 응시한 유일한 상위권 대학이었습니다.

드디어 편입 시험기간이 시작되었을 때 처음 시험을 본 대학에서 1차 탈락했습니다. 편입생들 사이에서는 '국민보험'이라고 불리는 이 대학에서 탈락되면 올킬(응시한 모든 대학에서 탈락하는 것)이 될 거라고 간접적으로 조롱했었죠. 그러나 그날 저는 절망보다는 그 탈락한 시험지를 들고서 오답노트를 만들었습니다. 사실 절망감이 느껴지질 않았거든요. 왠지 해왔던 것을 계속 해야겠다는 생각, 그 생각밖에 들지 않았습니다. 그런데 시험 문제를 인터넷에 나온 답안지와 맞춰보니, 78점이 나온 것입니다. 모의고사에서 넘길 수 없었던 70점을 실전에 와서야 달성할 수 있었던 거죠. 제가 만약 그 대학에 1차 탈락했다는 사실에 절망했다면, 오답노트를 만드는 기본 공부 습관이 없었다면 저는 이런 사실을 알 수 있었을까요? 처음부터 그저 그렇게 절망한 상태로 모든 대학 응시에 올킬 당하지 않았을까요? 저는 남들보다 뒤늦게나마 제 실력이 오르고 있다는 확신을 얻을 수 있었습니다. 그런 시련들, 공부 습관들이 지금의 나를 만들었고, 이 대학에 들어오는 원동력이 되었다고 생각합니다. 그것이 혹 운과 운이 모인 우연적인 일이라고 할지라도 그 우연을 만드는 것에도 당신의 노력이 필요합니다.

혹시 금광 이야기를 아십니까? 금광 소유자인 부자가 땅을 계속 파도 금이 나오지 않아 그 땅을 헐값에 팔아버렸는데, 그 땅을 산 사람이 1미터를 더 파자 수백만 달러의 금이 나왔다는 유명한 이야기 말입니다. 1년 동안 모의고사 점수 70점을 못 넘길 때마다 저는 매번 괴로움을 느꼈습니다. 그러나 내가 만약 편입생활 중 좌절하거나 포기했다면, '수백만 달러의 금'을 얻을 수 있었을까요?

176

편입은 한마디로 어렵습니다. 편입 영어의 난이도도 높지만 경쟁률도 높습니다. 거의 대부분의 편입생들이 상위권 대학 편입에 목표를 두고 있고, 그 중 10% 정도만이 성공합니다. 제가 이 글을 읽는 여러분에게 이렇게 겁을 주는 이유는, '그럼에도 불구하고 편입에 성공했으니 나는 대단하다'고 말하려는 것이 아닙니다. 영어의 난이도나 경쟁률보다 더욱 걱정하는 것은 편입시험이라는 한 번의 기회를 위해 1년이란 시간을 소비한다는 것입니다. 1년이란 시간이 그렇게 가볍지 않다는 걸 아마 느끼실 겁니다. 그럼에도 불구하고, 여러분은 편입하고 싶으신가요? 여러분은 편입에 대한 내 협박을 가볍게 무시할 만큼 간절한가요? 이 글을 읽는 당신에게서 확인하고 싶은 이유는 당신 자신에게 자문자답하는 데 목적이 있기 때문입니다. 편입에는 크고 작은 많은 시련이 여러분을 기다립니다. 그 잔인한 시련들마다 여러분은 간절함을, 편입의 필요성을 냉정하게 확인하게 될 것입니다. 누구보다 더 고상한 꿈을 가지고 있든 혹은 그저 좋은 대학을 가고 싶은 마음이든 상관없습니다. 그 각오와 생각들이 여러분에게 분명한 확신을 준다면, 그걸로 충분하다고 생각합니다.

이 글을 읽고 그 확신을 찾아냈다면, 혹은 찾아내기로 마음먹었다면 여러분은 편입에 대한 정신적인 준비를 끝마친 것입니다.

chbb234@naver.com

09

간절히 바라고 노력하고 흔들리지 말고
타고난 사람보다는 노력한 사람에게 합격증이 간다

김동영

[건국대(충주) ➡ 고려대]

- **일반편입**
- **전적대학** : 건국대학교 의학공학부(충주/3.52)
- **편입대학** : 고려대학교 생체의공학과(안암) 최초합격(2010년)
  쿠엣(KUET) 71점 / 전공 : 공업수학 3문제 모두 맞음
- **나이** : 26세
- **성별** : 남자
- **합격한 학교**
  − 연세대학교 의공학부(원주) 최초합격(2010년)
  영어성적 가채점(98점)

전 이 글에서 편입 당시 주변 사람들이 말하는 가장 이상적인 공부 방식 및 제가 공부한 방법과 당시 제가 갖고 있던 마음가짐을 주로 말하고자 합니다. 전 편입 합격이 끝이 아니라 제가 진정으로 바래왔던 인생을 설계하는 첫 출발점이었다고 생각하고 있습니다. 그리고 합격한 지 2년이 지난 지금, 편입이라는 시험이 단순히 대학교 이름뿐만 아니라 저의 삶과 제가 세상을 대하는 태도 등 얼마나 많은 것을 바꾸어 놓았는지 보여드리고자 합니다.

김보영

편입 한번 해보자

2010년 2월에 전역을 했습니다. 그리고 이것저것 준비하고 3월에 많은 기대를 품고 학교에 갔습니다. '이제 전공 공부도 열심히 하고, 부끄럽지 않는 사람이 되자.' 이런 생각이었습니다. 그래서 전역하고 나서부터 3월 중순까지 굳은 머리 좀 다시 살려보자는 차원에서『수학의 정석』이라는 책을 봤습니다. 그런데 3월말, 문득 회의감이 들었습니다. '이런 생활이 진정 내가 원하던 대학 생활이었나? 정말 내가 속한 집단에서 소속감을 느끼고, 충실하게 삶을 살아가고 있는가?' 제 자신을 사랑하고 싶고, 제 가치가 조금은 더 빛나고 싶다는 열망이 지금 생각해보면 크지 않았나 싶습니다.

편입 영어시험인 쿠엣(KUET)까지는 7개월, 전공까지 모두 합쳐도 8개월밖에 남지 않은 상황에서 무슨 생각으로 편입을 준비한다고 마음을 먹었는지 잘 모르겠습니다. 조금은 늦었지만 그렇게 편입 결정은 내려지게 됩니다. 공부 방법에 대해 말하기 전에 여러분이 편입할 때 가장 중요한 것이 무엇이라고 생각하는지 물어봐도 될까요?

수기를 읽어보면 순공시간(순수 공부하는 시간)이 12시간은 돼야 한다는 사람도 있고, 자신은 대학 들어올 때부터 편입을 준비한 사람이라는 자랑 아닌 자랑을 하는 사람도 봤습니다. 하루 공부시간과 편입 준비기간도 물론 중요하지만, 합격을 결정짓는 기준이 될 수는 없다고 생각합니다. 제 경험상 '정말 얼마나 간절하냐' 그리고 '얼마나 공부의 질이 높으냐' 이것이 더 중요하다고 봅니다. 지금부터 증명해 보이겠습니다.

이미 수강신청을 모두 마친 후에 편입을 결정한 터라, 전공수업 하나 빼지 않고 듣고, 리포트 단 한 번도 빼지 않고 내가며 학교를 다녔습니다. 공대생들은 프로그래밍이랑 실험리포트가 얼마나 많은 시간이 소요되는지 아실 겁니다. 하루 7시간 자고, 4시간 수업 듣고, 오며가며 1시간, 밥 먹고 잠시 휴식 3시간 정도로 잡고, 최소한의 시간만 써도 편입 공부를 할 수 있는 시간은 9시간입니다. 거기다 1학기 2학기 중간 · 기말고사 총 4번의 시험기간만 합쳐도 한 달입니다. 시험 보기 전 일주일씩만 준비해도 4번이니 한 달, 남은 8개월 중에 학교 시험기간으로만 2달을 쓰게 됩니다. 막막했습니다. 거기다 2학기 기말시험 주에는 고려대 편입시험이 있었습니다. 지금 생각해도 눈앞이 캄캄합니다.

처음에는 후회도 많이 하고, 교양으로 돌려서 할 걸 왜 그랬나 싶기도 했습니다. 그런데 오히려 약이 되었습니다. '난 남들보다 공부할 시간이 매우 부족하다. 그러므로 무조건 남들보다 몇 배의 능률을 내야 한다'고 다짐했습니다. 진짜 공부시간에는 '딴 짓, 잡생각'을 안 했습니다. 그리고 불합격이라는 생각은 절대로 하지 않았습니다. 사실 그 당시 영어와 수학이 미진했지만 왠지 모르게 자신이 있었습니다. 또 그런 생각을 할 틈조차 없었습니다. '난 무조건 된다.' 오직 이 생각만 가지고 공부했습니다.

편입은 결국 외로운 싸움

편입을 결정했을 때 부모님의 반대가 심했습니다. 전역 후라서 영어도 제대로 모르는 내가 편입시험에 합격하는 요행을 바라지 않은 것입니다. 부모님의 반대가 더 독기를 품고 공부했던 이유이기도 합니다. 또한 스스로 이루어내고 싶었습니다. 이런 상황에서 부모님에게 손을 벌릴 수가 없습니다. 그래서 군대에서 받은 월급 모아둔 것으로 가족에게 비밀로 하고 4월 한 달간 주말반을 다녔습니다. 어떻게 공부를 해야 하는지 알아보기 위해서였습니다.

편입 준비생들이 주말에 모여 닭장 같은 교실에서 열심히 공부하는 모습을 봤을 때, 정말 강하게 자극을 받았습니다. 학원에 회원가입을 하고 난 다음 수시로 가서 자료를 받았고, 무료로 시험을 볼 수 있었습니다. 또 학원에서 만난 친구들이 수업시간에 받은 자료들을 복사해 공부했는데, 학원에서 나눠주는 자료는 시중에서 구하기 힘든 좋은 자료들이었습니다. 각종 자료뿐만 아니라 쿠엣시험 보기 전까지 학원 자체에서 쿠엣시험을 볼 수 있었습니다. 물론 4월에는 중간고사하고 겹쳤기 때문에 그렇게 자주 학원에 갈 수 있는 상황은 아니었지만, 학원을 통해 많은 자료를 얻고, 가이드라인을 잡을 수 있었습니다.

결정적으로 학원을 그만두고 독학을 하겠다고 마음을 먹은 이유는, 편입 공부라는 것이 공부 자체도 힘들지만 정신적으로도 힘들고 외로운 싸움이다 보니, 학원에서 연애하고 주변 사람들에게 의지하는 준비생들을 많이 보았기 때문입니다. 저도 노는 것을 좋아하는 편이라 6번째 갔을 때는 준비생들끼리 친해져서 수업 끝나고 술을 마셨는데, 술 마시고 돌아오는 길에 '내가 뭐 하는 거지?' 이런 생각이 들었습니다. 그래서 당장 그만두었습니다. 정확히 6번 학원에 가고는 안 갔습니다.

■ 편입 준비기간 ■

이상적인 편입 준비기간은 1년이라고 생각합니다. 그 이상 하면 지칩니다. 그리고 그 이후로는 점수가 많이 오르지도 않습니다. 2~3월에 시작하는 사람의 경우, 여름이 오기 전까지 문법과 단어를 어느 정도 완벽히 끝내야 합니다. 그렇게 해야 모의고사를 볼 때 편합니다. 여름 이후에는 논리와 독해에도 신경을 써야 합니다.

시험 보기 두 달 전부터는 모의고사를 많이 풀어보고, 각 대학에서 나온 기출문제를 풀어봐야 합니다. 모의고사를 본 것과 기출문제에서 틀린 문제를 스크랩하고 오답노트를 만들어서 왜 틀렸는지 자세히 분석하고 되짚어보는 시간을 가져야 합니다. 전공 및 수학을 공부해야 하는 사람들의 경우에는 보통 영어에 많은 시간을 투자하되, 전공을 하루에 2시간 정도 공부해야 합니다. 특히 영어 단어는 시험 보기 전날까지 공부했습니다.

■ 효율적인 시간 사용 ■

대개 많은 사람들이, 심지어 학원 선생님들까지도, 최대한 많은 시간 앉아있는 사람이 편입에 성공한다고 말합니다. 몇 시간 자지 말고 공부하라는 말을 하는 사람도 봤는데, 전 개인적으로 반대입니다. 잘 땐 자야죠. 그 시간 덜 잔다고 공부 더 하는 건 아니잖아요. 오히려 머리 잘 돌아가게 뇌를 충분히 쉬게 해주고, 깨어있는 시간 동안 걸어 다니면서, 밥 먹으면서, 심지어 화장실에도 단어장 들고 가서 세상 무너져도 신경 안 쓰고 집중해서 공부하면, 오히려 잠자는 시간 아껴 공부한 것 이상으로 효율 좋게 공부도 하고, 물리적으로도 공부를 더 많이 할 수 있다고 생각합니다.

물론 잠 덜 자고도 집중해서 오랜 시간 공부할 수 있는 사람도 있겠죠. 저도 그렇게 해봤는데, 제 경우에는 시간이 지날수록 몸이 축나서 오래 앉아 집중하기가 쉽지 않았습니다. 상대적으로 남자보다 체력이 약할 수도 있는 여성분들은 잠 조금 덜 잔다고 시험 떨어지는 건 아니니까 푹 자되, 눈 떠있을 때 시간 헛되이 쓰지 말고 아주 값지게 사용하면 됩니다. 편입시험은 벼락치기가 아니라 대개는 1년 정도 준비하고 보는 시험입니다. 여름에 많은 사람이 슬럼프에 빠지게 되는데, 초반에 너무 몸을 혹사시키면서 공부하면, 이 시기에 몸이 쉽게 축나고 집중이 안 될 가능성이 높습니다.

학원 자습실에서 공부하라고 권유합니다. 그리고 모르는 게 있으면 그때그때 교무실에 가서 조교나 선생님께 여쭤보면 좋지 않겠냐고 합니다. 물론 들어보면 엄청 이상적이죠. 가보면 학원에서 사는 사람들이 몇 명씩은 꼭 있습니다. 하지만 전 개인적으로 학원에서 공부하는 쪽은 아니었습니다. 이유는 물리적으로 학원에 갈 수도 없는 상황이었고, 자습실 자리 잡으려고 새벽같이 학원에 가는 건 아니라고 생각했어요. 그렇게 학원 문 열 때까지 기다리고, 자리에 잠시 앉았다 또 쉬고, 음료수 마시면서 애들이랑 얘기 좀 하고……, 차라리 그 시간에 잠을 더 자는 게 낫겠다는 생각도 했습니다. 또한 자습실에서 공부가 잘 되면 거기서 하겠죠. 하지만 되게 신경에 거슬리는 사람들이 꼭 있거든요.

그리고 제 경험에 비추어 보건데, 모르는 게 있어서 조교들한테 물어보는 것까지는 좋은

데, 일단 나가면 30분은 써버리거든요. 또 거기서 친구들 사귀고 아직 붙지도 않은 대학교 얘기하면서 허송세월하기 쉽습니다. 그리고 일단 애들이랑 얘기하고 나면 공부 흐름이 끊겨서 다시 열 올리고 공부하는 데까지 시간이 걸려요. 제 경우에는 1주일 동안 공부하면서 모르는 것은 싹 다 적어두었다가 일주일에 한번 시험 보러 갈 때 한꺼번에 물어봤습니다. 그렇게 시험 보고 물어볼 거 다 물어봤으면 바로 집에 왔어요. 오는 길에 그날 물어본 것 다시 되새기기도 하고, 머리를 식히는 시간도 갖는 것이죠.

■ 시간관리를 위한 일과기록표 ■

독학을 했기 때문에 철저한 시간관리가 필요하다고 생각해서 '일과기록표'를 만들었습니다. 몇 시부터 몇 시까지 무슨 공부를 했고, 몇 시부터 몇 시까지 쉬었는지, 밥 먹었는지 등 하루의 모든 일들을 다 기록했습니다. 예를 들어 2시부터 4시까지 문법 공부하고 15분간 쉬었다면, 쉬려고 일어나가기 전 제 기록표에 '2~4시 문법' 이렇게 쓰고 일어납니다. 그리고 쉬고 들어왔을 때 시간을 확인하고 15분이 흘렀다면 '4시~4시 15분 휴식' 이렇게 쓰고 다시 공부를 시작했습니다. 심지어 자기 전에 몇 시인지 확인하고 일어나서 몇 시부터 몇 시까지 잤다고 쓰기까지 했어요. 이렇게 한 페이지에 일주일 동안의 하루 일과를 모조리 다 기입해두었더니 다음과 같은 장점이 있었습니다.

1 자신이 어떤 공부를 얼마만큼 했는지 수치적으로 알 수 있었습니다. 따라서 상대적으로 공부시간이 부족한 영역을 확인할 수 있어서 융통성 있고 고르게 자신의 공부시간을 분배할 수 있었습니다.

2 시간관리가 철저해졌습니다. 하루에 딴 짓 안 하고 순수하게 공부한 시간이 얼마나 되는지 확인할 수 있어서 좋았습니다. 기록표에 허투루 보내는 시간 또한 기입되기 때문에 시간 낭비하는 행동을 의식적으로 자제하게 되었습니다. 또한 매일같이 쓰다 보면 내일은 더 많은 시간 공부해야 한다는 동기부여도 가능하고, 시간을 소중하게 사용할 수 있었습니다.

■ 전공 ■

전공 같은 경우에는, 1차 시험(쿠엣)을 보고 준비해서 고려대 전공시험에 합격하기는 정말 힘듭니다. 사실 1차 합격하고 나면, 그 뒤 최종 합격 여부는 1차 영어 성적보다는 전공시험을 얼마나 잘 보느냐가 결정합니다. 조금 더 정확하게 말하면, 공대의 경우 1차 합격자 대부분의 쿠엣 점수는, 학과에 따라 해마다 다르나, 60점대 초중반부터 70점대 중후반대에 많이 모여 있습니다. 하지만 1차를 합격한 상황에서는 전공이 엄청나게 큰 비중을 차지합니다. 전공 3문제가 차지하는 비중이 25%인데, 이것을 계산해보면 전공 한 문제당 쿠엣 17점 정도라고 볼 수 있습니다. 이를 보면 알 수 있지만, 1차 시험을 보고 나서는 전공이 합격에 매우 큰 비중을 차지한다는 것을 확인할 수 있습니다.

자연계 입시생 중에 만약 고려대가 아닌 다른 대학을 목표로 하는 경우에는 대개 수학시험을 볼 것입니다. 앞에서 언급한 것처럼 꾸준히 공부하는 것이 중요하다고 생각합니다. 저 같은 경우에는 전적대학에서 공업수학과 관련된 수업을 들었기 때문에 어느 정도 내용은 알고 있었습니다. 편입을 결정하기 전에 고등학교 때 배웠던 수2 미적분 문제를 풀고 시작했던 것이 큰 도움이 되었습니다.

많은 사람들이 전공시험 준비를 여름부터 하면 좋다고 하는데, 저는 항상 느끼는 것이지만, 무엇을 먼저 하고 무엇을 나중에 하는 것이 그렇게 좋은 방식은 아니라고 생각합니다. 이유는 밸런스 문제를 들 수가 있습니다. 여름부터 아무것도 모르는 스학을 하려고 하다 보면 영어 밸런스가 깨지게 되어 영어를 잠시 안 하게 되거나, 공부 분량을 못 이겨 수학을 접어버릴 수도 있습니다. 그런데 자연계 입시생으로 수학을 안 한다고 마음먹는 순간 서울의 이름 있는 대학에는 들어갈 수 없다고 보면 됩니다. 심지어 한양대는 영어보다 수학의 비중이 높고, 중앙대는 수학만으로 편입생을 뽑았습니다. 그러므로 영어와 수학 둘 다 밸런스를 유지하면서 공부할 것을 권장합니다.

나의 별별 영어 공부법

■ 단어 ■

편입의 기본은 단어라고 생각합니다. 60점까지는 얼마나 많은 단어를 숙지했느냐에 비례해 점수가 결정 난다고 봐도 과언이 아닙니다. 그리고 가장 점수를 쉽게 높일 수도, 시간을 가장 많이 단축시킬 수도 있는 방법입니다.

편입을 준비하는 많은 사람들이 말합니다. 얼마나 많은 단어를 습지해야 편입을 무난하게 볼 수 있느냐고요. 최소 2만 단어는 알아두어야 된다고 생각합니다. 어떻게 그 짧은 시간 안에 그렇게 많은 단어를 외울 수 있었냐고요? 남들은 어떻게 하는지 모르겠지만, 저는 처음 단어집을 외울 때 빼고는 절대로 한 단어를 5초 이상 안 보고 넘깁니다. 그렇게 2만 단어를 10번만 보고 넘기면 거의 70%는 눈에 익숙해집니다. 웬만큼 문제어 나오면 '아 이거!' 이런 생각을 갖게 됩니다.

제가 경험한 바로 단어를 외울 때 가장 미련한 방법은 쓰면서 외우는 거라고 생각합니다.

이유는 편입시험은 단어 철자를 보는 것이 아니거든요. 알파벳 하나 틀렸다고 점수가 감점되는 게 아니기 때문에 문제에 주어진 단어가 무슨 뜻인지만 알고 있으면 됩니다. 한마디로 눈에 익숙하면 맞힐 수 있다는 말이죠. 시간이 많이 걸릴까봐 걱정하는 분들도 많은데, 사실 처음 두 번 정도가 시간이 오래 걸리지, 다섯 번째부터는 그냥 눈에 막 들어오거든요. 그리고 저는 머리가 좋은 편이 아니라 10번 가까이 보고 나서야 아는 단어가 많다고 느꼈습니다. 그리고 완벽히 아는 단어까지 굳이 다시 볼 필요가 없다고 생각을 하게 되었고요. 그래서 11번째부터는 완벽히 안다고 확신이 든 단어들은 컴퓨터용 사인펜으로 다 지웠어요. 확실히 아는 단어를 또 볼 필요는 없잖아요. 확실히 안다고 생각이 들 정도라면 시험 때 완벽히 알파벳까지 기억이 나진 않아도 뜻은 기억이 날 거구요. 여하튼 그렇게 컴퓨터용 사인펜으로 아는 단어를 다 지우면, 모르는 단어만 남잖아요. 모르는 단어만 밑줄을 긋고, 시험 보기 1주일 전에는 밑줄 그은 것만 보면 단어집에 나온 모든 단어는 제 것이 되는 거죠.

그리고 단어장을 통해 단어를 외울 때 단어 아래에 동의어와 반의어가 나오잖아요. 전 그걸 한 쌍으로 다 외웠습니다. 그리고 독해를 풀거나 시험 문제를 보다가 모르는 단어가 나오면 전자사전으로 직접 찾아 그 단어의 파생어까지 한꺼번에 다 묶어서 봤습니다. 한 단어에서 파생된 단어가 많이 있기 때문에, 한 단어만 정확히 알면 그 나머지 파생어는 쉽게 외울 수 있으니 여러모로 좋은 것이죠.

흔히 두꺼운 단어집을 거의 완벽히 외웠다고 하는 분들은 다른 요인으로 점수를 더 받을 수 있지만, 그만큼 못 외운 사람이라면 암기한 단어의 양이 편입시험 점수와 어느 정도 비례한다고 굳게 믿었습니다. 그래서 제가 미처 외우지 못한 단어나 많이 봐도 도저히 암기가 안되는 단어는 시험 전날까지 봤습니다. 이유는 시험 하루 전날 독해한다고 실력이 확 향상된다고 생각하진 않았거든요. 하지만 단어는 알면 맞히는 문제가 많았기 때문에 죽도록 외웠습니다. 저 같은 경우에는 단어 공부를 학교 수업 끝나고 집에 돌아오는 길에, 수업 사이 쉬는 시간에, 밥 먹을 때, 잠자기 전 1시간 정도, 이렇게 시간을 쪼개서 틈틈이 했어요. 특히 자기 전 1시간 동안 누워서 본 단어가 정말 기억에 많이 남았습니다.

■ 논리 ■

저는 시간이 별로 없어서 논리 문제나 단어 문제집 따로 안 풀었어요. 특히 논리 공부를 특별히 해본 기억이 없는 것 같아요. 그냥 학원에서 시험 볼 때 문제 유형을 확인한 정도였죠. 하지만 제가 생각하기에 논리 문제를 푸는 관건은 단어의 양과 문장 해석 능력입니다. 특히 단어를 많이 알아야 된다고 생각해요. 그리고 독해하면서 논리까지 같이 된 것 같아요. 이유는 제가 리딩 1000지문만 5번을 봤거든요. 아주 자세하게 읽고 또 읽다가 나중에는 화이트로 중간 중간 지우고 '이 사이의 단어는 뭐겠다' 유추해서 옆에다가 적었어요. 이러한 이유 때문에 전 같은 리딩 문제집 두 권을 가지고 다녔습니다. 하나는 문제를 풀고 틀린 문제 문장을 분석한 것이고, 하나는 제가 앞에서와 같은 방식으로 화이트로 중간 중간 단어들을 지우거나 좋은 문장이 나오면 형광펜으로 밑줄 긋고 공부한 것이었습니다.

이것이 제 나름대로 논리 공부를 한 방법이라고도 생각합니다. 이렇게 자세히 읽다 보면 나중엔 모의고사 해석을 볼 때 '이거 좀 어색하게 된 것 같다'는 생각이 들 정도가 됩니다. 그렇게 논리와 독해를 한꺼번에 묶어서 했다고 해도 과언이 아니네요.

■ 문법 ■

문법이 가장 난코스였습니다. 처음에는 학원에서 준 교제 조금 읽어보고 문제를 풀었는데, 이것은 제대로 된 공부 방법이 아니란 걸 느껴서 나름대로 70쪽 정도로 정리해봤습니다. 그리고 관련된 문법을 외우는 것이 아니라 거기에 나온 문장을 외웠습니다. 그렇게 하는 것이 더 편했습니다. 그렇게 문법을 제 나름대로 다 정리했기 때문에 문법에 대한 기본적인 틀은 완성이 되었지만, 문법 문제의 난이도에 따라 푸는 시간과 틀린 개수가 너무 변동이 심했습니다. 예로 고려대 문법 문제는 반밖에 맞히지 못했습니다. 그래서 정말 부끄러운 이야기지만, 고려대 1차 영어시험을 치를 당시에 확실히 눈에 답이 보이는 것 몇 문제만 마크하고 나머지는 3번으로 찍었어요.

이유는 시험 보기 전에 이런 식으로 몇 번 해봤는데 확률상 60%는 맞더라고요 그리고 문법 문제는 배점이 1점입니다. 차라리 열심히 풀어서 7개 맞나 찍어서 6개 맞나, 1~2점 차이라고 생각하니 아무것도 아니더라고요. 차라리 살을 주고 뼈를 치자는 생각으로 10분 벌고 1~2문제 버렸습니다. 그래서 그런지, 전 문제 다 풀고도 5분 정도 남았어요. 그래서 그 남은 시간에 대충 넘겼던 문제 다시 한 번 검토했습니다.

■ 독해 ■

독해는 편입을 결정한 날부터 편입시험 보기 전까지 꾸준히 했습니다. 남들은 '독해는 여름부터 해라.', '처음에는 단어와 문법에만 집중해라.' 뭐 이런 말을 많이 하지만, 저는 한 문장을 봐도 꼼꼼히 보는 버릇을 들였어요. 처음에는 하나하나 끊어서 읽는 게 엄청 지겹고 힘들 수도 있습니다. 하지만 전 편입시험 보기 전까지 하루도 거르지 않고 이런 식으로 공부했어요. 단 하루도 빼지 않고 독해에 시간을 많이 투자했습니다.

편입시험에서는 독해만 잘해도 높은 점수를 얻을 수 있습니다. 많은 사람들이 자세히 읽는 것보다 빠르게 읽는 것을 선호하는데, 그것은 안 좋은 버릇이라고 생각합니다. 처음에야 자세히 문장을 뜯어 읽는 게 속도도 느리고 머리에도 잘 안 들어오겠죠. 그래서 대부분 사람들이 어느 정도 포인트만 잡아서 읽는 게 더 빠르고 좋지 않을까 하는데요, 제가 권장했던 방식으로 하루도 빼지 않고 매일 읽다 보면 어느 순간 자세히 읽으면서도 빠르게 읽을 수 있어요. 제가 산 증인입니다.

부끄럽지만 전역하고 나자 제 머리에는 영어가 아예 없었어요. 긴 문장을 보면 단어 보고 대충 해석하는 정도 밖에 못했는데, 매일같이 자세히 뜯어 읽고, 읽다가 잘 이해가 안 되는 문장은 몇 번이고 읽고 또 읽다 보니 이젠 독해가 빠르면서도 자세하게 읽히게 됐어요. 얼마 전까지 인턴으로 한국관광공사 시드니 지사에서 근무했습니다. 거기서 했던 업무 중 하나로 영자신문을 번역하는 일이 있었는데, 제가 번역한 기사 내용을 한국관광공사 모든 직원들이 볼 수 있는 사이트에 올리게 됐었거든요. 그런데 편입 시절 독해를 공부했던 방식이 정말 큰 도움이 됐어요. 꾸준히 자세히 읽고 또 읽다 보면, 어느 순간 엄청 빠르게 그리고 자세하게 읽는 자기 자신을 발견할 수 있습니다.

아! 하나 중요한 것이 있습니다. 3번째 볼 때부터는 약간 난해한 해석이나 문법적으로 이건 대박이다 싶은 것은 형광펜으로 긋고 문장 분석하고 그냥 넘겼어요. 처음에는 이런 과정들이 힘들 수도 있어요. 하지만 누차 말한 것처럼 전 반복해서 봤기 때문에, 중요하다고 생각하는 것은 다음번에 봐도 쉽게 눈에 들어오도록 표시해두고, 그 뒤로는 눈에 익도록 문장을 여러 번 봤습니다. 전 어떤 지문도 한 번만 본 지문은 절대로 없었어요. 진짜 좋은 지문이라고 생각되는 것은 무조건 5번 이상 봤습니다. 그 효과는 고려대 리딩에서 나타났습니다. 지금은 잘 생각이 나지 않지만 문제 중에 'not A but B'였나 'A as well as B'였나, 코스모스 관련 지문 중에 '품종을 개량해서 가을뿐만 아니라 여름에도 꽃피게 만들 수 있다.' 뭐 이런 지문이 있었는데, 앞에 문장만 재대로 해석했다면 틀릴 수 없는 문제가 나왔어요. 자세한 해석과 눈에 익숙할 만큼의 반복학습보다 좋은 것은 없다고 봅니다.

학원에서 리딩 수업을 몇 번 들어본 적이 있는데, 잔기술을 가르쳐주는 선생님들도 많습니다. '이런 것이 나오면 바로 답으로 찍어라, 뭐부터 읽고 답을 바로 도출해라.' 이런 식의 말을 들을 때 전 좀 아니다 싶었습니다. 물론 영어를 잘하는 사람이라면 그런 강의가 도움이 될 수도 있을 것이라 생각합니다. 하지만 편입을 하는 대부분의 입시생들은 영어 그렇게 잘하지 않습니다. 일단은 실력을 최대한 끌어 올리는 것이 중요하다고 생각합니다. 그리고 그런 잔기술은 나중에 시험 보기 몇 주 정도 전에 '이런 식으로 풀어도 답은 맞는구나.' 이 정도로 끝내야지, 막 시작했는데 키워드 뽑아내고 시험 보겠다고 한다면, 성적도 실력도 그 자리에서 멈춘다고 확신합니다. 제가 경험한 편입이라는 시험은 토익이나 텝스처럼 빠르게 볼 필요도 없고, 기술이 있는 것도 아니라고 생각합니다. 그냥 자세하게 보고, 중요하다 싶은 키워드는 무조건 받아내고, 문장의 흐름을 타면서 읽고 푸는 문제라고 생각합니다.

리딩에 왕도는 없어요. 얼마만큼 정확하고 빠르게 해석할 수 있느냐가 관건입니다. 자세한 해석을 하려면 문법과 단어의 기본 베이스가 있어야 합니다. 저 또한 문법을 찍었다고는 했지만, 문법을 모르고는 지나치는 문장들 상당히 많습니다. 실제로 전 단어만큼 비중을 뒀던 것이 문법입니다. 이유는 자세한 해석을 하려면 문법을 모르고는 절대로 불가능하기 때문입니다.

편입시험 중 가장 비중이 높은 것이 리딩입니다. 저는 고려대 문제가 딱 맞았습니다. 이유는 단어 문제가 없고 논리 문제와 자세한 해석이 필요한 문제가 30번까지 있었기 때문에, 자세한 해석이랑 논리는 제가 공부한 것만 머리에 담고 가면 크게 어렵지 않았습니다. 문제도 정말 빨리 풀렸어요. 평소에는 한 지문 정도 문제를 못 보고 막판에 찍고 그랬는데, 문법에서 어느 정도 시간을 벌었기 때문에 마음에 여유가 생겨서인지 쫓기는 마음 없이 편하게 시험을 봤습니다.

■ 내 방식, 하위권 오답노트 ■

누구에게나 자주 틀리는 유형이 있습니다. 이를 반복해서 틀리지 않고자 오답노트를 만드는 것입니다. 틀린 문제를 분석하고 노트를 들고 다니면서 반복해서 계속 공부하라는 취지입니다. 현재 편입 모의고사를 봤을 때 80점 가까이 나오는 사람이라면 적극 권장합니다.

하지만 저의 경우는 다릅니다. 정말 부끄럽지만 꼭 이야기를 하고 넘어가야 하는 부분이라서 밝힙니다. 저는 7월까지 편입 모의고사 점수가 50점대였습니다. 운 좋으면 60점대. 시험지를 보면 맞은 개수나 틀린 개수나 비슷한데, 그것을 어느 세월에 다 자르고 붙이고 있습니까? 한번 해봤는데 자르고 붙이는 시간만 꽤 걸려요. 그리고 재대로 분석하고 나면 이틀이 지나갔어요. 그렇게 만든 오답노트를 또 보느냐, 그것도 아니었습니다. 그래서 다른 방법, 저만의 오답노트를 만들었습니다.

일단 같은 모의고사 시험지를 두 개씩 들고 다녔습니다. 하나는 시험 때 푼 시험지, 하나는 아무것도 풀지 않은 새 것. 그래서 새로 받은 모의고사 시험지에 첫 문제부터 마지막 문제까지 자세하게 정리를 해가면서 풀었어요. 이것은 이래서 답이 아니고, 이것은 이러한 이유로 반드시 답이다. 새로 받은 시험지에 틀린 문제는 보기 좋게 별표를 해놨는데, 처음에 다 정리해놓은 제 모의고사 시험지는 별천지였습니다. 여하튼, 그 별천지 시험지들을 항상 들고 다니면서 심심하면 읽었습니다. 이 방식을 강력히 추천합니다. 심지어 문제집도 두 권씩 사서 같은 방법으로 공부했습니다. 상대적으로 오답노트를 만드는 것보다 정리하는데 시간도 훨씬 단축되고, 자르고 붙이고 할 필요도 없으니 공부 흐름도 끊기지 않았습니다.

■ 전공시험과 공업수학 ■

학교와 학과에 따라 전공시험을 보는 경우도 있을 테고, 아니면 영어시험 뿐만 아니라 수학시험까지 봐야 하는 경우도 있을 겁니다. 일단 원하는 학교와 학과에서 전공시험을 본다고 하면, 지망하는 학교 학부생을 알아두어 교수님들이 수업시간에 가르쳐주는 내용과 스타일 같은 것을 물어보는 것이 좋은 방법 중에 하나입니다. 또 중간고사랑 기말고사 시험지나 시험문제를 알아보는 것도 좋은 방법입니다. 그리고 전공 공부를 할 때는 그 학교 학부생들이 무엇으로 수업을 하는지 확인하고, 교수님이 강의하는 책을 가지고 공부하는 것이 아주 좋습니다.

저는 고려대학교 생체의공학과 전공시험 과목으로 공업수학을 보게 되었습니다. 다행이전 공업수학 수업을 신청한 상태였고, 신호처리시스템, 매틀랩을 이용한 수학 과목도 신청했기 때문에 선형대수와 푸리에, 라플라스는 어느 정도 기본 개념을 알고 있었습니다. 뿐만 아니라 편입 의도로 공부했던 것은 아니었으나, 전역하고서 3월 말까지『수학의 정석』수학2, 미분과 적분 두 권을 모두 공부했는데, 그것이 큰 도움이 되었습니다.

사실 수학시험은 정해진 솔루션이 있습니다. 미적분만 잘 숙지하고 있어도 운이 좋으면 그냥 풀리는 문제도 있을 수 있습니다. 전 상황이 잘 맞아떨어져서 딱히 전공 공부라고 생각하고 공업수학을 공부한 적은 1차 시험 보기 전까지는 없었으나, 전공을 따로 공부해야 하는 경우에는 여름방학 이후, 최소 2시간 정도는 전공에 시간을 투자하는 것을 권장합니다.

바닥에서 시작한 영어가 마지막에 오르다

2008년 3월 해병대에 자원입대했습니다. 강한 사람이 되고 싶었습니다. 항상 독립적으로 살고 싶었으나, 정작 도와주지 않으면 그 무엇도 하지 못하는 무력함을 많이 원망했습니다. 스스로 자부심을 느낄 수 있는 사람이 되길 간절히 바라는 마음에 해병대에 입대하게 되었고, 나름대로 좋은 경험이었다고 생각합니다. 하지만 원래부터 영어를 못했는데, 부끄럽게도 2년 동안 한 영어 공부라고는 전역할 때까지 중학교 노란색 겉표지 영어 단어가 전부였습니다. 그런데 왜일까요? 뭐든 하면 된다는 생각은 갖고 있었습니다. 밥 먹고 싶은 거 다 먹을 수 있고, 남들 눈치 안 보고 내가 하고 싶은 거 다 하고 있는데, 뭐가 그렇게 힘든지 생각했습니다. '적어도 따뜻한 방에서 아무 걱정 없이 책만 보면 되는데, 이것도 하나 못해서 사내라고 할 수 있겠냐. 한번 해보자. 단어 3만 개고 4만 개고 외우면 되는 것이고, 문법책 외우면 되는 것이고, 난 나를 믿는다. 가자.' 이런 마음가짐이었어요.

공부 요령이나 시간 분배 중요해요. 하지만 정말 간절히 바라면 어떻게 해야 할지는 자기 자신이 누구보다 더 잘 알고 있을 겁니다. 저 또한 누가 이렇게 저렇게 하라고 말한 사람은 없었습니다. 당장 1분 1초가 아까워서 허튼 곳에 시간을 쓰지 않도록 노력하다 보니 결과가 좋았습니다. 그것은 마음가짐이 있었기 때문이라고 생각합니다.

10월까지 모의고사 60점 겨우 넘었어요. 하지만 떨어진다고 생각한 적은 한 번도 없었고, 그냥 60점 맞으면 '더 열심히 공부해야겠네!' 이 이상 안 갔어요. 그리고 11월, 12월 시험 보기 전까지 20점 올랐어요. 영어 점수가 노력한 양만큼 점진적으로 증가하지는 않았습니다. 그런데 어느 순간 점수가 올라있었어요. 정말 제 자신도 놀랄 정도로 점수가 팍 뛰었어요. 그러니 점수가 안 오른다고 답답하게 생각하지 말고 꾸준히 간절함을 가지면 가능합니다.

"난 시험에 약해!" 이렇게 말하는 사람들이 있습니다. 저도 그런 부류 중에 하나였습니다. 그래서 시험을 한 해 동안 100번 가량 봤습니다. 텝스, 토익, 자격증, 학원 모의고사, 모두 다니면서 시험을 봤습니다. 시험을 많이 보면, 평소 실력보다 더 잘 나옵니다. 12월 18일, 쿠엣을 봤을 때 그전 모의고사보다 12점이 높게 나왔습니다. 시험을 많이 보다 보면 시간 분배나 모르는 문제가 나왔을 때 어떻게 처리해야 하는지 경험적으로 알게 됩니다.

시험이 모두 끝나기 전까지 가급적 편입 합격 여부를 미리 걱정하지는 않았습니다. 그리고 대학교 사이트 찾아다니지도 않았습니다. 시험 보기 마지막 한 달 등안은 다른 생각은 안 하고 오직 공부만 했습니다. 부끄러운 이야기지만, 고려대 전년도 기출문제는 11월에 풀어봤고, 고려대 사이트 들어가서 문제 유형 바뀐 줄은 시험 보기 2주 전에 알았습니다. 글쎄요, 전 지금 저의 행동이 잘못됐다고 생각하지 않습니다. 10월까지는 분명 60점대였고, 그래서 제가 더 공부할 것이 많다는 생각만 했지, 고려대 문제를 푼다고 실력이 늘까요? 아니요. 차라리 단어를 늘리는 것이 중요하다고 판단했습니다.

그래서 모의고사는 12월부터 풀기 시작했습니다. 저에게 중요한 것은 '얼마나 시간을 효율적으로 쓸 수 있는가'였습니다. 실력이 없는 상태에서 모의고사만 푸는 것은 양치기에 불과하다고 생각했습니다. 모의고사는 학원에서 보는 시험 볼 때만 적당하다고 생각합니다.

그것은 유형을 파악하려는 것이지, 실력을 기르려고 보는 것은 아니었으니까요. 진짜 시험에서 실력으로 판가름 나는 것인데, 굳이 볼 필요가 있나 싶었습니다. 어차피 난 합격인데, 이런 오만한 생각으로 임했습니다.

저는 연세대(원주) 의공학부를 목표로 편입을 시작했습니다. 그런데 편입 공부를 하면서 욕심이 생겨 고려대까지 쓴 겁니다. 내 집이 서울인데, 가족과 함께 서울서 학교를 다니면 좋겠다는 생각으로요. 이런 건방진(?) 생각이 필수라고 각인시키면서 말입니다.

막상 원서를 쓸 때 되니 여기저기 다 쓰고 싶었습니다. 그래서 고려대, 연세대, 경희대를 썼는데, 고려대 1차에 합격했습니다. 고려대 1차에 합격하니까 전공 공부하는 데 시간이 빠듯했습니다. 거기다 연세대 시험을 봤는데 영어 가채점을 해보니 98점이었습니다. 일단 시험장 나오면서 연세대는 됐다 싶었습니다. 경희대는 결시했습니다. 만약 경희대에 시험 보러 간다면 고려대 전공 공부할 시간이 3일 줄어버린다는 판단이었습니다.

부모님은 편입 공부하는 것에 대해 못마땅해 했습니다. 가족이라는 존재가 엄청난 힘이 되고 위안이 되지만, 가끔씩은 가족만큼 신경을 쓰이게 만드는 것이 없습니다. 기왕 이렇게 계속 나간다면 좋은 컨디션으로 공부할 수 없으니까, 마찰을 피하고자 홀로 단단히 마음먹고 공부하자고 생각했습니다. 그래서 방학 때도 자취방에서 정말 세상이랑 단절한 채, 3~4일씩 나오지 않고 오직 공부만 했습니다. 창밖이 어두워지면 밤이고 밝아지면 낮이라고 생각했습니다. 밥 해먹는 시간이 아까워서 시켜 먹었는데, 1인분은 배달이 되질 않아 2~3인분 시켜 하루 끼니를 해결했습니다. 이렇게 두 달을 보냈습니다. 이때였습니다. 바닥에서 시작한 영어가 보였습니다. 물론 점수로 바로 나타나지는 않았습니다. 모의고사 몇 번 풀고 시험을 보니 점수가 10월 이후로 20점이 올랐습니다. 정말 너무너무 행복했습니다.

편입 합격, 대학교 이름만 바뀌는 것이 아니다

모든 합격생이 그러했듯, 저 역시 이 악물고 공부했습니다. 이렇게 편입하면서 자신에게 엄격하고 독했던 저의 과거가 합격하고 2년이 훌쩍 지난 지금까지도 절 긍정적인 방향으로 이끌어주고 있습니다. 그뿐만이 아니라, 편입을 하면서 주변 사람들이 얼마나 소중한지 느끼게 되었습니다. 힘든 상황에도 불구하고 제가 묵묵히 공부할 수 있도록 뒤에서 끝까지 지켜봐주고 힘이 되어준 소중한 사람들과 함께했던 나날들이 그립기도 합니다. 무엇인가에 몰입하고 보람을 느끼고, 지칠수록 함께 웃고 꿈을 향해 달려갔던 그 순간을 말입니다. 정말 무엇인가를 간절히 바라고 죽기 살기로 목표를 향해 달려가던 저의 나날들이 제게 있어서 얼마나 큰 행복이었는지 이번 책을 쓰면서 다시금 느끼게 되었습니다.

합격하고 등산동아리 '링딩동산'을 만들어 주기적으로 등산을 하면서 뜻이 맞고 산을 좋아하는 친구들과 함께 대학생활을 시작했습니다. 입학하고서 제 나름대로 열심히 공부해서 그해 여름방학부터는 고려대학교 생체의공학과 광학연구실 학부생 인턴으로 6개월간 있었습니다. 3학년을 마치고 제가 앞으로 살아갈 길을 정하고자 1년을 휴학했습니다. 그리고 바로 토익을 일정 점수 이상 받아놓고, 2개월 간 뉴질랜드의 Otago University에서 Advanced Course를 수료했습니다. 오자마자 교육과학기술부에서 주최한 해외 인턴십에 참가해 한국관광공사 시드니(호주) 지사로 발령을 받아 6개월간 근무했습니다.

편입 합격이 대학교 이름만 바꿔줬다고 생각하지는 않습니다. 내가 날 더 사랑하고 당당해질 수 있는 계기였다고 봅니다. 언제나 남들과 비교하며 열등감에 빠-져있는 제 자신이 아닌, '하면 된다. 나보다 못난 사람도 없지만, 그렇다고 나보다 잘난 사람도 없다.'는 자신감을 갖게 해줬습니다. 그리고 사랑하는 부모님에게 큰아들이 뒤늦게나마 효도했다는 생각도 듭니다. 편입 당시에 어머니께서 당신 아들이 실패하고 가슴 아파하는 모습이 보기 싫어서, 부담을 덜어주고자 "안 되도 괜찮다. 편입이라는 게 엄청 힘들다더라. 그리고 2명 뽑는다는데, 실력도 실력이지만 운도 많이 작용한다고 하더라." 하고 말씀했던 기억이 납니다. 전 그때 어머니가 끝까지 지켜보고 믿어주기만 하면 된다고, 그래 주시면 아들 힘내서 잘 할 수 있다고 말하면서 지금까지 잘 해왔고, 아직 후회는 없다고 말했던 기억이 납니다.

고려대학교 합격 후, 가장 먼저 부모님께 아들 합격했다고, 그 동안 믿고 기다려줘서 감사하다고 말씀드리던 순간이 기억납니다.

"아들, 훌륭하게 커서 고맙고 대견하다."

"과소평가했던 것 같다."

그때의 성취감과 만족감은 평생을 가도 잊히지 않을 겁니다.

간절히 바라고 노력하고 흔들리지 말고

핸드폰엔 1년 동안 지워지지 않은 문구가 있었어요.

"간절히 바라고 노력하고 흔들리지 말고"

이것만 잘 지켜도 반은 성공이라고 봅니다. 제가 편입 공부를 하면서 잠깐 슬럼프에 빠질 뻔 했을 때 쓴 일기입니다.

"많은 날들을 노력했다. 물론 노력이란 말은 실패의 가장 좋은 변명일 수도 있다. 그래서 노력한다고 말하는 사람들은 안 되는 거다. 지금까지 내가 경험한 세상은 결과가 노력이란 단어를 포함한다. 실패는 노력이란 단어를 포함하지 않았던 거냐고 반문할 수 있다. 실패자도 노력은 했을지도 모른다. 하지만 그 노력이 부족했을 것이다. 아니면 그 능률 혹은 정작 다가가고자 하는 목표에 얼마나 축을 세워서 삶을 관리했냐고 물어보고 싶다. 나 또한 그렇다. 지금까지 내가 진정 원하는 것에 얼마나 집중해서 하루하루를 관리했었나? 학교생활 한다고, 영어 한다고, 책 읽어야 한다고, 친구들 챙겨줘야 한다고, 갖은 변명으로 나의 어수룩함을 꾸미기 바쁘진 않았나? 그러지 말자. 노력을 했는데 결과가 안 좋을 수는 없다. 노력했으면 그만큼 얻는 게 있는 거다. '세상 살면서 노력해도 안 되는 게 있다더라.' 이런 말 하지 말자. 추잡한 변명이다. 진짜 노력하는 사람을 못 봐서 하는 소리다. 자신이 엄청 못나서 수많은 노력을 했는데 요만큼밖에 못 건졌다고 말하는 거랑 뭐가 다르단 말이냐? 진짜 잘나고 똑똑한 사람은 1%밖에 안 된다. 나머지는 다 똑같은데, 못난 1%라서 100을 노력해도 50도 못 건진다. 그럴 바에야 노력 안 했다고 말하는 게 더 낫다. 같은 노력을 해도 결과가 다른 경우가 있다. 차이는 그 마지막에 달려있다고 해도 과언이 아니라고 생각한다. 뚝심이 없어 거기서 쓰러지느냐, 아니면 마지막이니 더 자신을 다독여서 하고자 하는 일에 정진하느냐의 차이라고 본다.

실제로 막판이라는 그 상황이 기회가 되어 스퍼트를 올리는 사람이 있는 반면에 이제 마지막이라고, 해도 안 된다고 주저앉는 사람도 봤다. 진정한 승부는 마지막에 결정된다는 것은 삼척동자도 아는 진리다. 성공 여부가 갈리는 '마지막'이라는 호기를 간과하는 바보가 세상에 참 많다. 난 전자이고 싶다. 그렇게 마지막을 장식하면, 적어도 내 자신을 미워하진 않을 것 같다. 참 웃기다. 수많은 이해관계 속에서 진리가 되는 사람은 착한 사람이 아니다. 그렇다고 나쁜 사람도 아니지만, 오히려 나쁜 사람이 대접을 받는 경우를 꽤나 봤다. 그 나쁜 사람을 이기고 올라가야 내가 진리가 되는 거다. 나쁜 사람이어도 좋다. 나의 행동, 나의 사고가 내가 살고 있는 삶에 진리이고자 한다. 나의 사고와 행동이 스스로 진리가 되고자 했던 내 목표를 부끄럽지 않게 하고자 한다. 가슴은 차갑게, 머리는 뜨겁게 만들고 싶다.

실패할 때도, 비난을 받을 때도, 시련이 올 때도, 누구보다 멋있게 대처하고 싶다. 사소한 것에 목숨 걸지 않고, 힘든 걸 피하고자 구차하게 타협하지 않는 그런 남자가 되고자 한다. 최종적으로 나는 아주 부끄러운 목표지만, 누구보다 멋있는 사람이 되고자 한다."

3년 전에 쓴 일기입니다. 다시 보니 감회가 새롭네요. 전 글을 읽고 있는 독자 여러분이 합격 여부를 떠나서, 흔들리지 않고 포기하지 않고 자신의 길을 묵묵히 걸어간다면 먼 훗날 지금 이 순간을 돌이켜볼 때, 적어도 자기 자신을 미워하진 않을 거라고 생각해요. 분명 흔들리지 않고, 꾸준히 하는 사람은 됩니다. 포기하지 마세요. 너무 힘들어 포기하고 싶은 순간, 그 순간이 'Turning Point'라고 말하고 싶습니다.

hohooman@naver.com

10 절실한 목표 하나를 세워라

쿠엣(KUET) 모의고사 35.5점으로 시작

김현석

[세종대 ➡ 고려대]

- **일반편입**
- **전적대학** : 세종대학교 컴퓨터공학과(3.7/4.5)
- **편입대학** : 고려대학교 컴퓨터교육과(65점/24:1/2012년도)
- **나이** : 27세
- **성별** : 남자

"여러분은 얼마나 절실하신가요?"

안녕하십니까. 2012년도 고려대학교 컴퓨터교육과로 편입한 김현석입니다. 저는 공부법이나 어떻게 생활해야 하는지에 대해서 이야기를 하지 않고, 주로 저의 개인적인 이야기를 하고자 합니다. 공부법이나 생활패턴은 부차적인 문제라고 보기 때문입니다. 어떤 목표나 절실한 과제를 실현하기 위해서는 진심으로 원하는 마음이 먼저 있어야 한다고 생각하기 때문입니다.

김형수

그녀를 위한 편입

저는 고등학교 때 유약해서 주위 아이들에게 괴롭힘과 무시를 많이 당했습니다. 중학교 때까지는 활발하게 잘 지냈던 것 같았는데, 고등학교 2학년 때부터인가 왕따도 몇 번 당하면서 힘든 고교시절을 보냈습니다. 몇몇 아이들이 도와주려 했지만 말 그대로 소수의 몇몇 아이들일 뿐, 대부분은 제가 왕따 당하는 것을 모른 척하거나 아니면 동조해서 같이 괴롭혔습니다. 저를 집중적으로 괴롭히던 아이는 2명이었는데, 그들이 했던 짓은 지금 생각해봐도 정말 너무했던 것 같습니다. 이름은 기억도 나지 않습니다.

아무튼 이런 상황에서 저는 도저히 공부가 되지 않았고 성적은 계속 떨어져만 갔습니다. 부모님에게는 아들이 맞고 다닌다고 말도 못했습니다. 부모님은 원인을 모르고 그저 애만 태우실 뿐이었습니다. 고3이니 함부로 자극할 수도 없다고 묻지도 않았습니다. 하지만 결국 나중에는 이 일이 밝혀져 가해 학생과 제가 같이 교무실로 갔습니다. 일이 커지는 것을 꺼린 담임선생님과 학교는 강제적으로 서로 용서를 하고 용서를 받도록 했습니다. 개인적인 여담이지만 저는 이런 일 때문에 지금도 공교육에 대한 상당한 불신감을 가지고 있습니다. 피해 학생의 마음을 치유할 생각보다는 귀찮은 일거리를 왜 만들어 왔냐고 쳐다보는 담임선생님의 눈초리는 아직도 잊지 못하겠습니다.

이런 상황에서 대입 수능을 망치게 됩니다. 부모님은 우시면서 저에게 재수를 권했습니다. 글쎄, 저에게는 선택권이 없었습니다. 3군데 넣었던 곳은 모두 낙방했고, 이대로 가면 고졸로 끝나게 되는데 말이죠. 딱 일주일만 폐인처럼 방안에 있다가 강남에 있는 재수학원을 다니기 시작했습니다. 고등학교 친구들은 만나기도 싫었습니다. 내 신세가 처량하기도 했고, 모두가 배신자처럼 느껴졌기 때문입니다. 내가 괴롭힘 당할 때 방조한 놈들(?)이라는 마음도 있었습니다. 제 책임도 어느 정도는 있었는데 말이죠.

그렇게 울며 겨자 먹기로 시작한 재수생활은, 다 아시겠지만 힘듭니다. 정말로 스파르타를 표방한 재수학원은 거의 강제로 전원 야간자율학습을 시켰고, 혹여 중간에 도망치다가 잡히면 바로 쫓아냈습니다. 학원은 거대한 콘크리트덩어리였고, 그 삭막한 분위기 속에서 전 질식할 것만 같았습니다. 저는 야외에서 활동하는 것을 굉장히 좋아하고 한적한 분위기에서 걷기를 좋아하는데, 그런 식으로 학생들을 닭장 속으로 밀어 넣으니 처음에는 숨이 턱턱 막혔습니다.

하지만 그런 생활도 시간이 가면서 차츰 익숙해지니 어느덧 재수학원에서 보내는 시간들이 힐링이 되어 주었습니다. 우선 운이 좋게도 전 재수학원에서 최상위권 반이 되었습니다. 들어갈 때 반 배치고사를 치렀는데, 상당히 높은 점수를 받았습니다. 처음으로 부모님이 웃는 모습을 보니까 들어가서 정말 잘 해야겠다고 다짐을 했습니다.

학원 첫날 교실 문을 열고 자리에 앉았을 때의 아이들 모습이 아직도 기억이 납니다. 이미 인생의 나락에 떨어졌으니 여기서는 죽기 살기로 공부만 하겠다는 각오가 서려있었습니다. 일찍 도착해서 자리에 앉아 담임선생님이 들어오기를 기다리고 있을 때, 처음 '그녀'를 봤습니다. 사람은 얼굴보다는 마음을 봐야 한다고 하지만, 그런 말이 무색할 정도로 그녀는 너무나 예쁘고 사랑스러웠습니다. 비단 저뿐만 아니라 같은 반에 있던 아이들도 마찬가지이었을 것입니다. 나중에 반 아이들과 친해지고 나서 이야기를 했을 때 남자아이들은 그녀를 보고 다들 속으로 '헉' 소리를 냈다고 진술했습니다.

그 아이가 제 '첫사랑'이었습니다. 며칠 후, 담임선생님은 자리 배치를 시작했고 진부하고 뻔한 이야기지만, 그녀는 제 짝꿍이 되었습니다. 시간이 가면서 서서히 알게 된 내용이지만 그녀는 공부까지 잘해서 항상 학원에서 톱에 드는 수재였습니다. 그녀 앞에서 저는 그저 무장해제 되어버렸고 마님을 동경하는 돌쇠가 되어버립니다.

하지만 그 당시 저는 점수도 제대로 나오지 않았고, 그녀는 학원에서 손꼽히는 공부 잘하는 퀸카(?). 그녀에게 고백한다는 것은 너무나 파렴치한 짓이었습니다. 라디오헤드의 'Creep'처럼 난 그냥 괴물에 불과했고, 옆에 앉아 있었어도 그녀는 항상 내 먼 곳에 있었습니다. 그 당시 저는 왕따를 겪어서 상당히 정서적으로 위축되어 있었고, 외모적으로 살도 쪄있는 상태였는데도 불구하고 그녀는 제게 정말 잘해줬습니다. 제가 착각할 정도로 말이죠. 모르는 문제가 있으면 같이 풀어주고, 자신감 없어 하면 별것도 아닌 걸로 왜 위축되어 있냐고 위로해주고, 옥상에서 고등학교 시절 구질구질했던 이야기들을 해줄 때 같이 아파하며 저 대신 분개해주고, 성적이 오르면 축하한다면서 먹을거리나 커피를 사주었습니다. 물론 제 착각일 수 있습니다. 아니 착각이 맞습니다. 착각이지만 저는 그녀에게서 큰 위안을 받았고, 다른 사람들에게 받았던 상처가 그녀를 통해 치유되었고, 또 사랑하는 마음까지 품었습니다. 이번에는 반드시 명문대학에 합격해서 그녀에게 고백하겠노라고 마음먹었습니다. 하지만 그해 대학입시에서 그녀는 '서성한'으로 붙었고, 저는 세종대에 들어가게 됩니다. 결국에 고백은 하지 못했습니다.

여러분은 저를 참 한심하다고 보겠지만, 그 당시 저는 학벌 콤플렉스까지 있어서 그녀에게 말도 못 붙였습니다. 너무 괴로웠습니다. 당연한 결과에도 불구하고, 그 사실을 받아들이기 힘들었습니다. 그녀는 계속 나한테 잘해줬지만, 연락했지만, 전 알량한 자존심 하나 지키려고 연락 오는 것을 피하고 일부러 은둔을 했습니다. 그 이후로 간간이 재수 동창회에서 얼굴을 볼 때가 있었지만, 저보다 훨씬 괜찮은 그녀이기에, 결국 저는 좋아하는 여자한테 좋아한다고 말 한마디 못하는 사람으로 남았습니다. 얼굴을 볼 때마다 찾아오는 자괴감. 저 웃는 모습이 나를 바라보고 웃어줬으면. 더 좋은 남자를 만나겠지. 혹시 나한테. 이런 갈피 못 찾는 상념들. 그때 전 도대체 뭐였을까요? 학벌 콤플렉스에 시달려서 좋아하는 여자한테 좋아한다고 말 한마디 못하는 저는 시쳇말로 '병신'이었습니다.

그렇게 시간은 지나고 자연히 연락이 끊겼는데, 대학 2학년을 마치고 군대를 다녀온 뒤 그녀를 다시 만나게 되었습니다. 남자친구가 생겼다고 말했습니다. 저는 웃으면서 축하한다고밖에 할 말이 없었습니다. 그녀의 남자친구를 나중에 봤습니다. 정말 저보다 키도 훤칠하고 멋있었습니다. 밥을 코로 먹는지 입으로 먹는지도 모르고 헛소리만 해댔고, 그날 집에 돌아와서 '편입'을 결심하게 됩니다. 목표는 무조건 서강대, 성균관대, 한양대 이상! 전 무조건 그녀에게 걸맞은 남자가 되길 원했기에 그 이하는 용납하지 못했습니다.

편입생활 1년차

저는 독학이 아닌 학원을 다니면서 공부했기에, 이에 기준을 맞춰서 이야기하겠습니다. 그 당시에는 편입에 대해서 전혀 모르던 상태였습니다. 인터넷으로만 대충 찾아본 뒤 바로 학원에 등록했습니다. 지금 생각하면 얼마나 안일하게 준비했는지 부끄러울 지경입니다. 그 당시 제가 생각했던 큰 틀은 '학교를 다니면서 학원을 다니는 것'이었는데, 편입에 대해서 뭐가 뭔지도 모르는 상태에서 시작한 것이라 그것이 얼마나 힘든 일인지 감도 못 잡았습니다.

우선 1월부터 7월까지는 단어책을 가지고 다니면서 학교생활을 했습니다. 항상 두꺼운 영어책을 들고 다니면서 공부하니까 대학 아이들도 제가 편입을 준비한다는 것을 알게 되었고, 자연스럽게 아웃사이더가 되었습니다. 그렇게 여름이 찾아왔고 편입학원의 기초반에 등록하게 되었습니다.

학교에서 항상 단어책만 봤고, 토익도 700점 정도 받았기에 학원에 가서도 잘할 수 있을 것이라는 생각을 했지만, 현실은 그렇지 않았습니다. 첫 달에 쿠엣(KUET) 모의고사를 보았는데, 지금도 점수가 기억납니다. 35.5점이었습니다. 현실의 벽이 느껴졌습니다.

'과연 내가 고려대에 들어갈 수 있을까?'

'과연 내가 성공해서 그 아이 앞에 당당히 설 수 있을까?'

학원을 다니면 안 좋은 소문을 접할 수 있습니다. 학원에서는 할 수 있다는 소리를 되풀이하지만, 우리는 그저 학원의 돈벌이용이라는 것입니다. 학원은 최상위권 반만 챙겨주기 때문에 최상위권에 속하지 않은 학생들은 그저 학원을 위해서 돈만 벌어주는, 다시 말해 최상위반을 위한 기반이 된다는 말입니다. 그것이 명백한 사실인지 아닌지 증명되지는 않았습니다만, 그래서인지 제가 다녔던 기초반에서는 좌절하는 아이들이 많았습니다.

제가 기초반에서 보았던 학생들을 대충 말하자면, 어느 아이들은 모여 다니면서 그룹을 만들었습니다. 마치 자기들 자신 안에 있는 불안을 종식시키려는 듯이 항상 같이 놀고, 같이 밥을 먹고, 큰 소리로 자신의 존재를 알렸습니다. 과연 즐거워서인지 현실을 잊기 위해서인지는 모르겠지만, 어쨌든 그들은 이미 학원에서 공부를 포기한 사람들이었습니다. 또 다른 부류들은 연애를 하는 사람들입니다. 힘든 상황 속에서 남녀가 같이 밀폐된 공간에서 공부하는데 그런 감정이 싹트지 않는다면 도리어 이상할 것입니다. 저도 옛날 재수학원에서 그러했기 때문에 그들을 이해할 수 있었습니다. 하지만 대부분의 경우는 독이 된다고 생각합니다. 학원에서의 연애는 자기가 컨트롤할 수 있다면 괜찮지만, 저는 추천하고 싶지 않습니다.

마지막으로 조교들과 친하게 지내는 아이들입니다. 제가 다녔던 기초반 여자아이들은 특히 남자 조교들과 친하게 지냈습니다. 솔직히 말하자면 저는 학원에서 조교에 대한 인식이 좋지 않았습니다. 자신들은 이미 편입 분야에서 성공했기 때문인지 공부 못하는 기초반 아이들을 보면서 어떤 우월감을 느끼는 듯했습니다. 너희들이 죽을 만큼 열심히 해도 자기가 다니는 학교도 힘들다는 식으로 이야기를 하는데, 과연 이것이 학생들을 분발시키려는 것인지 자랑을 하는 것인지 모르겠더군요. 그런데도 여학생들은 모르는 문제를 물어보러 가서 1시간 동안 이야기를 하다가 돌아왔습니다. 어떤 조교가 학원을 떠날 때는 몇몇 아이들이 돈을 모아서 케이크까지 사다줬는데, 제가 이해가 부족한 것인지 몰라도, 왜 그러는 것인지 공감이 안 됐습니다. 학생들이 학원을 이용해야 할 텐데, 기초반에서는 학원이 학생들의 불안감을 조장하여 떠나지 못하게 이용하는 것 같았습니다.

절대 학원만 믿고 의지하면 안 됩니다. 조교들이나 직원들이 여러분의 편입을 책임질 수 있을까요? 그들은 여러분에게 관심이 없습니다. 관심이 있다면 공부를 엄청 잘해서 미래에 잘될 것 같은 아이들이나 학원에서 손꼽히게 예쁜 여학생이나 멋진 남학생 정도일까요? 그나마도 후자가 대부분일 겁니다. 다니고 있는 직원들도 더 나은 점은 없습니다. 그들은 학원생들이 학원을 그만두는 순간 공부 리듬이 흔들려서 점수가 떨어진다고 겁을 줍니다. 당장은 혼자 공부하는 시간이 많아져서 좋겠지만, 나중을 바라보면 결코 학원을 나가면 안 된다고 들 말합니다. 학원은 기업입니다. 우리의 합격보다 중요한 것은 우리의 학원 등록입니다.

제가 학원을 다녔던 이유는 아침에 일찍 일어나기 위해서, 그리고 그룹스터디를 하기 위해서였습니다. 여러분이 돈을 내고 학원을 다니므로 최대한 자신의 페이스에 맞춰 학원을 이용하십시오. 그리고 여러분이 만약에 기초반을 다니고 있다고 하면 절대 그 분위기에 휩쓸리면 안 됩니다. 냉정하게 말해서 8~9월에 기초반을 다니고 있는 학생이면 그 중 겨우 몇 명 정도만 상위권 대학에 갈 수 있으며, 5~10명만이 인 서울이 가능하고, 나머지는 거의 모두 탈락할 것입니다. 기초반은 아직 기초가 없지만 열심히 하는 부류와 아예 포기한 부류로 구성됩니다. 물론 포기하는 쪽이 대다수입니다. 그들도 알 겁니다. 자신은 안 될 것이라는 것을요. 그래서 학원생활을 즐기는 것이죠. 자기 안에 있는 막연한 불안감을 종식시키고 나 같은 부류가 하나둘이 아니라 여러 사람 있다는 것을 즐기는 것입니다. 이 글을 읽는 여러분은 그렇지 않을 것이라 믿습니다. 여러분들은 여러분을 믿고 사랑하고 그리고 잘되기를 바라는 분들과 친구의 얼굴을 떠올리십시오. 학원에서 만나는 그들과는 학원이 끝나고 나서는 마주치지도 않습니다. 제가 말하고 싶은 결론은, 그래서 학원을 다닐 것이라면 어떻게 해서든지 무조건 최상위권반이나 상위권반으로 들어가야 한다는 것입니다. 분명히 반의 분위기와 공부하는 방법에서 차이가 있습니다.

아무튼 저는 그러한 기초반 분위기를 탈출하려고 노력했습니다. 2개월 후에는 한 단계 윗반으로 올라가게 되었습니다. 그 이후로는 그저 남들이 하는 것처럼 독해와 논리에 시간을 투자하기 시작했습니다. 하지만 문법이 채 완성되지 않은 상태에서 득해와 논리를 한 결과는 가혹했습니다. 그때의 점수대가 겨울 마지막까지 지속되었습니다. 결국에는 편입을 시도한 첫해, 제가 지원했던 고려대, 서강대, 성균관대, 한양대 모조리 떨어지고 말았습니다.

편입 실패, 그러나 다시 한 번

결국 편입은 일반 인문 올킬(all kill)이었습니다. 난 안 되는 놈인가 싶었습니다. 이때부터는 그녀랑 연락도 끊어졌습니다. 제가 편입하는 것을 숨기면서 1년 동안 연락도 안 했으니까 말입니다. 그녀가 뭐가 아쉽겠습니까?

이때가 아마 제 인생에서 제일 암담하고 비참한 시기였을 겁니다. 그녀가 너무너무 보고 싶어 미칠 것 같았습니다. 거절당할 수도 있겠지만, 그녀에게 제 마음을 표현하고 널 좋아했었노라고 말하고 싶었습니다. 그러나 제 꼴이 말이 아니었습니다. 하는 일마다 실패하고 편입마저 올킬 당하고 나니 제 남았던 자존심은 끝장이 나버렸습니다. 난 그저 그런 놈으로, 마음에 맞지도 않는 학교를 다니면서 평생 한을 품으면서 적당히 연애하고 적당히 살다가 적당히 취직해야 하는가? 그렇게 계속 반문하면서 방문을 걸어 잠그고 침대에 누워만 있었습니다.

나는 왜 이렇지? 학사를 했으면 됐을까? 나는 학업이랑은 안 맞는 사람인가? 부모님께 죄송하다! 그녀가 보고 싶다! 그녀는 남친이랑 잘 지내고 있겠지! 내 생각은 해줄까? 남친은 명문대 다니고 나는 인 서울 하위권인데 생각이나 날까? 나보다 잘생기고 키도 크고 학교도 좋고 모든 것이 완벽하다! 내 인생은 왜 이러지…… 제발 제발!!

부모님에게 한번만 더 편입을 후회 없이 시작해보겠다며 말했습니다. 처음에는 반대하다가 울면서 사정을 이야기하니 결국에는 한번만 다시 해보라고 승낙해주었습니다. 부모님도 얼마나 가슴 아팠을까요. 사랑하는 아들이 뭐가 부족하다고 좋아하는 여자에게 말 한마디 못한 일을 알고는 계실는지….

분명 그녀 한 사람 때문에 제가 편입을 시작한 것은 아닐 것입니다. 평소 제가 가지고 있던 자격지심, 콤플렉스, 학교에 대한 불만족, 부적응, 그리고 현 상태에 대한 지긋지긋함을 가지고 있어서 편입을 시작했겠지요. 하지만 그런 상태에서 편입을 시작하게 만든 도화선은 분명 '첫사랑'입니다. 저보다 비참한 상황인 분도 많고 더 절실한 분들도 많을 겁니다. 그러나 그 당시에 저는 제가 제일 불쌍하고 절실하다고 느꼈습니다. '인생 살아가면서 평생 한으로 새길 것이냐' 아니면 '변신할 것이냐'는 인생의 기로였습니다.

내가 생각하는 수많은 생각 중에 대표적인 것입니다.

사람은 절대 서서히 변하지 않는다. 어느 순간 갑자기 변하게 된다.

내가 틀린 것이 아니라는 것을 보여주고 싶다.

이대로 학교로 돌아가게 된다면 그저 편입에 실패한 수험생 중 1명이 될 것이다.

누구에게나 멋진 미래가 있다. 하지만 그 미래를 손에 쥐는 사람은 결코 많지 않다.

나는 얼마나 너의 옆에 다가가고 싶은가.

나는 얼마나 너를 즐겁게 해주고 싶은가.

우선은 그것만 생각하자. 내가 되고 싶은 내가 되어 너를 만나고 싶다는 그것만 생각하자. 그리고 기다릴 것이다. 내가 바라보는 멋진 미래를. 어서 오라, 나의 미래여!

편입생활 2년차

이번에는 뭐가 부족한지, 그리고 어떻게 공부해야 하는지에 대한 방향을 잡았기에 예전에 공부했던 것보다는 쉽게 준비했습니다. 1월에서 7월까지는 학원을 다니면서 학교에서는 전공 위주로 수업을 들었고, 7월에서 11월까지는 대학을 휴학하고 학원을 다녔습니다.

단어는 1월부터 11월까지 계속 보았습니다. 단어와 빨간책 공부를 하다가 혹은 독해와 논리 문제풀이를 하다가 모르는 단어가 나오면 손에 들고 다닐 수 있는 작은 단어장에 적고 집에 가는 길이나 밥 먹으러 가는 길에 항상 들고 다니면서 보았습니다. 나중에는 개수가 상당히 많아져서 랜덤으로 섞어서 가지고 나갔습니다.

독해와 논리는 그저 많이 보았습니다. 시중에 나와 있는 책이나 학원 책 구별하지 않고 많이 보았습니다. 독해는 속독으로 풀고 난 뒤, 틀린 것은 기본적으로 구문 분석을 통해 공부했습니다. 가령 주어와 동사, 목적어를 나눠 놓고 제대로 해석을 해가면서 풀었습니다. 논리는 +, - 방식으로 문제풀이를 했습니다(앞뒤 문맥 간 순접, 역접, 뉘앙스 같은 관계를 따지는 문제풀이 방법입니다).

문법도 그저 잘 나오는 것을 외우고 문제를 많이 푸는 수밖에 없습니다. 제가 보기에는 편입에서 나오는 문법들은 거의 문제은행식이라서 많이 풀면 나중에는 대략 문제만 보아도 어떤 식으로 풀면 될지 눈에 보이기 때문에, 기본 바탕이 생긴 후에는 문제를 계속 푸는 것이 좋습니다. 1월에서 3월 초까지 문법을 마스터하고자 했고, 그날그날 배웠던 문법 내용들을 포스트잇에 정리하여 도서실 책상 앞에 붙여놓았습니다. 아침에 오자마자 책상 위에 있는 내용을 쭉 읽어보고, 공부하는 중간 중간 다시 한 번 읽어보고, 집에 가기 전에 전체를 다시 한 번

읽어보았습니다. 그렇게 4월쯤 되자 책상 전체가 포스트잇 종이로 가득하게 돼서 자연스럽게 그 자리는 제 고정좌석이 되었습니다. 학원을 다니는 학생들도 그 자리는 알아서 피해주었습니다. 민폐임에 분명하지만 여러분도 자기 고정좌석 하나쯤은 만드는 것이 좋다고 생각합니다.

차가운 겨울이 다가왔습니다. 그즈음 제 자신에게 다시 한 번 놀랐습니다. 어떻게 그토록 일편단심으로 한 여자를 좋아할 수 있는지 말입니다. 군대 가서 첫날밤에도 부모님 얼굴 대신에 그녀 얼굴이 아른거려서 '진짜 퍽이나 좋아하는구나.' 하고 피식 웃었던 생각이 납니다. 여러분이 보시기에는 정말 이 남자 구질구질하다고 생각하시겠죠. 부정하진 않겠습니다. 정말 그 정도로 저는 가슴이 떨렸습니다.

'이것이 나의 마지막 기회, 인생의 전환점.'

그렇게 저는 고려대학교 쿠엣시험을 보러 갔습니다. 제가 시험을 보았던 곳은 원형의 강의실이었습니다. 뭔가 강의실부터 시설이 다르구나 감탄부터 했습니다. 귀마개는 할 수 있었고, 초시계는 사용하지 못했습니다. 긴장을 해서 그랬던지 정신없는 상태에서 시험을 보았습니다. 지금 글을 쓰는 이 순간에도 그때를 생각해보니 갑자기 긴장이 됩니다.

시험을 마치고 돌아와서 가채점을 해보고 저는 그냥 고려대만 지원하기로 마음먹었습니다. 그리고 다른 학교 시험은 모두 포기하고 전공 준비에만 올인 했습니다. 제가 지원한 컴퓨터교육과는 비주류 전공이라 아는 사람도 드물고 자료도 거의 없다시피 했습니다. 그래서 제가 다니던 세종대학교에서 시험 보는 해의 1학기부터 해당 관련 과목을 신청해서 듣고 공부했습니다. 자료 구조, 컴퓨터 구조, C프로그래밍입니다. 솔직히 이 부분은 초보자가 1개월만 준비해서 될 문제는 아니기 때문에 기존 전공자들만 지원 가능할 것 같습니다.

마지막 전공시험을 보고 면접까지 마지고 난 후에는 집에 돌아와서 하루 종일 잠을 잤습니다. 그리고 결국 바라고 바라던 고려대학교에 합격했습니다. 하지만 달라진 것은 없었습니다. 그녀는 제가 달려온 만큼 또 다시 저 멀리 있었습니다. 그녀는 제가 자기를 좋아했다는 것도 모를 테고, 아니 지금은 제 존재 자체도 알까 모르겠습니다. 전 그녀 때문에 이 지긋지긋한 학벌 콤플렉스를 떨치기 위해서 편입까지 했는데, 그녀는 아마도 저를 까맣게 잊고 있을 것이라는 사실이 너무 답답해서, 그녀는 저를 잊었고 저만 그녀를 잊지 않고 있다는 사실이 너무 가슴 먹먹해서 합격 후에도 며칠간 멍한 상태로 있었습니다. 글쎄 너무 눈부신 별 같은 존재랄까요. 그 사이 간극도 몇 광년은 되어 손을 뻗어도 닿을 수가 없었습니다.

합격 이후 학교생활에 최우선을 두면서 재학생들과도 많이 친해졌고, 다른 학과 편입생들과도 교류하면서 지내고 있습니다. 이 생활에 만족하고 있습니다. 무엇보다 이전보다 자신감이 많이 생겼고, 만나는 사람들의 수준이 달라졌다고 해야 할까요. 자리가 사람을 만든다는 것이 정말 실감납니다. 하지만 그녀에게 다시 연락은 못 하겠네요. 이미 너무 늦어버렸다고 해야 하나요. 더 이상 말하면 변명 같아서 하진 않겠습니다.

*

여러분! 저는 여러분께 단순히 좋은 대학을 가기 위해 편입하라고 말하지 않겠습니다. 다만 인생을 살아가면서 한번쯤은 '성공'을 경험하는 것이 얼마나 중요한지는 알아야 한다고 생각합니다. 한번 성공을 하면 '나도 할 수 있다'는 자신감이 생깁니다. 그러면 그 경험을 바탕으로 다른 일에도 추진력이 붙어서 도미노처럼 이후의 모든 일들을 성공적으로 진행할 수 있게 됩니다. 이런 일들이 이어지면 어느 때부터인가 전반적인 삶의 질 자체가 달라지고, 나중에는 인생이 뒤바뀌게 되는 것 같습니다. 두 번이나 겪어봐서 힘든 길이라는 것을 잘 압니다. 하지만 이 글을 읽는 것은 이미 하기로 마음을 먹었고, 남들은 어떻게 했을까, 방향은 어떻게 잡아볼까 이러한 심정에 읽는 것이겠죠.

절실함, 절실함을 가슴에 품고 다른 것들은 포기하고 전력으로 매달려 보십시오. 단 한 번의 성공은 단지 그 한 번의 성공에 그치지 않고, 그 이후로도 당신을 이끄는 하나의 변하지 않는 표지판이 될 겁니다. 여러분의 건승을 절실히 기원합니다.

vjrqur1200@naver.com

11 기적도 운도 스스로 만드는 것이다

공부는 혼자 가는 아주 외로운 길

안지윤

[광운대 ➡ 이화여대]

- **일반편입**
- **전적대학** : 광운대학교 경영학부(3.78/4.5)
- **편입대학** : 이화여자대학교 심리학과(90점대/52:1/2013년도)
- **나이** : 22세
- **성별** : 여자
- **합격한 학교**
- **불합격한 학교**
  - 숙명여자대학교 미디어학부(91점/130:1)
  - 가톨릭대학교 심리학(모름/28.2:1)
  - 한국외국어대학교 언론학(83점/77.25:1)
  - 성균관대학교 심리학(90점/125:1)
  - 한양대학교 행정학(90점/126.5:1)
  - 경희대학교 행정학(82점/82:1)
  - 중앙대학교 공공인재(75점/140.67:1)
  - 서강대학교 사회학(72.5점/144.5:1)

편입 준비하면서 썼던 일기를 꺼내서 본 적이 있습니다.

"고등학교 때 남들보다 덜 했으니까 대학 못 간 것이겠지. 나머지 공부한다고 생각하자. 억울할 것도 없어."

"subsist 살아가다, sub 아래, sist 버티다. 어떠한 상황 하에서도 버티다."

"무력하게 신세한탄이나 하면서 찌질하게 늙어 가지 말자. 볼품없이 나이만 들어가는 여자만큼 비루한 것도 없다."

스스로 위로하기도 하고 몰아세우기도 하며 마음잡고 공부하려고 썼던 말들이 많았습니다.

안지음

남들의 시선보다
내가 좋아하는 일

저는 어렸을 때부터 남들의 평가에 민감했습니다. 항상 남들이 날 어떻게 보는지에 촉각을 세웠고, 저를 높게 평가해주면 좋겠다는 생각이 있었습니다. 공부를 하는 것도 단순히 좋은 성적이나 좋은 대학이 필요해서가 아니라 남들이 날 한심하게 볼까봐 그게 싫어서 하는 형식이었습니다.

그 연장선으로 고등학교부터 좋은 곳에 가고 싶었습니다. 그 결과 단족스러운 고등학교에 갈 수 있었지만, 저보다 열심히 사는 친구들 틈에서 자괴감에 많이 힘들어했습니다. 성적은 하락세를 그렸고, 수능은 3년간 봤던 모의고사 중 사상 최저의 성적을 받으면서 원하는 대학에 가지 못했습니다. 담임선생님뿐만 아니라 친구들까지도 재수를 권했지만, 고3을 다시 보낸다고 생각하니 도저히 엄두가 나지 않았습니다. 열심히 했던 그 동안의 생활을 인정받지 못하게 됐다는 속상함과 대학을 잘 간 주위 사람들 앞에서 당당하지 못할 것이라는 생각에 힘없이 하루하루를 보냈습니다. 현실도피라도 하듯 수시전형이나 학교 지원서 내는 것도 자세히 알아보지 않았고, 방에서 거의 나오지 않았던 것으로 기억합니다.

그때 엄마가 권했던 것이 편입이었습니다. 제가 평소보다 시험 성적이 안 나오는 편인데, 편입은 학교별로 시험을 보기 때문에 만회할 기회가 많아 시험에 대한 부담감이 덜할 것이라는 점에서였습니다. 제 입장에서는 편입이 재수와 달리 휴식기를 가질 수 있다는 점에서 부담이 없었고, 편입으로 대학을 가겠노라 자기위안을 했습니다.

명문 대학을 가지 못했으니, 학과라도 높은 곳에 가야겠다고 생각했습니다. 사람들을 만나는 자리에서 '그래도 경영이잖아.' 하는 생각으로 제 자신을 보호하기 위해서였습니다. 그렇게 경영학부에 입학했지만 제 적성이 문제였습니다. 상경계열의 기술적인 면들이 맞질 않았습니다. 학기가 지나 전공 비중이 높아지면서 대학에서까지 원하는 공부를 하지 못하고 있다는 스트레스를 받았습니다. 친구가 자존심 때문에 경영학부에 왔다는 제 말을 듣고 "야, 그건 자존심이 아니라 겉멋이야. 정말 좋아하는 일을 하고 있으면 남들의 시선이 뭐가 중요해. 너는 좋아하는 일을 찾는 게 우선인 것 같다."고 조언하더라고요.

그 뒤로 대학생활을 즐기기도 하고 대외활동을 하며 적성과 지망 학과에 대해서도 생각해보는 등 재충전하는 시기를 가졌습니다. 대표적으로는 학교 신문사에서 일을 했습니다. 어렸을 때 글쓰기를 좋아했던 것이 생각나서 시작한 일인데, 막상 해보니 직업으로 삼기에는 부족한 점이 많았습니다. 대신에 새로운 사람들을 많이 만나고, 그 사람들의 이야기를 듣는 것을 직업으로 하고 싶어졌습니다. 그래서 봉사활동도 다양하게 했는데, 어느 순간 봉사활동처럼 사람들이 좀 더 행복한 삶을 살도록 돕는 일을 하면 정말 인생이 보람되겠다는 생각이 들었습니다.

'많은 사람들을 만나며 심리적 행복을 도모하는 일이 무엇이 있을까?' 생각하다가 심리상담사에 생각이 닿았습니다. 생각해보니 친구들이나 가족이 제게 고민을 털어놓을 때가 종종 있었는데, 그분들이 제 나름대로의 위로나 조언을 듣고 조금은 고민을 해결하는 모습에 제가 굉장히 좋아하고 뿌듯해했었습니다. 그렇게 심리상담사란 꿈을 품고 편입을 결심하게 되었습니다.

독한 영어 공부

■ 문법 ■

매일매일 조금씩 복습

7월부터 본격적으로 편입에 매달렸습니다. 학원에서는 문법 진도 나가는 것을 이미 끝내고 문제풀이를 하는 시기였기에 진도 나가는 것은 혼자 했습니다.

우선 개념 교재를 구입하여 하루에 한 챕터씩 공부했습니다. '한 챕터를 두 번씩 보며 암기→확인문제→해당하는 내용을 문법 문제집에서 찾아 풀기→기억나지 않는 부분은 개념 교재에서 찾아 다시 외우기'를 반복했습니다. 문법 지식을 외울 수 있는 간단한 예문은 개념 교재에 써놓기도 했습니다. 그렇게 2회를 하루 한 챕터씩 공부하고 세 번째부터는 1~3형식, 4~5형식, 시제, 완료시제… 이런 식으로 조금씩 복습했습니다. 추가적으로 학원 문법 수업에 대한 복습은 당일에 꼭 했고요. 필기한 내용을 2~3번 보며 외우고, 헷갈리는 부분이 있으면 개념 교재에서 내용을 찾아 다시 공부했습니다.

생소한 단어를 잡자

초반에 문법 지식에 해당하는 단어를 외울 때는 처음부터 외웠지만, 나중에는 끝에서부터 거꾸로 외웠습니다. 예를 들어 주장 · 요구 · 명령 · 제안 · 충고 동사에는 insist · urge · demand · move · desire 등이 있습니다. 초반에는 처음부터 insist · urge 순으로 외우지만, 나중에는 뒤에 있는 desire · move · demand 순으로 외우는 것입니다. 앞에 나와 있는 단어들은 모든 학생들이 압니다. 하지만 뒤에 열거되어 있는 desire(요구하다)와 move(발의 · 제안하다)가 이 문법에 해당하는 것은 학생들이 잘 모릅니다. 때문에 상위권 학교일수록 뒤에 나와 있는 단어들이 자주 등장합니다. 명문 대학을 원할수록 이런 단어를 놓치면 안 됩니다.

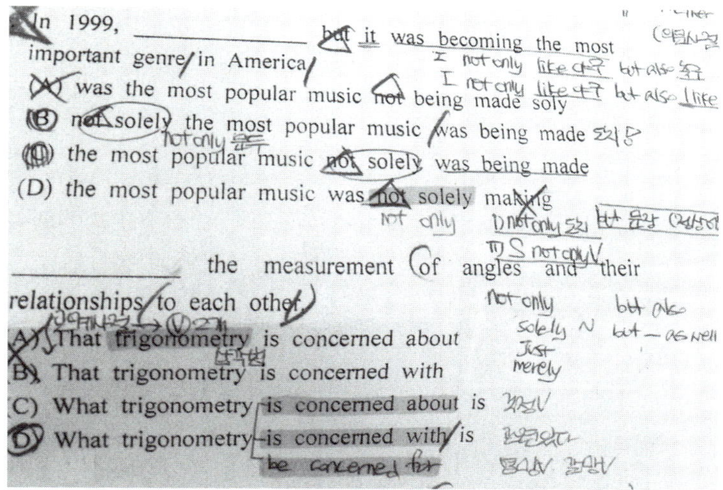

아는 것도 다시 한 번

학원 수업을 들을 때는 선생님이 가르쳐주는 문법 지식을 모두 적으면서 아는 것도 다시 한 번 되짚어보곤 했습니다. 시험에서 핵심 문법을 물어보는 경우가 꽤 있는데, 핵심적인 사항일수록 공부하면서 지겹도록 듣고 봐서 스스로 안다고 착각할 것 같았습니다. 또한 문제 풀이를 할 때 문법 지식을 공부하면 문제와 연계돼서 기억이 좀 더 오래 가는 것 같아 추천해 드리고 싶습니다.

형광펜을 활용해서 효율을 높이자

개념 교재를 공부할 때는 형광펜으로 모르는 부분을 밑줄 쳐가며 아는 부분과 모르는 부분을 구분했습니다. 형광펜 색을 처음에는 살구색, 노란색, 주황색 등의 연한 색을 사용하다가 나중에는 보라색처럼 짙은 색을 써서 최근까지도 몰랐던 부분을 한눈에 보이게 했습니다. 학기 말에는 아는 부분은 스키밍(skimming)하며 짙은 형광펜으로 밑줄 쳐놓은 부분과 예문 위주로 봤습니다.

■ 단어 ■

단어가 안 되면 정말 '다' 안 돼요. 정말 '다'.

모든 파트가 중요하지만, 단어는 특히 중요합니다. 기출문제를 보면 알 수 있듯이 선택지에 문장이 아니라 단어 하나만 떡하니 있기 때문에 단어를 모르면 일절 손대

지 못합니다. 저도 단어 공부가 정말 지루했기에 중요하다는 것을 애써 외면하며 상대적으로 단어 공부에 소홀했었습니다. 당연히 서강대나 중앙대처럼 단어가 조금이라도 어렵게 출제된 시험에서는 다른 학교보다 점수가 많이 낮았고, 단어를 등한시했던 것을 정말 많이 후회했습니다. 정말 정말 정말 많이요. 올킬(all kill) 되면 단어 때문일 것이 뻔했거든요.

때문에 편입시험 보는 사람에게 가장 강조하고 싶은 것은 무엇보다도 단어의 중요성입니다. 단어 앞에 독해고 논리감이고 다 무용지물입니다. 단어 암기는 다른 영역 공부보다 지루하고 하기 싫기 마련이지만, 편입 영어시험 전반에 걸쳐 중요하게 작용하니까 절대로 소홀히 하면 안 됩니다. 해석이 안 되도 단어를 알면 찍을 수 있지만, 단어를 모르면 해석이고 뭐고 다 안 되거든요. 지루하더라도 합격을 위해서 단어만큼은 신경을 많이 써야 합니다. 학원 다니는 사람들은 데일리테스트 절대로 빠지지 마시고요. 정말 빠지지 마세요.

동의어와 어근이 같은 단어는 묶어서 외우자

단어 암기하는 팁을 하나 말하자면, 동의어끼리 한꺼번에 외우는 것이 좋습니다. 편입 영단어에는 어리석은/음란한/구두쇠/논쟁하다 등 편입시험이 좋아하는 테마가 있습니다. 이런 테마들은 그 자체가 빈출이기도 하고, 선택지에 같이 외운 동의어가 있는 경우가 많아서 활용하기에도 좋습니다. 저는 인터넷에 떠도는 빈출 테마 동의어를 인쇄해서 외우기도 하고, 인강을 듣기도 했습니다.

빈출 테마 외에 같은 어근을 갖는 단어도 묶어서 외우는 것이 효율적입니다. 저는 단어 교재 앞에 어근이 같은 단어를 리스팅해 놓고 같이 외웠습니다.

스펠링 꼼꼼히 보는 습관, 실수하지 말자

단어를 볼 때, 특히 스펠링을 덜렁대지 않고 꼼꼼히 보는 습관이 좋습니다. contempt(경멸)-contretemps(싸움)와 casually(우연히)-causally(원인으로서, 인과관계로) 등 스펠링이 비슷한 단어가 있습니다. 저도 amusement(즐거움)를 amazement(놀람)로 보고 한참을 헤맨 적이 있습니다. 이런 것은 시험 때 긴장하면 더 심해질 수 있기 때문에 평소 공부할 때부터 주의하는 것이 안전합니다.

■ 독해 ■

모든 지문을 꼼꼼하게

독해는 편입 영어시험의 70~80%를 차지하는 만큼 가장 많이 공을 들인 부분이었습니다. 우선, 문제 풀고 틀린 것도 다시 본 후에 수업 듣는 것을 기본으로 하고, 무엇보다 지문을 많이 봤습니다. 수업시간에 한 지문은 물론이고 선생님이 각자 읽어보라고 나눠준 지문과 모

214

의고사 지문까지도 모두 꼼꼼히 읽었습니다. 제가 접한 모든 지문을 최소 3번, 많게는 5번까지 봤습니다.

문제풀이 때는 물어보는 부분만, 복습할 때는 모두 내 것으로

독해는 글 전체를 보며 Main Idea를 제대로 잡는 것과 모든 문장의 해석이 가능할 것, 두 가지 모두 중요합니다. 특히 모든 독해 문제는 Main Idea를 잡는 것에서부터 시작하기 때문에 Main Idea는 상당히 중요합니다. 이것을 연습하기 위해 문제를 풀 때는 문제에 맞게 선택적으로 읽을지라도 복습을 할 때는 꼼꼼히 공부했습니다.

우선, Main Idea를 잡아 노란형광펜으로 표시하고 지문을 꼼꼼히 읽으며 해석이 안 되는 부분은 빨간 형광펜으로 표시해 선생님께 따로 질문했습니다. 독해는 특히 질문을 많이 했던 것 같습니다. 특정 문장의 해석이 안 된다는 질문부터, 지문이 난해해 해석은 되는데 의미가 와 닿지 않는다, 왜 이 내용이 이 내용으로 이어지냐 등 꼼꼼하게 짚고 넘어갔습니다. 반대로 문제를 풀 때는 문제에 맞게 선택적으로 읽는 연습을 했습니다.

> title이나 topic을 묻는 문제 → 개괄적으로 읽으며 must가 있는 문장, however 뒤, 통념에 반박하는 부분 등에 유의
> A에 대한 세부사항을 묻는 문제 → A가 나오는 부분에 집중
> refer에 관한 문제나 blank문제 → blank 부분 위주로 읽기
> 지문을 읽고 답할 수 없는 질문을 고르시오, 옳은 것/틀린 것 고르시오 → 선택지를 먼저 파악한 후, 지문 읽으며 하나하나 제거해가기(선택지가 너무 긴 경우에는 나중에 지문 읽으면서 까먹기 때문에 그냥 지문 먼저 읽었어요)

박스의 내용은 제가 지문을 선택적으로 읽었던 기준들 중 하나입니다. 모든 영어시험이 그렇듯 제한시간을 길게 주지 않기 때문에 독해를 많이 하며 문제에 맞는 읽기 방법에 숙련되어야 합니다. 특히 한국외대처럼 지문이 긴 경우에는 지문을 처음부터 끝까지 다 읽고 문제 푸는 것이 불가능합니다. 실제로 한국외대 시험장에서 시간이 부족해 마지막은 찍었다고 말하는 학생들을 많이 봤습니다.

선택지만으로도 걸러낼 수 있다

독해 문제는 그 특성상 선택지만 보고도 답을 추릴 수 있는 경우가 더러 있습니다. 예를 들어 'some ambiguity must remain in order to reflect society more accurately'라는 선택지가 있습니다. 여기서 ambiguity는 '상반된 두 가지에서 오는 모호함'을 뜻하기 때문에 절대로 accurately(정확하게)로 이어질 수 없습니다. 때문에 이 선택지는 지문과 상관없이 true가 될 수 없는 논리입니다. 또한 글의 purpose를 고르라는 문제에서 지문이 논설문일 경우에 explain, describe, compare 등의 동사가 있는 선택지는 동사 이후의 내용과 상관없이 답이 될 수 없습니다. 논설문의 속성은 주장이지, 설명·묘사·비교 등이 아니기 때문입니다.

빈출 테마 내용은 상식으로 숙지하자

독해에도 단어 파트처럼 편입시험이 좋아하는 테마가 있습니다. 예술 사조와 미국사, 교육학, 최근에는 우주빅뱅과 종말론 등 빈출 테마 내용은 상식으로도 알고 있는 것이 좋습니다. 수능 언어영역 지문처럼 편입 영어에서 독해 지문을 읽을 때 기본 상식이 있는 상태에서 지문을 접하는 것과 아예 처음 보는 것은 분명 차이가 있기 때문입니다. 배경지식을 위한 공부를 하라는 것이 아니라, 평소 지문을 복습할 때 정말 내용을 이해하고 내 것으로 만들며 읽을 것을 추천합니다.

문제를 꼼꼼히, 실수하지 말자

문제를 볼 때는 부정적인 단어가 쓰였는지, 옳은 것/틀린 것을 고르라는 것인지 꼼꼼하게 보는 습관을 들이기 바랍니다. 한눈에 알아보고 실수를 방지할 수 있게 아예 펜으로 표시를 해두는 것을 추천합니다. 예를 들어, 'a speech is likely to fail if it does NOT ____'라는 문제가 있으면, 저는 부정적인 단어인 fail에는 △를, NOT(또는 EXCEPT)에는 X자를 쳐서 문제를 읽으면서부터 묻는 바를 확실하게 인식할 수 있도록 했습니다. 또한 비교의 내용이 있는 경우에는 부등호를 사용하기도 했습니다. 예를 들어 'herbivores are less intelligent than carnivores'의 than에 < 를 쳐서 실수를 막았습니다(herbivores<carnivores 내용이

므로. less는 헷갈렸거든요).

■ 논리 ■

답의 근거를 찾자

논리 파트는 Top 7 대학의 기출문제와 학원 수업시간에 했던 GRE 문제로만 공부했습니다. 논리는 좋은 문제를 반복해서 보는 것이 효율적이고, 이 공부량만 해도 굉장히 많습니다.

논리 파트에서 가장 중요한 것은 답의 근거입니다. 아무리 좋은 선택지라고 해도 근거가 없으면 정답이 될 수 없어요. 문제를 많이 풀면 감에 빠져 문제에서 묻는 것이 아니라 본인이 알고 있는 것을 답으로 고를 수 있으므로 항상 유념해야 합니다. 참고로 제가 처음에 논리를 공부할 때는 해석은 되는데 답을 모르겠는 경우 한글로 써놓고 그 번역을 보며 답을 찾곤 했습니다. 이 방법은 절대로 쓰지 마세요. 시간이 아까울뿐더러 논리 공부에 도움이 되지 않습니다. 평소에 공부할 때부터 영어로 공부를 해야 실전에서도 직독직해와 함께 답을 찾을 수 있습니다.

two-blank는 두 개를 동시에 고를 것이 아니라 하나하나 차근차근

논리는 two-blank 문제에서 오답이 많이 나옵니다. two-blank 문제는 빈칸 하나를 먼저 확실히 잡으면 시간을 줄일 수 있습니다.

> The intellectual flexibility inherent in a multicultural nation has been __________ in classrooms where emphasis on British–American literature has not reflected the cul-tural ________ of our country.
>
> A. encouraged   aspirations   C. thwarted   uniformity
> B. stifled   diversity   D. inculcated   divide

이 문제의 경우, 뒤 관계절에서 not reflected라고 했으므로 첫 번째 blank에는 stifled(억압되다, 억눌리다)나 thwarted(좌절되다)가 되는 것입니다. 선택지는 B와 C로 추려지고 intellectual flexibility의 내용이 두 번째 빈칸에 들어가야 하므로 답은 diversity를 말한 B가 됩니다. 이렇게 두 빈칸을 동시에 잡으려고 하는 것이 아니라 확실한 빈칸 하나를 먼저 잡고 다른 하나를 확인하는 것이 헤매지 않고 좋습니다.

문제와 지문 모두 꼼꼼히, 실수하지 말자

논리는 정말 실수할 여지가 많은 부분입니다. 실수만 줄여도 논리 파트의 정답률을 많이 올릴 수 있습니다. 때문에 독해 문제를 읽을 때 △나 X를 쳤던 것을 논리 지문을 읽을 때에도 적용시켰습니다.

감이 많이 좌지우지하는 만큼 꾸준히

시간이 흘러 입시가 가까워지면 본인이 부족한 부분이 굉장히 눈에 띄고 그 부분만을 집중적으로 공부해야 할 것 같은 생각이 듭니다. 이때 논리에 소홀해지는 경우가 많습니다. 하지만 논리는 어느 파트보다도 감이 중요한 만큼 절대로 손에서 놓으시면 안 됩니다. 한 동안 문제를 풀지 않은 채 시험장에 들어가면 여기 읽었다가 저기 읽었다가 우왕좌왕하고 해석도 눈에 잘 들어오지 않게 되요. 실제로 시험 직후에 문법이나 독해 망했다고 우는 학생은 못 봐도 논리를 망쳤다는 학생들은 유독 많습니다.

면접과 자기소개서

■ 면접 ■

이화여대 일반편입의 경우에는 5분간 인성면접으로만 이뤄졌습니다. 1차 발표 후에 학원에서 나눠준 면접 가이드북과 대형 학원 사이트의 면접 기출문제를 보면서 인성면접에 해당하는 질문들을 모두 한글프로그램에 옮겨 적었습니다. 실제 면접에 나올 것 같은 질문일수록 윗부분에 적고 '왜 이화여대에 왔는가?', '왜 심리학과로 학과를 바꾸는가?' 등의 기본적인 질문들은 답변도 적었습니다. 답변을 적을 때는 문장 어미까지 다 적어가며 '대본'을 만드는 것이 아니라, 꼭 사용할 단어나 어구 등만 적어 유동적으로 활용할 수 있도록 하고, 입에 붙을 때까지 반복했습니다. '자신을 술에 비유한다면?'처럼 다시는 나오지 않을 것 같은 기출 질문들은 차분히 생각을 정리하고 대답하는 것을 연습용으로 한두 번 정도 입 밖으로 내보기만 했습니다.

질문과 답을 적은 것은 시험장에 가져가 대기하는 시간에 다시 보기도 했습니다. 대기시간이 꽤 기니까 가서 볼 것을 간단하게 챙겨 가는 것이 좋습니다. 그렇다고 해서 '이건 당일에 볼 거니까' 하며 남겨두지는 마세요. 시험장 상황이 어떻게 될지는 모르니까요.

아무 생각 없이 청심환만 들고 가면 백발백중 탈락

2차 면접 전형은 사실상 허수에 해당했던 학생들이 걸러지고 정말 경쟁해야 할 학생들이 오는 자리입니다. 1차에서 동점이거나 점수가 비슷한 학생들이 오는 것이죠. 때문에 면접에 대한 사전준비는 철저해야 합니다. 가장 좋은 것은 학교 사이트에서 학과 커리큘럼을 찾아보는 것입니다. 같은 학과라도 학교별로 강조점이 다르고 커리큘럼이 다르거든요. 원하는 인재상에 대한 내용도 읽어보고, 커리큘럼을 보면서 흥미가 가는 수업에 대해 찾아보는 것도 좋습니다. 특히 '다른 학교에도 A학과가 있는데 왜 이화여대 A학과에 왔는가?'(어느 면접을 가도 나오는 기본 질문)에 객관적인 자료를 바탕으로 똑 부러지게 답변하기 위해서는 반드시 학과 홈페이지를 둘러봐야 합니다.

저는 면접 때 이 질문을 받고 "저는 상담심리나 임상심리가 개인의 원활한 사회생활을 도모한다는 점에서 제가 지향하는 미래상과도 관련이 깊습니다. 편입을 준비하면서 대학교 심리학과의 커리큘럼을 많이 봤는데, 이화여자대학교와는 달리 다른 학교 심리학과는 상담심리 분야가 교과목으로 많이 개설되어있지 않았습니다. 그리고 이화여자대학교 심리학과 커리큘럼에는 '현대사회와 여성상담'이라는 과목도 있었는데, 저는 양성평등에도 관심이 많습니다. 여성심리 측면에서 불합리한 시각을 수정하고 현대 여성의 심리적인 문제를 인식하고 연구한다는 점에서 흥미로웠습니다. 때문에 이화여대 심리학과에 지원했습니다."라고 답했습니다. 참고로 '현대사회와 여성상담'에 관해 늘어놓은 얘기들은 사전에 인터넷에서 여성심리학을 검색하고 달달 외워간 내용입니다.

면접 준비에 대한 특강에서, 연세대 노어노문학과에 지원한 학생이 자기소개를 노어로 준비해갔다고 들은 적이 있어요. 면접관도 이 학생이 자유자재로 노어를 구사할 수 있는 것은 아니라는 것을 아실 겁니다. 중요한 것은 성의를 보였다는 것입니다. 이 학교에 너무 오고 싶고, 그 연장선으로 입학 후에도 정말 열심히 생활하겠다는 태도를 보이는 것입니다.

덧붙여, 청심환도 잘 생각하고 연습해보고 복용해야 됩니다. 청심환을 사용하면 혀가 굳어서 더 말이 안 나왔다는 사람도 있다고 들었습니다. 제 경우에는 청심환을 안 썼습니다.

기본적인 인상에 신경 써야

면접은 기계가 객관적인 수치로 평가하는 것이 아니라, '사람'이 사람을 파악하는 전형입니다. 때문에 인상은 중요하게 작용할 수밖에 없습니다. 저는 인상이 좋아보이도록 사소한 것에도 신경을 썼습니다. 우선 면접장에 들어간 후 면접관님들께 인사를 했고, 당연한 이야기지만 의자에 앉을 때도 다리를 벌리거나, 꼬거나, 떨거나 하는 안 좋은 인상을 줄 수 있는 행동은 하지 않았습니다. 그리고 이화여대 사이트에서 심리학과 교수님들 증명사진이 있는 페이지를 찾아 화면에 띄워놓고 그 사진들과 아이컨택하며 연습했습니다. 허공을 보며 말하는 것보다 적당한 미소를 띠고 교수님과 아이컨택하며 말하는 것이 훨씬 인상도 좋고 설득력이 있어 보이기 때문입니다.

당황하지 말자. 면접관님은 내 편

무엇보다 면접은 떨거나 당황하지 않는 것이 중요한데, 기본적으로 면접관님은 학생 편입니다. 설령 내 말에 안 좋게 반응을 하시거나 압박하는 말로 몰아붙이신다고 해도 그것은 내 태도를 보기 위함이지, 실제로 날 안 좋게 보서서가 아닙니다. 모르는 것을 질문 받으면 당황하지 말고 차분히 생각해보고, 그래도 모르겠으면 "본교에 입학 한 후 열심히 배우겠습니다."하고 겸손히 말하면 됩니다.

면접은 질문에 대답을 '하고 못 하고'보다 전반적인 분위기가 중요합니다. 질문 한두 개에 대답 못 했다고 당락이 바뀌지는 않으니, 면접관님들이 나를 탐내시도록 겸손하되 자신감을 갖고 분위기를 만들기 바랍니다.

또한 답변할 때는 두괄식으로 말하는 것이 안전합니다. 말하려는 것을 먼저 얘기해야 그것에 대한 부연설명을 뒤이어 조리 있게 할 수 있습니다. 두괄식이 아닌 채 그냥 생각나는 대로 뱉어내면 횡설수설하게 되고, 질문이 무엇이었는지 본인이 말하려던 게 무엇인지조차 잊어버릴 수 있습니다. 답변을 듣는 면접관님 입장에서도 두괄식이 이해하기에 편하실 거예요.

면접은 면접관님이 아닌 내가 주도

면접을 학생이 원하는 방향으로 이끌어가는 것 또한 중요합니다. 다음 질문의 폭을 좁혀 예상 범위 내에서 질문하시도록 하는 겁니다. 예를 들어, 자기소개나 왜 이화여대 심리학과에 왔는지 등 초반에 물어볼 사항들에 대한 답변을 준비할 때 다음 질문을 유도할 만한 장치들을 놓는 겁니다. 저의 경우, 첫 질문이었던 학과를 바꾸는 이유에 대해 대답할 때 "저는 제가 좋아하는 일을 찾기 위해 학교 신문사 기자 활동이나 국토대장정 같은 대외활동과 봉사활동을 다양하게 했습니다. 그러면서 미래상에 대한 윤곽을 잡았고, 지금은 심리학을 전공해 한국가족상담센터에서 심리상담 전문가로 일하는 것을 목표로 하고 있습니다. 때문에 상경계열이 취업률이 높긴 하지만, 저에게는 경영학부보다 심리학과가 더 도움이 될 것이라 생각합니다.”라고 말했습니다. 사실 심리학과가 적성에 더 맞다고만 얘기해도 되는데, 면접관님들께서 대외활동의 구체적인 경험이나 한국가족상담센터에서 일하고 싶어 하는 이유에 대해서 물어보길 기다렸습니다. 그래서 대외활동 경험은 일부러 미래상과 연결해 말했고, 한국가족상담센터는 특이한 만큼 제가 언급만 한다면 면접관님께서 질문할 것이라고 생각했습니다. 즉 다음 질문으로 면접관님께서 구체적인 설명을 요구하실 수 있도록 강조점은 두되 자세하게 얘기하지는 않았습니다. 한 마디로 말하면 ‘계속해서 말을 흘리는 것’입니다. 실제로 다음 질문으로는 ‘가족상담센터에서 일하고 싶다고 specific하게 얘기했는데 왜 가족상담센터에서 일하고 싶은가’, ‘학교 신문사에서 인터뷰한 것 들 중 기억나는 인터뷰는?’, ‘이대에 입학하고 나서도 계속 신문사 활동을 할 생각인가?’였습니다. 첫 번째는 예상했던 것이기에 계획대로 외워온 답을 했고, 그 다음 두 질문들은 말할 거리가 많아 쉽게 대답할 수 있었습니다.

■ 자기소개서 ■

자기소개서는 말 그대로 자신을 소개하는 문서가 아니라 전략적으로 자신을 selling하는 공간입니다. 지원하는 학과와 관련지어 내세울 만한 경험이나 교수님들이 관심을 갖을 만한 것들을 적는 것입니다. 자신의 단점이나 슬럼프를 적게 된다고 해도 이를 보완하고 극복한 내용에 주안점을 둬야 합니다.

1차 전형에 내는 자기소개서는 면접을 염두

저는 성균관대 1차 때와 숙명여대 2차 때 자기소개서를 쓸 기회가 있었습니다. 성균관대처럼 2차로 면접이 있는 경우에는 면접관님들이 물어보셨으면 하는 질문들을 염두에 두고 썼습니다. 자기소개서를 쓰기 전에 면접 때 어필하고 싶은 부분에 대해서 생각해보고 이에 대한 질문을 유도할 장치를 글을 수단으로 서류 곳곳에 설치하는 것입니다. 자기소개서는 면접관님과 나를 연결하는 유일한 매개체인 만큼 현명하게 활용했으면 합니다. 반대로 숙명여대처럼 추가적인 면접 전형이 없고 분량이 많은 경우에는 자세하게 써야 합니다.

또한 자기소개서는 솔직하게 써야 합니다. 교수님들은 학생을 상대하는 것을 평생 해오신 분들입니다. 괜한 허세로 이분들을 속이기란 불가능합니다. 솔직하게 경험한 것들만 써야 그 자기소개서가 신뢰 가는 데이터로 읽힙니다.

초반에 평가자의 흥미를 끌지 못한다면 별다른 인상 없이 넘어가거나 후반부에 훌륭한 내용이 나온다고 해도 강렬하게 인식되지 않습니다. 제 경우에는 숙명여대 미디어학부의 자기소개서 맨 앞에 제가 참여한 대학신문이 처음 나온 날의 감회를 일기형식으로 썼습니다.

그리고 '열심히, 원만하고, 최선을 다하여' 등의 추상적이고 모호한 표현을 쓸 때는 구체적인 사례를 들어야 신뢰성 있는 말이 됩니다. 예를 들어 본인을 성실하다고 어필하고 싶다면, '2시간을 통근해야 하는 회사에서 1년 동안 인턴십을 하면서 8시 출근에 지각 한 번 없었다.'는 등의 뒷받침 하는 근거를 들어야 합니다. 저는 숙명여대 미디어학부 학과 홈페이지에서 본 '인재상(도전정신, 대인관계의 구축과 팀워크, 조직에 대한 royalty와 문제해결 능력)'에 제가 부합한다고 어필하기 위해 하나하나 사례를 들어가며 설명한 부분이 있었습니다.

마지막으로 분량은 모두 채우고 오탈자에 유의해서 작성해야 합니다. 기본적인 사항인 만큼 어이없게 점수가 깎이는 일은 없도록 해야겠죠.

편입에서 1월은 수능의 D-100 시즌

■9월■

새 학기가 시작하는 즈음이면 학원가에서 대학별 모의고사를 많이 봤습니다. 모의고사는 실전처럼 문제를 푸는 연습을 하는 데 가장 좋은 수단이므로 최대한 많이 활용했으면 합니다.

저는 제가 다니던 학원 외에 근처에 위치한 다른 학원에서도 모의고사를 봤었어요. 매주 모의고사를 2회 본 것인데, 평소에 모의고사를 많이 본 것이 시험이라는 압박감에 무뎌져 실전 때 떨리지도 않고 시험에 대한 감을 끌어올리는 데도 좋았습니다. 또한 하루에 두 번이나 시험을 보면 체력적으로 지치는데, 계속 반복하면서 지쳐도 제한시간에 집중력 있게 모든 문제를 푸는 훈련도 할 수 있었습니다. 실제로 시험 날짜가 많이 겹치기 때문에 여건이 되는 한 모의고사를 최대한 많이 보면 좋겠습니다. 덧붙여 따로 문제만 받아 혼자 풀어보거나 인터넷으로 응시하는 것은 '모의고사'라는 메리트가 없으니 학원 시험시간에 맞춰 현장에서 응시하는 것이 좋습니다.

모의고사를 볼 때면 저는 시험에 집중하기 위해 사람들이 다니는 통로에서 최대한 떨어진 구석에 앉곤 했는데, 이번에 공부하시는 분들은 그러지 않으셨으면 합니다. 계속 이야기하는 감독관, 시험실 밖으로까지 왔다 갔다 하는 감독관, 하릴없이 통로를 배회하는 감독관도 많이 있습니다. 특히 경희대의 경우에는 문 바로 앞에 앉게 됐는데, 시험시간에 감독관이 교실 안팎을 계속 왔다 갔다 해서 정말 집중할 수가 없었습니다. 평소 모의고사를 볼 때부터 교탁 바로 앞이나 통로 쪽에 앉아서 이런 것에 무뎌지는 연습을 하기 바랍니다.

모의고사는 내가 어느 파트를 보완해야 하는지를 알 수 있는 데이터로 활용했으면 합니다. 저는 단순히 자극받는 용도로만 활용했기 때문에 더 강조해서 말하고 싶습니다. 제 경우에는 단어를 몰라서 논리 문제에서 틀리면 '나중에 단어 외우면 되지.'하는 생각을 했는데, 미룬 것은 끝까지 못하게 되더라고요. 내일이 시험이라고 생각하고 모의고사에서 보완해야 할 부분이 드러나면 바로바로 공부하기 바랍니다. 영어시험은 문법, 단어, 독해가 상호작용해서 점수로 드러나는 것인 만큼 그때그때 보완을 하면 점수가 폭등하는 시기도 앞당겨질 것이라 생각합니다.

■ 11월 ■

시간이 흘러 모집요강 발표가 나던 날, 단연 이슈는 모집인원이었습니다. 작년도에 비해 모집인원이 40% 이상 축소되는 게 사실화되면서 학원 분위기도 붕 떴고 저 또한 불안감이 커졌습니다. 특히 제가 다녔던 학원은 영어권 대학을 다니다가 귀국한 학생들이 많았기 때문에 휴게실에서 영어로 통화하는 학생들도 더러 있었고 감탄사로 'oh my'를 외칠 정도로 영어가 친숙한 학생들도 많았기에 자신감이 많이 떨어졌습니다. 불안감에 친구를 찾았을 때, "네가 지금 영어가 좌지우지하는 편입시험장에 몸담고 있어서 영어 잘하는 학생이 잠깐 잘나 보일 수 있지만, 너랑 다 같은 학생이니 절대로 기죽지 마라."면서 위로해줬습니다. 학원 조교 선생님도 "모집인원이 아무리 줄어들어도 붙을 학생들은 다 붙어요. 계속 하던 대로 하면 돼요."라며 북돋아줬습니다. 그때도 그렇고 편입입시가 끝난 지금 와서 생각하기에도 모두 맞는 말이었다는 생각을 합니다. 올해 모집인원은 제가 시험 보던 때보다 더 늘 수도 있고 더 줄 수도 있겠죠. 하지만 지극히 상식적으로, 정말 열심히 한다면 그 바늘구멍 같은 모집인원에 본인이 드는 것도 그렇게 터무니없는 일은 아닙니다. 경쟁률에 압도돼서 '내가 이걸 어떻게 뚫어?' 하는 쓸 데 없는 좌절감으로 시간을 허비하는 일은 하지 않았으면 합니다. 차라리 '그 자리가 내 자리다. 나 붙으라고 난 자리다.' 생각해야 합니다.

■ 이듬해 1월 ■

12월 말 고려대의 쿠엣(KUET)을 시작으로 1월이 되면 본격적으로 시험시즌이 됩니다. 저는 1월에는 기출문제와 단어책을 중점적으로 공부했습니다. 사실, 편입은 당해 출제를 맡은 교수님이 유형을 바꾸면 그만이라, 수능만큼은 기출이 강조되지 않습니다. 하지만 기출을 풀어보면서 이 학교가 주로 어떤 문제를 내왔는지, 주로 어디에 답의 근거를 놓는지 알고 시험장에 들어가는 것은 그렇지 않은 것과 분명 차이가 있으리라 생각했습니다.

▲ 숫자는 시험 년도, A · B는 오전 · 오후 유형(서항 09A는 서강대 09년도 오전 유형). 밑줄은 최종 복습이고, 날짜 옆에 쳐 놓은 것은 실제 시험입니다.

저는 시험일정과 맞춰서 날을 잡고 기출을 '한꺼번에' 풀었습니다. 해당 학교의 기출을 한 번에 풀면 이 학교는 어디에 답의 근거가 많이 있는지, 이 학교의 문제는 어떻게 풀어야 답이 빨리 보이는지 감이 오는 것 같았습니다. 기출문제를 풀 때는 실제 시험의 제한시간보다 많게는 15분까지 단축하여 풀었습니다. 문제를 푼 후에는 바로 채점하고 틀린 문제를 다시 풀었습니다. 틀린 것은 다시 풀고 맞춰볼 때는 틀린 이유(main idea를 잘못 잡았다, 문단의 첫 문장을 고려하지 않고 문제를 풀었다 등)도 적었습니다. 또한 기출을 푸는 것 외에는 빨간 형광펜 밑줄이 많은(해석 안 되는 부분이 많았던) 독해 지문과 마무리 용도로 풀었던 문법 문제들을 복습했습니다.

편입시험은 1월 내내 본다고 해도 과언이 아닌데, 목표로 하는 대학의 시험을 봤거나 초기에 시험 본 대학들의 1차 발표가 나면 이제 끝났다는 생각에 점점 공부에 소홀해지게 됩니다. '죽 쒀서 개 주는 때가 1월'이라는 말도 합니다. 실제로 입시설명회에서 강사들이 하는 말은 다 같을 정도에요. "1월은 학생들이 붕 떠서 공부를 안 하기 때문에 성적이 많이 떨어지기도 하지만, 반대로 이때 꾸준히 한 학생은 성적이 많이 오르기도 하는 때입니다." 수능 준비하면서 D-100 시즌이 정말 중요하다는 말을 많이 들어보셨을 거예요. 그 100일의 기간이 편입으로 치면 1월입니다. 절대로 들뜨거나 낙담하지 마세요. 저는 수능 D-100 시즌 때 성적이 잘 나오지 않았기 때문에 시험에 임박해서까지 성적이 만족스럽지 못하면 초조해지고 자포자기의 심정이 되는 것을 알고 있습니다.

사실대로 말해서 편입 영어는 수능에 비해 문항 수가 워낙에 적고, 문제 유형이 바뀔 수도 있고, 모집인원의 축소 등 여러 가지 이유로 결과를 예측할 수 없습니다. 수능도 뚜껑 열어봐야 안다고 하지만, 편입은 수능과 비교도 안 될 만큼 변수가 많은 시험입니다. 무엇보다 영어의 특성상 어느 정도 수준이 돼야 실력이 드러나고 점수가 폭등하기도 합니다. 실제로 2012년에 시험 봤던 한 조교 선생님은 학원 최종 모의고사(12월 초)에 비해 당해 영어시험에서 50점 가까이 점수가 올랐답니다. 계속 점수가 낮았지만 아직 여물지 않은 것뿐이라고 생각하고 계속 공부한 결과라고 합니다. 그래서 자만해서도 안 되지만, 일찍부터 포기하는 것도 어리석은 짓입니다.

저의 경우, 지원한 학교는 서강대, 중앙대, 한양대, 성균관대, 이화여대, 숙명여대, 가톨릭대, 경희대, 한국외대 총 아홉 곳이었습니다. 대부분 학교의 시험을 치르고 서강대, 중앙대, 한양대의 1차 발표가 나는 날이었습니다. 각 학교별 가채점 점수가 72, 75, 90(3개 틀림)이었기 때문에 다른 학교는 몰라도 한양대는 붙을 것이라고 내심 기대하고 있었습니다. 하지만 1차에서부터 모두 떨어졌고, 딱 올해부터 줄어든 모집인원 때문에 기껏 성적 올려놓았는데도 떨어졌다는 허무함이 몰려왔습니다. 무엇보다 성적이 한양대와 비슷한 다른 모든 학교에서도 떨어질 것이라는 생각에 아무것도 눈에 들어오지 않았습니다. 그때가 가톨릭대, 경희대, 한국외대 시험이 남은 시점이었는데, 경희대와 한국외대는 제가 원하는 심리학과가 아예 개설돼있지 않았고, 가톨릭대 심리학과는 독하게 준비한 것이 허무하게 끝나는 것 같아 가고 싶지 않았습니다. 재수를 하겠다는 생각에 엄마한테 더 이상 시험도 보지 않고 공부도 안 하겠다고 말했습니다. 당해 편입시험에서 기대도 사라졌고 좀 쉬다가 내년을 기약하며 다시 공부할 마음이었습니다. 엄마는 "일단 붙고 보자. 네가 선택권을 갖고 있고, 그것으로 선택하는 것과 선택권도 없이 그냥 안 하겠다고 하는 것은 다르다. 마음이 바뀌어서 그 남은 학교에 가고 싶어질 수도 있는 것 아니겠느냐."며 설득했습니다.

수긍하고 시험은 봤지만 공부는 시험 전날에 작년도 기출 한 회를 푸는 것 외에 아무것도 하지 않았습니다. 때문에 이 세 개 학교는 감이 굉장히 떨어진 상태에서 시험을 본 것이라 모두 성적이 낮았습니다. 가채점 할 때 보니, 계속 공부하던 상태에서 시험을 봤다면 충분히 맞힐 수 있을 것 같은 문제가 눈에 많이 띄었습니다. 가톨릭대와 한국외대는 예비번호도 받았기 때문에 '조금만 더 했으면 복수 합격의 기쁨도 누려볼 수 있지 않았을까' 하는 생각을 합니다. 무엇보다 끝까지 최선을 다하지 못했다는 것에 아쉬움이 남습니다. 때문에 올해에 시험을 보시는 분들은 중간에 포기하지 말고 끝까지 최선을 다하셨으면 합니다. 경험상으로도 초기에 시험 본 학교에서 떨어졌다고 해서 나중에 본 학교까지 떨어지는 것은 아니더라고요. 같은 성적이라도 지원 인원이나 다른 학생 성적에 따라 충분히 붙을 수 있습니다. 이것이 학교별로 시험을 보는 편입의 장점이기도 하니 잘 활용하길 바랍니다.

편입 공부로만 지냈던 시간들

입시는 단거리보다 장거리에 가깝기 때문에 단어 암기 방법이나 공부 팁을 하나 더 아는 것보다 굳건한 의지가 합격을 결정짓는다고 생각합니다. 즉 편입만 보고 생활하는 것, 심플한 스케줄로 하루도 거르지 않고 차곡차곡 실력을 올리는 것 등이 정말 중요한 것 같습니다. 때문에 수험생 분들은 공부 방법에 앞서 생활습관이나 마음가짐을 다시 한 번 생각해보셨으면 합니다. '누구나 동경하는 A대가 날 탐낼 만큼 난 열심히 살고 있는가?'

저는 2학년 1학기가 시작되는 때부터 학교 근처 학원에 다녔습니다. 집이 학교랑 멀어서 자취를 하고 있었기 때문에 학교 근처에서 학원을 다니는 것이 좋았거든요. 또 입시는 정보력이 중요하기 때문에 대형 학원에 가야 한다는 생각도 있었고요. 하지만 학원만 등록해놓고 편입에 거의 신경을 못 썼습니다. 당시에는 성적장학금을 받기 위해 편입보다 학점이 더 중요했고, 몸담고 있던 학교 신문사도 선배들이 졸업이나 군대 등으로 인해 한꺼번에 나가는 바람에 인원이 줄어서 제가 나갈 수 없었습니다. 때문에 학과 공부, 편입과 신문사를 한 학기 동안 병행할 수밖에 없었습니다. 처음에는 학기 초 특유의 넘치는 의욕으로 할 수 있다고 생각했는데, 시간이 지나면서 점점 지쳐갔습니다. 육체적으로보다 심리적으로 부담을 느끼고 생활패턴이 복잡하니까 스트레스가 쌓였습니다. 결과적으로 그 어느 것도 제대로 못했던 것 같습니다. 신문사에서는 일을 제대로 못해서 마찰을 빚었고, 편입 공부는 학원 출석과 숙제만 해가는 식이었습니다. 그렇게 한 학기가 지나갔고, 여름방학이 되면서 용인 집으로 내려갔습니다. 강남에 있는 학원에 갔는데, 이 학원은 일정 수준 이상의 학생만 받아서 면학 분위기도 좋고 선생님도 잘 가르쳐주셨습니다. 계속 이곳에서 공부하기로 하고 학교 앞 자취방을 나왔습니다. 이 여름방학부터 본격적으로 편입에 매달렸던 것 같습니다.

■ 공부는 혼자 ■

여름방학부터 2학기를 거쳐 시험시즌까지 다른 모든 것은 제쳐두고 편입만 생각했습니다. 학교 신문사를 비롯해서 카카오톡이나 페이스북도 탈퇴했고, 그렇게 좋아하는 친구들과도 연락을 모두 두절한 채 핸드폰도 거의 가지고 다니지 않았습니다. 새로운 사람을 만나 친해지는 것을 워낙에 좋아해서 일부로 학원에서도 말을 거의 하지 않았고 아는 사람도 만들지

226

않았습니다. '공부는 혼자 하는 것'이라는 말은 한 번쯤 들어봤을 정도로 굉장히 많이 언급되는 말입니다. 편입 공부도 마찬가지입니다. 친구들끼리 정보를 공유한다고 하나, 정말 합격 여부를 결정지을 정도로 중요하고 정확한 정보라면 학원 선생님들이 알려주실 거예요. 친구들과 같이 공부(?)하는 것은 얻는 것보다 잃는 것이 많다고 생각합니다. 실제로 같이 공부하는 오빠 얘기, 친구랑 싸운 얘기 등 입시와 전혀 무관한 이야기로 복도에서 시간을 다 보내는 사람들을 많이 봤습니다. 물론 같이 모여서 스터디 하는 것으로 득을 본 사람들도 더러 봤지만, 스터디도 공부 목적으로 현명하게 조절할 수 있는 사람만 활용이 가능하다고 봅니다.

저는 주말이나 크리스마스, 추석 같은 연휴에도 같은 시간에 학원 자습실에 가서 공부하고, 학원 마감하는 시간에 집에 오곤 했습니다. 이것 또한 하루 이틀 쉰다고 집에 있으면 다음 연휴에도 쉬게 되고, 스스로에게 점점 관대해질까봐 처음부터 철저히 게 학원에 나가 공부했습니다. 당시 런던올림픽 축구나 여수엑스포 봉사활동도 포기했고, 특히 여름방학에는 엠티나 친한 남자 동기들의 군대 송별회도 많았지만 결과적으로 모두 가지 못했습니다. 수능이 그랬듯이 편입도 여름방학이 피크인데, 놀 것 다 놀면 떨어질 게 뻔했습니다. 여러 가지 아쉬운 기회나 자리가 많았지만, 돌이켜보면 그래도 최선이었다고 생각합니다.

■ 월요일 123456789교시 ■

편입 공부 기간 동안 모든 생활패턴을 편입에 맞췄습니다. 학교를 다니면서 편입을 준비했는데, 효율을 위해 학교 가는 날과 학원 가는 날을 분리했습니다. 학교는 노원구에, 학원은 강남에, 집은 용인에, 너무 멀었기 때문에 오가는 시간이 많이 걸렸고, 무엇보다 심리적으로 학교 갔다가 학원에 오면 피곤하고 긴장이 풀어질 게 뻔했습니다. 학원 수업이 없는 월요일에 1교시부터 9교시까지 풀로 학교 수업을 듣고, 편입 지원 자격에 모자란 15학점(5과목)을 채우기 위해 인터넷강의를 하나 더 들었습니다. 편입 지원에 전공과목과 교양과목을 구분하지 않았기 때문에 다섯 과목 모두 교양과목으로 신청했습니다. 학교 수업이 저녁 8시 30분에 끝나 집에 가면 밤 10시였는데, 12시 30분까지 영업하는 집 앞 카페에서 전 주에 본 모의고사를 복습하고 집에 들어가곤 했습니다. 돌이켜보면 이렇게 낮을 아예 분리시켰던 것이 힘도 덜 들고 좋은 선택이었던 것 같습니다. 동분서주하지 않고 심플하게 움직일 수 있었기 때문에 복잡함에 스트레스 받을 일도 없었고, 무엇보다 학교 시험기간에 학교 공부에 끌려 다니느라 정작 중요한 영어에 집중 못하는 일이 없었습니다.

■ 공부시간 확보 ■

공부할 때는 최대한 공부시간을 많이 확보하려고 노력했습니다. 학원 선생님께 질문하는 것 외의 일로 자습실 밖을 들락거려 시간을 낭비하는 일은 없도록 했습니다. 공부시간을 늘리는 데는 스톱워치로 하루 공부시간을 매일 측정해보는 것이 도움이 되었습니다. 하루 공부시간을 매일 측정해 한 곳에 적어 놓으면 그날그날을 비교해 돌아볼 수도 있고, 공부시간이 적은 경우에는 반성하며 각오도 다질 수 있기 때문입니다. 24시간에서 잠자는 시간, 수업 시간, 질문 시간, 밥 먹는 시간 등을 뺀 것을 목표로 제가 실제 공부한 시간과 비교하기도 했습니다. 달력에 모두 기록했는데, 달력에는 공부시간 외에도 주말에 본 모의고사 성적과 백분위도 적었습니다. 이 달력은 계속 자극이 되었습니다.

내가 합격?!

2013년 2월 5일 저녁, 가족 모두 외출 중이었고 혼자 집에 일찍 들어온 날, 이화여대 입학처에서 최종 합격자 발표 중이라는 문자가 왔습니다. 정말 미친 듯이 심장이 뛰었습니다. 컴퓨터를 켜고 입학처 홈페이지에 접속하는 순간까지 '제발 붙여주세요.' 하다가도 '웬만하면 붙여라, 진짜. 인간적으로 열심히 했다.' 이러면서 계속 빌었습니다. 수험번호 치고 모니터를 가렸다가 눈을 감았다가 난리를 치면서 확인을 했는데, 보고 울컥하면서도 좀 놀라서 다시 수험번호를 쳐서 접속했었어요. 같은 화면이 뜨는 걸 보고 얼마나 울었는지 모릅니다. 수험 생활 동안 크게 힘들거나 외로운 것 없이 잘 보냈다고 생각했는데, 그날 우는 걸 보면서 '내가 힘들긴 했나보다.' 싶었습니다.

2월 5일이 공교롭게도 엄마 생신이었고, 엄마의 생신케이크를 사면서 저 스스로도 축하해 주고 싶은 마음에 케이크형 작은 쉬폰빵도 샀습니다. 저녁에 엄마 왔을 때 엄마도 같이 마음 졸이고 저를 안쓰러워했던 만큼 많이 우시더라고요. 이모들과 친구 분들께 전화로 자랑하시기도 하고요. 저는 굉장히 기다렸던 순간인 만큼, 나는 그날 바로 카카오톡 다운받고 페이스북 다시 가입했습니다.

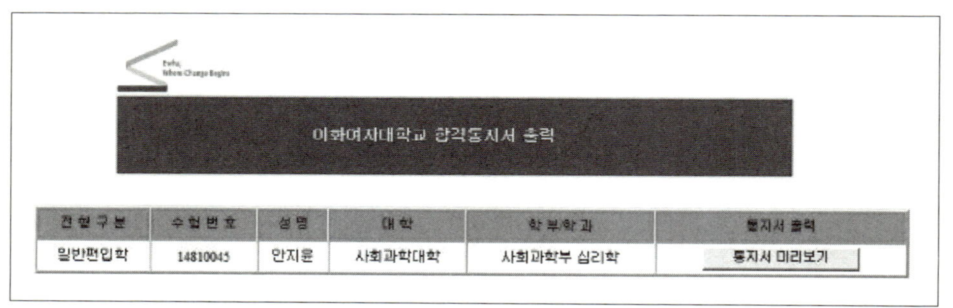

전형구분	수험번호	성명	대학	학부학과	통지서 출력
일반편입학	14810045	안지윤	사회과학대학	사회과학부 심리학	통지서 미리보기

합격 이후 생활

편입을 거쳐 이화여대로 오면서 가장 크게 느낀 차이는 학교 운영처가 굉장히 활발하다는 거예요. 우선 경력계발센터는 채용과 인턴 공고를 수시로 공지해주고 업계에서 일하는 분들에게 직접 멘토링 받는 직무스쿨도 매년 개최합니다. 대기업에서 오는 설명회도 많이 열리고, 취직한 졸업생들을 초청해서 열리는 강연회도 많습니다. 특히 언론홍보영상학부 졸업생 강연회는 아나운서, 신문사와 방송국 기자, 방송국 피디, 패션 에디터로 활동하는 선배들이 오기 때문에 인기가 정말 높습니다. 그 외에 국가고시 준비반도 활발히 운영되고, 특강도 다양하게 열립니다. 제가 입학한 때부터 지금까지는 박원순 서울시장, 포스코 첫 여성 임원인 오인경 상무, 한비야 씨, 하버드 첫 여성 총장인 파우스트 총장, 핀란드 첫 여성 대통령인 할로렌 전 대통령이 초청강연자로 다녀갔습니다. 학점을 교류하는 학교도 SKY, 서강대, 성균관대, 카이스트 등 굉장히 많고, 국외 교환대학교도 다양합니다. 편입을 통해 좀 더 좋은 학교에 가게 되면 얻을 수 있는 것들이 기대했던 것 이상으로 많았습니다.

■ 동아리 ■

편입을 하면 학사편입한 분들까지 포함해서 편입생들끼리 뭉쳐 다니게 되는 것이 일반적입니다. 저는 같이 편입학한 언니들도 정말 좋지만, 편입으로 들어온 것과 신입학으로 들어온 것 구분 없이 사람들을 많이 사귀고 싶었습니다. 때문에 교내 중앙 동아리를 주로 알아봤습니다. 학교에 소속감도 더 가질 수 있고 적응에도 도움을 받을 수 있는 등 편입한 학생들에게는 연합동아리보다 교내 동아리가 더 좋은 것 같습니다. 저는 '이화불교학생회'와 학교 경력계발센터 산하 문화기획동아리 '이루다(ERUDA)'에서 활동하고 있습니다.

■ 편입생이라는 편견 ■

편입이고 여대로 가는 것이었기 때문에 "친구 사귀려면 네가 노력을 많이 해야겠다."는 등 주위에서 걱정 어린 말을 많이 들었습니다. 저는 워낙에 낯가림이 없어서 별 걱정 없이 입학을 하고 동아리도 적극적으로 알아봤습니다. 편입생에 대한 차별은 한 학기가 다 지난 지금까지도 거의 느끼지 못했습니다.

'이화불교학생회'에는 심리학과 동기들과 언니들이 꽤 있었는데, 이번에 편입으로 온 것을 알게 된 후로 전공시험에 대한 팁도 많이 알려주고 교수님 특성도 얘기해주면서 먼저 챙겨주는 게 많았습니다. 다른 학과 언니들도 요즘 고민 없냐고 물어봐주기도 하고, 힘든 거 있으면 얘기하라고도 하고, 주위에서 들었던 '카더라' 소문들과는 많이 다른 모습이었습니다. '이루다' 문화기획 동아리도 신입 경쟁률이 2.5:1일 정도로 꽤 높았는데, 같이 지원한 편입생 언니와 저 둘 다 붙어서 지금 활동하고 있습니다. 편입생에 대한 차별은커녕 전적대학에서 학교 신문사를 했던 것이 스펙처럼 작용해 붙을 수 있었던 게 아닌가 생각합니다. 여태 많은 학교 벗을 사귀었지만, 이방인 취급한다든가 정식 이대 학생으로 보지 않는다든가 하는 시선은 느끼지 못했습니다.

사실, 정시 가나다군 중 특정 학군으로 학교에 들어간 것이라고 해서, 수시로 들어간 것이라고 해서 차별 받을 이유가 없듯이, 편입학 전형으로 들어간 것도 차별 받을 이유가 없습니다. 어디까지나 입학 전형 중 하나이고 부정 입학이 아닌 만큼, 쓸 데 없는 자기위축으로 기죽어서 소극적으로 없는 듯 지내지는 않길 바랍니다.

단, 새로운 학교에 맞춰 공부도 착실히 하고 인간관계도 열심히 할 필요는 있는 것 같습니다. 확실히 전적대학에 비해서 시험 난이도가 높고 학점 따기도 어려운 게 사실입니다. 때문에 학점을 못 따면 그냥 '영희'라서 '철수'라서 못하는 것이 아니라, '편입생'이라서 적응을 못하는 것으로 비춰질 수 있더라고요. 그리고 무엇보다 편입생에 대한 차별에 있어서는 어디까지나 자기 하기 나름입니다.

■ 힘들지만 괜찮아, 나쁘지 않아 ■

앞에서 잠깐 언급했는데, 저는 고등학교 3년 내내 성적이 계속 떨어졌습니다. 대학 입학한 후에 열심히 했는데도 성적이 계속해서 떨어졌던 이유에 대해 여유를 갖고 생각해봤습니다. 그때 결론을 내린 것이 스트레스입니다. 수험생 때 스트레스 받지 않는 학생이 어디 있겠냐마는, 저는 유독 공부 잘하는 친구들과 제 자신을 비교해가며 모든 일에 일일이 스트레스를 받았던 것 같습니다. 스트레스를 과도하게 받다 보니 중압감에 무기력해지고, 정작 해야 할 공부에 집중하지 못했던 것 같아요. 하지만 돌이켜보니 사소한 것에도 우울해지거나 서러워하며 일일이 압박감을 느낄 필요가 전혀 없었다는 생각이 들었습니다.

때문에 편입 공부하기 전부터 '이번엔 의식적으로 기분을 좋게 하고 스트레스를 받지 말자'고 다짐했습니다. '스트레스 받을 일은 만들지 말자'와는 다른 이야기입니다. 특정 일이 생기고 안 생기고는 사람 능력 밖의 일이기 때문에, 이를 컨트롤하려고 한다면 더한 스트레스를 받을 거예요. 하지만 같은 상황에도 무디게 반응하고 기분을 좋게 유지하려고 하는 것은 노력으로 어느 정도 가능한 일입니다.

저도 주위에 수능으로 만족스러운 대학에 합격하여 대학생활을 즐기는 친구들이 있었습니다. 하지만 고등학생 때처럼 쓸데없는 비교로 자괴감에 빠지기보다는 '다 잘 되려고 이러는 거야. 지나고 보면 다 과정처럼 느껴질 거야.', '광운대 다니면서 사람들도 많이 만났고 적성에 대해서 생각도 많이 했잖아. 나름대로 시간 잘 보냈어. 뒤처진 게 아니야.' 등 스스로를 다독였습니다.

그 외에도 많이 웃으려고 노력하니까 작은 일에도 피식피식 웃음이 나오더라고요. 문 닫히는 엘리베이터를 가까스로 잡았다든가, 비오는 날 학원 로비에서 미끄러질 뻔 했다든가, 학원 복도에서 어떤 여학생이 경상도 사투리로 귀엽게 말하든가 등의 정말 작은 일에도 말이죠. 지금 돌이켜보면 좀 민망하지만, 당시에는 자꾸 웃다 보니 나 홀로 하는 입시생활도 할 만한 것 같았습니다.

특히 시험이 다가올수록 사소한 것에 서러워지기도 하고 불안하기도 한 날이 많아지기 마련인데, 제 풀에 지치거나 자포자기 심정으로 시간을 허비하지 않도록 마음을 잘 컨트롤했으면 합니다. 입시에 있어서 어떻게 보면 시간관리보다도 붕 뜨지 않게, 침체되지 않게 마인드를 관리하는 게 더 중요하다고 생각합니다.

고3 수능을 준비할 때 인강 선생님이 "공부 안 해서 성적 올려놓지도 않았으면서 운으로 수능 성적이 높게 나오는 기적을 바라지 마라. 기적은 만드는 것이다."라고 말한 적이 있습니다. 저는 이화여대 심리학과에 들어간 것이 기적처럼 느껴져요. 미화하려는 게 아니라 '2등이랑 내가 몇 점이나 차이가 났을까?' 생각하면 정말 운이 좋았던 것 같아요. 인문계 일반편입이었고, 모집인원도 1명뿐이었는데다가, 이화여대가 아니었으면 재수를 해야 했으니까요. 그런데 원하던 심리학과에 그것도 필요하다면 복수전공도 할 수 있는 학교에 합격했습니다. 심지어 영어 공부하느라 전공 공부를 못했는데, 면접에서 전공 관련 질문도 없었습니다.

모집인원이 터무니없이 줄었고 세상에 영어 잘하는 사람들은 많고, 이런 악조건으로 시작도 하기 전에 포기하는 사람도 있겠지만, 정말 독하게 편입만 바라보고 생활한다면 성적에 맞춰 운도 따르는 것 같아요. 편입을 통해 단순히 좋은 대학교에 진학하는 것을 넘어, 무언가에 몰입하는 경험을 할 기회로 만들길 응원하겠습니다.

mcstar@nate.com

12 나를 바꾸고 싶었던 절실한 이야기

편입을 준비하는 전문대생에게 바치는 수기

이훈희

[대림대(전문대) ➡ 명지대]

- **일반편입**
- **전적대학** : 대림대학(전문대) 문헌정보(3.8/4.5)
- **편입대학** : 명지대학교 신소재공학과(75/100, 경쟁률 33:1)
- **나이** : 28세
- **성별** : 남자
- **합격한 학교**
  - 한국산업기술대학교 신소재공학과(2.3:1)
- **불합격한 학교**
  - 한국외국어대학교 산업경영공학과

명지대학교 신소재공학과 4학년에 재학 중인 편입생 이훈희라고 합니다. 저는 안양에 소재한 대림대학을 졸업했습니다. 솔직하게 이야기해서 전문대를 다니는 제 자신이 싫었습니다(절대 학교를 비하하는 것은 아닙니다). '나는 내 삶에 대해서 내가 다니는 학교에 대해서 만족하고 살고 있다'고 아무리 외쳐보아도 사회에서 메아리쳐 돌아오는 것은 그냥 2년제, 전문대생의 타이틀이었습니다. 제가 아무리 잘나고 능력 있어도 전문대라는 그늘에 가려져 멸시받고 하대받기 일쑤였습니다.

이하영

편입! 정말 어려운 결정

편입을 결심하고 준비하기 위해 여러 정보들을 찾아보았으나 전문대 출신인 저에게 꼭 맞는 합격수기는 없었습니다. 인 서울 대학에 다니는 학생들이 불과 몇 개월 남짓 열심히 해서 더 좋은 곳에 합격한 수기, 또 해외에서 몇 년간 몇 십 년간 살다가 귀국하여 편입시험을 준비해서 합격한 수기, 기존에 토익이나 토플 등 각종 영어 관련 고득점자들의 수기가 대부분이었습니다.

그렇다면 저는요? 영어의 알파벳 순서가 헷갈려 항시 ABCD송을 머릿속으로 되뇌어 보는 저 같은 사람의 합격수기는 찾기가 너무 힘들었습니다. 울분이 터졌습니다. 세상은 정말 불공평해 보였고, '너무 나태하게 그렇게 인생을 허비했구나!' 하는 생각과 함께 스스로 무너지고 있었습니다. 커다란 자괴감으로 가슴에 못이 박힌 채로 말입니다. 이것이 제가 합격수기를 쓰는 이유입니다. 정말 나에게 그리고 나와 같은 위치에 있는 사람들에게 꼭 맞는 합격수기를 만들고 싶었습니다.

■ 미래에 대한 두려움 ■

전공(문헌정보)을 살려서 관련 일자리를 알아보던 중, 2009년 이화여대 중앙도서관에서 2년 계약직으로 일을 하게 되었습니다. 당시 도서관에서 일하며 외국인 교환학생들을 많이 상대했습니다. 하지만 영어가 서툴러서 외국인들이 문의할 때마다 어디로든 숨고 싶었고, 마주하는 것만으로도 심장이 벌떡벌떡 뛰었습니다. 반면에 나와 동갑이었던 여자 선생님은 외국인과 자유롭게 영어로 소통하며 여유롭게 안내해주곤 했습니다. 그 모습이 너무나도 멋있어 보였습니다. 그 모습을 보며 '나도 언젠간 학생들이 보는 앞에서 멋들어지게 외국인과 대화를 하겠다.'고 생각하며 제 자신을 설득했습니다. 결심이 명확하게 섰고, 회화 공부를 열심히 하기로 했습니다. 근무지가 대학교 도서관이었기에 영어 자료를 쉽게 접할 수 있었습니다.

당시 직장과 집, 운동, 그리고 회화 공부 딱 4가지만 하고 살았습니다. 그만큼 회화 공부에 푹 빠지게 된 것입니다. 몇 개월이 지나서 조금이나마 외국인에게 안내를 할 수 있게 되었고, 꿈에 그리던 학생들 앞에서의 외국인과의 대화도 볼을 꼬집어볼 만큼 몇 번씩이나 실현시켰습니다. 하지만 이러한 기쁨도 잠시였습니다. 도서관 밖에서 외국인을 마주할 때면 그 어떤 대화도 할 수가 없었습니다. 왜냐하면 영어 실력이 유창해진 것이 아니라, 한정적인 공간에서의 익숙함, 즉 도서관용 회화만 할 줄 알았기 때문입니다. 당연한 결과였지만, 영어에 유창해진 것이 아니라는 사실에 망치로 한 대 얻어맞은 기분이었습니다. 오기가 생겼습니다.

‘회화 공부를 열심히 해서 남들 앞에서 보란 듯이 유창하게 외국인과 대화를 해보자.’ 영어를 하려면 영어를 구사하는 고장에 가서 배워야 제대로 배운다는 생각에 마음이 앞서 캐나다 워킹홀리데이에 관해 서둘러 알아보기 시작했습니다. 이후 전력으로 워킹홀리데이를 가기 위한 모든 준비를 마쳤습니다.

그러던 어느 날 야근 후에 혼자 길을 거닐다가 무심코 ‘과연 내가 워킹홀리데이에서 돌아왔을 때 돌아갈 곳이 있을까?’ 하는 생각이 들었습니다. 그 순간 워킹홀리데이 계획은 무너졌습니다. 워킹홀리데이까지 다녀오면 30살에 가까워지는데 학벌주의 사회에서 변변치 않은 학벌에 과연 내가 설 자리가 있을까 두려웠습니다. 이후 미래에 대한 두려움에 1년 더 계약을 연장했습니다.

■ 원하는 것만 보인다 ■

며칠은 기분이 좋았지만, 앞으로 내가 뭘 해야 할지 판단도 안 섰고 미래가 두려웠습니다. 책을 빌리러 오는 학생들을 보면서, 나도 이런 멋진 대학에서 공부하고 싶다는 생각이 점점 더 강해지기 시작했습니다.

확실히 이대 학생들은 내가 다녔던 학교의 학생들과는 달랐습니다. 자기 자신을 위해 밤낮을 가리지 않고 공부하고, 10~20권이나 되는 책을 계속 읽어나가기도 했습니다. 항상 불 밝혀진 도서관 열람실을 보면서, 시험기간에만 반짝 모이는 전적대학 학생들과는 비교가 될 수밖에 없었습니다. 이화여대 학생들을 미화하려는 것이 아니라 실제로 본 것을 말하는 것입니다. 그리고 계절학기, 교환학생 등등 소위 SKY라고 불리는 학교의 학생들이 매번 찾아와 같이 공부하는 모습이 너무나도 부러웠습니다. 부끄러워졌고 내가 전문대 출신이라는 것이 점점 더 싫어졌습니다. 결정적으로 도서관 데스크 옆자리에서 나와 나이가 같은 학생이 박사학위를 취득했다는 이야기를 듣게 됐습니다. 그 순간 ‘공부해보자. 나도 4년제 가보자. 나를 전문화 해보자. 나를 부끄러워하지 말자.’ 하고 결심했습니다. 공부를 갈망하는 열망을 품게 된 것입니다.

세상은 정말 원하는 것만 보이게 되고, 간절히 원해야 이룰 수 있는 것들이 많습니다. 나는 이화여대에서 일하면서 편입을 결심했는데, 그 안에서 나와 같은 처지에 있는 다른 계약직 사람들은 과연 나와 같은 생각을 했을까요? 자신의 현재 위치와 삶을 만족했더라면 나처럼 도전을 하지는 않았겠죠? 지금쯤 다른 삶을 살고 있을 겁니다. 신기하지 않나요? 같은 도서관이라는 공간에서 같이 일하고 같은 경험을 했는데, 전혀 다른 삶을 살고 있다는 것 말입니다.

초짜의 영어 공부법

나는 진짜로 ABC만 쓸 줄 알았습니다. 그러다 회화 공부를 하게 되었는데, 그때야 1·2·3형식 정도는 구분할 줄 알게 되었습니다. 처음에는 진짜 막막했습니다. 편입 문법서를 보니, 이것은 완전히 나와는 다른 세상 책이었습니다.

편입은 영어 한 과목만을 보는 대학이 가장 많습니다. 그러나 대학에 따라 영어+수학 / 영어+수학+전공 / 면접 / 토익+면접 식으로 약간 다르기도 합니다. 때문에 목표로 하는 대학을 반드시 정해놓고 그 대학의 시험 방식에 맞는 공부를 하는 것이 중요합니다.

■ 단어 ■

편입에서 단어는 그 어떤 영역보다 중요하지만, 한편으로는 수능 때 보던 단어책과 비교하면 상상을 초월할 정도로 어렵습니다. 10년 넘게 영어 공부를 하지 않은 사람들은 중고등학교 단어도 외우기 쉽지 않습니다. 그런데 편입용 단어책을 보면 몇 개나 알 수 있을까요?

중고등학교에서 영어 공부를 했지만, 그 수준은 초급입니다. 편입 영어에서는 70% 정도 수능용 고등학교 단어가 나오고, 나머지 변별력을 위한 문제에서 편입용 단어가 나옵니다. 그래서 중고등학교 때 나오는 단어를 먼저 외운 다음에 편입용 단어책을 공부했습니다. 또한 단어 외울 때 망각곡선에 관한 책에서 봤던 '그날 배운 것을 바로 복습하면 기억이 오래 간다'는 점에 착안해 계획을 세웠습니다.

3月	1日	2日	3日	4日	5日	6日	7日	8日	9日
1일	1챕터	2챕터	3챕터	4챕터	5챕터	6챕터	7챕터	8챕터	9챕터
3일			1챕터	2챕터	3챕터	4챕터	5챕터	6챕터	7챕터
7일							1챕터	2챕터	3챕터
15일									
	10日	11日	12日	13日	14日	15日	16日	17日	18日
1일	10챕터	11챕터	12챕터	13챕터	14챕터	15챕터	16챕터	17챕터	18챕터
3일	8챕터	9챕터	10챕터	11챕터	12챕터	13챕터	14챕터	15챕터	16챕터
7일	4챕터	5챕터	6챕터	7챕터	8챕터	9챕터	10챕터	11챕터	12챕터
15일						1챕터	2챕터	3챕터	4챕터

▲ 나만의 단어 외우기 전략

반복을 거듭하는 나만의 단어 외우기 전략은 시간도 절약이 됩니다. 99% 고등학교 단어를 모두 외웠다 싶으면 편입 단어로 넘어갑니다. 편입용 단어는 아주 많으며, 정말 듣도 보도 못한 단어가 쏟아졌지만, 무식하게 자주 보다 보면 전부 외워지게 돼있습니다.

저는 편입생들이 많이 보는 단어책 중 하나를 선정해서 무작정 보고 외우는 방식이 아니라, 그 책만의 구성 특징을 살려 빈출 표제어→정의+추가 단어1→심화학습→추가 단어2→숙어→유사 단어군 순으로 외웠습니다. 그리고 표제어를 외운 후 '정의+추가 단어'를 따로 외우는 것이 아니라 '표제어→표제어 복습+정의+추가 단어1' 이렇게 누적되게 외웠습니다. 단어에서 가장 중요한 것은 복습이었습니다. 정말 양이 방대하고 또 듣도 보도 못한 단어들이기 때문에 금방 잊어버리기 십상이었습니다. 그래서 복습과 반복학습이 무엇보다도 중요하기에 아파서 공부를 못할 상황에서도 단어만큼은 빼먹지 않고 외웠습니다.

여기서 팁 하나 알려드립니다. 단어책을 선택할 때는 책장을 펼쳤을 때 자신이 아는 단어가 50% 이상은 있어야 합니다.

◎쓰지 않고 외웠습니다

처음에는 노트에 빼곡히 적으면서 외웠지만, 머릿속에 들어오지 않았습니다. 수없이 반복하다 보면 쓰지 않고도 외워졌습니다. 편입 단어는 70% 정도가 쉽게 접하는 단어가 아니며, 또한 외워야 할 단어의 양이 방대하기 때문에 외우면 까먹고 외우면 또 까먹었습니다. 시간을 절약하기 위해서 집중 또 집중을 하면서 반복하여 수없이 외웠습니다. 아주 빠르게 말입니다. 이것이 숙달되니까 한 단어를 써서 외우는 동안에 최소 열 단어를 볼 수 있었습니다.

◎전자사전을 이용했습니다

처음엔 편입했다는 사람이 편입 단어는 그 용례를 잘 따져봐야 한다고 조언을 해, 그 말만 듣고 영영사전 두 권을 구입했습니다. 그런데 사전을 찾는 시간이 너무 많이 걸렸습니다. 외우기에도 바쁜데 시간 소비가 너무 많았습니다. 그래서 전자사전을 이용했더니 시간이 훨씬 단축되었습니다.

◎처음에는 편입 단어책을 봤습니다

편입 준비생들이 많이 보는 650쪽이 넘는 편입 단어책을 샀습니다. 그런데 한 챕터를 외우는 데 이틀 이상이 걸렸습니다. 거기다 기본이 없었기 때문에 외우면 까먹기 일쑤였습니다. 뭔가 잘못되었다고 판단하고 고등학교 단어부터 차근차근 외워갔습니다. 그리고 편입 단어책으로 올라갔습니다.

◎그날그날 테스트를 했습니다

독서실에서 하루 공부를 마친 후, 집에 들어가기 전에 스스로 테스트를 했습니다. 편입 준비를 시작한 4월에는 보고 또 봐도 잊어버려서 짜증이 절로 났습니다. 단어 스터디그룹에서도 해봤는데, 제 경우는 자가 테스트가 더 좋았습니다. 자가 테스트를 하고, 틀리는 단어는 별도로 분류하여 외울 때까지 보고 또 봤습니다.

◎처음에는 의미만 외웠습니다

아무것도 몰랐을 때는 그냥 단어의 의미만 외웠습니다. 그런데 품사를 구별해서 외워야 했습니다. 그 이유는 다음과 같습니다.

---

1 다음 밑줄 친 곳에 알맞은 보기를 고르십시오.

English is ______ .　　　　ⓐeasy　ⓑeasily

무엇이 답일까요? 답은 ⓐeasy(형용사)입니다. 문장에서 be동사인 is 뒤가 빈칸이므로 2형식, 따라서 보어 역할을 할 수 있는 형용사 'easy'가 답이 되는 것입니다. 'easily'는 부사이기 때문에 답이 될 수가 없습니다. 처음에 단어를 외울 때 이것이 '부사'인지 '형용사'인지 구분하지 않고 막 외운 것입니다. 그러다 보니 절대로 답을 고를 수가 없었습니다.

■ 문법 ■

제가 5월에 중·고급에 속하는 문법책을 전부 이해하여 우월감에 빠져 있었습니다. '아직 5월인데 벌써 이 책을 끝내다니, 설렁설렁 해도 되겠는 걸!' 자만에 빠져 크게 낭패를 봤습니다. 문제를 풀다 보니 기억에 없었습니다. 그래서 다시 문법 기본서를 보게 되었습니다.

문법도 단어와 마찬가지로 이해만으로는 부족했습니다. 정확하게 외워야만 정확한 독해로 이어졌습니다. 그래서 예문을 빠짐없이 외우기 시작했습니다. 문법도 분량이 만만치 않기 때문에 깊숙이 파고들 필요가 있는지 의문이었지만, 기출문제를 풀다 보면 다시 처음으로 돌아오곤 했습니다.

문법책의 선택이 무척 중요했습니다. 편입 대학의 골인 지점은 동일하지만, 시작점은 천차만별입니다. 저는 중고등학교 때 배운 영어마저 까먹은 상태라서 어떤 책으로 시작할 것인지 고민이 많았습니다. 여기저기 묻기도 하고 직접 서점에서 이 책 저 책 비교도 했습니다. 그러다가 맨투맨의 저자가 쓴 책을 골랐습니다. 지금 생각이지만 영어 초보자나 다름없는 저에게 딱 맞는 책이었습니다. 정말 초보자가 보기에 무방한 책입니다.

그 다음 책은 문제풀이인데, '랜덤형 문제은행식'과 '문법 파트별 고정식' 교재 중에 고정식 문제를 풀었습니다. 내가 외운 문법 사항들이 어떻게 문제로 출제되는지 경향을 파악하기에 좋았습니다. 하지만 파트별 문제집은 동사 파트는 당연히 동사가 답이고, 명사 파트는 명사가 답일 수밖에 없는 이유 때문에 실력이 느는 것은 아니었습니다. 그래서 정답을 맞히는 것보다는 왜 답이 될 수밖에 없는지를 명확하게 파악해 나갔습니다.

그 이후에는 랜덤형 문제를 풀었습니다. 그리고 기본서는 손에서 놓은 적이 없었습니다. 40번 이상 본 것 같습니다. 기본서에 필요 사항이 있으면 추가하여 봤습니다.

문법을 공부할 때의 팁을 드리자면, 어떤 책을 하나 선정했으면 도중에 절대 바꾸는 일이 없어야 합니다. 그 책을 마스터하지 않고 이 책 저 책 섞어서 보다 보면 후반으로 갈수록 혼란이 가중되어 안 본만 못하기 때문입니다. 한 권만 진득하게 공부하는 것이 좋습니다.

■ 독해 ■

시험에서는 독해의 비중이 가장 높기 때문에 정말 중요했습니다. 국어를 잘하는 사람이 독해 점수도 잘 나옵니다. 책을 많이 읽은 사람은 이해력이 높기 때문에 지문을 읽으면서 빠른 반응을 보일 수 있습니다. 이를 알았을 때는 시간이 너무 촉박했습니다. 영어로 된 동화책을 읽으면 실력이 많이 늘겠다는 생각을 했지만, 시간이 많지 않았습니다.

저는 『천일문』이라는 고등학생용 직독직해 문제지로 공부했습니다. 그냥 본 것이 아니라 이번에도 반복, 반복, 또 반복했습니다. 열심히 주어 찾고 동사 찾아서 문장 구조가 한눈에 들어올 때까지 공부했습니다. 문장 구조가 한눈에 들어올 때면 정말 기분이 좋았습니다. 합격을 기대해도 되겠다는 생각이 들었기 때문입니다.

독해에서 아주 중요한 것 중 하나가 숙어입니다. 저도 '정말 이놈의 숙어'라고 할 정도로 외워지지 않았습니다. 숙어를 외우는 것이 죽기보다 싫었지만, 가릴 처지가 아니었습니다. 게으름을 피우면 뻔히 안 된다는 것을 알고 있었기 때문에, 죽기보다 싫었지만 정말 죽자 살자 외웠습니다. 나중에 정말 많은 도움이 되었습니다.

◎단어와 문법 사항을 빠짐없이 외웠습니다

"When it comes to skiing, you can't beat Rodgers."를 그대로 해석하면, "스키가 다가왔을 때 너는 로저스를 이길 수 없다."입니다. 그런데 'When it comes to~ing'는 '~에 관한 한'이라는 뜻입니다. 다시 해석해 보겠습니다. "스키에 관한 한 너는 로저스를 이길 수 없다." 이렇듯 문법을 외우니 독해가 쉬워졌습니다.

◎직독직해와 의역독해

The use of computers / has made / it possible / for more people / to work/ from home.

직독직해는 순서대로 앞에서부터 차근차근 해석해나가면 되지만, 의역독해는 전체 문장을 보는 능력이 있어야 됩니다. 의역독해 능력은 직독직해에서 나온다고 봅니다. 그래서 직독직해를 수없이 공부했습니다.

■ 모의고사 ■

모의고사에서 주목할 것은 점수가 아니라 전체 등수입니다. 실전 편입시험에서 100점 만점에 99점을 맞았다고 한들, 다른 응시자들이 모두 100점을 맞으면 나는 탈락입니다. 편입시험은 상대평가이기 때문에 전체 등수에 주목할 필요가 있습니다.

자신의 점수에 크게 연연하지 않았으면 하는 바람입니다. 어떤 분들은 "나는 아직 준비가 안 되었어. 다음에 봐야지."하는 분들이 있는데, 그러다간 평생 못 봅니다. 지금 꼭 보길 바랍니다.

아플 때는 과감하게 쉬어라!

2011년 2월, 편입을 결심하고 편입학원에 갔습니다. 그동안 회사를 다니면서 모은 돈으로 1년 등록비를 냈고, 열심히 죽도록 해보자는 각오로 시작했습니다. 하지만 날이 갈수록 공부는 안 되고 잡생각만 늘어갔고, 웅성거리는 강의실에서 저 또한 떠들며 하나의 잡음으로 자리매김하는 것이 느껴졌습니다. 이러다가는 뭐든지 안 되겠다 싶어서 학원생활 2주 만에 뛰쳐나왔습니다.

■ 슬럼프 ■

보통 3월부터 공부를 시작하게 되면, 여름(6~7월) 즈음에 강력한 슬럼프가 찾아오게 됩니다. 그리고 11월부터 한 번 더 찾아옵니다. 여름에는 갑작스레 찾아온 무더위 때문에 몸이 지쳐서 공부를 하루에 5시간 정도 하게 되었습니다. 저는 11월부터 사실 공부에서 손을 떼었습니다. 너무나 힘들고 지쳤기 때문입니다.

제가 편입시험을 그리 잘 보지 못한 이유는 아무래도 슬럼프를 잘 극복하지 못해서인 듯합니다. 명지대 시험 보러 갈 때도 공부 한번 안 하고 그대로 들어갔습니다. 저는 슬럼프가 찾아오는 건 쉽지 않고 자기 자신을 궁지에 몰아 공부만 시키기 때문이라고 생각합니다. 꼭 일주일에 한번은 아무 생각 말고 걱정 없이 쉬기 바랍니다. 반드시 쉴 때는 쉬고 공부할 때는 공부하는 준비생이 되셨으면 합니다.

■ 공부시간 ■

"하루에 보통 몇 시간 공부해야 하나요?" 질문하는 사람들이 의아할 정도로 많습니다. 되묻고 싶습니다. "장시간 오래 하면 시험을 잘 봅니까?" 공부는 효율적으로 하는 것이 맞는 것이고, 공부 방법이 중요한 것이지 시간이 중요한 것은 아닙니다. 하루에 사람이 뇌를 풀가동 할 수 있는 시간은 8시간 정도입니다. 그 이상 앉아있는 것은, 공부를 안 하면 불안한 심리 때문입니다. 스스로 한번 공부를 해보고, 시간을 측정하시기 바랍니다. 몇 주 정도 공부하시게 되면, 자신의 바이오리듬과 공부 방법 등이 눈에 보이게 됩니다. 그에 맞게 공부하세요. 절대적으로 어떻게 해라! 몇 시간 해라! 이런 룰은 절대 없습니다.

사람이니까 공부하다 보면 아플 수 있습니다. 근데 더러 아픈데도 안 쉬고 나와서 공부하는 학생들이 많습니다. 솔직히 아픈데 공부가 제대로 되겠습니까? 시간낭비 하지 말고, 하루 푹 쉬고 다음 날부터 씩씩하게 공부하면 됩니다.

■ 공부에 임하는 자세 ■

공부하기 전에 마음가짐부터 다잡자고 생각했습니다. 『불합격을 피하는 법』을 읽게 되었습니다. 이 책은 공부하는 방법과 생활법에 대해서 아주 자세히 나와 있습니다. 그래서 많은 도움이 되었으며, 편입 준비 내내 나의 멘토가 되어준 책입니다.

저는 공부를 단 한 번도 제대로 해본 적이 없기에 우선 앉아있는 것부터 습관을 들여보자 해서 동네 시립도서관에 갔습니다. 하지만 공부는 고사하고 잠자기에 바빴습니다. 공부하다가도 산만하게 핸드폰을 만지작거렸습니다. 그러면 자기반성을 하고 다시 시작했습니다. 여러 번 반복 또 반복 되었습니다. 그리고 앉아있는 연습에 몰두했습니다. 처음에는 1시간 버티는 것도 힘들었는데, 차츰차츰 그 어떤 것에도 신경 쓰지 않고 공부에만 매진하다 보니, 마음이 여유로워졌습니다. 그러다 3시간, 5시간 공부시간이 점점 더 늘어나 보통 10시간씩은 공부를 할 수 있게 되었습니다.

많은 사람들이 엄청 고민하는 부분입니다. 학원이 좋을까? 독학이 좋을까? 과외가 좋을까? 자신의 여건과 스타일에 맞는 것으로 골라야 합니다. 하지만 개인 스타일 알아볼 시간이 현실적으로 부족하기 때문에 선택에 고민이 될 수밖에 없습니다. 제 경험을 토대로 장단점을 알려드립니다.

첫째는 외롭지 않습니다. 같은 목표를 가지고 있는 사람들끼리 모였기 때문에 언제 어디서든 공부할 수 있는 힘을 얻을 수 있습니다.

둘째는 스터디를 비롯하여 이것저것에 맞춘 기능성 특강, 무료 모의고사 등을 쉽게 접할 수 있습니다. 그리고 학원 내에서 얻을 수 있는 정보가 굉장히 많습니다. 학생들이나 강사님들의 입을 통해서 질 좋은 정보를 얻을 수 있기 때문에 변화하는 시험에 대해서 누구보다 빠르게 적응할 수 있습니다.

셋째는 경쟁의식 고취에도 좋습니다. 아무래도 학원에 있으면 경쟁심이 많이 생기게 됩니다. 일주일이나 한 달에 한 번씩 보는 모의고사, 매일매일 보는 단어 쪽지시험, 스터디에서 보는 시험 등 자신의 위치를 매일매일 확인해가며 공부할 수 있기 때문에 현재 위치를 정확하게 파악하는 데에도 좋습니다.

넷째는 스타 강사에게 수업을 받는 것도 장점입니다. 보통 종로나 강남에 스타 강사분들이 많이 있습니다. 개인적인 견해로는 확실히 명성 있는 선생님들이 도움이 됨은 사실입니다.

첫째는 돈이 상당히 많이 필요합니다. 수강료 외에 교통비와 식사비는 기본이고, 친구들이 많이 생기니 가끔은 술도 마시게 됩니다. 그 외에 학원은 도심에 있기 때문에 눈에 보이는 것이 많아 현혹되어 지출이 늘어나게 됩니다.

둘째는 대인관계입니다. 편입 공부를 하게 되면 같은 처지의 사람들을 사귀게 되는데, 문제가 됩니다. 만나서 한번 수다를 떨기 시작하면 멈출 줄 모르고 시간을 허비하게 됩니다. 그러면 점점 더 공부는 안 하고 다른 길로 빠져드는 자신을 보게 될 겁니다. 자제력을 잃게 만든다는 말이죠. 솔직히 공부하는 것보다 자신의 처지와 같은 사람들과 얘기하는 것이 좋기 때문에 푹 빠지게 됩니다.

셋째는 연애입니다. 몇몇 솔로인 학원생들은 학원에서 자신의 짝을 찾게 됩니다. 매일매일 보는 이성에게 점점 더 끌리게 되는 것입니다. 공부는 안 하고 그 이성의 거취가 더 궁금해집니다. 그러면 공부는 멀어지게 됩니다. 애인이 있는 사람도 마찬가지입니다. 편입 공부를 하려면 최소 8~9시간 이상은 해야 합니다. 그러면서 이성친구와 싸우기도 많이 합니다. 물론 뒷바라지 잘해주는 애인도 많이 봤고, 학원 내에서 같이 사귀면서 서로 힘내서 시너지효과를 내는 커플도 보긴 했습니다만, 거의 드뭅니다. 학원 끝나고 술 먹거나, 학원 내에서 애정행각 벌이는 커플들이 대다수입니다.

넷째는 단체생활에서 오는 이질감입니다. 혼자서 밥 절대로 못 먹는 사람이 있습니다. 혼자 밥을 먹으면 자기가 원하는 시간에 맞춰 밥을 먹고 빨리 제자리로 돌아와 공부에 임할 수 있지만, 같이 먹으면 같이 먹을 시간과 장소를 정해야 하고 시간 가는 줄 모르고 폭풍수다를 떨게 됩니다. 반면에 익숙해지지 않아 혼자 먹으면서 체하는 사람도 있습니다.

■ 독서실 고르기 ■

저는 독학을 했습니다. 하루에 최소 10시간 정도 공부하면서 "안녕하세요."와 "안녕히 계세요." 이 두 마디로 하루를 마감한 적이 많습니다.

독서실은 우선 사장님과 총무가 좋은 사람이여야 합니다. 이것이 굉장히 어려운 문제입니다. 시간이 지나봐야 알 수 있는 정보이기 때문에 판별하기가 쉽지 않습니다. 예를 들어 사장님이 오지랖이 넓으면 독서실 다니는 학생들마다 이리저리 참견을 합니다. '너 무슨 시험 준비하느냐?', '잘 봤느냐?', '넌 얘보다 잘하느냐?', '이번에 못 붙으면 하지 말아라.', '넌 이것보다 이 길이 좋다.' 등등.

독서실은 집에서 가까운 곳이 도움이 많이 됩니다. 저는 집에서 도보로 10분 남짓 걸리는 곳으로 다녔습니다. 집이 가까우면 밥을 공짜로 해결할 수 있는 것도 좋습니다. 그리고 장시간 공부해야 하기 때문에 의자와 책상, 조명까지도 체크해야 합니다. 편입 공부는 보통 여름에 시작하여 겨울에 끝나는데, 단열이 안 되는 독서실이라면 마지막 피크를 올려야 할 때 애먹는 경우가 많습니다. 어쨌든 시설은 좋아야 합니다.

■ 개인과외 & 그룹과외 ■

개인과외는 지인으로부터 구하거나 중개 사이트를 통해 소개받을 수도 있습니다. 보통 일주일에 2번 정도, 20~30만 원 합니다. 개인과외는 자신이 취약한 부분을 집중적으로 주문해서 공부할 수 있기 때문에 효율적일 수 있습니다. 중요한 점은 실력이 검증되지 않았다는 것입니다. 자신이 이론을 아는 것과 아는 이론을 남에게 알기 쉽게 설명하는 능력은 별개입니다. 아무리 공부를 잘해도 교수 방법이 별로인 사람도 많고, 반대로 중하위권 대학을 다녀도 정말 잘 가르치는 사람도 많습니다. 잘 알아보고 하기 바랍니다.

그룹과외는 보통 학원 형식으로 많이 있습니다. 6~8명 정도가 한 강사에게 강의를 받는 형식입니다. 소수의 인원이 배우기 때문에 집중도 잘 되고, 자신의 진도에 맞게 공부할 수 있다는 이점이 있지만, 보통 이런 그룹과외는 마이너 형식의 학원이 많습니다. 한마디로 대형학원에 비해서 모든 면이 낙후되어 있다는 뜻입니다. 제가 듣기로는 어떤 그룹과외 학원은 강사가 돈 받아놓고 안 나오는 곳도 있다고 합니다.

■ 스터디그룹 ■

단어를 외울 때 스터디그룹을 많이 조직합니다. 장점은 나태해지지 않고, 경쟁을 하기 때문에 열심히 외웁니다. 그렇지만 사심이 생겨서 커플이 된 사람들이 진짜 많습니다. 또한 스터디 장소로 왕래도 해야 하고 평소에 연락도 취해야 하기 때문에 많은 면에서 시간적 누수가 많고, 오래가면 좋겠지만 자신의 이익으로 만들어진 집단이기 때문에 누군가에 의해서 깨지기도 합니다. 그래서 좋은 사람들 만나기 힘들다는 단점이 있습니다. 단점이 많기는 하지만 이 정도만 지키면 많은 도움이 됩니다.

- 인원: 3~4명.
- 장소: 학원은 원내, 독학은 스터디카페.
- 공부할 내용: 꼭 단어만 하고, 다른 독해나 문법 스터디는 문제가 있습니다.
- 시험 문제: 많이 틀리는 사람이 출제자가 되어야 합니다. 문제를 출제하는 것이 엄청나게 귀찮을 뿐더러 하기가 정말 싫기 때문에 필사적으로 공부하게 되는 이점이 있습니다.
- 규칙: 지각은 벌금, 틀린 개수로 벌금.
- 벌금: 벌금으로 모인 돈은 스터디를 위한 첨삭 교재를 구입.

■ 시험장에서 ■

시험 전날은 수면을 충분히 취해야 합니다. 시험 볼 때 정말 너무너무 춥습니다. 시험장도 처음 가는 곳이 많기 때문에 혼자서 이동한다면 충분하게 알아보고 가는 것이 좋습니다. 저는 하루 전날 수험표 뒤에다가 어떻게 이동할 것인지 루트를 2개 정도 짜고 잤습니다. 시험장에는 1시간 이전에 도착하는 것이 좋습니다. 지각해서 1년 준비한 시험을 못 보는 학생도 많다고 합니다. 그리고 화장실은 미리미리 다녀오길 바랍니다. 그 많은 사람들이 한꺼번에 몰리기 때문에 일을 보지 않고 시험을 치른다면, 상당한 마이너스 요인이 됩니다. 그러니 시험 전에 과도하게 먹거나 마시지 말기를 권합니다. 수도관이 얼어서 화장실에 물이 안 나오기도 했고, 난방을 틀지 않은 학교도 있었습니다.

■ 시험 볼 때 ■

진짜 별의별 사람이 많습니다. 저 같은 경우는 중앙대 시험이었습니다. 긴 책상에 2~3명 정도 옆으로 쭈욱 앉아서 시험을 봤습니다. 제 옆에 앉는 사람은 패딩을 입고 있었습니다. 시험이 시작되자 패딩으로 슥슥 소리를 내더니, 형광펜으로 문제를 푸는 것이 아니겠습니까. 옷에서 나는 소리에 펜으로도 슥슥 소리를 내니 집중이 안 됐습니다. 그리고 너무 난방을 세게 튼 나머지 숨이 막혀 이것 또한 집중을 방해했습니다. 시험 보기 전에 뭔가 마음에 걸린다 싶으면 개선하고 문제에만 집중할 수 있는 환경을 만들길 바랍니다.

과연 내 절실한 바람은 이루어졌는가?

문과생에서 공대생으로의 큰 변화를 시도한 것은 저의 과오를 바로잡기 위해서였습니다. 원래 고등학교 시절 인문계 이과생이었고 이에 따라 적성에 맞게 이공계열로 가야 하는 것이 맞는 것인데도 불구하고, 가장 중요한 학창시절 공부를 하면서 보냈어야 했는데 놀았기 때문에 대학 진학에 급급하여 적성이 아니라 수능 점수에 맞춰 대학을 결정할 수밖에 없었습니다. 현재 늦은 나이지만 상당히 만족하면서 대학생활을 만끽하고 있습니다. 이전에는 내게서 찾아볼 수 없었던 '내가 할 수 있는 일'을 가진 것에 큰 자부심을 느끼고 있습니다.

편입, 왜 한다고 생각하십니까?

잘 살려고 하는 겁니다. 언젠가 책에서 읽었던 구절이 생각납니다. "인생에는 계급이 있다. 상류층으로 판을 바꾸기 위해서는 정말 피나는 노력을 해야만 한다." 맞는 이야기라는 생각이 듭니다.

현재 여러분들은 자기 인생에서 '아 정말이지 그때는 미친 듯이 공부했었어.' 하는 기억 하나쯤 갖고 계신가요? 자신을 위해서라면 때와 장소, 물불을 가리지 마십시오. 편입, 정말 힘이 듭니다. 쉬운 일이 아닙니다. 1년 내내 독하게 공부만 하며 지내는 것 자체가 고역이며 수행입니다. 하지만 절대 불평하지 마시길 바랍니다. 이는 누가 강요해서 하는 일이 아니라 자신이 원해서 스스로 자청한 일입니다. 자기 자신이 원하는 목표를 이룰 때까지 정진 또 정진해야 만 합격증을 받을 수 있습니다.

radiunt15@naver.com

Choose the one closest in meaning to each sentence.

1. It was the man's flamboyant self-indulgence that allowed himself to become an election issue at the expense of his own achievements.
   A. The man attempted to mask his personal behavior in the election through emphasizing his achievements.
   B. The man's self-centeredness caused attention to be focused on his achievements and not on himself.
   C. In the election, the man's achievements received less attention than his character because he was generous.
   D. Because of the man's conceitedness, he himself became an election issue rather than his achievements.

2. The future, as we stand on the threshold of 2012, looks bleaker than it did during the past few years.
   A. The future only seems bleaker; however, in reality that is because the past few years were great.
   B. As we enter 2012, we are more pessimistic than we have been over the past few years.
   C. From the vantage point of 2012, the situation has no hope of improvement.
   D. Although the future from 2012 looks bleak, it is because we only have the past for perspective.

3. Nowadays religion gets less credit for its staple function of patching up the moral fabric of society.
   A. Religion's heavy task of revising the moral criteria of society is becoming less trustworthy.
   B. Religion is not believed to perform an insignificant task in supporting moral standards of society.
   C. Religion's principal role in sustaining moral cohesion of society is not acknowledged as much.
   D. Religion does not recognize its traditional role in creating moral principles of society.

13 노력은 절대 배신하지 않는다

야간대학에서 지방거점 국립대학교로 편입

황명하

[한밭대(야간) ➡ 충남대]

- **일반편입**
- **전적대학** : 국립 한밭대학교(야간) 산업경영공학과(4.25/4.5)
- **편입대학** : 충남대학교 정보통신공학과
- **나이** : 24세
- **성별** : 남자
- **합격한 학교**
  - 전북대학교 산업정보시스템공학과
- **불합격한 학교**
  - 전남대학교 산업공학과(예비1번)
  - 부경대학교 시스템경영공학과(예비1번)

편입이라는 말만 들어도 정말 불가능한 일이라고 생각하는 당신에게, 당신은 무조건 할 수 있다는 말을 먼저 전하고 싶습니다. 인 서울 편입이든 국립대 편입이든 자신이 선택한 길에서 최선을 다하면, 정말 후회 없이 하루하루를 계획하고 보낸다면, 누구든 할 수 있는 가능한 일이라고 생각합니다.

국립대 편입-토익 편입

이 글을 쓴 이유에 대해 짧게 설명하겠습니다.

그 첫 번째 이유로 전 국립대 편입에 합격한 사람입니다. 국립대 편입은 인 서울권 편입보다 훨씬 경쟁률이 낮고, 공부량도 훨씬 적습니다. 하지만 저와 같이 가정형편이 좋지 않거나 국립대를 목표로 하고 편입 준비를 하는 학생들을 생각하며 수기 작성에 참여하게 되었습니다.

두 번째로, '병행 편입'에 대한 가능성을 제시하고 싶었습니다. 전 2학년으로 재학하면서 편입 준비를 병행했습니다. 사람들은 편입을 생각하면 1, 2년쯤은 따로 공부를 해야 한다고 생각합니다. 물론 인 서울권 편입의 경우 편입 영어와 편입 수학이라는 큰 장벽이 있기 때문이지만, 국립대 편입의 경우 학점과 토익이 대부분이기에 재학 중인 학생들에게 권하고 싶은 편입입니다. 또한 '국립대 편입-토익 편입' 전형으로 합격한 저로서는 이 전형을 준비하는 많은 학생들에게 충분히 가능하다는 사실을 말해주고 싶었습니다.

세 번째로, 실패를 두려워하지 말라는 것입니다. 저는 수능으로는 원하는 대학에 들어가지 못했습니다. 재수를 하고 싶었지만, 가정형편 때문에 그럴 수 없었습니다. 하지만 편입을 하여 이렇게 꿈꿔오던 학교에 다니고 있습니다. 누구든 절대 실패를 두려워하지 않았으면 하는 바람입니다.

평범한 학생은 대학가기 힘든 나라

대학생이라면 누구나 그리워하는 고교시절, 그 시절에 저는 지극히 평범한 인문계 고등학생이었습니다. 공부도 반에서 딱 중간, 그렇게 잘하는 것 하나 없고 간절한 꿈 하나 없던 지극히 평범한 고등학생이었습니다.

고등학교 1, 2학년 때는 그저 노는 것이 좋았습니다. 친구들과 PC방 가서 게임하기, 당구치기, 노래방 가서 죽어라 노래 부르며 스트레스 풀기, 여학생과의 소개팅 등등 '학창시절에 해보고 싶은 것은 다 해보자!'라는 생각으로 황금 같은 학창시절을 보내버렸습니다.

그렇게 시간을 보내다 어느덧 고등학교 3학년이 되었습니다. 인생에서 처음으로 제일 힘든 시기라는 고3, 그 시절에 저는 '내 꿈이 무엇인가'에 대해 먼저 고민하게 되었습니다. 중학생 때 친구와 컴퓨터학원을 다니면서 따 놓았던 컴퓨터활용능력 2급, 워드프로세서 1급, 정보처리기능사 자격증. 이 자격증 하나를 믿고 컴퓨터 쪽으로 꿈을 갖겠다던 철없던 나였습니다. 하지만 그런 IT분야에도 관심이 많았기에 꿈을 그쪽으로 생각하고 드디어 공부를 하기로 다짐했습니다. 하지만 현실은 결코 쉽지 않았습니다. 1, 2학년 때 어영부영 공부해놓은 수학, 과학 실력에 아무리 노력을 해도 학교에서 중위권을 벗어나지 못했습니다.

고3이라면 누구나 가고 싶어 하는 대학과 학과가 있습니다. 물론 저도 그러했기에 국립대라 학비가 저렴하면서 대전에서 제일 좋은 대학인 충남대학교, 그리고 IT 쪽에 관심이 많았기에 정보통신공학과로 목표를 잡았습니다. 하지만 그저 꿈만 높았던 것일까요? 3, 6, 9월 모의고사를 볼 때마다 매번 좌절감을 느꼈습니다. 절대 충남대에 갈 점수가 되지 못한다는 사실을 깨달음과 동시에 제 꿈은 산산조각 나는 듯했습니다. 그래도 결코 포기하지 않고 꾸준히 하면 수능 당일만큼은 신께서 내 손을 들어줄 것이라 생각했습니다. 그렇기에 이과임에도 불구하고 수학 점수가 낮았던 저는 수리 가형을 포기하지 않고 끝까지 공부하기로 결심했습니다.

그리고 드디어 D-1. 수능 전날에는 요약정리만 훑어보고 일찍 자서 컨디션 조절을 해야 한다는 사실을 너무나 잘 알고 있었지만, 두려운 마음에 공부하고 또 공부했습니다. 역시 역효과가 났습니다. 잠을 제대로 자지 못한 탓에 피곤한 몸을 이끌고 시험장에 갔습니다. 언어 영역, 수리 영역, 외국어 영역, 과학탐구 영역, 이렇게 모든 시험이 끝나고 무거운 몸을 이끌고 집에 도착했습니다. 그리고 시험을 망쳤다는 좌절감에 집 화장실에서 가족들 몰래 눈물을 흘리고 말았습니다. 세면대 거울에 비친 나 자신을 바라보며 '내가 이것밖에 안 되는 놈인가?', '넌 대체 잘하는 게 뭐냐?', '부모님께 뭐라고 말씀을 드려야 하지?', '이제 내 인생은 바닥에서만 살아야 하는가?' 등등 부정적인 생각만 하며 울고 또 울었습니다.

수능 성적이 발표되고, 정시 지원을 할 시간이 찾아왔습니다. 하찮은 수능 점수에 맞춰서 대학을 지원해야만 했습니다. 그 결과 대전에 있는 사립대학교와 국립 한밭대학교(야간)에 합격하게 되었습니다. 물론 재수를 하고 싶은 마음이 간절했지만, 집안사정이 좋지 않아 재수를 포기할 수밖에 없었습니다. 그리고 야간대학에 진학하게 되면 제대로 된 대학생활을 즐기지 못할 뿐만 아니라 나이가 지긋한 분들과 학교를 다녀야 한다는 사실도 알고 있었지만, 이 또한 집안을 생각해 받아들일 수밖에 없었습니다. 결국 국립 한밭대학교(야간)에 진학하게 되었고, 예상대로 제대로 된 대학생활을 즐기지 못했습니다. 다른 친구들은 선배들과의 자주 접촉하며 대학생활 멘토를 구하기도 하고, 공부 방향을 잡아갔습니다. 하지만 저는 선배와의 교류가 전혀 없었고, 그렇게 꿈꿔왔던 대학 첫 MT마저도 동기들끼리만 함께하는 MT로 끝나버렸습니다.

대학 첫 1학기의 한 달이 지난 어느 날, 인터넷 검색을 하던 도중 편입제도에 대해서 알게 되었습니다. 학창시절에 제대로 공부를 하지 않아 이렇게 야간대학에 다니면서 중고등학교 친구들과 모여도 당당하게 현재 진학한 학교를 말할 수 없는 제 자신이 너무나 싫었고, 학벌에 위축되는 자신이 너무나 싫었습니다. 또한 집안사정이 좋지 않아 재수를 시도조차 못해본 저로서는 편입제도에 너무 이끌렸습니다. 일반편입은 2학년을 수료해야 자격이 생기며, 지방 국립 대학교를 포함한 인 서울의 국립 대학교들은 토익·학점·면접, 그리고 인 서울의 사립 대학교를 포함한 대다수의 대학교는 편입 영어와 편입 수학으로 인원을 선발한다는 사실을 알게 되었습니다.

고등학생 때 목표로 삼았던 충남대학교에 너무 가고 싶었던 마음이 컸는지, 저는 그 학교를 목표로 다시 도전하기로 다짐했습니다.

오전엔 아르바이트생 저녁엔 대학생

수능이 끝나고 친구 따라서 처음으로 아르바이트를 시작하게 되었습니다. 그곳은 아르바이트 중에서도 힘들다고 소문 난 패밀리레스토랑이었습니다. 물론 난생 처음 해본 아르바이트이고 처음 하는 사회생활이었기에 정말 힘들었고 많이 혼나기도 했습니다. 하지만 사람 만나는 것을 좋아하기에 일은 힘들었지만 사람들과 더욱 친해지면서 아르바이트에 흥미를 느껴갔습니다.

오전에는 아르바이트생, 저녁에는 대학생 신분으로 살아갔습니다. 아침 9시부터 6시까지 일을 했고, 저녁 7시부터 10시까지 학교 수업을 들으며 바쁘게 살아갔습니다. 그래도 편입을 하겠다고 다짐한 순간부터 정말 공부의 끈은 놓지 않고 싶었기에 아르바이트를 하는 도중에도 몰래몰래 공식을 외우고, 시험기간에는 도서관에서 밤을 꼬박 새며 공부했습니다.

1학기 성적이 발표되었습니다. 결과는 학과 1등, 전액장학생이 된 것입니다. 2학기 등록금 고지서에 '0원'으로 찍히는 짜릿함은 아직도 생생합니다. 그리고 아르바이트를 하면서 전액 장학금을 탈 정도로 열심히 산다는 것을 주위 사람들에게 인정받아 좋았지만, 무엇보다 편입을 할 수 있는 기반을 닦아놓았다는 사실에 더욱 기분이 좋았습니다.

그래도 여전히 변하지 않는 것은 야간대학 학생이라는 사실이었습니다. 물론 주중에 열심히 일하고 저녁에 힘들게 공부하는 야간대학 학생들도 많고, 뒤늦게 공부에 욕심이 생겨서 노력하는 사람들도 많습니다. 하지만 저는 이런 생활을 좋게 받아들일 수 없었습니다. 아르바이트를 마치고 저녁에 등교할 때면 주간에 학교를 다니는 동갑내기 학생들이 하교를 하면서 저를 무시하는 듯이 바라보는 것만 같았습니다. 그럴 때마다 고개를 푹 숙인 채 등교를 해야만 했고, 이렇게 떳떳하게 학교에 다니지 못하는 제 자신이 한심하기만 했으며, 그만큼 편입이 더 간절하게 다가왔습니다.

편입 결심은 오로지 '학벌'

1학년 때부터 편입을 생각했기에 학점관리에만 치중했습니다. 일단 군대라는 큰 장벽도 있었기에 토익은 뒤로 미뤄두자는 생각이었고, 그렇게 수석으로 1학년을 마쳤습니다.

제가 편입을 결심하게 된 이유는 오로지 '학벌'이었습니다. 다른 친구들과 함께 있어도 당당하지 못한 제 자신이 정말 싫었고, 기업체에 들어가기 위해서는 '학벌'이 중요하다고 생각했기 때문입니다.

목표는 충남대학교에 있는 비슷한 학과였습니다. 그래서 1학년 때 교양을 제외한 '미분적분학' 과목에 중점을 두고 공부를 했고, 고등학교 때 공부했던 수1, 수2 내용을 다시 독학했습니다. 그렇게 1년간 공부를 하고 받은 학점이 4.25로, 편입 준비를 하는 사람들과 비교해 봐도 절대 뒤처지지 않는 학점이었기에 더더욱 자신감이 생겼습니다.

1학년을 마치고 3월, 21살의 나이로 육군으로 입대했습니다. 일단 편입을 정말 하고 싶었기 때문에 군대에서도 공부를 하고 싶은 마음이 컸습니다. 2년이 채 되지 않는 시간이었지만, 남들 다 자는 시간에 한 시간씩 부대 내 독서실에서 토익 단어를 위주로 공부를 했습니다. 또한 보급부대에서 근무를 했기에 관련 자격증에도 관심이 있어서 유통관리사 2급 자격증도 취득했습니다.

2011년 12월 31일, 드디어 제대를 했습니다. '이제부터가 진짜 시작이다.' 2학년으로 2년 만에 복학하기 전에 같이 1학년을 마치고 군대에 갔던 친구들의 연락처부터 찾기 시작했습니다. 가까스로 몇 명의 친구들이 연락이 되었고, 그 중 한 명이 편입에 관심이 있다는 얘기를 듣게 되었습니다. 마음속으로 같이 공부할 수 있는 친구가 있다는 사실에 너무 기뻤습니다.

2012년 3월 2학년 1학기, 드디어 결전의 1년이 시작되었습니다. 군대를 다녀왔지만 변하지 않은 가정형편 때문에 어쩔 수 없이 아르바이트는 계속 할 수밖에 없었습니다. 정말로 편입의 꿈은 간절했기에 그렇게 좋아하던 게임마저 끊고 친구들과의 연락도 잘 할 수 없었습니다. 지금 생각해도 친구들에겐 미안하지만 그만큼 절실하고 또 절실했기 때문이죠. 복학을 하고 굳은 머리를 억지로 짜내며 공부하는 것이 힘들다는 사실은 복학생이라면 누구나 알 것입니다. 하지만 목표는 이미 정해놨기에 달리기로 마음먹었습니다.

1년간의 항해

• 3~6월

1학기 때는 굳은 머리를 되살리기 위해, 전공 공부에 중점을 두고 학점관리를 제일 큰 목표로 정했고, 토익 단어를 잡자고 생각하여 단어책을 하나 구입한 뒤 두 바퀴 정독할 것을 목표로 삼았습니다.

• 7~8월

여름방학에는 주말에 아르바이트를 하는 시간 외에는 토익에 올인 하기로 다짐했습니다. 토익 점수를 급상승시킨 노하우를 적은 수기를 보면서 하루에 10시간씩 2~6개월을 목표로 공부해야겠다고 결심했습니다. 그래서 오전 토익학원 수업시간부터 오로지 토익만을 생각하기로 계획했습니다.

• 9~12월

2학기 때는 1학기 때와 같이 전공 공부에 중점을 두고 학점관리를 목표로 정했습니다. 물론 목표했던 토익 점수가 나오지 않을 것을 생각하여 토익 커트라인을 2학기 중간고사 보기 전까지인 9월로 잡았습니다.

• 1~2월

면접 준비를 위해서 1년 동안 공부했던 내용 중 목표 대학의 교수님이 질문할 예상문제를 중심으로 공부했습니다. 예를 들어 '미분적분학', '선형대수학', '확률과 통계' 등 수학 과목 위주로 큰 문맥을 이해하도록 공부하기로 계획했습니다.

세웠던 계획에 대해 실천했던 내용을 자세히 이야기합니다.

1학기 첫 시작인 3월에 실력을 체크하기 위해 정기 토익을 신청했습니다. 한 달 뒤 성적이 발표되었고, 충격에 휩싸인 전 아무 말도 할 수 없었습니다. 그래도 군대에서 단어를 많이 외웠다고 자부했는데 첫 성적은 320점, 정말 죽고 싶었습니다. 사람들이 왜 다들 첫 토익 점수는 신발 사이즈가 나온다고 하는지 깨닫게 되는 순간이었습니다. 하지만 아직 시작도 하지 않았으니 다시 마음을 다잡고 대전에서 제일 잘나가는 토익학원에 등록했습니다.

학원에 등록하고 학교 수업을 듣는 시간 빼고는 토익에 올인 했습니다. 물론, 중간고사와 기말고사 2주 전부터는 같이 편입을 준비한 친구와 도서관에서 매일 밤을 새며, 친구 자취방에서 먹고 자고를 반복하며 정말 힘겹게 공부했습니다. 그렇게 한 달 두 달이 지나니 토익 점수가 50점, 100점씩 뛰기 시작했습니다. 학원에서 정해주는 스터디그룹 사람들과 지식을 공유하면서 단어와 리스닝, 리딩을 꾸준히 분량을 채워가며 열심히 공부했습니다.

그렇게 1학기를 마치고 성적이 발표되었습니다. '4. 44' 이게 저의 학점입니다. 더더욱 오기가 생기게 되었습니다. 난 할 수 있다는 자신감에 얼마 남지 않은 시간이었지만 정말 학교생활을 병행하면서 편입을 할 수 있을 것 같았습니다. 여름방학이 되고 드디어 토익에 올인 할 수 있는 시간이 왔습니다. 방학을 하자마자 친구와 토익학원에서 살다시피 공부했습니다. 학원 수업을 제외한 나머지 시간에는 도서관에서 지냈습니다. 하루 10시간을 기본 공부시간으로 잡고 단어, RC, LC 시간을 할애하며 계획적으로 공부했습니다.

2학기 첫 달까지는 토익에 올인 할 수 있었기에 9월을 마지막 토익 커트라인으로 잡고 달리고 또 달렸습니다. 그렇게 9월 말에 토익시험을 치르고 다시 2학기 땐 학점관리를 중점으로 하기 위해 공부 방향을 바꿨습니다. 10월에 제 마지막 토익 점수가 발표되었고, 그 점수는 720점이었습니다. 비록 높은 점수는 아니었지만, 그래도 학점으로 커버할 수 있다고 생각했기에 토익은 마무리하고 더더욱 학교 전공 공부에 열심히 집중했습니다.

• 여기서 토익 점수를 320에서 720까지 400점 올린 비법을 공개합니다. 토익은 기간을 정하고 공부를 해야 점수가 급상승하는 시험입니다. 기간은 최소 2~6개월 정도로 정하고 토익을 공부하기로 결심한 기간 동안에는 오로지 토익만 공부해야 합니다. 일주일 중 6일을 오로지 토익에 몰두해야 하며, 하루 정도는 휴식을 취하실 것을 권합니다. 토익을 공부할 때는 하루 10시간 정도 투자해야 되는데, 세부적으로 나누면 RC 4시간, LC 4시간, 단어 2시간이 제일 일반적인 할당 시간입니다. 각 파트마다 공부법을 서술해보면 다음과 같습니다.

• LC의 경우, 총 495점 중 200점 미만의 독자들은 개념서를 두 번 정도 정독할 것을 권합니다. 각 Part마다 푸는 방법이 있기 마련이며, 이 개념이 잡히면 점수를 올리는 데 훨씬 큰 효과를 발휘하기 때문입니다.

• LC 점수가 중위권인 독자들의 경우, 자신이 틀렸던 문제마다 반복하여 들어가면서 들린 내용을 직접 노트에 써 보고, 실제 스크립트와 비교해가면서 들리지 않았던 부분을 체크합니다. 그 다음 들리지 않았던 부분은 계속하여 청취하는 방법을 권합니다. 그렇게 한 뒤

스크립트 내용을 정독하고 분석해가면서 모르는 단어는 바로 찾아서 암기하고 해석을 해봅니다. 내용을 다 이해한 뒤 다시 청취 내용을 듣습니다. 이때 문맥의 흐름을 이해하도록 노력해야 하며, 또한 반복해서 들었던 내용의 스크립트를 직접 소리 내어 2번 정도 읽고 그 다음 문제로 넘어가도록 합니다.

• RC의 경우, LC와 마찬가지로 총 495점 중 200점 미만의 독자들은 문법과 단어가 기본이 되어야 하기 때문에 하루에 2시간씩 약 100개의 단어를 목표로 정확히 외워야 하며, 문법은 개념서를 반복 정독하면서 공부해야 합니다. 문법의 경우에 저는 따로 정리한 노트를 만들었고, 항상 그 노트를 들고 다니며 외웠습니다. 암기하기 힘들다 싶으면 무조건 여러 번 읽는 방법을 권합니다. 여러 번 읽으면 확실히 눈에 들어오는 양이 많아져서 머리에 남는 효과가 분명히 있습니다.

노력은 배신하지 않는다

2학년 기말고사까지 끝난 12월 중순, 학교를 다니면서 편입 준비를 같이 한다는 것이 쉬운 일이 아니라는 것을 누구보다 잘 알고 있었기에, 그렇게 보낸 1년은 정말 후회 없이 보냈다고 생각했습니다. 아무튼 이렇게 1년이 마무리 되었고, 저의 마지막 편입 지원 스펙입니다.

• 전적대학: 한밭대학교 산업경영공학과(야간)
• 학점: 4.25/4.5(94.15%) 수석 장학금 1회, 차석 장학금 2회
• 토익: 720/990
• 대외활동: CJ FoodVile VIPS Staff 2년, KAIST 기계항공공학부 학과장 비서 6개월

다음해 2월에 이 스펙으로 편입에 지원했습니다. 일단 토익 점수가 그렇게 높은 편이 아니었기 때문에 걱정하다가 안정권인 대학을 위주로 지원했습니다. 다음은 편입 지원 대학교입니다.

• 충남대학교 정보통신공학과
• 전북대학교 산업정보시스템공학과
• 전남대학교 산업공학과
• 부경대학교 시스템경영공학과

지원한 학교가 모두 각 지방을 대표하는 거점 국립대학교였기 때문에 전국 방방곡곡을 여행하는 기분이었습니다. 대전을 시작으로 전주, 광주, 부산 이렇게 편입 면접을 보러 다녔는

데, 면접 질문과 느낀 점을 서술해보겠습니다.

1 **전북대학교**는 인성면접이었습니다. 전공 지식에 대한 질문은 없었고, 꿈과 목표 중심으로 물었습니다. 저는 사람 만나는 일을 많이 경험해보았고, 인성면접은 자신이 있었기에 준비했던 대로 하고 싶은 말을 당당히 다 했습니다. 당연히 면접이 끝난 뒤에도 웃으면서 그 자리를 나올 수 있었습니다.

2 **부경대학교**는 전공시험을 보았습니다. 학생들을 지원 순서대로 1명씩 부른 뒤 어느 한 방에서 10분 동안 전공 시험지를 볼 수 있게 시간을 주고, 면접 장소에 들어가 바로 2:1 면접을 보는 방식이었습니다. 10분 동안 전공 시험지를 볼 수 있게 해주는 시간에는 시험지에 아무 필기도 해서는 안 된다고 해 많이 당황스러웠고, 마지막 쪽 문제는 전공 공부를 열심히 한 사람만이 풀 수 있는 난이도가 높은 문제였습니다. 면접은 시험지에 있는 문제를 그대로 묻고 답하는 형식이었는데, 1번과 2번 문제는 자신의 목표와 편입 지원 동기였고, 3번부터 7번까지는 전공 문제였습니다.

3 **전남대학교**는 인성면접 & 전공면접이었습니다. 3:1 방식으로 교수님이 성적표를 보고 배웠던 과목에 대해서 질문을 했습니다. 1학년 때 일본어를 교양으로 들은 적이 있어서 일본어로 자기소개를 한번 해보라고 했습니다. 예상치 못한 질문에 당황했지만, 그래도 생각나는 내용을 정리하고 자신 있게 대답했습니다. 그 다음 '선형대수학'에서 나오는 간단한 벡터와 행렬 문제에 대해서 질문했습니다. 모르는 문제는 모른다고 말했고, 아는 문제는 아는 만큼 자신 있게 대답했습니다.

4 **충남대학교**는 압박면접이었습니다. 2:1 방식으로 면접을 봤는데, 두 교수님이 전공 문제를 번갈아 가면서 물었습니다. '선형대수학'에서의 벡터 문제를 질문했고, '회로'에서의 옴의 법칙과 같은 기본적인 개념을 물어보았습니다. 알고 있는 문제는 자신 있게 대답했지만, 모르는 문제가 나와서 당황했을 때 한 교수님이 압박을 주었습니다. '이 상태로 3학년으로 진학했다가는 어림도 없다'는 식으로 말을 했고, 저는 더 당황할 수밖에 없었습니다. 하지만 이미 고3때 정시 불합격으로 아픔을 한번 맞이했던 곳이었기 때문에 절실함을 표현하기 위해서 교수님에게 자신 있게 말했습니다. "교수님, 제가 꼭 이 학교에 와야만 하는 이유가 있습니다. 전 이미 정시에서 실패를 맛보았고 이번이 편입으로 두 번째 도전입니다. 만약 이 자리에서도 불합격을 하게 되면, 물론 제 능력이 아직 부족한 것임을 겸허히 받아들이겠습니다. 하지만 더 준비를 열심히 해서 반드시 내년에 이 자리에 다시 서도록 하겠습니다." 무슨 용기가 나와서 이런 말을 할 수 있었는지는 모르겠지만 정말 절실한 제 마음에서 나온 말인

258

것 같았습니다.

이렇게 모든 면접이 끝나고 날짜별로 하나씩 합격자를 발표했습니다. 이렇게 발표된 제 마지막 결과는 다음과 같습니다.

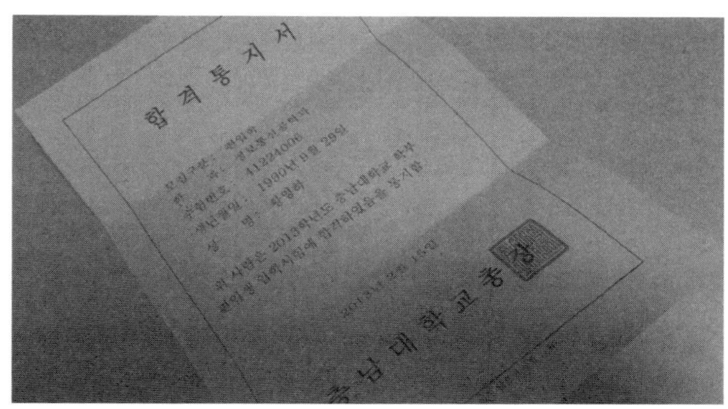

☆-충남대학교 정보통신공학과(최초 합격)
☆-전북대학교 산업정보시스템공학과(최초 합격)
☆-전남대학교 산업공학과(예비 1번)
☆-부경대학교 시스템경영공학과(예비 1번)

물론 전남대학교와 부경대학교는 예비 1번에서 아쉽게 불합격하여 안타까울 수밖에 없었습니다. 하지만 대전에 살면서 정말 가고 싶고 간절히 원했던 학교는 충남대학교였기 때문에 합격 소식을 듣고 기쁨을 감출 수가 없었습니다. 첫 수업을 듣기 위해 학교 정문 앞에 섰을 때 '이 학교가 정말 내 학교구나!'라는 생각이 들어 정말 신났고, 그 성취감은 정말 말로 표현할 수 없을 만큼 좋았습니다.

충남대학교 학생이 되어 중간고사를 치르고 나온 현재 상황은 학교에 대해 정말 만족하며 행복하게 생활하고 있습니다. 물론, 산업공학에서 정보통신공학으로 전과를 해서 전공 수업을 따라가는 데 약간 힘들기도 하지만, 새로 사귄 친구들과 스터디그룹을 하면서 열심히 따라가고 있는 중입니다.

야간대학생에서 제대로 된 대학생활을 하는 기분, 그리고 목표했던 학교에 당당히 합격하여 다니고 있는 지금 정말 행복합니다. 이제는 친한 친구들과 만나도 제 자신이 당당해짐을 느끼고, 친구들도 저를 인정해주는 분위기여서 편입을 한 후 행복한 나날을 누리고 있습니다.

여러분들이 정말 편입을 하고 싶다면, 무조건 도전하라고 권하고 싶습니다. 정말 아무 생각 없던 저조차도 해냈고, 지금 이렇게 수기를 쓴 사람들 모두가 지극히 평범했던 사람들이고, 지금 여러분들처럼 한번쯤 실패를 겪은 학생이기 때문입니다. 또한 가정형편이 많이 좋지 않거나 지방에 거주하는 분들이라면 저는 국립대학교 편입을 권하고 싶습니다. 인 서울에 비해 경쟁률도 많이 낮은 편이고, 현실적으로 토익과 학점으로 갈 수 있는 좋은 조건이 갖추어져 있기 때문입니다.

　여러분들이 어느 길을 가든 선택한 길에 대해 후회하지 말고 최선을 다했으면 좋겠습니다. "노력은 배신하지 않는다."는 말을 개인적으로 정말 좋아합니다. 여러분 모두 노력을 한 만큼 보상이 따라온다는 사실을 잘 알고 있을 것입니다. 공부를 하고 성적이 나올 때도, 먼저 시작하고 그만큼 노력한 사람이 더 좋은 성적을 받게 되는 사실은 이미 잘 알고 있을 겁니다. 이 말을 깊이 새기고 항상 최선을 다하는 당신이 되길 간절히 기원합니다.

myeongha0929@daum.net

3장

화려한 부활의 날개를 펴다

14 어떻게 하면 초심과 절실함을 유지할 수 있을까

매일매일 자신과의 약속을 지킬 때 가능했다

한도형

[세종대 ➡ 서강대 ➡ 고려대]

- **일반편입**
- **전적대학** : ①세종대학교 교육학과(평균 2점대 후반/4.5)
                  ②서강대학교 사회학과(평균 3점대 후반/4.3)
- **편입대학** : 고려대학교 심리학과(83점/108:1)
- **나이** : 29세
- **성별** : 남자
- **불합격한 학교**
  - 연세대학교 심리학과(1차 불합격)

주위에서 가끔 '저 사람은 저 나이가 되도록 뭘 했지?'라는 궁금증과 동시에 약간의 한심한 마음을 불러일으키는 사람을 본 적 있을 것입니다. 저 역시 그들 중에 한 사람일 것이라고 생각합니다. 저의 20대를 특징지을 단어들을 꼽아보라면 '방황'이라는 단어가 반드시 들어갈 것입니다. 제 수기가 늦은 나이에 편입에 도전하는 사람들, 오랜 방황을 끝내고자 하는 사람들, 또 덧붙인다면 실존에 좌절했던 혹은 하고 있는 사람들에게 도움이 되었으면 좋겠습니다. 한정된 분량에 한 글자라도 더 넣기 위해 평어체로 진행하겠습니다.

하
나
보
항

편입을 결심하기 전까지

굵직한 이야기 위주로 가능한 간추린다면, 내 삶은 몇 번인가 크게 그 맥락이 변화했다. 10대 후반에서 20대 초반에는 실존적 고민에 빠져 깊은 혼돈으로 들어갔다. 누구 못지않게 활발하고 밝았던 성격이었는데 급격하게 변화했다. 가장 파릇할 시기이, 또 가장 많은 경험을 할 시기에 어두운 시간을 보냈다.

20대 초반을 넘기고 뒤늦게 도전한 축구선수의 길은 실패했다. 영국의 하부 리그를 전전하며 축구선수의 꿈을 꾸었다. 실낱같은 가능성임을 알았기에 무식하고 처절하게 밥 먹고 운동만 했다. 하지만 원하는 만큼의 결실(4부 리그팀 진입)을 이루지 못했다.

한국에 돌아와서는 선수 출신이 아니면 트라이얼 기회를 주지 않는 K3 리그팀을 그저 무작정 쫓아 다녔다. 그 중 한 팀, 아니 어느 분이 감사히도 트라이얼 기회를 주었고, 그 팀에 잠시 몸을 담았다. 그 즈음 한계가 보이기 시작했다. 축구선수들(출신들)이 잘하기도 하지만 버티다 보면 할 만하다고 느꼈다. 그러나 내가 처음에 기대했던 것만큼 내 실력이 빨리 올라오지 않았다. 결국 향상 속도와 시간이 문제였다. '모두가 말했듯 정말 뒤늦은, 무모한 도전이었던가?' 어느 날 문득, 이만큼 했으면 됐다고 납득이 되었다. 내 인생 가장 큰 실패라는 생각이 들었다. 처음에는 반대도 했지만, 결국 아들이라고 힘껏 지지해준 부모님께 죄송했다(그때 영국에서 받았던 편지들은 아직도 소중히 간직하고 있다).

아무 것도 손에 든 것 없는, 동시에 어느 계획도 목표도 없는 막연한 상태에서, 하릴 없이 유일하게 적을 두고 있던 세종대학교로 복학했다. 1학년 2학기에 0점대의 학점으로 복학했을 당시 나이는 20대 중반을 이미 넘긴 상태였다.

그즈음 몇 백만 원의 종자돈과 잡다한 투자 공부로 몇 년간 애지중지 불려놓았던 1억 5천여의 자본금이 있었다. 이를 토대로 졸업 이후 사업의 길도 잠시 구상해보았으나, 채 시작도 하기 전 서브 프라임에 대한 대처 실패로 자본금은 말 그대로 증발하고 말았다.

당시 객관적인 상황을 두고 어쩌면 누군가는 최악이라고 말할 수도 있겠다. 하지만 복학하는 내가 그렇게 실망과 좌절 속에 있었던 것은 아니었다. 오히려 그동안 가졌던 경험들, 가령 누가 강요하지 않았음에도 실존적 고민을 치열하게 진행시켜나간 것, 축구선수가 되기 위해 싸웠던 것, 경제적 자립을 꿈꾸고 애썼던 것 등 나름의 경험들은 '내 삶을 주체적으로 살기 위해 어떻게 해야 할 것 같다'는 일종의 감들을 내 안에 형성하는 밑거름이 되었다. '앞으로 무엇을 해야 할지는 모르겠지만, 그것은 내가 선택한 것일 테고, 그 선택한 일을 아마 나는 할 수 있을 것이다.' 이런 마음가짐이었다. 다른 한 편으로 많은 사람들과 친구들 속에서, 학교라는 비교적 안정된 환경에 자리한다는 것 자체도 나에게 큰 힘과 새로운 기대를 주었던 것 같다. 새 판을 짠다는 꽤나 들뜬 기분으로 복학하던 기억이 난다.

세종대학교에서 내 삶의 큰 방향이 또 한 번 바뀌었다. 내가 속했던 인문학부는 성적에 따라 학과를 배정했다. 0점대 학점으로 인해 어쩔 수 없이 배정되었던 교육학과는 알고 보니 나와 너무나 잘 맞는, 또 내게 너무나 필요한 곳이었다. 몇몇 교육 철학과 사상들은 나의 마음을 그야말로 힐링해 주었다. 특히 듀이, 루소, 페스탈로치에 대한 수업을 들으면서는 몇 번이고 "맞아, 맞아!" 공감하고 "내가 이렇게 살아왔었지!" 세삼 깨달아 나갔다. 교육학부 특유의 따뜻한 교수님들도 정신적·정서적 지원을 많이 주었다. 그러던 중 결정적으로 박주용 교수님을 만나게 되고, 그동안의 삶을 송두리째 되돌아보게 되면서, 내 삶의 목적과 내 삶이 앞으로 나아가야 할 길을 새로이 정립하게 되었다(그리고 그때 처음으로 자본금이 증발해버린 것이 오히려 다행이라고 느끼게 되었다. 졸업 이후 쾌락적이고 세속적인 삶을 계획하고 있던 참이었다).

간단히 말하면, 내 삶의 원동력은 어머니로부터 나온 것이었다. 부모님, 특히 어머니는 무한정한 사랑을 주셨다. 그 사랑은 내가 길 잃은 양처럼 어디에 어떤 모습으로 있든 간에 결국 제자리로 오도록 인도했다. 윌리엄 스타이런이 말했듯, 그것은 내가 결코 '신성모독'할 수 없는 영역에 있는 내 삶의 근원이었다. 결국 내 삶의 목적도 그러한 사랑을 확장하는 방향과 자연스럽게 닿아있었다. 깨닫기만 하면 되는 것이었는데, 당시의 여러 주위 상황과 사람들이 그것을 깨닫도록 도와주었다(당시에는 크리스천으로 완전히 회귀하지 않았기 때문에 '인본주의적 삶을 살아가겠다'고만 다짐했다. 하지만 편입의 과정을 겪으며 결국 10여 년 만에 크리스천으로, 비록 미숙하나 회귀하게 되었다).

나의 자질과 적성을 되돌아보았을 때, 미디어 콘텐츠 제작자로서의 일이 그 방향을 실현시킬 구체적인 작업이었다. 사회를 바꾸고자 하고, 사회에 메시지를 전달하고자 한다면, 사회와 사람들에 대해서 일단 제대로 아는 것이 우선이었다. 마침 '사회학개론' 수업을 들으며 충격을 받던 참이었다. 사회학적 사고로 보니 나부터가 새롭게 보였다. 사회적 맥락 속의 나라는 존재는 보다 더 납득할 만하고 그래서 수용할 만했다. 내 잘못이 아니었고, 나는 혼자가 아니었다. 실존에 대해 그만큼 치열했다는 것에 자긍심까지 느꼈다. 동시에 나와 같이 절망하던 사람들을 도우리라 마음이 뻗어나갔다. 개인적인 목적에서만 읽었던 에리히 프롬의 책들도 새롭게 보였다. 사회학과 심리학을 배워야겠다고 마음먹었다. 그동안 '나름의' 철학

266

과 세종대에서의 교육학 수업을 통해 바탕은 다졌다고 생각했다. 그 우에 사회학과 심리학을 배운다면 '준비된 언론인'으로 필요한 자질을 닦을 수 있으리라 판단했다. 세종대학교에는 사회학과도 심리학과도 없었다. 언론인이 되기에 학교 위상도 부족했다. 때마침 동생이 이화여대로 편입했고 큰 용기가 되었다. 자연스럽게 편입을 결정했다.

편입을 결심하고 편입을 하기까지

7월부터 시작하여 나름 열심히 했으나, 첫해에는 소위 '올킬(all kill)'을 당하고 만다. 고려대 1차, 연세대 1차에 붙고 난 다음부터 다른 학교들은 밀어놓고 그 두 학교의 2차 시험에 집중했다. 둘 중 한 곳은 붙겠지 했지만 결과는 모두 최종 불합격이었다. 40% 석차에서 시작하여 1~2%까지 올라간 것, 기본적으로 편입 공부를 어떻게 해야 하는지 알게 되었다는 것, 편입이라는 게 정말 어렵다는 깨달음, 동시에 근거 없는 낙관을 박살낸 것 등이 첫해 얻은 경험이었던 듯하다.

두 번째 해에는 2학기 시작하고 한 달 즈음 되어 시작했다. 그 해에는 시험 보는 학교를 늘려서 고려대, 연세대, 서강대, 성균관대, 그리고 중앙대(신방과)까지 보았다. 목표는 고려대였다. 성적도 잘 나왔고, 이번에는 무조건 붙으리라 생각했다. 하지만 이 해에는 준비기간 내내 마인드컨트롤에 실패했다.

이때 즈음 나의 압박과 스트레스는 상당했던 것 같다. 그에 대해 성숙하게 대처를 하지 못했다. 가령 담배를 피기 시작했으며, 매일 여섯 개 정도의 캔커피를 마셨다. 그리고 화장실에서 토하기 시작했다. 이런 미성숙한 마인드는 본 시험까지 그대로 이어졌다. 고려대 1차 시험 시작하고 15분 동안 두 문제를 풀고 있는 나를 보면서 '내가 지금 꿈을 꾸고 있나' 싶었다. 그날 밤은 지난 몇 년간 최악의 하루 중에 하나였다. 지금도 그날 밤을 생각하면 부모님께 너무나 죄송스럽다. 이때에 고려대는 전년도보다 10점 가량 낮은 점수로 1차부터 탈락했다. 연세대도 1차에서 탈락했다. 고려대 1차 탈락, 연세대 1차 탈락 이후 남아있는 학교들은 더욱 제대로 된 마음 상태로 준비하지를 못했다. 해놓은 것이 있으니 어디든 붙기는 붙겠지 안일하게 생각했다. 성균관대 2차 시험인 면접까지 망치고 난 다음에야 비로소 제정신이 들었다. 이후 서강대 2차 면접은 절실히 매달리는 온전한 마음으로 준비하고 치를 수 있었다. 다행히 서강대와 중앙대(추가)를 합격했다.

평소에 어떤 일에 대해서도 놀라지 않으시는 아버지가 거듭 기뻐하시던 모습이 눈에 선하다. 어머니도 기뻐해주셨다. 부모님께도 주님께도 감사했다. 이 시기에 크리스트교에 회귀했다. 살면서 마음이 가장 가난했던 시기 중에 하나였고, 자연스럽게 주님께 의지하게 되었다.

서강대 2차 면접 전날, 밤을 새다가 선잠이 들었을 때 합격을 예감케 하는 꿈을 꾸었다. 커다란 누런 구렁이를 이불로 덮었다. 신기하게도 나중에 알고 보니 어머니도 매우 흡사한 꿈을 꾸셨다. 머리가 셋 달린 붉은 빛깔 커다란 구렁이가 한 방에, 머리가 셋 달린 누런 빛깔 커다란 구렁이가 다른 한 방에 있었는데, 누런 구렁이가 빛을 발하고 있었단다. 서강대 2차를 준비하면서는 '무언가 일들이 잘 풀려나간다. 주변에서 나를 합격하도록 돕는다'는 느낌을 정말 수도 없이 많이 받았다. 일련의 경험에 대한 개인적이고도 주관적인 느낌들을 직접적으로 전달할 수는 없을 것이다. 나는 기도에 대한 응답이었다고 믿는다.

서강대 사회학과에 들어가면서 (당연히) 편입시험을 다시 보겠다는 마음은 없었다. 한심하게 1차부터 떨어진 고려대에 미련이 없진 않았으나, 그것이 나의 한계이고 주님이 계획한 길이라고 생각했다. 너무 좋은 면학 분위기, 편입생들에게 전혀 없는 차별, 자극이 되는 훌륭한 사회학과 학생들, 정말 잘 챙겨주시는 교수님들, 하고 싶은 공부를 하는 즐거움, 좋은 학점과 장학금 등 더 이상 바랄 수 없는 생활을 해나갔고, 학교 밥이 맛이 없다는 것 이외에 특별한 불만이 없을 즈음, 서강대에서 근 3년 동안 언론고시를 패스한 사람이 단 2명밖에 되지 않는다는 것을 언론고시 설명회에서 듣게 되었다. 한 명은 MBN 기자고 다른 한 명은 아나운서였는데, 이 현실은 내가 원하는 상황이 아니었다. 충격적이었다. 그때부터 다시 학교를 옮겨야 할 것인지 조금씩 고민하게 되었다.

남들은 졸업하는 나이인 28세에 꼭 편입 준비를 해야 하는 것인가, 도전한다고 해도 합격한다는 보장이 없지 않는가. 정말 몇 번이나 물어보았다. 그 고민은 2학기 시작하면서도 계속되었다. 결국 2학기 시작하고 또 한 달이 지나서 중간고사가 가까워지고 나서야 편입을 결정했다. 나는 편입이 정말 합격하기 어려운 시험이라는 것을 누구 못지않게 잘 알고 있었다. 그래서 편입 결정은 곧 휴학 결정이었다. 휴학을 하기 위해 면접에서 뽑아주고 합격 이후에는 여러 모로 잘 챙겨주셨던 지도 교수님께 면담 갔을 때 정말 마음이 편치 않았다. 거짓말을 했고 교수님의 두 눈을 마주할 수가 없었다. 정말 많은 고민 끝에 이루어진 힘든 결정이었다. 고려대 합격 이후 다시 찾아뵈었을 때야 비로소 솔직히 말했고, 교수님은 진심으로 기뻐해주었다. 그분들이 없었으면 지금 내가 어떻게 살고 있을지 모르겠다.

보름간은 학원에서 공부하고 공부 후에는 서강대 앞의 자취방으로 돌아와 잠을 자는 생활을 했으나, 이 '서강대로 돌아오는 행동' 자체가 나의 마인드에 조금이라도 부정적인 영향을 끼치는 것을 없애고자, 학원 앞의 작은 원룸으로 옮겼다. 잠을 자려면 허리와 다리를 굽혀야 하고, 냉장고에 몸이 닿았을 때의 전기 충격을 주의해야 하는 정말 작은 원룸이었다. 그러나 난 그곳이 좋았다. 그 작은 원룸 벽 곳곳에 나의 다짐을 적은 글들과 가족사진을 붙여놓고, 성경책과 늘 나와 함께 하는 일련의 책들을 정리하고 하루하루의 생활을 시작하고 나니, 내가 정말 다시 벼랑 끝에 서서 모든 것을 걸었다는 것이 실감났다.

학원 앞에서 자취를 하는 것은 장점이 많았다. 매일 새벽 4시 50분에 일어나 학원 앞에서 경비 아저씨가 일어나길 기다렸고, 경비 아저씨가 문을 열어주면 9층 자습실 불을 켜며 원하는 자리를 맡았다. 점심 식사 후에는 이 원룸으로 돌아와 20~40분 정도 낮잠을 꼭 잤고, 이것은 오후 공부의 큰 효율성과 높은 집중력으로 이어졌다.

서강대에서 고려대로의 편입을 목표로 하는, 스스로도 다소 불필요하고 무의미한 것이 아닐까 수없이 회의되는, 도전이었기에 몇 번이고 마음을 추스려야 했다. '이번 편입은 어쩌면 그렇게까지 필요한 시험은 아닐 수도 있다. 그러나 어쨌든 고민 끝에 다시 하기로 마음을 먹었고, 이제 노력을 다할 것이다. 설사 객관적으로 그렇게 중요하지 않아도 좋다. 내가 내린 선택과 내가 쏟는 노력들이 이 시간을 의미 있게 만들 것이다.' 이렇게 마음을 다 잡았던 것 같다. 작년의 실패가 있었기에 수험기간 내내 가장 많이 신경을 쓴 부분은 어떤 것들보다도 마인드컨트롤이었다. 늦게 시작했으나 온전하게 편입에 모든 걸 걸 수 있었던 시간들이었다.

그렇게 두 달여를 공부하고 나름대로 많은 준비를 했으나, 고려대 1차는 왜 그렇게 또 다시 긴장이 되었는지 모르겠다. 10분 동안 또 다시 두어 문제밖에 못 풀고 있는 나를 보며 여기서 이렇게 또 끝나나 싶었다. 펜을 놓고 잠시 주위를 둘러보았다. 열심히 준비했다는 것을 떠올리고 마음을 다잡았다. 결국 작년처럼 완전히 망치지는 않고 시험을 마칠 수 있었다. 그래도 분명 잘 본 시험은 아니었다. 지인들과 식사하고 돌아오는 지하철에서 가채점을 하다가 충격을 받았다. 목표 점수보다 7점 가량 낮았다. 어머니는 "고려대는 이상하게 너와 안 맞는 것 같더라."며 위로해주셨다. 돌이켜봤을 때 그렇게까지 못 본 점수는 아니지만, 고려대 1차를 또 다시 원하는 만큼 치러내지 못한 내 자신에게 좌절했던 것 같다. 1차 이후 5일에서 무려 일주일여를 정신 못 차리고 좌절한 채 보냈다. 서강대에 복학한 다음을 계획했던 것 같다.

그때 힘이 된 것은 신앙과 어머니였다. 그해 바뀐 연세대학교 특유의 논술 유형을 준비하면서 나는 잘 보지 못할 것을 알고 있었다. 그 사실을 차마 부모님에게 말하지 못했다. 그런데 연세대학교 시험 당일 현관 앞에서 배웅해주시는 어머니의 기대에 찬 눈빛을 보았다. 그

눈빛이 나를 고려대 2차에 다시 던져버리게 만든 커다란 계기가 되었다. 그 마음을 실망시켜 드릴 수 없었다. '준비된 언론인'이 되자던 목표, 그런 게 아니었다. 그때 나는 그저 어머니를 위해서 그저 이 과정을 이겨내기 위해 반드시 붙어야 했다. 가장 큰 싸움, 무언가 완전히 본질적인 싸움이 되어가고 있었다. "사람이 마음으로 자기의 길을 계획할지라도 그의 걸음을 인도하시는 이는 여호와시니라." 글로 설명할 수는 없으나 또 다시 난 어떤 계획 안에 있음을 느꼈고, 작년에 나를 서강대로 인도했듯이, 비록 불합격이더라도 어떤 새로운 경험으로 인도할 것을 믿었다.

쇄신을 위해 학원 앞의 원룸을 빼고, 이번에는 고려대 앞의 역시 자그마한 원룸으로 자리를 옮기고 그곳에서 2차를 준비했다. 지금도 까만 밤 고려대 앞의 원룸으로 나와 함께 짐을 옮기시던 어머니의 작은 뒷모습이 생생하게 기억난다. 짐을 다 옮기고 나서 나와 손을 맞잡고 원룸 안에서 무릎 꿇고 기도하시던 어머니의 모습도 눈에 생생하다.

2차를 준비하며 많이 힘들었다. 기도와 신앙심과 부모님이 없었다면 난 이겨내지 못했을 것이고 그대로 꼬꾸라졌을 것이다. 이건 겸손이나 저자세가 아니고 있는 그대로의 사실이다. 고달프기보다는 불안감 때문에 힘들었다. 매일 기도와 부모님에 의지했다. 편의점에서 2500~2800원 정도 하는 도시락을 네 개 정도 사서 원룸에서 먹으며 새벽부터 자기 전까지 전공을 대비했다. 그렇게 3주가 지나고, 시험 전날 밤을 새고 1월 18일 전공시험 날 아침 10시에 고려대에 가서 전공시험을 봤는데, 세 문제 모두 만족스런 답을 쓰고 다시 이 작은 방에 돌아와서 감사기도를 오랫동안 드렸다.

지금도 시험지를 제출하고 자취방으로 돌아오던 순간이 기억난다. 한두 문제가 충분히 변별력 있게 출제되었기에 시험지를 받는 순간 합격을 확신했다. 자취방으로 돌아오는 발걸음이 날듯이 가벼웠고 터져 나오는 웃음을 감출 길이 없었다. "엄마, 이게 말이 돼, 이게 말이 돼?" 기억에는 없지만 나는 어머니와 전화통화를 하며 계속 이런 말을 되풀이했다고 한다. 어머니는 전혀 놀라지 않으셨다. 나중에 알았지만 어머니는 '또' 꿈을 꾸셨다고 했다(꿈쟁이 우리 어무니). 두 꿈을 꾸셨는데, 이 두 꿈 내용은 모두 내가 최종 합격 발표 난 다음에 말해 주셨다(그 이전에는 좋은 꿈 꾸었다며 "넌 주님을 정말 깊이 섬겨야 한다."고만 말해주셨다). 1차 보기 전에는 커다란 성당에서 연단 바로 앞의 가장 좋은 자리에 내가 걸어가더니 여기가 우리 자리라고 부모님을 부르는 꿈을 꾸셨다고 한다. 2차 보기 전에 꾸신 꿈은 다음과 같다. 좁은 1차선 산길(태백산맥의 그것 같은)을 굽이굽이 운전하다가 길이 너무나 좁아져서 도저히 갈 수 없겠구나 하고 나와 어머니가 차에서 내려서 어떻게 하지 고민할 때, 어떤 얼굴

270

모를 남자가 오더니 모두 차에 타라고, 자신이 운전하고 지나가겠다고 말했고 한다. 어머니는 그 사람에게 하나님이 이렇게 도우시니 안 될 것이 무엇이 있겠냐고 말했고, 이내 차는 그 좁을 길을 지나서 탁 트인 평탄하고 넓은 곳으로 달려갔다.

크리스천이 아닌 분들도 이 글을 많이 읽으실 것이지만 그 분들께도 꿈 이야기를 포함하여 이러한 이야기 전반을 비교적 상세하게 말하는 이유는, '절실하자'는 메시지를 전달하고 싶기 때문이다. 내 경우에는 정말 간절했더니 열렸다. 나는 나의 준비와 노력에 대해 의심이 많고 비관에 가까울 만큼 비판적인 사람이지만, 그와 별개로 주위로부터 도움을 받는 느낌을 많이 받았다. 크리스천 분들에게는 '(이를 기회로) 거듭나 새사람이 되자'는 메시지도 드리고 싶다. 이 모든 시간들이 나에게 필요했다는 것을 알겠다는 기분이 든다. 이것들은 개인적인 경험이기에 전달하기 쉽지 않겠지만, 편입이라는 결코 쉽지 않은 과정 동안 절실히 원하는 마음과 상처 받을 줄 아는 자세를 더욱 가까이 한다면 이전보다 더욱 많은 것을 새로이 경험하고 깨닫는 본인이 되지 않을까 생각해본다.

현재는 꾸준한 관리를 통해 정상 수준으로 많이 호전되었으나, 편입을 준비하며 좋지 않은 식습관과 극도의 스트레스로 '장상피화생'이라는 병을 얻게 되었다. 하지만 편입 과정 동안 얻은 좋은 경험들은 결과보다 훨씬 값지다고 생각한다. 그 무슨 입 발린 소리냐 할 수 있겠지만, 진심으로 그렇게 생각한다. 그 과정 중에 깨달은 초심들은 앞으로 계속 지켜가고 키워가야 할 것이라고 생각한다.

편입 공부법

■ 단어 ■

많은 사람들이 언급하듯이 나도 너무 많은 단어책을 돌려보는 것은 추천하지 않는다. 본인에게 가장 맞는 단어책을 많아야 2권 이내로 설정하여 돌리는 것이 가장 현명하다고 생각한다. 나도 불안감이 커서 완벽을 기하려고 여러 권을 돌렸던 때가 있었다. 나중에 크게 후회했다. 어느 정도 수준에 올라가면 단어가(문법도) 시간 대비 많은 플러스 점수를 주는 영역은 아닌 것으로 판단된다. 결국은 독해와 논리다. 완벽주의 성향이 있다면 그 분야는 단어보다는 독해로 돌리기 바란다. 독해와 논리야말로 그런 집착을 가질 만한, 플러스 점수를 많이 안겨주는 영역인 것 같다.

단어 공부할 때 몇 가지 효율적인 방도를 말하면, 우선 첫 한 바퀴 돌리는 기간을 최대한 짧게 가져가는 게 좋다는 것이다. 한 바퀴 돌리는 기간이 짧아질 때의 이점은 크게 두 가지가 있다. 우선은 한 바퀴가 끝나고 다시 한 바퀴를 시작할 때, 가장 처음 학습했던 파트 내용이 기억에서 최대한 잊혀지지 않은 상태로 남아있을 수 있다. 그 상태에서 재학습이 이루어지면 해당 내용이 좀 더 진하게, 또 오래 기억될 것이다. 두 번째는 이렇게 첫 회독부터 빠른 시간에 완료되도록 진행한다면, 한 회독 시간을 더 이상 빠른 속도로 회전할 수 없는 궁극적인 수준에 이르기까지 필요한 전체 회독 수를 처음부터 많이 줄일 수 있다는 것이다.

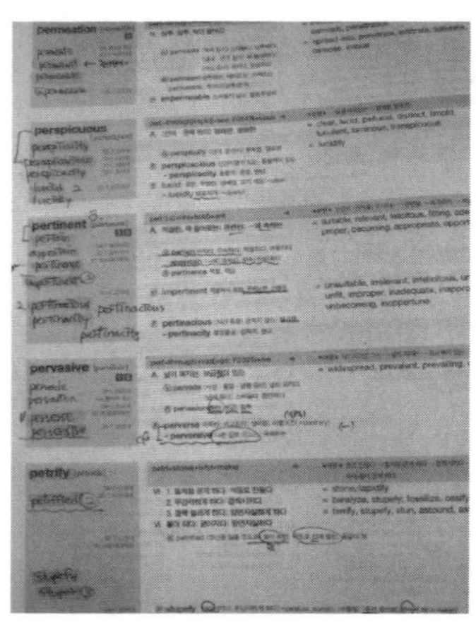
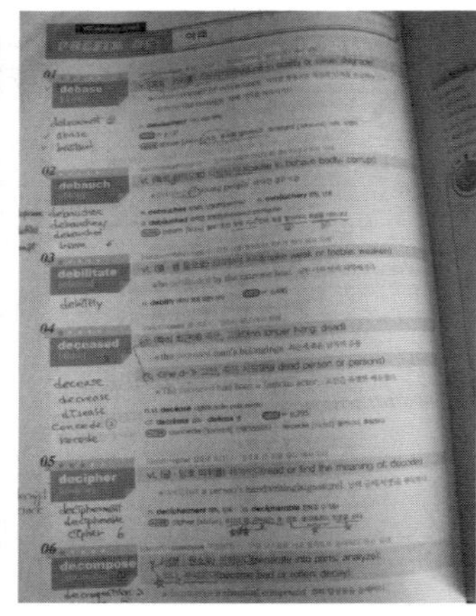
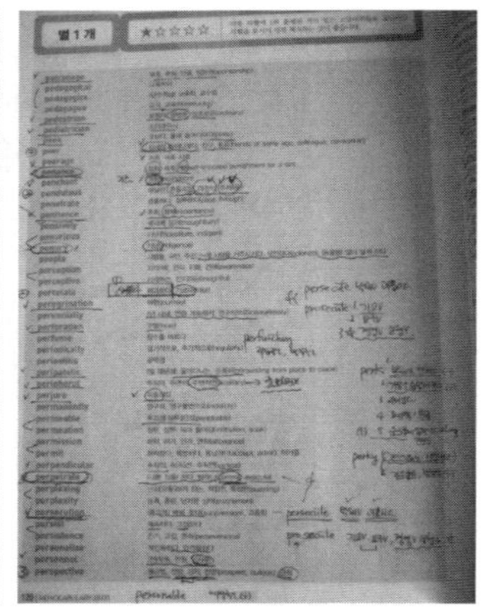

내 경험으로 봤을 때(처음 돌릴 때의 기준으로) 일주일이나 열흘에 한 바퀴가 가장 좋았던 것 같다. 이 정도면 보통 열심히 공부하는 축에 속하는 경쟁자들보다 두 배에서 세 배의 분량을 나가는 것이지만, 처음의 고비만 넘기고 계속 돌리다 보면 익숙해지고, 나중에는 단어를 '졸업'하는 시기가 경쟁자들보다 현저히 당겨지는 현상으로 이어진다.

단어는 보통 스터디를 통해서 해결하는데, 좋은 스터디를 구하는 것은 정말 중요한 것 같다. 나 같은 경우는 편입 결정 후 첫 스터디에 학원에서 1등을 달리는 친구를 만났는데, 엄청난 분량을(경쟁자들의 두 배 분량) 매일 거의 틀리지 않는 그 친구를 보면서 편입이라는 시험을 대하는 마인드 자체가 완전히 달라졌다. '처음 한 바퀴부터 경쟁자들의 2배 이상으로 돌리는 전략'도 이 친구에게 배웠다. 스터디를 할 때 가능하면 자신에게 자극을 주는 사람들과 함께 한다면, 편입이라는 긴 싸움을 하는 동안 정말 큰 에너지가 되지 않을까 싶다.

간혹 어떤 스터디는 '지금은 첫 바퀴니까 이 정도 틀려도 된다. 우리는 많은 분량 나가니까 이 정도 틀려도 된다'는 주장을 하기도 하는데, 난센스다. 이것은 혼자서 공부할 때도 마찬가지다. 첫 바퀴부터 구멍을 제대로 꿰지 않으면 두 바퀴에도 전혀 진척되지 않는다. '제대로 된 암기'가 전제된 상태에서만 양을 늘리는 암기가 의미가 있다. 틀리는 개수로 따지면, 첫 바퀴부터(50문제 중) 다 맞거나 많아야 다섯 정도 틀려야 비로소 두 바퀴에서 돌리는 시간이 줄어든다.

정리하면, 조금이라도 독해와 논리 같은 더 중요한 영역을 더 빨리 본격적으로 시작할 수 있게, 단어는 가능한 한 빨리 끝내는 방향으로 계획을 짜고 실행하는 게 좋다는 것이다. 궁극적으로 단어 실력은 단어 책을 눈으로 스르륵 빠르게 넘기는 수준이 되어야 한다.

마지막으로, 영어를 건축에 비유하면 단어는 매우 기본적인 벽돌이거나 풀 정도다. 단어를 잘하게 된다고 해서 자만할 여유는 애당초에 없다. 독해와 논리를 잘하게 된다면 그땐 조금 자만해도 될 것 같다.

■ 문법 ■

문법에 대한 이해→문법 내용 암기→적용(문제풀이)이 일반적인 문법 공부의 흐름이다. 문법을 끝내는 과정 중 가장 핵심적이라 할 수 있지만, 많은 학생들이 의외로 과소평가하는 부분이 문법 암기인 것 같다. '문법은 이해'라는 선입견이 의외로 많은 학생들에게 있는 것 같지만 '문법은 암기가 기반'이라고 말하고 싶다.

문법의 암기 전략도 단어 암기 전략과 한 맥락에 있다고 생각한다. 한 권의 책을 빠른 시일 안에 돌려 보는 것, 그래서 문법 암기를 최대한 빨리 끝내고 다음 단계로 넘어가는 것이 기본적인 문법 공부 방향이라고 생각한다.

이해할 때 필요한 책과 암기할 때 필요한 책은 조금 다르다고 생각한다. 이해할 때는 다양한 예시와 함께 자세하게 쓰여 있는 책이 아무래도 좋다. 그러나 암기할 때는 핵심적인 내용들이 담긴 간소한 책이 경험상 좋았다.

핵심적인 내용들이 담긴 간소한 책들 중 하나를 선택한 다음, 다른 책에서 중요하다 싶은 내용을 선택한 책에 옮겨 적어가며 단권화시켰다. 또한 문제를 풀면서 옮기면 좋을 만한 내용들도 단권화 책에 오려 붙였다.

나는 문법 공부가 재미없었다. 특히 문법 암기하는 것이 정말 싫었다. 고민 끝에 문법 암기 스터디를 만들어서 문법 암기를 해결했다. 스터디는 매회 특정 영역을 잡고, 각각 그 영역에 대한 문제를 터프하고 러프하게 내온 다음, 모인 자리에서 풀어보는 방식으로 진행했다. 가령 '수여동사로 혼동하기 쉬운 동사를 5개 이상 써라' 이런 식으로 문제를 낸다. 페이지를 통째로 외워버리는 방향으로 진행했다.

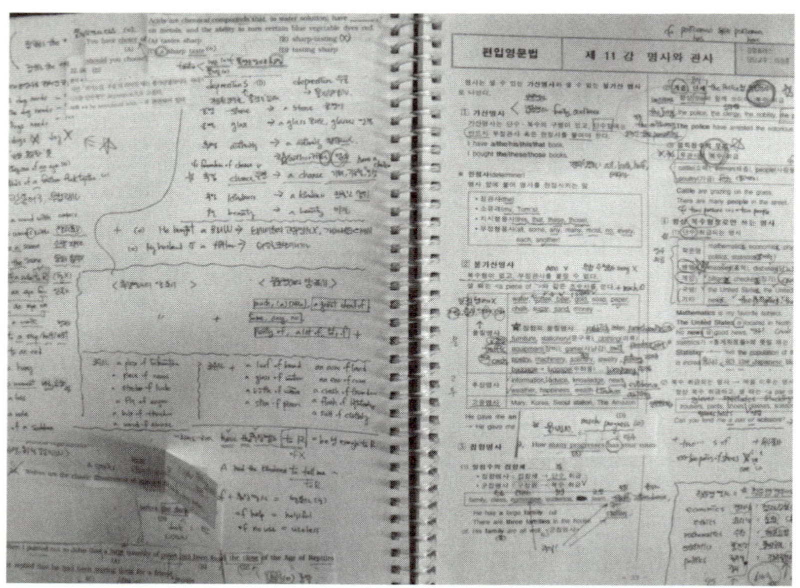

논리와 독해를 나누어서 공부하는 경우가 많은 것 같다. 물론 구체적인 문제해결 방법에는 크고 작은 차이가 있을 것이다. 하지만 나는 근본적으로 논리와 독해의 접근 방식은 같다고 보았다. 내 생각이 반드시 정답이라고 할 수는 없으나, 난 이렇게 생각했다.

'논리를 -0이나 -1 틀려도, 독해를 -2 이상 틀릴 수 있다. 그런데 독해를 -0이나 -1 틀리면, 논리를 -2 이상 틀릴 수 없다.' ⇒ '그렇다면 독해가 -0, -1이 되는 것에 전념하자'.

달리 말하면, 독해를 편법이 아닌 정도의 공부법으로 접근하고 진짜 독해 실력을 키워나간다면, 그보다 짧은 지문인 논리는 반드시 풀린다고 생각했다. 그래서 처음부터 독해의 진짜 실력을 키워나가는 데 주력했다.

'진짜 독해 실력'을 강조하는 이유는 자신도 모르게 정도 이외의 편법으로 나가는 경우가 너무 많기 때문이다. 개인적으로 독해 공부하는 갈래를 둘로 나누어보았다.

①독해의 근본적인 실력을 쌓는 공부

②문제풀이 실력을 쌓는 공부

이 둘은 서로 접근법이 미묘하게 다르기 때문에, ①에 주력하면 ②가 약간의 문제를 보이고, ②에 주력하면 ①에 문제를 보이는 경우가 있다. 어쩌면 그것이 이들의 기본적인 성격인 것 같다. 많은 사람들은 처음부터 ②에 매달려 무조건 많이 풀고 만족하는 모습을 보인다. 그러나 길게 보았을 때 이러한 접근만으로는 근본적인 독해 능력의 향상은 없다. 어느 정도의 수준에 올라서면 그 위로는 올라설 수 없는 한계를 지닌 접근이라고 생각한다.

많은 수기들이 그러하듯, 나 역시도 독해를 처음 접할 때는 ①에 많은 비중을, 시험이 가까워지면 ②의 비중을 늘리는 것이 바람직한 것 같다. 그렇다고 너무 ②의 비중을 늘리면 본인이 그동안 쌓아온 독해 실력과 리듬이 미묘하게 무너져버린다(중반까지는 공부 잘 하다가 시험이 가까워질수록 조바심 때문에 이렇게 독해 감 잃고 슬럼프에 빠지는 사람들 많다). 아무리 하루에 10시간 넘게 공부한다고 해도 고작 1년 길어야 2년을 공부한 것이고, 기본적으로 외국어로 된 쉽지 않은 지문을 제대로 풀어내야 하는 것이기 때문에, 자신감을 갖되 조심스럽게 접근하는 것이 좋을 것 같다. 시험이 가까워지더라도 ②의 비중을 지나치게 늘리지 말고 ①의 비중을 어느 정도 지켜나가되, ①과 ②의 비중을 본인의 그때그때 상태에 맞게 조절하는 것이 필요하다고 생각한다.

독해 실력을 늘리는 데는 우선 ①의 뒷받침이 필요한데, 나의 경우 ①을 위해서는 무조건 많은 책을 보고 많은 문제를 푸는 것이 도움이 되지 않았다. 내가 한 공부법은 정확하고 빠른 속도로 읽어 내릴 수 있을 때까지 같은 지문을 반복해서 읽는 것이었다. 바꾸어 생각해 볼 때 우리가 익혀야 하는 것은, 영어 문장의 '스키마, 틀'이고, 결국 그 틀이 어떻게 변용되는가에 대한 것이 전부라고 할 수 있다. 어떤 지문과 문장을 빠른 속도로 읽어 내릴 수 있을 때까지 문장과 지문에 익숙해진다면, 본질적으로 이것의 변용에 불과한 다른 문장과 다른 지문에 접근할 때도 빠르게 적응할 수 있다고 봤다.

독해와 논리에 대해서는 '공부'라기보다는 '훈련'이라는 패러다임 전환이 필요한 것 같다. 많은 학생이 실수하듯, 역사책을 공부하듯이 줄치고 메모하는 등 글을 해부하는 데 그치지 않기길 바란다. '지문을 정확하고 빠르게 독해할 수 있도록 문장의 기본적인 틀들을 지식으로만 알지 말고, 마치 축구선수가 이미 충분한 것 같은 기본기 연습을 계속해서 하듯이, 지문을 정확하고 빠르게 독해할 수 있도록 꾸준히 반복해서 보라는 의미다. 이와 같은 훈련을 부단히 하여, 어떤 지문을 읽든지 눈으로 물 흐르듯 정확하고 빠르게 득해할 수 있도록 만들자는 이야기다.

문제를 풀 때는 적정 문제풀이 속도, 시간관리법 등을 익히기 위해 매번 시간을 정하고 풀었다. 나는 본 시험에서 주어지는 시간보다 5분에서 15분 정도 타이트하게 시간을 잡고 풀었다. 보통 한 문제당 1.2~1.3분의 시간을 두었던 것 같다(논리의 경우 1~1.2분).

내용 풀이를 할 때는 시간제한을 두지 않았다. 틀린 문제들과 문제는 맞혔더라도 지문에서 알쏭달쏭했던 부분 등 부족한 점들이 확실히 개선될 때까지 진행했다(꼭 독해뿐 아니라 논리, 문법 모두 이렇게 공부했다). 내용 풀이를 얼마나 철저하게 하느냐에 따라서 독해 실력이 결정 난다는 것은 나를 포함한 모든 사람의 공통된 의견인 것 같다.

문제를 풀 때, 흔히 토익 시험에서 그러하듯, 문제를 먼저 본 다음 독해 스킬을 이용하여 푸는 사람들이 많이 있다. 무엇이 정답이라고 할 수 있을지 모르겠지만, 나는 기본적으로 지문을 차례대로 모두 읽었다. 질문을 먼저 보긴 했지만, 해당 지문에 몇 문제가 나왔는지, infer 문제인지 주제 문제인지 등 기본적인 문제 유형만 간략하게 체크하고, 기본적으로는 지문 읽는 것에 집중했다.

편입 문제와 지문 중에는 단순 독해 스킬만으로 풀리지 않는 경우가 종종 나온다. 처음부터 고득점을 위해 선택한 공부법이었다. 지문을 모두 읽어서 문제를 푸는 것에 대해 있을 수 있는 유일한 비판의 목소리는 '그렇게 풀면 시간이 부족하다'가 아닐까 한다. 여기에 대해 나는 '①의 실력을 충분히 키우면, 시간이 부족하지 않을 정도로 모든 지문을 정확하면서도 빠르게 읽을 수 있다'고 답변하고 싶다.

독해와 논리 실력은 보통 두 가지를 갖추면 특정 수준 이상의 영역으로 가는 것 같다. 우선은 논리력이다. 문제와 지문이 감추고 있는 것이 무엇인지, 미묘한 함정이 무엇인지 등을 알아내는 능력이다. 주로 독해 문제보다는 논리 문제가 높은 논리력을 요구한다.

질적인 능력에 속하는 논리력은 계단식으로 발전한다. 질적 향상을 위해서는 단순히 많은 양을 푸는 것보다는 왜 이렇게 답이 나오는 것인지 명료하게 깨닫게 될 때까지 탐구하는 것이 중요한 것 같다. 경험상 한번 논리력이 서고 나면, 논리 때문에 틀리는 경우는 거의 없어졌다.

두 번째는 실수를 줄이는 '실력'이다. 피드백을 소상히 하다 보면 틀린 문제들 중 '이 문제는 안 틀릴 수 있었는데, 내 능력 안에 있는 것들인데' 하는 문제들이 의외로 많을 것이다. 그 실수들을 잡으면 고득점과 연결된다. 그런데 그 실수들을 줄이는 것이 쉽지 않다. 뭐랄까, 그것들은 실상 '실수'의 탈을 쓴 '실력'이기 때문이다. ①의 수준도 ②의 수준도 어느 특정 수준 이상으로 올라오면, 그때부터는 이제 실수를 줄이는 '실력'이 얼마나 있느냐 싸움인 것 같다.

10월 즈음 되면 어려운 책을 잡고 있는 사람들을 많이 보게 된다. 많은 사람이 단순히 어려운 지문으로 독해를 공부하면 실력이 늘어날 것이라고 생각한다. 하지만 본인 실력보다 지나치게 어려운 지문을 붙잡고 있으면 본래 갖고 있던 독해 흐름마저 잃어버릴 가능성이 높다. 경험적으로 보았을 때 본인의 실력보다 '약간' 어려운 지문들을 통해 독해 공부를 하는 것이 독해 실력을 높이는 데 가장 좋은 것 같다. 슬럼프에 빠졌을 때는 반대로 본인의 실력보다 약간 낮은 지문을 푸는 것이 본래의 독해 흐름을 되찾는 데 도움이 되었다.

독해는 단어나 문법과 달리 스터디가 아닌 오로지 자신의 힘으로 해내야 하는 영역이다. 그렇기에 나는 독해 파트가 얼마나 자기관리를 잘 하는지를 분명하게 판가름하는 영역이라고 생각한다. 이런 이유에서 나는 본인에게 일단 절실하고, 스스로를 엄격하게 채찍질할 수 있는 사람만이 앞서 말한 ①과 ② 중 ①의 능력을 키울 수 있다고 생각한다. 만약 본인이 문법과 단어는 되는데 독해나 논리 실력이 더 이상 늘지 않는다고 하면, 자신이 이 두 가지 요건이 충족된 사람인지 솔직하게 한 번 물어보기 바란다.

2012년 고려대학교 1차 시험 당일에는 독해 지문 10개 정도를 스크랩하여 노트에 붙여놓고 시험 시작 전까지 보았다. 평소 공부하며 가장 좋아하는 지문, 내가 가진 안 좋은 습관을 다시금 상기시켜주는 지문, 실력이 한 단계 도약하는 계기가 되었던 지문 등 다양한 지문들로 골고루 배치해 갔다. 마인드컨트롤을 위한 작은 발악이었다. 비록 성공하지는 못했지만, 그런 노력까지는 했었다.

마지막으로 개인적인 생각과 경험을 덧붙인다면, 나는 문법과 단어를 논리, 독해와 완전히 분리해서 공부했다. 틈나는 대로 문법과 단어를 보았다는 사람도 있으나, 나는 문법과 단어, 심지어 논리까지 일주일 중 하루에 몰아넣고 나머지 5일은 오로지 독해에만 모든 시간을 할애했다. 그 이유는 문법, 단어 심지어 논리 공부할 때의 접근이 독해를 공부할 때의 접근과 미묘하게 상치된다고 느꼈기 때문이다. 그것을 말로 명확하게 설명하지는 못하겠다. 아무튼 나는 독해 실력을 최대한 높이는 데 모든 공부의 중점을 두었기 때문에 그렇게 시간을 짜두었고, 경험으로만 본다면 이것은 효과가 확실히 있었다.

문법, 단어, 논리는 일주일에 한 번만 해야 하니, 그 하루에 끝내도록 본인에게 보다 철저하게 된다. 이 날은 암기가 필요한 것들은 기억을 유지하는 것에 초점을 두고, 문제풀이는 감을 유지하는 것에 초점을 맞춰 공부했다. 나머지 5일은 처음부터 끝까지 독해에 집중했는데, 이렇게 하니 독해를 공부하는 리듬에 가속도가 붙게 되었다. 상치되는 공부법이 없기 때문에 독해 접근법으로 꾸준히 공부를 진행해 나갈 수 있었고, 독해 계획을 보다 면밀히 짜며 진행할 수 있었으며, 특별히 신경 쓸 일이 줄어드니 정신적으로도 안정이 되었다.

앞서 말했듯이, 무조건 많이 풀기보다는 그때그때 ①과 ②의 실력이 모두 피크에 서도록 유지하는 데 초점을 두었다. 하지만 이는 단어, 문법이 충분히 완료된 상황에서 오로지 독해 유형의 시험만(고려대) 바라보며 진행한 다소 극단적인 전략이니, 해당되는 사람들만 조심스럽게 또 단계적으로 접근하기 바란다.

■ 전공 ■

▲ 사진은 전공 파트의 책들, 단권화한 A4 용지들, 암기장 노트들, 공부법 관련 책들이다. 전공에 대해서 어떤 공부법이 가장 좋을까 고민했던 흔적을 보여주기 위해 세 개의 책들도 함께 올려놓았다. 모두 고시와 관련된 책들이다. 물론 편입 전공시험이 고시에 비교할 수 없을 정도로 간단하겠지만 전공 접근법이 (특히 고려대의 경우) 본질적으로 고시와 비슷하다고 생각했기에 이들의 도움을 빌렸다. 『불합격을 피하는 법』, 『수석 합격! 나도 할 수 있다』, 『다시 태어난다 해도 이 길을』이다. 만약 본인이 전공 공부를 어떻게 접근해야 하는지 개념이 분명하게 서있지 않다면 본격적으로 전공 들어가기 전에 한번 읽어보기를 추천한다.

고려대 심리학과는 전통적으로 전공 출제 문제가 까다롭기 때문에 철저하게 대비하지 않고서는 합격하기 힘들다는 생각이 든다. 이것은 내가 볼 때는 이점이었다. 전공시험이 쉬운 것은 장점보다는 단점이 더 많은 것 같다. 본인이 두각을 나타낼 수 있는 기회가 그만큼 줄어드는 것이기 때문이다. 본인이 철저하게 대비할 자신이 있다면, 전공이 어렵게 나오는 학과에 지원하는 것이 본인의 합격 확률을 높일 것으로 생각된다.

모든 시험이 그렇겠지만, 우선 그동안의 심리학과 기출문제들을 분석하는 데서 시작했다. 이를 통해 발견한 첫 번째 특징은, 거의 모든 기출문제가 『마이어스의 심리학』, 『심리학과 삶』 이 두 책에서 벗어나지 않는다는 것이었다. 그래서 나는 이 두 권을 단권화하고 암기하는 것으로 기본 방향을 잡았다.

두 번째 특징은, 문제가 표에서 매우 잘 나온다는 것이다. 내 생각에는 채점하기 쉽기 때문이 아닐까 한다. 표로 만들어질 만한 내용들은 대부분 중요한 내용들이라는 공통점도 있다. 책에 나오는 표들은 거의 모두 외워야 한다고 생각한다.

세 번째 특징은, 내용의 중요도에 따라 ABCD로 나눈다면(여기서 A는 가장 기본적인 내용, D는 가장 지엽적이거나 중요성이 떨어지는 내용), A와 D는 거의 출제되지 않으며, 보통

B와 C에서 잘 나온다는 점이다. 내 생각에『심리학과 삶』에서 D에 해당되는 내용은 별로 없다. 하지만『마이어스의 심리학』에서는 D에 해당되는, 특별히 공부하지 않아도 될 만한 내용들이 많지는 않으나 가끔 있다. 이 ABCD를 어떻게 구별하느냐 물어본다면, 나의 경우 두어 번 읽어보니 답이 나왔다. 지금까지 그렇게 출제되어 왔기 때문에, 합격을 하고자 한다면 최소한 ABC는 모두 공부해야 한다. D는 최소한의 개념들을 쓸 수는 있을 정도까지는 알아야 한다고 생각한다.

한 단원씩 단권화를 진행해나갔고, 단권화는 워드를 이용했다. 두 책에 실린 한 단원을 우선 읽고 이해하고, 읽으면서 단권화할 내용도 체크하고, 그런 기억들이 머릿속에서 사라지기 전에 바로 단권화를 진행했다(한 단원씩 읽음→바로 단권화). 이런 방식으로 모든 단원을 끝내기까지 2주 정도가 걸렸다.

1차 준비할 때와 흡사하게(단, 아침에 일어나는 시간은 다소 늦추어서) 아침 7시 기상, 11시 30분까지 컴퓨터 워드로 정리, 낮잠을 잔 뒤 밤 9시까지 또 다시 워드로 정리, 취침, 이렇게 매일 동일한 생활패턴을 이어갔다. 단권화를 마친 뒤 A4 로 뽑아내니, 300~350장 정도 뽑아져 나왔다. 그 다음은 두 책에 있는 모든 표를 잘라내서 단권화의 해당되는 부분에 붙였다. 이 이후부터 너덜너덜해진 이 두 책은 보지 않았다.

그 이후로는 바로 암기에 들어갔다. 사법고시 합격수기들을 보면 반드시 나오는 말이 이해보다 암기를 중시한다는 것인데, 이것은 적어도 심리학과 전공에도 해당되는 이야기인 것 같다. 개인적으로 이 과정이 무척 신이 났다. 왜냐하면 내가 암기하면 할수록 합격 가능성이 높아진다는 것을 느낄 수 있었기 때문이다. 단권화를 할 때는 내 것이 된다는 느낌이 없기 때문에 이런 신나는 기분이 없었다. 특별한 당근도 없이 불안함 속에서 그저 나를 채찍질할 뿐이었다. 그에 대한 보상들은 암기할 때 비로소 일어났다.

암기는 적절한 암기술과 암기장을 사용하는 것이 가장 효과적인 것 같다. 내가 주로 사용한 것은 조직화 기법 중에서 첫 낱자 구성법, 이야기 구성법, 청킹이었다. 암기술에 익숙해지면 여러 암기술들을 조합하여 동시에 사용하는 자신을 발견할 수 있다(장소법은 써본 적이 없다). 암기술에 대한 자세한 내용은 꼭 인터넷을 검색해 보고 적용해보기 바란다(검색 key-word : 암기술).

암기술로 정리한 암기노트는 50장 정도 나왔다. 이 50여 장을 또 철저하게 암기하고, 기억을 시험해보고, 단권화된 부분과 얼마나 일치하는지 보고, 기억을 수정하고, 이런 과정을 일주일 정도 계속 반복해나갔다. 암기장과 단권화 전체를 몇 번 반복 암기했는지 셀 수 없어지고 기억을 수정해야 하는 부분들이 거의 없어지니 합격을 어느 정도 확신할 수 있었다. 시간이 매우 촉박하여 전공시험 보기 하루 이틀 전이나 되어서야 '되겠다'는 마음을 가질 수 있었던 것 같다.

나 같은 경우 부족한 시간 동안 서둘러 준비하며 마음고생을 많이 했기 때문에, 이 글을 보는 분들은 나보다 빨리 전공 공부를 시작하기를 바란다. 암기까지 미리 끝내놓는다는 것은 대다수 사람들의 경우 불가능할뿐더러, 소요되는 시간으로 보았을 때 비효율적일 테지만, 단권화 완료까지는(시간이 충분하다면 암기술을 통한 암기노트 완료까지) 1차 시험 전에 끝내는 것이 바람직하지 않을까 생각해본다.

꼭 알아야 할 것들

■ 지원 ■

이것은 소수의 의견이 될지도 모르겠지만, 내가 생각하는 바를 적겠다. 개인적으로 1명을 뽑는 곳이 2명을 뽑는 곳보다 반드시 불리하다고 생각하지 않는다. 그곳이 특히 2차, 혹은 전공시험을 함께 보는 곳이면 더욱 그렇다.

예를 들어 고려대에 1명 뽑는 곳에 지원했을 경우, 1차 합격자 5명 중 그저 그러한 순위에 머무른다 해도 본인의 합격을 위해 2차에서 이겨야 할 사람의 수는 손으로 꼽을 만큼 적을 것이다. 하지만 만약 2명을 뽑는 곳에 지원한다면, 또한 이때도 그저 그러한 점수에 머무른다면, 본인이 2차에서 이겨야 할 사람은 배로 늘어난다.

어느 대학이든 편입이라는 시험에서 일단 1차에 붙는 사람들은 모두 쟁쟁한 사람들이라고 생각한다. 그러한 쟁쟁한 사람들이 2차에서 배수로 늘어난다는 것은, 내 생각에는 결코 좋은 상황이 아닌 것 같다. 설사 그러한 상황에서 2차를 잘 보았다고 해도 자리는 하나 늘어나야 하는 데 비하여 본인 앞에 재껴야할 사람의 수는 더욱 늘어나는 등 본인이 제어할 수 없는 변수가 늘어난다.

이와 같은 예측에서 나는 2011년의 경우 서강대 사회학과, 올해 고려대 심리학과 둘 모두 1명 모집을 했으나(경쟁률 서강대-80:1, 고려대-108:1) 어느 정도 확신을 갖고 지원할 수 있었고, 결과적으로 모두 좋은 결과를 얻을 수 있었다. 내 생각은 그렇다. 4명 모집보다는 2명 모집이 경우에 따라 차라리 나을 수도 있다고 생각한다.

두 번째는 지원하는 학교가 복수전공이 된다면 무리하지 말고 하향 지원을 하라고 말하고 싶다(받아들이는 사람에 따라서 기분 나쁘게 들릴 수도 있으나 솔직한 생각이다). 가령 성균관대는 복수전공이 안 되는 것으로 알고 있으나, 서강대는 복수전공이 정말 잘 되는 학교다. 서강대 이외에도 편입생들에게 복수전공을 허락하는 학교가 많을 것이다. 그렇다면 그 기회를 최대한 살리라고 말하고 싶다. 복수전공을 할 경우 보통 1년이 늘어나는데, 나는 이것이 고생할 만한, 가치 있는 1년이라고 생각한다. 극단적인 경우로 말하면 '올킬'보다는 어느 대학 안 좋은 학과라도 걸어놓은 다음 복수전공을 하는 것이 현명한 것이 아닐까. 편입 시험이 워낙 리스크가 큰 벼랑 끝 승부이기 때문에 본인의 실력이 객관적으로 보았을 때 미흡하다 싶으면 여러 가지 경우도 생각해보기 바란다. 나는 이것이 자신에게 비겁한 것이 아니라 그만큼 자신의 목표에 절실한 것이며, 마지막까지 최선을 다하는 것이라고 생각한다.

■ 휴식도 전략 ■

공부를 열심히 하는 만큼 휴식도 중요한 것 같다. 매일 잠을 잘 자고, 식사를 규칙적으로 하길 바란다. 일주일에 하루 쉬는 것도 좋다고 본다.

나는 하루의 시작은 잠이라고 보았다. 얼마나 꿀잠을 잘 잤느냐에 다라서 그날 공부의 질이 달라진다. 나는 밤 10시에 잠들어 새벽 4시경에 일어났다. 그래서 수면시간도 충분히 확보했다. '신생아'라는 별명을 얻을 만큼 낮잠도 꼬박꼬박 잤다.

과학적으로도 잠을 잘 자는 것은 공부를 위해 매우 중요하다고 한다. 잠을 자는 동안 우리의 뇌는 낮 동안 들어온 지식들을 차곡차곡 분류하고 정리하는 작업을 한다. 밤을 새워 공부할 때의 그 혼잡스러운 머리 상태를 누구나 한 번쯤 경험해본 적이 있을 것이다. 뇌의 분류와 정리 작업이 이루어지지 않았기 때문이라고 할 수 있다. 나는 이 원리를 응용해서 공부하는 중간 중간에(특히 암기 공부를 하는 중간 중간에) 엎드려 10분 정도 잠을 자곤 했다. 시험 시작 전에도 잠시 엎드려 잠을 자며 머릿속을 깨끗이 비우곤 했다.

장기 레이스이니만큼 밥도 잘 먹으면서 건강도 신경 쓰기 바란다. 나는 아침과 저녁은 치즈 김밥으로 때웠지만, 점심만큼은 회사원들을 위한 뷔페식 식당에 가서 영양분을 든든히 보충했다.

일주일 내내 공부하는 사람들도 있지만, 나는 하루를 쉬었다. 나에게는 그 편이 일주일 내내 공부하는 것보다 효과가 더 좋았기 때문이다. 그 쉬는 동안은 특별히 자극적인 활동을 하지 않으려 했다. 친구들을 만나서 왁자지껄하게 술을 마신다든가 축구를 한다든가 하는 활동 말이다. 그와 같은 활동으로 인해 다시 공부를 재개할 때 부정적인 간섭효과가 일어날 것을 염려했다. 마음은 푹 놓되, 휴식을 할 때도 기본적으로는 공부할 때의 분위기와 비슷한 분위기를 유지하려고 했다. 개인적으로 가장 좋았던 휴식은 가족들과 함께 늦은 저녁 마트 장보러 가기, 밀렸던 오락 프로그램 시청하기 정도였던 것 같다.

■ 결국 마지막 1% 싸움 ■

'실력이 더 이상 도무지 늘지 않는 것 같은 마지막 단계'에서 자기 자신과의 싸움을 끝까지 치열하고 담담하게 치르는 것이 얼마나 중요한지를 나는 모든 과정이 끝나고 나서 깨달았다.

나는 담대하게 시험을 치르지를 못했다. 당시까지만 해도 나는 그것이 실력이 아닌 줄 알았다. '원래 내 실력은 이 정도인데, 본래 시험에서는 그 정도밖에 못했다.'고 생각하며 슬퍼했다. 시험을 마치고 나면 의외로 나의 경우처럼 심리적인 이유로 시험을 잘 치르지 못한 사람들을 많이 볼 수 있다. 그리고 그들 중 상당수도 아마 예전의 나와 같은 생각을 하고 아쉬워했을 것이다.

하지만 시간이 지난 뒤 곰곰이 생각해보니, 아니었다. 현재 다니는 학교의 인지심리학 수업 시간에서 이와 관련된 내용을 듣고 더욱 확신하게 되었다. 그 내용은 다음과 같다. 처음 공부를 시작한 순간부터는 실력이 기하급수적으로 향상한다. 그러다가 어느 정도 실력이 쌓이고 난 다음부터는 실력이 늘어나는 속도가 점차 줄어든다. 이를 학습의 멱함수라고 한다. 특정 수준 이상으로 나아가면 급기야 더 이상 공부를 해도 실력이 전혀 늘어나지 않는 것처럼 보이기도 한다. 표면상으로는 더 이상 해도 그만, 안 해도 그만인 것 같은 상황인 것이다. 그런데 사실 이 마지막 단계가 가장 중요하다고 한다. 이 단계에서 심리적인 안정감은 비로소 한 차원 도약한다고 한다.

돌이켜보니 분명히 나는 이 마지막 단계의 중요성을 간과했었다. 나름 만족할 만한 수준의 모의고사 성적과 실력이 확인되고 더 이상 그 둘의 수준이 쉬이 늘어나지 않는 이후부터는 마인드컨트롤을 한다는 명목으로 안일해 있었던 것 같다. 그리고 마지막 단계에서 끝까지 치열하고 담담하지 못했던 면들이 결국 본 시험에 드러났다고 본다. 어설픈 자위책을 시도하지 말고 오로지 끝까지 최선의 노력을 다하여 원하는 마인드를 만들어내길 바란다.

■ 나만의 공부법 찾기 ■

나는 항상 무엇이 좀 더 효율적이고 더 나은 공부법이며 생활법이 될 수 있는지 고민하며 공부했다. 이것저것 시도해보았고, 그 결과 가장 적합하다고 할 수 있는 공부법과 생활법을 나름대로 찾을 수 있었다.

예를 들어 날마다 누구보다 일찍 와서 학원에서 가장 좋은 자리를 맡았고, 편입 과정이 모두 끝날 때까지 그 자리에서만 공부를 했다. 낮잠은 반드시 식후 20분에서 40분씩 잤으며, 친구는 만들지 않았고, 1시간에서 1시간 반마다의 10분 휴식을 부끄러워하지 않았다. 말한 대로 문법과 단어는 하루에 몰아놓고 나머지는 독해로 채우기도 했으며, 9시 이전에 모든 일과를 정리한 후 잠을 충분히 잤다.

나는 모든 시도들은 오로지 집중력을 높이는 것에 목표를 두어야 한다고 생각한다. 공부는 정말 무조건 집중력인 것 같다. 아무리 오랜 시간을 앉아있어도 집중력에 날이 서있지 않으면 결국 자기만족이고, 결코 실력 향상으로 연결되지 않는 시간이다. 그렇기에 어떤 공부 방식과 생활 유형을 택하든, 집중력을 날카롭게 유지할 수 있도록 자기 관리를 하는 것이 제1의 목표가 되어야 한다고 생각한다.

노력함수 : $E= TC^2$ (E=effort T=time C=concentration)

고승덕 변호사의 말인데, 나는 이 함수에 100% 동의한다. 집중력이 공부에 미치는 절대적인 영향에 관심 있는 사람은 『탤런트코드』란 책의 Deep Practice 부분을 읽어보시기 바란다. 본인에게 가장 효율적이고 적합한 공부법과 생활법이 무엇인지 알기 위해서는 하나부터 열까지 시도해보는 것이 이상적이겠지만, 시간이 그것을 허락하지 않는다. 때문에 본인의 마음에 드는 수기를 몇 가지 선정한 다음, 그 사람들의 방법들을 하나하나 조심스럽게 시도해보는 것이 좋을 것 같다.

■ 초심과 절실함은 적극적으로 지켜나가는 것 ■

나는 마음가짐을 모든 일의 근본이자 가장 중요한 것으로 보았다. 시작할 때부터 부족한 동기로 시작하는 사람은 없을 것이다. 그런데 그 동기를 처음부터 끝까지 일정하게 유지하는 사람은 드물다. 노부부가 그들의 사랑을 유지하기 위해 노력과 헌신이 필요한 것처럼, 동기를 유지하는 것도 노력이 필요하다고 봤다. 그래서 '동기경영'이란 개념을 세우고, 그것을 늘 생활에서 실행하려 했다.

자신이 계속해서 자극을 받을 수 있도록 신경을 많이 썼다. 수기를 뽑아서 책으로 만들어 항상 가지고 다니는가 하면, 동기를 불러일으켜 주었던 많은 책들을 늘 가까이했다. 편입을 준비하는 동안에는 특히 고등학생들이 대학교에 진학하는 과정을 다룬 책들이 나에게 많은 자극을 주었다. 『가난하다고 꿈조차 가난할 수는 없다』, 『하루라도 공부할 수 있다면』, 『서울대 의대 3인 합격수기』 등이 그런 책들이었다. 일기도 꼬박꼬박 썼다. 마음이 조금 식은 것 같다 싶을 때는 조금 일찍 귀가하여 예전의 일기들을 다시 보며 마음을 다잡기도 했다. 학교 사진이나 친구들 사진, 가족들 사진 등을 붙여놓기도 했고, 방송 프로그램 중 인상 깊은 장면을 캡처한 뒤 프린트로 뽑아서 붙이기도 했다. 일부러 내면에서 오기나 열등감을 불러일으키기도 했다.

난 스스로 어떤 사람인지 알고 있었다. 가령 같은 공부를 하는 사람들이 주위에 있으면 공부가 잘 된다. 그런데 그곳에 친한 사람들이 있으면 공부가 안 된다. 같이 식사를 하고 수다를 떤다고 하면 '이제 들어가서 공부할까' 이런 말은 절대 내 입에서 먼저 나오지 않는다. 나는 이와 같은 나만의 특징들을 수용하고 존중했다. 비록 수업은 안 들어갔으나 학원을 등록해서 같은 공부를 하는 많은 사람들과 함께 자습실에서 공부했다. 하지만 친구는 가능한 사귀지 않았다.

이렇게 늘 고민을 했다. '어떻게 하면 나에게 자극을 줄 수 있을까?', '어떻게 하면 내 절실함을 유지할 수 있을까?', '어떤 새로운 방법이 없을까?' 자신의 동기를 평소에 얼마나 가꾸고 있는지 체크하며 생활하는 것이 어떨까 하는 개인적인 조언이다.

글꼬리

그동안 공부하며 복도에서 눈물짓는 학우들, 화장실에서 눈물짓는 사람들, 옥상에서 눈물짓는 사람들을 참 많이 보았다. 그리고 가슴이 많이 아렸다. 그 모습은 곧 나의 모습이기도 했다. 나 역시도 집중이 안 될 정도로 불안해지면 화장실 칸막이에 들어가 문 닫고 기도드리곤 했다.

눈에 보이는 사람들이 모두 경쟁자지만, 어찌 보면 하나의 커다란 운명공동체이기도 하구나 하는 심정을 절절히 느꼈다. 나도 모르게 얼굴을 하나 둘 익히며 홀로 정도 많이 키웠다. 어찌 보면 그런 경험들이 이번 수기집 출판을 기획하게 된 이유 중에 하나였을지 모른다.

어떤 분들에게 반감을 살 수도 있겠지만, 나는 편입에서 절반 정도의 성공을 했다고 느낀다. 늘 2010년 동계올림픽에서의 김연아 선수처럼 편입을 끝내고 싶었다. 시험 전날에도 김연아 선수의 프리스케이팅을 볼 정도로 그를 닮고 싶어 했지만, 결국 몇 번 엉덩방아 찍으면서 편입시험을 마쳤던 것 같다. 합격했으면 됐지, 뭘 그렇게 쓸데없이 아쉬워하고 집착하느냐고 물어볼 수 있다. 어쩌면 나도 모르는 사이에 편입이라는 과정을 즐기고 있었던 것 같다. 한 가지 목표를 향하여 차근차근 익히고 나아지는 생활이 보람차고 즐거웠기에 누가 시키지 않아도 복기하는 것이다.

어느 정도 실력이 올라가지 않으면 내 수기에서 부족한 점들이 보이지 않을 것이다. 하지만 나는 공부에서나 생활에서나 부족한 점이 많았던 사람이다. 이 글을 보는 분들은 내가 미숙했던 부분들을 뛰어넘고, 나보다 절실하고 열렬하게 즐기면서 편입에 임하고, 그렇게 결과와 과정 모두에서 부디 '클린 프로그램' 하기를 바란다.

bedrohanlee@naver.com

15

순수 문과생이 공대로 편입학 성공

아버지의 죽음, 그리고 어머니를 지키고 싶다는 책임감

조나연

[중앙대(안성) ➡ 인하대]

I

- **학사편입**(학점은행제 4.0)
- **전적대학** : 중앙대학교(안성) 중국어학과(1학기 3.25/4.5, 2학기 4.3/4.5)
- **편입대학** : 인하대학교 화학공학과(영 · 수 합 46.5/60, 13.75:1)
- **나이** : 23세
- **성별** : 여자
- **합격한 학교**
  - 동국대학교 화공생물공학과(24:1)
  - 홍익대학교 전자전기공학부(80.75:1)
  - 숙명여자대학교 수학과(7:1)
  - 국민대학교 신소재공학부(19.33:1)
  - 아주대학교 응용화학생명공학과(수학 만점/11.83:1)
- **불합격 학교**
  - 고려대학교 수학과(1차 합격−65점/13.5:1)
  - 이화여자대학교 수학과(6:1/1차 합격/면접 불참_고려대 참가)
  - 성균관대학교 화학공학부(11.80:1)
  - 한양대학교 화학공학부(9.67:1)
  - 중앙대학교 화학신소재공학부(28.8:1)

과외수업 때문에 마들역에 다녀오는 길, 오랜만에 내리는 비를 우산 속에서 맞으며 작년 한 해를 회상했습니다. 지난해에는 유독 심한 장마가 있었지요. 맨발에 실내화 하나 덜렁 신고 백팩을 맨 채 비가 오건 눈이 오건 묵묵히 도서관으로 향했던 그때가 새록새록 기억이 납니다. 사실 회상이라는 단어를 쓰기가 어색할 정도로 모든 것이 엊그제의 일 같습니다. 홀로 공부를 하고 집으로 돌아오는 길, 유독 제 인생에는 비가 내리는 날이 많다고 생각했습니다. 그리고 도무지 비가 멈출 것 같지 않아서 가슴이 답답해졌습니다. 인생이 산 넘어 산이라 여전히 인생에는 비오는 날이 많지만, 이 비를 대하는 태도만은 달라진 것이 분명합니다. 편입이 저의 태도마저 바꾸어준 것이겠지요.

조나임

그때를 떠올리며

오늘 제가 맞은 비는 작년 여름 맞았던 비와는 다른 듯합니다. 우산에 살포시 떨어졌다가 또르르 아름답게 흘러내리는 기분 좋은 비였습니다. 비가 차려입은 옷을 축축이 적셔버렸는데도 이토록 행복해하는 것이 조금은 우스울 수도 있지만, 오늘은 작년과는 다른 기분 좋은 생각만 하게 되는 비였습니다. 인생이 산 넘어 산이라 여전히 인생에는 비오는 날이 많지만, 이 비를 대하는 태도만은 달라진 것이 분명합니다. 편입이 저의 태도마저 바꾸어준 것이겠지요.

순수 문과생

본격적인 수험생활에 대한 조언을 하기에 앞서 편입을 시작하게 된 동기에 대해서 이야기하려 합니다. 저는 순수 문과 출신 여학생입니다. 충청남도 태안이라는 조그마한 시골 동네에서 초·중·고를 졸업했습니다. 중학교는 좀 더 시내에 본교가 따로 있었고, 제가 다니는 학교는 분교였습니다. 그러다 보니 반 학생이 13명도 채 되지 않았고, 그래서 매년 개학하기 전에 폐교를 설문하는 일이 연례행사처럼 이루어졌습니다. 길게 말하지 않아도 얼마나 외진 시골인지 짐작하실 수 있으리라 생각합니다.

그러다 보니 초·중·고등학교를 다닐 때는 학원을 구경해본 적이 없습니다. 그저 EBS에 감사하며 온통 그쪽 교재와 강의에 의지하곤 했습니다. 아마도 그때의 환경 덕택에 지금까지 학원보다는 인터넷강의나 독학을 선호하는 편입니다.

고등학교 2학년 문·이과 선택을 할 때 저는 1초의 망설임도 없이 문과를 선택했습니다. 언니들이 모두 문과 출신이었기 때문에 저 또한 당연히 문과 적성이 잘 맞을 거라고 생각했습니다. 제 자신에 대해서 고민이 많이 부족했었습니다.

수학을 좋아했음에도 한 치의 의심도 없이 문과의 길을 걸으면서 자연스럽게 대학교도 어문계열인 중국어학과에 지원해서 중앙대학교 안성캠퍼스 중국어학과에 입학하게 되었습니다. 입학을 해보니 동기들의 절반이 이미 중국에서 1년 이상 거주했거나 HSK자격증을 소지하고 있었습니다. 저는 중국어에 능통해서 지원한 것이 아니라서 초반부터 나는 격차가 부담스러웠습니다. 그래서 대학교 1학년은 다양한 활동을 하면서도 새벽 3시까지 독학을 하는 생활을 거듭했습니다.

저의 글을 읽어보면 알게 되겠지만 제가 제일 중시하는 것은 성실입니다. 늘 이것이 저의 가장 큰 무기이라고 생각해왔기 때문에 한창 술 마시며 놀기에 바쁜 1학년 시기마저 새벽까지 고3처럼 공부하곤 했습니다. 물론 치어리더도 해보고 테니스부에도 들었으니 나름대로 대학생활을 신나게 즐기기도 했습니다. 첫 학기에는 3.25라는 저조한 학점을 받았지만, 노력 끝에 학점은 원어민 수준의 중국어를 구사하는 친구들 사이에서도 4.5 만점에 4.3을 받았습니다. 학점을 기대보다 높게 받다 보니 점점 자신감이 생겼고, 부모님과 상의해 1년간의 중국 유학을 떠나기로 결심하게 되었습니다. 때는 1학년을 마치고 겨울방학이었습니다. 미리 중국어 중급 과정까지 인터넷강의를 들어가면서 열심히 익혔고, 어느 정도 중국 유학 준비를 마쳐가고 있었습니다.

불행의 시작

하지만 2012년 2월이었습니다. 시골의 어머니로부터 갑작스러운 전화를 받게 되었습니다. 시골에서 건축회사를 운영하시던 아버지가 현장에 감독하러 갔다가 큰 화재사고를 당하게 되었다는 통보였습니다. 전화기 너머로는 어머니의 하염없는 통곡소리가 건너왔고, 임시적인 처치 후에 아버지는 서울의 화상 전문 병원으로 이송될 것이라는 것을 전해 들었습니다. 그 날 밤 곧장 아버지가 도착한 병원으로 언니들과 갔고, 먼저 도착한 어머니를 달랬습니다. 헝클어질 대로 헝클어진 머리를 하고선 하염없이 통곡하던 어머니. 그런 어머니와 세 딸이 부둥켜안고 하염없이 울고 있을 때 머리부터 발끝까지 온몸에 붕대를 감은 아버지가 병원 침대에 누운 채로 실려 나왔습니다.

"나연아, 아빠 괜찮다. 걱정 마라."

평생을 병원 신세 한번 안 지고 늘 우람한 덩치로 건강함을 자랑하던 아버지가 힘없이 병원 침대에 누워서 막내딸을 안심시키려고 하는 말이 아직도 귓가에 안타깝게 맴돌고 있습니다. 아버지는 전체 몸의 45%를 3도 화상을 입었다는 진단을 받았고, 피부이식이 불가피한 상황이라고 담당 의사가 말했습니다. 그렇지 않으면 하얗게 죽어버린 피부를 통해서 세균에 감염되고 결국엔 폐결핵이나 패혈증이 생겨서 생명이 위험할 거라고 했습니다. 그래서 그로부터 3일 후 피부 배양만 준비가 되면 바로 피부이식을 위한 수술을 받기로 결정했습니다.

수술을 받기 전 이틀 동안을 생각하면 가장 가슴이 쓰립니다. 아버지는 병원에 온 지 하루 밤 만에 목소리를 낼 수 없었습니다. 연기를 너무 많이 마셔 목구멍이 심하게 부어올랐기 때문입니다. 그러곤 바람소리같이 조그마한 소리로 외삼촌의 귀에 나지막이 말했다고 합니다.

"처남, 내가 늘 좋아했던 처남, 내가 처남을 정말 보고 싶은데 눈이 보이지 않아. 무섭네."

너무도 암담했습니다. 저는 그 이야기를 듣고 바로 병원 계단에 앉아서 전화로 유학을 정리했습니다. 지불한 비용은 환불을 받고 유학을 취소했습니다. 그리고 한동안 그 계단에 앉아서 받아들이기 힘든 불행한 사건들이 꿈이면 좋겠다고 생각했습니다.

아버지가 계신 중환자실에선 비명소리가 끊이질 않았고, 마약성 진통제를 투여했음에도 다른 환자들은 고통이 너무 심해서 격렬하게 몸부림을 쳤습니다. 그러다 보니 결국엔 침대에 손과 발이 묶여 있는 환자들도 많았습니다. 하지만 아버지는 평생을 그래 오셨듯이 아파도 아픈 내색 하나도 안 했습니다. 그렇기에 더욱 마음이 쓰렸습니다. 아버지가 입을 꾹 다물고 참고계실 고통의 정도가 얼마나 심할지 주변 환자들을 통해 대강 알 수 있었기 때문입니다.

병원에 온 지 2일 후, 어머니는 이미 환자와 다를 바가 없었습니다. 중환자실에서 목이 부어서 한 끼도 못 먹는 아버지를 보면서 어머니 또한 식사를 걸렀습니다. 늘 눈시울은 붉었고, 틈만 나면 보호자 방에서 조용히 무릎을 꿇고 눈물의 기도를 했습니다. 중환자실은 하루 3번, 각각 30분의 짧은 면회시간이 주어졌습니다. 면회시간 동안 어머니는 그저 칭칭 감긴 붕대만 쓰다듬으면서 아버지에게 잘될 거라고 말했습니다. 그러고는 슬픈 얼굴로 병실을 나와서 아직 닫히지 않은 문 앞에 우두커니 선 채 아버지를 지켜봤습니다.

하룻밤이 더 지나서 이제는 수술하는 날이 되었습니다. 외가 식구들과 친가 식구들도 아침부터 일찍이 서울에 올라와서 수술실 앞에서 대기 중이었습니다. 수술 전, 저희 가족은 아버지를 보러 갔습니다. 하지만 아버지의 컨디션은 좋아 보이지 않았습니다. 묻는 소리에는 대답을 일절 못했고, 심하게 딸꾹질을 했습니다. 끝내는 눈의 흰자가 보이는 채로 수술실로 들여보냈습니다. 어머니는 수술 때문에 놀란 듯하니 딸꾹질이라도 멈춰서 들여보내야 하는 거 아니냐며 의사선생님의 팔을 붙들었지만, 의사선생님은 알아서 하겠으니 수술실 앞에서 기다리라는 말만 하곤 수술실로 들어갔습니다.

하지만 아니나 다를까 수술을 시작한 지 30분 만에 아버지에겐 급성심근경색이 발생해서 수술을 중단했고, 산소호흡기를 장착한 채로 중환자실로 옮겨졌습니다. 평소 지병 하나 없었던 분이 갑작스럽게 심근경색이 발생한 이유는 화상을 당할 당시에 고열에 의해서 소량의 피가 응고돼버린 탓이었습니다. 딱딱해진 피가 혈관을 돌고선 심장으로 다시 돌아갈 때 혈관을 막아버렸고, 그래서 아버지는 의식을 잃게 되었습니다.

아버지가 의식을 잃고 1주가 흘렀습니다. 하루 세 번 면회시간에 찾아가도 아버지는 깊은 잠에 빠진 듯이 눈을 감고 조용히 누워만 있었습니다. 계속해서 응고된 핏덩어리를 녹이는 약을 투약하고 있는 상태이긴 했지만 진전이 없어서 심히 걱정되었습니다. 무엇보다도 피부 이식은 시간을 다투는 문제라 피부가 썩어가기 전에 해야 하는데, 시간이 길어지면서 피부가 썩어가고 패혈증에 대한 두려움이 찾아왔습니다.

그러던 어느 날, 의사선생님이 큰언니를 불러서 아버지의 폐 사진을 보여주었고, 이 밤을 넘기기 어려울 것이라는 말을 했습니다. 큰언니는 조용히 저를 안아주면서 너무 무서워하지 말라고 달랬습니다. 그래서 그날 밤은 뜬눈으로 보호자실에서 벌벌 떨며 앉아있었습니다.

하지만 다행히 극단적인 상황은 간신히 모면했고, 점자 피를 녹이는 약이 효과를 발휘했는지 2주째에는 의식을 찾았습니다. 면회시간에 가서 아버지를 깨우면 아버지는 눈을 뜨고 쳐다보았고, 발을 간질이거나 꼬집는 자극에 반응을 보였습니다. 상황이 극적으로 전환되어서 아버지는 다시 수술을 연거푸 받게 되었고, 한 달 정도 후에는 피부의 대부분은 이식이 완료된 상태였습니다. 하지만 불행히도 아버지의 의식은 온전히 아버지의 것이 아니었습니다. 마치 아버지의 속은 텅 빈 것처럼 늘 다른 곳을 응시하고 있었고, 의식은 있으나 가족들을 알아보지는 못했습니다. 그러다 보니 불투명한 의식은 산호호흡기를 빼는 일을 미루게 만들었고, 몇 번의 시도를 하더라도 스스로 숨을 쉬려는 의지가 부족해서 다시 장착하는 일을 반복하게 되었습니다. 그리고 병원에 온 지 2달이 되던 날, 결국 아버지는 산호호흡기를 빼려는 시도 과정에서 심장의 무리를 견디지 못하고 심장마비로 돌아가시게 되었습니다.

학교와의 갈등

저는 아버지의 임종을 보지 못했습니다. 아버지가 피부이식 수술을 마칠 때쯤에 곧 쾌차할 거라는 희망을 품고 시골에 내려왔기 때문입니다. 어머니가 해수욕장 근처에서 슈퍼를 운영했기 때문에 오랜 시간 빈집으로 두는 것을 걱정했습니다. 그래서 아버지의 상태가 조금 나아졌을 무렵 저는 시골에 홀로 내려와서 어머니의 일을 하고, 집을 지키며 공부를 했습니다.

늘 그랬듯이 인터넷강의로 공부를 하고 있을 무렵 학교가 궁금해지곤 했습니다. 휴학을 하기 전에 제가 다니던 학교는 구조조정을 추진하고 있었기 때문입니다. 중국어학과는 본교(서울캠퍼스)에는 없고 분교(안성캠퍼스)에만 있던 학과였습니다. 하지만 구조조정을 겪으면서 11학번(저는 10학번)부터는 서울 본교에 중국어학과를 신설하여 그곳에 입학을 시키고 분교의 중국어학과는 폐과가 될 위기에 처했었습니다. 그래서 10학번 동기들이 모여서 학교에 건의할 사안들을 상의하고 중국어학과 교수님들을 찾아뵈면서 조언을 구했습니다. 또한 동문 선배님들과의 모임을 마련해 도움을 부탁했습니다. 학기 중에 이러한 노력을 기울였는데 정작 결과는 어떻게 됐는지 알 수가 없어서 중국어학과 카페에 들어가보았습니다. 아직도 열띠게 구조조정과 관련된 글들이 수없이 올라오고 있었습니다. 하지만 수많은 글들을 읽다 보니 저의 생각은 두 가지로 수렴되었습니다.

첫째, 분교 학생들의 요구는 받아들이지 않고 본교 학생들의 요구만 차별적으로 받아들이는 학교를 보면서, 내가 교육을 받고 있는 학교조차 우리의 학벌 수준을 차별하는데, 장차 사회에 진출했을 때 나는 학벌로 인해 얼마만큼의 차별을 받게 될지 실감하게 되었습니다. 구조조정을 겪으면서 전적으로 분교 학생들은 학과의 전통성을 잃게 되었을 뿐만 아니라, 갑작스러운 구조조정으로 수업 개강에도 어려움을 받게 되었습니다. 하지간 학교는 본교 학생들의 요구만 받아줄 뿐이었습니다.

둘째, 구조조정에 대한 피해 보상이 본교 학적 수여라는 비겁한 요구로 점차 변질되고 있었습니다. 스스로 이루지 못한 남의 업적을 구조조정을 구실삼아 공짜로 얻으려 하는 나와 동기들 및 선배들의 비겁함이 창피하게 느껴졌습니다. 학교를 다닐 때 늘 고득점을 받으며 성적 유지를 한 것은 아니지만, 결과야 어찌됐든 늘 최선을 다했습니다. 그런 저에겐 요행을 바라는 것이 늘 수치스러운 일이라고 생각했는데, 대학교에 와서 제가 가장 수치스럽다고 느끼는 일을 스스로 하고 있는 것을 보면서 일이 잘못 흘러가고 있음을 느꼈습니다.

다시 시작

2011년 4월 말, 아버지의 죽음을 겪으면서 어머니의 곁을 지키고 싶다는 책임감이 생겼습니다. 일찍 가신 아버지를 대신하여 평생 시골에서 고생만 하고 사신 어머니를 호강시켜드리고 싶었습니다. 저희 어머니는 젊으셨을 때는 너무도 가난해서 일찍이 공장에서 일을 했습니다. 그리곤 가난한 아버지를 만나서 시골에 내려와 한창 아름다울 나이를 농사일을 하면서 보냈습니다. 어느 정도 가정형편이 나아져도 늘 돈벌이에 바빴습니다. 여름에는 피서객들과 바쁜 시기를 보내고, 겨울에는 바다에서 따온 굴들을 쉴 새 없이 까서 파는 일을 몇 십 년째 했습니다. 그런 어머니의 손에는 당연히 온통 굳은살이 박였고, 매일 탐 손 저림과 목 디스크로 고통스러워하곤 했습니다. 겨울에는 굴을 까면서 매일같이 몸살이 찾아왔고, 그럼에도 진통제를 먹으면서 일을 하러 나갔습니다. 어머니가 얼마나 힘들게 살았는지 잘 알고 있습니다. 그 모든 것이 당신을 위한 것이 아니라 가족을 위한 것이었기에, 저 또한 성공의 목적을 어머니에게 두었습니다.

더불어 학교의 구조조정을 통해서 학벌의 중요성을 체감할 수 있었기 때문에 편입을 결심하게 되었습니다. 하지만 순식간에 힘든 일을 너무도 많이 겪었기 때문에 수험생활을 하기 위한 마음을 다잡는 데에도 오래 걸렸습니다. 펜을 들고 있어도 아버지 생각에 눈물만 뚝뚝 떨어뜨리기 일쑤였습니다. 그러던 중 2012년 11월, 서울로 온가족이 이사를 하게 되었고, 이를 계기로 저는 본격적으로 편입 공부를 시작하게 되었습니다.

학사 취득 이야기

■ 독학사를 뒤늦게 시작했다면 비슷한 과목으로 추려라 ■

저는 전적대학을 1년 동안 다닌 후에 자퇴를 했습니다. 그래서 33학점밖에 취득이 안 되어 있었던 상황이었습니다. 아버지가 돌아가시고 한 달 후, 독학사 1단계는 이미 시기를 넘겨버렸고, 2단계부터 시작했습니다. 당시 급하게 준비하다 보니 과목을 추릴 수밖에 없었습니다. 그래서 '마케팅원론'과 '조직행동론' 두 과목만 추려서 공부를 시작했습니다. 마케팅원론을 제대로 공부함으로써 '마케팅조사' 과목도 덩달아 잘 보려고 했고, 마찬가지로 조직행동론을 제대로 공부함으로써 '인적자원관리'라는 과목까지 얻고자 했습니다. 다루는 내용이 비슷하기 때문입니다. 하지만 안타깝게도 마케팅조사 과목은 한 문제 차이로 떨어졌고, 나머지 마케팅원론, 조직행동론, 인적자원관리는 합격했습니다.

■ 유통관리사는 한 달간 하루 2시간씩 공부하기 ■

독학사 2단계를 마친 후에는 유통관리사 자격증과 텔레마케팅 자격증 공부를 시작했습니다. 유통관리사는 '독편사' 카페에서 추천한 두꺼운 책을 정독했습니다. 다루는 내용은 비교적 간단하지만, 책의 분량이 너무도 방대하기 때문에 다른 사람에게 선뜻 권하기에는 무리가 있긴 합니다. 하지만 한 달간 틈틈이 정독한 탓에 가뿐히 합격할 수 있었습니다. 인터넷으로 학점 강의를 들으면서 하루 2시간 정도씩 투자했고, 다행히 독학사 2단계에서 공부한 내용이나 혹은 학점 강의 내용과 맞물리는 내용이 많았기 때문에 경영학사 전공자가 아니라도 큰 무리 없이 공부할 수 있었습니다.

■ 텔레마케팅 필기는 기출문제 5회만 풀어보기, 실기는 책을 통째로 외우기 ■

하필 유통관리사 시험 보는 날과 같은 날에 텔레마케팅 시험이 있었습니다. 텔레마케팅은 오전에 보았고 유통관리사를 오후에 보았는데, 준비 과정에서는 한 가지에 몰두하면 다른 한 가지에는 소홀해지기 때문에 유통관리사에 비중을 두는 쪽으로 공부를 했습니다. 텔레마케팅은 1차 필기가 많이 쉽다는 정보를 인터넷을 통해서 얻었기 때문에 시험 직전 3일 동안 인터넷에서 기출문제를 5회 정도만 다운받아서 풀어봤습니다. 그럼에도 합격은 가뿐했습니다. 누구나 그렇듯 텔레마케팅은 2차 시험이 더욱 중요하지요. 2차 시험은 주관식 시험이기 때문에 그저 무조건 암기만 하면 누구나 합격할 수 있는 시험입니다.

돌이켜보면 그때 당시 텔레마케팅을 공부할 적에는 이것이 가장 어려운 공부려니 생각했지만, 지나고 보면 본격적인 편입 공부에 비하면 새발의 피였다는 생각이 듭니다. 그러니 학점을 모으는 일은 하고자 할 때에 확실히 해서 미루는 일이 없도록 해야 합니다. 그렇지 않으면 편입 공부와 겹치게 되고, 둘 다 잘하기는 힘들어지곤 합니다.

■ 자산관리사 자격증은 요약 정리집으로 끝내기 ■

그렇게 유통관리사와 텔레마케팅을 끝내고 나니 바로 자산관리사 시험을 한 달 반 앞두게 되었습니다. 자산관리사는 과목이 5과목이고 내용도 비교적 어렵기 때문에 선뜻 추천하기에는 꺼려집니다. 하지만 저는 평소 취득하고 싶었던 자격증이기도 했기 대문에 과감히 도전을 했고, 그만큼 시간도 많이 투자했습니다. 처음에는 전공 분야가 아니기 때문에 용어 공부가 너무 어려웠고, 책에 용어를 알기 쉽게 풀이해 놓았습니다. 용어만 잡아도 절반 이상은 넘어섰다고 생각합니다.

하지만 당시 개념 교재 5권을 직접 사서 읽었는데, 읽다 보니 어느 구절이 시험과 직결되는지 가늠하기가 힘들었습니다. 아무래도 독학이다 보니 강조해줄 사람이 없어서 애를 먹었습니다. 그래서 바로 요약집을 구매했고, 와우패스라는 사이트에 올라온 시험 직전 요약을 열심히 암기했습니다. 그리하여 한 번에 자산관리사 자격증을 취득할 수 있었습니다. 공부 기간은 두 달 정도 소요되었고, 하루 3시간 이상씩 꼬박꼬박 공부했습니다. 확실히 요약집은 문제와 직결되는 중요도에 따라서 정리되어 있기 때문에 그 책만 열심히 암기해도 합격은 보장됩니다.

*

학점을 취득하는 과정을 돌이켜 보면 편입 공부하듯 현명한 학습법이 필요한 것이 아니라 무조건 노력으로 얻는 과정들이기 때문에, 학점에서 미끄러진다면 자신이 성실히 매순간을 준비했는지에 의심해봐야 한다고 생각합니다. 또한 학점에 신경 쓸 수 있는 시간이 길지 않다는 것을 명심해야 합니다. 그래야 편입 공부를 하면서 스트레스를 줄일 수 있습니다.

편입 영어 이야기

■ 전반적인 편입 준비 이야기 ■

저는 편입을 시작할 때부터 공대를 마음먹었지만, 공대를 마음먹기 전까지는 문과생이었기 때문에 영어에서는 다른 이과생들에 비해서 월등해야 한다는 마음가짐이 있었습니다. 물론 문과생이 꼭 영어를 잘한다는 법이 있는 것은 아니지만, 초반에 수학이 많이 부족했기 때문에 영어라도 우세를 차지해야 한다고 다짐했었습니다. 그래서 2월부터 시험 보기 직전까지 모의고사를 꼭 챙겨서 보았는데, 2월 첫 시험에서 70점을 맞았습니다. 당시 재수생들이 많아서 이과생들 사이에서도 월등한 점수는 아니었지만, 제법 순조로운 출발이었습니다.

앞에서 저는 시골에서 자라서 학원보다는 인터넷강의가 더 익숙하다고 말했습니다. 이 때문에 편입 영어는 굳이 학원을 다닐 필요성을 느끼지 못했고, 독학을 하기로 결심했습니다. 물론 인터넷강의를 보면서 준비했기 때문에 온전한 독학은 아닙니다. 하지만 홀로 정보를 찾아가며 공부를 하고, 학원 모의고사도 꾸준히 예약을 해서 매달 응시하고 퍼센트를 체크했습니다. 4월부터는 학원에서 몰래 위클리 시험지를 구해 매주 풀어보았습니다. 독학을 하는 분들은 이런 시험 기회를 늘리는 것에 욕심을 내면 아주 좋을 것입니다. 나태해지지 않기 위해 많은 자극제를 스스로 만드십시오.

■ 편입 영어 인터넷강의로 독학 시작 ■

편입 영어는 2011년 2월부터 시작했고, 인터넷강의를 들으면서 기본적인 독해 방법을 배웠습니다. 전치사 하나하나 꼼꼼히 해석하는 공부를 했고, 해석에 집착하다 보니 구문 독해 책도 사서 하루에 15지문씩 미루지 않고 공부했습니다.

■ 고대 합격생의 독해법을 나름대로 체화시키기 ■

성적은 첫 시험에서 70을 찍은 후로 계속 60~70 사이를 맴돌았습니다. 5월까지 계속 진전 없이 비슷한 성적만 받게 되니까 공부를 하다가 슬럼프가 온 듯이 매일매일 의욕이 떨어졌습니다. 편입 영어를 시작한 지 3달이 넘어가는데 자꾸만 제자리걸음을 하는 것 같아서 공부보다는 독편사 카페를 더 많이 들락거렸습니다. 그때 당시에 자극제가 필요하다고 느껴져서 독편사 합격수기 게시판에 자주 들어갔는데, 고려대 심리학과 합격생의 글을 아주 감명 깊게 읽었습니다.

그 분은 지금 이 책을 출판하는 데에 가장 주도적인 역할을 하고 있습니다. 그때 그 분의 글을 핸드폰에 즐겨찾기를 해놓고 수십 번을 읽었는데, 입으로도 읊조릴 정도로 자주 읽었습니다. 그러다가 독해에 대해서 조언을 구하고자 쪽지를 보내게 되었고, 정성을 다해서 답변해준 쪽지를 아직도 가지고 있습니다. 마치 옆에 있는 사람이 설명해주는 것처럼 자세했기 때문에 그에 감동 받아서 알려주는 대로 독해를 해보려고 수없이 노력했습니다. 그때 했던 독해 방법은 잠시 후 세부적인 학습 방법에서 다시 설명하도록 하겠습니다. 결국 고려대 합격생의 철두철미한 편입 준비 과정을 속속들이 정독한 후에 실행으로 옮기고자 수없이 노력했고, 이를 계기로 성적도 마치 계단을 오르듯 한 단계 올라서 70점이 넘는 선에 머무르게 되었고, 쉽게 떨어지지도 않게 되었습니다.

■ 독해 마무리 ■

그 후에 7월에는 000 선생님 강의를 접하게 되었고, 그동안 고수하던 제 방식에서 탈피하여 좀 더 현명한 독해 방법을 찾게 되었습니다. 즉 저의 영어 방향은 제일 처음 △△△ 선생님의 방식으로 꼼꼼한 독해법을 배웠고, 고려대 합격생 오빠를 통해서 숲을 보는 능력을 키웠으며, 000 선생님의 방식으로 문제와 연결시켜 독해하는 방법을 배웠습니다. 그리하여 초반에는 단어나 문법에서 자신감을 보였지만 시험에 가까워질수록 독허에 더 자신이 생겼습니다.

세 사람의 스승을 통해서 완성

■ 단어 ■

단어카드로 단어외우기

먼저 편입 영어를 시작할 때 제일 먼저 사는 책은 아마도 단어책이 아닐까 합니다. 저는 '보바'로 편입 영어에 발을 들였습니다. 처음에는 단어를 외우는 암기 속도가 너무도 느렸기 때문에 매일 두 chapter 정도밖에 나갈 수 없었습니다. 또 매우 꼼꼼한 성격이기 때문에 표제어 외에 자그마한 글씨의 단어들까지 외우려다 보니 두 chapter조차 매일매일 못 외우고 밀리기 일쑤였습니다. 그래서 일단은 표제어만 외우기로 마음을 먹고, 책에 있는 단어를 단어카드에 옮겨 적었습니다. 단어카드를 만드는 방법은 다음과 같습니다.

① A4 용지를 다음과 같이 12등분 해 접은 후 자릅니다.

② 앞면에는 영어 단어를 쓰고, 뒷면에는 한글 뜻을 적습니다.

<table>
<tr><td></td><td></td></tr>
<tr><td></td><td></td></tr>
<tr><td></td><td></td></tr>
<tr><td></td><td></td></tr>
<tr><td></td><td></td></tr>
<tr><td></td><td></td></tr>
</table>

③ 위쪽 모서리에 구멍을 뚫은 후 노끈으로 묶습니다.

가장 중요한 것은 종이 한 장에 한 개의 단어만 적어 넣는 것입니다. 그리고 여기에 '3 · 3 · 3 방법'이라고 이름을 붙였습니다. 아침에 독서실 가는 길에 3번 보고, 점심 먹으면서 3번 보고, 저녁에 귀가하는 길에 3번만 보면 따로 시간을 내어서 단어를 외우지 않아도 이미 자신의 것이 되어 있는 것을 발견할 수 있었습니다.

그러고는 한 뭉치를 3일 동안 묵혀둡니다. 그리고 다음날에는 새로운 뭉치를 '3 · 3 · 3 방법'으로 외웁니다. 그러곤 다시 3일 동안 묵혀두지요. 매일매일 새로운 단어는 '3 · 3 · 3 방법'으로 암기를 하고, 3일을 묵힌 단어 뭉치는 다시 꺼내서 시험을 봅니다. 카드의 뒷면을 보기 전에 단어의 뜻을 맞히고, 어렴풋했거나 머뭇거렸던 단어는 따로 골라내어서 다시 뭉치를 만든 후에 그날 외워야 하는 뭉치에 더해서 '3 · 3 · 3 방법'으로 다시 외웁니다. 이렇게 순환적인 반복 복습을 했기 때문에 한번 외운 단어는 쉽게 까먹지 않고 확실히 각인시킬 수 있었습니다.

바를 정(正) 자로 단어 외우기

하지만 후반기로 갈수록 단어에 너무 많은 시간을 투자하는 것이 부담이 되었습니다. 그렇기 때문에 그때에도 단어카드를 만드는 데에 시간을 보내면 다른 공부에 소홀해질까봐 초조해질 수 있습니다. 이때는 단어를 외우는 방법을 바꿨습니다. 즉 단어를 눈으로 5번씩 외우는 방법인데, 제일 처음에는 정독을 하고, 두 번째부터는 바를 정(正) 자를 그려나가는 것입니다. 확실히 외운 단어는 표시를 하지 않고, 못 외운 단어에 작대기를 하나씩 늘려나갑니다. 그 다음 회독은 작대기 수가 가장 많은 것들만 합니다. 모든 단어를 한꺼번에 외우는 것도 좋지만, 잘 안 외워지는 단어들에 더욱 투자할 수 있는 방법이기 때문에 단어 편식 없이 두루두루 빠르게 외울 수 있는 방법입니다. 저는 나머지 시험을 마치는 날까지 이 방법을 고수했습니다.

정리하자면, 초반기에는 단어카드를 이용해서 단어를 외웠고, 중 · 후반기에는 바를 정 자를 이용한 방법으로 단어를 외웠습니다. 결국 두 가지 암기 방법 모두가 공통적으로 시사하고 있는 바는 아는 단어를 얼마나 걸러 내고, 모르는 단어를 확실하게 더 외울 수 있는지와 반복 암기를 가능하게 한다는 점입니다.

■ 문법 ■

방향을 잡기 위해 총정리를 할 인터넷강의가 필요했고, 맨 처음으로 보게 된 인터넷강의는 장○○ 선생님 강의였습니다. 물론 강의도 훌륭했지만, 독학을 해도 무리가 없을 정도로 책

298

이 자세했기 때문에 지금 돌이켜보면 문법 강의까지는 추천을 하지 않습니다. 또한 문법은 많이 읽어보고 세세한 문법 사항을 외우면 시험과 바로 직결되기 때문에 본인의 욕심에 비례합니다.

저는 매일매일 공부한 문법 사항을 노트에 따로 옮겨 적었고, 외울 수 있게끔 정리를 했습니다. 외울 수 있게끔 정리를 했다는 말은 한 눈에 들어오도록 가장 간단하게 정리를 했다는 말인데, 이러한 작업을 거치는 이유는 암기를 할 때 단지 문법 사항만을 입력하는 것이 아니라 머릿속에 노트를 통째로 입력하기 위해서입니다. 우리가 책 전체를 볼 때는 특히 두꺼운 책이라면 더더욱 머릿속에 시각화하여 입력하기가 어렵습니다. 그래서 자필로 정리한 후에 정리한 한 면 한 면이 머릿속에 있도록 암기를 했습니다. 그래서 어떠한 문법 사항을 보더라도 자신만의 노트 어느 부분에 위치한 내용인지 알 수 있을 정도로 암기를 했습니다.

하지만 후반기로 갈수록 문법보다는 독해에 투자하는 시간이 현저하게 늘었고, 문법은 휘발성이 강하기 때문에 편입 후반기 문법에서 약점을 많이 보였습니다. 제 경험을 비추어보면 문법은 맨 첫 바퀴에 꼼꼼히 잡아야 하고, 이 작업을 훌륭히 마치면 계속 반복해주어야 하는데, 저는 반복이 부족했던 것 같습니다. 여러분은 저의 후회를 거울삼아 문법을 놓치지 말고 꼭 잡으시길 바랍니다.

■ 독해 ■

독해는 여전히 재밌습니다. 좌판에서 영자신문을 사서 읽고 있는 요즘의 제 모습을 보면 편입 영어가 큰 자신감을 선물해준 것 같습니다. 불과 1년 전만 하더라도 독해는 가장 취약한 부분이었습니다. 수학, 영어 단어, 문법 등은 성실성에 비례한다고 생각했지만, 독해는 도통 그것이 아니고 언어적인 감인 것 같아서 머릿속이 깜깜했습니다. 하지만 지금은 독해도 마찬가지로 성실성에 비례한다고 말합니다.

저의 영어 방향은 제일 처음 유○○ 선생님의 방식으로 꼼꼼한 독해법을 배웠고, 고려대 합격생 오빠를 통해서 숲을 보는 능력을 키웠으며, 성○○ 선생님의 방식으로 문제와 연결시켜 독해하는 방법을 배웠습니다. 하지만 개개 선생님의 강의를 다 들어보길 추천하는 것은 아닙니다. 다만 그 세 분을 통해 이루어진 저의 독해에 대한 패러다임의 변화를 보여드리고 싶습니다.

첫 번째로 독해의 첫 걸음은 꼼꼼한 해석이라고 말하고 싶습니다. 평균적으로 편입을 준비하기 시작하는 3월을 기준으로 5월까지는 꼼꼼한 해석에 집착해야 한다고 생각합니다. 저는 꼼꼼한 성격일뿐더러 제일 처음 접하게 된 강의는 꼼꼼한 해석을 중시했기 때문에 편입 영어를 시작할 수 있는 땅을 잘 일구어 놓은 셈입니다. 물론 영어를 시작하면서부터 꼼꼼한 해석을 고집하기에는 쉽지 않습니다. 그렇기 때문에 독해책의 난이도를 본인과 맞게 선택하길 바랍니다.

가장 처음 문장을 끊어 읽는 연습을 했습니다. 전치사에서 끊거나 접속사에서 끊고, 관계대명사에서 끊으면 얼추 문장의 형식이 눈에 보였습니다. 그 후에 직독직해로 해석하는 연습을 했습니다. 그러다 보니 전치사의 해석도 꼼꼼히 챙겨서 하게 되었습니다. 또한 관계대명사가 수식하고 있는 선행사는 무엇인지 챙겨가며 읽었고, 가끔 대명사나 대동사 등이 가리키는 원래의 명사와 동사가 무엇인지 꼼꼼히 찾아가며 해석했습니다. 처음에는 너무도 어렵고 시간도 많이 요구되는 작업입니다. 독해에 3시간을 할애한다고 하더라도 초반에는 5지문밖에 못한 적도 허다했습니다. 하지만 인내를 가지고 독해책의 난이도를 올려가면서 해석을 하게 되면 어느새 속도도 붙게 되고, 문장을 끊어 읽는 정도는 아주 기본이 됩니다.

이 과정에 덧붙이자면, 유○○ 선생님이 강조했던 대로 매 지문마다 토픽과 주제문을 찾는 연습을 거르지 않았습니다. 예를 들어 토픽은 '환경오염'이고, 주제문은 '환경오염에 대한 해결책을 제안하자' 정도가 될 수 있습니다. 이 둘의 차이를 깨닫고, 그 후에는 뒷받침하는 내용들을 찾는 식으로 글의 전개를 찾아나갔습니다.

고려대 합격생 오빠는 할 수 있는 한 자세히 설명해주었지만, 활자의 한계가 있었기 때문에 오빠가 의도한 바와는 다르게 해석했을 가능성도 있습니다. 하지만 어떠한 좋은 방법도 자신의 것으로 만들지 못한다면 좋은 방법이 될 수 없듯이, 오빠의 의도가 충분히 전해졌건 전해지지 않았건 간에 그 방식을 나만의 방식으로 체화시키는 데에는 성공했습니다.

그 방법을 소개하자면, 지금까지 우리는 세세하게 나뭇가지를 보았다면 이제는 조금은 빠른 속도로 숲을 볼 수 있도록 시각을 넓혀나가는 것입니다. 우리는 간혹 '독해=해석'으로 착각하는 경우가 많이 있습니다. 글의 해석에만 집착하면 전반적인 주제에는 소홀해지기 마련입니다. 그래서 속독을 이용하여 숲을 보는 능력을 키워나갔습니다. 지금의 방법은 첫 번째 과정에서 연습한 내용을 토대로 이루어집니다.

① 우선 정독을 한번 합니다. 첫 번째 과정에서 이미 익숙한 과정이겠지요.

② 두 번째 정독을 시작하면 입을 멈추어야 합니다. 해석을 할 때 무의식적으로 입으로 읊조리는 경우가 많은데, 그러면 속도를 내기가 어려워집니다. 또한 입으로 읊조리게 되면 해석이 머리로 전달되어서 이해를 가능하게 하는 것이 아니라, 입안에서만 맴돌다가 사라져버리기 때문에 글의 이해와는 멀어지게 됩니다. 다시 말해서 입으로 해석하는 것

이 아니라 눈으로 해석합니다. 처음에는 익숙지 않지만, 눈으로 해석하는 것이 얼마나 속도의 향상을 가져오게 되는지 깨닫게 됩니다.

③ 눈으로 세 번 정도 해석을 합니다. 해석의 속도는 배가 되어 빨라집니다. 이러한 과정이 속독을 가능하게 하는 과정입니다.

물론 속독을 위한 방법이기는 하나 초반에는 굉장한 시간을 잡아먹습니다. 익숙하지 않기 때문입니다. 즉 연습만이 가장 빠른 지름길입니다. 이렇게 속독이 가능해지게 되면 글 전체를 아우르는 능력이 생깁니다. 눈은 빠른 시간 안에 전체 문장을 다 읽을 수 있기 때문에 이때부터 모의고사를 봐도 시간에 쫓기는 일은 없었습니다. 그리고 다행스럽게도 이 과정을 거치면서 성적이 크게 상승했고, 이때부터는 문과와 이과, 그리고 일반편입과 학사편입을 통틀어서 5~10% 안에 들 수 있었습니다. 물론 학사편입 이과 학생들 중에서는 늘 1~3등의 자리를 뺏기지 않았습니다. 독해를 하는 방식을 약간만 바꾸었을 뿐인데. 성적의 상승으로 직결되는 것을 보고 본격적으로 독해에 큰 흥미가 생기기 시작했습니다.

그러던 중 새로운 책이 출간되어 구입하여 뒤적거리다 보니 지금까지 고수해온 독해 방식과는 많은 차이점을 보였기 때문에 신선한 충격이었습니다. 지금까지 독해를 하면서 본인은 성실함과 꼼꼼함이 독해를 하는 비결이라고 생각해왔는데, 이 책을 통해서 글을 쓰는 패러다임에서 출발하면 글을 읽는 방식에도 변화가 필요함을 깨닫게 되었습니다.

글쓴이는 늘 글을 쓸 때 자신이 말하고자 하는 바를 감추기보다는 고의적으로 드러냅니다. 또한 중심이 되는 주제문을 드러낼 때는 대부분 비슷한 방식을 이용합니다. 그러므로 우리는 주제문을 찾을 수 있는 단서들만 잘 찾고, 주제문과 뒷받침 문장만 잘 파악한다면 글을 더욱 현명하게 간파할 수 있습니다. 또한 글의 진행보다 나의 추측과 생각이 더 앞선다면 능동적인 독해를 할 수 있습니다. 한 연구에서 독해를 하면서 능동적인 생각을 하는 사람들의 뇌는 그렇지 않은 사람들의 뇌에 비해서 뇌 검사에서 불꽃이 훨씬 많이 튄다고 합니다. 이는 단순한 해석보다는 훨씬 발전적인 단계입니다.

한글로 글을 쓸 때도 마찬가지지만 글의 종류에는 원인과 결과를 대조하는 글, 문제 제시와 함께 해결 방안을 제시하는 글, 시간 순서로 구성된 글, 논쟁을 구성하는 글, 과거와 현재를 비교하는 글 등 다양한 형태가 존재합니다. 현재 자신이 읽고 있는 지문이 어떤 식의 구성을 취하고 있는지 파악한다면 미리 나올 내용을 예측할 수도 있고, 주제문은 어디쯤에 위치할지 가늠도 할 수 있으며, 글을 읽는 데 한결 여유를 찾을 수 있습니다.

이렇듯 저의 독해는 세 사람의 스승을 통해서 완성되어 갔습니다.

편입 수학 이야기

■ 공대를 선택한 배경 ■

이미 저는 순수 문과생이라는 점을 밝혔습니다. 사실 아직도 어문 쪽에는 관심이 많은 편입니다. 그럼에도 대부분의 학교를 화학공학과로 지원했습니다. 친구들도 또한 제가 공대생이라고 하면 다들 크게 놀라곤 합니다.

편입을 결심했을 때 저는 취업을 최우선으로 생각하게 되었습니다. 대학교를 들어올 때까지만 해도 제 위로 터울이 6살, 7살이 되는 언니들이 있기 때문에 저는 취업의 부담에서 조금은 벗어나 있다고 생각해왔습니다. 그래서 취업을 현실적으로 체감해본 적이 없었습니다. 하지만 상황이 많이 변했고, 또한 아버지의 빈자리를 채워야 하니 취업을 갈구할 수밖에 없었습니다.

그러던 와중에 편입에서는 아이러니하게도 공대 쪽의 경쟁률이 훨씬 낮음을 알게 되었습니다. 편입 하면 100 대 1을 넘는 무시무시한 경쟁률이 주눅 들게 했지만, 공대만큼은 예외라서 점점 공대 쪽으로 마음이 굳기 시작했습니다. 또한 고등학교 때 비록 문과생이었지만 수학을 멀리하지 않았던 터라 당장 수학을 시작한다 해도 큰 부담이 느껴지지 않고, 오히려 자신이 있었습니다.

■ 편입 수학의 시작 및 전체적인 커리큘럼 ■

2011년 11월, 서울로 이사 오면서 편입 공부를 본격적으로 시작하게 되었습니다. 영어는 단어로 시작했지만 수학은 아직 고등학교 기초 수학을 공부하는 것에 불과했습니다. 그러던 중 독편사 카페에서 수학스터디를 구하는 글을 우연히 읽게 되었고, 스터디를 모집하는 분을 찾아가게 되었습니다. 신기하게도 그분 또한 저처럼 문과생이었음에도 공대로 편입을 준비하는 분이었습니다. 또한 이미 인터넷강의로 미분과 적분 공부를 마친 상태였습니다. 그것을 보니 '문과생도 공대 편입이 가능하겠구나!'하고 더욱 자신감을 얻게 되었습니다. 돌이켜 보면 그분과의 인연이 공대 편입을 결정하는 데 큰 도움이 되었습니다.

그분이 소유하고 있었던 인터넷 수학 강의를 공유했고, 책을 제본해주어서 함께 스터디를 시작했습니다. 둘 다 문과생이라 서로에게 개념적인 부분에 대해서 큰 도움은 얻을 수 없었기 때문에 처음에는 진도를 늦추지 않고 성실히 진도를 맞춰나가는 데 중점을 두었습니다. 제가 그때 처음 접하게 된 인터넷강의가 00 선생님의 강의였습니다. 그분의 인강을 접해보았다면 누구나 알 수 있지만, 강의는 철저히 개념 중심입니다. 매 시간 천재적으로 증명을 했고, 강의는 처음부터 끝까지 논리적으로 진행됩니다. 그러다 보니 조금만 이해가 안 가면 바로 뒤로 돌려 보았고, 딱 한번만 더 돌려 보아도 충분히 이해가 갔습니다. 주위에 어떤 사람들은 강의는 어렵기 때문에 어느 정도 기초가 정립된 후에 들어야 귀에 잘 들어온다고 하는데, 저의 소견으로는 기초가 없는 사람들이 들어야 하는 강의라고 생각합니다. 점점 편입 수학의 추세가 바뀌어서 스킬 위주로는 풀 수 없는, 개념을 묻는 문제들이 많이 늘어나고 있는데, 이 강의의 학습법이라면 이런 추세에도 끄떡없음을 자신합니다. 강의를 들어보면 비단 저의 생각만은 아닐 것입니다.

단, 강의 수가 방대합니다. 하지만 그것 또한 철저한 계획을 세워서 들으면 금방금방 지나갑니다. 저는 하루에 2강, 다음 날 공부시간이 부족할 것 같으면 3강을 들었습니다. 그렇게 꾸준히만 듣는다면 200강이 넘는 강의 수도 별게 아니게 됩니다. 문제는 강의 수가 아니고 '얼마만큼 열심히 복습을 했느냐'입니다. 저는 수학 강의를 듣고 복습을 그날그날 바로 끝냈고, 만약 이해가 가지 않거나 내용이 방대한 날에는 날을 새서라도 복습을 끝내고 잠들었습니다. 이 과정에서 문과생들에게 한 가지 당부를 드리자면, '편입 수학을 배우는 초기만 가장 큰 고비'라고 생각하십시오.

편입 기간 중에 저는 매일 일기를 썼습니다. 편입 초기 일기 중에는 '미분 개념은 이해가 가도 문제는 못 풀겠다'는 내용이 많습니다. 저와 같이 문과였던 분들은 초반에 아무리 이해가 잘 되더라도 문제풀이에는 약할 수 있습니다. 이에 대한 해결책으론 단순하지만 많이 푸는 수밖에 없습니다.

이과생들은 이미 고등학교에서 거쳤기 때문에 어려움을 겪지 않습니다. 저의 수학스터디는 나중에 저의 소개로 이과생 친구를 데려와서 같이 했는데, 그 친구를 곁에서 보면서 느낀 내용입니다. 확실히 문과생에 비하면 스타트에서 큰 강점을 보입니다. 암기할 내용이라든지 기초 과정들은 별 무리 없이 금방 넘어갑니다. 하지만 상대적으로 문과생들은 이 부분이 편입 수학의 전체를 예고하는 것처럼 생각하고는 지레 겁먹고 맙니다. 그러다 보니 3, 4월을 지나고 나면 수학학원의 수강생이 반으로 줄어듭니다. 하지만 초기가 어려운 것은 당연한 현상이며, 이 과정만 거치만 노력에 비례하여 이과생을 제칠 수 있다는 점을 명심하길 바랍니다. 절대 중도에 포기하면 안 됩니다. 그렇게 11월부터 2월까지 무려 4개월 동안 단 하루도 빠짐없이 인강을 들었습니다. 그러다 보니 2월 말에는 선형대수학을 끝냈고, 완벽한 수준은 아니지만 수학에 자신감이 붙었으며, 3월부터는 수학 주말반에 등록하기로 결정했습니다. 이미 00 선생님 교재로 7월까지 해야 하는 과정을 한번 돌렸기 때문에 학원에서는 개념보다는 문제를 푸는 법을 배우고자 했습니다.

■ 편입 수학, 학원을 다녔던 이유는 수많은 문제풀이 때문 ■

저 같은 경우는 학원을 다니는 이유가 명백했습니다. '수많은 문제풀이' 때문이었습니다. 이를 목표로 두고 학원에 등록했기 때문에 학원에서 주는 학습지는 열심히 반복하여 풀어보 았습니다. 또한 단 한 장도 버리지 않고 차곡차곡 모아두었습니다.

■ 수학 성적 상승을 위한 가장 큰 Tip, 바를 정(正) 자로 문제를 풀고 반복하기 ■

저는 푼 문제에는 바를 정(正) 자를 하나씩 그려서 푼 횟수를 기록했습니다. 이때 맞은 문 제는 파란색, 틀린 문제는 빨간색으로 체크해서 파란색이 많은 문제보다는 빨간색이 많은 문제를 더 많이 풀어보는 식으로 공부했습니다. 또 한 가지 덧붙여 강조하자면, 편입 수학의 핵심은 반복입니다. 복습과 더불어 반복하면 할수록 그 횟수에 비례하여 성적이 상승할 것 입니다.

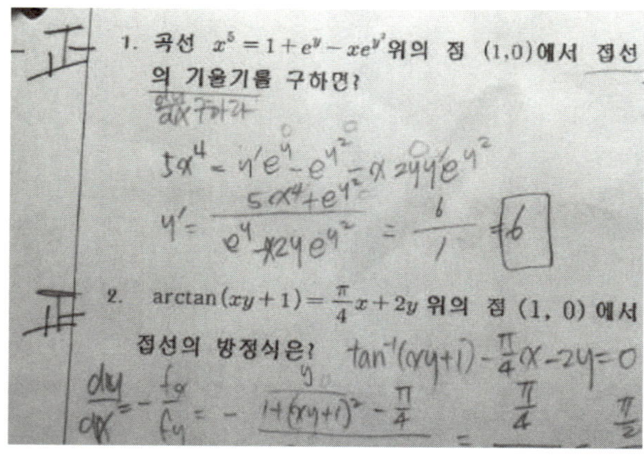

▲문제 옆에 바를 정(正) 자 표시하기

■ 기초 수학으로 시작 ■

저는 본격적인 편입 수학에 들어가기에 앞서 고등학교 때 배우는 기초 내용들을 『개념원 리』라는 책을 사서 독학했습니다. 물론 편입 수학이 고등학교에서 배우는 내용과 100% 겹 치는 것이 아니라 일부분만 필요하기 때문에 이 과정은 필수라고 할 수는 없습니다. 또한 편 입 수학을 배우면서 학원 선생님도 고등학교 내용이라면 부가적으로 설명을 해주곤 하기 때 문에 따로 기초 수학을 공부할 필요는 없습니다.

하지만 저는 일종의 자신감 충전을 위해서 기초 수학을 공부했습니다. 수학을 다시 시작 하면서 출발점이 다르다는 느낌을 갖기 싫었기 때문입니다. 하지만 혼자 기초 수학을 할 때 편입 수학과 직결되는 중요도를 잘 모르기 때문에 무작정 『수학의 정석』과 같은 책을 구입해서 처음부터 끝까지 볼 필요는 없습니다. 다만 자신이 생각하기에 중요하다고 생각되는 큰 뼈대만 보고 나머지는 일단은 덮어주십시오. 그래도 우린 책의 목차는 이미 파악한 셈이니 나중에 편입 수학에 돌입했을 때 고등학교 지식의 부족으로 어려움을 느끼면 언제든 다시 펼쳐 볼 수 있습니다.

■ 편입 수학의 꽃은 미분 ■

제일 먼저 미분 학습법에 대해서 말하겠습니다. 고등학교 때부터 이과생이었다면 미분은 익숙할 것입니다. 하지만 저와 같이 고등학교 때 미분을 전혀 접해보지 못한 사람들은 남들이 풀어내는 미분 문제의 속도에 금방 기가 죽고 말 것입니다. 하지만 미분의 가장 첫 걸음은 미분 공식 암기며, 이것만 확실히 체화시켜도 미분에 대해서 전혀 몰랐다 할지라도 금세 흥미를 갖게 될 것입니다. 미분이라는 이름이 거창하게 느껴지겠지만 간단한 공식에 의해서 금방 풀리는 것이 아주 흥미로울 것입니다. 하지만 미분과 관련된 문제는 방대하며 문제의 형식도 굉장히 다양하게 발전할 수 있습니다. 그러다 보니 우리가 편입 준비기간을 1년이라고 했을 때 초반기에 하는 미분은 그저 맛보기에 불과합니다.

후반기에 들어서서 접하게 되는 고난이도의 미분은 개념이 탄탄하게 자리 잡지 않으면 응용된 사고를 하기가 힘듭니다. 그러므로 공식과 스킬에만 집착할 것이 아니라 유도되는 과정을 알아야 합니다. 굳이 유도 과정을 직접적으로 요구하는 문제는 없지만, 유도하는 과정 안에서 문제가 도출되며, 유도 과정 안에는 중요한 개념들이 복합적으로 담겨져 있습니다.

■ 적분 ■

적분 또한 미분 못지않게 재미있는 단원입니다. 적분을 굳이 한마디로 정리하자면 미분을 거꾸로 한다고 할 수 있는데, 처음에는 이 부분이 많이 헷갈릴 수 있습니다. 하지만 적분 또한 공식에서부터 출발하기 때문에 연습에 비례해서 헷갈리는 것도 점점 줄어들게 됩니다. 한마디로 초반에는 반복만이 유일한 방법입니다.

기본적인 부정적분이나 정적분을 지나서 이중적분 혹은 삼중적분을 통해서 공간의 부피를 구하게 되면, 그때부터는 주어진 식을 그래프로 해석할 수 있어야 합니다. 모든 그래프를 그리면 시험에는 유리하겠지만, 아주 어려운 그래프를 제외하고 자주 등장하는 그래프나 중요하게 생각되는 그래프는 암기해두는 것이 좋습니다. 시험장에서 모르는 그래프가 나오면 크게 당황해서 손도 못 쓰는 경우가 많기 때문입니다.

■ 선형대수 ■

선형대수 부분은 이전에 배운 미분, 적분과는 다른 학습 방식이 필요합니다. 미분과 적분에서는 머리에서 생각함과 동시에 손이 재빠르게 움직여야 하지만, 선형대수는 전적으로 머리를 많이 쓰게 됩니다. 그러므로 선형대수는 개념이 중요하고, 지칭하는 언어들이 중요하기 때문에 머릿속에서 금방 찾아서 써먹을 수 있도록 명확히 정리되어 있어야 합니다. 이를 위해선, 미분과 적분에서는 문제를 많이 풀어보았다면, 선형대수에서는 개념을 정리한 노트를 반복해서 읽어야 합니다. 충분히 개념을 쌓은 후에 문제를 본다면 문제는 금방 풀리게 됩니다.

■ 공업수학 ■

공업수학은 대부분의 학원 커리큘럼에서 굉장히 짧은 기간으로 편성되어 있습니다. 이유는 공업수학에서 쓰는 공식들이 명백하기 때문입니다. 지금까지의 기출문제를 분석해보면 공업수학에서 요구하는 풀이법은 한정되어 있으며, 대부분이 응용보다는 공식 적용이기 때문에 금방 익히고 적용하게 됩니다. 그렇기 때문에 선형대수에서 개념이 중요했다면, 공업수학에서는 반복적인 문제풀이가 훨씬 더 중요한 비중을 차지하게 됩니다.

■ 벡터해석학 ■

마지막으로 벡터해석학에 대해서 이야기해보겠습니다. 벡터해석학은 과목 자체를 완벽히 소화하기에는 엄청난 시간이 소요되는 과목입니다. 즉 개념이 굉장히 어렵기 때문에 전체 내용을 소화하는 것을 목표로 하는 것은 과욕입니다. 벡터해석학은 충분한 기출 분석으로 기출이 되는 부분만 공부하는 것이 가장 효율적인 방법입니다. 이 부분의 학습법은 스톡스 정리나 가우스의 발산 정리와 같은 필수적인 정리들이 있으나 이를 무작정 공식으로 외울 것이 아니라, 그 외의 벡터에 대한 개념을 충분히 다지고 적절하게 사용하는 방법을 익혀야 합니다. 즉 개념과 문제의 비중을 50:50으로 둔다면 충분할 것입니다.

고독한 싸움 끝에 한층 더 성장

지난 1년 동안 쉰 날을 꼽으라면 20일도 채 되지 않습니다. 매일 도서관에 8시 전에 도착해서 11시에 집에 돌아오곤 했습니다. 순수 공부시간을 10시간으로 잡았고, 만약 채우지 못하면 다음날에는 10시간을 넘겨서라도 평균 공부시간이 10시간이 되도록 바로잡았습니다. 집안의 행사도 친언니의 결혼식 빼고는 참석하지 않았습니다. 친구들을 만나지 못한 지도 1년이 다 되어 갔지요. 처음에는 남들 다 하는 공부를 유별나게 한다는 소리를 들을까봐 주위 시선이 많이 걱정되었습니다. 하지만 나중에는 지금의 외로움이 얼마나 찬란한 미래가 되어줄지 기대에 부풀어오를 뿐이었습니다.

저는 성격이 모나지 않더라도 사람들과 많이 붙어 있게 되면 피할 수 없는 갈등이 생긴다고 생각합니다. 주말에 학원을 가도 제 친구는 딱 한 명뿐이었습니다. 같이 스터디를 했고, 굉장히 성실한 친구였기 때문에 처음부터 그 친구 외에는 다른 사람을 사귈 생각이 없었습니다. 학원에서는 다른 사람들이 단체로 모여서 성적 문제를 상담하거나 혹은 복도에서 애인과 담소를 나누는 모습을 자주 볼 수 있었습니다. 하지만 저는 그런 광경들을 보면서 오히려 더욱 고독해지기를 소망했습니다. 잠깐의 위로는 될 수 있지만, 수많은 잡생각을 하게 만드는 요인이 될 수 있다고 생각했기 때문입니다.

저는 경희대학교 도서관에서 몰래 공부를 했습니다. 점심시간이면 예쁘게 차려입고 또래들과 도란도란 이야기를 나누는 여대생들을 물끄러미 쳐다보면서 식사를 했습니다. 그리고 묵묵히 장차 1년 후의 생활을 상상할 뿐이었습니다.

초라했지만 행복했습니다. 맨 얼굴에 머리는 대충 묶고, 흰 티에 반바지 그리고 슬리퍼를 터덜터덜 신은 채로 도서관을 오가는 제 모습은 누가 봐도 수험생이었지요. 단어카드를 펴 놓고 혼자 앉아서 점심식사를 할 때는 창피함에 체하기도 했습니다. 하지만 한편으로는 아이러니하게도 이런 상황이 행복하더군요. 내가 지금까지 살아오면서 이토록 자신에게 투자를 한 적이 있는지 생각하게 되었습니다. 여자에겐 나이가 많이 중요하기 때문에 쉽사리 인생의 2년을 할애하기가 쉽지 않습니다. 그럼에도 20대 초반의 가장 아름다울 2년을 미래를 위해 투자한다는 것이 뿌듯하게 느껴졌습니다. 그러다 보니 아침 일찍 아무도 없는 도서관에 도착해서 불을 켜고 자리에 앉는 일에도 한숨보다는 환희가 느껴졌습니다. 내가 남들보다 부지런한 삶을 산다는 것이 행복했습니다.

결국 편입이라는 고독한 싸움 끝에 한층 더 성장할 수 있었습니다. 이처럼 수험기간 내내 긍정적인 사고를 가지고 성실한 생활만 한다면 충분히 값진 결과를 얻을 것이라 확신합니다. 편입 준비생 여러분들, 힘내세요!

저 또한 편입 준비기간 동안에 고마운 사람들에게 도움을 많이 받았기 때문에 도움이 된다면 도움이 되고 싶습니다.

myjny1107@naver.com

16 난 진짜 無베이스인데 어떻게 해야 하나

20대에는 정말 처절하게 살자는 내 다짐

배우리

[동덕여대 ➡ 이화여대]

- **학사편입**(경영학사, 3.84/4.5)
- **전적대학** : 동덕여자대학교 패션디자인학과(4.38/4.5)
- **편입대학** : 이화여자대학교 의류학과(74~76점/19.80:1)
- **나이** : 23세
- **성별** : 여자
- **합격한 학교**
  - 숙명여자대학교 의류학과(80점대 중반/27.5:1)
- **불합격한 학교**
  - 고려대학교 조형학과(62점 1차 합격/26:1)
  - 성균관대학교 의상학과(82~84점/107:1_일반)
  - 한양대학교 의상학과(72점/37:1)

'편입, 대체 어떻게 준비해야 하지? 너무 막막하다. 누구한테 물어볼 수도 없고 공부법은 하나도 모르겠어. 합격생들을 실제로 만나보고 싶다. 학사편입은 무엇이지? 독학사는 무엇이지? 편입 영어는 왜 어렵다고들 할까? 나는 영어를 잘 못하는데. 나는 당장 편입할 자금도 없는데 어떻게 해야 하지?' 마치 1년 전 제 모습과 같습니다. 혼자서 계속 자문자답하고 풀리지 않는 질문들을 매일 끌어안고 불편하게 잠을 청한 것이 기억납니다. 하지만 저는 1년 후, 6개월간 일주일 내내 아르바이트를 병행하면서 경영학사를 취득하고 영어로 이화여대 의류학과에 합격하게 되었습니다.

배우리

자신감 없이 처진 내 어깨

저는 어렸을 때 공부에 별로 관심이 없었습니다. 어렸을 때 피아노와 미술을 배웠는데, 그 중에서도 특히 미술에 관심이 많았습니다. 엄마 말로는 2살 때부터 크레파스를 잡으면 하루 종일 벽에 도배를 했다고 합니다. 초등학교 4학년 때는 공부를 굉장히 못해서 선생님한테 맞았던 기억도 있고, 하루 종일 게임을 하거나 만화영화를 봤습니다. 언제부턴가 컴퓨터게임에 빠져 바람의 나라, 어둠의 전설, 일렌시아, 심즈 등 게임을 거의 섭렵하기도 했습니다. 하지만 게임이 질렸는지 중1 중간고사 때부터 게임을 일절 하지 않고 그림을 그리거나 만화영화를 보는 것으로 일상을 보냈습니다.

중학교 2학년 때까지 공부는 평균 80점 중후반으로 기억하고, 중3 때부터 조금 공부에 눈을 떴는지 반에서 5등 안에 들기도 했습니다. 그러나 공부를 아주 잘하지도 못하지도 않은 평범한 학생이었습니다. 그런 저에게 미술은 유일한 장점이었습니다. 그림을 보면 정말 재미있고 잘 그리고 싶은 욕심이 많았습니다. 마음에 드는 그림을 발견하면 하루 종일 따라 그렸습니다. 고등학교 때는 잘하는 것이 미술밖에 없어서 미대 진학을 희망하게 되었습니다. 하지만 그때 저에게 대학이라는 것은 막연한 환상 같은 것이었습니다. 단 한번도 '구체적으로' 대학에 대해 생각해본 적이 없었습니다.

고등학교 때 모의고사라는 것도 처음 알았고, 그 모의고사로 대학 가는 것도 고2 때 깨닫게 되었습니다. 그러나 고2 막바지에 수능을 보러 가는 고3 언니 오빠들을 보고 처음으로 살아있음을 느꼈습니다. '내년에 나도 수능 본다.' 그때부터 본격적으로 제 인생 최초의 목표라는 것이 생겼습니다. 내가 한번 우리나라 최고의 미대를 가보겠다는 생각이었습니다. 과외 한번 받아본 적 없었고 학교 수업만 열심히 들어서 내신은 2등급대였지만, 수능 모의고사나 수능은 정말 처참한 점수였습니다. 수시로 홍대 디자인과에 지원했지만 떨어졌습니다. 오직 수능으로만 기회가 있었습니다. 낮은 모의고사 점수를 가지고 어떻게 1년 안에 점수를 끌어올릴 수 있는가? 그런 고민과 전략도 없이 인터넷강의로만 수능 공부를 본격적으로 시작했습니다. 고등학교 내내 학교 수업이 끝나면 바로 미술 입시를 준비했기 때문에, 부족한 공부를 보충하려 학원 수업이 끝나면 밤 11시에 독서실에 도착해서 새벽 2시까지 공부를 했습니다. 하지만 공부 습관도 잘 되어 있지 않았고 수능이라는 것은 장기간의 준비 없이는 절대 점수를 올리지 못하는 이유로 원하는 대학에 입학하지 못했습니다.

재수 후 수능 점수가 조금 올랐지만 역시 좋지 못했고, 또 다시 좌절을 하게 됩니다. 재수 시작 전 저는 꼬꼬마 키에 50kg이 넘어 매일 엄마가 뚱뚱하다고 놀렸는데, 재수 후에는 37kg까지 빠져 있었습니다. 머리카락도 많이 빠지고 표정도 굉장히 어두워졌습니다. 재수까지 했는데 원하는 대학에 가지 못했다는 패배의식이 저를 자꾸만 괴롭혔고, 주변에서는 아쉽다는 눈치를 많이 주었습니다. 그래서 삼수 할 거라면서 혼자 방구석에서 흐느껴 울기도 했습니다. 2주일 이상을 방에서 나오지도 않았습니다. 어렸을 땐 신나고 즐겁게 지냈는데, 고3때와 재수할 때는 정말 큰 자괴감에 빠졌던 것 같습니다. 이때 수없이 많이 흘린 눈물로부터 저는 깨닫게 되었습니다. 준비하는 사람이 되자, 그리고 항상 준비된 사람이 되자. 내가 꿈을 이루지 못한 것은 다 게으른 내 탓이다. 10대 때 놀았으면 20대 때는 정말 처절하게 지내자. 그리고 20대 때는 정말 멋지게 살 것이다.

삼수는 부모님이 반대했기 때문에, 아쉽지만 학교에서 열심히 공부하자고 다짐하게 됩니다. 학교에서는 뭐든지 남들의 몇 배를 하려고 했습니다. '열심히 하지 않으면 안 된다. 이곳에서 만큼은 최고가 될 것이다.'라고 주문을 걸면서 도서관에서 책을 읽고 처절하게 공부를 했습니다. 왜 그랬는지……. 그때는 무엇인가를 보여주고 싶었던 것 같습니다. '나 20대 때는 열심히 살기로 했어. 나 이제는 달라질 거야! 나 다시는 10대 때처럼 그렇게 생각 없이 살지 않을 거라고! 나 그렇게 다시 후회하는 인생 살지 않을 거라고!' 하지만 저는 누구에게도 위로받을 수 없는 패배의식에 사로잡혀 있었습니다. '열심히 공부하려고 하는데, 왜 사람들은 평가를 점수와 대학으로만 하는 거지? 내가 만일 원하는 대학에 갔다면 더더욱 열심히 할 텐데.' 제가 가지 못한 대학을 지나칠 때마다 그런 생각이 자꾸 저를 괴롭혔습니다. 그러던 중에 한 사건이 일어납니다.

"야, 너네 명문대라고 나 무시하지 마라. 나를 무시하는데, 나 그래도 XX대학이야, 무시하지 마."

지하철 정거장에서 한 남학생이 갑자기 소리치고 내렸습니다.

"야, 쟤 무시해도 돼 XX대학이니까. 하하 XX대학 주제에……."

남은 학생들이 장난처럼 말했습니다. 아니 이럴 수가! 장난이라고 생각하고 넘겨버려도 되지만 저는 그때 상당히 충격을 받았습니다. 왜 사람 자체를 대학으로 평가하는 세상인 것인가? 남들 놀 때 열심히 공부하고 실력을 닦아도 나에게 돌아오는 소리는 'XX대학 주제에'라는 소리일까? 진심으로 고민하게 되었습니다. 그 심각한 고민, 평소에 원하는 대학에 대한 갈망, 늘 자신감 없이 처진 내 어깨에 대한 동정심, 동생과의 상의, 교수님과의 상담, 20대에는 정말 처절하게 살자는 내 다짐, 영어의 필요성 등을 복합적으로 고려해 힘들게 편입이라는 것을 결정했습니다.

실패든 성공이든 피가 되고 살이 되는 과정

편입할 때 첫 번째로 쌍둥이 여동생(배우정)과 약속을 한 것은, 부모님께 걱정 끼쳐드리지 않기 위해 모든 것은 우리 둘이서 몰래 준비하자는 것이었습니다. 그리고 둘은 도전을 확실히 하기 위해 학교를 자퇴했습니다. 자퇴할 때는 매우 두려웠습니다. 하지만 제 마음속에는 반드시 편입에 성공하고 말겠다는 강한 의지가 꿈틀대고 있었습니다. 최악의 상황이 와도 다시 편입을 준비하겠다는 마음도 가지고 있었습니다. 만약 여기서 물러선다면 언젠가는 반드시 후회할 것이라고 생각했습니다. 그리고 1년을 내 생애 최고의 처절했던 삶으로 만들고 싶다고 다짐했습니다.

자퇴서를 받고 학교를 나오면서 반드시 편입에 성공하겠다고 주먹을 단단하게 쥐었고, 아직 차가운 길가를 묵묵하게 걸어갔습니다. 자퇴를 하고 편입을 하려니 사실은 굉장히 두려웠습니다. '내가 편입의 끝을 모르고 무턱대고 덤비는 것이 아닐까? 이게 잘 하는 것일까? 그러나 만약 실패하면 어떻게 되지 내 인생? 또 수능 재수 꼴 나면 어쩌지? 생각해보면 나는 잘하는 게 미술밖에 없는데, 영어는 잘해본 적이 있었나?' 이런 생각이 마구 밀려왔습니다.

처음에 편입 영어를 접하면서 오는 그 충격이란, 말로 표현할 수 없이 답답했습니다. 편입하기 전 12월 말 학교에서 작년 쿠엣을 풀었을 때 16.5점이 나와서 혼이 나갔던 기억이 채 가시지 않는데, 학원 모의고사도 충격적인 점수가 나와서 애간장이 탔습니다. 또 제 동생과 몰래 편입을 시작한 만큼 편입 환경이 녹록치 않았습니다. 집안 상황이 많이 안 좋아져서 학원비와 학사비용, 교재비 등은 모두 스스로 마련해야 하는 상황이었습니다.

동생과 머리를 맞대고 학사비용과 학원비 등을 모두 고려해보니 약 500~600만 원이 필요했습니다. 당장 아르바이트를 알아보러 다녔는데, 그래도 조금은 공부를 할 수 있는 독서실이나 편의점 등을 찾았습니다. 적당한 편의점 아르바이트를 구해 일주일 내내 일했습니다. 주말은 오후 3시부터 밤 10시까지, 평일은 오후 3시부터 밤 11시까지 했습니다.

손님에게 인사를 하고, 계산을 하고, 산더미 같은 물건을 옮기고, 청소하는 건 잘 견뎠지만, 제가 일하는 편의점 주변에 학교가 있어 학생들이 한번 왔다 가면 엉망진창이 되고 굉장히 시끄러워서 많이 속상했습니다. 사기꾼도 정말 많이 왔고, 덕분에 3번이나 어이없는 사기를 당했습니다. 한번은 차 사고가 났다면서 전화번호를 3개나 적어주며 애처롭게 10만 원만 빌려달라는 사람이 있었는데, 너무 애처로워 보여서 그만 빌려줬습니다. 그런데 적어준 번호가 모두 없는 번호라는 사실을 1시간 후에 알게 되었습니다. '○○○ 바나나우유 100개 사먹을 수 있는 돈인데…….' 저는 계속 자신을 한탄했습니다. 매일 먹고 싶어도 꾸역꾸역 참고 보기만 했는데, 훌쩍거리며 나는 바보인가 보다 후회하면서 일주일 동안 괴로웠습니다. 누구에게도 말 못하고, 왜 나 같은 사람한테 사기를 치고 나는 왜 사기당하는 것인가? 세상에 나쁜 사람이 많다는 생각에 그날 처음으로 울었습니다. 대체 이건 편입 공부를 할 수 있는 환경인가? 대체 왜 나한테 시련을 주는 것인가? 포기는 절대 하지 않는 성격이라, 저에게 화가 많이 났습니다. 이런 것 때문에 공부를 소홀히 할 거냐고 말입니다. 그래서 더 처절하게 열심히 공부했고, 시험이 가까워질수록 집중력을 높였습니다. 결국 독학사 1단계 4과목을 평균 90점으로 합격했습니다. 독학사나 시간제 혹은 자격증이 겹치면 영어 공부를 할 시간이 학원에 있는 시간 말고는 없었습니다. 독학사 시험이 끝나면 자격증 시험이 기다리고 있고, 자격증 시험이 끝나면 또 시간제의 과제와 시험, 토론 등등이 기다리고 있었습니다.

아르바이트가 끝나자마자 집에 가는 1시간 동안 단어책을 양손에 꼭 쥐고 다니면서 단어를 외웠습니다. 집에 오면 매일 밤 12시가 넘었고, 그때부터 부족한 공부를 하려고 거의 새벽 3~4시까지 책상에 앉아있었습니다. 어떨 때는 학원 단어시험에서 1~2개 틀리면 너무 속상해서 학교에서 아예 작정하고 밤을 새고 학원에 가서 수업 듣고 자습하고 아르바이트를 갔다가 집에 가서는 또 3~4시까지 공부를 했습니다. 잠은 거의 평균 3~4시간 미만으로 잤습니다. 6월에는 에너지드링크 없이는 서있기도 힘들 정도로 무리를 하면서 공부를 했습니다. 이러한 과정을 7월 초까지 했고, 3단계 독학사는 아르바이트를 그만두니 좀 수월하게 준비할 수 있었습니다.

하지만 9월에 청천벽력 같은 소식을 듣게 됩니다. 학사 과정에 문제가 생겼다고 말이죠. 처음에는 울고불고 난리도 아니었습니다. 많은 고생을 했는데 여기서 경영학사가 안 나온다니? 하지만 진정하고 곧바로 경영학 관련 자격증을 조사하기 시작했습니다. 영어 공부가 초창기에 많이 소홀해서 후반에 영어를 집중적으로 공부하려고 했으나 신중하지 못해 계획이 어긋난 것입니다. 기간도 기간인지라 되도록 정확하고 빠르게 취득할 수 있는 자격증을 알아봤습니다.

자격증 공부기간과 학점 등을 고려해 CS리더스관리사 자격증을 선택했습니다. 다행히 마지막 기회는 아직 있다는 생각에 곧바로 책을 구입했습니다. 하지만 정보를 찾던 중에 이 자격증의 합격률이 30%로 낮고 한 번에 합격하기 어렵다는 의견을 많이 보았습니다. 걱정이 많이 되어서 네이버 전문카페를 통해 정보를 구하고, 하루에 6~8시간 이상을 투자해 공부하기로 마음먹었습니다. 어렵게 공부하여 80점 가까운 점수로 합격했고, 10월 말에서야 학사를 마무리했습니다.

공부시간이 많으면 영어가 잘 될 줄 알았는데 그것도 아니었습니다. 오랫동안 학사 준비와 아르바이트를 해서 그런지 영어만 공부한 11월과 12월에는 마음이 갑자기 불안해졌습니다. 시험이 얼마 남지 않았습니다. 그런데 영어 공부를 많이 못 해봤다는 강박관념이 생겨서 불면증이 잦아졌습니다. CS리더스 공부 때문에 1~2시간만 잠을 자서 그런지 그때 정신력이 많이 흐트러져서 처음으로 슬럼프라는 것이 온 것 같았습니다. 2주 정도 저도 모르게 의욕이 사라졌습니다. 고3 때와 재수 때 끝에 마무리를 못했던 기억이 있어서, 마음이 약해져 포기하는 그런 상황이 되어 버릴까봐 많이 두려웠습니다. 또다시 실패하면 더 이상 내 마음에 자신감이라는 것이 영영 생기지 않을 것 같은 생각도 들었습니다.

그때 제가 생각해낸 방책이 학원 근처에서 자취를 하는 것이었습니다. 때마침 집안 상황이 좀 나아지면서 학원 근처에서 자취를 하게 되었습니다. 지금 되돌아보건 그때 자취를 한 것은 참 잘한 선택이었던 것 같습니다. 날씨도 매우 추웠고, 몸과 마음이 지친 상태에서 잠도 적절히 자야 할 시기였는데, 자취는 모든 고충을 다 해결해주었습니다. 자취를 2개월 정도 했는데, 새벽 1~3시까지 영어 공부를 하고, 7시에 일어나서 또 공부를 했습니다. 약간 패턴을 바꿔서 좀 더 잠을 많이 자는 방향으로 공부를 마무리했습니다. 12월과 1월에는 거의 하루에 편입 영어 기출을 2~3개 풀고 열심히 분석했습니다. 나머지 시간 대부분은 학원 교재 반복과 단어장을 외우는 데 시간을 할애했습니다.

자퇴 그리고 학위 취득까지

■ 학사 메리트 ■

제 학사 과정을 말하자면 한마디로 '너무 버겁다'입니다. 1년 내에 100학점을 취득하면서 쉬는 것이 사치일 정도로 공부만 했습니다. 독학사 시험이 끝나면 다시 자격증 공부를 해야 하고, 자격증 공부가 끝나면 시간제의 과제와 토론 등이 남아있었습니다.

학사 과정 중 가장 바빴을 때가 10월이었습니다. 그때 영어 공부에 더 집중해야 할 때 아직도 학사 공부를 해야 한다는 압박감 때문에 불면증도 왔고, 편입시험이 점점 가까워지고 있는 상황에서 예민하게 되었습니다. 정말 마지막 기회에 이 자격증시험을 마무리하지 못하면 학위 취득은 꿈도 꿀 수 없었습니다. 학사 과정은 계획을 짰다면 반드시 어떤 시험이든 합격을 해야 합니다. 만약 독학사에서 어떤 과목이 탈락하면 대체할 수 있는 자격증이나 시험이 없는 이상, 학사 학위는 절대 받을 수 없습니다. 그러면 1년을 또 기다려야 합니다.

10월 9일 화요일 리더스 D-13	
05:50	기상, 밥 먹고 씻기
06:00~07:00	학원 가면서 단어 암기, 학원 도착
07:00~08:00	영어 단어시험 준비 unit7, 8+교재2+숙어2와 암기
08:00~10:15	학원 수업+단어시험
10:45~11:45	한국외대 시험
11:45~13:05	틀린 것 확인 및 분석
13:05~14:00	3과 단어 반드시 분석 완료
14:00~14:20	밥 먹기
14:20~16:30	리더스 3권 1, 2
16:30~18:00	경원대 문제풀이 및 분석
18:00~20:00	리더스 3권 3, 4
20:00~21:00	단어시험 준비
21:00~22:00	리더스 3권 5
22:00~21:00	집 가면서 리더스 단어장 공부
21:00~24:30	집 도착, 바로 리더스 공부 1권 1, 2
24:30~02:00	리더스 1권 3, 4
02:00~03:45	리더스 1권 5, 6 리더스 2권 앞부분

이 표는 일일계획표에 있는 것 그대로 옮긴 것입니다. 저는 한때 학위 취득의 마지막 기회인 자격증을 위해 또 영어 공부 시간을 확보하기 위해 맞는 계획을 세웠습니다.

■ 내가 취득한 학점

독학사	자격증	시간제	전적대학	종합
1단계 교양 -총 16학점 2단계 전공기초 -총 15학점 3단계 전공심화 -총 5학점 =합 36학점	텔레마케팅 18학점, CS리더스관리사 6학점 =합 24학점	중간 8과목 24학점, 기말 6과목 18학점 =합 42학점	40학점	142학점 1년 이내에 102학점 취득

2월	3월	4월	5월
• 1.19~4.22/시간 제 기간 • 2.6~10/독학사 1단계 접수 • 1단계 독학사 4과목을 공부하기 시작, 약 35일간 하루 5시간 이상씩 독학사 공부. D-5부터는 거의 2분의 1 이상 독학사 공부를 함	• 3.11 독학사 1단계 시험 • 시간제 중간고사, 과제, 토론	• 4.6 독학사1단계 발표 • 텔레마케팅 필기시험, 약 35일 공부 하루에 3~5시간씩 공부함. D-7부터는 7시간 이상씩 텔레마케팅 공부를 함 • 4.23~27 독학사 2단계 접수 • 시간제 기말고사, 과제, 토론	• 5.20 텔레마케팅 시험 • 2단계 독학사 3과목을 공부하기 시작, 약 30일간 하루 4시간 이상씩 독학사 공부. D-7부터는 거의 9~13시간 독학사 공부를 함

6월	7월	8월	9월	10월
• 6.8 텔레마케팅 필기 합격 발표 • 6.22 독학사 2단계 시험 • 6.25~10.7 시간제 기간	• 7.7~20 텔레마케팅 실기시험 • 7.9~13 독학사 3단계 접수	• 8.12 독학사 3단계시험 20일 정도 1~2단계처럼 비슷하게 공부함. 한 과목이 떨어짐 :CO리더스로 대체 • 8.17 텔레마케팅 최종 합격 발표 • 시간제 중간고사,과제, 토론	• 9.7 독학사 3단계 발표 • 9.10~21 CS리더스관리사 접수, CS리더스관리사 35일 공부, 하루 6~8시간씩 공부함. D-7부터는 3분의 2이상 리더스 공부를 함	• 10.21 CS리더스관리사 시험 • 10.26 CS리더스관리사 최종 발표 • 시간제 기말고사, 과제, 토론

독학사

사람마다 가지고 있는 학점도 다르고 상황도 제각각이니, 자신에게 맞는 방향으로 계획을 짜고 시험을 봐야 합니다. 흔히 사람들은 독학사 시험이 쉽다고 합니다. 하지만 영어와 아르바이트를 병행하는 입장에서 또 독학사만 준비하지 않은 편입 수험생으로서, 객관적으로 봐도 결코 만만하게 볼 시험은 아니라고 말하고 싶습니다.

제 경우 학원에서 영어를 공부하고 아르바이트를 하면서 힘들게 학사를 준비했습니다. 하루에 5시간 이상 상당한 기간 독학사 공부를 했다고 해도 실제적으로 순수하게 공부한 시간은 3시간 안팎이었다고 봅니다. 주위에 독학사나 자격증 시험에 합격한 사람들 중에 자신은 하루 이틀 공부해서 합격했다고 하는 사람도 있습니다. 하지만 대부분 저에게 메일을 통해 학사 과정을 물어보는 편입 준비생들은 자신은 몇 주를 열심히 공부했는데도 독학사 몇 과목 혹은 다 떨어졌다는 말이 대부분입니다. 사람마다 집중도도 다르고 공부한 기간도 천차만별입니다. 하지만 '안정적'으로 붙으려면 최소 2주는 공부해야 할 것 같습니다.

■ 나의 독학사 공부 비법 ■

먼저 목차를 훑습니다. 그리고 큰 제목, 작은 제목 부분을 꼼꼼하게 읽어둡니다. 앞으로 배울 내용에 대해 큰 틀을 알아두어야 머리에서 뒤섞이지 않습니다.

처음 책을 읽을 때는 그냥 읽어본다는 식으로 생각하고 천천히 편안하게 읽습니다. '아, 역사라는 것은 사실로서의 역사와 기록으로서의 역사가 있구나. 아 골품제도는 이런 것이구나.' 대신 최대한 이해하려고 노력합니다. 또 읽으면서 중요한 개념, 암기해야 할 것 같은 예감이 드는 것들, 모르는 용어는 노란색 형광펜으로 얇게 줄을 긋습니다. 그리고 반드시 해야 할 작업은 노란색 형광펜 그은 것을 위주로 다음날 한 번씩 5~10분이라도 복습하는 것입니다.

1일은 1장 공부, 2일은 2장 공부+1장 복습, 3일은 3장 공부+1 · 2장 복습, 4일부터는 4장만 공부. 5일은 5장 공부+4장 복습, 6일은 6장 공부+4 · 5장 복습, 7일째 되는 날 주로 일요일에 몰아서 1~7장을 총 복습합니다. 노란색 형광펜 위주로 대충이라도 꼭 전날 배운 것을 복습해야 합니다. 너무 복습량이 많아져서 부담스럽다면, 자신에게 적당한 복습량을 정하면 좋겠습니다.

교재에 있는 문제를 처음부터 풀면 많이 틀려서 좌절을 느낍니다. 하지만 저는 처음부터 문제를 풀려고 노력했습니다. 틀려도 눈으로 해답을 보고 '이런 내용이구나!' 하고 과감하게 넘어갔습니다. 4권을 한 번씩 보는 데 약 10~12일 정도씩 걸렸던 것으로 기억합니다. 이때는 시간도 많이 소요되는데, 너무 걱정하지 않고 열심히 읽었습니다.

다시 읽으면서 노란색 형관펜으로 얇게 그은 것 위주로 암기를 시작했습니다. 모르는 용어는 인터넷이나 전자사전 등을 참고하여 용어 해설을 책 여백에 썼습니다. 다시 노란색 형광펜으로 더 두껍고 진하게 덧칠하면서 꼼꼼히 읽었습니다. 두 번째 읽을 때 가장 집중했고, 암기법을 적용해서 외웠습니다. 특히 국사 과목은 외워야 할 게 굉장히 많은데, 단어의 앞 글자를 따서 암기했습니다. 예를 들어 농업기술 발달에서 2년3작과 이모작, 모내기법, 시비법, 가을갈이를 외운다면, '시비걸지마(시비법) 가을오니까(가을갈이) 모내기하고(모내기법) 있어 2년아(2년3작)' 이런 식으로 외웠습니다.

또 두 번째 읽을 때는 복습법을 조금 바꿨습니다. 어느 정도 익숙해진 것은 밑 여백에다가 정말로 중요한 것만 적어놓았습니다. 그리고 공부하다가 자꾸 들쳐보면서 눈에 익숙해지려고 했습니다.

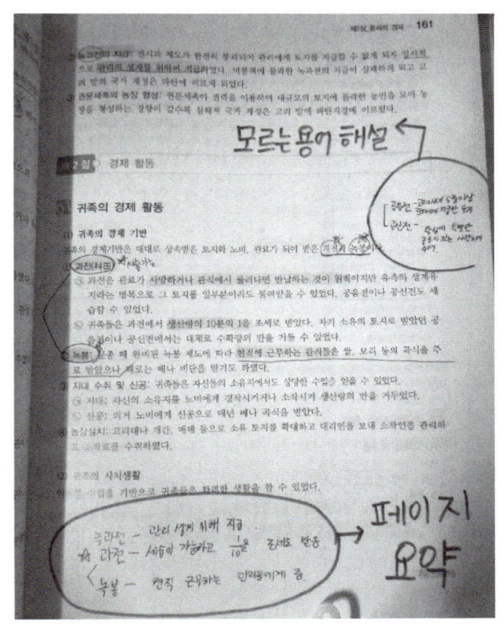

◀ 여백에 용어 해설을 써 놓았고, 맨 밑에는 중요한 것을 간단하게 요약했습니다. 주의할 점은 처음 공부하는 사람은 이것도 중요하고 저것도 중요하다고 생각해서 모두 밑줄을 긋는데, 그러면 눈이 매우 아픕니다(저도 한참 그랬거든요). 정말로 중요한 게 무엇인지 모르겠다고 생각하면 우선 밑줄을 긋지 말고, 어느 정도 익숙해지고 문제를 풀어서 감을 잡을 때 해도 좋습니다.

문제는 해답을 절대 보지 않고 연필로 미세하게 A4 용지에다가 쓰면서 채점하는 방식으로 공부했습니다. 책에다가 답을 쓰지 않은 이유는, 계속 보게 되기 때문입니다. 가급적이면 책에 있는 문제에 답을 쓰지 말고 다른 종이에다가 연습하면 좋겠습니다. 두 번째 읽을 때는 10일이 걸렸습니다. 이때도 역시 시간이 많이 투자되었는데, 처음 읽을 때보다 더 꼼꼼히 읽었기 때문입니다.

세 번째 읽을 때는 노란색 형광펜 위주로 중요한 것을 주황색 형광펜으로 밑줄을 그으며 암기를 심화시켰습니다. 그냥 암기가 아니라 암기법을 적용해서 외웠습니다. 예를 들어 마케팅 4P(제품, 가격, 유통, 촉진)를 외운다고 치면 '제품의 가격이 너무 비싸서 유통하고 촉진하는데 어려움이 있다.' 식으로 계속 암기법을 적용하여 최대한 만들어서라도 암기했습니다. 이러는 이유는 안 그러면 잊어버리기 때문입니다. 당장 내일은 기억날지 몰라도 일주일 후면 정말 신기하게 모두 잊어버립니다. 복습도 매일 하고 암기법을 적용해 암기해서 정말 좋았습니다. 문제는 두 번째와 같이 계속 연습했습니다. 다만 문제도 정확히 암기하려고 노력했습니다. 이 단계는 약 8일 걸렸습니다.

네 번째 읽을 때는 속도가 어느 정도 빨랐습니다. 주황색 형광펜 위에 정말 잊어버리면 안 된다고 생각하는 것을 핑크색 형광펜으로 표시하고, 이때부터는 정말 집중해서 외웠습니다. 특히 그 전에 봤던 걸 들춰서 자주 반복했습니다.

문제는 두세 번 반복할 때부터 풀기 시작해서 총 3번 정도 반복했고, 본격적으로 집중한 것은 네다섯 번 볼 때입니다. 이때부터는 기출을 풀기 시작했고, 물론 EBS 교재에 있는 문제는 기출문제나 기출과 매우 유사한 문제이기 때문에 늦었다고 걱정할 필요는 없었습니다. 이 단계는 7~8일 걸렸습니다. 기출을 위주로 공부하면서 반복되는 개념에 왕별 표시를 했습니다.

저는 마지막에는 스터디카드를 이용해서 총정리하고 외웠습니다. 교재가 어느 정도 익숙해지고 정말 외워야 하는 것을 간단하게 적었습니다. 특히 교재에 실린 문제를 집중적으로 암기하고 A4 용지에 자주 써보았습니다. 중요한 것은 그때그때 쓰고 외우면서 암기를 더 심화시켰습니다. 또 이때는 요약본을 매일 들고 다니면서 암기했습니다. 물론 교재도 많이 보았습니다. 전철을 타서도 외웠고, 잠자기 10분 전에도 암기본을 계속외웠습니다. 이때쯤 되면 내용 이해도 잘 되고 막히지 않고 머리에 잘 달라붙습니다. 문제 역시 기출을 위주로 공부했고 교재에서 중요하다고 생각하는 답안을 꼭 암기해서 적을 수 있을 정도로 만들었습니다. 이렇게 해서 독학사 1단계 4과목은 평균 90점을 받았습니다.

자격증(텔레마케팅, CS리더스관리사)

자격증은 초반 1~6월에 취득할 수 있으면 모두 취득하라고 권하고 싶습니다. 자격증은 기회가 한정되어 있고, 후반에는 영어 공부를 더 많이 해야 하기 때문에 심리적으로나 시간적으로 압박감을 많이 받습니다. 바로 코앞에 편입시험이 다가오고 있기 때문입니다. 거기에 저처럼 자격증이 10월 말에 걸려버리거나 혹은 12월에 걸린다면 정말 다리까지 떨리는 상태에 빠집니다. 또 공부 방법을 말하자면 사람마다 다릅니다. 저는 책을 완독하지 않으면 불안해서 시험을 잘 못보는 경향이 있어서, 최대한 책을 많이 보고 반복했습니다. 일주일 만에 공부를 끝냈다고 하는 사람도 봤고, 하루만 공부했다는 사람도 봤습니다.

■텔레마케팅 자격증(필기-실기-실무-스크립트)■

텔레마케팅 필기 부분은 판매관리, 시장조사, 텔레마케팅관리, 고객응대 이렇게 과목이 나누어져 있습니다. 각 40점이 넘어야 하고 평균은 60점이 넘어야 합니다. 저의 전략이 통했는지 필기 점수는 80점을 넘어서 합격했습니다.

저의 공부 방법은 독학사와 같이 5단계로 공부했습니다. 단지 조금 다른 것이 있다면 텔레마케팅은 6개년 기출문제를 뽑아서 풀고 반복했습니다. 또한 기출에서 굉장히 많이 반복되는 부분은 스터디카드를 이용해 정리하고 꼼꼼하게 암기했습니다. 특히 헷갈리는 용어가 있으면 선생님이 가르쳐 준 암기법을 적용했습니다. 예를 들면 마케팅 개념의 변화 과정에 '생산자가 제품을 판매해야 소비자가 사회에서 사는 데 도움이 된다.' 이런 식으로 스토리암기를 했습니다. 텔레마케팅 필기는 비교적 쉽고 겹치는 문제도 많기 때문에 기출문제로 유형을 익히면서 중요한 부분이 무엇인지 감을 잡았습니다. 기출문제는 다음 카페 감자 텔마관리사(http://cafe.daum.net/ptown-TM)에서 받아서 풀고 도움을 받았습니다. 공부시간은 하루에 3~4시간 정도였고, 40일 정도 준비했습니다. 이 시험 역시 D-7에는 더 많은 시간을 투자해서 공부했습니다. 실기도 반복을 통해 분명히 느낄 수 있는 부분이 있습니다. 기출을 통해 겹치는 부분을 체크하여 실기도 80점 이상으로 합격할 수 있었습니다.

실무 파트는 필기 부분에서 공부했던 내용에서 주관식이 나오는 것이라고 생각하면 편합니다. 필기를 열심히 공부해두었다면 새로운 내용은 별로 없습니다. 다만 알고 있는 내용을 정확하게 주관식으로 쓸 수 있는지가 문제입니다. 이 파트는 특히 개념을 정확하게 이해하고 있는 것이 중요합니다. 또 암기할 것도 상당하기 때문에 자신만의 암기법도 필요합니다. 저도 처음에 실무가 100% 서술형이기 때문에 난해했습니다. 실무 파트를 공부하다가 느낀 점은 기출문제가 그 어떤 시험보다 가장 중요하다는 점입니다. 실제로 제가 시험 볼 때 예전 기출에서 나온 두 문제가 그대로 출제되었습니다. 그리고 계속 기출 답을 안 보고 써보는 연습을 하고, 입에 붙을 때까지 암기를 하면 무리 없이 합격합니다. 하지만 기출문제가 매우 막대합니다.

스크립트 파트는 원고지 같은 곳에 직접 작정하는 시험이었습니다. 논술 경험이 한 번도 없는 저는 원고지 유형이 낯설었습니다. 하지만 스크립트 부분은 유형이 다 비슷비슷합니다. 어떤 형식 내에서 소재만 바뀌는 것이기 때문에 겹치는 부분이 정답인 것 같습니다. 감사 표현, 양해하는 표현, 종결 단계 부분 등의 형식을 확실히 암기해야 합니다. 저는 원고지에 공부했습니다. 실제 시험도 원고지로 나오고 많이 써보는 습관을 들여야 당황하지 않기 때문입니다.

예를 들어,

안녕하십니까? ○○홈쇼핑 ㅁㅁㅁ입니다. 무엇을 도와드릴까요?

고객님 죄송합니다만, ~서비스입니다.

•첫인사 / •소속 / •이름 / •양해 표현

이런 식으로 좀 더 형식을 만들어서 나름대로 암기를 했습니다.

■ CS리더스관리사 자격증 ■

CS리더스관리사 자격증은 정말 만만한 시험이 아니었습니다. '취업의 기술을 JOB아라(http://cafe.naver.com/ivisiondream/5715)'라는 사이트를 발견하게 되었고, 이곳에서 기출문제나 합격자의 조언, 시험 예시문제 등을 많이 얻었습니다. CS리더스관리사 시험을 주관하는 한국정보평가협회에서 발행하는 책이 따로 있습니다. 이 책은 무려 800페이지가 넘습니다. 처음에는 다른 책을 20일 정도 보다가 너무 답답하고 불안해서 협회 책이 있다는 사실을 알고 바로 주문해서 계속 공부했습니다. 다른 책들은 많은 부분이 누락되어 있습니다. 그 누락된 부분에서 시험이 많이 나왔습니다. 협회 책은 정말 개념 설명이 잘 되어 있어서 내용의 이해가 잘 되었습니다. 분량이 많지만 확실하게 합격하자면 이 책이 필요했습니다. 제가 시험 볼 때 이 책 아니었으면 틀렸을 문제 정말 많고, 시험에 책의 예시문제가 그대로 나온 것도 굉장히 많았습니다.

이번이 마지막 기회라고 생각하고 공부했고, 시험을 준비하는 기간에는 정말 말이 아닐 정도로 스트레스가 극에 달했습니다. 학사 취득의 마지막 기회라서 큰 압박감 때문에 평소에 3~4시간, D-10일부터는 1~2시간만 자고 공부했습니다. 10월부터는 특히 영어 공부가 중요한 시기인데, 이때 영어 공부에 큰 타격이 되지 않도록 집중했습니다. 결국 근 80점에 합격했고 10월 하순에야 학사 준비를 마무리했습니다.

뼈를 깎는 각오로 시작한 편입 영어

편입에 뛰어들기 전, 편입 영어를 접해보지 않고 편입 준비를 막연하게 생각할 겁니다. 정말 편입 영어가 처음인 사람들에게는 편입 영어를 체감하기 위하여 고려대 쿠엣 문제를 시간을 재면서 풀어보기를 권합니다. 저 같은 경우, '편입하지 말까?' 하는 생각이 가장 먼저 들었고, 그 다음엔 답답함과 함께 '아, 나는 영어를 진짜 못하는구나!' 하는 생각이 들었습니다. 그 때부터 저는 학원, 과외, 인강, 독학 등 편입을 어떻게 공부할지 생각해 나갔습니다.

과외는 한평생 받아본 적도 없고 편입이라는 제도에 효율적인 방법이라는 것을 잘 몰랐기 때문에, 또 금전적인 이유로 제외시켰습니다. 이에 대해 편입 중에 느꼈던 사실 하나는 과외를 할 거면 선생님을 정말 잘 구해야 한다는 겁니다. 보통 상위권 대학과 중위권 대학에 합격한 사람 중에 누가 더 과외 선생님으로 적합한가를 묻는다면 대부분 상위권 대학에 합격한 사람이라고 합니다. 하지만 이는 아무도 모릅니다. 과외는 누군가를 가르치고 공부 내용을 전달하는 사람인데 ,자신의 공부만 잘한다고 학생을 이끌어줄 수는 없습니다.

　인강은 저에게는 별로 좋지 않은 공부법이라는 것을 재수 때 많이 느꼈기 때문에 제외시켰습니다. 학원과 독학 중에서 학원은 분명히 자금이 더 들어가며 아르바이트를 더 해야 한다는 부담감이 있었습니다. 독학을 하면 자금이 안 들지만 처음 편입 영어를 공부하는 데 어려움이 많을 것이고, 나같이 토익, 토플, 텝스 등 공인 영어 점수도 없는 사람에게 올바른 방향일까라는 의구심이 들었습니다. 그래서 독학으로 성공한 사람들의 수기를 찾아 읽었습니다. 독학으로 성공한 사람들의 이야기를 보고서는 조금 실망을 느꼈습니다. 물론 저에 대한 실망입니다.

　독학에 성공한 사람들은 대부분 ①무(無) 베이스라고 하면서 토익 900점 넘고 토플 상위권 점수에 텝스 점수까지 있는 소위 영어 좀 했다는 사람들 ②영어권에 살았던 사람 혹은 접해본 사람들 ③영어에 타고난 intuition이 있는 사람들 ④엄청나게 독한 마음을 가진 사람들로 자신들의 공부 페이스를 매우 잘 조절할 줄 아는 사람들 ⑤예전에 편입학원에 다녔거나 과외를 받고 그만둔 뒤 몇 년째 재수하는 사람들 ⑥나이가 어느 정도 있고 전체적으로 상당한 실력과 어느 정도 경력이 있으며(취업, 스펙, 대학 졸업생 점수 등) 영어 공부를 해왔던 사람들 ⑦높은 영어 점수로 합격한 것이 아니거나 소위 말하는 상위권 대학에 합격하지 않은 사람들 ⑧자신들의 공부법이 있고 방향을 잘 잡아서 공부한 사람들 ⑨학창시절 공부 좀 많이 잘했던 사람들 등, 간혹 제가 생각해도 무 베이스라고 생각했던 사람들이 객관적으로 성공한 경우는 정말 보기 드물었습니다. 그러면서 독학으로 성공한 사람들에게 박수를 보내고 싶을 정도로 저는 한심하다고 느꼈습니다.

　이러한 요소들이 충족될 것 같지도 않았고 영어에 자신이 별로 없던 터라 독학은 제외시켰습니다. 사실 재수 때도 혼자 공부하다 점수가 잘 나오지 않은 탓에 두려움도 많았습니다. 우선 내가 공부를 잘했던 사람이 아니라서 걱정도 많았습니다. 다음 남은 것은 학원입니다. 7군데 이상 편입학원 입시설명회를 동생과 손잡고 돌아다녔습니다. 편입설명회를 다녀오면서 항상 느끼는 것이지만, 온갖 화려한 현수막에 '합격률 최고'라는 말만 죄다 붙어있고, 붙어있는 합격자를 나열한 것을 보면 중복된 사람도 많고, 심지어 합격자 이름도 정00, 김XX라고 표기해 믿을 수 없는 학원이 절반이었습니다. 그래도 괜찮다고 생각한 학원에 등록하려고 하면 50~60만 원 정도의 학원비를 요구했고, 이에 더해서 추가적으로 돈을 더 내야 했습니다. 학생 입장에서, 그리고 혼자 학원비를 감당해야 하는 입장에서는 너무 부담이 되었습니다. 또 상담을 해보면 대부분 편입하면 안 된다는 식으로 몰아가는 말을 했고, 학벌이 중요하다는 말만 늘어놓아서 기분이 편치 않은 적도 많았습니다.

사실 저는 편입학원을 정할 때 어느 정도 기준을 가지고 있었습니다. '우선 나를 가르치는 선생님이 편입 영어에 진짜 전문가고 경력이 10년 이상 되었으면 좋겠다. 두 번째로 학원비가 비교적 저렴해야 한다(25만 원 내외로). 마지막으로 자습실이 마음에 들어야 한다.' 그런데 아무리 봐도 저에게 맞는 학원은 없어 보였습니다. 그럼 학원도 갈 수 없고 정말 편입을 포기해야 하나 울상 짓고 있었는데, 어느 날 제가 다니는 학교에 편입학원 광고지가 붙어 있었습니다. 가장 혹한 것은 수강비가 18만 9천 원이라는 것. 처음에는 너무 저렴해서 의심이 갔습니다. 하지만 최종적으로 제가 선택한 기준에 다 부합했고, 그 학원엘 다니지 않았다면 절대 합격할 수 없었을 것이라고 믿습니다.

편입시장에서 가장 정직한 학원, 교재나 수업 내용의 탄탄함, 스터디 운영이 잘 되는 시스템, 단어시험 시스템, 넘쳐서 다 못 풀 정도의 영어 자료들, 합격생 입소문으로 유명한 학원을 만난 것은 정말로 운이었습니다. 여러분들도 나름대로 생각한 학원의 기준이 있을 것입니다. 사람마다 공부법도 생활도 다릅니다. 그래서 어떤 것이 좋고 어떤 것이 나쁜지는 일반화할 수 없습니다. 다만 편입 영어는 과외나 인강이나 학원을 다닌다면 가르치는 선생님이 가장 중요하고, 독학이든 무엇이든 공부 방법과 방향이 가장 중요한 것 같습니다. 이 점을 반드시 유의하고 선택했으면 좋겠습니다.

한마디 덧붙이자면, 공부를 하다가 공부에 방해되는 요소가 있는 학원은 안 가는 것만 못합니다. 예를 들어 '술' 스터디가 된다든가, 공부 분위기가 영 아니라든가, 연애를 많이 하는 학원이라면 피했으면 좋겠습니다. 편입은 고독한 면이 많고 정말 어렵습니다. 대부분 편입을 하는 사람들은 학창시절부터 공부를 잘했던 학생은 아닐 겁니다. 정말 공부를 잘하는 학생들이 편입시장에 남아있을 이유가 없는 것이 현실이니까요. 그렇게 공부와 먼 학생들이 그 어렵다는 편입 리딩 시험을 보는데, 그게 쉬우면 정말 어불성설입니다. 그럼 지난 학창시절 10년 정도 열심히 공부하고 많은 투자를 받으며 소위 명문대에 간 학생들은 억울해서 어떻게 되는 것이죠? 공부법부터 학습 방향, 평소 생활습관까지 완전히 '틀'을 바꾸지 않으면 그 10년간의 격차를 1년 만에 따라잡는 데 엄청난 무리가 있습니다. 1년 내에 내 인생의 전환점을 마련하려면 정말 치가 떨리도록, 뼈를 깎는 고통을 각오하고 열심히 공부합시다!

저는 정확히 1월 2일부터 12월 말까지 학원을 다녔습니다. 기간으로 보면 1년입니다. 그리고 1월 15일까지 시험이 있었으니, 정확히는 1년 1개월을 공부한 것이겠죠. 하지만 저는 중간에 학사 준비와 아르바이트로 많은 시간을 영어에 투자하지 못했습니다. 하지만 영어는 매일매일 조금씩이라도 최소 5시간 이상 꾸준하게 공부했습니다.

■ **단어** ■

단어 때문에 무척 힘들었습니다. 단어는 끝이 보이질 않았습니다. 정말로 진짜 끝이 없습니다. 그 사실을 그냥 받아들이면 좋겠습니다. 세상에 공짜는 없고 쉬운 건 더더욱 없으니, 재미있게 단어를 외우는 방법을 발전시키면 좋을 것 같습니다.

저는 초창기에 학원 선생님이 단어장을 만들라고 했을 때 무슨 말인지 잘 몰랐습니다. 세세하게 말해주어도 직접 해본 적이 없으니, 또 영어를 이런 식으로 공부해본 적이 정말 처음이라 많이 낯설었습니다. 제가 단어를 외우는 방식은 항상 100% '영어-우리말 뜻'으로 단순 암기였거든요. 단어장을 아무리 만들고 외워도 이 학구적인 편입 영어 단어는 정말 안 외워졌습니다. 하지만 단어를 효과적으로 외우지 않았기 때문에 모르는 단어는 시간이 지나면서 더 불어났고, 악순환으로 단어장을 만들기만 했습니다. 가장 중요한 것은 아는 단어를 열심히 반복하는 것이고, 애매한 단어는 더 열심히 반복하는 것이고, 모르는 단어는 더더욱 열심히 반복하는 것인데 말입니다. 이 단어 암기에 도움을 준 선생님의 조언과 제 의견을 담아 정리해봤습니다.

이런 방법을 적용하지 않으면 일주일 후면 100% 까먹지만, 적용하면 약 50%는 기억나는 것 같습니다.

예를 들어 IN
①부정 not의 뜻
②안의, 안으로
③강조 inability,
(없는 것+ability는 능력=아~ 능력이 없는 것=무능)
inland(여기서 in은 안에, land는 땅 안의 땅이니까=내륙)

①어근으로 암기하는 법

가장 영어를 영어답게 공부하는 법입니다. 영어의 어근을 알면 영어답게 접근할 수 있고 생각하면서 영어를 외울 수 있는 것 같습니다. 저는 초창기 1~3월에는 김기훈의 『어휘 끝』이라는 예전 수능 교재를 가지고 복습을 했습니다. 어근을 배운 것 같은데 모두 까먹어서 기억이 나질 않았습니다. 그래서 수능 때 배웠던 기본 단어들을 조금씩 공부했습니다. 물론 주가 된 것은 학원 교재였습니다. 저는 어근을 정리하면서 3권 이상의 책을 사용했습니다.

②그림으로 암기하는 법

정말 많이 쓴 방법입니다. 선생님이 'fluctuation' 부분을 설명해줄 때 그림으로 그리는 법을 알게 되었습니다. 시각적인 것에 강한 저에게는 가장 좋은 학습법이었던 것 같습니다. 가끔 재미있는 것도 그렸습니다. 그림을 잘 그리고 못 그리고를 떠나서 생각나는 모습을 그리면 기억에 더 잘 남습니다. 또 제가 그림으로 외운 방법이 있다면, 단어 자체에서 그림을 찾아내서 외우는 것입니다. 단어를 보면서 정말 안 외워지면 간혹 적용해서 외웠습니다.

Furor 〉ror 부분이 뭔가 사람이 입을 벌리는 듯한 표정 〉 벅찬 감격 상태
Oculist 〉영어 문자 O는 눈이, C는 코가, U는 입이 되어서 그림을 그림,
뭔가 안경을 쓰고 있는 안과의사 같이 생김 〉 안과의

③꾸러미로 암기하는 법

이 암기법은 선생님이 처음에 알려준 방법인데, 여러 단어를 한꺼번에 암기해서 능률이 좋습니다. 예를 들어 'vorous'가 '먹는'이라는 뜻이고 'omni'는 '모든'이라는 뜻이니 이 둘이 결합한 'omnivorous'는 '잡식성의'라는 뜻이 됩니다. 연관 지어서 'herbivorous'라는 단어에서 'herb'는 풀 같은 것이라고 생각하고 '초식성의'로, 'carnivorous'는 'carn'이 축제에서 고기를 먹는 것에서 나왔으니 '육식성의'로 암기하는 것입니다. 또 되도록 비난하다 꾸러미, 칭찬하다 꾸러미 등을 찾아서 노트에 정리한 후, 계속 머리에서 꺼내 쓰는 작업을 하면서 더 확실히 암기했습니다.

④스토리로 암기하는 법

이 암기법을 알고는 이제 머리 덜 쥐어짜도 되겠다는 생각을 했습니다. 저는 정말 단순 암기가 익숙한 사람이라 만약 외울 것이 3개가 있으면 그 3개를 생각이나 이해도 안 해보고, 연관시켜서 스토리를 만들지도 않고 무작정 암기했거든요. 그런데 이 방법은 만약 외울 것이 있으면 최대한 이야기를 만드는 방법입니다. 예를 들면, '한국과 일본이 싸우는데 중국은 끼어들어서 뭐하나' 이런 식으로 암기를 하는 것입니다. 저는 특히 자격증이나 독학사를 공부할 때 이런 식으로 암기를 많이 했습니다. 모르는 단어를 한꺼번에 모아놓고 이런 식으로 암기를 해봤는데 상당히 잘 외워졌습니다.

326

Roil 〉『하얀 늑대들』이란 책에서 로일이라는 캐릭터는 휘젓고 돌아다닌다 〉 휘젓다
Duenna 〉 듀엔나라는 무서운 소녀 감독부가 있었다 〉 소녀 감독부, 여성 보호자
Burly 〉 어깨를 떡 벌리고 앉아있는 사람 〉 몸이 억센, 튼튼하고 건장한

■ 문법 ■

저는 항상 문법은 '몰라도 되는 것'이라고 생각해왔습니다. 수능 때도 문법은 단 2문제만 나오고, 문법을 몰라도 점수를 잘 받을 수 있다는 말을 철썩 같이 믿고 수능 EBS 교재를 한 국말로 암기하여 공부를 했습니다. 하지만 편입시험에서 설렁설렁 공부한 문법은 제 발목을 잡았고, 어설프게 공부한 것이 너무 습관이 되어 공부습관을 고치는 데 시간이 더 많이 걸렸습니다. 그 중심에는 항상 어설픈 문법이 자리 잡고 있었습니다.

선생님을 만나고 문법을 바라보는 시선이 180도 달라졌습니다. 문법을 완벽하게 알고 있어야 문장을 이해할 수 있고, 문장을 이해해야 독해가 가능합니다. 아무리 열심히 공부해도 영어 실력이 오르지 않은 진짜 이유는 문법이었던 것 같습니다. 문법을 몰라서 무슨 문장인지 대충대충 해석하니 이해가 전혀 되질 않았습니다.

잘못된 공부습관을 고치려니 처음에는 너무 애가 탔습니다. 대체 어떻게 해야 문법을 완성하는 거지? 나는 문법에 대해 기본적인 것도 암기가 되어있지 않아서 헷갈리는데 어떻게 하지? 부사절은 뭐고 명사절은 대체 뭐지? 어디서 많이 들어봤는데 다 까먹었습니다. 울고 싶은 날이 많을 정도로 편입 영어는 정말 충격적으로 어려웠습니다.

기본이 부족한 상태라서 편입 문법책과 학원 교재를 단권화시켰습니다. 우선 명사절은 무엇인지, 부사절은 무엇인지 용어 정리가 시급했기 때문에 개념을 직접 쓰면서 공부했습니다. 그런 개념을 공부하고 반드시 예문을 옆에다가 적었습니다. 그래야 문장 속에서 문법 요소를 한눈에 볼 수 있습니다.

문제는 학원 교재와 문법책에 있는 것을 모두 풀었습니다. 풀 때는 연필로 절대 표시하지 않고 되도록 눈으로만 풀었습니다. 그리고 무엇인가를 간절히 적고 싶을 때는 그 페이지를 세로로 4분의 1이나 3분의 1 가량 접었습니다. 접은 곳에다가 필기를 하고 다시 문제를 복습할 때는 적은 것을 접어서 안 보이게 했습니다. 그리고 한두 달을 주기로 복습으로 다시 풀었습니다. 그러고 나니 그래도 어느 정도 개념이라는 것이 생겼습니다. 사실 후반에 가면 문법에 많이 소홀하고 개념을 잊어버리는 경우가 생기기 때문에 반복을 많이 해주어야 합니다. 저 같은 경우 단권화를 한 후 매일 옆에다가 놓고 자주자주 보았습니다. 또 교재를 통

해서 계속 문법 문제들을 풀어보았고, 틀린 문제는 반드시 오답노트에 넣었습니다.

문법 오답노트를 몇 주 후에 다시 풀면 또 틀린다는 겁니다. 오답노트에서 가장 중요한 게 반복하는 것이라고 강조에 강조를 해도 부족할 것 같습니다. 저의 경우 처음에 문법 오답노트가 무엇인지도 몰랐고, 어떻게 사용하는지도 몰라서 굉장히 힘들었습니다. 그래서 많은 시행착오 끝에 저만의 방식을 발견했습니다. 우선 스프링노트로 오답노트를 만듭니다. 왼쪽에는 날짜와 요일, 언제 반복했는지를 적습니다. 문제를 적거나 인쇄해서 붙이고 오른쪽에는 해설을 적습니다. 단 문제를 적거나 인쇄할 때는 아무 표시도 안 했습니다. 나중에 복습할 때 계속 보기 때문입니다. 해설을 적으면서 문법 개념들을 다시 한 번 반복해주고, 중요한 것을 '안 보고' 적었습니다. 그렇게 한 페이지에 4~6문제를 적습니다. 김치처럼 계속 묵혀두었다가 한두 달 후 날을 잡아서 다시 풀어봅니다. 물론 해설 페이지는 덮어두거나 접어서 절대 보지 않았습니다. 그러면 어김없이 50% 이상은 틀렸습니다.

꼼꼼하게 다시 공부하고 다시 몇 달 후에 풀어봅니다. 복습 주기는 자신에게 적당하게 정하면 되는데, 저는 약 1달 정도 후에 다시 보았습니다. 제가 문법 파트에서 가장 후회되는 점이 이 오답노트 만들고 활용하는 법 가지고 헤매다가 겨우 8월에서야 제대로 시작한 것입니다. 만약 오답노트를 잘 사용했다면 문법을 더 잘했을 텐데, 시험 본 대학에서 이화여대와 성균관대만 문법 만점을 받았습니다.

■ 논리 ■

사실 저는 논리 문제를 풀면서 속으로 항상 투덜거렸습니다. '이거 언어 문제 아닌가?', '난 언어를 정말 못하는데 ,계속 언어적인 부분을 물어보는 것 같다.', '이게 무슨 논리지?' 하는 식으로 말입니다. 하지만 점차 공부하면서 언어적인 직감도 물론 중요하지만, 그보다도 제 마음 상태에 문제가 많다고 생각했습니다.

너무 지나치게 따지려고 들지 않는 것이 논리 풀 때의 방법입니다. 한국말에도 '어 다르고 아 다르듯이' 영어에도 그렇다는 것을 많이 느낀 파트였습니다. 그냥 수긍하고 '아 이렇구나. 틀렸으면 다음에는 꼭 맞아야지.'라고 생각했습니다. 특히 복습이 중요하다고 생각합니다. 특히 collocation 부분은 단어를 모르면 정말 많이 틀립니다. 저도 이것 때문에 무척 힘들었는데, 학원 교재의 논리 파트에 있는 것은 하나도 놓치지 말고, 다시 봐도 틀리지 말자는 자세로 논리 과정을 적으면서 공부했습니다.

■ 독해 ■

저에게 가장 큰 고민거리는 독해였습니다. 글 읽는 능력이 늘 부족하다고 느꼈는데, 아주 학구적인 텍스트가 나오면 어김없이 비가 내렸습니다. 독해는 누가 글을 더 많이 읽었으며, 얼마나 정확히 글을 이해했는지를 보는 것 같습니다. 많이 보고 많이 이해할수록 점점 이해도가 올라가는 것은 당연합니다. 그래서 시간이 가장 많이 걸리는 부분이 아닌가 싶습니다. 또 안타깝지만 사람마다 차이도 분명 있다고 생각합니다. 확실히 언어적인 직감, 인문학적 지식이 많은 사람들은 이해가 빠르기 때문에 시간 안에 문제를 정확히 풀 '확률'이 높고, 저처럼 모르는 게 많고 어렸을 때부터 어려운 내용, 학구적인 내용을 많이 생각해보지 않은 학생은 '난감함'을 느낍니다.

저는 쉬운 독해는 많이 맞아도 어려운 것은 거의 틀리는 학생이었습니다. 처음에는 정말 하나도 이해가 안 되었습니다. 더 슬픈 건 선생님이 힘들게 이해시켜줘도 무슨 말인지 몰랐다는 겁니다. '윌슨의 어쩌고저쩌고, 중국 인민당이 어쩌고저쩌고….' 보면 아는 게 있어야 독해를 할 수 있는데, 그때 저의 무지를 한탄하게 되었습니다. 또 이때서야 선생님이 초반에 말한 세상에 대한 관심이 진정 무엇인지 싹트게 되었습니다. 세상에 대한 관심이란, 어려서 공부를 시작할 때 아인슈타인의 상대성이론이 무엇일까? 윌슨은 왜 민족자결주의를 주장했을까? 등 다양한 것을 생각해보는 것입니다. 내가 배운 것 혹은 사소한 것부터 생각을 이끌어내고 적용해보고 관심을 주는 것이죠. 사실 저와 비슷한 경우가 굉장히 많을 것입니다. 하지만 절대 포기하지 마세요! 이미 지나간 시간이고, 지금부터 해도 절대 늦지 않습니다.

오늘 바로 윌슨의 자결주의를 알면, 그리고 자결주의는 왜 일어난 것일까 조금이라도 궁금해 하면, 그것으로 오늘 윌슨의 민족자결주의를 알게 된 것이니까요. 편입 영어는 특히 이런 학구적인 텍스트가 많은데, 쉬운 지문도 당연 열심히 이해해야 하지만 어려운 지문을 특히 이해하려고 노력하면 글이 보인다는 생각이 들 것입니다.

독해 공부를 위해서는 '세상에 대한 관심'을 넓혀야 합니다. 세상에 대한 관심을 넓히는 방법으로는 매일 뉴스나 신문 보기, 영자신문에 실린 재미있는 기사 읽기, 시사 잡지를 읽고 사고력 넓히기 등이 있습니다.

사실 '영어로 무엇인가를 읽는다'는 부담감이 없어야 편입 영어를 잘할 수 있는 것 같습니다. 저는 공부할 때 영어 읽기 울렁증 때문에 두려움이 많았습니다. 어느 날은 시험을 보는데 갑자기 영어 자체가 두려워져서 시험을 정말 망칠 뻔한 적도 있었습니다. 속으로 '아, 지금 나는 영어를 보고 있어. 그런데 무슨 영어가 이렇게 길어? 영어가 너무 무서워. 다 어려울 것만 같아. 무서워서 어떻게 하지? 지금 시험 보는 중인데 이 시간이 너무 괴롭고 답답해.' A3 사이즈 종이에 꽉 찬 영어 지문을 보고 한 3분 정도 기겁을 했었습니다. 처음부터 그런 것이 아니고, 시험 시작 30분 후부터 그랬었죠. 그냥 지문을 넘겨 버렸습니다. 너무 무서워서 그랬습니다. 그러다가 다시 정신 차려서 문제를 푼 아찔한 기억이 납니다.

실제 편입시험장에서는 영어 읽기가 너무 익숙해져서 그런 적은 없습니다. 그 사건 이후 영어 읽기에 익숙해지려고 굉장히 많이 노력했습니다. 특히 영어로 된 재미있는 기사가 '영어와 친해지기' 위해 가장 좋은 것 같습니다. 다만 이 영자신문 읽기는 초반에(1~3월) 하는 게 좋습니다. 만약 후반에(10~12월) 갑자기 읽는다고 하면 비추천합니다. 후반에는 오히려 편입 기출문제를 푸는 게 더 좋습니다.

저는 독해를 공부하면서 정말 이해가 어렵거나, 모르는 문장이 가득하거나, 중요한 문법 요소가 녹아든 지문은 통째로 인쇄해서 스터디카드에 붙여서 암기했습니다. 독해용 스터디카드만 5권 정도 되는데, 많은 교재에서 어려운 독해 부분만 큰 스터디카드에 붙여서 계속 반복했습니다. 초반 아르바이트를 하는 과정에서 큰 책을 펴고 볼 수 없어서 생긴 저만의 방법입니다. 앞에서 말한 것처럼 저는 영어 읽기 울렁증과 동시에 어려운 문장 울렁증도 가지고 있었습니다. 이것을 극복하는 데 문장노트라는 것을 따로 만들어서 정말 자주 보았습니다. 가장 애지중지한 노트여서 제가 가장 좋아하는 루피 캐릭터도 붙여주고 미야자키 하야오의 포뇨 캐릭터도 그려 주었습니다.

이 노트에는 읽다가 이 부분 때문에 독해를 틀렸다 하는 문장, 문법 요소가 잘 녹아든 문장, 어려워서 다시 봐도 이해가 안 되는 문장, 내용 이해가 전혀 안 되는 문장 등을 적어 넣었습니다. 이 노트로 '누적복습'을 가장 많이 했습니다. 누적복습은 1, 2, 3을 봐야 한다면 1부터 순서대로 보다가 3을 볼 때 1과 2를 또 보고, 4를 볼 때는 1, 2, 3을 또 보는 식입니다. 그렇다고 매일 그렇게 보지는 않았습니다. 그냥 오늘 한 것만 반복한 적도 많습니다. 하지만 반드시 하루에 10문장 이상은 반복했습니다. 아쉬운 것은 이 문장노트를 너무 늦게 알았다는 것입니다(9월 초). 여러분은 되도록 빨리 시작하면 좋은 결과가 있을 것입니다. 제가 다시 편입을 공부하면 이 문장노트를 두껍게 한 3권 만들어서 공부할 것 같습니다. 이 노트 활용의 가장 좋은 점은 어려운 문장에 대한 극복과 단어와 문법을 같이 잡을 수 있다는 것입니다.

마지막으로 제가 학원 수업을 들으면서 독해 공부를 한 방법이 있는데, 이것은 학원이든 과외든 인강이든 모두 적용될 수 있을 것 같습니다. 선생님이 수업시간에 독해 지문을 영어로 말할 때 작게 소리 내면서 '따라서 해보는 것'입니다. 그리고 선생님이 해석할 때 집중하면서 듣고 속으로 해석을 '따라 맞춰보는 것'입니다. 독해든 논리든 어떤 문장을 읽더라고 말이죠. 예를 들어 "It is an apple."이라는 문장을 선생님이 읽으면 나도 따라서 읽고 속으로 해석하고는 반드시 선생님의 해석과 맞췄습니다. 이렇게 하면 수업에 집중할 수 있고, 독해 능력도 더 예리해지며, 지루하지 않아 좋습니다. 별거 아닌 것처럼 보여도 직접 하는 것과 안 하는 것은 엄청난 차이가 있습니다.

편입 성공 포인트 가나다라

㉮편입수기 읽고+선생님의 공부법 방향으로 자신만의 공부법 찾기

제 경우는 다니던 학원 합격생들의 편입수기를 한 10개 정도 뽑아서 매일 들고 다녔는데, 저보다 더 처절하게 공부하는 사람들의 이야기를 통해 희망과 용기를 얻고, 나도 할 수 있다는 자신감을 얻었습니다. 꼭 저희가 만든 합격수기 책 혹은 편입 사이트의 합격수기를 인쇄해서 매일 들고 다니실 것을 추천합니다.

㉯성실함이 기본

저는 늘 성실히 열심히 하는데도 성적은 그저 그렇다는 것이 굉장한 열등감이었습니다. 학교 수업이 끝나고도 공부하는데, 만날 놀면서도 1등을 하는 말숙이란 아이를 보면 세상이 참 불공평하다고 생각했습니다. 하지만 평소에 공부는 잘하지만 그다지 성실하지는 않아 막상 중요한 시기에 최고의 성과를 거두지 못한 사람을 많이 봤습니다. 중학교 시절 말숙이가 그랬는데, 그때부터는 성실함이 가장 기본이라는 생각을 하게 되었습니다. 성실한 사람들은 이런 생각을 합니다. 나는 늘 성실하게 공부하고, 꼬박꼬박 개근상을 타고, 열심히 생활하는 데 왜 기회를 얻지 못할까? 저는 이렇게 생각합니다. 물론 지금 당장 기회가 보이지 않을 수 있습니다. 어쩌면 5년, 10년 후에도 기회를 못 볼 수 있습니다. 하지만 성실한 사람이 자신의 재능을 발견하고 기회를 얻게 되는 순간 생겨나는 그 집중력과 노력은 상상 이상이고, 천재를 뛰어넘는다고 생각합니다. 그래서 성실이 기본이라고 하는 게 당연한 것이 아닐까요? 그 기본조차 되지 않는다면 성공은 불가능하고, 성실하지 않으면 어디서나 인정을 못 받기 때문입니다. 자신이 성실하기만 하다고 혹은 성실하지 않다고 자책하지 마세요. 지금부터 바뀐다면 변화의 시작을 밟고 있는 것이니까요.

㉰편입계획을 세웁시다! 실질적인 월별·주별·일별 계획 세우기

편입에서 당락을 결정하는 것은 계획이 아닐까 조심스럽게 생각해봅니다. 그만큼 전략과 계획은 중요합니다. 하위권의 공부법을 가진 학생의 계획은 어느 날은 텅텅 빈다고 하는데,

정말 그러했습니다. 저도 그런 일이 없도록 노력했지만, 분명 공부는 했으나 계획표는 텅텅 비었습니다. 그날은 결국 '헛짓거리' 했다고 해도 과언이 아닌데, 매일 아침 일찍 혹은 그 전날 간단하게라도 전체적인 계획을 세우면 좋습니다. 그리고 가장 중요한 것은 지키지도 못할 약속을 하지 않는 것입니다. 꼭 실질적인 공부량을 체크하고 시간 분배를 해야 합니다. 저도 예전부터 막연하고 과대한 공부계획을 세우는 버릇 때문에 공부를 많이 한 것 같은데도 매일 찜찜했습니다. 하루 날을 잡아서 자신의 실질적인 학습 능력을 체크해보십시오.

㉣ 자신의 한 달 피드백 꼭 쓰기

제가 다닌 학원은 매달 강의 후기를 썼습니다. 매달 강의 후기를 메모장에 썼지만, 몇 번만 사이트에 올렸습니다. 제 자신이 한심하고 부끄러웠기 때문입니다. 약속을 지키지 못했다는 생각에, 또 말만 한 것 같다는 생각에 올리길 주저하다가 몇 번만 올렸습니다. 하지만 저처럼 이러지 말고 후회 없이 후기를 쓰고 누군가에게 보여주세요. 후기를 쓰는 이유는 자신의 지난 한 달을 피드백하고 앞으로의 계획을 세우는 데 큰 역할을 합니다. 특히 후기를 통한 피드백은 앞으로의 실수를 방지하고 마음을 다잡는 데 가장 좋은 방법인 것 같습니다.

㉤ 문법 오답노트 '쿨' 하게 만들고 '열' 나게 반복하기

오답노트를 공 들여서 만드는 것도 중요하지만, 만드는 데 시간을 너무 많이 할애하면 안 됩니다. 저도 초반에 보기와 문제를 직접 다 쓰다가, 너무 신경이 쓰여 공부시간만 날렸습니다. 차라리 복사해서 오려 붙이고 많이 반복하는 것이 훨씬 더 좋습니다.

㉥ 문장노트 만들고 '자주 여러 번 반복', 제발 반복하기

저는 이해가 너무 너무 안 되는 문장은 문장노트에 따로 써두고 반복해서 암기했습니다. 특히 문법 요소가 녹아 들어간 문장, 어려운 단어가 매우 많은 문장, 학구적이라 이해가 안 되는 문장, 독해 때 이 부분 때문에 틀렸다고 생각하는 문장을 몽땅 적었는데, 덕분에 집중적으로 문장을 보는 실력이 많이 올랐던 것 같습니다. 가장 좋은 것은 어려운 문장을 봐도 두려움이 사라진 것입니다.

㉦ 단어장 만들기만 하지 말고 제발 반복하기

초창기 저도 단어장을 매우 열심히 만들었습니다. 그 이유는 암기가 안 되어서 모르는 게 많았기 때문입니다. 악순환에 빠지는 것이죠. 안타깝지만 사실입니다. 계속 외워도 안 외워지니 생소해서 또 적고 또 적는 것입니다. 이것을 극복하려면 단어 암기를 정말 열심히 반복해야 합니다. 적지 말고 적을 시간에 더 반복하면 좋습니다. 사실 반복 말고는 답이 없는 것 같습니다.

㉨단어시험 열심히 준비하기, 그리고 단어 프로그램 적극 활용하기

선생님이 저희 때부터 단어 프로그램을 마련해 주었는데, 특히 취약한 단어를 많이 보게 되어서 좋았던 것 같습니다.

㉪세상에 대한 관심 가지기

지문을 읽고 생각하는 연습을 하고, 궁금하면 인터넷 검색도 해보고, 영자신문에 실린 재미있는 기사를 보는 것이 좋습니다.

㉫쉴 때는 화끈하게 쉬고, 공부할 때는 화끈하게 다시 되돌아오기

저는 고3 때부터 놀 줄 모르는 학생이었습니다. 공부 잘하는 학생들이 인간은 기계가 아니라는 말을 할 때 이해가 안 되었습니다. 고3 때 '그렇게 힘든 일정에서 어떻게 쉴 수가 있지?'라는 생각이 99%였고, 정말 맘 편히 하루도 쉬지 않고 공부하고 미술 실기를 하며 받은 스트레스가 극에 달해도 그냥 묻어버리고 끙끙거리면서 또 공부하고 미술 실기를 했습니다. 하지만 저는 편입을 통해서 쉴 줄 알아야 진짜 공부를 잘하는 사람이라는 것을 깨닫게 되었습니다. 확실하게 쉬어서 집중력을 몇 배로 끌어올려 공부를 다시 할 수 있는 능력이 있는 자야말로 진짜 실력자다. 사실 저 같은 경우는 너무 빡빡한 일정이라 쉬는 것도 제대로 못하고 잠도 제대로 못 잤는데, 정말 비추천합니다. 공부 능률이 전혀 오르지 않습니다. 그런데 주의할 점은, 쉬라고 해서 그냥 쉬는 게 아니고 열심히 공부하고 1주일이나 2주일에 한번 반나절 시간을 내서 쉬는 것입니다. 방법은 자신에게 가장 잘 맞는 방법입니다.

㉬선생님의 강의는 '1억짜리 황금 앞자리'에 앉아서 듣기

저는 학교에서나 학원에서나 늘 지키는 것이 있는데 바로 앞자리에 앉기입니다. 고등학교 때 서울대 공신들을 만난 적이 있었는데, 그때 그분들이 앞자리는 어딜 가나 황금자리라고 말했습니다. 앞자리는 고액과외보다 10배의 효과가 있다고 말했습니다. '그런 수업 효과가 있단 말이야?' 공신의 말을 듣고 나니 왠지 군침이 돌았습니다. 그때부터 학교 수업을 무조건 앞자리에서 들었습니다. 가장 좋은 점은 졸지 않는다는 점, 집중이 10배는 잘 된다는 점, 선생님의 시선이 두려워서라도 바짝 긴장하게 된다는 점, 예습을 반드시 해야겠다는 사명감 등입니다. 반드시 실천하면 좋은 결과가 따라옵니다.

㉭잠을 잘 자야 공부가 잘 된다

사실 제가 가장 지키지 못한 것이지만, 꼭 실천하면 좋습니다. 잠을 잘 자야 기억도 더 잘 되고 집중력도 세지고 공부도 훨씬 잘 됩니다. 저는 잠 부족 때문에 10월 막판부터 잠시의 슬럼프가 왔었는데, 이때 심적으로 매우 힘들었습니다. 불면증에 시달리면서 정신을 차리지

못해 시험도 못 치를 상황까지 왔었습니다. 영어 공부를 더 하고자 더 잠을 못 자는 사태가 오면 정말 최악입니다. 영어 외에 병행할 일이 많으면 정말 어쩔 수 없지만, 하루에 6~8시간 꼭 자면 좋겠습니다.

㉕선생님노트 만들기

사실 저는 선생님의 말을 이해하고 싶은데 이해가 안 되어서 애를 먹은 경우가 많았습니다. 그래서 애타는 마음에 '선생님노트'를 만들었습니다. 선생님이 수업시간에 해주는 모든 말과 조언을 다 적은 것입니다. 그리고 제 생각을 조금 보탰습니다. 예를 들어 선생님이 "꼼지락 거리니까 공부를 못하는 거야."라고 하면 그것을 그대로 적고 그 밑에 "그래, 나는 오늘 CS리더스관리사 자격증 시험 발표 때문에 꼼지락거리면서 수업을 들었어. 나에게 하신 말씀이야. 바보야! 이제 정신 차리고 열심히 공부해야지!"라고 적었습니다. 이게 사소해 보여도 1년 동안 적으면 나중에 볼 때 재미있고 반성도 되면서 마음에 남습니다. 무엇보다 공부가 힘들 때 기운이 납니다! 꼭 실천해 보시길.

■ 면접-이화여자대학교 ■

면접장에 들어갈 때 교수님과 눈을 마주치지 않고 뒤돌아서 문을 닫고 웃으며 "안녕하세요. 수험번호 15번 배우리입니다."라고 인사를 했습니다. 면접장 환경은 교수님들이 앉아있는 곳에서 한 7~8발자국 떨어진 곳에 제 면접 자리가 있었습니다. 가까이에서 면접을 할 줄 알았는데 꽤 먼 곳에 있어서 목소리를 좀 크게 내야겠다고 생각했습니다.

교수님 두 분이 있었는데, 남자 교수님과 여자 교수님이었습니다. 듣기로는 면접장에는 두 분 교수님 중 한 분은 어렵고 까다로운 질문을 하거나 냉담한 태도로 면접을 하고, 한 분은 굉장히 친근하게 대해준다고 들었는데, 정말 그러한 유형의 면접이었습니다. 남자 교수님은 하나의 꼬투리를 물고 뭔가 허점을 잡아내려 했고, 여자 교수님은 친근하게 웃어주었습니다.

남자 교수님 : 이화여대 의류학과에 지원했는데, 그 동기와 학업계획에 대해 말해보세요.

▶네. 저는 고등학교와 재수할 때부터 의류학 최고의 전통을 지닌 이화여대에 오고 싶었는데요, 기회를 얻지 못해 결국 다른 대학에 입학하게 되었습니다. 하지만 포기하지 않고 편입이라는 제도를 통해 다시 이화여대에 입학할 수 있는 기회를 잡고 싶었습니다. 만일 이화여대 의류학과에 오지 않으면 제 평생 한이 될 것 같았습니다. (여자 교수님 웃으심) 경제가 어려워진 부모님을 대신하여 온갖 아르바이트와 경영학사와 영어 공부를 병행하면서 힘들게 공부했고, 그 처절함이 이화여대에 전해졌는지 지금 면접을 보게 된 것 같습니다.

334

여자 교수님: 성적표를 보니 동덕여대 패션디자인과를 나왔네요. 이 학교도 패션 쪽에서 유명한 걸로 알고 있는데, 학점도 높은데 굳이 이화여대 의류학과에 편입하려고 하죠? 패션디자인과와 의류학과는 다르다고 생각했나요? (아직 학업계획을 말하지도 않았는데 갑자기 여자 교수님이 말을 끊어서 어떻게 대답할지 약간 갈등하다가 대답을 했습니다)

▶네. 저는 패션디자인과 의류학은 다르다고 생각합니다. 때문에 신입생을 뽑을 때도 패션디자인학과는 실기로 뽑고, 의류학과는 일반 학과와 같이 실기 없이 뽑는다고 생각합니다. 의류학은 인문·사회와 예술을 종합·응용하는 학문으로 실기와 실무 중심의 패션디자인과 비교해 볼 때 학문적 성향이 더 강하다고 생각합니다. 저는 이론적 통찰을 더 넓히기 위해 의류학과로 편입을 희망하는 것입니다.

여자 교수님: 아, 그럼 학교를 그만두고 편입을 한 거네요. (교수님 뒷말이 생각나지 않았으나, 용기 있게 도전했다고 답했습니다)

남자 교수님 : 이론적 통찰이라고 하면 무엇을 말하나요? (남자 교수님이 너무 무섭게 쳐다보셔서 조금 당황했습니다)

▶제가 생각하기에 디자인이라는 것은 다른 나라의 역사나 문화 등을 잘 알지 못한다면 깊이 있거나 독창적인 것은 불가능하다고 생각합니다. 그렇기 때문에 이론적인 통찰이 필요하다고 생각합니다. 전적대학과는 다르게 이화여대 의류학과에는 소비자와 유통, 상품 이해와 관련된 교과 과정이 있습니다. 지원한 동기도 그런 교과 과정이 마음에 들어서입니다. 제가 생각하는 이론적 통찰이라고 하면 이러한 교과목을 공부하는 것이라고 생각합니다.

여자 교수님: 의류학과에 오기 위해서 준비해온 것은 무엇인가요?

▶저는 어렸을 때부터 실기를 해왔습니다.

여자 교수님: 실기라면 어떤 실기를?

▶예, 저는 어렸을 때부터 미술 실기를 해왔는데요, 사물을 관찰하고 그리는 것이 재미있어서 그림 그리는 것을 좋아했습니다. 특히 패션잡지에 나오는 '디자이너의 노트' 편에서 디자이너들의 아이디어 스케치 혹은 예쁘고 독특한 색감을 수집했고, 지금까지 수집한 파일이 10개가량 됩니다. 그 수집한 자료를 활용해서 입시 미술 때 도움을 받았습니다. 그림을 그릴 때 '이번엔 이 색감을 써야겠다. 이번엔 이런 아이디어를 써야겠다' 파일을 참고하여 입시를 준비했습니다.

여자 교수님: 우리 학교 예술대학에서도 미술 실기로 학생을 뽑는데, 전적대학도 패션디자인과니까 그럼 이곳에 오면 적응을 잘 하겠네요?

▶네, 적응을 잘 할 수 있습니다.

남자 교수님 : 그렇다면 의류학과에 와서 진로계획은 어떻게 되지요? (계속 저를 무섭게 쳐다보셨어요)

▶저의 최종 목표는 쌍둥이 여동생과 함께 세계 최고의 패션디자이너가 되는 것입니다. 이를 위해서 학교에 입학한다면 제가 직접 디자인한 가방, 스키니룩, 핸드폰 목걸이 등을 제작하여 블로그 활동을 통해 홍보하고 판매할 생각입니다. 이러한 경험을 쌓은 뒤 대학원에 진학해 좀 더 심도 깊게 의류학을 공부한 후 제일모직이나 LG패션의 패션마케팅 MD로 입사하여 패션직 경험을 더 쌓은 뒤 사업할 생각을 가지고 있습니다.

남자 교수님 : 패션디자이너가 된다고 했는데, MD가 되는 것이 꿈입니까? (이때 시계 알람이 울렸습니다.)

▶아니오. 그러한 과정을 통해 패션디자이너가 되는 것이 꿈입니다.

편입을 준비하는 모든 분들에게

미래가 확실하지 않다고, 불안정한 목표라고, 이것 때문에 안 돼 저것 때문에 안 돼 절대 뒷걸음치지 않았으면 합니다. 한번 사는 소중한 청춘에 도전이 없다면 또 신념이 없다면 반드시 후회할 거라고 생각합니다.

편입의 성공과 실패는 분명히 인생의 최종 목표가 될 수 없고, 인생의 전부도 아닙니다. 저 또한 뭐가 잘나서 수기를 쓰는 것이 아닙니다. 단지 편입을 해본 사람으로서 얻은 것이 많기 때문에 이 글을 쓴 것입니다. 객관적으로 보면 단지 대학이 바뀐 것뿐입니다. 그 대학이라는 것은 정말 종이 한 장 차이라고 생각합니다. 그래서 편입에 실패하더라도 언젠가는 엄청난 발전의 원천이 될 수 있다고 생각합니다. 설령 최악의 상황이 와도 잃을 것이 무엇이 있나요? 잃어버린 것이 있더라도 나의 마음과 신념보다 중요하지는 않을 것입니다.

지금 편입을 망설이고 방황하는 사람들이 많을 것 같습니다. 주변에서는 이런 말도 들릴 것입니다.

'어려우니 하지 마라.'

'돈이 없으니 하지 마라.'

'시간이 없으니 하지 마라.'

이런 생각 하지 말고 자신의 '마음이', '심장이' 진심으로 뛰는 방향으로 갔으면 좋겠습니

336

다. 속으로는 외치고 있지 않은가요?

'와, 나도 저런 멋진 대학에서 공부해보고 싶다. 저런 대학 중앙도서관에서 공부해보고 싶다. 나도 이 학과목 공부하고 싶은데. 학과 바꾸고 싶은데. 나도 영어 공부 해보고 싶은데. 근데 어렵다고 하네, 하지 말까? 상황이 이러니 하지 말까? 나는 기본이 전혀 없는데 하지 말까? 나는 학교도 다녀야 하는데….'

저 또한 힘든 상황에서 편입을 결정했고, 많이 망설였습니다. 그런데 어느 날 한번은 이런 생각이 들었습니다.

'내가 만약 편입에 성공하면 나는 큰 자신감을 얻고 지난 세월처럼 패배의식에 휩싸여서 부정적으로 살지 않을 것 같다. 좀 더 능동적이고 긍정적인 생각을 가진 사람이 될 것 같다. 그리고 영어도 더 많이 하면 좋지, 이 글로벌 시대에. 그리고 원래 다니고 싶었던 대학에 입학해보고 싶은 걸. 그럼 어떤 기분이 들까? 근데 만약에 실패하면? 나이가 한 살 더 먹는다. 그런데 이것도 다 경험이다. 영어는 더 잘하게 된다. 뭐, 별로 잃을 것도 없네. 돈이야 또 벌면 되지. 또 내가 만약 평균 나이로 90살을 산다고 하면 1년은 별것 아닌 것 같은데. 나 참 지금 뭐가 두려워서 이렇게 주저하고 있는 거지? 난 애초에 가진 게 없어서 잃을 게 없다고요. 청춘 때 아니면 언제 고생해볼까!'

지금 생각하지만, 그때 저의 판단은 지금까지의 생애에서 가장 잘한 일 같습니다. 그만큼 편입은 합격을 떠나서 저에게 많은 것을 알려준 시험입니다. 먼 훗날 후회하지 말고 도전하라고 하고 싶습니다.

wr9360@naver.com

17 솔직히 高大는 떨어질 줄 알았습니다

저에게 왜 편입했냐고 물어보면, 무조건 '학벌' 때문입니다

김정

[충남대 ➡ 고려대]

- **일반편입**
- **전적대학** : 충남대학교(3.9/4.5)
- **편입대학** : 고려대학교 전기전자전파공학(75점/28.11:1/2012년도)
- **나이** : 26세
- **성별** : 남자
- **합격한 학교**
  - 성균관대학교 전자전기공학(영어 3개, 수학 5개 / 19.73:1)
  - 한양대학교 기계공학(영어 76, 수학 100 / 52:1)
  - 서강대학교 전자공학(영어 82.5, 수학 모름 / 31.73:1)
- **불합격한 학교**
  - 경희대학교 한의학(채점 안 함/131:1)

이날을 얼마나 기다렸는지 모릅니다. 정말로 간절히 바랐고, 드디어 이루어졌습니다. 편입을 준비했던 긴 시간 동안 늘 합격해야 한다는 강박관념 때문에 마음 놓고 생활한 적이 없었습니다. 그 지겨운 편입이라는 굴레를 벗어났다는 해방감에 이 글을 쓰는 지금 복합적인 감정이 밀려옵니다. 여러모로 쓸데없는 이야기도 참 많습니다. 다 읽으실 필요는 없습니다. 그냥 자신이 필요한 부분만 읽는 것이 좋을 겁니다.

크로스

카투사에서 받은 강한 열망, 그리고 편입 결심

대입 수능이 끝나자마자 토익학원을 다녀서 간신히 카투사 지원 커트라인을 살짝 넘길 정도로 만들었습니다. 다행히 지원했던 카투사는 합격했습니다. 합격한 그 시점부터 편입이라는 것을 생각(만)하기 시작했습니다. 그래서 군 입대를 앞두고 '독편사'에 가입했습니다.

2008년 3월부터 카투사로 군복무가 시작되었으며, 저에게는 가장 뜻 깊고 값진 시간이었습니다. 그 전까지는 대전에서 살아오면서 대전 안에서는 나름 인정받는 대학이었습니다. 만약 카투사에 가지 않았더라면 졸업할 때까지 그냥 만족하면서 살 뻔도 했습니다. 그런데 카투사는 그렇게 생각했던 것이 아닌 것 같았습니다. 특히 제가 복무한 곳은 미군보다 카투사가 훨씬 많은 곳이었습니다. 선후임과 동기가 160명 정도였습니다. 정말 '학벌'에 대한 강한 열망(열등감이라고까지는 안 하겠습니다)을 느끼게 되었습니다. '서연고', '포카', 해외 유명 대학, 현직 교사, 군 복무 중 사법시험에 합격한 선임 등…. 그냥 ㄴ와는 평생 마주칠 일 없을 것처럼 여겨졌던 사람들이 그곳에 모두 있었습니다. 어느 순간부터 저도 이런 사람들과 함께 배우고 싶었습니다. 너무나도 욕심이 났습니다.

저에게 왜 편입했냐고 물어보면 무조건 '학벌'이었습니다. 물론 더 나은 교육환경, 분위기 이런 것을 다 포함해서 말입니다. 실제로 카투사 출신 중에 복무 중이나 전역 후에 편입이나 재수에 도전하는 사람이 엄청나게 많습니다.

그런 의미에서 혹시 군대 갈 예정인 사람은 토익 공부 좀 해서 카투사에 꼭 한번 지원해보라고 권하고 싶습니다. 토익 공부는 어차피 나중에라도 해야 되는데, 여유 있게 1학년 때 남들 다 놀 때 조금만 신경 쓰면 카투사 지원 커트라인까지는 점수 나온다고 보장합니다.

2010년 아주 쓴 잔

제대 후 바로 복학을 했습니다. 1학기 때는 21학점(1과목 제외하고 모두 전공)을 들었습니다. 정말 미치는 줄 알았습니다. 편입은 손도 못 댔습니다. 정말 매달 학원 모의고사를 공부 전혀 안 하고 보는 정도가 전부였습니다. 2년을 쉬었다가 배우는 공대의 전공 공부에 적응하는 데도 너무 힘들었습니다. 시간이 어떻게 가는지도 모르고 1학기가 흘러갔습니다. 학점도 C+, B0, B+, A0, A+ 등 가지각색이었습니다.

2학기에는 최소 이수 학점에서 살짝만 넘기려고 14학점만 신청해서 들었습니다. 편입 수학도 해볼까 하고 둔산동 편입학원에서 9월과 10월 두 달 다녀보았지만, 도저히 안 될 것 같아서 중간에 접었습니다. 당시 학원 진도는 미적분과 선형대수 과정까지 마친 상태였습니다. 학점을 조금만 들었는데도 수학 공부는 너무 벅찼습니다. 그래서 2개월 만에 편입 수학은 접었습니다. 결국 쓸 대학이 두 군데로 준 겁니다. 결국 그해 연세대와 고려대만 지원했는데, 모두 빛의 속도로 탈락. 솔직히 고려대 공대 1차 쿠엣 커트라인이 높은 편은 아니기에 1차는 당연히 될 줄 알았습니다. 그런데 결과는 0.5점 차로 1차 탈락. 저는 1년 동안 이것저것 다 찔러보다가 이도저도 얻지 못한 패배자가 된 것이었습니다.

이렇게 실패 사례를 적는 이유는 편입 준비와 학교 공부를 병행하는 사람들, 특히 공대에 속한 사람들은 정말 마음 굳게 먹어야 한다는 것을 알려드리기 위해서입니다. 대부분 공대생이 그렇잖아요. 학교 수업 따라가기도 벅찬데, 학기 중에 괜히 다른 것 한다고 무리하다가 모두 소홀해지는 것입니다.

한 가지 더 말한다면, 여기저기 다 갈 수 있을 것이라는 욕심은 버리고 가능하면 전형이 비슷한 학교 위주로 대비하라고 말하고 싶습니다. 가령 고려대면 영어랑 전공 공부, 혹은 고려대는 포기하고 다른 곳을 위해 영어와 수학 공부, 이런 식으로 말입니다.

아무튼 그렇게 올킬(all kill) 되고 나서야 비로소 정신이 번쩍 들었습니다. 나는 절대 아닐 것이라고 생각했던 '허수', '벽돌 기부자', 그게 바로 저였습니다. 그 이후로는 마음 편히 논 적이 단 하루도 없었습니다.

2011년~2012년 2월-다시 시작 후 합격까지

다가올 1년을 새로운 마음으로 준비하기 위해, 광탈 후 한 달간 여행도 가고 그냥 놀았습니다. 2월이 되었습니다. 지금까지 해온 편입 영어를 1년간 붙잡고 있을 자신이 없었습니다. 토플 공부를 해서 5, 6월에 봤습니다. 토플은 또 다른 세계였습니다. 쉽지 않았습니다. 상반기까지만 하기로 마음먹었기 때문에, 딱 원하는 점수를 받은 것은 아니었지만 6월에 토플은 접었습니다. 7월부터는 편입 유형 맞춤으로 돌아왔습니다. 도서관 죽돌이 생활이 시작됐습니다. 그 전에도 도서관은 다녔지만, 모든 시간을 도서관에서 보낸 것은 이때부터입니다.

여기서 잠깐! 독학하시는 분들, 무조건 공부하는 곳이 집과 가까워야 합니다. 저는 집에서 가장 가까운(10분 거리) 대전의 00대학 도서관을 다녔습니다. 학원은 집에서 1시간은 잡아야 갈 수 있었습니다. 또한 독학할 때는 여러 가지 환경과 조건들이 자신의 공부 스타일과 얼마나 잘 맞는지 체크하는 것도 아주 중요합니다. 제가 다녔던 도서관의 경우 해당 학교 학생들의 놀라울 정도의 학구열(?)로 인해 항상 자리가 많이 남았었는데, 저는 원하는 구석자리 하나를 맡아 놓고 거기에 방석도 깔아놓고 책도 늘 두고 다녔습니다. 옷이나 머리는 최대한 편하게 하고 다녔습니다. 저는 도서관 같이 약간 공부하는 소리(?)가 있어야 공부가 잘 되었는데, 그것도 잘 맞았습니다. 그리고 무엇보다 빛, 빛을 안 보면 정말 뭔가 우울해집니다. 그 도서관은 우선 환해서 좋았습니다. 다시 말하지만 이러한 자신의 스타일을 확실히 알아둬야 합니다. 그리고 그거에 맞춰서 공부할 장소도 정해야 합니다.

다시 본론으로 돌아옵니다. 7월부터 저의 하루 일과는 이랬습니다.

1 아침 8시(원래는 9시였는데 차츰 줄였습니다) : 도서관 고고.

2 오후 12시~1시 : 점심식사, 그리고 잠시 휴식. 집에서 밥을 먹었습니다. 식사 후에는 15분에서 20분 정도 침대에서 편하게 잤습니다. 그러니 도서관에 돌아와서는 하루 종일 졸 일도 없었습니다.

3 점심식사 후부터 저녁식사 전까지 : 운동 1시간. 운동은 꼭 해야 한다고 말하고 싶습니다.

4 7시~8시 : 저녁식사.

5 저녁식사 후부터 10시 반에서 11시 사이 : 도서관 문을 닫을 때까지 공부. 단, 토요일은 오전에 좀 늦게 가고, 일요일은 오전에 쉬었습니다.

이렇게 하니 하루 공부시간이 최소 10시간은 넘게 나왔습니다(순수 공부시간은 아닙니다). 가끔 딴 짓도 하고 잡생각도 하고 음악도 들으면서, 공부가 되지 않을 때는 억지로 하지 않으려 했습니다. 하다가 힘들면 그것을 해소하거나 아니면 다른 방법으로 공부할 수 있도록 노력했습니다.

그 예로 매주 월요일은 도서관에서 조금 더 일찍 나왔습니다. 월요일이면 제가 즐겨보던 미드의 새 에피소드가 올라왔습니다. 과자 하나 사서 들어가 다운받고 영어 자막 달아놓고 과자 먹으면서 미드를 봤습니다(그래봤자 1주일에 딱 한번 두 시간 남짓입니다). 자막 보면서 모르는 단어나 표현은 인터넷 검색으로 꼭 찾아봤습니다. 가끔 편입에서 배우는 단어들이 실생활에 거의 안 쓰인다고 하는데, 공부하면서 나왔던 고난도 단어들도 마구 쏟아졌습니다. 단지 암기로 익힐 땐 이게 어떻게 쓰려나 모르겠던 단어들이 이해가 가기도 했습니다. 예를 들어 'condescending'이라는 단어가 어떤 에피소드에서 나왔습니다. 주인공 아내가 막 화를 내면서 어떤 놈이 자신에게 완전 'condescending' 했다면서 반복적으로 무진장 강조했습니다. 제가 배운 바로는 자신을 숙이는 좀 '겸손한' 쪽의 뜻이었습니다. 찾아보았더니 실생활에선 전혀 그렇게 안 쓰이고 '거만한, 거들먹거리는'이란 의미였습니다. 이런 것 할 시간에 단어장이나 한 페이지 더 보겠다고 생각하는 사람들이 있을 텐데, 절대 틀린 말은 아닙니다. 다만 억지로 머릿속에 넣으려고 하면 자신이 너무 힘들어질 수 있으니, 최대한 공부를 억지로는(즐긴다고 말하면 그건 거짓말이겠죠) 하지 말라는 말입니다.

그리고 가끔씩은 친구를 만났습니다. 독학생의 최대 적은 '외로움'입니다. 진짜 오늘은 어제 같고 내일은 또 오늘 같을 날들을 보내다 보면, 집에 오지 않는 이상 하루 종일 말 한마디 할 기회가 없었습니다. 입에서 단내가 난다고들 하죠? 어떤 건지 알 것도 같았습니다. 그래서 시험 시즌 직전까지는 한 달에 두 번 이상 꼭 친구를 만났습니다(편입하는 것도 주변 친구들한텐 진작 얘기하고 다녔습니다). 대신 될 수 있으면 도서관 근처로 불러내서 점심이나 저녁을 먹었습니다. 술은 친구들과 마시면 괜히 다음날 상태가 '메롱 될까봐' 마시지 않고, 가끔 집에서 캔맥주 정도만 마셨습니다. 술을 좋아하지도 않고 혼자선 절대 마시지 않았는데, 독학하다 보니 자연스럽게 이렇게 되었습니다. 다행히 친구들이 격려도 많이 해주고 힘내라고 밥도 많이 사줬습니다(그 덕에 고려대 붙은 그 시점부터 폭풍 쏘고 있습니다).

가끔 보면 완전 잠수 타는 사람들도 많은데, 독학에 잠수까지 타면 너무 자신을 극한으로 모는 것이 아닌가 싶습니다. 솔직히 저도 잠수도 타고 폰도 끊을까 수도 없이 고민했습니다. 계속 말하지만 자신을 잘 알고 있는 것이 정말 중요합니다. 막연하게 '하면 되겠지'가 아니라, 내가 지금까지 어떠했는지를 돌아보고 자신이 앞으로 그렇게 한다면 견뎌낼 수 있을지 없을지 확실히 판단해야 합니다.

그렇게 하루하루가 갔습니다. 어느덧 12월 시험일이 다가오기 시작했습니다. 누구나 다 똑같겠지만 긴장도 되고 걱정도 많이 됐습니다. 그래도 항상 붙을 것이라는 자신감을 스스로 심었습니다. '이 정도로 열심히 했는데, 내가 안 붙으면 누가 붙어?' 건방지고 대책 없는 생각이지만, 이런 생각을 하면서 걱정을 떨쳐내려 노력했습니다. 남들 앞에선 겸손하되 자기 자신에겐 잘난 척도 해보고, 최대한 자신감을 심어주는 것이 중요하다고 생각합니다. 그렇지만 이런 자신감이 근자감(근거 있는 자신감)이 될 수 있도록 최대한 노력했습니다.

시험 시즌이 되었습니다. 서울에서는 마땅히 묵을 곳도 없어서 항상 대전에서 당일치기로 기차 타고 왔다 갔다 했습니다. 시험 보고, 혼자 끼니 때우고, 다시 기차 타고 내려오는 일의 반복이었습니다(5군데밖에 쓰지 않았지만 2차까지 합치면 이랬던 적이 꽤 되었습니다). 시험 보고 나올 때면 여기저기서 '쉬웠니? 어쨌니?' 하는 말들이 참 많습니다. 나중에는 그런

말 괜히 들어서 멘탈에 영향받을까봐 이어폰 끼고 음악 크게 틀어버렸습니다. 성균관대-경희대-한양대 3일 연속 왔다 갔다 할 때, 특히 경희대 보고 오는 날 입석으로 내려올 때는, 정말 온갖 짜증이 밀려오고 좀 지쳤습니다. 그래도 이 악물고 돌아오는 기차에서 그냥 서서 고사장에서 나눠준 한양대 모의고사를 풀었습니다. 이쯤 되면 그냥 악만 남은 거죠. 아무튼 이렇게 정신없이 시험 시즌을 보냈습니다.

솔직히 고려대는 무조건 떨어질 줄 알았습니다. 한양대 합격 후 너무 기뻤지만, 우선 걱정부터 됐습니다. 한양대는 전자 쪽을 안 뽑았습니다. 차선책으로 기계공학부를 지원했던 것이 다행히 붙은 것이었는데, 한양대 홈페이지에 가서 커리큘럼을 보니 완전 처음 들어보는 과목들만 나열되어 있었습니다. 한 학기는 무조건 더 다녀야 할 것 같았고, 과연 내가 여기 3학년에 가서 난생 처음 배우는 과목들에 적응할 수 있을까 걱정이 태산이었습니다. 연세대 기계공학 다니는 군대 동기 형을 붙잡고 이것저것 묻기도 했습니다. 이럴수록 고려대에 대한 미련만 쌓여갔습니다.

2월 14일, 성균관대와 고려대 합격자 발표일이 되었습니다. 기다림이 너무 싫어서 최대한 늦잠을 자고 10시 반엔가 일어났습니다. 성균관대는 곧 발표가 났습니다. 'We are the Champions', 배경음을 들으니 기분이 좋았지만, 좋아할 겨를이 없었습니다. 고려대 2차 전공시험을 제대로 보지 못했기 때문에 그에 대한 걱정이 컸습니다(고려대 2차 이후, 전공시험을 제대로 보지 못한 것에 대해 후회하지 않은 날이 없었습니다). 빨리 고려대 불합격 통지를 보고 포기하고 싶은 마음뿐이었습니다. 즐겨찾기 모음에 고려대 입학처를 추가해놓고 딴 짓 30초 하다가 클릭하고 다시 딴 짓 하다가 클릭하고를 무한 반복했습니다. 그러다 결국 1시 반쯤이었나 결과가 떴습니다. 정말 반쯤 멍한 상태로 주민번호를 치고 눌러보니, '합격, 합격!'이었습니다.

전역 후 2년간은 눈물 흘릴 일이 전혀 없었습니다. 작년에 떨어졌을 때도 그냥 허탈함만 밀려왔지 크게 슬프거나 그렇지도 않았습니다. 기뻐서 운다는 것도 잘 이해하지 못했었습니다. 기쁜데 왜 울까? 고려대 발표 전까진 다른 학교 합격할 때도 그냥 너무 기분이 좋고 웃었습니다. 그런데 고려대 합격 글자를 본 그 순간 진짜 눈에서 눈물이 마구 쏟아졌습니다. 나의 소중한 1년, 모든 것을 억제하고 참아가며 하나에만 쏟아부었던 그날들이 값진 시간이 된 순간이었습니다.

편입 영어 · 수학 공부법

■ 토익과 토플 ■

지금 당장 편입에 도전하는 분이라면, 이렇게 많은 시험을 준비하는 것은 추천하지 않습니다. 하지만 당장 올해 보는 것이 아니라면 이런 식으로 공부하는 것도 괜찮다고 봅니다.

군대 시절, 우선 토익을 잡자고 마음먹었습니다. 그래서 일과 후 틈틈이 토익 공부를 쭉 했습니다(물론 이병 때는 개인시간 따윈 존재하지 않았습니다). 토익도 점수 신경 쓰지 않고 매달 봤습니다(군인은 토익 반값).

토익이란 것을 제대로 공부해보니, 내가 730(카투사 지원 당시 점수)은 어떻게 맞았을까 싶었습니다. 리스닝은 그럭저럭 봤다고 쳐도 리딩은 어려웠습니다. 독편사에서 자주 거론되는 것이 '편입 영어와 토익의 연관성' 입니다. 영어는 다 일맥상통입니다. 그 시험만을 위한 영어가 아닌, 제대로 된 영어를 공부한다면 토익이고 토플(물론 리딩 파트만)이고 편입이고 다 통합니다.

리스닝의 경우는 우선 기본적으로 리딩이 어느 정도 받침이 되어야 한다고 생각합니다. 토익은 고득점으로 갈수록 LC 만점이 훨씬 쉬워집니다. LC는 몇 개 틀려도 만점으로 쳐주니까요. RC는 정말 얄짤 없습니다. 100문제에서 하나라도 틀리면 만점 안 나옵니다. 상병쯤에 900이 넘었고, 얼마 후 945까지 나왔습니다. 전역 후로도 감 잃기 방지용으로 1년에 두 번 정도는 꾸준히 봤고, 아직도 비슷한 점수대를 유지하고 있습니다.

토플의 경우에 제가 드리고 싶은 말은, 고려대 하나만 보고 토플에 너무 많은 시간을 할애하는 것은 위험할 수도 있다는 것입니다. 저는 6월까지 토플을 봤는데, 원하는 점수가 나오지 않았지만, 토플을 더 이상 붙잡고 있기에는 수학을 잡을 시간이 없어질 것 같아서 놓았습니다. 부디 하다가 아니다 싶으면 미련 버리고 과감하게 포기하는 것도 현명한 선택이라고 봅니다. 토플은 다른 파트는 그렇다 쳐도, 스피킹이 큰 문제였습니다. 군대 시절에 듣기는 많이 들었지만 회화를 할 기회는 정말 없었습니다. 결국 토플은 100점도 넘지 못했습니다(이마저도 거의 리딩으로). 토플은 저 또한 너무 허접이기 때문에 따로 팁을 드리긴 힘들지만, 제 생각에는 토플은 아예 서울의 유명 학원에서 두 달 정도 단기 속성으로 해서 잡는 것이 좋을 것 같습니다.

■ 단어 ■

순전히 저의 생각이지만 편입 영어는 우선 단어 싸움이라고 생각합니다. 저는 단어책을 오랫동안 봤습니다. 군대 시절에 틈틈이 보긴 했지만 제대로 봤다고까지는 하기 힘들고, 전역 후 정신없이 1학기 보낸 후 여름방학과 2학기 때 학교에서 단어스터디를 구해서 공부했습니다. 단어만큼은 스터디가 정말 효과적입니다. 하루에 80개 정도 보고, 한번 돌리면 또 돌리고…. 고등학교 때 단어시험 보면 어디서 나온지도 모를 암기력으로 순식간에 외우고 나면 다시 순식간에 잊어버리잖아요. 이때도 마찬가지입니다. 그럼에도 불구하고 다시 돌리고 반복하다 보면 결국은 머릿속에 들어옵니다.

작년에는 단어책을 정말 자세히 봤습니다. 틈틈이 강의 들으면서 정리했던 단어라던가 동의어, 파생어 이런 것들을 모두 봤습니다. 형광펜을 이용해서 까먹으면 표시하고, 또 까먹으면 다른 색으로 표시하면서 열심히 팠던 것 같습니다.

또 저는 단어 공부하면서 전자사전의 Thesaurus(유의어사전)는 항상 켜놓고 있었습니다. 단어 하나 보면 유의어사전을 이용해서 추가적으로 동의어를 적어놓고 공부했습니다. 영영사전을 애용하지는 않았는데, 그래도 가끔 한글 뜻만으론 이해하기 애매한 단어는 영영사전을 통해 그 뜻을 확인하기도 했습니다. 예를 들어 'ambivalent' 같은 단어는 사전 보면 '양면 가치의'라는 뜻으로 나옵니다. 이렇게만 보면 이게 무슨 말인가 싶죠. 그런데 영영사전이나 유의어사전을 통해 'uncertain, ambiguous'의 뜻이라는 걸 알 수 있습니다.

한편으로는 노트, 수첩 가리지 않고 모의고사와 기출을 풀면서, 심지어 미국 드라마를 보고나서 새로 알게 된 단어들도 따로 다 정리했습니다. 이쯤 되면 정말 단어 강박증에 걸립니다. 모르는 것이 나오면 절대 그냥 못 넘깁니다. 길 가다가도 모르는 단어가 보이면 바로 폰 꺼내서 찾아봐야 직성이 풀리게 될 겁니다.

■ 논리 ■

솔직히 저는 논리 파트가 정확히 뭔지 알게 된 지도 몇 달 안 됐습니다. 그냥 다 단어 문제라고 알고 있었습니다. 논리도 가끔 뒤통수치는 뉘앙스로 물어보는 경우가 있지만, 결국은 '단어+독해'일 뿐입니다.

■ 문법 ■

우선 토익 공부할 때는 해커스 사이트에 매달 무료로 올라온 파트 5, 6 예상문제를 꾸준히 풀었고, 문제와 함께 올라온 해설 강의를 들었습니다. 해설 강의는 무료였고, 선생님마다 문제와 연관된 문법 내용을 자세히 알려주어서 문법 틀은 좀 잡을 수 있었습니다.

그 다음에는 편입 준비생이라면 누구나 다 푸는 1200제를 풀었습니다. 원래 2010년 기출이 포함 안 된 것을 먼저 풀었습니다. 그 다음에 2010년 기출문제집을 풀고 다시 2010년 기출이 포함된 1200제를 사서 복습한다는 마음으로 하루에 몇 백 문제씩 풀어나갔습니다. 1200제를 제일 나중에 푼 이유는 기출문제집을 풀 땐 최대한 '어디선가 풀어본 문제'가 안 나오길 바랐기 때문입니다. 학원을 다닌다면, 분명히 공부하면서 본인도 모르는 사이에 학원에서 주는 기출 단어라든지 문법 문제들을 배우게 될 겁니다. 하지만 독학하면서는 그렇게 안 할 수 있습니다. 단어도 2011년 기출문제 풀기 전까진 작년 기출 단어를 절대 안 봤습니다. 그래야 기출을 풀었을 때 진짜 내 실력을 파악할 수 있습니다.

이렇게 문법 공부는 나름대로 열심히 했는데도, 막판에 수학에 몰두한다고 잠깐 복습에 소홀했더니 결국은 학교별로 한두 문제씩은 꼭 틀리고 말았습니다. 문법은 정말 무조건 복습입니다. 봐도 봐도 잠깐 돌아서면 헷갈리고 잊어버리는 것이 문법입니다.

■ 독해 ■

우선 독해만 따로 있는 문제집은 단 한 권도 풀지 않았습니다. 솔직히 토익 때도 파트 7은 (물론 편입과는 비교 불가이지만) 수월하게 풀었기에 편입 때도 큰 어려움이 없을 줄로만 알았습니다. 그런데 현실은 그게 아니었습니다. 우선 점수가 많이 들쭉날쭉했습니다. 좀 쉽게 나오면 곧잘 풀었지만, 난이도가 살짝만 올라가면 정말 미친 듯이 틀렸습니다. 그렇다고 강의를 듣자니 내가 지금까지 해오던 방식이 다 무너질까봐 두려웠습니다.

독해가 힘든 이유는 참 많습니다. 저는 문제에서 고난도 구문이 나오면 해석이 안 되어서 독해가 힘들었는데, 무엇보다 중요한 것은 기출입니다. 저는 09년, 10년, 11년 기출은 거의 다 풀었습니다. 앞에서도 말했지만 기출 풀 땐 최대한 어디선가 풀어본 문제가 안 나오도록 노력했습니다. 그래야 풀었을 때 저의 정확한 실력도 파악하고 가능성도 가늠할 수 있으니까요 (물론 수학은 이렇게 하는 것이 절대 불가능하죠).

전년에 고려대 망치고 나서도 일부러 다시 한 번 거들떠 안 보고 최대한 머릿속에서 지우려고 했습니다. 올해에 그 시험을 모의고사로 풀어보기 위해서 말입니다. 이렇게 열심히 공부하니 신기하게도 이번 시험에서 고려대, 한양대, 성균관대, 서강대 모두 11년 기출에서 풀었던 점수와 거의 차이가 없었습니다.

기출문제집 중에선 종로에서 나온 11년 기출문제집이 정말 좋았습니다. 수학은 물어볼 곳이 있었지만, 영어는 정말 물어볼 데도 없었고 너무 번거로웠습니다. 그런데 이 문제집은 타 문제집들과는 달리 보기에서 정답 말고도 오답이 왜 오답인지 자세한 해설이 나와 있었습니다. 이것이 정말 좋았습니다. 이런 친절한 해설을 통해 평소 '왜 내가 푼 답은 틀린 건데?'하고 궁금했던 점을 해소할 수 있었습니다.

수학은 정말 1년 내내 절 괴롭혔습니다. 수학 때문에 마음고생도 정말 많이 했습니다. 저는 공대생이지만 조금은 문과 체질이라 수학적 사고능력이 좀 약한 것 같습니다. 대학교 때야 한정된 범위에서 공부한다지만, 편입 수학은 대비하려면 범위가 꽤 많았습니다.

인터넷강의를 들을 분들, 어떤 선생님을 선택해야 할지 많이 고민할 겁니다. 제 경우는 00 선생님 강의를 들었습니다. 이유는 딱 하나였습니다. PMP 지원이 되기 때문입니다. 저는 정말 컴퓨터로는 인강을 듣지 못하는 성격입니다. 딴 짓을 많이 하기 때문에 아예 PMP 같이 처음부터 컴퓨터를 차단해놓을 수단이 필요했습니다.

솔직히 저는 정말로 이해 없이 암기하는 것을 못합니다. 그래서 항상 모든 과정에서 정의를 매우 상세하게 하는 선생님의 강의를 들었습니다. 비록 나중에 그 정의까지 떠오르진 않더라도 그렇게 정의를 통해 이해하는 것이 오래 남았습니다. 이해보다는 암기 위주일 수밖에 없는 선형대수 파트도 제대로 깊게 공부해야 할 것 같습니다. 13년도 시험에서는 한양대조차 난이도가 확 올라갔다고 하더군요.

저는 인강은 10월 총정리까지만 듣고 그 후 문제풀이 강의는 들을까 말까 고민을 많이 했는데 이것까지 들으면 제가 공부할 시간이 너무 부족해질 것 같아서 더 이상 안 들었습니다. 강의에 의존하지 말고 스스로 공부하는 시간을 나중엔 꼭 만들어야 합니다.

저는 문제 풀면서 조금이라도 이해가 안 간다면 무조건 체크했습니다. 그 다음에 듣는 인강 게시판에 질문을 올렸습니다. 그러면 정말 성의 있는 답변을 바로 바로 올려주셨습니다. 정말 1년 내내 게시판에서 인강 선생님을 괴롭혔습니다. 확인해보니 질문 글만 70개더군요. 글 한 개 안에 2~3개는 기본이고 5~6개까지 물어본 적도 있으니, 질문한 것만 따지면 몇 백 개는 된 셈입니다. 인강 수강생임에도 선생님이 저를 알고 계실 정도였습니다. 나중에는 독편사 수학 질문 게시판도 이용했습니다. 독편사에는 정말 고수 분들이 많습니다. 인강 선생님께 여쭤보아도 이해가 안 되는 경우에는 독편사에 또 질문했습니다. 이럴 땐 어김없이 독편사 고수 분들께서 큰 도움을 주셨습니다.

저는 개념 공부 마치는 데 시간이 오래 걸린 편입니다. 후반기에는 남들 다 파트별 푸니 천제 푸니 이럴 때 계속 개념을 다졌고, 9월 중순 무렵부터야 파트별 다지기, 11월부터 학원에서 나온 3개년 기출(+부족한 기출은 프린트해서)을 풀었습니다. 가끔 인터넷 보면 책을 몇 번 돌렸느냐에 혈안이 되신 분들 참 많습니다. 솔직히 커뮤니티에서 남들 파트별 세 번 네 번 돌렸다 이럴 때 저도 좀 많이 신경 쓰이곤 했습니다. 그런데 몇 번 돌렸느냐는 정말 중요하지 않습니다. 물론 반복이 필수이긴 하지만, 두 번 순식간에 볼 시간에 한번 정말 '제대로' 보세요. 다시 한 번 말하지만 절대 '00회독'에 집착하지 마시기 바랍니다.

그리고 개념 공부할 당시부터 수첩 하나를 사서 그곳에 따로 정리를 했습니다. 정말 이 수첩을 정리하지 않았다면 과연 이렇게 제대로 외웠을까 싶습니다. 수첩에 강의 때 배운 중요 개념이나 어려웠던 것을 정리하고, 그 후로도 해당 파트에서 중요한 것이 생기면 그 수첩에 추가로 정리하고, 나중에 복습하면서는 다른 색 펜으로 또 정리했습니다. 이 수첩은 정말 도서관 이동 중이나 시험 보기 위해서 서울 갈 때나 시험 직전이나 항상 달고 살았습니다.

그리고 계산 실수, 저는 정말 계산 실수가 잦았습니다. 모의고사를 보면 항상 계산 실수로 몇 개씩 날아갔습니다. 계산 실수로 틀리는 것들, 그냥 가볍게 '아, 이건 개념을 알고 있으니 잘 풀겠지.' 하며 넘기지 말고 따로 표시해두고(정리까진 안 해두더라도) 챙겨보면 좋습니다. 시험 때가 되니 거의 고쳐지더군요. 시험이 딱 되면 긴장도 되고 우선 정신이 바짝 차려집니다. 결과적으로 재검(한양대 빼곤 재검의 시간 따윈 없었지만) 없이도 알고 있는 것은 거의 맞았습니다.

마지막으로 너무 어려운 문제(성균관대에 특히 자주 나오는)는 미련을 버리고 그냥 찍으십시오. 실전에서 너무 어려운 문제가 나온다면, 그 문제 하나 푸는 데 시간이 너무 많이 걸립니다. 그거 그냥 버리고 그 시간에 나머지 문제 확실하게 맞히는 것이 중요합니다. 제가 1000제를 풀면서 책에 나온 기억에 남는 문구 하나가 있습니다. '편입은 100점을 맞는 것이 아니라 합격을 목표로 하는 시험'이라고. 100점 안 맞아도 됩니다. 공부할 때는 한번쯤 이해하고 가도 좋긴 하지만, 굳이 그런 문제를 확실히 익혀야겠다고 많은 시간 투자해서 파는 것은 추천하지 않습니다.

■ 전공(전자전기 계열) ■

우선 2학년 1학기 때로 거슬러 올라갑니다. 편입 생각이 있었기에 적어도 고려대(+연세대) 과목인 전자기학 회로이론은 제대로 하고 싶었습니다. 그런데 회로이론 C+, 전자기학 B0를 맞았습니다. 그 당시 들었던 과목 중에 두 개가 최저 학점인데, 앞에서 언급했지만 1학기 때는 내가 뭘 배우고 있는가 싶기도 하고 많이 힘들었습니다.

여름방학이 되었고 마침 연세대 편입 카페에서 스터디를 찾아서 전공과목 스터디(연세대 편입시험 전까지)를 하게 되었습니다. 거의 회로이론 위주가 되긴 했지만 회로이론은 정말 열심히 했습니다. 원래 학과 전공교재는 『Irwin』이었는데 고려대, 연세대 교재인 『Nillson』을 새로 봤습니다. 이렇게 남들 두 배의 양을 보고 나니 회로이론에 내가 왜 이리 쩔쩔맸을까 싶었습니다.

전공 필기(이젠 고려대뿐이네요)는 꼭 그 학교 책을 수강편람으로 조회하여 그것으로 보는 것이 좋습니다. 13년도 편입부터는 고려대에서 좀 더 자세한 편입 전공시험의 범위를 제공해줘서 좀 더 수월해졌습니다. 그리고 동일계열 전공 준비하는 분들, 나중에 따로 고생하면서 할 생각 마시고 수업 때 이 과목은 반드시 A+ 맞고 만다는 생각으로 악착같이 해야 합니다. 나중에 독학으로 공부할 때는 어디 마땅히 물어볼 데가 없기 때문에 최대한 배울 수 있을 때 많이 배워놓아야 합니다. 저는 2학기 때 회로이론2, 신호와 시스템(당시 연세대 과목)을 들었는데, 이 두 과목에 투자를 엄청 했습니다. 결국 둘 다 기말 후 총 점수를 보니 학과 1등 할 점수가 나왔더군요. 결국 학교 다니면서 해둔 것이 있어서 전공은 나중에 준비할 때도 수월한 편이었습니다. 전공 대비는 매주 일요일에 5~6시간 복습하는 식으로 진행했습니다. 그러다가 고려대 1차 붙고부터는 그 시간과 빈도를 확 늘렸습니다.

솔직히 고려대의 경우 전기전자전파공학부의 전공 필기시험이 예전에는 그렇게 어렵지 않았습니다. 그냥 누가 봐도 좀 많이 쉬웠습니다. 거의 예제 수준으로 나왔습니다. 그러니 "비전공자로 공대 쓸 사람은 전전전(고려대 학과)으로 써라. 1차 붙고 한 달 속성 과외 받으면서 열심히 하면 전공 다 맞는다." 하던 말도 많이 돌았습니다.

그런데 확실히 점점 어려워집니다. 이제 과연 그렇게 단기간에 해서 맞힐 수 있을까 싶습니다. 특히 올해는 제가 작년에 연세대 편입 때 봤던 문제(이때 회로가 좀 수월했긴 했지만) 보다도 훨씬 어려웠습니다. 비전공자들은 절대 단기간에 승부 보려고 하지 말고 꾸준히 보십시오. 원서가 힘들면 무리하지 말고 번역본 보세요. 책이 잘 나와서 독학으로 해도 시간만 제대로 투자한다면 잘 나올 겁니다.

학교별 면접과 전공 필기

■ 서강대 ■

우선 영어에서 멀티블랭크, 이게 정말 골 때립니다. 누가 만든 것인지, 진짜 출제자 입장에선 날로 먹기 참 쉬우면서도 학생들 골탕 먹이기도 쉬운 유형입니다. 이 파트 잘 보려면 그냥 단어랑 문법 열심히 하는 수밖에 없는 것 같습니다. 저의 경우 이 파트는 기출이나 모의고사 풀면서도 어떨 땐 거의 맞고 어떨 땐 거의 틀리고 기복이 심했습니다.

그리고 서강대 특유의 구두점 문제, 이것은 한번 인터넷 검색해서 쫙 찾아보고 정리하면 절대 틀리지 않습니다. 저 같은 경우는 토플 라이팅 공부하면서 배웠는데, 이때 익히고 나니 구두점 문제만큼은 절대 틀리지 않았습니다.

서강대 수학에서 중요한 것은 '말려들지 말라.' 입니다. 서강대는 소위 '거저 주는', '3초' 문제가 거의 없었습니다. 그리고 거의 미적분에서만 나옵니다(전 미적분이 좀 약했습니다). 다른 학교는 웬만하면 거저 주는 문제가 있어서, 그것을 몇 초 안에 풀고 그것으로 번 시간을 고난도 문제에 투자하곤 합니다. 그런데 서강대는 그런 것이 거의 없었습니다. 그러니 시간이 무진장 많이 걸립니다. 저는 제대로 말려들었습니다. 쉽다고 생각했던 문제에서 생각보다 풀이가 길어지는 겁니다. '여기서 더 풀어볼까? 그럼 시간이 모자랄 텐데.' 이러면서 패스 많이 했습니다. 오히려 길어질 것이라 예상한 문제는 길게 풀어서 답이 나왔는데 말이죠. 집에 와서 풀어보니 정말 맞힐 수 있는 것인데도 많이 틀렸습니다.

서강대는 시간 조절과 '쫄지 않는' 것이 중요합니다. 솔직히 서강대는 영어는 잘 본 편이지만, 수학을 너무 못 봤습니다. 첫 수학시험이었는데 너무 말려서 멘탈에 데미지를 많이 입었습니다. 물론 붙을 거라는 생각은 당연히 조금도 할 수 없었고요. 그런데 붙었습니다. 결국 붙고 느끼는 건데, 확실한 것은 내가 어려운 것은 남들도 다 어렵고 못 봤다는 겁니다. 그러니 절대 주눅들 필요 없습니다. 커뮤니티에서 답 문제 공유하고 이런 분들은 진짜 고수 맞습니다. 그러나 이런 분들만이 붙는 것이 아니라는 겁니다.

이제 면접 이야기를 해볼까요. 서강대의 전공면접은 악명 높죠. '편한도', '독편사', 기타 등등 인터넷 뒤져봐서 후기 몇 개 보이는 것 모두 찾았습니다. 그리고 이때부턴 노트 하나 준비해서 제가 2학년 때 배웠던 전공 기본 개념을 다 정리했습니다. 이해 안 가도 어쩔 수 없으니 그냥 외우는 식으로. 별 수가 없었죠. 대신 배운 범위 안에서만 봤습니다. 차마 배우지도 않은 것을 시간을 들여 새로 볼 순 없었습니다.

본격 면접 후기 들어갑니다. 저는 면접 먼저 안 보려고 꾀를 부렸습니다. 서강대와 성균관대는 접수를 좀 늦게 한 것입니다. 그렇다고 너무 늦게 하고 싶진 않아서 중간쯤에 접수를 했습니다. 그런데 인원이 많으니(서강대 1차에서 3배수 정도 뽑은 걸로 압니다) 팀을 나눠서 다른 교수님께 면접을 받았습니다. 결국 두 번째 팀에서 세 번째로 봤습니다. 이제부터 면접 상황입니다. 이것 보고 '와 이렇게 해도 붙는구나.' 생각하고 절대 포기하지 않길 바랍니다.

*

(교수님 방에 들어갑니다. 앞에 교수님 두 분 계십니다. 왼쪽 분이 교수님1, 오른쪽 분이 교수님2)

교2 : 자기소개 간단히 1분에 다 담아서 해보게나.

나 : 주저리주저리 어쩌고저쩌고…. (1분 자기소개 꼭 준비해야 합니다. 성균관대 때도 시키시더군요. 저는 그런데 1분 자기소개 준비를 안 했었습니다. 그래서 하다가 1분 됐나 싶어서 중간에 대충 마치고 입 닫고 있었습니다)

교2 : (완전 짜증나 죽겠다는 듯) 끝났으면 끝났다고 말을 해야 할 거 아냐, 시간도 없는데. 할 말 있으면 더 하고.

나 : (여기서부터 우선 기가 죽음) 아, 네. (추가적으로 주저리주저리. 거의 듣지도 않으셨습니다. 후기 보니 성적증명서를 많이 보신다고 해서 그것에 대해 말할 준비 다 했는데 거들떠도 안 보셨습니다)

교1 : (이 분은 정말로 친절하고 계속 존대해주셨습니다. 일부러 이렇게 교수님들을 배치한 것 같네요) 집이 대전이면 서울에서 어떻게 지낼 거에요? 등록금은 어떻게 내고?

나 : (나불나불)

교2 : 그럼 물어보겠네. @#@*#!@??!!@ (기억도 잘 안 남, 무슨 예를 든 것 같은데) 이게 아날로그인가 디지털인가?

나 : 잘 모르겠습니다. (잉? 이런 건 전혀 준비한 게 아니었습니다. 그냥 기본 상식 이런 걸 물어보시다니. 상식 없는데 난)

교2 : (완전 기가 차서 어이가 없다는 듯) 참나, 여기서부터 모르겠다는 사람은 처음이네. 찍는 것도 못해? (생각해보면 맞는 말씀입니다. 1/2인데 말이죠. 그런데 그 당시는 너무 예상외의 질문이어서 그런 생각조차 할 겨를이 없었네요)

나 : (그래 찍자) 디지털입니다.

교2 : 아날로그지. 그래 그럼 디지털이 언제 시작되었나?

나 : ……. (와 이젠 역사여?)

교2 : 아니 몇 세기 그런 거 있잖아? 19세기라고 19세기. 그래 그럼 디지털이 아날로그보다 좋은 이유가 뭔가?

나 : (주저리주저리)

교2 : 야, 그건 시장바닥에서 아줌마들이나 하는 얘기고, 제대로 얘기를 해보라고.

나 : 잘 모르겠습니다.

교2 : 그래? 그럼 내가 더 이상 할 말이 없네, 나는 끝. (이때부터 갑자기 자리에서 일어나 돌아다니면서 자기 잡일을 막 하심. 솔직히 이게 무슨 매너냐고. 다른 분들 면접 때도 이랬

다더군요. 일부러 그러신 걸지도 모르겠네요)

교1 : (어쩌고저쩌고) 저장하는 수동소자가 있는데 그게 뭐죠?

나 : 캐패시터와 인덕터가 있습니다.

교1 : 네, 그럼 그 두 개의 차이가 뭐죠?

나 : 네, 캐패시터는 전압 순간 변화 허용 불가, 인덕터는 전류 순간변화 허용 불가입니다. (주저리주저리)

교2 : (혼자 일어나서 볼일 보시더니 갑자기 뭐라 뭐라 하시며) 또 엉뚱한 소리하고 있네. (솔직히 제 답변이 틀린 건 아닌데)

나 : 캐패시터는 두 도체판 사이에 유전체가 있어서…. (어쩌고저쩌고, 캐패시터랑 인덕터 정의 상세히 설명했습니다)

교1 : 네 그렇죠. 그럼 아까 그 둘은 순간적 변화를 허용하지 않는다고 했는데, 그럼 문제를 풀 때 어떻게 풀어야 하나요?

나 : 시간을 0 이전과 이후로…. (어쩌고저쩌고)

교2 : (또 끼어드심. 답답해 죽겠다는 듯) 자네 중고등학교 때 미적분 안 배웠나?

나 : 미분 방정식을 만들어서 풉니다.

교2 : 벌써 10분 됐네! 그래도 수고했네, 나가보게.

정말 나오자마자 화부터 치밀더군요. 아오, 내가 왜 대전에서 여기까지 왔을까 싶더군요. 그런데 합격했습니다. 정말 경희대 예비 1만큼 믿기 어려웠습니다. 왜 붙은 걸까요? 아마 교수님2에겐 낮은 최하 점수를 맞았겠지만, 교수님1 질문엔 그래도 적절히 대답을 해서 그나마 붙은 거 같네요. 아무튼 정말로 이렇게 해도 합격은 합니다. 아마 거의 끝자락으로 붙은 거겠죠. 그러니 너무 완벽히 답변하려고 강박관념 같은 것 가질 필요까진 없습니다.

■ 성균관대 ■

성균관대 자연계 영어 문제는 타 학교에 비하면 크게 어렵지 않습니다. 특히 단어는 학원 실측 이런 것보다도 훨씬 쉽습니다. 그래서 크게 걱정까진 할 필요 없습니다. 대신 성균관대는 영어 25문제, 수학 20문제를 90분 안에 풀어야 합니다. 영어가 상대적으로 쉬운 편이기에 저는 최대한 영어에서 시간을 줄이려고 거의 문제당 1분 안에 풀었습니다. 마킹까지 끝내니 1시간 3~4분 정도 남았습니다.

문제는 수학입니다. 성균관대 수학은 매년 점점 더 어려워집니다. 또 중적분과 공수 쪽에서 점점 많이 나오는데, 너무나 당연한 소리지만 성균관대는 시험 직전에 기출 꼭 체크하기 바랍니다. 이번에도 라그랑쥬 이용해서 푸는 상자 면적 문제(고난도는 아니지만) 나왔는데, 2년 전에도 거의 똑같이 나왔던 겁니다. 중적분에서 스톡스 정리 이런 것도 단골입니다.

성균관대는 거저 주는 문제도 어느 정도 있습니다. 동시에 겨우 풀 만한 어려운 문제들도 많이 있습니다. 이런 것은 풀다 정 안 되면 노가다라도 뛰시면 됩니다. 올해도 노가다 뛰는 거 하나 있었는데(마지막 문제) 맞췄습니다.

성균관대는 상대적으로 면접 난이도가 크게 어렵진 않습니다. 서강대가 주제 하나 잡고선 그걸로 미친 듯이 반드시 모르겠다고 말할 때까지 파고드는 유형이라면, 성균관대는 그냥 이것저것 얕게 물어봅니다. 성적증명서 보면서 "회로이론2가 에이뿔인데, 그럼 이거 물어볼게요." 이런 식으로 말입니다. 제가 받은 질문은 '노드볼티지 방법 정의 설명(회로), 카르노맵 설명(논리), 플립플롭 종류(논리), 라플라스 푸리에 변환 차이(회로)'였습니다. 그런데 이 중의 대부분이 인터넷에서 찾아봤던 성균관대 면접 기출에서 나왔던 겁니다. 특히 논리회로 파트는 다 인터넷에 있더군요. 물론 답은 제가 따로 공부해서 정리했습니다. 서강대 때 망친 것을 교훈 삼아 성균관대 때는 정말 제가 제시된 문제에 대해 상세히 알고 있다는 것을 어필하려고 최대한 노력했습니다.

■ 한양대 ■

한양대는 전자 쪽이 이제 편입을 안 뽑죠(융합전자는 특성화된 학과라). 그래서 쓴 곳이 기계였는데(전기는 2명 뽑기에 겁먹고 못 썼습니다) 결국 경쟁률은 52:1까지 찍더군요. 그래서 큰 기대는 안 했는데, 시험 가채점 후 갈 수 있겠다 싶었습니다.

영어 쪽은 제가 한양대 유형에 좀 약한 것 같았습니다. 특히 독해 파트 중 이것도 답 같고 저것도 답 같은 문제들에서 많이 헤맸습니다. 그리 시간이 빠듯한 시험도 아니라고 생각했는데, 정말 영어는 답도 못 적어올 정도로 겨우겨우 풀었습니다.

영어는 그렇게 잘 보지는 못했지만, 수학은 잘 보았습니다. 한양대 수학 100점은 정말 제가 1년간 수학을 허투루 공부한 것이 아니었구나 뿌듯함을 느끼게 해줬습니다. 한양대는 정말 정말 정말 기출이 중요합니다. 홈페이지 가면 05년부터였나 기출문제가 모두 있습니다. 해설도 웬만하면 학원 홈페이지에 있습니다. 기출 몇 개년을 쫙 풀다 보면 느낍니다. 한양대는 정말 유형이 돌고 도는구나 하고. 한양대는 정말 거의 나오던 것만 나옵니다. 가끔 도저히 손댈 수 없는 난이도의 문제가 보이지만, 그런 문제에는 굳이 목매지 않아도 됩니다. 이번에도 역시나 기출을 바탕으로 해서 살짝 변형해서 많이 나왔습니다. 오류난 문제 하나 빼고 완벽하게 다 풀고 나니 20분인가 남아서 재검도 했습니다(그 오류난 문제는 그냥 찍었습니다). 그런데 이랬던 한양대가 13년도 편입에서 수학 난이도가 급상승했다고 들었습니다. 이제는 어떻게 될지 모르니 요행 바랄 것 없이 묵묵히 자세하게 공부하는 수밖에 없겠습니다.

■ 경희대 ■

원래 경희대 한의학과가 일반편입은 몇 년 동안 뽑지 않은 것으로 압니다. 그런데 작년에 3명을 뽑았습니다. 이번에는 1명 뽑았고요. 타 학교의 의대 편입과는 달리 그냥 자연계열 편입시험과 같아서 한번 써봤습니다. 그런데 정말 시험 보러 가서 놀랐습니다. 항상 고사장 가면 제 또래 '남자'들이 거의 전부였는데, 무슨 감독관 대기실인 줄 알았습니다. 제가 거의 가장 어린 것처럼 보였을 정도니까요. 근처 분들 살짝 보니 70년대 생은 기본이고, 이모 삼촌뻘은 당연하고, 심지어 엄마뻘 되는 분도 보이더군요. 고려대 졸업하신 분도 보이고, 다들 사회생활 하다가 지원해보는 것 같았습니다.

정말 재수 없는 말이지만, 저는 적성검사 준비 한 번도 안 했습니다. 주변에도 경희대 쓴 것은 절대 말도 안 했습니다. 정말 조용히 보고 왔습니다. 전날 성균관대로 지친 상태고 다음날 한양대 시험까지 방해될까봐 갈까 말까도 정말 고민 많이 했습니다.

그럼에도 불구하고 제가 예비 1까지 간 이유는 우선 영어 점수가 잘 나온 탓인 것 같습니다(채점은 안 했지만). 기출을 풀 때도 경희대 문제 스타일은 저에게 잘 맞았습니다. 최대한 단기간에 푸는 걸 요구하면서 제가 선호하는 단어 문제도 많이 나오고 독해 역시 속독으로 읽어도 수월하게 풀 만한 난이도죠(이게 곧 토익 RC 스타일이죠). 작년 기출에서 93점인가 나온 걸 보고 한번 써봐야겠다 싶어서 쓴 거였습니다. 적성검사도 우선 수학이야 편입 수학 공부한 분들은 정말 다 맞힐 만한 난이도로 나옵니다. 나머지 과학 파트는 그냥 아는 대로 풀고 모르는 것은 찍었습니다. 찍신이 오다 말았나 보네요.

제 생각이지만 여기 지원하는 분들은 의대 편입을 준비한 분들일 텐데, 이런 분들은 물리와 화학, 생물은 빠삭하더라도 영어 쪽은 많이 약할 것이라 생각합니다. 14년 이후에 쓸 분들은(물론 티오가 날지 안 날지는 미지수) 우선 영어부터 꼭 잡아놓으세요. 영어를 제대로 잡은 상태에서 적성이 뒷받침되어야 하는 것 같습니다.

■ 고려대 ■

우선 고려대는 한번 패배의 쓴맛을 봤으니 정말로 꼭 설욕하고 싶었습니다. 학교 병행 당시 쿠엣(KUET)을 보고 나서 느낀 점은 '와, 정말 어렵다.'였습니다. 특히 단어 열심히 했다고 생각했는데 모르는 단어가 그렇게 쏟아지니 말이죠(제 실력을 깨닫고 겸손 모드로 들어가 훨씬 더 열심히 하게 되었던 계기였기도).

저는 쿠엣 시간 안배를 이렇게 했습니다. 문법과 패러프레이징은 1분 내외로 잡아서 패러까지 끝냈을 때 20분 살짝 지난 정도, 논리까지 끝냈을 때 한 시간 정도는 남기기 이런 식으로요(실전에선 조금씩 더 길어졌습니다). 독해가 좀 약한 저에겐 다행히도 작년에 비해 독해가 수월하게 나왔습니다. 그래서 쿠엣 끝나고 사람들이 이번에 커트라인 많이 올라간다고 말도 많았습니다. 결과적으로 대부분 학과가 그렇게 많이 오르진 않은 걸로 압니다. 전전전도 1점 정도 올랐고요. 사람들 이래라 저래라 하는 것에 크게 휘둘리지 말고 가능성 있다 싶으면 반드시 쿠엣 후에 전공 공부 돌입하세요.

저는 쿠엣 점수가 괜찮게 나와서 바로 다음 주부터 약 2주 정도는 전공 모드 들어갔습니다. 하루에 7시간 이상은 전공, 나머지 시간엔 거의 수학, 자투리시간에 영어 이런 식으로 했습니다. 이때 전공 공부하면서는 새로운 문제는 하나도 안 풀고 전에 풀었던 것만 복습했습니다. 응용예제는 다 풀고 연습문제는 전년도에 스터디하면서 풀었던 것만 다시 풀었습니다.

솔직히 전년도에 공업수학이 어렵게 나왔기에 2년 연속으로 공업수학이 어렵게 나올 거라곤 생각 안 했습니다. 그래서 공업수학도 미방 위주로 너무 어려운 것은 안 풀고 편입 수학 공부하면서 배운 파트 위주로, 대신 풀이법을 자세히 공부했습니다. 또 회로가 좀 난이도 있게 나오겠다고 예상은 했었습니다. 고려대는 무조건 고려대에서 배우는 책으로 보는 것이 훨씬 유리합니다. 전기전자전파공학 기준으로 공업수학은 Zill, 회로이론은 Nillson 책입니다.

2차 전공필기 시험일이 되었습니다.

1번 공업수학: 역시 쉽게 나왔습니다(Zill 공업수학 문제). 코시 오일러 미방을 매개변수 (parameter) 변환법을 이용해서 푸는 문제였습니다. 이 문제를 미리 풀어봤던 것은 아니었지만, 그래도 충분히 풀 자신이 있었습니다. 특히 코시 오일러 미방을 그냥 냅다 $m^2+\sim$ 이런 식으로 쓰는 것이 아니라 $y=x^m$으로 놓고 미분해서 x 소거 후 푸는 이런 유도법(기본적이지만 자칫하면 빼먹기 쉬운)도 상세히 적었습니다. 코시 오일러 이용 매개변수 변환법 문제에선 론스카인 구할 때 우변은 x^2로 나눈 걸 넣어야 하는데, 이런 것 실수한 분들도 좀 있었으리라 봅니다(이것은 공부하면서 틀리지 말라고 체크했었기 때문에 맞았네요).

2번 회로이론: ideal transformer 문제가 나왔습니다(Nillson 회로이론 문제). 솔직히 이것이 나올 줄은 꿈에도 몰랐습니다. 앞에도 써놨듯이 고려대 전공시험이 지금까지 그렇게 어렵게는 안 나왔었습니다. 아무튼, 그래도 이전에 풀었던 예제 문제에서 비슷한 유형 풀었던 것이 기억나서 나름대로 풀려고 했습니다. 여기서 정말 중요한 사항입니다. 맞으면 물론 좋습니다. 근데 답을 맞히는 것만큼 중요한 것이 있습니다. 채점하는 교수님에게 '내가 비록 이 문제 답을 틀릴지 모르지만, 완전하게 알지는 못할 수도 있지만, 나는 이 문제 유형을 알고 있고 문제 푸는 법 또한 어느 정도는 알고 있다'는 것을 어필하는 것입니다. 아이디얼 트랜스포머는 충분히 공부했으니 V1, V2, I1, I2 잡고 권선비 비례 반비례 따지는 이런 것 모두 제대로 표시하고 Voc 구하고(답을 보니 여기서부터 틀리긴 했습니다), 1A 테스트 전류 흘려서 Zth 구해서 최대전력전달로 전해지는 전력까지 다 구해보니, 정말 내가 출제자라면 도저히 낼 수 없는 더러운 숫자가 나왔습니다. 그래도 최대한 깔끔하게 썼습니다(중간 과정은 틀렸더라도 큰 틀은 알고 있다고 어필은 한 겁니다).

3번 회로이론: OP Amp+RLC 회로 문제가 나왔습니다. 이것은 나중에 다시 풀어보니 정말 쉬운 문제였습니다. 다만 시험장에서는 다소 헤맸습니다. 시험 후에 정말 한숨밖에 안 나왔습니다. 생각보다 많이 어려웠습니다. 커뮤니티에 올라오는 후기들을 봐도 다들 나보단 잘 본 것 같았습니다. 적어도 2개 이상은 완벽히 맞아야 합격권이라고 했는데, 난 고려대까지 갈 수는 없겠구나 싶었습니다. 시험 보고 나서 다른 학과 시험 봤던 친구에게 그랬습니다. "너나 나나 1년 만에 다시 온 고려대인데, 내가 과연 다시 또 이곳을 밟아볼 수 있을까?"라고요. 이 정도로 안 될 줄 알았으니 합격 글자를 보고 그렇게 눈물을 쏟아낸 겁니다.

전공시험에 대해 하고 싶은 말을 정리하면 이겁니다. "주어진 문제에 대해 조금이라도 아는 건 무조건 써라(깔끔하게). 굳이 답까지 완벽하지 않더라도 가능성은 충분하다." 전공 필기시험 이후 이어진 면접은 그냥 인성면접이었습니다(전공 필기 도입된 이후부터 쭉 이랬습니다). 거의 변별력은 없었다고 보이네요.

제가 들어온 다음 해인 13년도 편입부터는 전공시험의 범위가 약간 바뀌었습니다. 간단하게 줄여서 정리하면, 이제는 1만 나오던 공업수학이 1·2 모두 나오고, 회로이론에서 범위가 좀 더 자세하게 제시되어 이제는 필터, 3상회로, 2포트 단원은 공부하지 않아도 됩니다. 이번 시험에서는 공업수학1, 공업수학2, 회로이론에서 한 문제씩 나왔고, 난이도 면에서는 작년보다는 상당히 쉬워졌습니다. 하지만 이것은 범위가 바뀐 첫해라서 그럴 가능성이 크고, 이 범위로 계속 유지된다면 분명 난이도는 계속 상승하겠죠.

기타 중요 체크사항

■ 운동 ■

정말 나중에 가면 어떤 시험이든지 체력 싸움이 됩니다. 특히 한여름엔 축 늘어지기 쉽죠. 저는 전역하고 나서부터 운동은 정말 꾸준히 했습니다. 운동은 가까운 데서 하는 것이 좋습니다. 저는 '도서관-헬스장-집' 이것이 10분 내외 동선에 자리 잡고 있었습니다. 저한테는 하루의 스트레스를 푸는 데 운동만한 것이 없었습니다. 하루는 음악 꼽고 정신없이 달리고, 하루는 좀 무거운 것 좀 들면서 힘도 써보고, 이런 식으로 땀 쫙 빼고 샤워하면 정말 기분 최고입니다. 어떨 땐 밤에 나오면서 도서관 앞 운동장이라도 몇 바퀴 돌았습니다. 12월 이후엔 시험 준비 때문에 많이 줄였지만, 그 전까진 헬스장 닫는 일요일 빼고 주 6일은 꼭 했습니다. 이러니 체력적으로 딸릴 일은 없었습니다.

■ 독학? 학원? ■

이것은 정말 자신의 스타일을 파악하는 것이 가장 중요합니다. 만약에 자신이 친목 도모에 취약한 스타일이다 싶으면 학원 절대 가지 마십시오. 학원 사람들 결국 나중에 잘 돼야 보는 거지, 다 떨어지면 더 이상 연락 끝 아닙니까? 제가 학원은 2010년에 딱 두 달 다닌 게 전부였지만(그것도 일주일에 하루 수학 들은 것), 그 잠깐 다니면서 느낀 것은 정말로 왜 여기 앉아있을까 싶은 사람들이 정말로 많다는 것이었습니다. 묵묵히 자기 공부 열심히 하는 분들도 많이 보였지만, 무슨 잘나신 친목계 납셨다고 아주 우루루 몰려다니면서 분위기 흐리는 인간들 정말 많았습니다. 그런데 솔직히 저도 학원 오래 다니면 친구도 사귀고 싶고 떠들고 싶어질 것 같았습니다. 제가 독학한 이유 중에는 이런 자기 요인도 컸죠.

단, 자신이 정말 베이스가 제로다, 자신은 공부 한번 제대로 해본 적 없다 싶으면 독학은 좀 위험할 수 있습니다. 독학은 무조건 의지로 하는 건데, 아무것도 모르고 공부 한번 안 해봤다면, 한두 달 한다고 성적이 느는 것도 아니고 쉽게 좌절할 수 있습니다. 우선 공부하는 방법을 모르니 막막합니다. 이런 분들은 적어도 초반엔 학원이나 과외로 좀 잡아주는 게 좋다고 보네요.

첫 번째 조언의 연장선상인데, 혼자 하면서 유혹에 너무 쉽게 빠지겠다 싶으면 그냥 학원 가세요. 독학은 솔직히 맘만 먹으면 하루고 이틀이고 집에서 컴퓨터나 하면서 놀 수 있습니다. 또 맘만 먹으면 친구 만나서 술 진탕 마시고 다음날 째도 상관없죠. 학원은 비싼 돈 내고 다니는데 이렇게는 안 되겠죠? 단순히 '난 맘만 먹으면 할 수 있어!' 이게 아니라 자기 스타일을 확실히 파악하고 거기에 맞춰서 공부하십시오.

■ 모의고사 ■

인터넷 학원의 모의고사, 기출문제는 누구나 이용할 수 있습니다. 정말 다행이었죠. 이거 아니면 매달 먼 학원까지 가서 돈 내고 봐야 하는 상황이었으니까요(더군다나 대학별 모의는 학원생이 아니면 돈 내고도 못 보죠). 특히 대학별 모의고사는 유형 파악을 위해 꼭 챙겨서 풀었습니다. 무료회원도 모의고사 인터넷 응시가 가능하고 등수까지 나와서 좋았습니다.

모의고사 등수에 너무 쫄지도 말고 자만하지도 마십시오. 특히 자만은 절대 금물입니다. 몇 명 보지도 않는 모의고사에서 자만할 필요 없습니다. 실제 시험에서 어디에서 갑자기 고수 한두 명 나오면 그 사람은 붙을 확률이 더 떨어지는 겁니다. 모집인원이 적은 인문은 그게 더 심하죠. 반대로 너무 주눅들 필요도 없습니다. 저는 특히 수학 점수가 만날 오락가락했고, 아무리 쉬워도 90점 이상 맞은 적이 거의 없던 것 같습니다. 어려우면 미친 듯이 떨어졌습니다. 학원 수학 모의고사는 학원 강사들도 새로 문제를 낼 정도의 능력은 안 되는지 거의 기출에서 응용하거나 숫자 바꾸는 식으로 나옵니다. 그래서 어렵게 나왔어도 기출 풀어본 사람은 풀고, 안 풀어본 사람은 못 풀었습니다. 이런 작은 것에서 갈리는 영향이 엄청 큽니다. 그러니 못 봤다고 너무 걱정하지 마세요.

■ 가채점 ■

저는 다른 사람들에 비하면 정말 조금밖에 보지 않았지만, 시험 한창 볼 때는 정말 '멘탈붕괴' 이것 조심해야 합니다. 서강대 보고 나서 한번 올 뻔했습니다. 정말 수학 열심히 팠는데 생각보다 너무 어려웠고, 그런데도 후기를 보면 다들 나보단 잘 본 것 같았습니다. 정말 정신력 한번 흐트러지면 사람이 맥을 못 춥니다. 당장 다음 시험 준비해야 하는데, 이전 시험 생각나고 후회되고 이런 악순환의 반복인 겁니다. 그러므로 가채점도 정말로 시의 적절하게 해야 합니다. 저 같은 경우 성균관대, 경희대, 한양대 3콤보 때는 시험 보는 데 영향 받기 싫어서 가채점은커녕 컴퓨터도 안 켰습니다.

■ 학교 지원 ■

지원한 학교 수 또한 중요합니다. 편입 준비를 하면 고등학교 3년간 있었던 목표 대학의 변화가 1년 안에, 아니 몇 개월에 다 응축되곤 합니다. 처음에는 서연고, 조금 시간 지나면 서성한, 더 지나면 나를 받아주는 곳 이런 식으로요.

원서접수 시즌이 되고 전 끝까지 한 번 나를 믿어보고 싶었습니다. 전적대보다 단순히 객관적으로 높은 수준의 대학들을 따져보기보다는 과연 이 대학을 내가 붙어서 갔을 때 정말로 만족하면서 다닐 수 있을까를 많이 고민했습니다. 아니다 싶으면 과감하게 접수를 포기했습니다.

가끔 하향지원을 하다가 소위 말하는 자신의 전적대와 거의 비슷한 수준으로 '옆그레이드' 하는 사람들도 보입니다. 전과 목적이 아니라면 이것은 정말 그냥 막말로 미친 짓입니다. 절대 비추입니다. 솔직히 편입이 어느 정도의 추후 페널티는 안고 가는 전형입니다. 이 또한 고려해서 나름대로의 마지노선을 정하길 바랍니다. 한편으로는 괜히 그런 곳 시험 보러 지방에서 왔다 갔다 하면 몸만 힘들어질 것 같고, 다른 학교에도 영향을 끼칠 것 같았습니다. 요약하자면 너무 '무리'하지 말자는 겁니다.

■ 하고 싶은 말 ■

가끔 자신을 여러 가지 이유로 합리화하는 분들을 많이 봤습니다.

"난 올해 다 떨어져도 영어 공부도 했고…."

"이 시간이 헛되지 않았다고 생각해."

틀린 말이라고는 못합니다. 하지만 이런 생각을 시험도 보기 전에 하는 사람들이 있습니다. 이런 생각은 그냥 시험 다 끝나고 결과 다 나오고 하십시오. 20대, 정말 인생 살면서 한창 꽃피울 나이입니다. 그런데 많은 사람들이 그 소중한 20대의 시간에서 아예 1년을 들어내서 편입에 온 힘을 쏟아부었습니다. 그렇게 20대 소중한 시간에 많은 것을 포기하고 도전한 편입입니다. 그냥 무조건 닥치고 붙어야 한다는 생각으로 악착같이 하십시오. 전 1년에 끝난 것이 아니었기 때문에 정말로 간절했습니다. 합격 못하면 정말 앞날이 캄캄했습니다. 물론 합격만이 인생의 전부는 아니지만, 단지 그런 말에 위로 삼고 넘어가기엔 내가 지금까지 투자한 수많은 시간들이 너무나도 아까웠습니다. 합격한 많은 다른 분들 역시 다른 충분히 가치 있는 곳에 투자할 수 있었던 시간을 오로지 편입 공부에만 쏟아부은 것입니다. 그러니 꼭 붙겠다고 생각하고 정말로 이 악물고 하십시오.

자기가 공부를 열심히 '안' 한 것이 자랑이라도 되는 듯 말하는 분들이 있습니다. 그런 사람들은 공부를 '안' 해서 떨어진 것이 아니라, 그냥 실력이 형편없었고 합격을 하겠다는 마음조차 없었기 때문에 떨어진 겁니다. 솔직히 편입하고 싶고 공부를 하고 싶어도 여건상 '못' 하는 분들도 정말 많습니다. 이렇게 너무 하고 싶은데도 못 하는 분들이 있는 반면, 집에서 돈까지 따박따박 타서 학원 등록해놨더니 하라는 공부는 안 하고…. 정말 열심히 했는데 아쉽게 떨어진 분들의 얘기가 절대 아닙니다. 남들보다 낮은 실력에서 시작하여 너무나 열심히 했지만 아직 다 완성시키진 못한 분들의 얘기 또한 아닙니다. 그냥 가끔 주변에서 보이는 항상 놀면서 불평불만만 많은 몇몇 분들에게 은근히 열 받아서 그렇습니다. '아, 이번엔 너무 논 것 같아. 재수 하면서 제대로 하면 붙겠지?' 이런 분들, 과연 재수해도 붙을 수 있을지 의문입니다. 그런 분들은 정말 마음가짐 자체를 아예 싹 뜯어고칠 필요가 있습니다. 그 방법까진 솔직히 잘 모르겠네요.

제가 마지막으로 드리고 싶은 말은 정말 중요한 것, '간절함과 그 간절함만큼의 노력'이라는 겁니다. 제가 첫 도전에서 패배했던 이유는 간절함도 부족했고 노력도 부족했기 때문입니다. 솔직히 그 당시 마음속 깊은 곳에선 내년을 바라보고 있었습니다. 이 글을 보는 분들은 절대 '내년에'라는 생각은 하지 않기 바랍니다. 그런 마음가짐을 갖는 순간 해이해지고 공부 안 하기 십상입니다. 마지막 해에는 정말 누구보다 간절했고 그만큼 노력했기에 만족스러운 결과가 나왔다고 생각됩니다.

편입 후 1년을 보내며

벌써 편입한 지 1년이나 지났습니다. 정말 믿을 수가 없네요. 어느덧 저는 취준생 4학년이 되었고, 요즘 여기저기 인턴 원서 넣는다고 머리가 아픕니다. 매일같이 자소서 아닌 '자소설' 쓰기에 바쁘고, 인적성 공부하랴 면접 준비하랴 정말 시간 빨리 갑니다. 몇 년간 못 해본 연애도 하게 되었고, 새 학교에 와서 친구들도 사귀고, 대전에만 살던 촌놈이 서울 여기저기 많이 돌아다니면서 1년 만에 이젠 나름 빠삭해지기도 했습니다.

이제부터는 약간 진지한 얘기를 하겠습니다. 새 학교 와서 해방감에 젖는 것도 좋지만, 그래도 열심히 해야 합니다. 편입 후 가장 기본으로 해야 하는 것이 학점관리라고 생각합니다. 요즘 취업 원서 쓰면서 느끼는 것이지만, 어디든지 편입 여부와 전적대학 성적 정도는 꼭 기입합니다. 학점을 안 보는 기업이 아닌 이상 면접관이 성적 볼 때 편입 후 바닥을 쳤다면 무슨 생각을 할까요? 보나마나 와서 적응 못하고 낙오했다고밖에 생각 안 할 겁니다. 우수한 성적까진 아니더라도 남들 하는 만큼은 해야 한다 이거죠.

저도 처음에는 적응 못하는 것이 아닐지 많이도 걱정했습니다. 그러나 여기 와서 느낀 것은 '어디든 와서 열심히만 하면 다 똑같다'는 것입니다. 시험만 봐도 상위권부터 최하위까지 아주 고르게 분포해있고요. 수업 열심히 듣고 편입 공부 했던 당시에 한 만큼의 반만, 아니 반에 반만 해도 성적에선 걱정하지 않아도 될 겁니다. 저 또한 열심히 해서 전액장학금도 타

봤고요. 올해 역시 재단 장학생으로 선정되어 등록금 걱정은 덜었습니다. 편입을 마음먹고 또 많은 것들을 감내하며 합격에까지 이끌었던 마음가짐이라면, 누구든지 무엇이라도 잘 해 낼 수 있습니다.

　편입을 결정했다는 것 자체가 저는 정말 큰마음 먹는 것이라고 생각합니다. 젊은 20대 청춘의 귀중한 시간을 투자하여 그럴 만한 가치가 있을까 고민도 많이 했을 겁니다. 하지만 제가 확실히 말할 수 있는 것은, '그럴 만한 가치는 너무나도 충분하다'는 것입니다. 저는 정말 여러모로 많은 것을 인내하며 심적으로 단단해질 수 있었고, 긍정적으로 생각하는 법도 배울 수 있었습니다. 그게 편입 이후로도 단지 1년 2년이 아니라 앞으로 계속 살아가면서 힘들 때마다 저에게 뼈가 되고 살이 돼줄 것이라고 생각합니다. 저뿐 아니라 자신과의 싸움을 승리로 이끌 어느 누구에게나 마찬가지일 것임을 확신합니다.

　꼭 힘내십시오! 반드시 힘내는 만큼, 아니 그 이상의 많은 것들을 얻고 배울 수 있을 것입니다. 읽어주셔서 감사합니다.

webbee2000@naver.com

18 내가 대학에 와서 느낀 것은 좌절뿐이었다

여기를 벗어날 수 있는 유일한 방법은 편입

양우영

[배재대 ➡ 서울과기대]

- **일반편입**
- **전적대학** : 배재대학교
- **편입대학** : 서울과학기술대학교 환경공학과
- **나이** : 28세
- **성별** : 남자
- **합격한 학교**
  - 단국대 도시계획
  - 충남대 산림자원학과(예비 1번 합격)
- **불합격한 학교**
  - 성균관대, 경희대, 중앙대

처음으로 막막함을 느꼈다. 다시 돌아갈 수도 없고, 가기 싫지만 안 갈 수도 없는 막막함. 그렇게 막막함을 안고 나의 10대를 끝냈다. 상대적 박탈감과 보이지 않는 미래로 인한 자기상실. 당신이 여태껏 살아오면서 살아남기 위해 절실했던 때가 있었는지, 죽을 것 같아 절박했던 그런 때가 있었는지 묻고 싶다. 힘들다고? 아니다. 당신은 힘든 것이 아니다. 고통스러워 죽고 싶을 지경이여야 한다. 그래서 공부가 하고 싶어야 한다. 공부만이 유일하게 내가 살아남을 수 있는 탈출구였으며, 날 구원해줄 스스로의 능력이었다.

선택이 중요

초등학교 때는 아무 생각 없이 공부했고, 중학교 때는 고등학교 가기 위해서 공부했다. 그렇게 고등학교에 입학한 후 공부만 하는 생활에 적응하지 못했다. 친구들을 괴롭히며 만날 싸우고 수업시간에는 잠만 자는 일상이 반복되었다. 급기야 태어나서 처음 맞아보는 40점대 점수의 과목도 생기게 되었다.

다시 마음먹고 서울까지 과외도 다니고 했지만 역부족이었다. 집에서 18km 떨어진 학교는 매일 5시에 일어나 등교를 해야 했고, 12시까지 자율학습을 하면서 체력은 바닥이 들어나고, 살은 살대로 찌면서 모든 것이 망가지기 시작했다. 결국 이과 공부가 어려워 문과로 전과를 하게 되었다. 그러나 그곳 분위기에 휩쓸려 오히려 더 놀고 말았다. 그렇게 수능을 보게 되었고, 60/100 정도의 점수로 원서를 넣은 후 전부 탈락하는 광탈을 맛보고, 전공을 돌려 실용음악 등을 지원했다가 아버지의 반대로 면접도 보지 못하고 꿈을 접어야 했다. 학교는 가야 했기에 추가모집 접수 후 대전에 있는 배재대학교에 입학하게 되었다.

그때 문득 선택이 참 중요하다는 것을 깨달았다. 중학교 때 바로 옆 사립 고등학교로 진학한 친구는 1차 수시로 성균관대에 입학했기 때문이다. 용의 꼬리라도 되자며 지역 명문고에 입학한 나는 생전 들어보지도 못한 대학, 낯선 지역으로 유배를 가듯 그렇게 입학을 했지만, 대학이라는 결과는 참담했다.

나만의 영어 공부법

나는 사실 공부법에 대해 해줄 말이 거의 없다. 공부를 안 했을 뿐더러 공부도 못했다. 너무 편입을 가볍게 보았던 것이다. 학교 다니며 열심히 했던 것과는 다르게 어려운 영어 공부에 좌절감을 많이 느꼈고, 수학까지 병행하면서 너무 버거웠다. 거기다 나는 학원비 마련을 위해 새벽에 아르바이트까지 했다. 아르바이트 끝나고 학원에서 수업 듣는 일상이 반복되었다.

아르바이트 하면서 공부하려 했지만 의욕은 이미 밑바닥으로 떨어졌다. '공부만 해도 시원찮을 판국에 아르바이트를 하고 있다니!' 하는 생각만 들었고, 그저 밤새 단어 100개 정도 보다가 학원을 가곤 했다.

이 글을 읽는 사람들에게 일과 공부를 병행하지 말라는 말을 하고 싶다. 일하면서 공부할 수도 있다. 그러나 생각해보라. 내가 절실하듯 다른 이들도 절실하다. 다른 이들은 죽기 살기로 공부하고 전적대학을 벗어나기 위해 미친 듯이 공부를 하는데, 나는 일하면서 공부해서 합격할 수 있다? 죽을 듯이 하면 합격은 할 수 있다. 다만 더 좋은 학교에 갈 수 있는 자신의 능력을 짓누르는 일이며 후회할 일이다. 공부 이외의 모든 것을 잠시 미뤄두고 철저히 준비하고, 자신의 능력을 극대화할 환경을 잘 선택해라. 돈 몇 푼에 인생을 걸지 마라. 한 우물만 파라는 말도 있지 않은가. 철저히 준비해서 공부에만 매진하길 바란다. 슬럼프가 오면 이런 걸로 인해 몇 배가 힘들다. 내가 그랬다. 더 좋은 성적으로 좋은 학교에 입학한 분들의 공부법도 있겠지만, 공부를 못한다고, 어렵다고 생각하는 친구들에게 도움이 되고 싶어 내가 실수했던 부분들을 주로 이야기하고 싶다.

■ 단어만 외우지 마라! ■

단어 공부라는 것이 그냥 외운다고 생각할 수가 있는데, 나는 그렇게 생각하지 않는다. 단어만 보면 안 된다는 것이다. 우리는 독해를 하고 문법 문제를 풀고 여러 가지 문제와 유형들을 접한다. 그 안에 단어들이 있는데, 우리는 문장 속에 있는 단어를 보는 것이다. 그러면 한번 생각해보자. 문장 안에 여러 가지 단어 중 우리는 일부를 외우는 것이다. 그러면 문장을 읽으면서 외운 단어와 뜻이 일치하지 않을 수도 있다는 것이다. 내가 생각하기에는 단어만 외우고 문장을 보면 잘 생각이 나지 않거나 어색하다. 문장 안에 내가 외운 단어가 있다는 것이 어색하다는 것이다. 그래서 예문과 같이 보길 바란다.

waste-쓰다, 낭비하다.

단어를 'waste-쓰다, 낭비하다'라고 외웠다고 가정하자. 단어만 외웠다면 그 단어가 언제, 어디서, 어떻게 쓰이는지를 모른다는 것이다. 동사로 쓰일 때는 어떻게 쓰이며, 명사로 쓰였을 땐 어떻게 쓰이며, 또 다르게 쓰이는 뜻은 없는지를 알아야 된다는 것이다. 아래에 다시 언급하겠지만 단어는 한 가지 뜻만 있는 것이 아니다. 여러 가지 뜻이 있기 때문에 우리가 읽고 풀 어떤 문장에서 어느 부분에 어떻게 쓰이는지를 함께 알아야 한다는 것이다.

I _______ all the money that I had = 내가 가지고 있던 모든 돈을 나는 _____했다.

waste를 외우면서 이 문장을 같이 봤다고 생각해보자. waste가 동사 자리에 쓰였다는 것을 알게 되는 것을 첫 번째, 돈이나 물건, 시간 등의 명사가 뒤에 오는 것을 두 번째로 염두에 두어야 한다는 것이다.

내가 지금 가장 멍청하게 공부했다는 것이 단어 공부다. 한 단어에 한두 가지 뜻, 외워도 기억나는 것은 한두 가지 뜻뿐이었고, 문장에 들어가서 다른 뜻이 나오면 전혀 유추할 수 있는 능력이 없었다는 것이다. 왜냐? 단어만 외워서 그런 것이다. 절대 car=자동차, go=가다, book=책 이렇게 외우지 말았으면 좋겠다.

■ 정확성 ■

단어는 정확하게 외워야 함을 잊지 마라. 대충은 공부한 게 아니다. 제일 무서운 단어가 어떤 뜻인 것 같은 단어다. 정확하게 안 외운 단어들이 가장 무섭다는 것이다. 외운 것 같으니까 다음에 안 보게 되기도 하고, 모르는 거 같은데 다시 보면 뜻이 기억나는 것 같기도 하다. 단어가 가장 중요한 것은 당연하다. 단어를 모르고 어떻게 해석을 하고 이해를 하며 문제를 풀 수 있겠는가. 내가 가장 멍청하게 공부한 것이 바로 단어다. 예를 들어 opposite를 보면 뜻이 여러 가지 나온다.

opposite
①마주보고 있는, 맞은편의, 반대쪽의 ～에 면하고 있는 〈to, from〉
②역의, 정반대의, 서로 용납하지 않는
③마주나기의, 대생(對生)의
④서로 등을 지고 있는 〈with〉

단어를 찾아보면 형용사 뜻만 4가지가 나온다. 그렇다면 어떤 문장에서 opposite이 나왔을 때 나는 어떤 의미를 쓸 것인지 생각해볼 필요가 있다. 그 문장에서 말하는 뜻은 4가지 중 한 가지일 것이다. 나는 그냥 '반대쪽'이라고 외웠다. 왜? 공부 못하는 사람의 특징이다. '마주보고 있는'이나 '맞은편의'나 '반대쪽의'나 그냥 다 비슷한 뜻으로 인식하고 가장 뚜렷이 기억나는 반대쪽이라고 외운 것이다.

바로 여기서 잘못된 공부법이 나온다. 정확히는 '반대쪽의'라는 형용사다. 그런데 나는 '반대쪽'이라고 대충 외웠다. 사람은 보통 '반대쪽'이란 단어를 정확히 인식하지만, '의'나 '에' 같은 조사는 잘 인식하지 못한다. 같이 쓰는 조사들이 많기도 하고, 우리는 자연스럽게 조사를 쓰고 있고, 중요한 것은 그 뜻을 가리키는 '반대쪽'에 더 중점을 두기 때문에 더 뚜렷이 인식이 된다. 그래서 '반대쪽'은 기억하기 쉽지만 '~에, ~의, ~로써, ~로 인하여' 같은 품사 외우기가 쉽지가 않았다. 나는 그랬다.

opposite은 형용사다. 그런데 나는 '반대쪽'이라고 대충 외웠다. 'opposite=반대쪽'이라는 명사는 전혀 성립되지 않는다. opposite이나 opposition이나 oppositeness나 oppositely나 뭐가 뭔지 그냥 '반대쪽'이 되는 것이다. 품사를 정확히 외우라는 뜻이다. 단어를 총

알에 비유하는데, 이렇게 한번 잘못 외우고 나면 불발탄이 되는 것이다. 같은 단어를 다시 외우는 시간낭비도 덤으로 얻을 수 있다. 공부를 많이 하지 않아 공부법을 모르는 나와 같은 경우, 대충대충 하는 법이 많다. 결국 그렇게 명사와 형용사의 형태를 정확하게 외우지 못하면 문장을 정확히 이해할 수 없고, 그것이 결국 오답으로 이어지게 되는 것이다.

이런 문제는 독해나 논리 완성 문제에서 확연히 나타난다. opposite을 '건너편, 맞은편, 서로 등을 지고 있는, 대생의, 마주나기의' 등으로 무작정 외우다 보면 무슨 뜻이 맞는 것인지 모를 때가 있다. 예를 들어 어떤 문장에서는 '서로 등을 지고 있는'인데, 잘못 해석하면 '마주보고 있는'이 되는 것이다. 등을 지는 것과 마주보는 것이 같은 의미인가? 앞에서처럼 with와 함께 쓰였을 때는 '서로 등을 지고 있는'의 뜻으로 나오는 것이고, to나 from과 함께 쓰이면 '마주보고 있는'으로 해석해야 하는 것이다. 그런데 이 모든 것을 '반대쪽'으로만 해석하면 정작 중요한 부분에서 이해를 못하고 스스로 소설을 쓰는 작가로 변신하게 된다.

생각해보라. 어떤 동작을 설명하는 독해 지문이라고 하면, 마주보는 것과 등지는 것은 엄연히 다른 말이다. 정확하게 외우지 않았기 때문에 '등지고 있는'이란 뜻을 with나 from 같은 전치사를 함께 보지 못하고, 대충 외운 '반대쪽'이라는 뜻으로 일반화하게 된다. 결국 문장을 제대로 이해하지 못하고 오답으로 가게 되는 것이다. 영어는 우리나라 언어가 아니다. 영어를 우리나라 말로 똑같이 바꾼다는 것은 말이 안 되는 것이다. 결국 이해해야 하는 것이다. 그저 단어라고 단순하게 공부하면 안 된다.

단어는 외울 것이 너무나 많다. 자주 쓰이는 동사들을 보면 문맥에 따라 여러 뜻으로 쓰인다. 그런데 주로 쓰이는 뜻이 자주 나오다 보면, 다른 뜻인데도 무심코 주로 쓰이는 뜻으로 해석하게 된다. 왜? 가장 기억이 잘 나고 가장 빨리 떠오르기 때문이다. 그래서 처음부터 공부하는 친구들에게 말하고 싶은 것은 정확히 하라는 것이다. 정확히 한다고 나쁠 것 없다. 정확히 많이 연습했을 때 어떤 문맥에서 어떤 뜻으로 쓰이는지 후반부로 가다 보면 자연스럽게 알게 되는 스킬이 쌓여있을 것이다.

■ 암기법 ■

암기하는 방법은 여러 가지가 있다. 들으면서 외우는 사람도 있고, 읽으면서 외우는 사람도 있고, 쓰면서 외우는 사람도 있다. 자신은 어떻게 해야 잘 외워지는지 알고 외워야 한다. 단어는 시간 싸움이다. 나는 학원 왕복시간이 80분 정도 되었는데, 100개 정도는 보고 외웠던 것 같다. 눈으로 읽는 것이 훨씬 더 잘 외워졌기 때문에 절대 쓰지 않고 외웠다. 자신에게 맞는 암기법을 찾아라.

370

또 한 가지, 단어 암기하는 데 따로 시간을 많이 잡아두지 말길 바란다. 단어는 독해하면서 외울 수도 있고, 왔다 갔다 하는 시간, 밥 먹는 시간, 어떤 시간에라도 외울 수 있다. 나는 정말 안 외워지는 단어는 손가락 사이사이 옆면에 5개씩 총 10개를 써놓곤 했다. 글을 쓰다가도 보이고, 화장실 손 씻다가도 한번 보게 되고, 밥 먹을 때도 보게 된다. 시간을 아끼며 외울 수 있도록 노력해야만 한다.

또 막상 단어만 딸랑 외워놓고 문장에서 나오면 모르는 경우가 있다. 문장 속 어느 위치에 어떤 뜻으로 쓰였는지 같이 보다 보면 다음에 더 기억이 잘 나기도 한다. 단어 외울 때 예문도 꼭 보길 바란다. 앞의 예문을 다시 예로 들어보자. waste를 외웠다. 간단히 문장을 하나 만들어보는 것이다. '낭비했다', '썼다', '돈을 썼다', '돈을 낭비했다'. I wasted all the money that I had. 까먹을 것 같은가? 이렇게 간단한 문장을 하나 만들어보면 이 단어가 어떻게 쓰이는지, 어느 위치에 쓰이는지, 언제 쓰이는지 한꺼번에 알 수 있는 것이다. 뒤에 명사가 오는 타동사인지, 주어 다음 오는 동사인지, 여러 가지를 알게 됨으로써 더 정확하고 효율적으로 암기할 수 있다. 스스로 외운 단어로 간단한 문장을 만들어보자. 10초면 만든다. 그것이 10번 쓰고 보는 것보다 더 정확하고 효율적으로 외우는 방법이 될 것이다.

나는 독특하게 암기하는 법이 있다. opposite 발음은 '어퍼짓'이라고 읽지만 발음만 가지고 외우기엔 버거울 때가 있다. 특히 발음도 힘든 편입 영어 단어들은 참 난감할 경우가 많다. 그래서 자신이 외우기 쉬운 '오포시테'라고 외우거나 '오포사이트'라고 외우는 게 더 잘 외워질 때가 있다(자신이 읽고 기억하기 쉬운 발음). 안 될 때는 그것도 한 방법이 될 것이다. 또 그 뜻을 외우면서 '어퍼짓-반대쪽의', '어퍼짓-반대쪽의' 이렇게 반복해서 외우다 보면 잘 안 외워지거나 까먹는 경우가 생기는데, 나는 특이하게 연상을 잘해서 이상하게 많이 외웠다. '어퍼짓=사람이 엎어졌다 → 엎어지면 등이 보이니 반대쪽의'를 떠오르게 만들거나 '반대쪽으로 엎어졌다'고 외웠다. 이것은 그냥 예를 든 것이고, 'unruly'는 '다루기 어려운'이라는 뜻을 가진 단어인데 '어눌리 → 어눌해서 다루기 어렵다' 또는 '언-룰 → 룰이 없어 어렵다'로 외웠다. 한번 읽자마자 바로 뜻이 연상되도록 어떻게든 만들어서 외웠다. 편입 단어는 양도 양이지만 발음도 어렵고 도저히 안 외워지는 단어들, 비슷비슷한 단어들이 너무 많기 때문에 자신만의 암기법을 만드는 것도 잘 외우기 위한 방법이다.

학원 같은 경우 접두어, 접미어 같은 것으로 많이 알려주는데 그것으로도 잘 안 외워지는 단어들은 자신만의 방법으로 외우는 것이 더 좋다. 그것이 더 잘 외워진다면 말이다. 학원 다니면서 같이 공부하던 동생들도 신기하게 만들어낸 내 암기법 때문에 옆에서 듣고 안 까먹고 문제를 맞힌 적도 있다.

단어는 총알로 비유를 많이 한다. 전쟁에서 총알 없이 싸울 수는 없다. 그래서 총알을 많이 챙기는 방법도 알아야 한다. 단어가 그렇다. 처음부터 끝까지 절대 소홀히 하지 않고, 특히 기본 단어와 동사를 열심히 외웠다. '안 외워지는 단어 / 독해하다 모르는 단어(동사 위주) / 단어 문제 및 논리 완성 빈칸 어려운 단어' 이런 식으로 정리를 해서 외웠다. 특히 모르는 단어보다 뜻을 잘못 알고 있는 단어나 어설프게 외운 단어가 가장 무서울 때가 많았다. 모르면 똑바로 외우면 된다. 그런데 알고 있는 단어를 잘못 외웠을 경우에 다시 제대로 된 뜻으로 외우는 데 더 시간이 소모되고, 또 예전 뜻으로 자꾸 기억이 나기도 했다. 또 어설프게 알고 있는 단어는 정확하지 않으니 비슷한 뜻도 아닌 다른 뜻으로 때려 맞출 때도 있었다. 처음부터 똑바로 외웠으면 좋았을 걸 후회했다. 멍청한 나는 단어도 모르는데 독해를 하고 있었다. 지금 생각하면 정말 멍청하게 공부를 한 것 같다.

■ 독해 ■

독해를 공부하면서 어릴 적에 책을 읽지 않은 것을 많이 후회했다. 책을 안 읽어서 이해력이 부족하기 때문이다. 많은 글과 구조를 접해보지 않았기 때문에 흐름을 이해하는 능력도 많이 부족했다. 그래서 학원에서 그냥 읽고 이해할 수 있는 영어 지문(타임지)을 많이 나눠주기도 하는데, 그 이유는 흐름을 읽고 이해하는 능력을 기르기 위해서다.

문제의 오답은 나에게서 찾았고, 문제가 어려울 때는 쉬운 것으로 돌아갔다. 그래서 중요한 것이 바로 오답노트였다. 독해 문제를 풀고 난 후 정답을 확인하고 다시 읽어보면 '아, 이거네, 여기를 빼먹고 해석했네!'하고 넘어가는 경우가 허다했다. 중요한 건 내가 '왜 빼먹고 해석했을까'다. 오답을 찾을 때는 문제에서만 찾지 않고, 내 자신에게서 찾으려고 노력했다. 문제를 틀리고 보면 왠지 정답이 잘 보인다. 다시 보면 맞힐 것만 같다. 그런데 다시 풀어보지 않은 문제는 또 틀리게 되어 있다. 오답을 나에게서 찾지 않았기 때문에 또 되풀이하게 되는 현상이었다. 틀렸을 땐 왜 틀렸는지 정확히 분석해야 한다. 예문 해석을 잘못했는지, 어떤 문장에서 추론해야 할 내용을 이해 못했는지, 너무 빨리 보고 넘어간 건 아닌지, 단어 실력이 너무 부족한 건 아닌지 정확히 분석해야 한다. 어떤 독해 문제를 풀면서는 무엇을 설명하는 지문인데, 반복되는 단어 딱 한 개를 몰랐던 문제도 많았다.

나는 공부에 자신이 없어서 중학교, 고등학교 지문들을 읽어보면서 자신감을 쌓았다. 특히 『천일문』을 많이 외웠다. 문장이기 때문에 읽기도 편했다. 정말 한 문장 제대로 해석하려고 30분 동안 씨름한 적도 있다. 그러다 보니 그 문장과 비슷한 구조를 보면 확 눈에 들어오고, 그런 문장들을 찾는 것이 재미있기까지 했다. 긴 지문에 대한 두려움을 해소하기 위해 매일 「타임」지의 영문 기사를 많이 읽었다.

　주절주절 연필 따라가는 대로 읽으며 독해를 하는 친구가 바로 나다. 한글 읽듯이 그냥 죽죽 읽고 나면 머릿속에 남는 건 몇 가지 정보뿐이다. 절대 처음부터 독해 속도에 연연하지 말아야 한다. 학원에서 시간이 촉박하니 빨리 푸는 연습을 해야 된다고 자주 말을 한다. 맞는 말이다. 그러나 초보자에게는 독이다. 정확하게 해석을 못하는데 무슨 빨리 읽고 빨리 푸는 것이 된다는 말인가. 공부 초반에는 첫 문장부터 완벽하게 해석을 하고, 모르는 단어는 없는지, 문법을 모르는 건 아닌지 체크하면서 공부해야 한다. 그렇게 처음부터 기초를 다지다 보면 단어도 외워지고, 문법의 이해도를 높여 독해 실력도 늘게 되는 일석삼조의 공부가 된다. 그저 빠르게 많이 풀기만 하면 많이 틀리게 된다. 독해도 기초다. 정확하게 하는 습관이 생기면 속도는 자연스럽게 빨라진다.

■ 문법 ■

　아직도 내가 멍청했던 것이 하나 있다. 바로 문법 공부를 할 때 이해만 했다는 것이다. '아, 이래서 틀렸구나, 이렇게 돼야 되는구나!'라고 이해만 하고 끝이었다. 참 답답하게 공부했다. 문법을 마치 수학처럼 생각했다. 일단 푸는 것이라고 생각했다. 어떤 문법을 물어보는 것인지 찾고, 거기에 내가 아는 것들 중 대입해서 풀었다. 지금 생각해보면 참 멍청한 짓이었다. 외운 것이 없는데 당연히 대입해서 푸는 데는 한계가 있었던 것이다.

　문법은 암기라고 말하고 싶다. 암기로 준비가 된 상태에서 많은 문제를 접해봄으로써 어떻게 적용이 되는지를 익혀야 한다. 문법은 많이 풀어보는 것이라고 하는데, 아니라고 생각한다. 똑바로 외우고, 많이 적용시켜보고, 익숙해지는 것이라고 말하고 싶다.

ywy223@naver.com

19 대한민국에서 성공하기 위한 루트

꼭 통과해야 하기에 악에 받친 공부열전

오새롬

[중앙대(안성) ➡ 성균관대]

- **학사편입**(경영)
- **전적대학** : 중앙대학교(안성) 영어학과(3.39/4.5)
- **편입대학** : 성균관대학교 중어중문학과
- **나이** : 26세
- **성별** : 여자
- **합격한 학교**
  - 이화여자대학교 중어중문학과
  - 아주대학교 경영학과
- **불합격 학교**
  - 고려대학교 지구환경과학과
  - 한국외국어대학교 중국학부
  - 숙명여자대학교 영어영문학부
  - 인하대학교 아태물류학부
  - 중앙대학교 불어불문학과

명문대에 가면 아무래도 지금의 일상과는 다른 나날들이 펼쳐지지 않을까? 과연 진짜 좋은 학교가 내가 가진 이 모든 열등감을 다 커버해줄 수 있을까? 꼭 성공해서 동창들 앞에 멋진 모습으로 나타나 줄 테다. 가만 생각해보면 아무리 전보다 나아졌다곤 해도 대한민국은 아직도 학벌주의 사회야!

독하게 편입하는 사람들
힘내세요!

나의 마지막 기회, 편입의 문

저는 욕심이 많고 자존심이 셉니다. 그리고 솔직히 말하면 남의 이목에 신경을 많이 쓰는 편입니다. 또 어디 가서 뒤쳐진다는 사실을 참을 수가 없습니다. 뱀의 머리 보단 용의 꼬리가 되길 원하니까요! 고등학교 재학 시절에는 '다 잘해야지'라는 마음으로 내신관리에 신경을 썼던 덕에 비교적 상위권의 점수를 유지했습니다. 하지만 이제와 생각하면 '전략적'으로 공부하지 못했기 때문에 원하는 결과를 얻지 못했던 것 같습니다. 즉 공부할 때 너무 숲을 보는 경향이 있었던 것입니다. 3년 동안 열심히 일궈온 높은 내신을 잘 활용하지 못하고, 정작 중요한 논술이나 면접 준비를 소홀히 해서 헛수고한 것입니다. 내신만 높으면 좋은 대학 가는 줄 알고 그냥 미련하게 열심히 공부했습니다. 논술을 준비하던 친구가 있었는데, 저보다 훨씬 내신이 낮았지만 중앙대 법학과에 붙었고, 저는 중앙대 안성캠퍼스(2캠퍼스)에 붙게 되었습니다. 겉으론 내색 안 했지만 제 자존심에 정말이지 참을 수가 없었습니다. 아마 이때부터 어렴풋이 '학교 콤플렉스'에 시달리기 시작한 것 같습니다.

저의 생활신조는 '노력하면 된다.'입니다. 가정형편이 좋은 편이 아니었기 때문에 최대한 부모님의 부담을 덜어드리려 과외, 학원 등에 의존하지 않고 알아서 해결하려 노력해왔습니다. 머리는 그다지 좋은 편은 아니라고 생각합니다. 융통성이 부족하고 유연한 사고가 잘 안 됩니다. 어렸을 때부터 노력하면 된다는 말 하나 믿고 근 25년을 살아왔기 때문에 친구들이 볼 때는 약간 미련해 보였을 것입니다. 한 마디로 '노력은 재능을 이긴다.'는 말을 굳게 맹신하는 '단순 미련파'입니다.

어디만 가면 상대방이 묻지 않았어도 '2캠퍼스'라는 꼬리표에 혼자 괜히 주눅 들고 자신감이 없었습니다. 만족할 수 없었습니다. '노력이 재능을 이긴다며? 그거 하나 믿고 사는 네가 이렇게 만족 못하는 거면 그 자체가 모순이잖아. 이 바보 같은 놈아, 언제까지 네 자신을 합리화시키고 속이며 살아갈래?'

그렇습니다. 일단 저부터가 '명문대'라는 색안경을 쓰고 모든 것을 평가할 정도였습니다. 명문대 학생이면 그 사람이 혹여 실수를 해도 괜히 다르게 보이고, 어딜 가나 그 명문대라는 감투에 칭송받는 그런 모습이 부러웠습니다. 그리고 속속들이 들려오는 고등학교 동창들의 소식…. 아니 분명 고등학교 때는 나보다 공부도 못하고 모자랐던 녀석들이었는데, 더 나은 위치에 있는 걸 보니 수가 뒤틀리는 기분이랄까. 여기에 점입가경으로 저의 전공이 영어학과였는데, 유학이나 어학연수 등 모두들 수시로 외국에 들락날락했습니다. 저희 집은 그다지

넉넉한 형편이 아니었기 때문에 가고 싶단 열망은 있어도 꾹꾹 눌러 담아야만 했습니다.

내 나름대로 아무리 열심히 해도 격차는 벌어지고, 따라잡을 수 없는 한계에 도달하게 되는 걸 느꼈습니다. 이에 열등감은 더해져만 가고, 무언가 그 아이들보다 더한 메리트를 찾게 되기에 이르렀습니다. 그러던 중 우연한 계기가 생겨 저렴한 비용으로 한 달간 호주로 어학연수를 가게 되었습니다. 이 경험을 통해 좀 더 큰 세상에서 견문을 넓히고 싶다는 생각이 확고해졌습니다.

'명문대에 가면 아무래도 지금의 일상과는 다른 나날들이 펼쳐지지 않을까? 과연 진짜 좋은 학교가 내가 가진 이 모든 열등감을 다 커버해줄 수 있을까? 꼭 성공해서 동창들 앞에 멋진 모습으로 나타나 줄 테다. 가만 생각해보면 아무리 전보다 나아졌다곤 해도 대한민국은 아직도 학벌주의 사회야!'

이민을 가지 않는 이상, 대한민국에서 성공을 하기 위한 루트는 '명문대 타이틀'이 필수일지도 모르겠다는 생각이 들었고, 그렇게 나는 마지막 기회, '편입'의 문을 두드렸습니다.

*

P.S. 편입하기에는 너무 늦은 나이가 아닐까? 나이 때문에 고민이세요? 2012년이었습니다. 나이 한탄하는 88년생 여자를 보고 지나가던 '독편사' 유저가 하던 말입니다.

"88이 할머니면 전 석탄 혹은 고대 유물 정도가 되겠네요."

학사로 바꾼 재수

저는 2011년도 편입시험에서 한번 미끄러졌습니다. 이제와 돌이켜보면 떨어진 것도 다 나름대로 이유가 분명히 있기 때문이라고 생각됩니다. 학원을 등록하고 모의고사 60점대로 기분 좋은 출발을 했던 저는 약간 안심하고 자만심에 빠졌던 것 같습니다. '에이 뭐야? 편입 할 만하네? 왜들 그렇게 엄살인 거지?'라는 생각까지 했습니다. 하지만 초반에 나오는 점수는 진짜가 아니었습니다. 난이도가 그렇게 높은 편이 아니었으니까요.

어느 순간 점수가 오르고 꾸준히 상위권을 유지하다 보면 자신도 모르게 안심이 될 수 있습니다. 그렇게 되면 오히려 전보다 절실하지 않게 됩니다. 의지력도 그만큼 약해지겠죠. 당연히 공부에 대한 열정이 팍 식어버릴 수밖에 없습니다. 제가 바로 이러한 이유로 재수까지 가게 되었단 생각이 듭니다.

실패의 쓴맛을 한번 느껴본 이들에게 가장 필요한 것은 과연 무엇일까요? 단연 '의지력'이라고 생각합니다. 저는 이것을 위해서라도 일부러 재수할 때 독학을 택했습니다. 재수를 결심했다면 거기에서부터 이미 독학이고 학원이고를 떠나서 '내 자신과의 싸움'이라고 해도 틀린 말이 아닙니다. 학원을 다니면서 해도 물론 좋습니다. 하지만 전 기왕지사 이참에 나라는 인간이 어디까지인지를 직접 확인해보고 싶었습니다. 헌데 정말 큰 도움이 되었다고나 할까요? 이 '재수+독학'의 무기 강화 조합에서 오는 시너지효과는 가히 어마어마하다고 생각합니다.

2010년에 고려대 편입에 성공한 고등학교 동창을 만났습니다. 그 친구가 저에게 바이킹 이야기를 해 주었습니다.

"바이킹은 어떤 나라에 도착하면 맨 먼저 자기들이 타고 온 배를 불태워 버리거든. 배가 있으면 좀 불리해지거나 험난한 여정이다 싶으면 포기하고 싶어지고 언제든지 배 타고 도망가면 되니까. 약해질 수 있는 마음 그런 거 없애기 위해서 배를 태워버리는 거거든. 돌아갈 수 있는 구실이나 길을 없애는 거야. 끝을 본다 이거지. 그러니까 너도 돌아갈 수 있는 다른 길은 없애버려. 그리고 끝을 본다는 생각으로 열심히 하면 될 거야!"

아니, 아직도 이렇게나 자세히 기억하고 있습니다. 여기에다 친구가 끝에 더한 말, "그래서 난 처음부터 학사로 시작했지."라는 말을 왜 귀담아 듣지를 못했는지. 미끄러지고 나서야 학사에 대한 이야기가 정말 '중요한 정보'였다는 것을 느끼고 말았습니다. '아, 학사로 할 걸! 그리고 열심히 할 걸!' 이미 울고불고 난리 쳐봐야 늦었죠.

이 바이킹 이야기는 사실 제 친구도 편입에 성공한 어떤 사람에게서 전해들은 이야기라고 합니다. 그리고 그걸 또 다시 저에게 전해주었고요. 바이킹 이야기가 이래저래 참 요긴하게 쓰이네요. 비공식적인 편입사(史)에서는 3대째(?) 돌려쓰고 그 효력을 발휘하고 있는 바이킹 이야기. 결과적으로 전 바이킹 아저씨들을 따라하길 잘했단 생각이 듭니다. 이때만큼 열심히 공부한 적이 없습니다. 악에 받쳐 공부했습니다. 왜냐하면, 상말로 이제 빼도 박도 못하니까요.

학사 플랜은 그야말로 '핀트의 정학'이었습니다. 간단하게 '줄줄이 비엔나소시지'를 생각하면 됩니다. 그래서 이 핀트라는 녀석이 조금이라도 틀어지면 학사는 그야말로 연쇄적으로 이어지는 계획 전부에 영향을 끼칠 수 있습니다. 고로 정해진 기간 내에 꼭 해야 할 것들, 즉 '학점인정신청, 자격증시험' 등을 하나라도 제때에 하지 않으면 안 됩니다. 저는 시작할 땐 '텔레마케팅'과 '유통관리사2급'으로 학점을 채우려 했으나 둘 다 떨어지고 말았습니다. 그래서 부랴부랴 독학사 과목을 공부해서 가까스로 충당했습니다. 사이버 강의도 병행했습니다. 저는 '경영학사'를 목표로 플랜을 짰기 때문에 생전 처음 해보는 '경영학'을 공부해야만 했습니다. 실제로 '경영학사'를 하는 사람들이 많은데, 수요가 많은 만큼 관련 정보와 관련 사이버 강의가 많아서 공부하기에 무난한 편입니다. 저 역시 이전에 경영학에 관해선 전혀 몰랐지만, 이렇게 잘만 따서 편입 합격까지 왔습니다. 걱정할 필요 없습니다. 자격증 광탈로 침울해져 있는 것도 잠시 독학사 날짜에 맞춰서 부지런히 공부했더니 이런 소소한 짜릿함을 맛볼 수도 있습니다.

허나 역시 복병은 있기 마련입니다. 1단계 거쳐 2단계까지만 해도 '어? 이거 좀 할 만하네!'라는 생각이 3단계에서는 쏙 들어갑니다. 대부분 3단계까지 응시하는 일이 거의 없고, 이로 인해 정보도 매우 부족합니다. 난이도 상승으로 어렵다는 소문도 자자하고요. 자격증시험에 떨어져서 차질이 있던 저는 3단계 '재무관리'라는 과목을 보게 되었습니다. 이때 난이도 상승으로 압박이 대단했습니다. 그러나 결과는 좋았습니다. 비교적 높은 점수인 78점으로 합격했습니다. 참고로 독학사는 60점이 합격선입니다.

나만의 '눈물겨운 발악' 영어 공부법

처음 1년 동안 학원을 다닐 땐 '독해가 편입의 전부'라고 생각하고 독해에 비중을 크게 두고 공부했습니다. 하지만 단어와 문법이 잡히지 않은 어설픈 상태로 독해만 주구장창 풀다 보면 오히려 역효과가 나타나게 됩니다. 그러니까 초반에는 순위대로 공부하는 것이 현명하다고 판단됩니다.

■ **단어**[스스로 측정한 난이도 ★★★★★]■

최대 우선순위이고 중요 순위는 단어라고 생각합니다. 전적대학에서 '영소설'이라는 전공 과목이 있었는데, 조지 오웰의 『동물농장』이 교재였습니다. 이 책으로 중간고사와 기말고사를 보았는데, '빈칸 채우기' 단어가 죄다 편입 단어였습니다. 이는 편입 단어의 난이도가 어느 정도까지인지를 보여주는 지표였습니다. 결코 만만치가 않았습니다. 2년을 공부한 저도 아직까지 '숙어와 기타 관용어구'에는 많이 취약합니다. 하지만 고급 단어를 많이 알아야 상위권 대학에 합격할 수 있습니다. 특히 부사. 그런데 부사의 쓰임이 정말 중요합니다. 부사에 따라 뜻이 확연히 달라지는 것 같습니다.

■ **문법**[스스로 측정한 난이도 ★★★★★]■

전적대학에서 영문학도였으며, 편입 영어 공부를 2년이나 했는데도 문법은 끝까지 못 잡았습니다. 정말 세세하고 꼼꼼하게 공부해야 했습니다. 초반에 못 잡으면 영원히 발목 잡히는 게 바로 문법이라고 합니다. 아예 확실히 처음에 떼버려야 끌려가지 않으니까요. 배경지식이나 독해에 유난히 취약한 사람은 문법이 제일 중요합니다. '문법 취약파'도 두 가지로 갈리는 듯합니다. ①독해가 어느 정도 뒷받침되고 해석도 되는데 취약한 사람 ② 독해가 안 될 정도로 문법이 많이 모자란 사람입니다. 만약 ②의 경우라면 ①에 해당되는 사람보다 정확히 4배는 더 공을 들여야 한다고 봅니다.

■ 독해[스스로 측정한 난이도 ★★★] ■

학원에서 '독해 스킬'을 많이 알려주는데, 물론 도움이 되지만 이것이 먹히는 건 초반에 잠시 뿐입니다. 그것은 어디까지나 일정 선까지의 점수에만 통하는 것입니다. 생각해보십시오. 스킬이라는 것은 바보가 아닌 이상 다들 얼른 주워 먹을 수 있는 흔한 아이템입니다. 그렇다면 제일 많은 점수대는 60점대일수도 있다는 것입니다. '와! 60점이면 영어 좀 한다고들 하는데, 나 이제 고려대 가네!' 내가 그랬다가 재수했습니다. 생각을 해볼까요? '스킬'이라는 것은 바보가 아닌 이상 모두가 무난히 적용하고 쓸 수 있는 것이죠. 그렇다면 다들 스킬을 써서 60점까지는 얼마든지 올릴 수 있다는 말이 됩니다. 편입은 '상대평가'이기 때문에 몇 점이 아니라, 남보다 점수가 높아야 합격입니다.

■ 논리[스스로 측정한 난이도 ★★★★] ■

진짜 알다가도 모르겠는 것이 논리였습니다. 이것은 어렴풋이 1년 막바지 즈음 되니까 감이 오기 시작했습니다. '아, 이제야 좀 알겠다. 이거네, 왜 그런지 알겠네!'라는 느낌이 오기 전까지는 진짜 정확치도 않은 힌트 잡아서 감으로 두루뭉술하게 푸는 경우 허다했습니다. 논리는 '-', '+'의 색깔이 정말 중요했습니다. 논리는 곧 추론, 진짜 이렇게 하면 답 확률이 높아집니다. 단순하게 부호 잡아서 접근해야 나오며, 단어가 어설픈 상태에서 지문을 두세 번 읽으면 진짜 다 답 같아 보입니다. 정말 돌아버릴 것 같습니다. 역시 단어의 중요성이 여기서도 드러납니다. 이것은 단어를 잡을 때 함께 꼼꼼히 챙겨두는 것이 일석이조의 효과가 있음을 알게 되었습니다. 특히 '뉘앙스'를 알아두어야 합니다. 정말 중요했습니다. 똑같은 '성취하다'라는 뜻의 단어도 accomplish, succeed, achieve 등은 쓰임새가 다릅니다. 역시 어설픈 공부는 독이고 재수의 지름길이었습니다.

■ 영어 단어는 온몸의 감각, 즉 오감을 전부 사용해 외웠습니다 ■

항상 소리 내면서 읽고, 그 소리를 귀로 듣고, 동시에 단어 뜻에 어울리는 '이미지'를 만들어 암기했습니다. 손짓 발짓 다 동원해가면서 외워야 진정 나의 것이 될 수 있습니다.

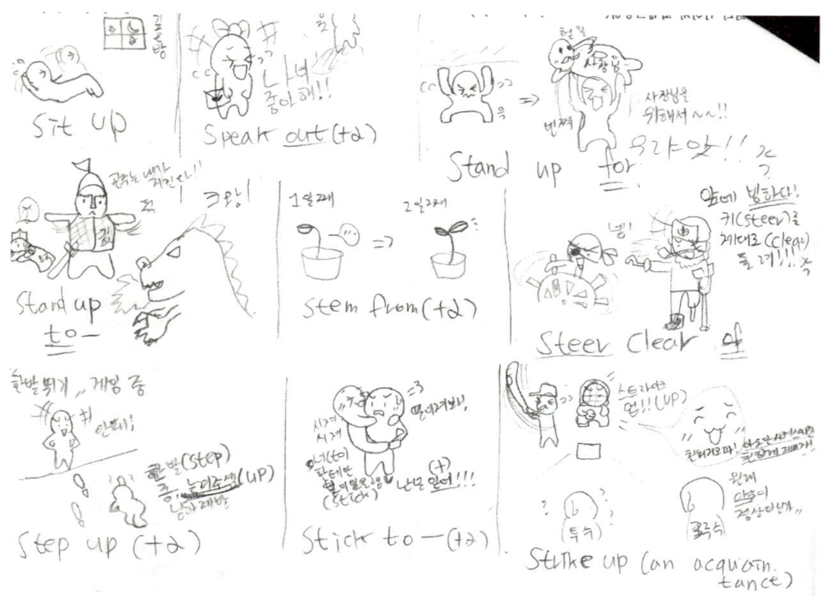

▲ 단어 정복으로 가기 위한 눈물겨운 발악을 보고 있습니다.

▲ 영어를 좋아했던 저도 처음 보는 단어가 난무하여 이렇게 발악을 해서라도 외우지 않으면 안 되었습니다.

편입 준비생의 고민들

■ 가족이 최고 ■

저는 편입 재수할 때 동생이 항상 옆에서 힘이 되어주었습니다. 죽도 잘 맞고 같은 여자인지라 통하는 부분이 참 많았습니다. 가끔씩 쇼핑도 하고 가볍게 영화도 한 편 보고…, 이럴 때 그저 '가족'이 최고였습니다. 지금은 몰라도 분명 지칠 땐 별것 아닌 말과 행동이 엄청난 힘으로 다가옵니다. 우리만 스트레스 받고 끝나는 게 아닙니다. 가족들도 보이지 않는 곳에서 가슴으로, 마음으로 함께 공부하는 사람들입니다.

■ 일찍 자고 일찍 일어나기 ■

저의 최대 적은 단연 '잠'이었습니다. 특히 아침잠. 편입 재수할 때 혼자 독서실을 다니면서 공부했는데 아무래도 자유로우니 풀어지기 십상이었습니다. 스트레스를 잠으로 풀 기세로 아침에 하염없이 쿨쿨 자곤 해서 애먹기도 했습니다. 사람 마음이라는 것이 11시, 12시나 돼서야 일어나면 '아 오늘도 버렸다. 내일부터 열심히 하자'는 생각이 앞서 하루를 버리는 게 됩니다. 이런 악순환은 어느 날 갑자기 팍 끊어버리기가 어렵습니다. 그래서 '규칙적인 생활'을 최우선으로 여겨야 했습니다. 일찍 자고 일찍 일어나기, 아주 단순하지만 편입 성공으로 가는 절대 진리였습니다.

■ 미루지 않는 꾸준함 ■

정말 중요한 게 바로 '꾸준함'입니다. 하루에 투자하는 공부시간이 들쑥날쑥 할지라도 그날의 할당량을 건너뛰지 않으려 부단히 노력했습니다. 하루 빠지고 나서 다음 날 다시 공부하려면 놓친 부분까지도 잡아내겠다는 '2배의 용감함'이 갖춰져야 합니다. 그런데 이런 건 현실적으로 정말 어려웠습니다. 솔직히 한번 빠지기 시작하면 그 다음에는 하기가 싫어지거든요. 그러니 이 생각을 할 수 없게끔 애초부터 하루라도 빼먹지 않고 꾸준히 할 생각을 해야 합니다. 이렇게 생각하세요. 슬럼프가 다른 게 아니고, '오늘 하루만 쉬고 내일부터 열심히 해볼까?'하는 순간 슬럼프는 진행되고 있었습니다.

■ ReFresh 할 땐 제대로, 그러나 정도껏 ■

가끔은 우리 모두 사람인지라 공부하다가 '진짜 답답해서 미쳐버리겠다! 모의고사 점수도 개떡이고 도저히 공부할 맛이 안 난다!' 이럴 때가 있습니다. 진짜 딱 며칠만 정해서 신나게 놀았습니다. 이것은 각자의 '정신력'으로 이루어져야 하는 부분입니다. 놀러가는 자체가 독이 되는 것은 아닙니다. 개인적인 경험으로 다음 날 다시 자리에 앉아서 장시간 집중하기까지가 너무 힘들었습니다. 아무래도 분위기의 영향이라는 것, 이런 걸 두고 말하나 봅니다. 전날 신나게 놀던 그 기운이 채 빠져나가기도 전에 다시 각 잡고 공부하려면 아무래도 쉽지가 않습니다. 그러니 놀 때는 화끈하게 놀되, 그 빈도가 잦아지면 망하는 지름길입니다.

■ 전공을 바꾸는 문제 ■

편입의 강점을 한 가지 더 뽑아본다면 바로 '학과를 바꿀 수 있다는 점'입니다. 그래서 많은 사람들이 편입을 통해 예전에 원하지 않았지만 점수에 맞춰 가야 했던 학과에서 벗어나기도 하고, 다시 한 번 진정 적성에 맞는 길을 찾아 꿈을 펼치기도 합니다. 하지만 너무 쉽게 생각하는 것은 금물입니다. 편입을 마지막 기회라 여기고 도전하는 만큼 학과를 선택할 때도 잘 생각해야 합니다. 학교를 옮긴 뒤 해당 학교의 3학년으로 편입학하는 것이기 때문에 학과를 바꾸는 경우에는 2년 동안 4년 수준으로 공부를 해야 합니다.

저는 '목표 대학과 목표 학과'가 있었지만 2011학년도 편입시험에서 그렇게 지원하지 못했습니다. 그 이유는 원서 작성을 할 때까지도 목표 학과의 '커트라인'에 미치지 못하는 모의고사 점수를 맴돌고 있었기 때문입니다. 시험은 코앞으로 다가오고, 답답하고 초조한 마음만 가득했습니다. 그래서 결국 명문대에서 제 점수대에 맞는 학과, 경쟁률이 그나마 낮은 학과들을 골라 마구잡이로 지원하기 시작합니다. 합격 후 현재 재학 중인 성균관대도 처음에는 '한문학과'를 지원했다가 고배를 마셨습니다.

이렇게 썼으니 잘될 리가 있었을까요? '올킬'이라는 영광(?)을 얻게 됩니다. 저는 단순히 '이 많은 대학, 많은 학과 중 나 하나 들어갈 데가 없을까?' 하는 생각을 했습니다. 안일했던 것입니다. 괜히 '철학과'라고 해서 경쟁률도 낮고 커트라인도 낮을 거 같죠? 전혀 그렇지가 않답니다. 오히려 그런 생각으로 몰리는 사람이 많기 때문에 합격하기가 굉장히 어렵습니다.

생판 모르는 분야와 적성에 맞지 않는 학과는 편입을 통해 새로 시작하려는 인생을 외려 송두리째 뒤흔들어 놓을 수 있습니다. 정말 잘 생각해봐야 합니다. 단지 '서울'에 위치한 학교에 가고 싶다는 생각과 초조하고 급한 마음이 합해져 터닝 포인트가 될 이 시점을 불확실한 결정으로 매듭짓는 것은 아닌지 한번만 더 생각해보면 좋을 것 같습니다.

■ 재학생들보다 정확히 2배를 공부 ■

전적대학에서는 '영어'를 전공했지만 편입 재수에서는 '중국어' 관련 학과 위주로 지원했습니다. 처음 도전하던 2011학년도와 다르게 왜 이것을 전공할 것인지 나름대로 이유가 확실한 상태에서 관련 학과만 집중적으로 지원한 것입니다. 허나 문제는 제가 중국어를 하나도 모른다는 사실이었습니다. 이런 상태로 중어중문학과 3학년이 되었으니 굳이 말 안 해도 제가 얼마나 힘들었을지 상상이 되실 거라 믿습니다. 말 그대로 '맨 땅에 헤딩'인 셈이었거든요. 처음부터 시작하는 단계였습니다. 이때 받았던 정신적 스트레스는 이루 말할 수 없이 어마어마했습니다. '예·복습 꾸준히 해주고 수업 잘 듣고 하면 되는데 뭐가 문제지?'라는 생각으로 다 따라갈 수 있을 거라 착각하면 큰코다칩니다.

첫 학기엔 학교 적응도 하고 학우들과의 교류도 있고, 여러 가지로 정신이 없습니다. 그리고 다들 공부 정말 열심히 합니다. 도서관을 가면 항상 북적거려서 정말 놀랐습니다. 분명 3월인데 언제 가도 사람들이 꽤 자리 잡고 있는 도서관의 풍경에 저절로 자극이 되곤 했습니다. 저 역시 공강 시간을 틈틈이 활용하고 예·복습도 철저히 한 끝에 2학기 때는 1학기에 비해 학점이 많이 상승했습니다.

편입 합격이 끝이고 전부가 아닙니다. 여기 와서도 열심히 하지 않으면 외려 회의감을 느낄 수도 있습니다. 합격 후에도 편입생은 항시 기존의 재학생들보다 정확히 2배를 공부한다는 생각을 해야 합니다.

osrha@naver.com

20 내가 좋아하는 것을 해야 행복하다

일어나면 불합격, 앉아 있어야 합격할 수 있다고

고영석

[상명대 ➡ 아주대]

- **일반편입**
- **전적대학** : 상명대학교 패션디자인과
- **편입대학** : 아주대학교 경제학과
- **나이** : 27세
- **성별** : 남자
- **불합격한 학교**
  - 연세대학교 독어독문학과
  - 서강대학고 경영학과

중학교 때부터 미술을 시작하여 서울미술고등학교를 졸업했습니다. 상명대학교 패션디자인과에 입학하여 2학년 때 편입학을 결심하게 되었습니다. 그것은 경제학에 관심을 가지면서부터였습니다. 전적대학 2학년 재학 중에 과대표를 맡았으며, 좋아하는 여자친구가 있었고, 인터넷 쇼핑몰 사업을 하고 있었고, 교회에서 선교활동도 했습니다. 어느 것 하나 그만둘 처지가 아니어서 어려움이 따랐지만, 열심히 하다 보니 아주대학교 경제학과에 편입학을 하게 되었습니다.

일반편입을 결심하다

중학교 졸업할 때의 성적은 아직도 잊지 못합니다. 말하기 부끄러운데, 반에서 3번째였습니다. 앞이 아니라 뒤에서 말입니다. 그래도 좋아하던 미술을 계속해서 서울미술고등학교에 진학했습니다. 고등학교 3년간 그림을 그렸고, 대학도 미술대학 패션디자인과에 진학했습니다. 예술고에 미대생이라 일반 고등학생이나 대학생과는 다른 공부를 하고 있었습니다.

공부에는 전혀 관심이 없던 나는 어렵게 재수를 해서 상명대학교 패션디자인과로 입학했습니다. 고등학생 때는 그림이 좋아서 그림을 계속 그렸고, 옷을 좋아해서 패션디자인도 괜찮다고 생각했습니다. 하지만 대학교에 와서 패션디자인을 직접 배우니 내가 생각한 것과는 달랐습니다. 패션디자인 수업을 받기가 너무 싫었습니다. 그래서 다른 디자인과로 전과를 할까도 생각했는데, 2학년이 되면 괜찮아지겠지 막연하게 생각하면서 아르바이트하고 친구들과 놀다가 1학년을 마치고 입대했습니다.

입대할 당시에 영어에 흥미가 생겨서 틈나는 대로 토익을 공부해야겠다고 생각했습니다. 일병 말쯤부터 토익 책과 패션소재 책을 읽기 시작했습니다. 하지만 군대라는 공간 때문에 시간을 내는 것이 수월하지 않아 공부의 분량이 많지는 않았습니다. 영어 공부와 전공 공부를 계속하다가 '일반편입 시험을 볼까?' 하는 생각이 들었지만, 일반편입이 어렵다는 막연한 두려움에 군대에서 편입 준비는 하지 못했습니다. 그러다가 '토익 점수가 잘 나오면 봐야지.'라고 막연하게 생각하고 토익만 공부하다가 전역했습니다.

전역 후 2학년에 복학하니 패션디자인 전공 수업은 더욱 심화되고 중요한 것들을 배웠습니다. 1학년 때 '2학년이 되면 괜찮아지겠지'라는 내 생각과는 다르게 여전히 패션디자인이 적성에 맞질 않았습니다. 재봉을 하는 것과 그림 그리는 것이 싫었습니다. 나는 패션디자인이 싫은데, 다른 학생들은 패션디자인을 좋아하니까 더 괴리감을 느끼고 부럽기도 했습니다. 그래서 준비는 안 되었지만, 다른 대학의 편입시험 문제를 풀어봤습니다. 당시 70점대가 나왔는데, 편입시험은 거의 만점을 맞아야 하는 줄 알았습니다. '편입시험은 역시 어렵구나!' 혼자 생각했습니다. 그렇게 관심을 접고 있던 중에 우연히 편입 준비하는 후배와 식당에서 이야기하다가 내 점수를 말하니 후배가 낮은 점수가 아니라고 말해줬습니다. 그러면서 편입시험에 대한 새로운 희망을 갖게 되었습니다. 그리고 결심했습니다. 편입시험에 응시하기로.

■ 전공에 대한 고민 ■

패션소재, 경영학, 경제학 중에서 전공을 고민하기 시작했습니다. 첫째로 패션소재는 패션디자인을 공부한 나에게 현실적인 전공이라 생각했습니다. 군대에서 패션소재를 조금 공부하다 알게 된 것은, 패션소재는 이과에서 주로 공부하는 분야라 패션디자인에서 조금 배운 내가 전공한다는 것은 무리가 있었습니다. 그 외에도 경영학과 경제학에 관심이 있었는데, 패션디자인과에 입학한 후 패션디자인이 적성에 맞지 않는 것을 떠올리며, 이번에는 직접 수업을 들어보자고 생각하고, 관련 과목 수강을 신청했습니다. 상명대 천안캠퍼스에는 거의 예술 관련 학과만 있었기 때문에 한정적이지만 가장 비슷한 수업을 듣기로 했습니다.

첫째, 경영학 대신 금융경영을 복수전공하면서 관련 과목을 들어봤습니다. 마케팅과 경영원론, 회계 수업을 들었습니다. 결과는 재미가 있었습니다. 하지만 성적이 원하던 만큼은 아니었습니다. 둘째, 경제학과가 없어서 '생활과 경제'라는 경제학원론을 기본으로 한 수업을 들었는데 무척 흥미로웠습니다. 이번에는 성적도 아주 잘 나왔습니다.

내가 경제학을 선택하게 된 다른 계기도 있습니다. 이것은 아이러니하게 내가 싫어하는 패션을 공부하다가 생겼습니다. 패션을 공부하면서 패션산업에 관심이 생겼는데, 1960년대에는 섬유가 우리나라의 주요 수출 품목이었는데 점점 중공업으로 변화되는 것을 보고 왜 그렇게 바뀔까 궁금했습니다. 왜 섬유를 잘 만드는데 중공업으로 산업이 바뀔까 생각해봤습니다. 섬유업보다 중공업이 부가가치가 높으니까 정부에서 중공업 육성정책을 시행한 것이었습니다. 중공업 육성 이후에 그 수입으로 섬유를 사는 것이 섬유를 직접 만드는 것보다 더 많은 섬유를 얻을 수 있습니다. 이러면서 trade-off의 개념을 알게 되었고, 이외에도 수요의 법칙, 공급의 법칙을 배우면서 흥미를 느꼈습니다.

전공을 바꾼다는 것은 쉽지 않은 문제이면서 현실적인 문제였습니다. 미술을 10년 이상 공부했기 때문에 가장 잘하는 미술이 아닌 경제학을 선택하는 것은 리스크가 큰 행동이었습니다. 하지만 내가 좋아하는 것을 해야 행복하다는 것을 깨달았습니다.

전공으로 고민하는 사람들에게는 선택하는 전공 기초든 교양이든 수업을 직접 들어보기를 추천합니다. 그리고 직접 공부하거나 종사하는 사람들에게 물어보는 것이 좋습니다. 패션디자인과에 있어봤기 때문에 패션디자인과에 대해서는 잘 알고 있었지만, 지금 생각해보면 경제학과에 대해서 잘 몰랐다는 것이 조금 아쉬움으로 남습니다.

■ 생업에 관한 고민 ■

직장을 다니면서 편입을 꿈꾸는 이도 있고, 형편이 어려워 아르바이트를 하는 사람도 있습니다. 나는 사업을 하면서 일반편입을 준비했습니다. 부모님이 사업을 하시는데, 수입에 굴곡이 많아 형편이 어려웠습니다.

입대 전에도 그랬는데, 입대 후에는 더 좁은 집으로 이사를 가게 됐습니다. 가세가 기울어진 것입니다. 병장 때 형편상 전역 후에는 돈을 벌면서 학교를 다녀야겠다고 생각했고, 처음에는 과외를 해볼까 생각하다가 과외보다 좀 더 많은 수입을 올릴 수 있는 일을 해야겠다고 생각했습니다. 그래서 생각한 것이 예전부터 자신 있던 인터넷 쇼핑몰 사업이었습니다.

25살 되던 해 12월에 전역을 하고 곧바로 인터넷 쇼핑몰을 창업했습니다. 전역을 하고 나니 가정형편이 생각보다 어려웠습니다. 부모님 모두 개인파산을 하신 상태였고, 정말 아무런 재산이 없었습니다. 가진 것은 빚뿐이었습니다. 그렇게 우리는 집을 또 팔고 먼 곳으로 이사를 갔습니다. 때로는 그런 현실이 믿기지 않았습니다. 그때 알게 된 것이 있습니다. 돈이 인생의 전부는 아니지만, 너무 가난하면 행복하기 힘들다는 것입니다.

그런 나에게 등록금 비싼 미대를 다니는 건 부담이 너무 컸습니다. 1학년 때도 등록금 전액을 학자금 대출로 충당했고, 2학년 때도 마찬가지였습니다. 그런 현실 때문에 저는 인터넷 쇼핑몰을 악착같이 운영했습니다. 2학년 복학 후 학교를 다니면서도 쇼핑몰을 운영했고, 바쁜 하루하루를 보냈습니다. 때로는 '이래서 내가 과연 학교나 제대로 졸업할 수 있을까?' 하는 걱정도 들었습니다. 그러던 중 후배를 통해서 편입을 결심한 후에는 인터넷 쇼핑몰을 매각하고 편입에 몰두하기로 마음먹었습니다. 하지만 인터넷 쇼핑몰 창업 붐이 있었다가 내가 매각하려 할 때쯤에는 창업 붐이 사라져서 쇼핑몰 매각은 되지 않았습니다. 그래서 어쩔 수 없이 최소한의 운영만 하고 나머지 시간은 편입 준비에 쓰기로 했습니다. 쇼핑몰 매각은 편입 합격 후 3학년 1학기가 끝나고 나서 이뤄졌습니다.

■ 여자친구 ■

편입시험 또는 각종 중요 시험을 준비하면서 연애를 고민하는 사람들이 많습니다. 편입학을 결심할 때쯤 여자친구가 생겼습니다. 편입을 준비한다고 여자친구와 헤어질 수는 없었습니다. 자연스레 주기적으로 여자친구와 데이트를 했습니다. 1주일에 2번씩 만났습니다. 만나면 남산에 가거나 스케이트를 타거나 가까운 곳으로 여행을 갔습니다. 가끔은 영화도 봤습니다. 공부시간에는 최대한 집중을 하고 여자친구랑 만날 때는 여가활동으로 스트레스를 풀면서 기분전환을 했습니다.

■ 종교활동 ■

매주 일요일에는 교회에 갔습니다. 그리고 7월 말부터 8월 초까지 해외선교에 다녀왔습니다. 물론 공부할 수 있는 시간이 많이 줄어들었지만, 일요일에 교회에 가서 예배를 드리고 기도하는 시간이 저에게는 충전의 시간이 되었습니다. 선교는 2주 정도 준비해서 1주 정도 다녀왔습니다. 선교를 가서 아이들을 보니 기분이 좋아졌고, 그 아이들을 보면서 공부에 대한 사명감을 더욱 느꼈습니다.

외우고 또 외운 편입 영어 공부법

■ 단어 ■

토익을 조금 공부하다가 편입시험을 준비했는데, 편입 기출문제를 보고 무척 놀랐습니다. 단어 수준이 너무 높았습니다. 여러 가지를 병행하다 보니 외워야 할 시간이 많지 않았습니다. 그래서 밥 먹으면서 외우고, 버스에서 외우고, 심지어 화장실 거울에 붙여놓고 샤워할 때도 외웠습니다. 침대 머리맡에 영어 단어를 붙여놓고 자기 전에 보고, 일어나서도 봤습니다. 단어책은 가장 평이 좋은 것을 구입하여 시험장에 들어갈 때까지 외웠습니다.

■ 문법 ■

문법이 편입 영어의 기초이고 출발선이라고 생각합니다. 저는 편입을 준비하기 전부터 영어 공부를 틈틈이 했기 때문에 중급 이상의 수준이었습니다. 그래서 수개월 내에 편입을 할 수 있었습니다. 인터넷강의를 통해서 마무리를 했습니다.

■ 논리 ■

편입시험에서 간과해서는 안 되는 것이 논리였습니다. 저에게 논리 문제는 너무 헷갈려서 독학하다가 도저히 안 될 것 같아 마지막에 편입학원의 인터넷강의를 들었습니다. 책의 분량도 많지 않아 그리 어려움은 없었습니다. 강의를 들으면서 유형별로 정확하게 분류하여 정리를 했습니다.

■ 독해 ■

편입 준비 이전에 중고등학생들이 보는 교재인 『천일문』을 가지고 공부했습니다. 1001개의 중요 구문이 있는 책인데, 구문을 익히는 데 큰 도움이 되었습니다. 정치와 경제를 주제로 한 독해는 수월했지만, 과학을 주제로 한 독해는 어려웠습니다. 응시할 대학의 기출문제는 독해뿐만 아니라 단어까지도 모두 외웠습니다.

■ 면접 ■

전공 준비를 많이 못한 상태라 더욱 긴장되었습니다. 저는 편입시험이 모두 끝난 후에 1차 합격이 확인된 상태였습니다. 비전공자라서 어려운 것보다는 기초적인 것을 확실하게 알아두는 것부터 시작했습니다. 그리고 정확하게 알려고 노력했습니다. 또한 면접을 보는 학교의 커뮤니티나 동문카페에 가입해서 편입 선배들에게 면접의 경향, 기출문제들을 알아내서 중점적으로 준비했습니다.

아주대학교는 예년까지도 면접이 어렵게 나왔는데, 제가 볼 때는 면졽이 어렵지 않아 다행이었습니다. 그리고 경제학과의 경우 전공면접이 아니라 일반면접이 이뤄졌습니다.

면접장에는 학생 3명에 교수님 두 분이었습니다. '수요의 탄력성과 독점'에 대한 질문이었습니다. 모두 공부한 내용이어서 대답을 잘 했습니다. 그 외에 경제학을 무엇이라 생각하는지, 경제학과에 지원한 이유, 아주대학교에 지원한 이유, 입학한 후에 학업계획이 어떻게 되는지 등에 대해서 질문했습니다.

경제학 전공 공부를 맨큐의 경제학으로 했습니다. 아주대학교에서는 맨큐 뿐만 아니라 다양한 책이 교과서로 쓰이지만, 맨큐가 가장 일반적이어서 맨큐로 공부했습니다. 아주대학교 경제학 클래스 카페에서 다운받아서 아주대학교 것으로 공부했습니다. 면접을 보는 대학에서 사용하는 교재와 교수님의 교수법을 미리 익혀서 준비했습니다. 그리고 전공 관련 최근 사회이슈 등을 미리 숙지했습니다.

누구나 알지만 실천이 어려운 것이 면접 자세입니다. 바른 자세와 바른 행동은 연습하지 않으면 실천이 어려운 것 같습니다. 다리를 떨거나 몸을 흔들거나 고개를 숙이거나 허리를 구부리는 자세 말입니다. 자신도 모르게 행해지는 행동들입니다. 저는 미리 거울을 보고 연습을 여러 번 했습니다.

독학은 독해야 된다

모든 시험공부는 절대시간과 집중력이 필요합니다. 고3 이후 책상에 오래 앉아 있어본 적이 없었으므로 처음에는 무척 힘들었습니다. 또한 독학이었기에 자신을 제어하는 데 더욱 힘들었습니다. 그래서 공부시간과 휴식시간을 정해놨습니다. 처음에는 공부 30분 휴식 10분으로 정했다가, 조금씩 늘려가면서 집중력을 늘렸습니다. 공부 40분 휴식 10분, 그 다음에는 공부 50분 휴식 10분 식으로 말입니다. 처음에는 의자에서 일어나그 싶어 미칠 것 같았습니다. 자꾸 시계만 보게 되었습니다. 이런 자세로 공부를 하는데 집중력이 생길 리 만무했습니다. 나 자신을 달랬습니다. 일어나면 불합격, 앉아 있어야 합격할 수 있다고. 애당초 이런 자세로 편입을 준비할 것이었으면 그만두자고. 목표는 사라지고 허송세월할 것이 뻔했기 때문입니다. 나 자신과의 약속과 각오를 다지고 매진 또 매진했습니다.

■ 편입대학에서도 독학을 한다 ■

편입을 하면서 전공을 바꿨기 때문에 편입 이후에 많은 어려움이 있었습니다. 경제학과에서는 수학 관련 공부가 많았습니다. 중학교부터 미술을 했기 때문에 수학 과목의 능력이 많이 부족했습니다. 경제학도 마찬가지였습니다. 수강 신청할 때 편입 선배가 비전공자에게 어려운 과목을 추천해주는 바람에 1학기 때 수강한 과목은 대부분 재수강을 했습니다. 그리고 1학기가 끝나고 방학 동안에는 수학과 경제학 공부에 주로 시간을 썼습니다. 하지만 그리 쉽지 않았습니다.

classicus2@naver.com

4장

새로운 세상으로 비상하다

21 고려대 경영학과 1등으로 합격

쿠엣 88.5점, 편입 재수생의 분투기

김민규

[항공대 ➡ 고려대]

- **학사편입**
- **전적대학** : 한국항공대학교 경영학과(3.9/4.5)
- **편입대학** : 고려대학교 경영학과(88.5/2012년도)
- **나이** : 26세
- **성별** : 남자
- **합격한 학교**
    - 서강대학교 경영학과(70초중반/2012년도)
    - 한양대학교 경영학과(70초중반/2012년도)
- **불합격한 학교**
    - 고려대학교 경영학교(70/2011년도)
    - 서강대학교 경영학과(70초중반/2011년도)
    - 성균관대학교 경영학과(70초중반/2011년도)

학원에서 모의고사 성적이 잘 나오는 학생들을 보면서 부러워하는 경우가 아주 많습니다. 저 또한 편입 공부를 처음 시작했을 때, 점수가 최상위권은 아니었습니다. 하지만 최상위권 학생들을 보면서 기죽고 부러워하는 것은 아니었습니다.

'나도 언젠간 저들처럼 최상위권 성적이 나올 수 있다.'

'내가 최고다.'

'내가 저들보다 더 우수하고 엄청난 잠재력을 가지고 있다.'

이렇게 생각을 했습니다. 편입시험 볼 때도 자신감을 갖고 임했습니다. 학원에서 시행하는 모의고사를 아무리 많이 보았다고 하더라도, 실제 시험장에서 너무 긴장한 나머지 집중을 하지 못해서 시험을 망치는 경우가 많이 있습니다. 저는 이러한 자신감이 있었기 때문에 시험장의 삭막한 분위기 속에서도 편안하게 시험을 볼 수 있었던 것 같습니다.

편입을 시작한 동기

대입 수능시험에서 원하던 성적을 얻지 못해서, 학벌 콤플렉스를 가지고 2007년 3월 원하지 않았던 한국항공대학교 경영학과에 입학했습니다. 1학년을 마치고 군대를 갔고, 전역 후 모두들 스펙을 쌓고 미래를 준비하는 모습을 보면서, 저는 학벌을 높이기로 마음을 먹었습니다. 평소부터 재수를 할지 편입을 할지 고민을 하다가, 3학년으로 들어가는 편입으로 시간을 절약해야겠다고 생각했고 편입을 결심하게 되었습니다. 편입을 통해 저의 인생을 업그레이드시키고 싶었고, 제 삶을 윤택하게 만들고 싶었습니다.

편입을 시작할 때 저는 정말 마음만 먹으면 할 수 있다고 제 자신에게 언제나 말했고, 그만큼 열심히 노력할 자신이 있었습니다. 그리고 이 마음은 시험이 끝날 때까지 변하지 않았습니다. 그리고 만약 편입시험에서 떨어진다면 재수를 할 만큼 내 열정은 강하고, 만약 떨어진다면 그 뒤 내 인생은 없다는 극단적인 생각으로 덤볐습니다. 이런 절박함이 있었기에 편입시험에서 합격할 수 있었다고 생각합니다.

열심히 했는데 모두 1차 탈락

기본적으로 모든 커리큘럼은 학원 종합반 스케줄에 따라서 진행되었습니다. 3~4월에는 문법, 독해, 단어, 논리의 기본적인 사항들에 대해서 전반적으로 공부했고, 무엇이 편입시험인지 알아가는 과정이었습니다.

초반에는 문법과 단어의 기반이 매우 중요하기 때문에 문법 이론과 단어들을 외우는 데 거의 모든 시간을 투자했습니다. 문법의 경우 제가 수업을 듣는 선생님의 문법책을 거의 통째로 외워버리려고 노력했습니다. 두 달 정도 공부하니 문법책 한 바퀴를 돌릴 수 있었습니다.

단어의 경우 학원에서 실시하는 Daily Test에 나오는 단어를 외우기도 너무 벅찼습니다. 학교와 편입 공부를 병행하다 보니 시간이 너무 부족해서, 저는 이동하는 지하철에서까지 귀마개를 하고 단어를 외웠습니다. 이때 모의고사 성적은 학원에서 10~15% 정도 나왔던 것으로 기억합니다. 그리고 당시 저의 토익 성적은 845점이었습니다.

5~6월에는 문법과 단어의 반복학습을 통해서 기반을 확실히 다졌습니다. 두 번째 돌리는 것이라 문법은 점점 더 재미가 붙게 되었지만, 단어는 여전히 막막했습니다. 저는 학교 수업과 병행해야 했기 때문에 휴학하고 새벽부터 공부하는 학생들이 너무나도 부러웠습니다. 이

들을 이기려면 집중력과 잠을 줄이는 방법밖에 없다고 생각했습니다. 때문에 걸어 다니는 시간에도 단어를 외웠고, 정말 외워지지 않는 단어는 손에 써서 다니며 외웠습니다. 이때 문법과 단어에 시간을 많이 투자하되, 논리와 독해 공부의 비중을 늘리기 시작했습니다. 논리는 문제들을 풀어보면서 기본적인 문제 유형에 대해 공부했고, 독해는 문제 유형별로 공부했습니다. 기본적으로 논리와 독해는 학원의 커리큘럼에 맞춰서 수동적으로 따라갔고, 제가 자체적으로 푼 문제집은 하나 정도였습니다.

여름방학이 시작되면서 문법이 어느 정도 기반이 잡혔기 때문에 거의 모든 시간을 독해에 투자했습니다. 편입시험의 특성상 독해가 합격과 불합격을 결정하기 때문에 독해에서 높은 점수를 받지 못하면 시험에서 떨어질 것이라고 생각했습니다. 최대한 많은 문제를 풀려고 노력했고, 다독과 정독을 통해서 독해 점수를 서서히 올리기 시작했습니다.

저는 학교를 다녔기 때문에 여름방학에는 정말 획기적으로 공부의 양을 늘릴 수 있었습니다. 성적도 그만큼 비례해서 오를 것으로 기대했습니다. 하지만 실제 성적은 크게 오르지 않아 많이 혼란스러웠으며, 학원에서 시험 성적을 복도에 게시하는 것에 집착하게 되었습니다. 이때 정말 정신적으로 힘들었고, 제 자신을 혹사시키면서까지 공부했습니다. 스트레스가 너무 극심하다 보니 위경련까지 일어나서 병원에서 며칠 쉬기까지 했습니다. 지금 돌이켜보면, 그렇게 스트레스를 받으면서도 저 자신을 높은 기준에 옭아매어서 공부를 하려 하다 보니, 스트레스는 심해지고 성적도 잘 나오지 않는 악순환이 일어났던 것 같습니다. 혹시 성적 때문에 스트레스를 많이 받는 수험생이 있다면 마음 편히 먹으라고 조언하고 싶습니다. 성적은 여름방학을 기점으로 상위 10%에서 여름방학 도중엔 20%까지 내려가서 이 사실이 정말 힘들게 했습니다.

9월부터는 학원의 커리큘럼을 따라가기보다는 능동적으로 공부했던 것 같습니다. 공부는 주로 학원 숙제 및 복습과 학교별 기출문제를 푸는 것으로 이루어졌습니다. 9~10월 기간에는 특이사항이 없기에 심리상태에 대해서 좀 말하겠습니다. 학원에서 친구들을 사귀는 것이 시간낭비라고 생각했기 때문에, 사람들을 너무나도 좋아하는 성격을 가졌음에도 불구하고 개인플레이를 했습니다. 밥도 혼자 먹고, 공부도 혼자 했습니다. 학원에서는 한두 명의 친한 형만 알고 지냈고, 다들 공부를 열심히 하는 사람들이었기에 기출문제를 풀고 나서 서로 점수를 비교하는 정도였습니다. 9월쯤 되면 점점 체력이 바닥을 드러내고 날씨도 선선해서 싱숭생숭해지기도 하고 지쳐가기 시작합니다. 그래서 먹는 것이라도 잘 먹자는 마인드로 밥을 엄청나게 많이 먹었습니다. 밥 먹는 것이 유일한 낙이었습니다.

11월이 되자 날씨가 추워지면서 시험에 대한 압박감이 점점 심해지기 시작했습니다. 성적은 5~10%대를 유지했고, 좀처럼 오르지 않는 것 같았습니다. 난이도에 따라서 다르겠지만 모의고사를 보면 넘어서기 힘든 벽이 있었고, 그 점수만 넘는다면 최상위권에 진입할 것 같은데, 점수는 그저 상위권만을 맴돌 뿐이었습니다. 이때부터는 그냥 '에잇, 하면 되겠지!'라는 마인드로 공부했습니다. 날씨가 점점 추워지면서 감기에 걸리지 않으려고 독감 예방접종도 맞고, 비타민과 포도즙 등 몸에 좋다는 것은 죄다 챙겨먹으려고 노력했습니다. 공부는 그저 기출문제와 학원 숙제 및 복습으로 진행되었습니다. 하루에 하나 정도의 기출문제를 풀었던 것 같습니다.

12월이 되었고, 대망의 쿠엣(KUET) 시험이 찾아왔습니다. 너무 긴장한 탓인지 전날 잠을 제대로 이루지 못해 서너 시간 정도밖에 못 잤던 것 같습니다. 아침에 일어나 밥을 먹었는데 소화도 잘 되지 않아서 화장실을 왔다 갔다 했고, 드디어 지하철로 고려대역에 도착했습니다. 학원에서 나온 수많은 사람들이 야구장에서 응원할 때 쓰이는 도구로 박수를 치며 환호해주었습니다. 이때 학원 담임선생님의 얼굴을 보자 괜히 마음이 울컥했지만 꾹 참고 시험장에 갔습니다. 저는 극성맞게 학교에 일찍 갈 것이라고 시험장에 1시간이나 일찍 도착했고, 교실에 1등으로 입실했습니다. 시험장에 들어가자 초조해서 도저히 공부가 되질 않았고, 왔다 갔다 담배만 피우며 시간을 보냈습니다. 시험지를 나눠주고 OMR카드가 배부될 때 저는 정말 심장이 터질 것만 같았습니다. '아, 내가 이 순간을 위해 나의 1년을 바쳤지. 무조건 잘 봐야 한다.'는 강박관념에 매몰되었습니다.

시험지를 받고 문제를 푸는데, 이런 긴장과 강박관념 속에서는 시험을 제대로 볼 수가 없었고, 독해 지문은 전혀 읽히지를 않아 정말이지 독해 30문제를 제대로 푼 기억이 없습니다. 집에 와서 가채점을 해보니 점수는 약 70점 정도가 나왔고, 엄청난 실망 때문에 하루 종일 아무것도 할 수가 없었습니다. 쿠엣(KUET)을 망친 것이 멘탈을 가루로 만들어버렸기 때문에 뒤에 있었던 서강대와 성균관대 시험은 당연히 망할 수밖에 없었습니다.

이렇게 저의 편입 수험생활 1년이 끝을 맺었습니다. 첫해에 고려대, 서강대, 성균관대 모두 일반편입으로 경영학과에 지원했고, 모두 다 최초 탈락을 맛보았습니다.

다시 1년 시작

시험이 끝나는 순간 재수를 결심했고, 3월부터 재수를 할 것이라고 마음먹었습니다. 재수를 위한 재충전의 기간으로 2011년 1월 초부터 3월 1일까지 정말 미친 듯이 놀았습니다. 1년 동안 참아왔던 술도 내일 세상이 망할 것처럼 마셨고, 신나게 놀면서 모든 스트레스를 다 날려버렸습니다.

드디어 3월 1일, 이날 저녁까지도 놀다가 저녁 때 편입 학원가에 조그만 방을 잡고 이사를 했습니다. 그리고 다음날 학원을 찾아가서 레벨테스트를 봤습니다. 감이 아직 죽지 않아 성적이 좋았고, 학원 가입비를 면제 받으며 기분 좋게 시작할 수 있었습니다.

2011년 공부는 매우 수월했습니다. 우선 학사를 병행해야 했기 때문에 독학사를 조금씩 공부하고, 시간제도 대강 하면서 영어 공부를 했습니다. 당부하고 싶은 말은 절대 학사 학위를 취득하는 것이 무슨 대단한 일인 양 많은 시간을 투자하지 말라는 것입니다. 직설적으로 말하면 중고등학교 때 공부하는 습관이 들지 않는 경우에는 학사 학위를 취득하기 위한 공부가 매우 어려울 수도 있습니다. 하지만 조금 더 마음을 대담하게 가져야 합니다.

여러분들의 경쟁자 중에는 서강대 경영학과를 다니다가 오는 학생들도 있고, 인 서울 학생들도 엄청나게 많습니다. 자기 자신만의 기준을 만들어서 자기합리화를 습관적으로 하지 말기를 부탁드립니다.

다시 본론으로 돌아와서, 재수다 보니 영어 공부량이 그렇게 많지는 않아서 문법을 다시 한 번 체계적으로 학습해야겠다는 생각을 했고, 3~4월은 문법과 독해 공부에 치중했습니다. 이렇게 두 달 동안 문법 체계를 다시 잡고 독해를 공부했습니다. 이때부터 성적이 최상위권에 진입했고, 학원의 Weekly Test와 Monthly Test에서 1등을 했습니다. 그래서 4월은 장학생으로 학원을 공짜로 다니기도 했습니다.

여기서 과연 저의 성적이 어떻게 갑자기 오르게 되었을까요? 제 생각에 그것은 저의 편안한 마음가짐에 있다고 생각합니다. 맨 처음에 제가 저를 잡아줬던 한마디에서 '내가 최고다'라고 작성했는데, 이러한 마인드는 재수할 때 나온 것입니다. 재수를 하다 보니 초반에 상대적으로 다른 학생들보다 점수가 잘 나왔습니다. 여기에 탄력을 받아서 점수는 고공행진을 계속했습니다. 마음도 한결 여유로워져서 토요일 시험을 보고 공부가 잘 되지 않을 때는 친구들과 술을 마셨는데, 거의 한 달에 세 번 정도는 마셨던 것 같습니다. 이것이 오히려 수험생활의 스트레스를 해소시켜주고 마음을 편하게 먹게 해준 원동력이 되었던 것 같습니다.

이런 식으로 공부 방향은 작년과 같이 흘러갔습니다. 다만 달라진 점은 학원의 커리큘럼에 수동적으로 따라가는 것이 아니라, 제가 듣고 싶은 인터넷강의를 찾아서 듣고, 학원은 Monthly Test에서 1등 하는 곳으로 옮기며 공짜로 장학금을 받으면서 다녔습니다. 그래서 저는 4개의 대형 편입학원을 모두 다녀보는 기이한 경험을 하기도 했습니다. 유명한 학원 선생님들의 독해 강의를 거의 다 들어보았고, 저에게 맞는 강의를 계속 찾아 듣기 시작했습니다.

9월부터 편입학원의 최상위권 학생들 몇 명과 쿠엣 스터디를 구성했던 것이 결정적으로 고려대 합격의 원동력이 되었습니다. 아침에 만나 모의고사를 풀고 채점해서 점수를 비교하고 밥 먹고 해산하곤 했는데, 상당히 많은 도움을 받았습니다. 또 이때부터는 모의고사 양을 대폭 늘려서 오후까지는 영어 공부를 하고, 저녁을 먹은 후엔 전공 공부를 매일 2~3시간씩 했습니다. 이때에 1차 시험 후에 전공 공부할 자료들을 만들었다고 보면 됩니다. 이런 식으로 무난하고 순탄하게 수험생활은 진행되었으며, 전국 모의고사를 보면 거의 다 1등을 차지했습니다. 물론 심적으로 불안하기도 했지만, 일요일마다 학원 밑에 있는 조그만 교회에 다니면서 불안한 마음을 달랬습니다.

쿠엣 시험 당일, 괜찮은 컨디션으로 시험을 봤지만, 역시 실제 시험이라 떨렸고 점수를 예측할 수 없었습니다. 집에 와서 가채점을 해보니 88.5점이라는 엄청난 점수가 나왔고, 저는 기분이 너무 좋아서 바로 친구 두 명과 야간스키를 타러 갔습니다. 그렇게 주말을 푹 쉬고 영어책을 모두 버리고 전공 공부만 했습니다.

고려대 경영학과가 아니면 안 된다는 생각으로 공부했으며, 이러한 대담한 행동은 모두 자신감과 나 자신에 대한 믿음으로부터 나왔다고 생각합니다. 다행히 고려대학교 전공시험을 무사히 치르고 합격할 수 있었습니다.

편입 영어 공부법

■ 단어 ■

단어는 시중에 나와 있는 단어집을 하나 선정해서 매일 일정량을 보는 것이 중요합니다. 저는 단어 공부는 혼자 하는 것이라고 생각했기 때문에 스터디를 하지 않았습니다. 자기의 의지만 있다면 혼자 하는 것이 충분히 가능하다고 생각합니다. 매일 일정량을 확실하게 외우고, 무한 반복학습을 통해 어휘력을 늘리는 것이 중요합니다. 단어 공부는 1학기 때 비중을 크게 두고, 2학기에는 비중을 줄이는 것이 좋다고 생각하지만, 시험 전날까지 멈추지 말아야 한다고 생각합니다. 실력이 어느 정도 되었다고 해서 공부를 일정기간 하지 않게 되면 금세 잊어버리는 것이 단어이기 때문입니다.

■ 문법 ■

문법은 기본서 하나를 정해서 오로지 그것만 완벽하게 외우는 것이 중요하다고 생각합니다. 문법의 기본서는 정말 많은데, 한 책을 공부하다가 주위 사람들의 말을 듣고 다른 기본서로 바꾸는 것은 옳지 않다고 생각합니다. 기본서의 내용은 모두 비슷하기 때문에 하나만 완벽하게 외우는 것이 중요합니다. 그리고 이론 암기는 1학기 내에 끝내는 것이 정말 중요합니다. 2학기에는 문법 공부의 비중을 대폭 줄이고, 문법 이론의 내용을 잊어버리지 않을 정도로만 문제를 풀면서 외운 이론을 적용시키는 연습을 해야 합니다.

■ 논리 ■

논리는 1학기 때 수업을 들으면서 논리 문제의 기본 패턴들을 익힙니다. 그리고 논리 문제에 자주 나오는 단어들이 있기 때문에 논리 문제를 풀며 단어를 정리해서 어휘력도 키우는 것이 중요합니다. 2학기 때는 학습했던 논리의 기본 패턴들을 문제에 적용시키며 문제풀이 능력을 키워야 합니다. 그리고 논리 문제는 한 문제당 1분을 넘기지 않는 것이 중요하다고 생각합니다.

■ 독해 ■

독해가 편입의 합격과 불합격을 결정한다고 해도 과언이 아닐 만큼 중요하다고 생각합니다. 1학기 때는 독해가 무엇인지, 주제 찾는 법, 해석 하는 법 등의 기본적인 사항들 위주로 공부를 합니다. 문법과 단어를 공부해서 독해 공부를 할 수 있는 기반이 마련되었다 싶으면, 이제 본격적인 독해 공부를 시작해야 합니다. 하루에 독해 공부 시간의 비중을 대폭으로 늘려야 합니다. 저의 경우 예습을 철저히 해서 선생님의 해석 혹은 문제풀이 접근법과 저의 방식의 차이점을 찾으려고 노력했고, 차이점이 발견되면 선생님의 방식대로 사고하고 해석하려고 노력했습니다. 시험이 한두 달 정도 남았을 때는 최대한 많은 지문을 풀면서 실전 감각을 유지했고, 독해의 속도를 높이는 데 최대로 노력했습니다.

경영학 전공 공부법

■ 전공자 or 비전공자 ■

편입 전공시험을 위한 경영학은 암기가 대부분인 경우가 많습니다. 심화된 지식 혹은 계산이 필요한 과목(회계, 재무 등)은 계산 문제가 전공 필기시험에 나오지 않기 때문에 전적대학에서 경영을 전공했든 하지 않았든 크게 중요하지 않습니다. 물론 전적대학의 전공이 경영이었다면 경영학적으로 사고할 수 있는 기초가 조금 더 견고하게 만들어져 있는 것은 사실입니다. 하지만 경영학 전공 지식을 습득하고 문제를 풀어보는 연습만 한다면 누구나 충분히 전공 필기시험을 볼 수 있을 것이라고 생각됩니다. 그래서 전공자와 비전공자는 큰 차이가 없습니다.

■ 전공 준비 시기 ■

'쿠엣 시험이 끝나고 전공 준비를 해도 늦지 않을까?'

'내가 지금까지 해온 전공 준비 방법이 과연 맞는 것일까?'

이와 비슷한 의문들이 많을 것으로 생각합니다. 쿠엣 시험 후 전공 준비 방법과 저의 경우를 나누어서 설명해드리겠습니다.

우선 저는 2년간의 수험생활을 했습니다. 첫해에는 영어 점수를 올리느라 마음이 조급해서 전공 공부를 따로 할 시간을 내기가 힘들었습니다. 전적대학은 인 서울 중위권 정도였고, 경영학과를 다니고 있었지만 아시다시피 중간고사나 기말고사를 대비한 공부는 휘발성이 상당히 강하기 때문에 별 도움은 되질 못했습니다.

전역 후 2010년 3월부터 수험생활을 시작해서 2010년 7월부터 학원에서 주말마다 2시간 정도씩 경영학 특강을 해주는 것을 들었습니다. 내용은 매우 가벼운 수준이었고, 별 도움은 안 됐지만 불안한 마음에 이것이라도 들어야지 하는 마음으로 들었습니다. 그리고 나서 주말에는 학원에서 보는 모의고사를 보고 나서 경영학을 나름대로 공부하려고 했고, 신문과 경영학 관련 서적들을 읽으려고 노력했습니다. 하지만 이 방법은 정말 말리고 싶습니다. 우리는 경영학적인 소양을 쌓는 것이 아니라 고려대학교 편입 전공 필기시험을 준비하는 것입니다. 따라서 체계적인 커리큘럼에 따라 시험에 특화된 방법으로 공부하는 것이 상당히 중요하다고 생각합니다.

■ 전공서적 ■

전공서적의 경우 구할 수 있는 서적은 거의 다 구하려고 노력했고, 조금 조금씩 손을 대보았습니다. 그러다가 방대한 양의 경영학 시험을 준비하는 데는 최적화되어 있다고 느껴지는 책으로 공부했습니다.

김○○ 선생님과 정○○ 선생님이 유명한데, 저는 물론 두 권 모두 샀으며, 두 분의 인강도 다 들어보았습니다. 인강에 대해 지극히 개인적인 소감으로 우선 김○○ 선생님은 상당히 깔끔하게 칠판 필기를 해주고, 지루함이 좀 덜했던 것 같습니다. 반면에 정○○ 선생님은 필기가 깔끔하지 못하고 사이트 디자인도 별로였지만, 경영학 전반의 흐름을 잡고 전체 내용을 정리하는 데는 아주 큰 도움이 되었습니다. 전공서적 두 권 모두 방대한 분량이지만, 인강을 듣고 스스로 내용을 정리하면 할 만합니다.

■ 공부 방법 ■

우선 첫해에는 영어 성적을 올리느라 전공 공부를 거의 하지 못했습니다. 한다고 해도 밤에 시간을 쪼개서 인강을 듣고 복습하는 정도였습니다. 경영학의 흐름을 잡는 데는 조금 도움이 되었지만 실질적인 도움이 되지는 못했던 것 같습니다. 마음이 조급하니 외워지지도 않고, 큰 숲을 보지 못하고 단원 내에서 지엽적인 부분만 공부하게 되니 경영학의 큰 흐름을 잡고 틀을 마련하지 못했습니다. 그러다가 편입 재수생활을 시작했을 때 '어차피 나중에 가면 영어는 거의 비슷해질 텐데, 내 경쟁우위를 전공에 둬야겠다.'고 생각했고, 3월부터 전공 준비를 매일매일 조금씩 했습니다.

경영학 인강을 총 3번 정도 들었던 것 같습니다. 하지만 중요한 것은 다시 한 번 말하지만, 흔히들 말하는 '몇 회독'이 중요한 것이 아니라 그것을 외우는 방법과 큰 틀을 잡는 것임을 다시 한 번 강조합니다. 저는 쿠엣 전까지는 전공 준비가 실질적으로 경영학적인 마인드를 심고 큰 틀을 잡는 것이면 충분하다고 생각합니다.

이후 쿠엣이 끝남과 동시에 가채점을 했는데, 점수가 만족스럽게 나와서 서강대와 성균관대를 버리고, 영어 공부도 영어책과 함께 버렸습니다. 제가 쿠엣이 끝나고 보려고 만들어놓은 자료들(책의 내용을 정리) 위주로 인강을 다시 들으며 내용을 상기시켰습니다. 나중에는 경영학 책에 있는 거의 모든 내용을 머릿속에 집어넣었고, 책을 안 보고도 책의 모든 목차와 거의 모든 내용을 써 내려갈 수 있을 정도가 되었습니다.

■ 과외 ■

물론 이때 전공 과외를 병행했습니다. 전공 과외가 도움이 되었던 것은 시험에 나올 만한 이슈들을 선생님이 찍어준다는 점과 동기부여가 너무너무 잘 된다는 점, 마지막으로 가장 중요한 '첨삭'이었습니다. 실제로 내용을 다 알아도 1시간 내에 고려대학교 전공시험 3문제를 쓴다는 것은 힘든 일일 수도 있습니다. 그래서 과외시간에 예상문제로 글을 써내려가는 연습을 계속 했고, 정말 첨삭을 통해서 저의 논점과 논리전개 구조, 글 쓰는 요령, 중요한 이슈들을 잡을 수 있었습니다.

다시 본론으로 돌아와서, 다른 사람들이 제 글을 보고 "아니, 너는 1년이나 준비했으니 1000페이지에 있는 내용을 다 머릿속에 집어넣을 수 있었던 것 아니냐?"고 반문할 수도 있어서 말합니다. 저는 본격적인 암기는 쿠엣이 끝나고 나서부터 진행했습니다. 전공시험 6개월 전에 경영학 교과서에 있는 내용들을 외운다고 해도 그 기억이 그리 오래 가지 않습니다. 저도 한 달 남짓 남겨놓고 정말 미친 듯이 폭풍처럼 암기를 한 결과 책의 내용을 숙지할 수 있었던 것입니다. 여기서 중요한 점은, 책의 내용을 그냥 읽으면서 단순히 정리하면 암기가 힘들다는 점입니다. 그래서 책의 내용을 '도식화'시켜서 엄청나게 효과적이고 효율적으로 암기했습니다.

■ 스터디 ■

2년간 수험생활을 하면서 전공 스터디를 몇 번 해봤습니다. 첫해는 서로 중요한 시사 이슈 집어주기, 두 번째 해는 서로 예상문제를 내서 풀어보기를 했는데, 둘 다 전공 준비를 위해 무엇을 하고 있다는 기분은 들었지만, 실질적으로 도움이 되지는 못했던 것 같습니다. 이러한 전공 스터디에서는 특출하게 잘하는 한 사람이 필요한데, 같은 수험생의 경우 대부분 실력이 비슷한 경우가 많기 때문입니다.

■ 시사 ■

2년간 「매일경제신문」을 거의 매일 봤습니다. 물론 모든 내용을 다 숙지하기는 힘들었고, 모든 면을 다 본 것은 아닙니다. 약 절반에서 1/3 정도의 내용만 보았던 것으로 기억하는데, 매일매일 보는 것이 힘들고 시간이 부족하면 월간지나 주간지를 보는 것도 추천합니다.

이러한 시사 자료를 읽을 때 그냥 시간 때우기 용으로 대충 읽을 것이 아니라 내 글에 써먹을 사례를 찾는다는 마인드로 읽어주길 바랍니다. 저 같은 경우에는 이러한 내용들을 스크랩하려고 노력했습니다. 스크랩을 정말 많이 했지만 나중에 가면 신문자료 쪼가리는 너무 관리하기가 힘들기 때문에 그냥 그때그때 인터넷 찾아보면서 노트에 정리해두는 것이 가장 좋은 것 같습니다. 그리고 연말에 대한민국의 한해 시사 이슈들을 정리해놓은 자료가 쏟아져 나오는데, 연초에 쿠엣 시험이 끝나고 정리하는 데 도움이 많이 되었습니다.

■ 시간 배분 ■

쿠엣 끝나고 거의 모든 시간을 전공 준비에 투자했기 때문에 좀 특이한 케이스라고도 할 수 있습니다. 저의 경우는 우선 잠자는 시간을 제외하고는 경영학 교재를 모두 외우고, 고려대학교 교수님들이 쓴 신문의 칼럼과 기사를 모아서 읽고, 여러 가지 경영 관련 신이론들을 인터넷에서 찾아서 내 것으로 만드는 데 노력했습니다.

여기서 제가 100% 저의 주관적인 생각으로 조금 말하자면, 근 3년간의 합격자들의 쿠엣 점수를 분석해보면, 학사와 일반 상관없이 70점 초중반은 넘어가는 수준입니다. 하지만 최고 득점자는 90점 이상도 있었고(09학번), 제가 들어갔을 때는 88.5점이 최고점이었습니다.

최저점은 물론 70점대 초반이었습니다. 즉 70점과 80점 사이에 수많은 경쟁자들이 존재한다는 말인데, 이 사람들은 결국 전공시험으로 합격과 불합격이 결정된다는 말입니다. 그만큼 전공시험이 중요하다고 판단했기에 열심히 공부할 수 있었습니다.

*

합격한 선배나 형으로서 한마디 한다면, 시작하기에 앞서서 내가 왜 이 공부를 하고 있는지에 대해서 다시 한 번 스스로 정리해보길 부탁드립니다. 확실한 목표 설정이 동기부여에 영향을 주고, 이것이 합격을 결정짓는 key factor이기 때문입니다.

이 글은 편입 수험생활 시절 제가 느꼈던 어려움들을 알기에 여러분의 어려움을 조금이나마 덜어드리기 위해 작성한 것입니다. 작년에 여러 편입학원들을 돌아다니면서 동영상도 찍고 입시설명회도 한 경험을 바탕으로 적어보았습니다. 고려대학교 경영학과 합격 후 2년이 지난 지금, 저는 너무나도 행복한 시간을 고려대학교에서 보내고 있습니다. 여러분들도 꿈을 향해, 목표를 향해, 좀 더 윤택해질 미래를 위해 열심히 한 걸음 한 걸음 나아가다 보면 분명히 좋은 결과 있을 것이라고 믿어 의심치 않습니다.

아직도 합격자 발표가 나던 순간 어머니의 눈물을 잊을 수가 없습니다. 저 자신보다 더 띌 듯이 기뻐하시던 부모님, 동생, 그리고 친구들…, 정말 태어나서 가장 행복했던 순간 중 하나입니다. 2년간의 고생과 스트레스가 '합격'이라는 두 글자를 보는 순간 녹아내리는 기분을 여러분들도 느끼길 진심으로 응원합니다.

bicyclecard@naver.com

Select the one that most logically fits the sentence(s).

1. Sport is a freely chosen, voluntary activity, participation in which is an expression of the individual's creativity and his or her freedom to choose. Thus, sport is an _______ activity, and as such is in what may be called "the realm of freedom."
   A. irreverent
   B. anomalous
   C. unalienated
   D. estranged

2. The argument as to why only children are higher achievers across socioeconomic lines can be stated simply: there is no _______ of resources. No matter their income or occupation, parents of only children have more time, energy and money to invest in their kid.
   A. procurement
   B. combining
   C. prioritizing
   D. dilution

3. The popularity of disaster movies expresses a collective perception of a world threatened by irresistible and unforeseen forces which nevertheless are _______ at the last moment.
   A. exploited
   B. undefeated
   C. thwarted
   D. exacerbated

4. The first philosophical style of exposition is the one adopted by Plato in his Dialogues. The style is conversational; a number of men discuss a subject with Socrates; Socrates embarks on a series of questions and comments that help to elucidate the subject. This style is _______, that is, it allows the reader to discover things for himself.
   A. heuristic
   B. theological
   C. geometrical
   D. aphoristic

21
김민규

22 내가 원하는 나의 모습을 상상하라

고민 끝에 과감한 선택, 경영학 학사로 편입 성공

김서희

[강원대 ➡ 고려대]

- **학사편입**(학점은행제 3.72/4.5)
- **전적대학** : 강원대학교 환경과학과(72학점, 3.89/4.5, 백분율 93/100)
- **편입대학** : 고려대학교 환경생태공학부
  모집인원 4명, 지원인원 26명(실제 뽑은 인원 1명)
- **나이** : 25세
- **성별** : 여자
- **합격한 학교** : 한양대 자연환경공학, 이화여대 환경공학, 중앙대 화학과, 숙명여대 생명과학부, 동국대 환경생태공학, 인하대 환경공학, 경희대 지리학과, 서울시립대 환경공학(이상 최초 합격), 국민대 생명나노화학과(추가 합격)
- **불합격한 학교** : 건국대 환경과학, 연세대(원주) 환경공학(이상 2단계 면접 불참)
  성균관대 생명과학, 서강대 생명과학(이상 1단계 불합격)
- 경영학전공/학습자 등록일 2010. 10. 12. 총 학점 141
- 평점 환산점수 3.75/4.5(89.22/100) / 최종 학점 인정일 2011. 02. 28.

2010년에 학사자격 준비와 편입 공부를 하여, 2011년도 고려대학교 편입학시험에 합격했습니다. 강원대학교를 다니던 어느 날 학교의 어떤 사람이 편입으로 연세대학교에 들어갔다는 이야기를 들었습니다. 그 당시에는 다른 세상 이야기처럼 들렸습니다. 이런 비슷한 이야기를 주변에서 할 때면 '열심히 했겠지'나 '나도 맘만 먹으면 쉽게 할 수 있는데 안 하는 거야'라고 말하기도 하는 등 다양한 반응이었습니다.

김서희

편입은 내 인생에서 첫 번째 큰 결정

이 글을 읽는 편입을 고민하는 사람들 대부분이 다음과 같은 생각을 하고 있을 겁니다.

'내가 진짜 저 대학에 갈 수 있을까?'

'괜히 편입한다고 했다가 시간낭비 하는 건 아닐까?'

편입 준비를 시작하면서 목표가 고려대학교였으나, 누구에게나 자신 있게 말하기 힘들었습니다. 나도 다른 사람들과 생각이 별반 다르지 않았기 때문입니다. 그렇지만 이 합격수기는 다른 세상 이야기가 아닙니다. 평범한 지방대학 학생이 고려대학교에 들어간 이야기입니다. 대학과 학벌이 인생의 전부는 아닙니다. 좋은 대학을 나왔다고 무조건 모든 공부를 잘 하는 것도 아닙니다. 적어도 그 대학 입시 조건에 맞는 공부를 잘 했다고 말할 수 있을 것입니다. 그러므로 전적대학이 어디이든지 편입으로 원하는 대학을 충분히 갈 수 있습니다. 어떠한 이유로든 학벌만으로 차별받는 일이 없기를 바라며, 저 또한 여태까지도 그래 왔고 앞으로 영원히 학벌로 사람을 차별하지 않겠습니다. 어렸을 때는 곧잘 어른들 말씀도 잘 듣고, 공부도 열심히 해보기도 하고, 재미있었던 적도 많았습니다. 생각해보면 공부를 왜 해야 하는지 모른 채 수능이 끝나는 날만을 기다렸습니다.

고등학교 때 반 학우들과 대학 탐방으로 고려대학교를 간 적이 있었습니다. 그 당시에는 제가 절대로 갈 수 없는 대학이라고 생각했기에 별반 감정이 없었습니다. 수능이 며칠 남지 않았을 때는 제가 하고 싶은 과목만 보는 정도로 했습니다. 수능 당일도 전혀 긴장하지 않았습니다. 고등학교 때 환경동아리 활동을 하며 재미가 있었기에 흥미와 점수에 맞춰 지방으로 대학을 가게 되었습니다. 재수는 하기 싫고 대학생활을 즐기고 싶어, 학교가 지방이라는 것이 마음에 들진 않았지만 입학했습니다. 대학생활에 대한 환상은 하나도 없었지만, 어린 마음에 지방에서 사는 것이 마음에 들지 않았습니다. 첫 학기는 술 먹었던 기억밖에 남아 있지 않습니다. 그래도 제가 원하던 학과에 다니게 되어서 시험공부는 벼락치기로라도 해서 시험을 보았습니다. 생각보다 학점이 매우 잘 나와서 놀랐습니다.

개강하고 얼마 되지 않아 재수를 한다고 자퇴하는 학생이나 반수를 준비하려고 빠져나가는 학생들이 많았습니다. 대학생활 첫 학기는 매일 술 먹은 기억밖에 없어 무의미하게 지나갔다는 생각이 들었습니다. 저도 서울로 대학을 가고 싶다는 생각이 들었습니다. 하지만 수능은 했던 공부를 또 하는 것이기 때문에 지루할 것 같은 느낌이 들었습니다. 학교 게시판에 기초과학지원연구원에서 대학생 인턴십을 구한다는 것을 보았습니다. 저희 학교에는 이 연구원의 춘천센터가 있었습니다. 그리고 전국의 여러 지역에 센터가 있다는 것을 보았고, 방학 동안 연구원 인턴십을 하고 싶다는 생각을 했습니다. 공부는 잘하지 못하였지만 고등학교 내내 장래희망은 연구원이었습니다. 집과 가장 가까운 연구원은 서울센터인 고려대학교에 위치해 있었습니다. 그렇게 그곳에서 인턴십을 하게 되었고, 고려대학교 이공계 지역에 처음으로 가게 되었습니다.

모든 시설이 좋아보였습니다. 전적대학과는 전혀 다른 분위기였습니다. 학생들이 방학 때에도 도서관에 다니고 있다는 것이 놀라웠습니다. 인턴십 활동은 저에게 여러 가지 면에서 도움이 되었으며, 나중에 편입의 목표가 고려대가 되는 이유이기도 했습니다. 이쯤에서 편입이라는 것을 알게 되었고, 7월에 네이버 '독편사'에 가입했습니다. 하지만 이때까지만 해도 편입이 무엇인지 궁금한 정도였습니다.

2학기가 되었을 때 친할아버지께서 몸이 좋지 않다는 소식을 들었습니다. 주말에 틈틈이 병문안을 갔었는데, 시간이 지날수록 쇠약해지시는 것이 눈에 보였습니다. 2학기 기말고사가 끝날 무렵 할아버지께서 돌아가셨다는 소식을 들었습니다. 집에서 멀기에 소식을 듣자마자 갈 수도 없었습니다. 할아버지께서 세상을 떠나실 때쯤 절 그리워하시다가 돌아가셨다는 말을 들으니 마음이 정말 아팠습니다. 할아버지께 저는 자랑거리였습니다. 할아버지께서는 비평준화지역에서 고등학교도 제일 좋은 학교를 갔고, 지방대이긴 하지만 대학에서도 장학금을 받고 있다는 것을 자랑스럽게 여기셨습니다. 저는 제가 잘난 것도 없다고 생각했지만, 할아버지께는 자랑스러운 손녀였을지도 모릅니다. 할아버지께서는 행복하게 살아가라는 말씀을 남기셨습니다. 저에게 할아버지와 더 이상 만날 수 없다는 사실은 큰 충격이었고, 할아버지가 하신 말씀을 가슴 깊이 새겼습니다. 제가 학교가 멀어서 가시는 모습을 못 보았다는 죄책감이 너무 컸습니다. 그리고 가족들과 될 수 있는 한 자주 보는 것이 좋겠다는 생각이 들어 편입을 해야겠다는 마음이 생겼습니다.

2학년 1학기에 철학과 수업을 들었습니다. 처음으로 나의 삶에 대하여 진지하게 고민해보았습니다. 할아버지께서 말씀하셨던 대로 내가 행복하려면 어떻게 해야 되는지 생각해보았습니다. 여태까지 저는 삶에서 자기 주체적으로 살았던 적이 없다는 것을 알았습니다. 또한 시간은 계속 흐르기 때문에 지금 이 순간은 다시 돌이킬 수 없다는 것과 어떠한 순간의 선택들이 쌓여 지금의 내가 되었다고 느꼈습니다. '편입을 할 것인가 말 것인가'에 대하여 고민했습니다. 지방이지만 국립대라서 지금 학교에도 학생들을 위한 여러 프로그램이 많았습니다. 더구나 관심 있는 학생들도 별로 없어 마음만 먹으면 좋은 프로그램을 쉽게 할 수 있었습니다.

　고등학교 때부터 봉사활동을 해왔으나, 학교가 멀어지면서 주말에는 집에 가야 했기에 대학에 와서는 하지 못했습니다. 제가 2학년이 될 쯤 학교에서 강원도교육청과 연계하는 교육멘토링 프로그램이 처음으로 생겼습니다. 교육봉사에 관심이 많았기에 그 프로그램에 참여하게 되었습니다. 당시 프로그램을 담당한 교육처장님이 열정적으로 학생들에게 좋은 말씀을 많이 해주시고 일찍 일어나게끔 잘 이끌어주었습니다. 자는 시간이 아까울 정도로 바쁘게 움직였습니다. 새벽에 일찍 일어나 비는 시간에 학교 사람들과 중앙도서관에서 생활스터디를 하게 되었습니다. 그 스터디에서 편입을 준비하는 사람을 만나게 되었고, 편입을 결심하고 나서 상담을 종종 받기도 했습니다.

　대외활동을 하는 것이 수업시간을 제외하고 할 것이 없는 저에게는 즐거운 일이었습니다. 대외활동을 통하여 서울 상위권 대학 친구들도 만날 수 있었습니다. 솔직히 처음 보았을 때는 '대단한 아이들이고, 우리와는 뭔가 다르다'고 생각했습니다. 그러나 이야기하고 보니 학벌은 누가 고등학교 때 열심히 공부를 했나와 수능 몇 문제 차이라는 것을 느꼈습니다. 실력은 현재 얼마나 열심히 노력하느냐에 따라 달라진다는 것을 알게 되었습니다. 우물 안 개구리가 되고 싶지 않은 마음과 함께, 지방에 있으면서 누릴 수 없는 대학생활을 대외활동으로 알고 싶었습니다. 그러기에 대외활동을 꾸준히 하게 되었습니다.

학벌은 과거의 노력 차이일 뿐

　어느 날 또 다른 하고 싶은 대외활동이 4년제 인 서울 학생들로 제한되어 있다는 것을 보았습니다. 학벌은 과거의 노력 차이일 뿐이라고 생각하는 저였기에 이러한 제한은 상당히 기분이 나빴습니다. 저도 그 학생들만큼 열심히 할 수 있다고 생각했고, 그럴 수 있다고 보여주기 위하여 편입하고자 하는 마음이 더욱 확고해졌습니다.

　집에서 통학할 수 있는 서울의 학교에서 지금과 같은 전공을 하겠다고 다짐했습니다. 어차피 대학원도 갈 생각이었는데, 어떤 분들은 최종 학력은 대학원으로 나오니 대학원을 서울로 가면 되는 것 아니겠냐고도 말했습니다. 제가 필요한 것은 최종 학력에 유명 대학 명을 쓰는 것이 아닙니다. 제가 필요했던 것은 가족들과도 자주 만날 수 있고, 전공 공부도 더 좋은 조건에서 하며, 다른 학교 학생들과도 교류하고, 운동과 봉사활동도 하는 것입니다. 이렇게 저는 편입이라는 방향을 찾음으로써 새로운 인생을 살게 되었습니다. 편입은 제 인생에서 가장 큰 결정이었고, 처음으로 스스로 공부하게 만들었습니다. 그렇기에 더 열심히 할 수 있었고, 포기하지 않을 수 있었습니다. 저는 편입을 왜 하게 되었는지가 중요하다고 생각합니다. 그리고 그것을 항상 기억하면 힘든 순간들을 극복할 수 있습니다.

저는 2학년 1학기까지도 편입에 대하여 잘 모르고 도와줄 사람도 없었습니다. 그래서 독편사 학원 게시판에서 도움을 받았습니다. 지방대를 다니고 있고 비싼 학원비는 부담스러웠기에, 방학을 이용하여 강남의 소규모 학원을 다니게 되었습니다. 편입은 수능과 달리 연령층도 다양하고, 한번 시도해보다가 안 되면 관두고 다른 길을 찾는 사람들이 많습니다. 그래서 그런지 학원에서 학생들에게 관심은 없었습니다. 저도 이때는 편입에 대한 간절한 마음도 없었고, 자연스럽게 학원을 거의 안 가게 되어 두 번째 달에는 간 날이 거의 없었습니다.

이공계는 편입 수학을 본다는 것을 알고 있었기에 학교에서 하는 수학 수업을 들으면 도움이 될 것 같아 2학년 2학기 때 미적분 수업을 학교에서 들었습니다. 지금 생각해보면 편입 수학에 도움이 되지는 않았습니다. 같은 전공계열로 편입할 계획이라면 전공과목도 듣고 열심히 공부하는 것이 면접이나 전공시험 공부를 할 때 도움이 됩니다. 지방대를 다니는 경우 편입 영어 단어를 먼저 외우는 것이 좋습니다. 편입 공부는 정말 영어나 수학 모두 '편입학'을 위한 영어와 수학입니다.

고민은 짧게 실천은 길게

편입을 준비하는 사람들이 초기에 '일반'과 '학사' 중 어떤 것을 선택할 것인지 많이 고민합니다. 저는 원래 일반편입을 생각하고 있었습니다. 학사가 어떤 것인지도 잘 몰랐고 '독편사'나 '편한도'에 올라온 글을 읽어 보니 학사에 대한 부정적인 글이 많았습니다. 편입을 결심할 때는 한창 욕심이 많을 때라서 1년 동안 영어만 공부하기에는 시간이 아깝다고 생각했습니다. 그래서 학사를 하고 싶기도 했습니다. 지금 생각하면 아무것도 몰라서 과감했던 것 같습니다.

처음에는 지금 있는 학과로 학점은행제를 하려고 했으나 저의 학과를 유지해서 학사 학위를 받을 것이라면 전적대학을 계속 다니는 것이 나아 보였습니다. 그러다가 경영학 학위도 있다는 것을 알았습니다. 인문계 학생에게는 인기 있는 전공 분야이긴 하지만 이공계 학생인 저에게는 거의 접해보지 못한 분야라 궁금하기도 했습니다. 그 당시에 환경경영이라는 말을 접한 지 얼마 되지 않아 호기심도 생겼습니다. 그래서 학교 스터디에서 알게 된 사람에게 학

416

사편입에 대하여 여러 가지를 물어보고 경영학 학사를 하게 되었습니다. 그 사람이 학점은행 대행업체를 소개시켜주어 상담을 받고 그 자리에서 바로 하게 되었습니다. 개강이 며칠 남지 않았다고 바로 100만 원 정도 되는 돈을 다음 날까지 입금해야 한다고 했습니다. 그동안 모은 돈이 없기에 부모님에게 부탁하여 돈을 입금했고, 죄송한 마음과 함께 이제 시작이구나 하는 생각이 들었습니다.

학점은행제가 생각보다 돈이 많이 들고 공부 시간도 많이 듭니다. 학습자신청부터 학위신청까지 여러 가지 복잡한 절차를 거쳐야 합니다. 학습자신청과 학점신청 시 수수료, 자격증 수험료, 독학사 수험료, 자격증이나 독학사를 공부하기 위한 책 구입비, 수험료 등을 고려해야 합니다. 학습자신청 전에 전적대학이 있다면 휴학이 아닌 자퇴를 해야 합니다. 또한 일부 학과의 경우에는 학사를 뽑지 않는 경우도 있으니 주의해야 합니다. 또한 모든 시험에 합격해서 학사를 바로 받는다는 보장이 없으므로, 여유가 있게 날짜 계산을 잘 해야 합니다. 학점은행 대행업체들의 이름은 마치 어떤 기관처럼 보이나 말 그대로 대행업체일 뿐입니다. 이름만 그럴 뿐 수수료를 요구하거나 돈만 받고 수업 신청해주고 그 이후로는 신경 쓰지 않는 곳도 많습니다.

학점은행제에 대한 궁금한 사항은 국가평생교육진흥원 홈페이지나 전화, 방문상담 등으로 친절하게 무료로 상담을 받을 수 있습니다. 전화연결은 대기시간이 길 때가 많으니 오전 9시에 바로 하면 대기시간을 줄일 수 있습니다.

	주요 일정	공부 내용	기타
3월		토익 공부, 영어 단어(워드 스펀지), 유통관리사	청소년상담교육 (일주일에 6시간)
4월	4.4 유통관리사 시험(1차) 4.16 텔레마케팅 관리사 필기 접수 4.19 독학사 2단계 시험(마케팅 조사, 마케팅원론, 인적자원관리, 경영정보론)	4.1~4.3 유통관리사 시험 4.1~4.11 과제 마감 4.16~30 필기 4.19~4.30 독학사 4.19~4.26 중간고사 / 토목달강의	봉사활동 시작(청소년회관 1주일에 4시간 야간학교 3~4시간) 두 번째 공책 시작
5월	5.5 유통관리사 결과(탈락) 5.9 텔레마케팅 필기시험 5.30 독학사 2단계 시험 5.30 과제 5.31~6.4 텔레마케팅 실기 접수	5.1~5.9 텔레마케팅 필기 5.10~5.18 과제 5.1~5.30 독학사 시험	3, 4, 6, 7 좋은 글 (4.13~5.29 하루 평균 4시간 공부)

	주요 일정	공부 내용	기타
6월	6.7~14 기말고사 기간 6.24~6.30 접수 6.25 독학사 시험 결과 6.27 토익시험	텔레마케팅 실기 한 달 전까지 3번 정독, 20일 전까지 최소한 답을 쓸 수 있는 정도, 7월까지 학사학위 받기, 단어 · 문법 교재 정하기	목표 대학교와 전공 공부 알아보기, 세 번째 공책 시작
7월	7.4 텔레마케팅 실기시험 7.18 유통관리사 시험(2차)	7.5~ 유통관리사 시험	(5.31~7.17)하루 평균 4시간 공부. 텔레 실기는 중간 만족으로 공부. 유통관리사 총 17시간 공부. 토익 공부 더 이상 안 함
8월	휴식, 학원 알아보기		지역아동센터 봉사활동 마감
9월	문법 30, 독해 10, 논리 20의 비율로 공부하기	학원 새벽반	시험 전 독해 1000문제, 논리 2000문제 풀어보기. 편입 수학 시작
10월	문법 40, 독해 15의 비율로 공부하기, 전적대학 자퇴	수업 빠지지 않기. 수학 이론 모두 보기, 문법 이론 다 끝내기, 단어 끝내기	운동 시작
11월	문법 50, 독해 20의 비율로 공부하기		멘토링 봉사활동 마감
12월	모의고사		

■ 나만의 노트 만들기 ■

편입 준비 기간에 도움이 되었던 특별한 생활방법이 있다면, 그 첫째는 나만의 노트 만들기입니다. 첫 번째 노트는 전적대학 휴학 신청이 승인되는 날 구입한 공책입니다. 여태까지 살면서 휴학이라는 것을 처음 해보기에 뭔가 두렵기도 하고, 그 마음가짐을 유지하고 싶었습니다. 다짐의 말을 처음 적고, 학사를 위한 전체적인 스케줄을 적었습니다. 그 다음에는 3월 달력을 그리고 하루에 뭘 해야 하는지 적었습니다.

첫 번째 노트는 전반적인 것을 적었고, 좀 더 구체적인 기록을 하기 위하여 손바닥만 한 공책을 더 구입하여 한 페이지에 하루 일과를 시간별로 적었습니다. 그래서 두 번째 노트는 2010년 4월 13일 화요일부터 2010년 5월 29일까지 기록했습니다. 맨 뒷장에는 이 노트가 끝난 후 해야 할 일을 적었습니다. 그리고 모두 다 쓰고 나서 48일 동안 하루 평균 몇 시간을 공부했는지 기록했습니다.

세 번째 노트는 내용은 비슷한 형식이지만 앞뒤에 페이지를 더 추가했습니다. 제일 앞 페이지에는 세 번째 노트 쓰는 기간 동안의 주요 일정과 해야 할 일을 적었습니다. 뒷장에는 이 노트가 끝난 후 반성하는 시간을 갖기 위한 질문을 적어놓았습니다. 예를 들어 하루 평균 공부 시간과 학사를 위해 공부하고 있었던 시험들을 열심히 공부했는지 물어보았습니다. 그리고 이 공책이 끝날 땐 편입이 며칠 정도 남았는지 적었습니다.

■ 기억하고 생각하기 ■

저에게 힘을 주는 좋았던 기억과 헤이해질 때 자극을 주는 기억들을 생각합니다. 구체적일수록 좋습니다. 예를 들어 좋았던 기억은 대학 와서 여름에 생태캠프로 오지마을을 갔었을 때, 나무그늘 밑에 있는데 바람이 불면서 나뭇가지들이 흔들리면서 기분이 좋았던 경험이 있습니다. 바람에 흔들리는 나뭇가지 소리와 나무들의 푸른색, 탁 트인 주변 환경을 상상했습니다. 그래서 공부할 때 답답하거나 힘이 없을 때 그때의 기억을 꺼내보았습니다. 일부러 정신이 좀 맑아진다고 생각했고, 실제로도 그렇게 느껴졌습니다. 다른 좋았던 기억으로는 정확히 어떤 상황인지는 기억나지 않으나 초등학교 때 영어학원 운전기사 아저씨께서 저에게 "넌 분명히 잘 될 거야, 성공할 거야."라고 했던 적이 있습니다. 이 기억은 '이번 시험에 통과할 수 있을까?', '편입을 할 수 있을까?'라는 마음이 올라오려고 할 때마다 '그래, 난 잘 될 거야!' 하며 쓸데없는 의문을 없애려고 했습니다. 마지막으로 자주하던 기억은 늘 의지한 것인데, 할아버지와의 기억입니다. 꼭 같이 있었던 기억 말고도 할아버지를 생각하며 편입을 다짐하던 그때의 생각을 되돌려봅니다.

자극을 주는 기억은 어떻게 보면 나쁜 기억이라고도 할 수 있는데, 전적대학으로 인해 차별받은 기억입니다. 사람을 기분 좋게 해주는 기억은 아니라 자주 꺼내지는 않지만, 마음이 풀어지려고 할 때 이런 독한 경험들을 기억해보면 갑자기 힘이 생기곤 합니다. 편입을 준비하는 와중에 저에게 편입을 할 수 없을 것이라고 말한 사람들도 이 기억에 포함됩니다.

또한 편입에 합격하는 모습 혹은 합격해서 학교를 다니는 모습들을 상상했습니다. 일부는 그림이나 글로 첫 번째 공책에 적어두기도 했습니다. 편입을 준비할 여러분들도 각자에 맞는 기억들을 몇 개 만들어두길 바랍니다.

■ 나에 대해 집중하기 ■

여태까지 살아오면서 잘 알려지지도 않고 배운 적 없는 것에 대하여 스스로 계획부터 공부법까지 결정하는 것은 처음이라 막막했습니다. 더구나 학사편입을 선택해 전혀 배운 적이 없던 것을 하려니까 방법을 찾기가 쉽지 않았습니다. 그래서 먼저 저에 대해 알아보기로 했습니다. 청소년상담 수업을 들으며 제 성격에 대하여 알아보았습니다. 내가 어떤 성격을 가지고 있고, 어떤 가치관, 어떤 건강 상태를 가지고 있는지 알아야 공부 장소나 시간, 공부법, 수면시간, 식단 등이 결정될 수 있다고 생각했습니다. 저는 약간의 소리가 있는 곳에서도 공부할 수 있긴 하지만, 도서관처럼 조용한 곳에서 최대한으로 집중해야 효율성이 높은 편입니다. 그리고 1시간을 공부하고 10분 이내로 쉬는 것이 적합했습니다. 수면시간은 잠이 많은 편이기에 최소 8시간은 자야 다음 날 피곤함을 느끼지 않았습니다. 자신과 맞는 공부 장소, 시간, 방법 등을 원래 알고 있는 경우가 아니라면, 자신의 성격이나 건강 상태를 알면 좀 더 쉽게 찾을 수 있습니다.

■ 단어로 시작한 편입 영어 ■

편입을 독학으로 할 때 어떻게 해야 하는지 몰랐기 때문에 5월까지 토익 공부를 했습니다. 학원비가 비싸다는 것을 알고 있었기 때문에 최대한 늦게 학원에 등록하기 위해서 학사 학위 받을 때까지는 단어와 문법을 공부했습니다. 학원 등록 후에는 상위권반에 들어가는 것이 목표였습니다.

무엇보다도 단어와 문법 등 영어의 기초를 다지고 시작하는 것이 좋다고 생각합니다. 기초 지식 없이는 편입 영어를 할 수 없으니까요. 물론 기초를 마치면 꼭 편입용 단어로 공부해야 합니다. 단어책도 여러 가지가 많지만, 저는 원래 영어 단어 외우는 것을 진짜 싫어해서 어원과 이미지 연상을 통해 외우는 책을 주로 봤습니다. 단어책은 거의 다 비슷비슷하기에 자신이 읽기 편하거나 맞는 방법을 이용하는 게 좋습니다. 책이 두꺼워 들고 다니기 힘들어서 파트별로 나눠 3권으로 만들어 가지고 다녔습니다.

어느 날 편입 스터디 인원을 모집한다기에 들어갔는데, 회사를 다니다가 그만두고 신분 상승용으로 편입을 결심한 사람이었습니다. 스터디 인원이 다 모이자 고시를 준비하겠다며 스터디를 없애 버렸습니다. 스터디는 그 구성원의 성격을 파악한 후에 가입하기 바랍니다.

■ 해가 뜨기 전 새벽이 어둡다 ■

유통관리사, 독학사, 텔레마케팅관리사 자격증 중에서 제일 막막했던 것이 유통관리사 자격증이었습니다. 접해보지 못한 셋 중에 제일 먼저였기 때문에 더 그렇게 느꼈습니다. 단기를 위한 책도 엄청 두껍고 접해보지 못한 분야가 가득이었습니다.

텔레마케팅이든 독학사든 내가 쓴 방법은 '무조건 읽자', '무조건 정리하자', '문제를 풀자'였습니다. 모르면 책을 다 외워버리면 된다는 마음으로 공부했습니다. 아무래도 문제를 풀다 보니 어느 부분이 자주 나오는지 느껴졌습니다. 100점을 맞아야 자격증이 나오는 게 아닙니다. 그래서 합격선만 넘도록 공부했습니다.

유통관리사는 단기용으로 나온 책을 공부해도 충분히 합격할 수 있습니다. 유통관리사 시험은 1회가 어렵다는 소문이 있었습니다. 저도 몇 문제 차이로 1회 시험에서 아깝게 떨어졌습니다. 독학사는 1단계부터 4단계까지 있는데, 2단계까지는 전공에 대한 깊은 지식 없이도 합격할 수 있습니다. 1단계가 아무래도 제일 쉽다 보니, 1단계 전에 편입을 결심했다면 1단계부터 하면 학점에 도움이 됩니다. 저는 기간을 놓쳐 2단계부터 보았습니다.

유통관리사 1회 시험에 떨어지고 독학사 시험 중 하나에서 떨어지자 불안하고 자신감이 사라졌습니다. 학사 준비를 단기간에 하다 보면 시험 하나만 잘못되어도 자칫 그해에 학사 자격으로 시험을 볼 수 없게 될 수도 있습니다. 앞으로 하나라도 뭔가 잘못되면 학사로 지원할 수 없게 되었습니다. '내가 왜 학사를 했지?'라는 생각도 들고 돈 받은 뒤로 연락 한 번 없고 신경도 써주지 않는 업체도 맘에 들지 않았습니다.

이제 텔레마케팅 공부도 눈에 들어오지 않았고 부정적인 생각만 계속 들었습니다. 여러 가지 생각을 하다가 결국 우선은 해보는 데까지 해보자는 결론을 냈습니다. 마음을 다지는 글을 적어 필통에 넣고 다녔습니다. 노력한 만큼 좋은 결과가 있을 것이라고 적었습니다. 텔레마케팅 실기와 유통관리사를 합격하면서, 정말 '해가 뜨기 전 새벽이 어둡다'는 것을 느꼈습니다.

■ 휴식기 그리고 학원 고르기 ■

처음 목표는 7월 3일 텔레마케팅 실기시험을 끝으로 학사를 위한 준비를 모두 마치는 것이었습니다. 하지만 유통관리사를 한 번에 붙지 못하고, 독학사 한 과목이 불합격하면서 기간이 늘어났습니다. 그래서 2학기에도 시간제 수업을 들어야만 했습니다. 7월 18일 유통관리사 시험을 마지막으로 시간제 수업을 제외하고 학사를 위한 준비를 마쳤습니다.

저번 대행업체에 실망했기에 2학기 시간제 수업은 다른 곳에서 듣기로 했습니다. 새로 선택한 대행업체는 국가평생교육진흥원 우수인증기관으로 이전보다 더 저렴하게 수업을 들을 수 있었습니다.

학사 준비를 하면서 하나라도 성공하지 못하면, 학사 학위를 받지 못하고 일반으로 지원하게 된다는 스트레스를 많이 받았습니다. 우선 저에게 상을 주는 의미로 7월 동안은 휴식하기로 했습니다. 여름인 7~8월은 날씨도 덥고 놀고 싶게 만드는 계절입니다. 7월은 아무 생각 없이 놀기로 했습니다. 시간만 나면 수영장에 다니고 바다에도 놀러 다녔습니다.

8월이 되자 학원을 알아보기 시작했습니다. 처음 편입을 시작할 때와 마찬가지로 막막해졌습니다. 커뮤니티에서 보니 지방 학원은 좋지 않다고 하고, 종로나 강남으로 가자니 한 시간 넘게 시간이 걸렸습니다. 강남 편입학원을 다녀보면서, 강남은 놀 것도 많고 사람이 많은 느낌이 들어 종로 쪽으로 알아보았습니다. 우선 학원 인터넷 홈페이지와 독편사 학원 비교 글을 읽어보았습니다. 그 중 마음에 드는 몇 학원을 간추려 보았습니다. 그리고 직접 가보기로 했습니다.

편입 학원가에서 제일 유명한 학원을 가보았습니다. 사물함과 자습실을 얻으려면 경쟁이 치열하다고 했습니다. 입구부터 사람들이 많았습니다. 상담하러 왔다고 말하고 기다리는데, 전혀 관심을 기울이지 않았습니다. 상담 학생의 존재감도 없었고 무엇보다도 귀찮아하는 듯한 느낌을 받았습니다. 한참을 고민했습니다. 내가 이 학원을 다니면서 계속 이 느낌을 받을 것 같다는 생각이 들었습니다. 학원생이 많아서 마음의 긴장 상태가 유지될 수 있을 것 같긴 했지만, 학원비는 높고 친절도는 낮아서 마음에 들지 않았습니다.

소규모 학원을 가보았습니다. 무료로 특강을 들을 수 있는 기회가 있어서 겸사겸사 가보았습니다. 강의도 마음에 들었고, 학원 규모가 작긴 하나 개인 사물함은 보장된다고 했습니다. 무엇보다도 상담해주는 선생님이 많아 마음에 들었습니다. 그렇게 9월부터 학원을 다니기로 했습니다.

저는 잠이 많은 편이고, 특별한 일이 있다고 생각하고 긴장해야 일찍 일어나기 때문에 새벽반 수업인 6시 50분 수업을 신청했습니다. 이 수업을 들으려면 늦어도 한 시간 전에는 집에서 출발해야 했습니다. 또한 편입 수학도 같이 시작하기로 했습니다. 남은 기간인 9, 10, 11월에는 영어, 수학, 시간제, 학위 받기, 전공 공부, 멘토링 봉사활동을 하기로 계획했습니다. 남은 8월은 봉사활동을 하며 쉬었습니다. 앞으로는 학사 걱정은 안 하고 진짜 편입 공부만 하면 된다는 생각에 행복했습니다.

본격적인 편입 공부 시작

■9월■

처음에는 학원 상위권반에 들어가는 것이 목표였으나 그 동안 영어 공부한 것을 생각해보니 기초부터 차근차근 해야겠다는 생각이 들어 기초반부터 들었습니다. 학원을 다니는 초반에는 정말 깜짝 놀랐습니다. 여태까지 공부를 너무 안 했다고 느꼈습니다. 단어도 엄청 부족하고 문법 체계도 제대로 잡혀 있지 않았습니다. 시간이 부족했습니다. 학원 가는 시간도 아까웠습니다.

학원 선생님들은 기초가 제일 중요하다고 하며 문법 기초를 한두 달은 해야 한다고 했습니다. 학원을 다니는 순간부터는 선생님들의 말을 무조건 믿고 커리큘럼 대로 공부하기로 마음먹었습니다. 하지만 수업을 마치고 집에 돌아오면 이른 점심을 먹고 평소에는 보지도 않던 TV를 보게 되었습니다. 그렇게 의미 없는 시간이 지나가면 서너 시가 되고, 숙제를 하면 하루가 거의 끝났습니다. 늦어도 새벽 5시에는 일어나야 학원 수업을 들을 수 있기에, 잠이 많은 저로서는 8시에는 잘 준비를 해야 했습니다.

나는 외출할 때는 꼭 치마와 구두를 신어야 합니다. 그러나 편입 공부할 때만큼은 화장도 하지 않고 운동화를 신고 집을 나섰습니다. 학원 가는 전철에서 고등학교 친구를 만날 때면 반갑기도 하면서 제 자신이 초라해 보이기도 했습니다.

■10월■

10월부터는 학원 갔다 와서 노는 시간에 운동을 하기로 했습니다. 처음에는 일주일에 2일 2시간씩 하다가, 점점 횟수와 시간을 늘려 거의 매일 운동을 했습니다. 원래는 체력이 엄청 약한 편이었는데 운동을 하며 체력도 좋아지고 정신적 스트레스도 없어졌으며, 피부와 몸매도 좋아졌습니다. 취미로 시작한 운동으로 대회 준비도 하고 대회도 나갔습니다.

학사 자격을 얻기 위해서는 수업을 듣는 것보다 자격을 얻기 위해 제출하는 서류와 학습자등록 등에 신경이 쓰였습니다. 제때에 학사 자격을 받기 위해서는 전적대학 자퇴를 10월에 꼭 해야만 했습니다. 난생 처음으로 하는 휴학도 기분이 이상했는데, 자퇴를 한다니 불안했습니다. 하지만 편입에 대한 제 마음은 확고했기에 학교를 방문했습니다. 학과사무실에서 자퇴 이유를 간단히 말하고 서류를 챙겨 학과장 교수님의 도장을 받고 사무실에 제출하면 자퇴가 성립되는 것입니다. 생각보다 매우 간단한 일이었습니다.

한 교수님이 저의 자퇴를 말리며 학교를 계속 다니는 게 어떻겠냐고 권유했습니다. 나름대로 전적대학에서는 열심히 공부했고 학과에도 관심이 있는 학생이었습니다. 편입에 대한 마음이 확실하다고 생각했지만 흔들렸습니다. 그 당시에도 그렇고 편입하고 나서도 주변에 편입한 친구들을 보면, 일반이기에 실패하면 돌아갈 것을 생각하고, 또는 교수님이 말려서, 친구들과의 정 때문에 편입을 중간에 포기하는 경우가 있었습니다. 모든 사람은 안정된 것을 좋아하는 것 같습니다. 돌아갈 곳이 있으면 마음이 힘들 때 처음 시작한 마음은 잊은 채 편안한 상태로 돌아가려고 합니다. 그렇게 돌아간 친구들도 있었습니다. 재입학이 있기는 하지만, 자퇴가 승인이 된 순간 저는 이제 뒤로는 돌아갈 수 없는 낭떠러지에 놓인 느낌이었습니다. 열심히 할 수밖에 없었습니다.

11월의 목표는 수업을 빼먹지 않고 하루 10시간 이상 공부하는 것이었습니다. 학원 담임 선생님께서는 항상 시험은 아침에 보는 것이니 아침에 머리가 잘 돌아가도록 유지해야 한다고 했습니다. 일어나서 5시간 정도는 지나야 머리가 가장 잘 돌아간다고 했습니다. 학원 때문이라도 새벽 5시 이전에는 일어나야 했습니다.

11월은 정말 눈 뜬 시간에는 기본적으로 살아가는 데 필요한 시간을 제외하고는 공부만 했습니다. 남의 눈치도 보지 않았으며, 전철에서도 버스에서도 공부했습니다. 식당에 혼자 들어가 밥을 먹기도 했습니다. 서울 인근 경기도라 피곤할 때는 버스에서 자기도 했습니다. 내가 탄 버스가 고려대학교를 지나갑니다. 고려대를 보면서 마음을 다지기도 하고 합격하는 모습을 상상했습니다. 딴 생각이 날 때나 집중이 안 될 때도 합격하는 모습을 상상했습니다. 식사는 간단히 했습니다. 너무 많이 먹으면 잠이 와서 공부를 할 수 없기 때문입니다.

편입 같이 1년에 한 번뿐인 시험은 중간점검을 하기가 힘듭니다. 모의고사를 본다고 해도 모의고사는 말 그대로 실제 시험이 아닌 모의기 때문에 알 수 없는 미래에 불안하고 우울하기도 합니다. 여러 가지 방법이 있겠지만, 저는 합격한 모습을 상상하거나 친한 친구와 만나 이야기를 했습니다.

봉사활동은 더 이상 할 수 없을 것 같아 11월까지만 했습니다. 하루 종일 공부해도 모자란 시간이지만 풀어지는 사람들을 많이 보았습니다. 학원 앞 의자에 모여 앞으로 뭐 할 것이냐, 떨어지면 어떻게 할 거냐, 내가 왕년에 뭐 했다, 보통 편입과는 전혀 관련 없는 여러 가지 쓸데없는 이야기들을 합니다.

듣는 수업은 다르지만, 고등학교 때 친한 친구와 같은 학원을 다녔습니다. 가끔 같이 밥을 먹었습니다. 그 외에는 인사하는 사람조차도 없었습니다. 막판에 꾸준히 몇 달 동안 같이 다닌 사람들과만 인사를 했습니다. 하지만 선생님들과는 친하게 지냈습니다. 고민이 있거나 힘들 때는 담임선생님을 찾아갔고, 수업 때 항상 열심히 들었기에 선생님들도 저를 기억했습니다. 영어 단어를 외우는 것을 좋아하지 않았지만, 이쯤 되니 자주 나오는 동의어들이 대충 정리가 되었습니다.

■ 12월 ■

본격적인 원서 접수 기간으로, 학생들이 더 예민해졌습니다. 특별히 더 배우는 기간은 아니기에 학원에서 자습하는 경우가 많습니다. 학원도 편입 커뮤니티도 술렁입니다. 막상 원서 접수를 하려니 떨어지면 돌아갈 곳 없는 학사이기에 너무 불안하여 생각보다도 훨씬 많이 원

424

서를 쓰게 되었습니다.

저는 막판까지 모의고사에서 상위권이 아니었습니다. 원래는 상위권으로 학원을 다니는 것이 목표였으나 상위권반 근처에는 한 번도 가지 못했습니다. 같은 반에서 제일 열심히 하던 학생은 고려대 세종캠퍼스를 썼습니다. 학원의 선생님이 어딜 썼냐고 물어봐 고려대에 원서를 넣었다고 하니, 실력이 안 되면서 고려대에 기부하는 학생이 많다고 했습니다. 사실 기분이 매우 좋진 않았지만, 내가 합격할 수 있다는 것을 보여주기로 했습니다.

예전부터 제일 가고 싶었던 곳이 고려대이기에 먼저 접수해서 수험번호가 학사 중에 1번이었습니다. 편입 시작할 무렵 원서를 쓸 학교는 고려대, 이화여대, 서울시립대였는데, 시험 감을 익히려고 쓰기도 하고 불안해서 쓰기도 하니 원서를 많이 쓰게 되었습니다.

이제 실전처럼 기출문제를 계속 풀었습니다. 이쯤에 많이 들던 생각은 '그동안 이렇게 준비해왔는데 떨어지면 어떻게 하지?'라는 생각이었습니다. 우선 떨어진다는 생각 자체를 하지 않도록 노력했지만 어쩔 수 없이 생각날 때는 떨어지더라도 이렇게 생각하기로 했습니다. '편입 준비로 인해 자기관리를 할 수 있게 되었고, 편입이 아니라면 하지 않았을 영어 공부를 죽도록 했고, 하기 싫은 일도 억지로라도 했고, 그런 고로 여러 가지가 많이 성숙해졌다.'고 위안을 삼았습니다.

■ 편입시험 ■

평소에도 일찍 자고 일찍 일어났기에, 시험 기간이라고 특별히 달라진 것 없이 평소처럼 자고 일어났습니다. 학교의 위치는 미리 숙지하고 여유 있게 도착하여 긴장도 풀고 화장실도 미리 다녀왔습니다.

같은 날에 시험을 보더라도 시험 시간이 겹치지 않았기에, 날짜가 겹치더라도 원서를 다 넣었고, 원서를 쓴 학교 시험은 모두 볼 수 있었습니다. 학교마다 유형이 다르고, 자주 바뀌는 학교들도 있습니다. 경희대의 경우 전공기초 시험을 보는 거의 유일한 학교였는데, 편입 준비를 하며 멘토링 봉사활동을 하면서 과학을 가르쳤기에 다른 사람보다 더 유리할 수도 있다는 생각을 했습니다.

■ 면접 준비 ■

면접은 편입 동기, 해당 학과 지원 동기와 기본적인 전공지식을 준비했습니다. 또한 추가적으로 해당 학과의 목표 이념이나 교수님 정보 등을 미리 알아두었습니다. 자기소개서 및 기타 서류를 제출하는 학교의 경우는 내가 쓴 내용을 숙지했으며, 그것과 관련된 예상 질문을 준비했습니다. 복장은 학생답고 깔끔하게 입었습니다.

■ 면접 유형 ■

중앙대학교: 전공과 관련된 간단한 문제 서너 개를 풀고, 교수님 두 분과 면접을 했습니다. 첫 면접이라 긴장했는데, 교수님들께서 오히려 긴장을 풀어주셨습니다.

고려대학교: 전공시험 3문제를 1시간 정도 본 후, 지원한 학과 교수님 두 분과 면접했습니다. 한 분만 압박하셨습니다.

이화여자대학교: 전공기초 공통문제 두 가지 유형 중 하나를 선택, 1분간 시간을 준 뒤 교수님 세 분과 면접했습니다.

숙명여자대학교: 교수님 두 분과 면접을 했는데, 미리 제출한 자기소개서를 토대로 한 질문과 전공 관련 질문을 묻는 압박면접이었습니다.

서울시립대학교: 교수님 두 분과 면접을 했는데, 미리 제출한 자기소개서를 토대로 한 질문과 전공 원서 번역하기, 전공 관련 질문 등이었습니다.

■ 고려대학교 ■

내가 지원하는 시기부터 갑자기 쿠엣(KUET)이 생겼습니다. 다행히도 단어 문제에 약하고 독해에 강했던 나에게 유리하게 바뀌어서 다행이었습니다. 보통 이공계 학사면 평균만 넘기면 된다고 합니다. 1단계가 아닌 최종 합격을 꿈꾸는 것이라면 평균 혹은 그 이하로는 특별한 경우가 아닌 이상 힘들다고 봅니다.

편입의 꽃인 고려대학교가 목표 대학이라고 자신 있게 말하기가 힘들었습니다. 너무 떨려서 쿠엣을 볼 때 정신이 반쯤 나간 채로 '하얀 건 종이요, 검은 건 글자라' 생각하고 시험을 봤습니다.

이공계 학사의 경우 1단계는 제대로 공부를 한 수험생이라면 거의 통과합니다. 그래도 통과할 자신이 없어 전공 공부를 하지 않다가, 통과가 확정되고 나서 공부를 시작했습니다. 같은 전공 계열인 경우 전공 공부를 깊게 안 해도 된다고 생각했습니다. 어차피 3학년으로 들어올 수준을 바라기 때문에 전공에 대해 엄청 깊게 파고들지는 않습니다. 2단계 시험이 있기 며칠 전 '독편사'에 들어가서 보니 제가 지원한 학과가 학사를 뽑지 않는다는 것을 알게 되었습니다. 모집인원은 매년 제시되었으나, 이유는 알 수 없지만, 여태까지 한 명도 뽑지 않았다는 것입니다. 몹시 허탈하여 2단계 시험을 보러 가고 싶은 마음이 없어졌습니다. 그러다 보니 전공 공부를 하고 싶은 마음도 없어졌습니다. 그렇게 고민을 하다가 될 사람은 되고 안 될 사람은 안 될 것이라는 생각이 들었고, 결과야 어떻든 안 봐서 후회하는 것보단 낫다고 판단했습니다.

전공 공부는 기출문제를 보고 유형과 범위를 파악하고, 학교 홈페이지에 실린 커리큘럼과 최근 기사를 보고 공부했습니다. 다행히도 면접관 두 분 모두 내가 관심 있는 분야의 교수님이었습니다. 또한 얼굴과 이름을 기억하고 있는 교수님이었습니다. 학점은행제를 왜 하게 되었는지 물어보셨는데, 경영학을 하면서도 환경을 고려하여 공부하면서 환경경영에 대해서도 배웠다고 대답했습니다. 무역학개론이나 전 과정 평가를 예를 들며 경영학과 환경학의 연계되는 부분을 설명했습니다. 또한 예전에 했던 인턴십 활동을 말하면서 느꼈던 점을 고려대학교와 연관을 지어 말했습니다.

■ 편입생의 고민 ■

마지막으로 받은 합격 통지가 그렇게도 가고 싶었던 고려대학교입니다. 확인하고 또 확인하고 몇 번을 확인했는지 모릅니다. 무척이나 기뻤습니다. 그리고 여태까지 도움을 준 모든 분들에게 감사의 인사를 드렸습니다.

고려대학교에서의 첫 학기는 마치 신입생의 마음과 같이 시작했습니다. 고려대학교는 '이렇구나!' 하며 놀라웠습니다. 하지만 신입생은 아니기에 동기들도 많이 없어서 수업이 끝나고 조용히 집으로 돌아가기도 했는데, 그 때문에 우울하기도 했습니다. 그래서 마음을 바꾸었습니다. 내 스스로 적극성을 보이자고.

편입생들이 합격 후 고민하는 것 중 하나가 사람들과 친해지지 못할 수도 있다는 것입니다. 저는 합격한 후 대충 10가지의 교내활동을 했습니다. 그러면서 다른 사람들과 자연스럽게 친해질 수 있었습니다. 또한 학교 수업도 조별 수업을 들으며 같은 조가 된 사람들과 친해질 수 있었습니다. 다른 학과 전공을 들으면 다른 학과 사람들과도 친해질 수 있습니다. 편입생이라고 피하는 사람들은 극히 일부입니다. 물론 여자들은 대부분 동기들과 모여서 다니기에 친해지기는 힘들었습니다.

학과에서 챙겨주는 선배들이 없고 편입생들이 재학생들과 친해지지 않는 분위기라면, 용기를 내어 먼저 그런 분위기를 만들어야 합니다. 그러면 본인도 좋고 후배 편입생들도 잘 어울릴 수 있을 겁니다.

또 다른 꿈을 위해 더 나아가고 싶어요

간호학과에서 간호학과로 편입

백두산

[한동대 ➡ 부산대 ➡ 가톨릭대]

- **일반편입**
- **전적대학** : 한동대학교 글로벌리더십학부(1학년 1학기)
- **전적대학** : 부산대학교 간호학과(백분위 92점)
- **편입대학** : 가톨릭대학교 간호학과(영어 77.5점)
- **나이** : 23세
- **성별** : 남자
- 가톨릭대학교 간호학과만 지원

반수도 하고 이번에는 편입까지 하면서 학교를 두 번 바꿨습니다. 정말로 오고 싶었던 가톨릭대학교 간호대학에 합격하니까 너무너무 기분이 좋았습니다. 반수를 결심할 때도 편입을 결심할 때도, 솔직히 부모님은 제가 불합격해 괜히 돈만 날리는 게 아닌가 싶어서 조금은 찝찝하셨을 겁니다. 하지만 제 결심을 존중해 해보라고 하셔서 힘을 내어 시작할 수 있었고, 그 바탕대로 합격할 수 있었습니다.

백두산

꿈이 현실이 되다

꿈이 없다면 성공할 일은 없다고 생각합니다. 제가 학창시절 선생님께 들은 말이 생각납니다. "꿈을 가지고 있으면 그 꿈과 가까워진다."

저는 늘 의료 계열로 장래희망을 가지고 있었습니다. 그 꿈을 이루기 위해서 조금씩 조금씩 그 분야에 관심을 가지게 되었고, 또 흥미가 생겨 재미가 있었습니다. 그 꿈을 이루기 위해 쫓아가다 보니 학창시절 내신관리를 열심히 했습니다.

간호학과에 가고 싶다고 했을 때 가족들의 반대가 심했습니다. 남자 간호사에 대한 편견이 아직 존재한다고 생각하니 좀 씁쓸하고 힘들었습니다. 그래서 결국 간호학과가 아닌 한동대학교 글로벌리더십학부에 진학하게 되었습니다. 막상 진학은 했지만 제가 원래 기독교인도 아니고, 포항 육거리에서 버스를 타고 30분이나 가야 하는 거리에, 주변에는 나무들만 있어서 답답하기도 하고, 마음에 들지 않는 것이 하나둘이 아니었습니다. 그렇지만 제 꿈에 대해 다시 생각해보게 되는 계기가 되었습니다.

1학기까지만 해도 첫 대학생활인데다 댄스동아리에서 정신없이 활동하다 보니 저만의 시간이 없었습니다. 여름방학도 친구들과 여행 다니면서 정신없이 보내다가 8월 중순이 되어서야 저만의 시간을 가지게 되었습니다. 그때 제 꿈에 대해 다시 생각해보니 '꿈을 잊고 살고 있구나.'라는 생각이 들었습니다. '원래 가려고 했던 간호학과를 다시 갈 수 있을까?'라는 생각이 문득 들면서 여러 대학들을 조사해봤는데, 갈 수 있는 대학교들이 꽤 많이 있었고, 다시 도전해보자는 결심을 하게 되었습니다.

저는 돈을 떠나서 제가 하고 싶은 일을 하는 것이 더 소중하다고 생각했습니다. 그래서 생명과학과에서 의학전문대학원 혹은 치의학전문대학원으로 진학하겠다는 막연한 생각을 접고, 제가 원래 생각했던 간호학과로 다시 길을 돌리기로 했습니다. 제 마음을 솔직하게 부모님께 말씀드렸을 때 해보라고 해서 너무 감사했습니다. 그때부터 3개월도 안 남은 수능을 위해 달려갔습니다. 정말 그 기간에는 밖에 나가지도 않고 공부만 했습니다. 햇빛을 받아야 생긴다는 프로비타민D를 위해 베란다에 나가 있기도 했습니다.

이 시기 저는 인강 선생님 덕분에 영어에 흥미를 가지기 시작했습니다. 영어에 흥미를 붙이니 공부가 재미있고 저절로 열심히 하게 되었습니다. 영어 공부가 그렇게 재미있는 줄 몰랐습니다. 단어를 외운 만큼 보이고 들리고, 문제를 많이 다루어 볼수록 답이 보이는 영어라서 더 매력적이었습니다. 때문에 단어를 엄청 많이 외웠습니다. 단어를 외울 때는 연습장을 4등분으로 접어서 단어랑 뜻을 쓰고 접어서 뜻이 안 보이게 한 후 확인하면서 외웠습니다. 모르는 단어들 중에서도 잘 나오지 않을 것 같은 단어들은 제외하고 모두 연습장에 적었습니다. 독해는 선생님이 가르쳐 준 스킬들을 배워서 활용했습니다. 그렇게 열심히 해서 부산대학교 간호학과에 진학하게 되었습니다.

편입 결심까지의 이야기

부산대학교 간호학과에 입학하여 다시 새내기가 되었습니다. 기분이 너무 좋았습니다. 내가 원하던 간호학과에 입학하게 되었으니 학업에도 열중했습니다. 우수한 성적으로 장학금도 받고, 특히 전공 교과와 외국어에 흥미가 있어 다른 과목보다 더 즐겁게 공부했습니다. 공부 외에도 댄스동아리나 농업 관련 동아리, 몰래산타 봉사활동 등 다양하게 활동했습니다. 제일 좋았던 봉사 경험은 2학년 여름방학 때 캄보디아에 가서 1000명 이상의 사람들에게 3일 동안 간호를 했던 것입니다. 거기에서 처음으로 약 믹스도 해보고 정맥주사도 놓아보면서, 여러 사람들을 간호하느라 힘들었지만, 제가 할 수 있는 것을 하면서 남을 돕는다는 것에 너무 뿌듯했습니다. 그래서 간호학과에 더 애착을 가지고 더 좋은 간호사가 되어야겠다고 다짐하게 되었습니다.

이때까지만 해도 편입을 해야겠다는 마음은 없었습니다. 2학년 겨울방학이 되어서야 편입에 대해서 생각하게 되었습니다. 편입을 결심하게 된 동기를 설명하기 전에 간호학과라는 학과를 선택하게 된 것부터 말해 드리겠습니다. 중학생 때 저의 외할아버지께서 돌아가셨습니다. 정말 영원히 살아계실 것 같던 할아버지께서 돌아가시고 안 계시니 정말 슬펐습니다. 그 원인이 당뇨병이었는데, 평소에 건강관리에 신경 쓸 여유가 없었기에 간호의 도움도 받지 못했습니다. 그때 전 더 이상 할아버지처럼 여건이 되지 않아 슬프게 죽음을 맞이하는 사람이 없게 한 분이라도 더 간호해드리고 싶은 마음이 들었습니다. 게다가 부모님의 영향으로 봉사에 대한 애착을 가지고 있었던 저는 누구나 할 수 없는 전문적인 봉사를 하고 싶었고, 거기에 딱 맞는 게 간호 봉사활동이라고 생각했습니다.

반수 후에 부산대학교 간호학과에 입학할 수 있었지만, 교수가 되기 위해서는 더욱 더 좋은 환경의 대학으로 진학해서 간호학에 대한 역량을 키우고 싶었습니다. 그리고 무엇보다 가톨릭대학교에 지원하게 된 동기는 '대건 안드레아'라는 세례명을 가진 천주교인이기 때문입니다. 간호사 생활을 하면서 예수님과 성모 마리아에 의지하며 기도하면서 살 것인데, 그

432

전에 대학교에서부터 전공 공부와 종교생활을 좀 더 잘 하고 싶은 바람이 있었습니다. 그리고 가톨릭대학교에서 지향하는 '사랑, 진리, 봉사'가 저의 이념과 꼭 맞아서 무척 마음에 들었고, 제 꿈의 날개를 활짝 펼 수 있을 것이라는 믿음을 가지고 지원했습니다.

편입 성공까지의 이야기

저는 산업기능요원으로 2012년 1월부터 회사에 근무했습니다. 회사생활을 하면서 편입 준비까지 할 수 있었으니 현역들에 비해 엄청나게 좋은 조건이긴 했지만, 막상 하려니 정말 힘들었습니다. 거기다 제가 장기전 스타일이 아니라서 1월부터 시작하는 것은 너무 벅찬 느낌이 있어서 처음에는 토익을 공부했습니다.

2월에 토익시험을 보았는데 850점이 나왔습니다. 3월에는 편입 인강을 신청해서 듣기 시작했는데 몇 번 듣다가 정체기가 왔습니다. LOL게임에 서서히 빠지기 시작했습니다. 그러면서도 단어만큼이라도 외우자 싶어서 단어책을 샀는데, 이것도 금방 접었습니다.

다시 편입 공부를 시작한 것이 4월이었습니다. 나름대로 열심히 한다고, 퇴근하면 좀 쉬고 바로 문제 풀고 인터넷 강의를 들었습니다. 이때 기초를 많이 익혔던 것 같습니다. 또한 기본을 다지기 위해 편입학원의 쿠엣 강의를 들었습니다. 그렇게 한 달을 보낸 뒤 또 다시 슬럼프가 와서 미국심폐소생협회에서 자격증을 주는 BLS-Provider를 갱신하면서 마음을 다잡았습니다. 그 후 6월 한 달 동안 다시 기본기를 다졌습니다. 7월에 다시 영어를 쉬고 남들 다 있을 법한 모스마스터 자격증을 따기 위해 보냈습니다. 8월에는 덥고 직장 스트레스가 너무 심해서 그냥 흘려보냈습니다. 9월에 다시 마음을 잡기 위해 토익 스피킹 강의를 듣고 시험을 보고 6급 받았습니다. 10월에는 11월에 훈련소에 간다는 생각에 거의 포기하고 내년을 생각하며 게임만 주구장창 했습니다. 11월에 훈련소 갔다 온 후, 12월에는 정말 발등에 불이 떨어졌다 싶어서 다시 시작하려 했는데, 게임으로 거의 흘려보냈습니다. 12월 마지막 주부터 단어를 열심히 외우면서 가톨릭대 기출을 풀었습니다. 기출문제를 풀면서 유형을 익히고 거기에 나온 모르는 단어들을 다 외웠습니다.

처음에는 독해와 논리를 어떻게 푸는지부터 배웠습니다. 그렇게 큰 틀을 먼저 잡고 단어를 외워서 채워나가는 식으로 공부를 했습니다. 특히 독해의 첫 지문은 무조건 잘 해석해야 합니다. 첫 문장을 이해하지 않고 넘어가면, 글의 흐름을 파악하지 못해서 주제, 제목, 요지 등의 문제들이 풀리지 않습니다. 일치/불일치 문제의 경우, 수능 때는 4번이나 5번이 정답인 경우가 상대적으로 많아서 뒤에서부터 보면서 지문과 비교해가며 답을 골랐습니다. 그런데 가톨릭대학교 문제들은 1, 2, 3, 4 구분할 것 없이 골고루 있었습니다.

독해에 빈칸 추론 유형이 가장 까다롭게 느껴졌는데, 이것도 문제없었습니다. 저는 이 유형을 보면 그 문단만 보고 답을 찾아냈습니다. 빈칸이 있는 문장이 그 문단의 핵심인 경우가 많으므로, 그 문단의 첫 문장을 잘 읽어서 요지를 파악했습니다. 그런 후 빈칸 앞 문장과 뒷문장으로 빈칸 안에 들어갈 단어나 문장을 추론해냈습니다.

■ 가톨릭대 간호학과 ■

영어도 중요하지만 더 중요한 것이 학점이었습니다. 가톨릭대학교 간호학과는 학점관리가 중요했습니다. 다른 학교는 영어의 비중이 큰 데 비해 가톨릭대는 학점이 50퍼센트입니다. 면접은 전형 점수에는 들어가지 않지만, 그래도 좋은 인상을 주는 것이 좋다고 생각했습니다. 처음에는 면접관이 3명 정도 있고 엄숙한 분위기에서 한 명씩 들어가서 보는 줄 알았는데, 인자한 수녀님 1명이 학생 5명을 면접했습니다. 일반편입은 간호학과 학생들만 지원할 수 있습니다. 왜 가톨릭대 간호학과로 편입하려고 하는지에 대해서만 묻고, 전공은 물어보지 않았습니다. 서류를 제출할 때는 성적증명서, 수료증명서, 편입학원서 이외에 자기소개서, 학업계획서는 물론 모든 자격증 사본, 공인영어점수 사본, 봉사활동인증서 등도 냈습니다.

편입 합격 이후의 이야기

편입 합격하고 나서 완전히 풀어져버렸습니다. 합격 후 또 다른 꿈을 위해서 달려가야 되는데, 그게 잘 안 된 것 같습니다. 이래서 역시 꿈이 있는 것이 중요한 것 같습니다. 산업기능요원 기간이 아직 1년 남아있는 상태라서 이 기간을 또 다르게 유용하게 쓰고 싶은데 말처럼 쉽지 않습니다. 지금부터라도 계획을 세워서 하나하나 차근차근 해나가려고 합니다.

편입 후에 학교로 바로 들어가는 경우가 대부분일 것입니다. 학교에 가서도 열심히 하길 바랍니다. 정말로 자신이 원해서 들어간 학교와 학과이니만큼 정말 열심히 재미있게 할 수 있을 것이라 믿습니다.

beautiflys2@naver.com

Read the following passages and answer the questions.

> While watching any sunset can be a moment of great beauty and reflection, connoisseurs of the phenomenon claim that few things are as rewarding to aficionados as the rare 'green flash,' a ball or semi-circle of vivid green light that appears for a few seconds after the sun has sunk below the horizon. This elusive evening event was long considered a myth, but it has recently been confirmed by atmospheric scientists as more than just a side effect of an extended happy hour. When sunlight strikes the Earth's atmosphere, the colors in the light are diffused to different degrees depending on their wavelengths. The shorter wavelengths, such as blue and green, are more prone to scattering than the longer wavelengths of the warmer colors. When the sun is overhead, the widely scattered blue light causes the sky to appear blue. When the sun is at the horizons, we see it through so much more atmosphere that the cooler colors are blocked. The red, orange, and yellow light that reaches us gives the sky its classic sunset hues.
>
> Under perfect conditions, however, the light from the sun is split into bands of color as it passes below the horizon. These bands run horizontally through all the colors of the rainbow, with red on the bottom and blue on top. Light from the sun follows a curved path in the atmosphere, so light curves over the horizon even though the sun has actually set. When everything is just right, the warm colors are blocked by the edge of the Earth, the blue is scattered by the atmosphere, but the green band briefly becomes visible as a 'green flash.'

1. Which of the following cannot be inferred from the passage?
   A. Cooler colors in light tend to scatter more than warmer colors.
   B. Green flashes begin to form immediately before the sun sets.
   C. Red and blue are the colors at the bottom and top of a rainbow.
   D. The sky appears to be blue because of scattered blue light.

2. What is the best title for the passage?
   A. The Mystery of the Green Flash Explained
   B. The Best Way to Enjoy a Sunset
   C. The Sun: Source of Life and Energy
   D. The Various Color Bands of Sunlight

3. According to the passage, what is true about a green flash?
   A. It is an optical illusion much loved by sunset watchers.
   B. It comes from a color in sunlight that is normally diffused by the atmosphere.
   C. It is something that happens after a heavy rain shower.
   D. It is a change in the wavelengths of the warm colors in sunlight.

24 영어가 세상에서 가장 싫었던 과목

편입 합격 후에는 가장 좋아하는 과목 중 하나

배우정

[성신여대 ➡ 이화여대]

I

- **학사편입**(학점은행제/경영학과 3.81)
- **전적대학** : 성신여자대학교 공예과(1년 이수)
- **편입대학** : 이화여자대학교 의류학과(19.8:1)
- **나이** : 23세
- **성별** : 여자
- **합격한 학교**
  - 숙명여자대학교 의류학과(1차 합격/2차 면접 불참)
- **불합격한 학교**
  - 고려대학교 디자인조형학부(26:1)
  - 한양대학교 의류학과(37:1)
  - 성균관대학교 의상학과(107:1)

어느덧 학교 다닌 지 두 달 정도 되어갑니다. 시간이 정말 빠릅니다. 그런데 생각해보면 편입 준비했을 때가 몇 배로 더 빨랐던 것 같습니다. 그때 기억을 하면 정말 눈물도 나고 한편으로는 열정적이며 재밌기도 했고, 너무 많은 추억이 있었습니다. 아마 제 평생 후회하지 않고 가장 많이 기억에 남을 것 같습니다.

토익 300점대+아르바이트+독학사 9과목+시간제강의 13개+자격증+학원 수업+편입 영어 공부 1년으로 이화여자대학교 의류학과 최초 합격까지

배우정

공부를 정말 못했던 학생

가끔 학교 교정을 걸으면서 '내가 이렇게 좋은 대학에 왔구나!' 생각을 하면 갑자기 학교가 낯설게 느껴지기도 합니다. 주변사람들은 말할 것도 없이 칭찬도 해주고 대단하다고까지 해줍니다. 그럴 때면 나도 모르게 자신감이 쑥쑥 커집니다. 저희 학교 학생들은 눈에서 레이저빔 나오게 수업을 듣고 뭐든지 최선을 다합니다. 학교 시설은 물론 너무 좋고, 대기업에서 설명회도 정말 많이 합니다. 또 시험 때가 되면 진짜 자리가 없습니다. 도서관, 열람실 모두 꽉꽉 차서 자리 경쟁도 치열하더라고요. 어찌나 공부를 열심히 하는지 저도 모르게 그들에게 지고 싶지 않아 밤을 새기도 합니다.

"편입 그거 진짜 어렵다는데, 어떻게 붙었어?"

편입 합격하면 주변 사람들이 많이 하는 말입니다. 물론입니다. 편입시험은 정말로 쉬운 시험은 아닙니다. 하지만 애초부터 그렇게 겁먹으면서 포기할 정도는 아니라고 봅니다. 오히려 편입은 나태한 나를 더 발전시킬 최고의 무기가 됩니다. 또 선천적으로 게으른 나를 더 자극시켜 부지런하게 만들기도 합니다. 제가 왜 이런 말을 하는지는 미친 듯이 편입 준비한 후에만 느낄 수 있을 겁니다.

저는 공부를 정말 못했던 학생이었습니다. 또 공부도 너무 싫어했습니다. 그리고 예체능 학과 학생이라 공부를 제대로 해본 적이 없었습니다. 또한 영어가 세상에서 가장 싫었던 과목이었습니다. 하지만 지금 가장 좋아하는 과목 중 하나가 되었고, 공부가 좋아진 학생이 되었습니다. 이 수기를 쓰는 것도 미천한 정보력이지만 현재 방황하거나 힘든 학생들에게 아주 조금이나마 도움을 주기 위해서 입니다. 저 또한 편입 준비 전에는 수많은 방황을 했고 중심을 잡지 못했습니다. 어떨 때는 초조하기도 하고 불안해서 잠도 못 자고 걱정으로만 보낸 적도 있었습니다. 그랬던 제가 어떻게 편입에 합격하게 되었는지 이 글을 읽는 분들께 희망을 주고 싶습니다.

내가 살아온 이야기

"공부 좀 해라."

이 말은 제가 학창시절부터 부모님께 들었던 말입니다. 가장 싫어했던 말이었고, 공부를 왜 해야 되는지 몰랐습니다. 그냥 공부가 너무 싫었습니다. 죽기보다도 싫었습니다. 왜 학교에서 수업을 들어야 하는지도 몰랐고, 학교 선생님은 다들 혼자말로 중얼중얼 말하는 것 같았습니다. 점수 1점에 방방 뛰면서 제발 점수 깍지 말아 달라고 하는 전교 1등이 우스꽝스럽게 느껴졌고, 열심히 공부하는 학생을 보면 '왜 저렇게 살까?' 생각하며 그들을 이해하지 못했습니다.

어릴 때부터 미술만 해와서인지 공부는 전혀 관심사도 아니었고, 모든 시험공부는 대충이었습니다. 학교에서 얌전히 수업 듣고, 쉬는 시간은 잠시 친구들이랑 수다 떨고, 다시 멍한 상태로 딴 생각 하면서 수업 듣고 그것이 제가 생각하는 학창시절입니다. 특별히 튀는 학생도 아니었고 공부를 잘하지도 못했습니다.

학교-집, 학원-집이 일상의 패턴이었고, 게임을 좋아했으며, 그림과 애니메이션 등의 시각적인 것을 무척 좋아했습니다. 제일 싫어하는 것은 글씨로 가득한 모든 것들이었습니다. 특히 영어만 보면 울렁증이 나고 왜 저런 걸 공부하나 싶기도 했습니다. 잘하고 싶은 마음이 있었지만 도통 수업시간에 알아듣지도 못했습니다. 수동태, 능동태, to부정사…, 무슨 말인지 몰라서 영어 수업시간에 하나도 이해하지 못했던 기억이 납니다.

그런데 고등학교 2학년 막바지였던 어느 날, 대학을 가야 한다는 생각으로 그때부터는 정신 차렸습니다. 수능 준비도 그때서야 시작했고, 정말 난생 처음으로 공부를 열심히 해봤습니다. 미술대학 갈 준비해서 실기까지 하느라 공부할 시간이 없었지만 그래도 최선을 다해서 공부했습니다. 하지만 만년 5~6등급 학생의 수능 성적이 어디 갈까요? 당연히 수능은 망쳤습니다. 오히려 평소보다 더 못 봤습니다. 이대로는 안 될 것 같아 다시 재수를 했는데, 공부하는 방법도 모르면서 혼자 공부했습니다. 그리고 보란 듯이 또 수능을 망쳤습니다. 다행히 미술 하나는 잘했기 때문에 인 서울 대학에 붙게 되었습니다.

전적대학 좋다고 말하는 분들이 있는데, 제가 간 대학은 실기로 간 대학이지 절대로 공부를 잘해서 간 대학이 아닙니다. 예체능 준비하는 분들이라면 아마 제가 공부를 잘한 학생은 아니라는 것을 알고 있을 것 같습니다.

편입을 시작하게 된 동기

전적대학인 성신여자대학교를 다니면서 매우 만족하고 있었습니다. 원래부터 가고 싶은 대학은 아니었지만, 너무 좋았고 만족스럽게 다녔습니다.

학교를 이리저리 휘젓고 돌아다니고, 동아리에 들어 활동도 하고, 학교에서 하는 모든 세

미나를 들으면서 소위 능력 있는 사람들의 말들을 스스로 기록하고 교훈으로 삼는 공부를 했습니다. 또 수업도 적극적으로 들으면서 전국에서 온 실기 잘하는 실력 있는 학생들 틈에서 밤늦게까지 과제에 열중하며 힘들게 성적우수장학금도 받았습니다. 그렇지만 어느 순간 스스로 깨달았습니다. 세미나에 다니고 여러 유명 인사들의 강연을 들으면서 느낀 것은 바로 이것입니다. '난 공부가 부족한 학생이다. 공부를 하고 싶다.'

저는 우선 실기 실력만으로 입학한 것이지, 절대로 공부를 잘해서 입학한 것이 아니었습니다. 또한 학과도 저의 적성이 아니었습니다. 이런 점들이 제가 편입을 시작하게 된 가장 큰 이유가 됩니다. 1년 정도 학교를 다니면서 학과에서 적성을 찾아보려고 했지만, 저의 관심 밖이었습니다. 학교 다니는 것이 너무 괴로웠고 도저히 제가 잘해낼 자신이 없어서 1년 다닌 후 자퇴하고 학사편입을 준비하게 되었습니다. 거기에 더해 공부를 잘하고 싶다는 막연한 꿈과 더 좋은 대학에 가고 싶다는 욕심도 있었기 때문에 편입에 도전하게 되었습니다.

학사편입 준비

편입은 학교 다니면서 6~7월에 생각해 두었고, 기말고사가 끝난 시점부터 구체적으로 준비하게 됩니다. 우선 학원 선택, 일반과 학사의 결정, 비용 준비 등 고민을 하게 되었습니다.

가장 어려웠던 것이 일반편입과 학사편입의 선택이었고, 결국 학사편입으로 결정하면서 그에 따르는 비용과 시간 등을 계산하게 되었습니다.

■ 일반편입 vs. 학사편입 ■

저는 학사편입을 준비했습니다. 학교를 다니는 도중 여러 편입학원을 돌아다니면서 편입 준비를 할 때 학사편입의 메리트를 알게 되었고, 이왕 편입을 할 거라면 학교를 자퇴하고서라도 제대로 준비하자는 마음이었습니다. 사실 일반편입과 학사편입을 고민하는 분들이 정말 많을 텐데요, 일반이든 학사든 편입 선발 인원이 더욱 줄어드는 이 시점에서는 여러분의 상황과 처지를 고려한 정확한 판단력이 필요하다고 생각합니다.

저의 경우는 학교에 비싼 등록금 내면서 하고 싶지 않은 공부를 하느니, 차라리 그만두고 그 시간에 영어 공부를 더 하고 학사 준비를 하겠다고 생각했습니다. 제가 다니던 학교는 미술대학이기 때문에 실기수업이 많고 과제가 매우 많았는데, 거기에 아르바이트까지 하니 공부시간을 따로 만들 수 없었습니다. 또 일반과 학사를 비교했을 때 학사가 경쟁률도 낮고 합격 점수도 대략 5~10점 낮기 때문에, 영어 점수를 올릴 자신이 없던 저는 학사가 더 유리하다고 판단했습니다. 하지만 학사 준비는 정말 만만한 게 아니기 때문에 매우 신중하게 결정해야 했습니다. 나에 대한 믿음과 철저한 계획, 책임감이 뒤따라야 했습니다.

저는 1학년만 마쳤기 때문에 42학점밖에 없었습니다. 학사 학위 요건이 총 140학점임을 고려해본다면 저는 총 98학점을 1년 안에 받아야 했습니다. '어떻게 1년 안에 그 많은 학점을 받지?'라는 의구심이 생길 수 있는데요. 그래서 학점은행제가 학사 학위를 받기에 아주 좋다는 겁니다.

경영학 학사의 경우 시간제강의+독학사+자격증 등으로 1년 안에 학사 학위를 받을 수도 있습니다. 이렇게 많은 것을 준비하면서 동시에 영어 공부와 아르바이트까지 하며 편입에 성공한다는 것 자체가 이미 도박이나 다름없었습니다. 그래서 자퇴하는 대신에 만약 이번에 학사편입이 안 되면 다시 1~2년 더 하겠다는 각오도 가지고 있었습니다. 즉 막대한 책임감을 가지고 내가 저지른 일에 부담감을 가지면서 마무리 지어야 했습니다.

지금 생각해보면 너무 위험한 발상이지만, 학사를 준비할 거라면 그 정도의 패기와 오기를 가지고 있어야 한다고 생각합니다. 실제로 학사편입 준비하다가 학사 학위가 안 나와 다시 재수하는 분들이 많습니다. 부디 올바른 판단을 내려 꼭 좋은 결과 있기를 빌겠습니다. 그리고 그 판단을 존중하고 끝까지 책임감을 가졌으면 좋겠습니다.

■ 나의 전반적인 편입 준비 ■

2011년 6월-편입에 대한 막연한 생각을 가지게 되었습니다. 일단 학교에 한 학기를 더 다니면서 학과가 나의 적성인지를 더 판단해보고 결정하자고 다짐하게 되었습니다.

2011년 12월-방학 때 심사숙고한 결과 편입해야겠다고 생각했습니다. 안 그러면 졸업할 때 반드시 후회할 거란 생각을 가지게 되었습니다. 편입을 구체적으로 알아보고 학사편입을 결정하게 됩니다. 비용도 계산해보고, 내가 받아야 할 학점이 얼마나 되고, 어떻게 학점을 받는지 조사하러 다녔습니다. 학원도 알아보고 직접 가보면서 결정했습니다.

2012년 1월-학원을 다니면서 본격적으로 편입 준비에 들어갔습니다. 아르바이트를 알아보고, 시간제강의를 1학기에 신청했습니다. 총 24학점 8과목을 들었습니다. 학원에서 편입 영어를 처음 접하면서 굉장히 당황했습니다. 너무 어려운 영어를 접했기 때문에 내가 잘할 수 있을까 걱정이 앞섰는데, 이미 결정한 편입이라서 잘할 수 있다고 계속 주문을 걸었습니다.

2012년 2월-여전히 영어가 너무 어려웠습니다. 아르바이트를 하는 중이었고, 독학사 1단계 4과목(국사, 국어, 국민윤리, 문학개론)을 신청했습니다. 그리고 본격적인 독학사 공부를 시작했습니다. 아르바이트와 독학사, 시간제강의 때문에 영어 공부할 시간이 너무 없었습니다. 하루에 2~3시간 정도 공부했습니다. 주로 단어를 암기하고 단어장 적는 시간이었습니다. 또 학원 교재를 보면서『ㅇㅇㅇ 영문법』을 보고 문법에 익숙해지려 했습니다.

3월-3월 11일 독학사 1단계 시험이 있어서 시험을 보게 됩니다. 시간제 중간고사와 토론이 겹쳐서 어수선했지만 잘 극복해나갔습니다. 독학사 시험이 끝나서 영어 공부할 시간이 조금 많아졌습니다. 단어 암기 위주였고,『ㅇㅇㅇ 영문법』을 보면서 기초를 닦았습니다.

4월-독학사 1단계 발표가 났던 달입니다. 다행히 모두 합격. 그리고 텔레마케팅 필기시험 공부를 했습니다. 4월 막바지에는 독학사 2단계 접수가 있어서 본격적으로 미리 공부해두었습니다. 시간제강의 기말고사 과제와 토론이 있었습니다. 여전히 월요일부터 일요일까지 아르바이트를 하면서 하루 순수 영어 공부시간은 2시간 미만이었습니다.

5월-텔레마케팅 필기시험이 있는 달이었고 매우 열심히 준비합니다. 조 독학사 2단계 3과목(마케팅원론, 경영정보론, 인적자원관리)을 집중적으로 공부했습니다. 이 학과목을 공부하면서 경영학과는 내 적성이 아니라고 판단했습니다. 그러면서 다시 진로를 고민하게 되었습니다. 내가 잘하는 게 뭔지 고민을 했습니다. 이때는 자격증이나 독학사 시험 준비와 함께 월요일부터 일요일까지 아르바이트 하느라 영어 공부를 거의 못했습니다.

6월-텔레마케팅 필기시험에 합격하고, 독학사 2단계도 합격했습니다. 시간제강의 2학기에 5과목을 신청했습니다. 총 15학점. 가장 기쁜 일은 평일 아르바이트를 그만두고 본격적으로 영어 공부를 시작한 것입니다. 그리고 텔레마케팅 실기시험을 준비하고, 독학사 3단계도 조금씩 공부했습니다. 1~5월까지 틈틈이 공부한 결과 어느 정도 영어 단어에 자신감이 생겼고 문법도 익숙해졌습니다. 주말 아르바이트는 계속했습니다.

7월-텔레마케팅 실기시험을 봤습니다. 독학사 3단계를 접수하고 2과목(소비자행동론, 노사관계론)을 본격적으로 공부했습니다. 3단계는 조금 까다롭기 때문에 독학사 공부시간이 많아졌습니다. 그러면서 동시에 영어 공부에 더욱 박차를 가합니다. 방학이기 때문에 사람들도 열심히 공부하는 달이라 긴장감이 고조되었습니다. 주말 아르바이트를 계속했습니다.

8월-독학사 3단계 시험을 봤습니다. 감사하게도 텔레마케팅 실기시험까지 합격하게 되었습니다. 시간제 중간고사 기간이라 시험과 과제, 토론을 하게 됩니다. 주말 아르바이트를 계속했습니다.

9월-독학사 3단계도 모두 합격해서 다행히 학점을 거의 채울 수 있었습니다. 중순쯤에 주말 아르바이트도 그만두게 되었습니다. 시간제강의, 기말고사만 준비하면 되었습니다. 이제 영어 공부를 정말로 본격적으로 하게 되었습니다. 새벽에 일찍 일어나 수업을 듣고 하루 종일 학원에서 자습했습니다.

10월-언제나 모의고사를 보면 영어가 50~60점대였습니다. 열심히 공부해도 성적은 오르지 않았지만, 그래도 꾸준히 공부했습니다. 문법은 어느 정도 정리가 되었고, 문법 오답노트도 만들었습니다. 단어는 이제 좀 자신감이 있었습니다. 완벽하지는 않지만 단어가 쉬워졌습니다. 처음에 경악했던 단어들은 이제 식은 죽 먹기가 됩니다. 10월부터 학원 스터디에 들어서 스터디원과 시험지를 풀고 공부하게 됩니다.

11월-수업도 열심히 듣고 반복도 계속했습니다. 그동안 보았던 교재를 처음부터 끝까지 다시 보는 작업도 했습니다. 몇 번 보았는지는 모르지만 그냥 계속 보았습니다. 스터디를 하면서 시험 감각을 키웠습니다. 단어도 정말 많이 외우고 고시원에서 밤늦게까지 단어를 반복해서 암기했습니다.

12월-11월과 같은 패턴으로 공부했습니다. 일주일에 모의고사 3~4개 풀고 해설지를 보지 않고 해석하는 연습을 하고, 단어와 교재를 반복했으며, 밤늦게까지 단어를 보고 잤습니다.

1월-하루에 모의고사 1개씩 풀고 꼼꼼히 해석하는 연습을 하며 오답을 정리했습니다. 문법 오답노트를 반복하고, 단어장을 다시 한 번 보고 잊어버리지 않도록 계속 반복해서 암기했습니다. 실전 시험 볼 때는 편안한 마음으로 차분히 문제를 풀어나갔습니다.

■ 시간제강의(학사 준비) ■

유명한 편입 카페를 통해 알게 된 원격평생교육원에 상담을 받고 제가 들어야 할 과목과 독학사 시험 과목, 자격증 목록표를 받았습니다. 시간제강의를 듣는 사람이라면 아마도 그 사이트에서 상담을 받고 따로 시간표 짜주는 분이 있습니다. 그분에게 목록표를 받고 자신이 부족한 학점을 어떤 과목으로 채워야 하는지 알게 될 겁니다. 하지만 여기서 중요한 점은 그 목록표 짜준 대로 무조건 하는 게 아니라 다시 한 번 점검하면서 학점은행제에 물어봐야 합니다. 즉 내가 듣는 과목이 학점으로 인정되는지 확인해야 합니다. 간혹 학점으로 인정되지 않는 듣도 보도 못한 과목이 있을 수 있습니다. 저 같은 경우는 그런 학과목이 없었으며 별 문제 없이 학점을 인정받게 되었습니다. 그러면서 1년에 총 13개의 인터넷 시간제강의를 들었습니다.

사회복지실천론, 사회복지조사론, 지역사회복지론, 광고학, 무역학개론, 사회학개론, 산업심리학, 인간관계론, 인력 개발과 활용, 사회복지개론, 경영학개론, 경제학개론으로 총 39학점을 채웠습니다. 1학기에는 8과목을, 2학기에는 5과목을 들었습니다. 제가 들었던 과목은 한 과목당 원래는 15만 원이었는데 할인해서 10만 원 정도 했던 걸로 기억합니다. 대학 수업료보다는 싸지만 만약 아르바이트 해서 충당하려면 너무 비싼 금액이었습니다. 거기다가 이 강의를 들으려고 공짜 넷북을 신청해서 한 달에 4만 원 정도의 통신비가 들었습니다.

시간제강의라고 해서 너무 만만히 보면 안 되는데, 독학사나 자격증 같은 경우 학점 점수가 몇 점인지 나오지 않기 때문에 이 시간제강의로 본 시험이 최종 학점 점수가 된다는 겁니다. 저의 경영학 학사 학점 점수가 3.81인데, 이것이 시간제강의 점수입니다. 평소에 시간제강의보다는 영어 공부를 더 우선순위로 두었기 때문에 시간제강의를 넷북으로 틀어놓기만 하고 듣지 않았습니다. 초창기에는 시간제강의를 열심히 들었지만 조금 부질없다는 생각이 들어 영어 공부에 더 치중했습니다. 다만 시험기간에만 반짝 공부해서 시험을 봤습니다.

시간제강의를 하는 사이트가 많이 있는데, 이것도 잘 알아봐야 합니다. 어떤 곳은 시험 자료를 안 주는 곳도 있다고 합니다. 또는 너무 시험이 어려워서 학점 받기 어려운 곳이 있기도 하고요. 이런 점들도 하나하나 꼼꼼히 따지면서 내게 맞는 교육 사이트를 찾아내야 합니다. 또는 독편사나 여러 카페에서 합격한 분들 중 학사 학위 받은 분들께 쪽지를 보내 어떤 곳에서 시간제강의를 들었는지 묻는 것도 한 방법입니다.

■ 독학사(학사 준비) ■

학점은행제 학사 학위를 준비하는 사람들이 보는 시험입니다. 독학사 시험은 총 1~4단계로 되어 있습니다. 1단계는 교양 과정 인정시험, 2단계는 전공기초 과정 인정시험, 3단계는 전공심화 과정 인정시험, 4단계는 학위 취득 종합시험입니다. 처음 이 시험을 준비할 때 '뭐가 이렇게 복잡해?'라고 생각할 수 있지만, 그렇게 복잡하지 않아요. 차근차근 알아봅시다.

이 시험의 장점은 1~4단계까지 시험을 다 본다면 학사 학위가 나온다는 겁니다. 그러면 쓸데없이 시간제강의나 자격증 같은 걸 안 해도 됩니다. 또 한 과목당 학점이 높아서 4학점 5학점 이렇게 됩니다. 하지만 매우 치명적인 단점이 있습니다. 4단계가 무척 어렵다고 합니다. 그래서 많은 사람들이 4단계까지는 시험을 치지 않습니다. 저 또한 떨어질 염려가 컸기 때문에 3단계까지만 시험 보고 시간제강의나 자격증으로 대체했습니다. 독학사는 1년에 딱 한번밖에 보지 않기 때문에 떨어지면 그대로 끝이라고 생각하면 됩니다. 마지막에 독학사 떨어져서 자격증으로 대체하는 분들이 꽤(?) 있거든요. 그러면 정말 영어 공부에 치명타를 주게 됩니다. 마지막에 학점 채우기 급급해서 영어 공부할 시간에 자격증으로 시간을 보내곤 합니다. 이렇게 되지 않으려면 독학사를 철저히 준비하는 마음가짐이 필요합니다.

저는 독학사를 총 9과목 보았습니다. 1단계는 국어 · 국사 · 국민윤리 · 문학개론, 2단계는 소비자행동론·노사관계론·인적자원관리, 3단계는 마케팅원론·경영정보론. 제가 가장 견디기 어려웠던 점은 아르바이트 하면서 이 모든 과목을 소화해야 한다는 점이었습니다. 특히 1단계 국사 때문에 많이 애먹었습니다. 고등학교에서 배웠는데 기껏해야 구석기 신석기 정도만 기억하고, 역사라면 제가 제일 못하는 것 중에 하나이기도 했습니다. 그래도 반드시 붙어야 하는 시험이기 때문에 조금 많은 시간을 투자했습니다. 아르바이트 하면서 봤는데 하루 한 과목당 꼭 30분~1시간은 시간을 내서 보았습니다.

독학사 1단계 시험은 3월이기 때문에 2월부터는 철저히 준비했습니다. 특히 국사를 중점으로 다른 과목을 차근차근 암기해 나갔습니다. 책은 EBS 교재로 보았습니다. 정리가 잘 되어있습니다. 물론 책이 너무 두껍다고 생각하는 분들은 다른 책으로 공부해도 되지만, 이해 위주로 공부하고 싶으면 EBS만큼 좋은 독학사 책은 없다고 봅니다. 1단계는 요약집 같은 게 있어서 따로 정리할 필요도 없이 그 요약집에다가 정리하면서 외웠습니다.

독학사 시험 보기 10일 전부터 우선순위를 독학사로 두고 공부했습니다. 독학사에서 떨어지면 자격증으로 대체하거나 아니면 2, 3단계에서 더 어려운 과목을 봐야 하기 때문에 정말 말 그대로 '초집중'을 했습니다. 월화목금은 학원 수업을 들었는데, 오전 10시가 넘어서 수업 끝나면 10시 30분에 시작해서 오후 1시까지 독학사 공부를 했습니다. 영어 단어 1시간 암기하고 오후 2시부터는 아르바이트를 하러 나갔습니다. 편의점 아르바이트를 하면서 1단계 4과목을 틈틈이 암기했습니다. 공부하는 방법은 1시간에 20~25쪽 정도 읽고 이해하는 걸로 했습니다.

처음에는 잘 모르더라도 회독 수가 늘어나면 점점 글이 익숙해집니다. 그렇게 읽은 다음 요약문을 꾸준히 암기하고 복습한 결과 모두 안정적으로 합격했습니다. 2단계, 3단계도 마찬가지로 EBS 교재를 선택했습니다. 2, 3단계는 요약집이 따로 없기 때문에 인터넷에서 내가 공부하는 과목 요약집을 따로 찾아서 인쇄하고 그 요약집으로 단권화를 했습니다.

2단계 공부는 하루 1시간씩 투자했습니다. 시험 40일 전부터 준비했고 하루도 빠짐없이 공부했습니다. 처음에는 그냥 이해하면서 글을 읽습니다. 2단계부터는 1단계와 다르게 조금 더 어려워지기 때문에 글을 받아들이는 속도가 더 늦었습니다. 저 같은 경우는 글에 대한 부담감과 거부감이 많기 때문에 글을 읽을 때 인지하는 것이 너무 더디고 힘들었습니다. 읽으면서 이해하려고 해도 꾸벅꾸벅 졸게 되고 집중하기 어려웠습니다. 더 이상 안 되겠다 싶어서 저만의 글 읽기를 터득하게 되었습니다.

A4용지를 4등분으로 접은 뒤에 글자 밑받침으로 씁니다. 그리고 한 문장씩 또박또박 인

지하면서 글을 읽어갔습니다. 만약 읽었는데 이해가 안 가면 다시 반복해 읽으면서 이해가 갈 때까지 생각해보고 고민해보았습니다. 글 읽는 것이 지루하고 인지가 힘든 분들은 한번 따라해봐도 좋을 거라 생각합니다.

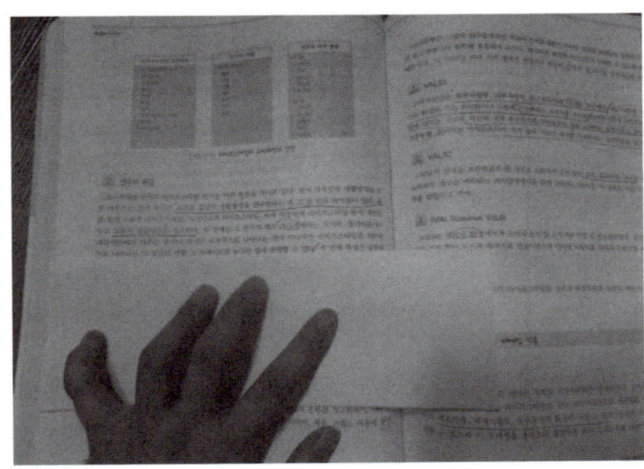

◀ 나만의 독학사 글 읽기방법

요약집으로 단권화를 하고 난 뒤 철저히 암기하고 회독 수를 늘려 가면 큰 문제가 없을 것이라 생각됩니다(저는 6~8회독 했습니다). 주관식은 저도 걱정을 많이 했었는데, 암기하고 나서는 꼭 보지 않고 직접 써봐야 합니다. 시험 때 생각이 안 나는 경우가 종종 있으니 인터넷에서 기출문제를 찾아서 기출문제를 참고하고, 나올 문제를 예상해서 답안을 만들어보는 것도 큰 도움이 됩니다.

■ 자격증(학사 준비) ■

저는 다행히 독학사를 모두 통과했기 때문에 자격증을 1개만 보았습니다. 텔레마케팅관리사 자격증 시험을 봤었습니다. 필기와 실기시험 총 2번 시험을 봅니다. 우선 필기를 합격해야 실기를 볼 수 있습니다. 필기도 독학사 공부한 것처럼 책을 다독하면 됩니다. 텔레마케팅은 시대고시에서 나온 책을 보았고 6회독 정도 했습니다. 필기시험은 다행히 객관식이기 때문에 그렇게 문제가 어렵지는 않았습니다. 하지만 이 시험 또한 엄연히 시험이기 때문에 너무 만만하게 보다가는 뒤통수 맞는 경우가 있습니다. 실기는 약간 난이도가 있는데, 거의 암기가 주된 시험이라고 생각합니다. 역시 기출문제를 참고해서 이해를 바탕으로 내용을 달달 외우면 문제되지 않습니다.

■ 학원 vs. 독학 ■

이 부분에 대해서 의견이 분분합니다. 저는 학원을 다녔습니다. 학원을 다녔기 때문에 그

덕을 아주 톡톡히 보았습니다. 어렸을 때부터 공부하는 습관이 배어있지 않고, 영어 공부할 줄 모르고, 또 혼자 자신을 컨트롤하지 못한다면 절대 독학하면 안 된다고 생각합니다. 저 또한 영어 공부할 줄 몰랐기 때문에 만약 독학을 했다면 중도에 포기하고 싶어서 슬럼프에 많이 빠졌을 겁니다. 또 합격도 절대 못했을 것 같습니다. 하지만 학원을 다님으로써 자습실 자리를 차지하기 위해 새벽 일찍 일어나게 되었고, 학생들이 열심히 공부하는 모습에 자극을 받아 공부했으며, 선생님의 따끔한 충고에 정신 차리게 된 날도 매우 많았습니다.

그 반대로 어렸을 때부터 나름 공부를 많이 해봤고 컨트롤할 줄 알면서 슬럼프에 빠지지 않고 영어 공부를 해본 사람이라면 혼자 공부해도 무난하다고 생각합니다. 오히려 학원을 다녀서 자신이 꾸준히 잘해온 패턴을 잃어버려 방황할 수도 있습니다. 그래도 독학과 학원을 고민한다면 한두 달 정도는 학원 다닌 후 결정하는 것이 좋을 것 같습니다.

학원을 선택할 때 팁은 그 학원의 분위기와 가르치는 선생님을 직접 내 눈으로 보는 것입니다. 예전에 들은 얘기지만 어떤 학원은 연애하는 사람들도 많고, 시끄럽고 공부할 분위기가 아니라고 하는 곳도 있고, 수업시간에 대충 가르치는 선생님도 있다고 합니다. 그만큼 학원 환경이 굉장히 중요하니 신중하게 꼼꼼히 알아봐야 합니다.

단순히 대형 학원이기 때문에, 소문이 좋기 때문에, 학원비가 비싸면 무조건 좋을 것이라는 생각을 가지고 등록하지 말고, 여러 학원의 설명회에 참석하고 또 직접 그 학원을 방문하는 것이 좋습니다. 그리고 가장 눈여겨봐야 할 것이 그 학원에서 사용하는 교재입니다. 학원 교재를 봤는데 내 마음에 들지 않으면 선택하지 않는 것이 좋습니다.

■ 아르바이트 ■

부모님 몰래 학교를 자퇴할 수밖에 없었던 것은 집안 환경 때문도 있습니다. 저희 집이 삼남매인데 모두 미술이 좋아 미대 진학을 준비했습니다. 그러니 돈이 어마어마하게 들었고, 여기서는 개인적인 얘기라서 말할 수는 없지만, 그 당시 집안 사정이 매우 안 좋아졌습니다. 때문에 부모님이 편입 비용을 전혀 대주실 수 없었습니다.

저는 이미 오래 전부터 편입을 생각하고 있었고, 부모님께 폐 끼쳐드리지 않기 위해 쌍둥이 언니(배우리)와 같이 편입을 몰래 준비하게 됩니다. 대학교 1학년 겨울방학 때 편입과 관련된 모든 계획을 다 세워두었고, 부모님께는 학교 다니는 행세를 해야 했습니다. 등록금은 어떻게 했냐고 물으시면 장학금 받았다고 했습니다. 대학교 1학년 때 정말 열심히 학교생활을 했고 성적우수장학금을 받았기 때문에 부모님이 다행히(?) 믿어주셨습니다. 지금 생각하면 엄청난 거짓말을 했고 부모님께 죄송하지만, 당시에는 그 방법이 최선이었습니다. 부모님이 걱정을 안 하시니 서로에게 좋은 일을 한 셈입니다. 부모님이 "학교생활 어때?" 하고 물으시면 섬뜩하다가도 자연스럽게 둘러대서 너무 죄송했지만, 그만큼 더 열심히 공부했습니다.

　이 글을 읽고 있는 분들 중에 혹시나 부모님께 편입 사실을 알리고 싶지 않은 분들도 있을 것입니다. 금전적으로 편입 준비가 가능하면 꼭 부모님께 사실을 알리고 준비하라고 하고 싶습니다. 사실 아르바이트 하면서 편입 영어 공부하기란 도박과 같다고 말하고 싶습니다. 만약 아르바이트를 안 해도 되는 상황이라면 하지 말고 공부에 집중하길 바랍니다.

　저 같은 경우 편의점 아르바이트를 했습니다. 평일에는 오후 3시부터 10시 30분까지, 주말에는 오후 4시부터 10시까지 했습니다. 왜 시급도 적은 편의점 아르바이트를 했냐고 묻는다면 공부하기 위해서입니다. 다른 아르바이트는 시급이 센 대신에 공부할 시간이 없었습니다. 그래도 사람이 많지 않은 편의점의 경우 앉아서 책을 펴고 공부할 수 있습니다(여기서 혹시나 편의점 아르바이트를 하는 분들을 위한 팁을 드리자면 사람이 많지 않은 편의점을 알아보는 방법이 있는데, 우선 그 편의점 위치를 알아낸 다음 포털 지도에서 '거리뷰'를 보고 인적이 많은지 적은지 구별하면 됩니다). 덕분에 아르바이트 하는 중간에 공부도 하면서 편입 비용을 마련했습니다. 물론 매일 아르바이트를 해야 하기 때문에 몸도 마음도 지쳤던 것은 사실입니다. 돈을 아껴야 했기 때문에 먹는 것을 아끼다가 영양이 부족해서 쓰러질 뻔한 적도 몇 번 있었습니다. 하지만 그렇게 불평불만 해봤자 남는 것은 없기 때문에 더 악착같이 공부하게 되었습니다.

바닥에서 일어선 편입 영어 공부법

■ 단어 ■

　'세상에는 이런 단어들도 존재하는구나!' 초창기 1월부터 영어를 처음 시작했는데, 정말 경악했습니다. '뭐 이런 단어들이 있어?'라는 생각으로 가득 차 있었습니다. 저의 처음 편입 베이스는 토익 300점대입니다. 그러니 기초 영어 단어도 제대로 모르고 시작했다는 겁니다. 정말 저에게는 편입 단어들이 말 그대로 신세계였습니다. solace, germane, nebulous 등 정말 듣도 보도 못한 단어투성이었습니다.

　뭐부터 해야 할지 막막하고, 단어는 또 어떻게 외워야 하는지 도저히 감을 못 잡았습니다. 학원에서 매일 단어시험을 보는데, 도대체 어떻게 해야 하는지 너무 막막했습니다. 머리가 깨질 듯 아프고 단어가 너무 어려워서 화가 난 적도 많았습니다. 외우고 싶지만 잘 외워지지 않았습니다. 정말 말 그대로 매일 '멘붕' 상태였습니다. 그러던 중 학원에서는 다들 단어장을 사용하고 있어서 저도 따라서 단어장을 만들기 시작했습니다. 단어장이라고 하면 문방구에서 파는 고리가 달린 단어장을 말합니다.

처음에 단어장을 어떻게 만드는 줄 몰라서 아무렇게나 만들었습니다. 그리고 하루에도 몇 번 씩 그 단어장을 보았습니다. 학원에서 보는 책이 있었는데, 그 책은 총 30unit으로 되어 있었습니다. 1unit당 기본 단어는 30개, 유의어까지 합하면 약 120개가 있었는데, 모르는 단어가 거의 80% 이상이었습니다. 하루에 두 챕터씩 계속 보고 암기했습니다. 그렇게 열심히 외우고 또 외웠는데 첫 단어시험에서 15문제 중 반타작 했던 것으로 기억합니다. 뭐, 처음 본 것 치고는 나쁘지 않다고 생각했습니다. 그래도 만점 맞는 학생들이 있고, 잘하는 학생들이 많은 것 같아서 더 분발하려고 노력했습니다. 저는 오로지 학원에서 외우는 단어책 3권으로만 단어를 외웠고, 거의 다 암기할 정도로 그 책만 보았습니다. 나중에는 책이 완전히 너덜너덜해져서 이제는 펼 때마다 찢어질 정도입니다.

단어장은 자신이 편한 방식으로 쓰면 좋고, 자신만의 방식으로 쓰는 것이 좋습니다. 초창기에는 어떻게 하는지 몰라 방황하지만, 계속 하다 보면 언젠가는 자신만의 노하우가 생깁니다. 제 경우에는 학원 단어 교재를 보면서 모르는 단어를 쓰고, 그 단어의 유의어와 반의어 및 예문을 썼습니다. 그리고 맨 밑에는 한국말로 된 뜻을 적어서 최대한 뜻을 보지 않도록 했습니다. 그리고 틈틈이 그 단어장을 보았습니다. 학원 갈 때, 집에 갈 때, 아르바이트 하면서 등 자투리시간을 활용하기도 하고, 공부하면서 책 앞에다가 바로 단어장을 놓고 계속 단어를 노출시키려고 노력했습니다.

또 제가 많이 썼던 방법은 머릿속으로 공부하는 것인데, 집에 오고 가면서 공부하기 어려운 상황에 많이 사용했습니다. 집에 가면서 영어 단어장을 들고 가다가 단어장을 들고 공부를 못할 때가 있습니다. 가령 버스를 타야 한다거나 할 때는 단어장에 적힌 단어를 일단 머릿속에 인식해둡니다. 그런 다음 그 단어를 계속 상기하면서 떠올리는 겁니다. 최대한 재미있게 상기하는 연습을 했습니다. 다른 사람이랑 얘기를 하다가도, 사람들이 시끄럽게 떠드는 곳에서도 단어를 떠올려보는 겁니다. 버스에 사람이 꽉 차서 답답한 상황에서도 우리 머리는 공부할 수 있습니다. 오히려 그런 상황에서 내가 지금 외우고 있는 단어를 연결시켜서 외우면 더 오래 기억되는 효과도 있습니다. 처음에는 정말 잘 안 되고 번거롭더라도 머릿속으로 계속 공부하는 자신만의 방식을 만들어보는 것도 좋습니다.

단어는 말 그대로 꾸준함과의 싸움이고, 얼마나 성실하게 암기하고 내재화하느냐로 결정

됩니다. 그리고 당장에 실력이 오를 수 없는 것이 바로 단어입니다. 아마도 영어 수준이 기초고 편입 영어가 처음이어서 어려운 분들은 머리가 깨질 듯이 아프고 외우는 도중에는 화가 날 겁니다. 아무리 해도 안 외워질 것만 같은 단어투성이에다 그 양은 또 얼마나 방대한지, 도대체 어떻게 해야 할지 막막해 미칠 지경이 될지도 모르겠습니다. 하지만 너무 성급하게 생각하지 마세요. 조급할수록 단어와는 친해지지 못합니다. 천천히 하지단 아주 꾸준히만 한다면 나도 모르게 '어, 이걸 언제 외웠지?' 하고 그냥 생각날 날이 반드시 옵니다. 시험 볼 때까지 잊지 말고 꾸준히 단어를 봅시다.

■ 문법 ■

문법은 제가 정말 힘들어했던 것입니다. 우리들은 고등학교까지 어떤 형태로든 문법이란 것을 배웠습니다. 하지만 정작 계속 기초만을 찾고 있는 현실을 볼 수 있습니다. 저 또한 계속 기초만을 찾아 헤맸고, 고등학교 때는 영어가 너무 싫어 수업시간에는 항상 멍 때리고 딴 생각하기 일쑤였습니다. 선생님은 수동태, 능동태, to부정사, 명사절, 부사절 등등 나에게 어려운 용어를 남발하며 더 혼란에 빠뜨렸고, 영어를 근접할 수 없는 존재로 만들었습니다.

처음 학원에 갔을 때도 마찬가지였습니다. 역시 머리는 멍 때리며 전혀 이해하지 못하고 있었습니다. 동사, 명사, 형용사 정도는 알고 있었는데, 그 이상의 용어는 전혀 알 수 없었습니다. 일단 용어부터 알아야 했습니다. 그래야만 수업을 이해할 수 있을 것 같았습니다. 그래서 큰 책방에 가서 문법책을 둘러보았습니다. 편입 영어에서 가장 유명한 어법책을 봤습니다. 그 당시 제 수준에 어려운 책이었습니다. 나한테 더 맞는 책이 없을까 하다가 발견한 책이 있습니다. 『○○○ 영문법』이라는 책인데 제 수준에 딱 맞았습니다.

용어 설명도 되어 있고 이해하기 쉬워서 우선 그 책으로 1월부터 공부해나갔습니다. 학원에서 수업하기 전에 그 책을 살펴보았고, 수업시간에 예습한 문법 용어들을 이해해나가는 방향으로 공부했습니다. 그렇게 꾸준히 개념을 정리하면서 5월 정도가 되니 수업시간에 선생님이 말하면 80% 정도는 이해가 될 정도로 수준이 높아졌습니다. 또 제가 다닌 학원의 가장 큰 장점은 선생님이 무한 반복을 해주기 때문에 문법을 잊고 싶어도 잊을 수 없게 만들었습니다. 그렇게 꾸준히 공부한 결과로 정말 초보적인 수준에서 어느 정도 실력이 쌓였고, 그때부터 문법 문제를 본격적으로 풀어나갔습니다.

문법 오답노트는 7~8월 정도부터 만들어 꾸준히 반복했습니다. 저는 꽤 늦게 만든 편인데, 오답노트는 어느 정도 문법에 익숙해지면 되도록 빨리 만드는 것이 좋습니다. 문법 오답노트 앞에는 내가 잘 모르고 풀었는데 어쩌다 맞은 문제들, 정확한 개념을 모르는 문제들,

틀린 문제들을 적고, 그 뒤에는 답과 설명을 적으면 됩니다. 그리고 그 문제에 대한 기억을 다 잊어버린 시점에 다시 문제를 풀면서 개념을 이해하면 됩니다. 오답노트 또한 개인마다 다르니 노하우를 쌓아 자신만의 노트를 만들면 좋을 것 같습니다.

■ 논리 ■

논리는 제가 가장 싫어하는 파트였지만, 마지막에는 가장 재미있는 파트가 됐습니다. 어릴 때부터 '논리' 이런 말만 들으면 그냥 무턱대고 싫어했던 저였지만, 지금은 왠지 더 배워보고 싶고 도전하고 싶은 마음이 듭니다.

가장 어려운 논리 문제는 역시 빈칸이 두 개 있는 것입니다. 이것도 맞는 것 같고 저것도 맞는 것 같고, 특히 선택지 단어를 모른다면 틀릴 수밖에 없는 문제도 있습니다. 어떨 때는 어법이 가미되어 난해한 문제가 되기도 하고, 또 해답을 봤는데도 이해가 안 되는 것이 있을 수 있습니다.

논리는 단어, 문법, 사고력이 적절한 수준에 오르지 못한다면 고득점을 할 수 없습니다. 마지막까지 꾸준히 풀어야 하고, 접근하는 방법도 있기 때문에 잘 알아두어야 합니다. 학원마다 배우는 접근법이 있는데 그 방법을 사용하고, 가장 중요한 것은 시험장에서 단어들을 처음 봤을 때 알 수 있을 정도로 단어의 양을 늘려야 합니다. 저도 처음에는 논리 문제를 거의 다 틀렸는데, 나중에 어휘력이 많이 쌓이다 보니 조금 잘하는 정도가 될 수 있었습니다. 이화여대 시험 같은 경우 논리 문제가 조금 까다롭지만 어려움 없이 잘 풀 수 있었습니다.

■ 독해 ■

독해는 단어와 문법을 모른다면 매우 곤란합니다. 특히 아는 단어의 양이 현저히 부족하면 독해가 전혀 되질 않습니다. 무턱대고 독해 먼저 하지 말고, 단어의 양을 충분히 쌓은 후에 꾸준히 공부하는 것이 좋을 것이라 생각합니다. 그렇다고 아예 안 하는 것이 아니라, 하루에 두세 지문은 꾸준히 해주어야 합니다.

편입 영어 독해에서 가장 중요한 것은 사고력입니다. 사고력이란 '생각하고 헤아리는 힘'을 말합니다. 사실 사고력을 늘리기에는 어렸을 때부터 책을 많이 읽고 생각하는 힘을 기르면서 사람들과 토론해보는 것이 좋습니다. 하지만 우리는 어릴 때부터 책을 많이 읽고 논리적으로 글쓰기를 하면서 생각과 고민하는 방법을 터득하거나 글과 관련된 활동을 많이 하지 않았습니다. 제 경우도 어렸을 때부터 시각적인 것에만 관심이 있고 TV를 하루 종일 봤으며, 생각이라는 것을 많이 해보지 못했습니다. 책도 거의 읽어본 적이 없었습니다. 편입 영어와는 조금 다른 얘기지만, 수능 언어 영역 같은 경우도 항상 만족스럽지 못한 등급을 받아왔습니다. 그것이 곧 편입 독해에 영향을 미쳤습니다. 제가 하고 싶은 말은 사고력이 부족하기 때문에 편입 영어 독해에 영향을 미쳤다는 이야기입니다. 예를 들어 편입 영어 문제에 한국말로 된 해설지를 보아도 도통 이해가 안 가는 경우입니다. 여러 가지 인문학적 지식으로 써놓은 글들을 보면 숨통이 막혔습니다. 그러한 내용의 문장들을 한국말로 써 놓아도 이해하지 못하는데, 그것을 영어로 보면 이해가 갈까요? 오히려 '난 지금 뭘 풀고 있나?' 하는 생각과 함께 글에 대한 흥미를 놓쳐버리고 맙니다. 그리곤 편입 영어는 미치도록 어렵다고 말하게 됩니다. 또 독해가 미워집니다.

저 또한 독해 때문에 많이 당황하고 방황했던 학생입니다. '내가 평소에 책을 읽어야 하나?' 하는 고민부터 시작해서 '나는 왜 이렇게 스키마가 없을까?' 하는 자책까지, 독해가 너무 어려워서 중심을 잡지 못하고 있었습니다. 편입 영어 독해는 수능 언어 영역보다 더 어려운 학구적인 글을 영어로 푸는 것과 마찬가지라고 생각합니다.

독해 글을 읽다가 내가 아는 글이라면 확실히 글 읽은 속도와 정확도가 몇 배 상승합니다. 그렇다고 문제를 모두 맞히느냐? 슬프게도 그렇지는 않습니다. 다만 읽는 속도와 정확도가 높아지는 것뿐이지, 문제를 모두 맞힌다는 보장은 없습니다. 오히려 너무 많은 스키마를 가지고 있어서 자칫 주관적으로 문제를 풀 가능성도 커집니다. 그러면 어떻게 해야 이 난관을 헤쳐 나갈 수 있을까요? 평소에 꾸준히 다양한 스키마에 많은 관심을 가지고 영어로 된 text를 많이 보는 수밖에 없다고 봅니다. 그리고 꾸준히 글을 읽으며 reading skill을 적용하는 것입니다. 다행히 편입 영어 독해 문제는 우리들에게 고차원적인 질문을 하지 않습니다. 지문 내에서 정보를 잘 캐치한다면 충분히 다 맞힐 수 있는 문제로 가득 차 있습니다.

저만의 독해법을 따로 말하자면, 우선 한 문장 한 문장 끊어가면서 엄청 꼼꼼하게 해석하는 연습을 했습니다. 그리고 해설지를 안 보고 스스로 해석하는 연습을 했고, 해설지를 보지 않고 답을 찾아가는 과정을 적었습니다. 그런데 해설지를 안 보고 하는 것을 10~11월이 되어서야 해서 매우 후회했습니다. 저는 EBS '공부의 왕도'에서 영어를 잘하는 사람을 보고 따라서 해보고, 저만의 개성이 있는 공부법으로 발전시켜나갔습니다. 예전에는 답답해서 해설지에 의존했었는데, 그러면 실력이 느는 속도가 굉장히 느립니다. 또 의존하다 보니 문제를 푸는 데 자립심이 생기지 않았습니다. 해설지를 안 보고 스스로 해석하는 연습을 하면 시간이 매우 많이 들지만, 대신 자립심이 생겨서 독해할 때 또는 문제 풀 때 판단력이 빨라집니다. 그리고 반복할 때 기억에 더 오래 남습니다.

영어를 정말 잘하는 사람들을 보면 어렸을 때부터 사고하는 법을 해왔을 뿐만 아니라 영어로 된 책 또는 영어로 된 text를 우리가 생각하는 것보다 훨씬 더 많이 읽어온 사람들입니다. 하지만 그렇게 꾸준히 하지 못했다면, 1년이라는 짧은 기간에 편입 영어를 준비하는 것 자체가 어려운 게 정상입니다. 그래서 더 피나는 노력이 필요한 것이 사실이고, 그렇게 노력 했어도 점수가 안 오르는 것이 오히려 더 정상이라고 생각합니다. 하지만 편입시험은 상대평 가고 그 중에서 잘하는 사람만 합격하는 시험입니다. 앞에서 언급했던 영어를 정말 잘하는 학생들은 이미 예전에 좋은 대학에 들어갔고, 편입을 준비하는 사람들 중에서는 일부 소수만 존재합니다. 그러니 대부분 편입 경쟁자는 나와 비슷한 수준이고, 영어를 많이 해보지 않은 사람이 대부분입니다. 그렇다고 안심할 수는 없습니다. 왜냐하면 편입을 하는 사람들 중 대 다수는 이미 많은 후회와 반성을 한 사람이고, 사회에서 쓴 경험을 한 사람도 많습니다. 인 생을 바꾸려 하는 사람들이기 때문에 저돌적으로 노력하는 사람들이 많습니다. 만약 나태해 지거나 포기하려는 순간 이미 그 사람은 경쟁자가 안 된다는 것입니다. 피나는 노력으로 text 읽는 양을 늘리고, 스키마를 쌓고, 문제 풀 때는 학원 또는 독학으로 습득한 reading skill을 적용하고, 남들보다 더 많은 단어를 외우려 노력하는 수밖에 없습니다.

추가로 제가 공부할 때 굉장히 많은 도움을 받았던 사이트가 있습니다. 검색창에 'EBS 공 부의 왕도'라고 치면 됩니다. 물론 이것은 수능과 관련된 공부법이지만, 저에게 굉장히 위안 이 많이 되고 공부법에 도움을 줬던 사이트입니다. 특히 그들만의 암기법이라든가 독해 방 법, 마음가짐 측면에서 도움을 많이 받았습니다. 혹시나 시간 나면 들어가서 공부를 잘하는 수험생들의 공부하는 모습을 살펴보고, 그들이 생활하는 모습, 마음가짐, 공부 방법 중에 나 에게 적용할 것이 있으면 적용해도 좋을 것 같습니다.

■ 반복법 ■

반복법은 저도 편입 준비하면서 '반복은 도대체 어떻게 하는 거지?' 하는 궁금증으로 갈망 했던 것입니다. 아무리 해도 반복을 어떻게 하는지 잘 모르겠고, 해본 적이 많지 않아서 무 슨 규칙이 있나 싶기도 했습니다. 그래서 따로 규칙을 만들어 반복한 적은 없습니다. 다 만 틈틈이 계속 보는 것으로 했습니다. 머릿속으로 계속 상기하는 식으로 기억을 떠올렸습 니다.

수업 끝나고 오늘 배운 교재 내용을 잠깐 들춰보고, 단어장을 하루에도 수십 번 보고, 단 어 책도 몇 번 보고, 교재도 계속해서 들춰보는 식이었습니다. 산만해 보일 수 있지만, 저에게 반복법은 이것뿐입니다. 단어장의 경우, 새로 만든 단어장에 날짜를 꼭 기입합니다. 단어장 의 수가 많아지면 어떤 것부터 봐야 할지 막막할 수 있기 때문에 일주일 전에 공부했던 것을 우선순위로 반복하면서 계속해서 봅니다.

독해도 반복을 했는데, 풀어서 맞은 문제라도 지우개로 다 지워 문제를 잊어버린 상태에서 다시 풀었습니다. 그리고 다시 한 문장 한 문장 꼼꼼히 해석하면서 문제를 풀고, 풀어나가는 과정에서 어려운 문제는 내 생각을 써보면서 답을 보고 왜 그 답이 도출되는지 과정을 적었습니다. 제가 생각하는 반복은 복잡하게 생각하지 않고 그냥 보는 겁니다. 교재는 수업 끝나고 다시 보고, 단어장을 30분 정도 반복하고, 단어책을 반복했습니다.

그리고 저는 이상하게 책이 더러워지는 과정(?)을 매우 좋아했기 때문에 책 밑이 더러워질 때까지 책을 봤습니다. 왠지 책에 시커멓게 때가 묻는 것을 보면 공부한 뿌듯함을 느꼈습니다. 만약 책 밑바닥이 꽤 하얗다면 공부한 것 같지 않아서 일부러 그 책만 들춰보는 이상한 습관이 있었습니다. 여러분이 공부하는 책 밑바닥을 보길 바랍니다. 만약 새하얗게 깨끗하다면 그 책을 반복해서 보라고 하고 싶습니다.

■ 암기법(영어단어+독학사+자격증시험) ■

학창시절 시험 볼 때 빼고는 장기간 암기해본 적이 없어서 매우 고생했습니다. 우선 시험이라는 것 자체가 암기와는 떨어질 수 없는 사이라 암기는 필수입니다. 특히 단어를 공부할 때 정확히 암기하지 않으면 문제 풀 때 시간이 지체되고 정확한 답을 고를 수 없습니다. 저는 단어와 문법 같은 경우 암기를 많이 했는데, 제가 썼던 방법을 알려드리겠습니다.

첫째, 그림으로 암기하는 법입니다. 단어장에 그림을 그리면서 암기하는 방법을 말합니다. 예를 들어 'distraught'를 설명하기 위해 문장을 적습니다. 'The poor child was distraught.' 단어장에 이 문장을 적고 불쌍한 아이가 미쳐있는 장면을 그려봅니다. 머리가 쭈뼛쭈뼛 뻗어 있고 제정신이 아닌 모습을 그려봅니다. 이렇게 그림을 그리다 보면 이미지가 기억에 남고 단어가 더 기억에 오래 남습니다. 물론 이 방법을 좋아하는 사람도 있고 그렇지 않은 사람도

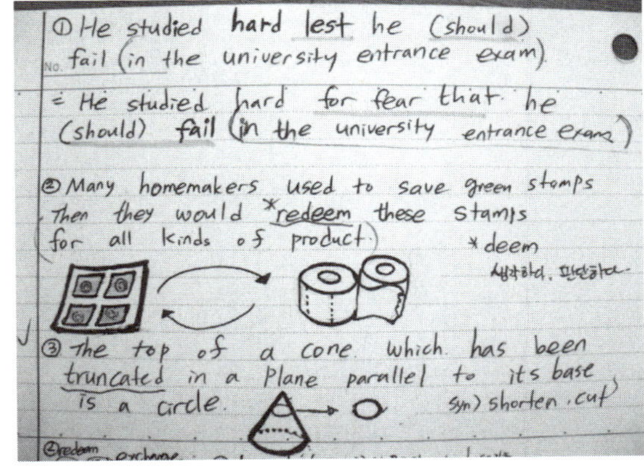

◀ 그림을 그리면서 즐겁게 암기했던 단어장

있으니 개인의 자유입니다.

둘째, 나만의 연상 암기법입니다. 이것 EBS '공부의 왕도'에서 어떤 분을 따라서 해보았는데, 저한테 유용해서 도움을 많이 받았습니다. 한 예로 'sibling'이라는 단어가 있습니다. 이 단어에는 '형제, 자매'라는 뜻이 있는데, 이 단어를 보고 연상을 해봅니다. 처음 떠올리는 것은 쌍둥이 언니입니다. 나와 같은 날 태어났고 똑같은 얼굴을 한 언니, 가끔은 나보다 동생 같은 언니의 모습을 떠올립니다. 그리고 남동생을 떠올립니다. 아이 같은 미소를 지닌 귀여운 모습을 떠올립니다. 가끔 나를 어린애 취급하는 모습도 상상합니다. 이렇게 'sibling'에 대한 자신의 경험을 통해 연상을 한 뒤 단어장을 정리합니다. 'sibling→배우리(언니), 배재일(동생)→형제, 자매' 그리고 그 밑에는 'sibling'에 대한 예문을 정리합니다.

셋째, 리듬을 넣는 암기법입니다. 이것은 외울 게 많을 때 유용하게 사용할 수 있습니다. 자신이 좋아하는 곡 또는 좋아하는 리듬에 암기할 것들을 가사로 만들어 노래 부르듯이 암기하면 됩니다. 공부하기 지루하거나 왠지 놀고 싶을 때 가끔 즐기면서 하면 지루하지 않게 할 수 있습니다.

넷째, 말로 만들어서 암기하는 법입니다. 이것을 저는 정당화 법칙이라고 합니다. 말이 안 되는 것 같지만 내가 만들었으니 정당하다고 여기고 암기하는 겁니다. 억지로 말을 만들어내서 암기하는 방법인데, 이것은 아마 많이들 사용하고 있을 겁니다. 또 'sibling'을 예로 들면 '씨~블링 내 말을 안 듣는 형제자매' 이런 식으로 말을 만들거나, 'pugnacious' 같은 경우 '호전적인, 싸우기 좋아하는'이라는 뜻인데 외울 때 pug를 '퍽퍽' 누가 때리는 것처럼 말로 만들어서 암기했습니다.

다섯째, 어근과 어미로 암기하는 법입니다. 이렇게 암기하는 것은 당연히 해야 하는 것이고, 누구나 알고 있을 것이라 생각하고 더 이상 쓰지 않겠습니다. 만약 여태까지 어근과 어미를 이용해 암기하지 않았다면 이 방법부터 사용해 암기해야 합니다.

여섯째, 머릿속으로 암기하는 법입니다. 앞에서도 잠깐 언급했지만, 이 암기법을 사용하면 시간을 절약하면서 단어를 암기할 수 있습니다. 물론 머리가 많이 복잡해지지만 나만의 공부법으로 발전시켜나간다면 엄청나게 도움이 될 것입니다. 집에 가거나 학원에 올 때, 밥을 먹을 때, 화장실 갈 때, 화장실에서 볼일 볼 때 등등 내가 방금 전까지 공부한 것을 계속적으로 상기하면서 암기하는 방법입니다. '내가 방금 뭐 공부했지?', '내가 어제 뭐 암기했더라?' 식으로 공부한 내용을 머릿속으로 정리하면서 상기하면 큰 도움이 됩니다.

이렇게 저는 수험생활 동안 계속적으로 암기법을 찾았으며, 잊어버리지 않으려고 많은 노력을 했습니다. 단 암기할 때 유의해야 할 것은 무조건적인 암기가 아니라 '이해'를 바탕으로 한 암기를 했으면 합니다. 또 잊어버리지 않게 틈 날 때마다 계속적으로 봐야 합니다.

수험기간 동안 잊지 못할 것들

■ 점수 향상의 비법, 마지막이 더 중요한 이유 ■

학원 다닐 때 학원 선생님이 한 말입니다. 평소 60점대인 사람이 성균관대 시험에서 80점을 훌쩍 넘는 점수를 받고 합격했다는 기적 같은 이야기입니다. '와, 어떻게 사람이 그러지? 스터디에도 선발되지 않았고, 학원에서 특출한 사람도 아니었는데 그게 가능한가?' 그 얘기를 듣고 처음 제가 생각했던 것입니다. 이런 얘기를 들으면 혹시 '나도 시험 때 그럴 수 있을까?' 이런 생각에 괜스레 기대를 하게 됩니다. 그러다가도 그런 마음을 접고서 '분명 무언가 있었겠지. 뭔가 우리랑 달랐겠지.' 생각하며 무심코 넘겨버렸습니다. 세상에 그런 기적은 없다고 생각했고, 있어봤자 나에게는 없을 것이라 생각했습니다.

그런데 합격 소식이 날아들었고, 그 기적같이 느껴졌던 점수 상승의 주인공은 제가 되었습니다. 최초 합격. 평소에 50~60점대, 최악일 때는 40점대를 받았는데 시험에서는 말 그대로 대박을 터뜨린 것입니다.

이화여대의 경우는 시험지 복원이 어려워 채점하기 어려웠지만, 어림짐작으로 채점해본 결과 70점대 후반에서 80점대 초반의 점수를 받았던 것입니다. 학원 모의고사에서는 맞아본 적도 없는 점수였습니다. 어떻게 나한테 이런 일이 일어난 것일까? 생각을 해보니 결국에 '나에게 이럴 만한 자격이 있다'는 결론이 나왔습니다.

본격적인 편입시험 1~2개월 전쯤에 학원 선생님과 상담을 하면서 쓰디쓴 말을 듣게 되었습니다. 상담을 하면서 저의 한심한 모습을 보고 말았습니다. 선생님이 말하는 것을 이해하지 못하고 한심한 대답, 변명 같은 대답만 늘어놓고 있었습니다. 그리고 상담을 통해 여태까지 내가 공부한 것이 모두 헛짓거리였다는 생각을 가지게 되었습니다. 그래서 울었고, 그런 내 모습이 너무 비참해서 선생님 앞에서 이를 악물었습니다. 그리고 내 안에 숨겨져 있던 어떤 악랄한 모습을 보이고 말았습니다. 제가 존경하는 선생님 앞에서 말입니다. 뭐가 그렇게 분했던지, 상담이 끝나고 정말 얼마나 많이 울었는지 모릅니다. 그 동안 힘들었던 모든 것들이 분출되어 밤새 울었습니다. 눈물이 멈추지 않는 날이었습니다. '내가 이렇게 한심했었나? 왜 난 변화하지 않는 학생인 거지? 내년에 다시 재수해야 할까?' 계속 자책하며 울고 또 울고 공부를 할 수 없는 날이었습니다. 울면서 다짐하게 되었습니다. 난 꼭 해낼 것이라고, 반드시 편입에 성공해 보일 것이라고. 누구에 대한 원망은 아니었습니다. 단지 내 자신에게 화가 났고, 그로 인해 다짐이 아주 굳게 되었을 뿐입니다. 그리고 급격히 단순해졌습니다.

시험 보기 2개월 전부터 학원 근처 고시원에서 생활하며(쓸데없는 시간을 줄이기 위해서) 평소보다 더욱 공부에 박차를 가했습니다. 새벽 6시 10분에 일어나 학원에 가서 밤 10시까지 자습을 했고, 고시원에 와서는 새벽까지 단어를 암기했습니다. 정말 열심히 암기했습니다. 그래서인지 그때가 가장 생각이 납니다. 시험 볼 때까지 선생님 기대에 못 미치는 학생이었지만, 그래도 묵묵히 열심히 공부했습니다. '그냥 하는 거다. 그냥 영어 하는 거다.' 머릿속은 온통 이 생각뿐이었습니다. 그렇게 혼자 묵묵히 공부하며 단어를 복습하고, 모의고사를 풀면서 한 문장 한 문장 꼼꼼히 해석하고 리딩 스킬을 적용했습니다. 마지막에는 더 많은 공부를 하면서 오로지 공부만 생각했습니다. 시험 날짜가 되었고, 시험도 묵묵히 봤습니다. 평소에는 긴장하면서 급하게 문제를 풀었는데, 시험 때는 너무나 차분히 편한 마음으로 시험지를 넘겼습니다. 마지막에 더 많은 공부를 하다 시험에 질려버릴 정도가 되어 너무나 익숙해졌을 뿐만 아니라, 마인드컨트롤도 자연스럽게 되었습니다.

마지막까지 더 많은 공부를 하는 것, 이것이 제가 점수를 향상시킬 수밖에 없었던 비결입니다. 시험 보기 전에 들은 선생님의 쓴말과 나의 새로운 다짐, 고시원에서 생활하지 않고 또 마지막에 영어 공부를 열심히 하지 않았더라면 아마 합격하지 못했을 겁니다. 만약 지금 이 글을 읽는 시점이 시험 보기 한두 달 전이라면 주변 사람들과 나를 둘러보세요. 여기서 합격과 불합격이 결정 난다고 봅니다. 누가 마지막까지 달리느냐? 누가 더 꾸준히 달리느냐? 누가 더 전투적으로 달리느냐?

혹시 주변에 힘들어서 지친 사람이 많지는 않은가요? 또는 내가 지쳐서 그만두고 싶지는 않은가요? 만약 지금 내가 지치고 그만두고 싶다면 복잡한 생각을 모두 잊어버리고 오직 영어 공부만 생각해보세요. 마치 시험을 보지 않을 것처럼, 오직 취미로 공부하고 있다는 마음을 가져보세요. 내가 할 수 있는 가장 단순한 생각들로 머리를 채워보길 바랍니다. 복잡한 생각들은 오히려 나를 피폐하게 만들 뿐입니다. 그리고 포기하고 싶게 만듭니다. 마지막까지 더 많은 공부를 하고, 단순하게 생각했으면 좋겠습니다.

■ 내가 하지 못해 후회한 것들 ■

세상의 다양한 이슈들, 여러 인문학적 지식들, 많은 스키마들을 얻지 못했다는 것입니다. 평소에 그런 스키마들을 알아두고 공부했으면 좋았을 텐데, 사실 학사 준비하고 여러 가지

하느라 많이 준비하지 못했던 점이 너무 후회가 됩니다. 또 편입 영어 고급 단어책을 보지 못한 것이 후회가 됩니다. 앞에서 제가 보았던 단어책을 모두 공부한 후에 시간이 있었다면 저 책들도 모두 공부했을 텐데, 역시 학사 준비랑 아르바이트 등을 하느라 보지 못했습니다.

가장 후회되는 것은 수업시간에 학원 선생님이 말한 적극적이고 능동적인 모습을 보이지 못한 것입니다. 사실 제가 자신 있는 미술을 할 때는 매우 적극적이고 능동적이고 질문도 서슴없이 했지만, 공부할 때는 그게 안 되었습니다. 그만큼 공부에 대한 '자신감'이 없어서 그런 것 같습니다. 내가 말하면 다 틀릴 것 같은 그런 자신감 부족. 공부에 대한 자신감이 있었다면 선생님에게 당당히 질문해보고 그럴 텐데, 저는 사실 그것이 많이 부족했습니다. 수업할 때 큰 소리로 대답도 못하고, 적극적이고 능동적인 모습을 보이지 못한 것이 후회됩니다.

나의 편입생활

■수면■

수면시간은 5시간 안팎이었습니다. 짧다면 짧고 길다면 긴 시간이죠. 저는 잠이 매우 많은 편이기 때문에 5시간은 너무 부족했습니다. 그래서 낮잠을 아주 즐겨했죠. 하루에 한번 꼭 낮잠을 잤습니다. 낮잠 시각은 식사 후입니다. 간혹 낮잠을 자면 안 된다고 하는 분들이 있는데, 저는 매우 반대하는 바입니다. 식사 후에 졸음이 오는데 그 졸음을 참고 공부해본 경험이 많을 겁니다. 만약 그 졸음을 꾹 참고 비몽사몽 공부한다면 그것은 아주 비효율적입니다. 공부한 것은 기억에도 없고 오히려 몸만 더 피곤할 뿐입니다. 그리고 졸음을 참는 것이 심하면 우울증까지 나타납니다. 공부하기 싫어지고 모든 것이 다 하기 싫고 포기하고 싶은 그런 기분이랄까요. 그리고 그 피곤이 오후까지 가서 늦게까지 공부할 체력이 남아있지 않습니다. 그래서 자습을 그만두고 빨리 집에 가서 잠자고 싶은 생각만 더해줍니다. 그런데 그 반대로 10~20분 정도 낮잠을 잔 후라면 아주 개운한 상태에서 더 많은 공부를 할 수 있습니다. 단 낮잠 시간은 10~20분 사이여야만 합니다. 30분 이상은 곤란합니다. 10~20분 사이의 낮잠은 공부하면서 생긴 모든 피로를 잊게 만들어주고, 저녁까지 공부할 체력을 보충해줍니다. 그렇기 때문에 저는 낮잠 자는 것은 괜찮다는 생각입니다. 물론 낮잠이 맞지 않는다면 자지 않는 게 좋겠죠.

주말에는 늦잠을 잤냐고 묻는다면, 그렇습니다. 저도 사람인지라 주말에는 쉴 겸 늦잠을 잤습니다. 오전 10~11시에 일어나기도 하고, 어떨 때는 12시 넘어 일어난 날도 있었습니다. 그래도 나와는 꼭 지키는 약속이 있었는데, 특별한 날이 아니면 늦어도 반드시 학원에 자습 하러 갔습니다. 제가 자부하는 것이라면, 편입 공부하면서 무슨 일이 있어도 단 하루도 공부 를 안 한 적이 없다는 겁니다.

■ 운동 ■

운동은 제가 잘 하지도 못하고 좋아하지도 않습니다. 아침에 학원 갈 때 뛰어 가고 집에 올 때 운동 삼아 더 빠르게 걷고, 이게 수험생활 운동의 전부입니다. 하지만 운동량이 적다 고 체력이 나쁜 것은 아닙니다. 제가 생각하는 공부할 때의 체력은 앉아서 끝까지 공부할 수 있고 지치지 않는 것이라고 생각합니다. 때문에 제가 생각한 체력만큼은 누구에게도 뒤지지 않고 매우 좋다고 생각합니다. 물론 수험생활에 운동을 하면 좋지만, 사람마다 또 너무 다 르기 때문에 개개인에게 맞는 운동을 하는 것이 좋다고 생각합니다.

■ 식사 ■

식사는 주로 도시락을 많이 가지고 다녔고, 먹는 양이 많지 않았습니다. 점심에 식사를 너 무 많이 하면 낮잠을 1시간 넘게 자는 바람에 언제나 적게 먹었습니다. 대신 낮잠을 잔 후에 저녁을 좀 일찍 먹어서 허기를 달랬습니다. 그리고 밤에 집에 가서 맛있는 것 좀 먹고 잠을 잤 습니다.

■ 스트레스 해소법 ■

스트레스를 풀 때 저는 무조건 잠을 더 많이 잤습니다. 특별히 스트레스 해소하려고 다른 것들을 하면 오히려 더 스트레스가 쌓이는 편이라, 맘 편하게 늦잠을 자거나 이불 위에서 뒹 굴거리며 휴식을 취했습니다. TV는 본 적이 없고, 놀러간 적도 없습니다. 그 당시 전화는 스 마트폰이 아니었고, 컴퓨터는 학점을 위해 강의 듣는 것 이외에는 해본 적이 없었습니다.

■ 화장 ■

수험생활이라면 정말 처절해져야 한다고 생각합니다. 그래서 화장하지 않은 맨얼굴로 당 당히 다녔습니다. 다크서클이 많은 편인데, 숨기고 싶은 다크서클을 모두에게 보여주고 다 녔습니다. 대학에 합격하고 싶은 여성 수험생 분들은 과감히 맨얼굴로 다니시길 추천합니 다. 수험생활 때 예뻐 봤자 정말 아무 소용없습니다. 나중에 더 좋은 대학 가서 화장하는 것 이 더 좋다고 봅니다. 슬프지만 수험생활 만큼은 잠시 여자이길 포기하는 겁니다. 내가 더 성숙해지는 시간이니, 얼굴에 투자하지 말고 내 실력과 능력에 더 많은 시간을 투자하세요. 화장하고 거울 보는 시간에 단어를 더 보는 겁니다.

마지막 승부

■ 고시원 생활 ■

12월과 1월 약 2개월 정도를 학원 근처 고시원에서 생활했습니다. 부모님께는 어쩔 수 없이 또 거짓말을 했지만, 이번이 마지막이라는 각오로 열심히 공부했습니다. 집에서 학원으로 오고가는 시간은 약 2시간, 새벽에 일찍 일어나야 하는 부담감, 지친 몸을 이끌고 집에 와서 언니와 수많은 잡담 1시간, 이것저것 1시간. 시간을 계산해보니 정말 쓸데없이 보내는 시간이 너무 많았습니다. 황금 같은 2개월은 오로지 나만의 공간인 고시원에서 생활하는 것이 좋다고 판단해 월 30만 원대의 고시원에 들어갔습니다. 늦게 일어나도 학원에 바로 갈 수 있다는 점이 가장 좋았습니다. 쓸데없이 보내는 시간을 줄이니 공부시간이 늘어났습니다. 덕분에 공부를 평소보다 많이 할 수 있었고, 몸과 마음이 지치지 않았습니다.

집에는 2개월 동안 두 번밖에 가지 않았고, 더 규칙적인 생활을 하게 되었습니다. 만약 이 글을 읽는 분들 중에 금전적으로 가능하다면 마지막 2개월 정도는 고시원에서 생활하는 것을 추천합니다. 쓸데없이 보내는 시간을 줄이고 오직 나만의 공간에서 더 많은 공부를 할 수 있습니다.

■ 시험 전날 한 것 ■

시험 전날은 뭔가 특별할 줄 알았는데 그런 것은 없었습니다. 그냥 '내일이 시험이네.' 정도의 무덤덤한 느낌이었습니다. '모의고사 보러 가는 날이네.'라는 생각을 가지면 마음이 더 편해질 겁니다. 시험 전날은 시험 보러 가는 학교와 관련된 모의고사 또는 기출을 1개 풀고, 그동안 정리한 오답노트 보고, 그 학교 기출문제를 다시 한 번 점검한 후 내가 여태껏 외웠던 영어 단어책을 보았습니다.

■ 시험 보러 가는 날 ■

시험 보기 전에 일찍 자서 충분한 수면을 취합니다. 그리고 일찍 시험장에 갑니다. 전 이때 단어장이나 기출문제를 점검하면서 갔습니다. 시험 보러 가는 학교에 들어갈 때 특별한 경험을 하게 되었는데, 마치 이 학교가 나의 학교인 것처럼 느끼는 것입니다. 저는 유난히 이화여대 시험 보러 갈 때 그런 느낌이 아주 강했는데, 그 덕분인지 굉장히 차분하게 문제를 풀었습니다. 시험 보러 가는 학교에 들어설 때 내가 미래에 교정을 걷고 있는 모습을 상상하고 마치 이 학교 학생인 것처럼 상상하면 마음이 더 편해질 겁니다.

공부가 어려운 학생들을 위한 조언

공부가 어려운 학생들은 공부를 많이 안 해본 학생들이 대부분일 겁니다. 저 또한 처음 공부란 것을 해봤을 때 앉아 있기조차 너무 힘들었습니다. 10분만 되면 일어서기 일쑤고, 나중에 해도 될 것을 일부러 생각나게 해서 어떻게든 공부하는 장소를 떠나려고만 했습니다.

이렇게 앉아 있기 힘든 학생들은 제가 처음에 사용했던 방법을 쓰는 것이 도움이 될 것입니다. 우선 스톱워치를 구매합니다. 그리고 1시간 30분을 잽니다. 스톱워치의 시간이 1시간 30분이 될 때까지 그 자리에서 절대로 움직이지 않는 훈련을 하는 겁니다. 화장실이 급해도, 전화가 와도, 친구가 불러도 절대로 움직이지 않습니다. 그렇게 앉아있는 훈련을 3번 반복하는 겁니다. 총 하루 5시간. 그 동안은 오로지 공부만 하는 겁니다. 매우 지루하고 고통스럽겠지만, 무슨 일이 있어도 일어나지 않는다는 다짐을 머릿속에 새겨두고 끝까지 지키려고 노력해야 합니다. 만약 1시간 30분이 안 되었는데 일어나면 그것은 무효가 되는 것입니다. 1시간 30분을 3번 모두 지킨다면 그날 하루 자유시간을 주거나 자신에게 선물을 주면 됩니다. 이 연습을 10~20일 정도 하면 앉아서 공부하는 것이 익숙해질 겁니다. 그리고 이제는 1시간 30분이 아니라 2시간, 3시간으로 시간을 더 늘려서 자연스럽게 오래 앉아 있을 수 있도록 연습합니다.

앉아서 공부하는 연습이 되었다고 공부를 잘하는 것은 아닙니다. 뭔가 더 특별한 것이 필요합니다. 바로 나만의 공부 방법입니다. 이것은 평소에 공부를 많이 해보고 내공이 쌓여야만 가능한 것입니다. 공부를 많이 안 해본 학생이라면 공부 방법이란 것이 있을 수가 없습니다. 사실 가장 좋은 방법은 공부를 계속 해보고 실패하고 극복함으로써 배우는 것이지만, 그럴 시간이 넉넉지 않으면 다른 사람이 공부했던 방식을 배우는 것이 좋습니다. 시중에 공부와 관련된 책이 무수히 많은데, 그 책을 참고하면서 적용하고 자신만의 공부법으로 다듬어가는 게 좋습니다.

편입한 후에 달라진 점

우선 나에 대한 자신감입니다. 그 전에는 실패를 더 많이 해보았고, 스스로 무언가에 도전해서 성공해본 적이 별로 없었습니다. 그런데 이번에는 내가 모든 것을 준비했고, 비록 그것이 매우 힘들었지만 큰 성공으로 돌아왔을 때 굉장한 자부심을 느꼈습니다.

학과목에 대한 열정이 생기고 진로가 확실하게 됩니다. 그 전에는 나와는 맞지 않는 전공을 공부하면서 방황을 많이 했지만, 전공을 바꾸고 나니 방황할 일이 전혀 없어졌습니다. 꿈이 더욱 확실해졌고, 앞으로 그 꿈을 향해 나아가는 것을 고민하게 되어 조금 행복해졌습니다. 여기서 말하지만, 편입에서 학과 선택은 매우 중요합니다. 만약 전공을 바꾸고자 편입하는 것이 아니라 학교를 바꾸고자 편입하는 경우라면, 편입했을 때 전공 선택을 절대로 무작위로 하지 않았으면 합니다. 만약 지원한 학과의 경쟁률이나 점수가 낮기 때문에 선택한다면, 최악의 경우에 전공이 나와 맞지 않아 방황하고 적응을 못하면서 또 다시 편입하는 사태가 올 수도 있습니다. 자신을 먼저 탐구하고 적성에 맞는 학과에 갔으면 하는 바람입니다.

성격이 긍정적으로 변합니다. 그 전에는 약간 부정적이었고 왠지 잘 안 될 것 같은 생각이 있었지만, 이제는 무슨 일이든 다 성공할 거라는 생각부터 합니다. '편입이라는 힘든 것도 스스로 극복했고 성공했는데 이쯤이야.' 하면서 어려운 일이 닥쳐도 별로 대수롭지 않게 생각하게 되었습니다.

qodnwjd123@naver.com

25 너무 기본기가 없다고 자책하고 계신가요?

검정고시에서 전문대로, 다시 성균관大 신방과로 편입

노철희

[안양과학대(전문대) ➡ 성균관대]

- **학사편입**
- **전적대학** : 안양과학대학 관광영어학과(4.4/4.5)
- **편입대학** : 성균관대학교 신문방송학과(82점/24:1)
- **나이** : 24세
- **성별** : 남자
- **합격한 학교**
  - 한국외국어대학교 스페인어학과(80초반/12:1)
  - 동국대학교 광고홍보학과(70후반/38:1)
  - 숭실대학교 벤처중소기업학과(모름/32:1)
  - 단국대학교 커뮤니케이션학과(85점/33:1)
- **불합격한 학교**
  - 고려대학교 미디어학과(68점/32:1)
  - 중앙대학교 광고홍보학과(67.5점/33:1)
  - 한양대학교 커뮤니케이션학과(80점/35:1)

어느 날 선생님과의 점심 약속 때문에 학원을 방문했을 때, 어느 분이 휴게실에서 외로이 점심을 먹으며 단어 하나라도 더 외우고자 손바닥만 한 종이 뭉치를 뚫어지게 바라보는 모습을 보았습니다. 그때 편입학원에서 보낸 1년여 간의 편입여행이 주마등처럼 스쳐감을 느꼈습니다. 학원을 선택하고 오로지 합격이란 두 글자를 보기 위해 공부했던 그날들, 그날들은 내 인생에서 눈부시게 아름다운 날들이었습니다.

노젓희

왜 대학을 가야 했을까

편입이란 제도를 생각하고 그것을 실행에 옮기기까지의 과정을 거슬러 올라가면, 18살 어린 나이로까지 올라갑니다. 저는 17살 때부터 미용사인 부모님의 권유로 미용 관련 일을 했습니다. 다행이도 적성에 맞아 손님을 대하고 스타일링 하는 것에 재미를 느끼며 미용계의 유망주(?)로 자라나고 있었습니다. 그래서 일반 고등학교에 가는 대신, 검정고시를 보고 난 뒤 미용자격증을 따 본격적으로 전문 헤어디자이너의 길을 걷고자 차곡차곡 준비해왔습니다.

매일 미용실에서 살다 보니 미용이 내가 알고 있는 것의 전부였고, 세상에서 벌어지고 있는 이슈들은 단지 흥미로운 '남의 일'이거나 참 안돼 보이는 '남의 일'에 불과했습니다. 그러던 와중에 손님들과 공감대를 만들어 지루하지 않게 해야 했기 때문에 매일 신문을 읽었습니다. 얕은 지식들을 얻기 위해 신문을 읽었던 터라 깊이 있어 보이는 내용들은 제목만 보고 넘겨버리는 습관이 있었지만, 유일하게 관심을 가지고 보았던 지면이 있었습니다. 바로 코스피와 코스닥의 상황을 말해주는 증권면이었습니다. 화살표가 위로 향하면 사람들이 좋아하고 아래로 향하면 사람들이 힘들어하는 모습을 보며 궁금증이 솟아났습니다.

'대체 주식이 뭔데 사람들을 저렇게 흔들고 있는 걸까?'

왠지 내가 하면 잘할 수 있을 것 같았습니다. 내가 하면 돈도 많이 벌 수 있을 것 같았습니다. 주위에 주식 한다는 손님들도 더러 있던 터라, 그분들에게서 여러 가지 정보를 얻었고, 서점에서 초보에게 걸맞은 주식 관련 책을 몇 권 사서 정독했습니다. 그때까지만 해도 내가 무슨 일을 벌이고 있는지 몰랐습니다.

하루가 다르게 주식투자를 해보고 싶다는 욕구가 치밀어 올랐습니다. 손님 중 한 명이 곧 크게 오를 것이라는 종목을 알려줬고, 왠지 그 종목을 사지 않으면 마치 공짜 돈을 놓치는 것 아닌가 하는 불안감에 겁 없이 1년 넘게 모아온 돈 600만 원을 그날 투자했습니다. 하늘을 걷는 듯한 느낌을 받았습니다. 마음이 붕 뜬 느낌이었습니다. 며칠만 있으면 적어도 1000만 원 이상이 될 것이란 말에, 그 큰돈이 생기면 무엇을 먼저 할까 하는 생각밖에 없었습니다. 그러나 세상은 정말 살 떨리게 무서운 곳이었습니다.

며칠 뒤, 무슨 뜻인지도 모르는 서브프라임 모기지라는 사태가 터졌다는 뉴스를 봤습니다. 일의 심각성을 전혀 알 길 없는 저로서는 그냥 내일이면 복구되겠지 내일이면 사태가 끝나겠지 하며 시간을 보냈습니다. 하지만 저의 기대와는 달리 절벽을 그리며 떨어지는 그래프로 인해 정확히 2주 만에 500만 원 가량 손해를 보게 되었습니다. 1년 넘게 하루 12시간 이상 근무하면서 모은 내 돈이 그냥 클릭 몇 번에 그렇게 사라졌습니다.

세상은 어린 학생이 큰 피해를 봤다고 봐주지 않았습니다. 세상은 그 어떤 위로의 말도 주지 않았습니다. 18살에 저는 깨달았습니다. 세상은 결코 호락호락한 곳이 아니구나. 내가 엎지른 물은 스스로 닦아야 한다는 것을 뼈저리게 느꼈습니다.

나의 1년을 날린 그 다음날, 도대체 이게 무슨 일인가 궁금해 신문을 뒤적거리다 저의 인생 진로를 180도 바꾸어줄 신문 만평을 보게 되었습니다. 날개 달린 돈뭉치에 21조라는 글이 있고 하늘로 승천(?)하는 그림이 그려져 있었습니다. 엄청난 충격을 받았습니다. 500만 원을 잃었다는 사실보다 훨씬 큰 충격을 받았습니다. '내가 잃어버린 500만 원을 그 누구도 가지고 있지 않다니!' 사람들이 하나같이 돈을 잃었다며 절규하는 모습이 TV를 통해 나오고 있었고, 정부조차 이번 사태로 천문학적인 피해를 입었다고 말하고 있었습니다.

순간 두려움을 느꼈습니다. 언제 어디서든 나를 보호해줄 것만 같았던 정부가 같은 피해자 신세가 되어 개인 피해자들에게 눈길조차 주지 않고 있는 모습을 봤던 것입니다. 애초에 누군가 나를 보호해줄 것이란 생각을 한 것이 엄청난 오류였다는 사실을 깨달은 순간 저는 결심했습니다. 내 스스로 힘과 실력을 길러 내가 내 자신을 보호하자.

멋진 결심을 하긴 했지만 뭘 어떻게 해야겠다는 생각이 전혀 들지 않았습니다. 고민에 빠졌습니다. 내가 아는 것은 미용뿐이고, 미용사로 평생 살면 부모님 가게를 물려받아 먹고사는 데는 지장이 없을 텐데, 굳이 위험을 떠안고 내가 살던 세계를 떠나야 하나. 며칠 고민 끝에 든 생각은 '내가 만약 겁을 먹고 미용세계에 남아있다면 미래의 나는 과거의 나를 용서하지 못할 것 같다.'였습니다.

잡생각을 떨치고 마음을 확고히 다지니 마음만은 편했습니다. 부모님에게 정중히 미용을 그만둔다고 말한 날, 저는 잠을 이루지 못했습니다. 어두운 미래에 대한 두려움 때문이 아니라, 미래에 나는 웃고 있을 것이란 희망 때문이었습니다. 우선 대학에 가야겠다고 마음먹었습니다. 이리저리 알아본 결과 검정고시생을 받아주는 곳은 전문대밖에 없었고, 저는 그곳을 거친 다음 4년제 대학교로 편입을 해 전문적인 실력을 쌓기로 계획했습니다. 이제 우물 밖에 나온 개구리의 인생이 시작된 것이었습니다.

나를 바꾼 한 권의 책

하지만 단지 세상을 사는 실력과 기술을 배우고 싶다는 추상적인 꿈으로는 제 미래가 보장되지 않았습니다. 그리고 제가 유일하게 관심이 있었던 주식 관련 일도 저와 너무나도 거리가 먼 직업이라는 것을 알았을 때 큰 혼란에 빠졌습니다. 언젠가는 내가 내 일자리를 구해 돈을 벌어야 할 텐데, 세상에 관심이 많다는 것만 가지고 어떻게 돈을 벌 것인가. 실력을 기르자고 다짐했지만, 어떻게 실력을 길러야 한다는 말인가.

하루하루가 우울한 날들의 연속이었습니다. 패기는 있지만 꿈이 없던 저는 정말 불행한 사람이었습니다. 그래서 편입 후 군대 간다는 생각을 접고 전문대 1년 졸업 후에 바로 군에 입대했습니다. 그것은 도피였습니다. 세상에 대한 도피, 내 미래에 대한 도피.

입대로 인해 주어진 2년은 정말 중요한 시간이었습니다. 만약 여기서도 나의 꿈을 찾지 못하면 차라리 미용으로 돌아가자고 생각했습니다. 제일 먼저 내가 누구인지 진지하게 되돌아보고 나의 정확한 인격과 성향을 알기 위해 이틀에 한 번씩 일기를 쓰기 시작했습니다. 또 책 속에 길이 있다는 말을 철석같이 믿었기에 범위를 두지 않고 많은 책을 읽었습니다. 그렇게 자신과 끊임없이 질문하고 대답하며 1년을 보내던 어느 날, 전 우연히 한 권의 책을 접했습니다. 로버트 기요사키의 『부자들의 음모』라는 책이었습니다. '내가 이 책을 읽으려고 이렇게 힘든 시기를 보냈구나.' 생각이 들 정도로 책은 저에게 강한 인상을 남겼습니다. 책은 저에게 모든 일의 기본은 마케팅과 커뮤니케이션이라는 것을 끊임없이 강조해줬습니다. 정말 소름이 돋았습니다. 정말 옳은 말이었습니다. 책을 통해 소통과 마케팅 실력이 없다면 아무리 좋은 아이템이 있다 한들 아무도 알아주지 않는다는 것을 깨닫게 되었습니다. 내가 가장 우선 갖춰야 할 것은 소통과 마케팅 능력이었습니다. 어릴 적부터 미용을 통해 대인관계를 형성하는 것에 적성이 있다는 것을 알고 있었기에, 비로소 나에게 맞는 옷을 찾은 듯한 느낌이 들었습니다.

그 다음의 일은 정말 일사천리였습니다. 가야 할 학과와 대학 졸업 후 진로, 그리고 최종 꿈까지 디테일하게 계획할 수 있었습니다. 먼저 인터넷을 통해 소통과 마케팅을 가르치는 학과를 검색했습니다. 우리나라에 마케팅학과는 없지만 신문방송학과를 가면 커뮤니케이션과 마케팅뿐만 아니라, 광고와 홍보에 관해서도 배울 수 있다는 것을 알았습니다. 완벽했습니다. 인터넷에선 신방과는 편입생들 사이에서 인기가 많아 들어가기 힘들다는 글이 많이 보였습니다. 하지만 저에게는 그 학과가 인기가 많건 적건 나와는 상관없는 일이라고 생각했습니다. 학교 이름 세탁을 위해 편입을 하는 것이 아니기에 정말 학구적인 공부를 하고 싶은 저에게 차선은 없었습니다.

편입 공부 시작

　집에서 가까운 중형 학원을 가야 하는가, 아니면 집에서 멀지만 대형 학원에 가야 하는가. 전역이 임박할수록 이 문제는 저에게 가장 큰 고민거리였습니다. 어떻게 보면 앞으로의 인생을 변화시킬 수도 있는 결정이기 때문에 정말 신중히 골라야만 했습니다. 인터넷으로 살펴보니 대체적으로 대형 학원을 추천하는 것을 볼 수 있었습니다. 돈이 문제가 아니라고 생각했기 때문에 대형 학원을 가기로 마음을 먹었습니다. 괜히 돈 아껴보겠다고 저렴한 곳에 가서 아무것도 이루지 못하느니, 비싸지만 합격생이 많다고 홍보하는 대형 학원에 가자고 마음을 먹었습니다.

　그렇게 대형 학원 위주로 정보를 수집하던 중 친한 친구와의 전화통화에서 뜻밖의 말을 들었습니다. 그 친구는 대형 학원을 다니다 편입에 실패한 후, 재도전 차원에서 규모가 작은 소형 학원에서 다시 공부하고 있는 친구였습니다. 그 친구는 대형 학원에 가겠다는 저를 정말 오랫동안 설득하며, 자신도 대형 학원에 가봤지만 지금 다니고 있는 학원만큼 좋지 않았다는 것과, 학원비가 싸다고 내용도 쌀 것이란 오해가 있지만 모두 사실이 아니므로 전역 후 시간 있을 때 한 번만 와서 공개강의를 들어보라는 말을 했습니다. 중요한 것은 이 친구가 그 소형 학원에서 어떤 결과물도 만들어내지 못했는데도 불구하고 그렇게 강력히 추천한다는 것이었습니다. 처음에는 빈말로 가보겠다고 했는데, 지속적으로 한 번만 와서 보라는 친구의 말에 '그래 친구 따라 강남도 간다는데, 한 번만 가서 아니다 싶으면 그때 옮겨도 늦지 않겠다'는 마음을 가지게 되었습니다.

　전역 후, 마침 시간이 비어 토요일에 친구가 소개해준 종로의 L편입학원에 가게 되었습니다. 시작하기 전까지만 해도 불신이 가득했습니다. 학원비가 업계에서 제일 싸다는 말이 오히려 저에게는 마이너스 요인이었습니다. 싼 데는 다 이유가 있다고 생각했기 때문이었습니다. 하지만 그러한 불신들, 오해들, 편견들은 선생님의 강의 시작 직후에 다 풀리게 되었습니다. 그날 선생님은 영어를 알려주지 않고 마음의 세계에 대해 말해주었습니다. 누구나 열심히 하면 영어 점수는 어느 정도 나오지만, 정말 상위권 대학에 들어가기 위해서는 마음을 컨트롤하는 법을 배워야 한다고 말해주었습니다. 영어만 잘하면 될 줄 알았는데, 영어는 편입하기 위한 하나의 조건에 불과한 것이었습니다. 두 시간 동안 정말 엄청난 에너지로 학생들과 커뮤니케이션하며 강의하는 모습에 속으로 '여기에 오면 합격하겠다'는 생각을 하게 되었습니다. 이렇게 해서 한 달 뒤인 2012년 1월, 저의 기나긴 1년여의 수험생활이 시작되었습니다.

영어 공부

■ 단어 ■

단어는 편입 영어에서 '알파'요 '오메가'입니다. 처음과 끝이라는 말이죠. 보통 편입생들이 1년을 잡고 공부를 하게 되는데, 짧다면 짧고 길다면 긴 이 시간에 외울 수 있는 시간은 한정되어 있고, 편입을 위해 알아야 할 단어는 무한대입니다. 즉 다 외울 수도 없고, 다 외우려고 노력할 필요도 없습니다. 불가능하기 때문입니다.

다만 단어를 외우는 데 좀 더 효율적인 방법이 있습니다. 바로 스터디카드 암기법입니다.

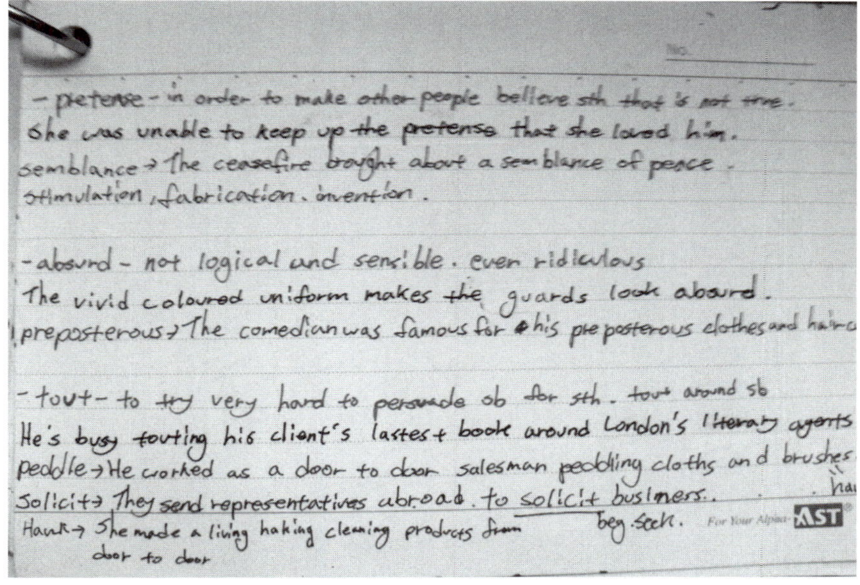

▲ 스터디카드 암기법

문구점에서 손바닥만 한 크기의 스터디카드를 구매해서 문법, 논리, 독해 지문을 풀면서 모르는 단어를 그 스터디카드에 적어서 이동하거나 밥을 먹거나 잠자기 전에 보는 것입니다. 만드는 것은 간단합니다. 제 경우는 첫줄에 빨간 펜으로 모르는 단어를 적고 영영사전에 나온 설명을 적었습니다. 그리고 그 밑에 검정 펜으로 그 단어가 쓰인 예문을 적었습니다(네이버 예문이 최고). 그 다음 줄에는 파란 펜으로 그 단어의 동의어와 동의어가 쓰인 예문을 적었습니다. 이제 뭔가 느끼셨습니까? 맞습니다. 한글이 없고 전부 영어 문장으로 단어를 외운다는 특징이 있습니다. 영어를 영어로 외우는 방식은 편입 영어에서 특히 도움이 됩니다.

편입 공부 초반부에, 주위에서 기초가 없다며 중등·고등 필수 단어 책을 구매한 뒤 그것을 끝내면 편입 단어로 넘어가겠다는 사람들을 많이 볼 수 있을 겁니다. 기초가 없으니 기초를 쌓아야 한다고 합니다. 옳은 방법일까요? '성가시다'라는 단어로 예를 들어보겠습니다. 고등 필수 단어 책에는 'annoying'이 나와 있습니다. 하지만 기초 단어인 annoying을 백번 반복하면 편입 수준 단어인 'vexatious'가 저절로 외워질까요? 아닙니다. 편입 단어가 어려운 것은 생소하기 때문이지, 결코 기초 단어를 거치지 않아서가 아닙니다. 만약 정말 고등 단어도 모른다면, 고등 필수 단어와 편입 단어를 동시에 공부할 것을 추천합니다.

*스터디카드 단점 : 스터디카드를 처음 만드는 사람이라면 정말 많은 시간을 소비할 수도 있습니다. 장기적으로 많은 양의 단어를 확실하게 외울 때 좋은 방법이긴 하나, 단기간에 단어를 외워야 하는 사람이라면 추천하지 않습니다.

■ 문법 ■

편입 문법은 가장 먼저 정복할 수 있는 부분입니다. 이유는 문제가 정말 중요하고 그만큼 많이 공부했던 부분 위주로 출제되기 때문입니다. 곧 공부할 범위가 어느 정도 정해져있다고 볼 수 있습니다. 다만 어려운 점이 있다면, 반복되는 문제가 정확히 똑같이 나오는 것이 아니라 조금씩 응용하고 비틀어서 나오기 때문입니다. 이에 대한 해결책은 문제를 많이 풀어보는 것도 중요하지만, 우선적으로 이론을 정확히 알고 있어야 합니다.

저는 문법을 단권화했습니다. 강의에서 배운 문법 사항과 문제를 풀며 알게 된 이론들을 파트별로 구분해 노트 한 권으로 만들었습니다. 가장 좋은 방법은 단권화한 노트와 오답노트를 병행하면서 공부하는 것과 문법 문제를 꾸준히 풀어봄으로써 감각을 잃어버리지 않고 끝까지 가져가는 것이라고 말하고 싶습니다.

▲ 단권화 노트

■ **논리** ■

　제가 다닌 학원에는 다른 학원에서 공부하다 자신의 스타일과 맞지 않아 학원을 변경한 학생들이 더러 있었습니다. 어느 날 한 친구와 논리에 대해서 얘기하다 놀라운 말을 듣게 되었습니다. 그 친구가 다니던 학원에서 논리 기술을 알려주었는데, 예를 들면 두 번째 문장 술어 부분에 빈칸이 있으면 내용을 읽지 말고 첫 줄 술어를 봐서 답을 푼다는 것입니다. 그것은 흡사 토익 문제를 푸는 방식과 비슷했습니다. 하지만 편입은 토익과 비교가 되지 않습니다. 그렇게 기술적인 방법으로만 문제에 접근하면 결정적 시기에 실수할 가능성이 상당히 높습니다.

　논리는 말 그대로 논리적으로 풀어야 합니다. 그러기 위해선 영어를 영어로 인식하고 문맥을 정확히 이해하는 과정이 필요합니다. 설령 그렇게 기술적인 접근 방법이 도움이 된다 하더라도, 상식적으로 읽다가 정말 모르는 상황이 왔을 때 마지막 카드로 사용해보는 것이 더 안정적이지, 다짜고짜 기술부터 들어가면 역효과가 날 수 있습니다. 또 논리는 단어가 상당히 중요하다는 점을 알고 있을 것입니다. 앞에서 말한 스터디카드 공부법을 통해 꾸준히 단어 실력을 쌓으면 논리는 오히려 재미있는 부분에 속하게 될 것입니다.

■ **독해** ■

　잘 알겠지만, 독해는 편입시험에서 가장 골치 아픈 부분입니다. 또 가장 큰 비중을 차지하고 있기 때문에 절대 놓쳐서는 안 되는 부분이기도 합니다. 시중에 그리고 학원 독해책에 독해를 어떤 식으로 공부해야 하는지 자세하게 나왔기 때문에 공부 측면에서는 이야기하지 않겠습니다. 다만 독해가 얼마나 재미있는 부분인지 말하고 싶습니다.

　편입 독해에는 범위가 없습니다. 심리, 윤리, 철학, 경제, 경영, 역사, 정치, 과학, 사회, 음악, 세계사 등등 정말 다양하고 정말 깊은 내용들이 많이 나옵니다. 이런 학구적인 지문을 풀기 위해서는 마음가짐을 바꿔야 한다고 말하고 싶습니다. '이 독해는 내용이 어렵고 무겁지만 이것을 이해하다 보면 편입뿐만 아니라 나의 인문학적 지식을 쌓는 데 정말 큰 도움을 줄 것이고, 앞으로의 인생에서 이러한 지식들이 분명 필요하다'고 생각하길 바랍니다.

　저의 간절한 꿈이었던 세상에 대한 이해, 그것은 독해를 통해서도 가능했습니다. 예를 들어 보겠습니다. 많은 사람들이 석유 값이 오르는 이유는 석유가 얼마 남지 않았기 때문이라고들 하고, 저 또한 그렇게 믿고 있었습니다. 하지만 독해 지문들을 통해서 캐나다의 오일샌드, 남중국 해저의 어마어마한 석유 매장량, 그리고 시추할 돈이 부족해 못하고 있는 지역들까지 합하면 인류가 적어도 150~200년은 넉넉히 쓰고도 남는 양이 있다는 사실을 알았습니다. 그리고 다른 지문을 통해서 석유 값이 폭등하는 이유는 아랍권이 조종해서가 아니라, 미국에서 석유를 주식처럼 시시각각 매매하는 시스템 때문이라는 것을 알게 되었습니다.

이처럼 편입을 통해 인문학적 지식은 물론, 편견을 깨는 연습도 할 수 있습니다. 편입 공부를 하는 분들 모두 독해를 단순히 문제를 풀기 위해 접근하기보다는, 조금 더 멀리 보고 '인생에도 도움이 된다'고 생각하면 충분히 즐기며 공부할 수 있을 것입니다.

▶ 저는 독해를 하다 이해가 안 되는 구절이 있으면 따로 발췌해 하나의 노트를 만들었습니다. 이렇게 어려운 구절만 노트에 모아 두면 조금 더 깊이 있는 독해 공부가 가능해집니다.

열정적인 멍청이

저는 검정고시생이었습니다. 믿기는 싫었지만 남들과 비교했을 때 분명한 후발 주자였습니다. 그래서 저는 남들보다 더욱 집중해서 열심히 공부하기로 했습니다. 매일 새벽 5시에 일어나 밤 11~12시까지 공부하고, 남들은 1주일에 한 번씩 쉰다고 하는데, 제 깜냥을 봐선 절대 그럴 수 없었기에 7일 내내 학원에 나와 열심히 공부했습니다. 좋은 공부법이 있다고 하면 누구보다 먼저 적용해보고, 좋은 자료가 있다고 하면 앞장서서 그 자료를 구해다 보는 등 열정을 가지고 공부했습니다. 하지만 그 당시에는 몰랐습니다. 제가 정말 한심하게 시간을 허비하고 있었다는 것을요.

　제가 잘 하고 있다고 생각했습니다. 하지만 저는 열정적인 멍청이에 불과했습니다. 아무리 열심히 해도 나보다 덜 공부하는 것 같아 보이는 친구들을 넘지 못한다는 것을 알았을 때, 저에게 심각한 문제가 있다는 것을 알았습니다. 가장 큰 문제는 너무 자주 공부 환경을 바꾸는 것이었고, 남의 말을 너무 잘 듣는다는 것이었습니다. '나는 공부를 할 줄 몰라. 그러니 좋다는 것은 다 해봐야 해.'라는 생각 하나가 얼마나 위험한 생각인지 깨달았습니다. 편입에 성공하기 위해서는 열심히 하는 것을 넘어 자신만의 치밀한 전략과 전술을 설계하고, 또 그 전략을 신뢰해야 합니다. 저는 그 점을 몰랐던 것입니다. 여기저기서 남의 전략을 시도해 보는 사이 저는 서서히 퇴보하고 있었습니다.

　또 하나의 문제점은 시간을 효율적으로 쓰지 못하는 것과 끊임없이 동기부여를 하지 않았던 점이었습니다. 그러니 달을 보며 집을 나가 달을 보며 집에 들어오는 일상을 살아도 점수가 오르지 않았고, 하루하루를 무기력하게 공부하고 스트레스를 받는 상태에서 또 다른 하루를 맞이하는 날이 빈번했던 것입니다. 이대로 가다간 한 군데도 합격할 수 없을 것이란 두려움을 느꼈습니다. 문제점을 발견한 이상 더는 과거의 나로 살면 안 되었습니다. 매너리즘으로부터 벗어나는 것, 합격을 위한 첫걸음이었습니다.

나만의 비법을 찾았다

　문제점들을 명확히 발견한 이상 우물쭈물할 시간이 없었습니다. 변화가 필요했습니다. 다음의 정보들은 제가 좌절을 겪고 나서 제 스타일을 만들어가는 과정에서 사용했던 비법들입니다. 다음의 내용이 누구에게나 통용되는 답은 아니겠지만, 이미 과흔적으로 입증된 비법임을 알려드립니다.

■ 공책 반 접기 ■

　편입 영어 공부에는 정말 많은 필기가 필요합니다. 문법 오답노트, 논리 오답노트, 문법 단권화, 독해 · 논리 정리노트 등등 만들고자 한다면 끝도 없습니다. 이렇게 많은 필기가 필요한데, 효율적이지 못하면 참 안타까운 일입니다. 노트를 반 접어보세요! 실험을 해봤을 때, 노트 한 페이지를 좌에서 우로 끝까지 읽는 것보다 좌에서 중간까지 읽는 것이 이해도와 속도 면에서 훨씬 효과적이라고 나왔습니다. 그리고 노트에 잉여 공간을 거의 남기지 않는 방법이기도 합니다.

■ 경구의 힘 ■

세계적으로 반으로 접은 노트 공부법이 퍼져있기는 하나, 유대인들은 여기에 한 가지를 추가했습니다. '암시'라는 요소입니다. 유대인들은 반으로 접은 노트 맨 위에 '바사트 데시마(신께서 함께하신다)'라는 글을 항상 적었다고 합니다. 저는 저만의 경구를 적었습니다. 'TATT(Tomorrow About This Time).'로 '내일 이맘때'라는 성경 구절입니다(현재 어려워도 내일 이맘때 밝은 미래가 온다는 것을 믿으면, 믿는 대로 이루어진다는 뜻이 있습니다).

히틀러가 했던 생체실험에서 암시만으로 사람이 죽을 수 있다는 것을 밝혀내기도 했습니다. 그만큼 암시는 정말 중요하고 강력한 요소입니다. 노트뿐만 아니라 언제 어디서나 자신에게 긍정적인 암시를 주세요.

■ Siesta_낮잠 ■

개인적인 경험으로는 아무리 밤에 잠을 잘 자도 점심 이후 시간에는 항상 졸리고 나른함을 느꼈습니다. 초반에는 낮잠을 자는 것은 탈락의 지름길이라고 생각했습니다. 그래서 졸음이 온다 싶으면 세수를 하거나 일어서서 공부를 하는 식으로 어떻게든 졸음에서 벗어나려 노력했습니다. 하지만 그렇게 억지로 졸음에서 벗어나려고 노력할수록 그 이후의 시간에는 집중력이 현저히 낮아지는 것을 느낄 수 있었습니다. 참 비효율적이라고 생각했습니다. 그래서 한번은 밥을 먹고 너무 심하게 졸린 나머지 정신 차리려 노력하기보다는 그냥 책상에 엎드려 낮잠을 잤습니다. 20분 정도 낮잠을 잔 후에 공부를 해보니 놀랍게도 잡생각이 하나도 들지 않고 이해도 훨씬 빨라졌음을 느꼈습니다. 그 이후로 저는 밥을 먹고 난 후에는 항상 20분 정도 낮잠을 잤습니다.

나른한 오후 억지로 잠을 깨려 하기보단 잠시 눈을 붙이는 것이 이후의 시간에 훨씬 유익합니다. 실제로 이와 관련된 연구가 일본에서 진행되었는데, 낮잠을 잔 학생은 그렇지 않은 학생보다 집중도는 16%, 공부 의욕은 12% 상승했다는 연구 결과가 있습니다. 주의할 점은 낮잠에 취하지 않도록 자고 난 뒤에는 반듯이 스트레칭과 물 한 컵을 마셔서 정신을 차리도록 해야 합니다.

■ 시각화 ■

짐 캐리는 무명시절 백지수표를 구해 1995년 추수감사절까지 1000만 달러를 지급받을 것이라는 목표를 써놓았다고 합니다. 그것을 지갑에 넣고 다니며 꾸준히 다짐을 했던 짐 캐리는 결국 그해에 자신을 스타로 만든 영화 '마스크'에 출연하게 되면서 1000만 달러가 넘는 출연료를 받게 되었다고 합니다.

저는 백지수표를 쓴 것이 짐 캐리를 스타로 만들었다고 생각하지 않습니다. 대신 매일 매일 지갑 속 백지수표를 보면서 1000만 달러짜리 배우가 되려고 피나는 노력을 했다고 생각합니다. 여러분이 원하는 대학, 학과를 시각화하세요. 사진도 괜찮고 글도 괜찮습니다. 다만 언제 어디서나 볼 수 있는 곳에 두고 자신이 그 학교에 걸맞은 수준의 영어 실력을 가지고 있는지 끊임없이 피드백하세요. 1년 후 이맘때 여러분이 그 학교에 반드시 가있다고 믿으세요. 여러분이 강하게 믿을 때 비로소 하늘도 여러분과 함께 움직일 것입니다.

생각을 바꾸면 세상이 바뀔 것이다

모두가 영어를 잘하는 사람이 편입에 성공한다고 말합니다. 저도 그 말에 일정 부분 동감합니다. 하지만 정말 중요한 요소가 하나 더 있습니다. 바로 심리입니다. 즉 마음 컨트롤입니다. 편입 공부를 하는 기간 중에는 마음을 컨트롤할 필요가 거의 없습니다. 항상 공부하던 곳에서 공부하고, 항상 같은 사람들과 공부하니 별 부담 없이 편입 준비를 할 수 있습니다.

하지만 시험 날은 어떨까요? 자기가 가고 싶은 학과가 1~2명밖에 뽑지 않는데, 그 좁은 문을 통과하기 위해서 1년 동안 죽어라 공부한 150여 명을 현실로 본다면 어떨까요? 처음 본 장소, 처음 본 사람들, 처음 본 문제들. 그런 낯선 상황 속에서 자신의 실력보다 더 잘 봐야 한다는 부담감까지 더해진다면 당황하기 마련입니다. 그것은 모두가 마찬가지입니다. 첫 시험이 끝나고 학교 밖을 나오는 수천 명의 사람들을 보며 저는 '이 편입이란 것이 정말 장난이 아니구나!' 생각했습니다. 그리고 솔직히 말하자면 정말 두려웠습니다. 모의고사보다 5~10점씩 낮게 나오는 점수를 보며 정말 부담이 되었습니다. 하지만 이미 판은 시작되었고, 끝을 보지 않으면 안 되었습니다.

우선 인식을 180도 바꾸기로 했습니다. '내 힘들다'를 거꾸로 읽으면 '다들 힘내'가 되는 것처럼, 저도 위기 속에서 기회를 보기로 했습니다. 수험생들은 시험을 죽 쑬까봐 아침에 죽을 먹지 않는다는 말을 들었습니다. 바로 편의점에서 죽을 샀습니다. 시험을 식은 죽 먹듯 보기 위해서입니다. 저의 생일은 시험 피크기간인 1월에 있습니다. 어머니에게 미역국을 끓여달라고 했습니다. 시험에 미끄러지기 위해서가 아니라 시험을 생일처럼 기분 좋게 보기 위해서입니다. 생각을 바꾸면 세상이 변한다는 말은 거짓이 아니었습니다.

이런 식으로 마음을 컨트롤했습니다. 내 심리가 강해지지 않으면 내가 영어를 얼마나 잘

하건 이 압박 심한 고사장에서 온전한 실력이 안 나올 것이라 생각했기 때문입니다. 그리고 마침내 여러 학교에서 합격 소식이 들려올 때 제 판단이 틀리지 않았음을 알았습니다.

저는 이런 이유로 여러분들에게 절대 자기비하나 좌절에 온 마음을 내주지 않기를 바랍니다. 자신에게 끊임없이 긍정적인 암시와 동기부여를 해도 24시간은 너무 짧습니다.

"아무리 최선을 다해도 점수가 오르지 않아 고민인가요?"

겨울에 핀다는 동백꽃이 왜 자신은 봄에 꽃이 피지 않느냐고 불평하는 것을 본 적 있나요? 최선을 다해 준비하고 있다면 영어 점수 향상은 단지 시간문제일 뿐입니다.

"너무 기본기가 없다고 자책하고 계신가요?"

그래서 여러분은 가능성이 있습니다. 많은 사람들이 고등학교 때 배운 어설픈 영어로 편입을 정복하려 애쓰고 있습니다. 하지만 편입 영어와 고등학교 영어와는 전혀 다른 분야라는 것을 알 때쯤이면 이미 늦은 경우가 더러 있습니다. 차라리 모르는 게 낫습니다. 선생님의 말씀 한마디 한마디를 누구보다 완벽하게 받아들일 준비가 되어있다는 뜻입니다.

"어느 한 파트가 특별히 약하신가요?"

절대 단정해서는 안 됩니다. 저 같은 경우는 '나는 문법이 정말 약해.'라는 말을 입에 달고 사니 정말 아무리 공부해도 문법이 늘지 않았던 적이 있습니다. '문법이 약하다'는 감옥 안에 저를 가두고 자물쇠를 잠가버린 것입니다. 그보다는 다른 부분을 조금 더 잘한다는 쪽으로 생각하고 취약한 파트를 다른 파트와 같은 수준으로 끌어 올리겠다고 다짐하길 바랍니다. 절대 단정해서는 안 됩니다.

"영어가 어려워 포기하고 싶으신가요?"

값싼 플라스틱 가화를 꽂고 나비가 와주길 바라고 있는 것은 아닌지 생각해볼 때입니다. 제가 딴 검정고시처럼 대충 몇 주 공부해서 쉽게 딸 수 있는 것이라면 편입이 아닙니다. 남들은 12년 동안 죽어라 노력해서 가는 명문대를 우리는 1~2년 짧고 굵은 공부로 들어가는 것이기 때문에 그에 상응하는 마음가짐과 노력이 필요합니다. '이번 1년은 정말 처절하게 공부하여 1년 후 붙든지 떨어지든지 상관없이 엄청난 발전을 해 있을 것이다.' 하고 마음을 다잡길 바랍니다. 저도 중간 중간에 힘들 때가 있었습니다. 정말 포기하고 싶었습니다. 가끔은 침대에 누워 눈물을 흘리기도 했습니다. 하지만 스스로 처절하게 노력은 해보았느냐고, 코피 쏟도록 필사적이긴 해보았냐고 자문하면 그렇지 않은 제 자신을 볼 수 있었습니다. 그러면 그 다음날 향기 나는 진짜 꽃이 되기 위해 다시 일어나서 열심히 공부할 수 있었습니다. 여러분도 인생을 살면서 한번은 진짜 꽃이 되어 보려 노력하는 시간을 가지시길 바랍니다. 편

478

입을 준비하는 시간은 그런 의미에서 참 값진 시간이라 할 수 있습니다.

*

이렇게 저의 모든 이야기가 끝났습니다. 한여름 밤의 꿈처럼 강렬한 한해였던 것 같습니다. 비록 시간이 흘러 차츰 잊히기도 하겠지만 분명한 것은 제가 1년 동안 편입을 준비하면서 경험했던 일들, 만났던 인연들 모두가 한 편의 추억이 되어 제 인생의 '의미'가 될 것입니다.

Tomorrow About This Time!

내년 이맘때 합격증을 받고 행복해하는 여러분의 모습을 보길 바랍니다.

dukecheol@naver.com

공부할 땐 외롭고 힘들어도 참아야 한다

대학 편입시험, 마지막 한 달의 공부가 합격을 좌우

최현영

[가톨릭대 ➡ 서강대]

- **일반편입**
- **전적대학** : 가톨릭대학교 심리학과(3.65/4.5)
- **편입대학** : 서강대학교 심리학과
- **나이** : 30세
- **성별** : 남자
- **합격한 학교**
  - 한양대학교 법학과(추가합격)
- **불합격한 학교**
  - 고려대학교 심리학과
  - 성균관대학교 심리학과

3월에 군 제대 후, 편입하기로 마음먹고 서울로 상경했습니다. 고시원에서 혼자 살면서 고시원 옆에 있는 조그마한 도서관과 학원을 다니며 최대한 아는 사람 안 만들고, 거의 혼자서 밥 먹고 혼자서 공부했습니다. 전역 후 휴대전화 번호를 바꾼 뒤, 일부러 친구들에게도 연락을 안 했기에 하루종일 단 한마디도 못하는 날이 더 많았습니다. 집안의 사정이 그리 좋지도 못했고, 제가 미리 철이 들어서 공부를 더 성실히 했었다면 굳이 보지 않아도 될 시험인 편입시험을 위해 부모님에게 신세지는 것이 너무나 죄송했기 때문에, 1000원을 가슴 아파하며 쓰고 외로움과 후회라는 괴로움으로 싸워나가야 했습니다.

힘든 환경에서 더 열심히 노력하는 경쟁자

매일 아침 1000원짜리 김밥 한 줄을 사 들고 도서관에 가서 200원짜리 자판기 커피를 마시는 제 앞으로 저 멀리 타워펠리스가 보였습니다. 그때 당시에는 그러한 저의 모습이 너무나 초라하고 외롭게 여겨졌지만, 지금은 그것도 추억이 되었습니다. 고독하지만 진정으로 노력을 했던 기억이고, 무엇보다 그 경험을 통해 제가 훨씬 더 성장할 수 있었기 때문입니다. 단순히 몸만 학원과 도서관을 왕복할 뿐 진정으로 노력하고 자신과 싸우지 않은 사람은 그 경험을 통해 성장하지 못한다고 생각합니다. 또한 편입 성공 여부만이 중요한 것은 아닐 것입니다. 비록 편입에 실패했다고 하더라도 정말 자신이 할 수 있는 모든 것을 다해 최선을 다했던 사람은 다른 무엇인가를 이룰 수 있는 사람으로 성장할 수 있다고 생각합니다.

매일 자신과 싸워나간다는 것은 참으로 힘든 일입니다. 하지만 절대 자신이 제일 힘들다 생각하며 스스로를 동정하지 마세요. 지금 현재 본인보다 훨씬 더 어렵고 힘든 상황에서도 어느 누구보다 더 뼈저리게 노력하는 사람이 있습니다.

저는 가방에 늘 갖고 다니는 편입 합격수기들이 있었습니다. '정말 누구 못지않게 쉽지 않은 환경에서 최선을 다했었구나!'라는 것이 느껴지는 그러한 수기 3편을 출력해 들고 다니며, 집중이 되지 않는 날이거나 마음이 풀어졌을 때 그 합격수기들을 다시 꺼내 보며 스스로 나사를 조였습니다. 어떤 날은 너무 집중이 안 되어 저녁 무렵에 일찍 들어온 후에도 합격수기들을 다시 보며 얼마나 자책을 했었는지 모릅니다. 그리고 이를 통해 혼자서 공부하면서도 끝까지 긴장감을 유지해가며 노력을 할 수 있었던 것 같습니다.

공부를 할 수 있다는 것만으로도 이미 큰 혜택을 받고 있는 것이라고 생각합니다. 따라서 자신을 동정하고 자신의 힘들고 비참한 모습에 빠져 있을 시간에 나보다 더 힘든 환경 속에서 열심히 노력하는 경쟁자들을 생각하며 신발 끈을 조여 맨다면 어느 사이 한 단계 성장해 있는 자신의 모습을 발견할 수 있을 것입니다.

저의 이 수기가 수험생 여러분들께 조그마한 용기와 도움을 드릴 수 있기를 바라며 이야기를 시작하겠습니다.

고득점을 향한 영어 공부법

■ 단어 ■

일단 단어에 대해서 할 말이 가장 많습니다. 그 이유는 언어에서 가장 기본이 바로 단어이기 때문이죠. 단어는 벽돌과도 같습니다. 벽돌 없이 집을 지을 수 없듯이, 부족한 단어로는 기본적인 회화는 가능해도, 편입 영어처럼 고난이도의 시험에서는 좋은 결과를 이끌어낼 수 없습니다. 가끔 학원에서 단어 수준은 부족하지만 미국에서 몇 년 살다 온 경험을 바탕으로 나쁘지 않은 모의고사 점수를 보여주던 사람들이 있었습니다. 하지만 모의고사 점수가 안정적이지 못했고, 결국 실제 편입시험에서는 대부분 좋은 결실을 맺지 못했습니다. 따라서 단어 부분은 특별히 자세하게 다루도록 하겠습니다.

저는 약 2주간 수능 영어 교재인 『우선순위 영단어』를 3번 돌렸습니다. 수능이 끝난 이후로 제대로 영어 공부를 해본 적이 없었기에 기본부터 다시 쌓는다는 생각으로 이 책부터 봤는데 의외로 모르는 단어가 많이 나왔습니다. 만약 기본이 부족한 사람이라면 『우선순위 영단어』나 『고필히 영단어』 같은 고등학생 수준의 단어집을 꼭 2~3번 돌리고 시작하라고 하고 싶네요.

여기서 한번 돌렸다는 말의 의미는, 하나하나 완벽히 외우고 넘어갔다는 것이 아닙니다. 어차피 이런 단어집에 나오는 단어는 나중에 관련 서적 등을 보면 대부분 또다시 겹치게 됩니다. 따라서 완벽히 외우는 것보다는 익숙하게 만드는 것이 주요 목표입니다. 어차피 이런 단어들은 다른 단어집에도 모두 나오기 때문에 앞으로 계속 반복해서 보게 되어 외울 수밖에 없기 때문이죠. 그래서 저는 하루에 200~300개 정도의 분량을 정해놓고 계속 소리 내어 읽고 훑어보았습니다. 손으로 쓰면서 보지는 않고요. 이런 방식으로 하면 하루에 200~300개 단어를 3~5번 정도는 훑어볼 수 있고, 일주일이면 1회독 할 수 있습니다. 그리고 2회독 때부터는 익숙해진 단어가 많아졌기 때문에 1회독 하는 시간이 더욱 빨라져 2주간 3회독을 할 수 있었습니다.

그렇게 『우선순위 영단어』를 3번 돌린 후 서점에 가서 여러 권의 책 중에 한 권을 선택했습니다. 앞에서는 우선순위를 훑어보듯이 보았지만, 이 단계에서는 목표가 익숙하게만 만드는 것이 아닌, 정말 내 것으로 만들기 위해 수 없이 씹어 먹고 완벽히 소화하는 것이 목표였기에 공부 방법도 다를 수밖에 없었습니다. 시험이 끝나는 그날까지 책을 25번 정도 돌린 것 같네요. 그 중에 10회독까지는 연습장에 손으로 직접 써가면서 공부했습니다. 대부분 눈으로만 외우라고 하는데, 워낙 단어들의 형태가 거기서 거기인 것 같고, 스펠링도 복잡해서 저는 눈으로만 보기엔 불안했습니다. 초반에는 단어 스터디로 하루에 표제어 100개씩 외우며 1회독 했습니다. 그런데 저는 표제어 100개 중 한두 개 정도 틀리고 다 맞을 수 있는 강도로 공부한 반면, 같이 했던 스터디원들은 3분의 1 가량을 틀릴 정도로 열심히 하지 않아, 중도에 스터디를 나와 단어 공부는 혼자서 했습니다.

　단어집 선택에 많은 고민을 하게 되는데, 뜻이 다양하지 않거나 너무 어려운 수준이 아닌 이상, 한 가지만 정해서 거기에 나오는 단어는 전부 외운다는 각오로 공부하는 방식을 추천합니다. 그리고 한 가지 덧붙이자면, 가장 중요한 것은 개인이 직접 만든 단어장입니다. 저 같은 경우, 독해 문제 풀다가 모르는 단어가 나오면 그것을 단어장에 적어 들고 다니면서 공부했는데, 이 방법이 무척 도움이 되었습니다. 특히 전자사전으로 예문을 찾아 예문도 같이 적어서 공부했는데 도움이 많이 된 것 같습니다.

■ 문법 ■

　서점에서 영문법 책을 구입했습니다. 편입만을 위한 교재는 아니지만 1년간 문법 문제 풀면서 이 책이 부족하다고 느낀 적은 한 번도 없었습니다. 이 책을 시험 보는 그날까지 다시 보고 또 다시 보며 공부했습니다. 저 같은 경우 문법 이론은 오로지 혼자서 공부했습니다.

　참고로 편입 공부를 시작하기 전, 저의 문법 실력은 중학교 수준에도 못 미치는 정도였습니다. 어렸을 때부터 영문법을 무척 싫어했기 때문에 제대로 공부를 해본 적이 없었습니다. 따라서 이러한 저의 수준으로 처음부터 문법 이론을 하나하나 완벽히 이해하고 암기하며 진도를 나가기란 불가능하다고 생각했습니다. 그래서 처음 한두 달은 영어 문법의 전체적인 숲을 그릴 수 있도록 소설책을 보듯이 문법책을 읽어 나갔습니다. 이론 설명을 이해하는 것에만 신경을 썼을 뿐, 암기하지는 않았습니다. 그렇게 소설책을 읽듯이 3회독 정도 하고 난 후 영문법의 전체적인 그림이 잡힌 느낌이 들었습니다. 그 이후 또다시 이론서를 훑어보았는데, 좀 더 암기에 신경 쓰며 2회독 정도를 추가로 했습니다. 하지만 이때도 완벽히 암기하려고는 하지 않았고 한두 번 손으로 써보거나 입으로 소리 내어 읽어보는 정도로만 했습니다. 그러고 나서 문제풀이로 들어갔습니다. 처음에는 편입 수준의 문법 문제가 아닌, 좀 더 쉬운 수준의 문제들을 다양하게 풀었습니다.

　이론을 안다고 해도 바로 문제풀이에 적용되지는 않습니다. 때문에 이론을 완벽히 외운 상태라 해도 문제를 풀려고 하면 막히는 경우가 많습니다. 따라서 저는 기본적인 문제들을 다양하게 풀면서 기억나지 않거나 틀린 부분, 또는 맞았어도 헷갈리는 부분들을 문제집의 해설만 보고 넘어가지 않고, 이론서에서 내용이 설명되어 있는 부분을 다시 찾아 공부하는 방식을 사용했습니다. 이런 방식으로 공부하다 보면 이론의 세세한 부분도 더 쉽고 빠르게 암기가 가능합니다.

이렇게 공부를 하며 이제 이론도 거의 대부분 암기가 된 것 같고, 기본적인 수준의 이론 문제가 너무 쉽다고 여겨지는 시기에 바로 1200제와 1500제를 풀기 시작했습니다. 그리고 무척 스트레스를 받게 되었습니다. 왜냐하면 갑자기 문제 수준이 어려워져서 기껏해야 절반 정도밖에 맞히지 못했기 때문입니다. 오답노트를 만들려고 해도 틀린 문제가 너무 많아 만들지 못했습니다. 만약 이런 상태에서 오답노트를 만든다면 만드는 데만 하루에 몇 시간씩 소비해야 했기 때문입니다.

물론 오답노트는 중요하고 꼭 필요합니다. 문법은 정말 신기하게도 틀린 유형만 계속 틀리게 됩니다. 독해의 경우에는 한두 번 풀어보면 나중에 풀 때 지문이나 문제가 기억이 나지만, 문법 문제는 한두 달만 지나도 내가 풀었던 문제라는 사실조차 알아차리기 어렵습니다. 또한 1200제나 1500제를 다 풀고 나면 더 이상 편입 수준의 문법 문제를 찾기가 힘들어 풀고 싶어도 풀 만한 문제가 없습니다. 가을쯤부터 저도 그렇고, 함께 스터디 했던 사람들도 새로운 문법 문제를 풀고자 서점에 있는 모든 문법 문제집을 뒤져보았지만 모두 편입 수준에는 미치지 못하는 것들뿐이었습니다. 따라서 이럴 때 오답노트를 보면서 공부하면 좋습니다.

그리고 문법스터디를 많이 하는데, 저와 같이 스터디 했던 사람들 모두가 가장 이해하지 못했던 것이 바로 몇 시간 동안 열띤 토론을 하면서 문법스터디를 하는 것입니다. 독해스터디라면 모를까, 문법스터디에서 계속 토론이 이어진다면 그건 조원들 실력이 부족하다고 보면 됩니다. 물론 가끔씩은 할 수 있겠지만, 문법스터디를 할 때마다 한 문제 한 문제에서 토론이 이루어진다면 문제가 있는 것입니다. 아직 문제를 풀 단계가 아니라 이론을 더 공부할 단계인 것입니다.

학원에서 제가 참여했던 문법스터디의 경우 일주일에 500문제씩 풀었습니다. 다른 스터디들에 비해 몇 배 많은 양임에도 불구하고 1시간 정도면 스터디를 끝냈습니다. 각자 풀다가 틀렸는데 혼자서 해결 못한 문제들을 서로 이야기하며 알고 있는 사람이 있으면 알려주고, 스터디원들 중 아무도 아는 사람이 없으면 그때 학원 선생님을 찾아가서 물어보는 방식으로 진행했습니다.

그런데 주변에 문법스터디를 하는 다른 많은 조들을 보면, 저희 조의 절반도 안 되는 문제 분량을 풀고는 몇 시간 동안 문제에 대한 토론을 했습니다. 독해라면 가끔 가다 정답이 한 개로 떨어지지 않는 경우도 있고, 관점에 따라 다르게 볼 수 있는 여지가 발생할 수 있지만, 문법은 정말 극소수의 문제를 제외하고 수학처럼 완벽히 하나의 답만이 존재합니다. 그냥 알고 모르고의 문제이기 때문에 웬만해서는 토론이 발생될 여지가 없습니다. 따라서 문법스터디를 진행하는데 매 시간마다 토론이 발생한다면 조원들이 먼저 이론서부터 좀 더 확실하게 공부할 단계라는 의미입니다.

　문법 공부에서 무엇보다 중요한 것은 시험 전날까지 이론 책을 계속 봐줘야 된다는 것입니다. 보통 대부분의 사람들이 여름까지 문법에 많은 무게를 두고 공부할 겁니다. 그래서 8월쯤 되면 대부분의 사람들이 어느 정도 이상의 문법 실력을 지니게 됩니다. 때문에 이제는 독해를 한다고 문법은 아예 공부하지 않는 경우도 있고, 또는 반대로 시험 보는 그날까지 문법만 잡고 있는 경우도 있습니다. 물론 이 두 가지 경우 모두 안 좋은 방법입니다.

　저 같은 경우 공부를 시작한 4월부터 8월까지 하루에 단어 4~5시간, 문법 3시간, 독해 1~2시간 정도 공부했습니다. 그렇게 공부를 하다 보니 8월쯤 되었을 때, 문법 이론서 한 권을 처음부터 끝까지 1회독 하는 데 걸리는 시간이 3시간이면 충분했습니다. 대부분 아는 내용이기에 머릿속에 있는 내용들을 확인만 하면서 지나가면 되니까요. 문법 문제를 풀 때도 정답률이 80% 이상은 나오게 되었습니다. 그래서 9월부터는 감을 잃지 않기 위해서 하루에 문법 20문제 정도만 풀어나갔습니다. 즉 오답노트 만드는 것까지 포함해도 하루에 1시간 이내로 문법 공부를 해도 충분했다는 의미입니다. 하지만 이론서를 오래도록 안 보고 있으면, 문법 문제를 매일 푼다고 하더라도 이론에 대해서 조금씩 잊어버리기 때문에 한 달에 하루 정도 시간을 잡아 이론서를 1회독씩 해줬습니다. 3시간이면 1회독 하는 데 충분했기 때문에 주로 일요일에 집에서 쉬면서 이론서를 공부했습니다.

　가장 중요한 것은 시험 보기 전인 12월 또는 1월 중에 반드시 이론서를 1~2회독 해줘야 된다는 것입니다. 나중에는 이론은 다 안다고 이론서를 더 이상 공부하지 않는 사람이 많습니다. 하지만 이론서를 계속 보지 않고 문제만 푼다면 자신도 모르는 사이에 조금씩 이론을 망각하기 때문에 문법 문제의 오답률이 높아질 확률이 높습니다. 고승덕 변호사 역시도 그전에 아무리 수십 회독을 했어도 시험 전날에 1회독을 더 하지 않는다면 그 시험에서 떨어진다고 말했습니다. 특히나 치열한 경쟁률로 한 문제에 합격이 좌우되는 편입시험에서 3시간 정도를 투자하지 않아, 예전에는 알고 있던 문법 문제를 시험에서 틀리게 된다면 그것은 정말 너무나 뼈아픈 과오가 될 것 입니다. 따라서 시험 보기 며칠 남기고서 오답노트와 함께 이론서 1회독이 무척 중요합니다.

■ 문장 완성 ■

편입 공부를 시작한 지 몇 달 되지 않았을 때는 나에게 가장 약한 부분이 문장 완성이었지만, 가을쯤 되었을 때부터는 가장 자신 있는 영역 중 하나가 문장 완성이었습니다. 문장 완성이 논리력이라고 생각하기 쉬운데, 사실 정말 논리력이나 추론 능력을 이용하는 문장 완성 문제는 그리 많지 않습니다. 그것보다는 단어 실력이나 문법 실력으로 풀어야 되는 문장 완성 문제가 더 많습니다. 따라서 처음부터 문장 완성을 굳이 공부할 필요는 없습니다. 단어와 문법 실력이 어느 정도 완성된 후, 곧 단어집에서 70~80% 이상의 단어를 암기하고 있고, 1200제나 1500제를 풀면 3분의 2 이상은 맞히는 수준이 되었을 때부터 문장 완성 공부를 해도 전혀 늦지 않습니다. 따라서 단어와 문법 공부할 시간도 부족한데 처음부터 문장 완성을 공부하는 것보다는, 단어와 문법 실력이 어느 정도 갖추어져서 단어와 문법에 투자할 시간을 조금씩 줄여나갈 수 있는 상태가 되었을 때부터 문장 완성을 공부해나가는 것이 더욱 효율적입니다.

막판에는 GRE 문제를 힘들게 구해서 풀어보기도 하고, 에소테리카 문제도 구해서 풀어보았으나 크게 도움은 되지 않았습니다. GRE 문제는 논리나 단어, 문법 수준보다는 지식을 이용해서 풀어야 되는 문제가 많고, GRE 수준까지는 필요 없을 것 같습니다.

■ 독해 ■

독해는 단순히 문장을 해석하고 문제를 푸는 형식이 아닙니다. 지문을 읽으면서 항상 글쓴이가 무엇을 주장하고 싶어 하는지 추론해가며 읽어야 하고, 그 글쓴이의 논리 전개와 흐름을 읽을 줄 아는 것이 중요합니다. 그러면 지문이 어려워서 잘 이해가 되지 않더라도 추론을 해서 대충 짐작으로 풀 수 있기 때문입니다. 따라서 독해는 양도 중요하지만, 무엇보다 중요한 것은 효율입니다. 단순히 무식하게 많이 읽고 문제를 많이 푼다고 늘지 않습니다. 편입 독해는 대부분 숨어있는 의도를 추론해서 문제를 풀어야 되기 때문입니다. 그래서 토익이나 토플 고득점 나오는 사람들이라도 편입 문제를 힘들어하는 이유가 여기 있습니다. 물론 단어가 워낙 어렵기도 하지만, 토익이나 토플처럼 단순히 그 문장들을 빠른 시간 안에 해석해서 답을 찾기만 하는 것과는 다르기 때문입니다. 솔직히 토익이나 토플 독해는 진정한 독해가 아닌 숨은 그림 찾기라고 할 수 있습니다. 반면 편입 독해는 지문 내용부터가 대학교에서 배울 만한 전문적인 내용이 많은 편이고, 주제가 표면에 잘 드러나지 않는 경우도 많습니다. 그러니 단순히 문장 해석에 중점을 두는 것이 아니라 글의 흐름과 논점에 중점을 둬야 합니다. 물론 글의 흐름과 논점을 파악하는 실력을 키우기 전에 먼저 단어와 문법 실력을 탄탄히 만들어놓는 것이 필요합니다.

솔직히 편입 시장이 활성화된 지 그리 오래되지 않았기에 정말 실력 있는 강사는 공무원 시험 쪽이나 수능 쪽에 비해 무척 적습니다. 특히 독해는 단순히 영어만 잘해야 되는 것이 아니라 국어 실력도 뛰어나야 하기 때문에 잘 가르치는 강사가 거의 없을 정도입니다. 편입학원에서는 대부분의 독해 강사들이 문장을 쭉 읽고서 해석하다가 중간 중간 단어를 설명해주거나, 구문 독해 해주는 방식으로 가르칩니다. 이런 방식은 기초반 수준의 학생에게는 도움이 될 수 있어도 모의고사 70~80점 이상 되는 학생들에게는 거의 도움이 되지 않습니다. 단어 설명이나 구문 분석은 독해를 위한 공부가 아닙니다. 문장을 해석하기 위해 각 요소들을 공부하는 것일 뿐, 지문의 전체적인 구조 및 흐름, 논점을 파악하는 데는 전혀 도움이 되지 않기 때문입니다.

만약 독해 강의를 듣는데, 그 강의에서 가르치는 내용이 구문 분석과 단어 뜻에서 벗어나지 않는다면, 자신은 독해를 배우고 있는 것이 아니라 문법과 단어 수업을 듣고 있다고 생각하면 됩니다. 즉 진정한 독해 공부가 가능하려면 먼저 단어와 문법 실력이 거의 완성된 상태여야 합니다. 그전까지 독해는 제대로 된 독해가 아니고 그저 아는 단어들을 통해 뜻을 유추해서 풀어나가는 날림 독해에 불과할 뿐입니다.

아직 한국말의 한 문장을 완벽하게 해석하고 이해하지 못하는 외국인이 수능의 언어 영역을 푼다면, 한 문장 한 문장 해석하는 것에만 집중을 해야 하고, 자신이 알고 있는 단어들로 전체적인 내용을 추론해가며 문제를 풀어나갈 뿐, 글의 구조나 흐름은 파악하지 못하는 것과 같은 이치입니다. 따라서 자신이 문장을 해석하는 능력이 아니라 전체적인 글을 이해하고 파악하는 능력이 부족하다고 생각된다면 영어 교재보다 오히려 수능 언어 교재가 더 도움이 될 수 있습니다. 최근 EBS 언어 영역 교재의 경우 글의 전체적인 구조와 논점을 파악하는 방법에 대해서 아주 잘 설명하고 있기 때문에 이런 교재를 한 권 정도 공부하는 것도 도움이 될 수 있을 것입니다.

■ 구체적인 독해 방법 ■

편입에 나오는 지문은 설명문, 논설문, 문학작품 이렇게 3가지로 분류됩니다. 그 중에 문학작품은 거의 출제되지 않습니다. 한 해 동안 모든 학교의 편입시험 기출문제를 다 모아놔도 아마 문학 지문은 5개를 넘기지 못할 것입니다. 그러니 가장 중요한 것은 설명문과 논설문이라고 할 수 있습니다. 시중의 책들은 대부분 분야별로(인문, 자연, 사회, 예술 등) 지문을 분류해놓는데, 이런 방식은 배경지식에서는 도움이 될 수 있어도 문제를 푸는 방법에는 전혀 도움이 안 됩니다. 분야가 다르다 하더라도 결국 설명문 아니면 논설문이고, 설명문이나 논설문은 결국 글의 구조가 같을 수밖에 없고, 그렇다는 것은 문제 푸는 방식은 똑같다는 것을 의미하기 때문입니다.

설명문이나 논설문에는 키워드와 주제가 들어갈 수밖에 없습니다. 만약 키워드나 주제가 없는 글이라면 그것은 일기장에나 쓸 수 있는 수준인 것이지 설명문이나 논설문이라고 할 수도 없습니다(문학을 제외하고). 여기에서 주제문이 어디에 있느냐에 따라서 두괄식, 미괄식, 중괄식으로 나누어집니다. 70% 이상의 글들이 두괄식에 해당하고, 나머지가 미괄식이라고 보면 됩니다. 중괄식은 우리가 평생 살아가며 몇 번 만나보기도 힘든 글입니다. 그만큼 쓰기도 힘들고 정석적인 글쓰기 방식이 아니기 때문입니다. 따라서 글을 읽을 때 초반 부분과 후반 부분이 가장 중요하다고 할 수 있습니다. 그러나 키워드는 항상, 무슨 일이 있어도 첫 3줄 안에 있을 수밖에 없습니다. 못해도 4번째 줄 안에는 들어 있습니다. 키워드 위치는 두괄식이냐 미괄식이냐에 관련 없이 동일합니다. 키워드와 주제문은 다른 것이기 때문입니다.

키워드라 함은 저자가 말하고자 하는 대상(중심 소재)을 말하는 것이고, 주제문이라는 것은 저자가 주장하는 문장입니다. 예를 들어 키워드가 '지구온난화'라고 한다면 주제문은 '지구온난화가 곧 도래할 것이다'이거나, '지구온난화는 실제로 위험하지 않다'는 식으로 지구온난화라는 키워드 하나로 다양한 주제문이 나올 수 있는 것입니다. 따라서 우선은 키워드를 찾는 연습을 해야 합니다. 첫 서너 줄을 읽고서 그 안에서 키워드를 찾아보는 것입니다. 과연 저자가 무슨 대상에 대해서 말하고 싶어서 글을 썼는가를 잘 생각하며 찾아보면 쉽게 보일 수 있을 겁니다. 처음에는 잘 안 될 수도 있지만, 계속 연습하다 보면 나중에는 한눈에 확실히 들어옵니다. 그리고 키워드를 찾으면 그 단어에 표시를 해둡니다. 그리고 그 단어를 계속 유념해가며 글을 읽어 내려갑니다. 저자가 그 키워드에 대해서 어떠한 주장을 하려는 것인지 주의를 기울이며 읽어 내려가는 것입니다.

또 한 가지 더 알아두어야 할 것은, 한 문단에는 반드시 한 가지의 이야기만을 해야 합니다. 그렇지 않다면 그것은 제대로 된 글쓰기가 아닙니다. 지문 한 개에는 반드시 주제문이 하나여야 하듯이, 한 문단의 글에는 반드시 한 개의 작은 주제만이 있어야 합니다. 예전에 '공부의 달인'이라는 TV프로그램에서 한 학생이 나왔습니다. 장애인이라 목 아래로는 마음대로 움직일 수가 없어 손으로 메모하는 것이 불가능하다 보니, 긴 언어 영역 지문을 쉽게 이해하기 위해서 각 문단을 한 문장으로 요약해서 머릿속에 정리해가며 언어 영역을 풀어나갔다고 합니다.

그럼 여기서 지문 한 개를 예로 들어 설명하겠습니다.

The most important task of life is to preserve what is left of civilization, and out of this to build something "nearer to our heart's desire". Education is of little value if cannot help us in the most important of all tasks.

The purpose of education is to educate the individual for the society in which he must live and to give him the power to change that society. It has a double purpose, with the emphasis on the second part of the definition. We should not overemphasize the value of the first part.

Further, the individual must hand on to posterity the cultural heritage from the past and the spiritual and moral values of both past and present. It should be one of the functions of education to preserve for the new society all the values essential to it, and to prune or cut out those decayed values which, though sanctioned by tradition, would be harmful to a new society. Thus the school should be the inspiration to social change.

앞에서 말했던 것처럼 첫 서너 줄을 읽고서 키워드를 찾아보면 무엇일까요? civilization일까요, build something일까요, 아니면 education일까요? 당연히 키워드는 education입니다. 저자는 인생의 과제로, 남겨진 문명을 지키는 것과 문명을 벗어나 새로 건설하는 것이라고 했습니다. 그리고 만약 이 모든 과제를 돕지 못한다면 교육의 가치는 없는 것이나 마찬가지라고 했습니다. 즉 "교육은 문명을 지키고 또한 새로운 문명을 건설해야 한다."는 한 문장으로 요약이 가능합니다. 그렇다면 저자는 교육, 또는 교육의 의의(가치나 목표)에 대해서 말하고 싶은 것입니다.

그럼 키워드는 찾았으니 여기에 대해 저자가 주장하는 바가 무엇인지 살펴보겠습니다. 아래 문장에서 위의 문단의 내용을 다시 한 번 부연 설명해주고 있습니다. 이 글에서 preserve는 educate와 같은 의미로, build는 change와 같은 의미로 사용되고 있습니다. 그리고 이 두 가지 목표 중에서 저자는 첫 번째에 해당하는 preserve나 educate, 즉 사회화보다는 두 번째 과제인 새로운 사회의 건설을 더욱 중시하고 있다는 것을 알 수 있습니다. 그리고 3번째인 마지막 문단에서 이 2번째 과제에 대해서 자세하고 구체적으로 설명하고 있습니다. 과거와 현재의 유산을 후손에게 물려주는 것이 필요하지만, 비록 관습에 의해 허락된 것이라 하더라도 그것이 썩은 가치라면 제거해야 한다고. 즉 교육은 사회 변화를 고취시켜야 한다고 주장하면서 글은 끝나게 됩니다.

이렇게 보면 이 글의 구조는 단순합니다. 우선 교육이라는 키워드를 던져주고, 그 교육의 목표 두 가지를 설명한 후, 그 두 가지의 목표 중에 두 번째 과제인 사회 변화에 교육이 더 힘써야 된다고 주장하고 있는 것입니다. 다시 한 번 정리해보면, 키워드는 교육의 의의 또는 목표입니다. 그리고 여기에는 두 가지 목표인 보존과 변화가 있는데, 저자는 그 중에서 변화에 더 초점을 맞추며 주장을 하고 있는 것입니다. 따라서 주제문은 마지막 문장이고, 이 글은 미괄식이라고 할 수 있습니다.

이런 방법이 필요한 이유는 편입 독해는 토익이나 토플 같은 시험과는 다르기 때문입니다. 영어의 기본 베이스(단어와 문법)가 탄탄히 갖춰진 후에는 수능 언어 영역을 공부하듯이 공부해야 합니다. 왜냐하면 글의 주제나 저자의 의도 등과는 상관없이 한 부분 한 부분에 나온 내용을 찾아 맞느냐 틀리느냐를 구분하는 방식과는 다른 방법으로 문제를 풀어야 하기 때문입니다. 따라서 거시적으로 보는 안목과 미시적으로 보는 안목이 동시에 필요합니다. 우선 글의 내용을 제대로 이해하고 구조를 파악하기 위해서 거시적으로 보고, 그 다음에 세부적으로 묻는 문제가 있으면 그 부분을 찾아 꼼꼼히 보는 것입니다. 그렇지 않고 모든 문장을 꼼꼼히 읽다 보면, 내용이 앞의 지문처럼 단순하게 떨어지는 것이 아니라 난해한 지문 같은 경우 길을 잃기 쉽습니다. 그래서 한번 잘못 이해하기 시작하면 그 지문의 모든 문제를 다 틀리는 경우가 자주 발생합니다. 또한 한 문장 한 문장 해석하는 것에만 집중하며 문제를 풀다 보면 시간도 더 오래 걸려 시험을 볼 때 시간에 쫓기게 됩니다.

하지만 키워드와 주제문만 제대로 찾는다면 아무리 어렵고 난해한 지문도 최소한 절반 이상은 맞히고 들어갈 수 있습니다. 특히 과거 편입 기출문제들을 살펴보았을 때, 독해 지문이 어려울수록 세부적인 사항을 묻는 문제보다는 '주제문'이나 '저자의 의도와 다른 것', 또는 '이 글을 통해 추론할 수 없는 것' 등을 묻는 문제가 훨씬 더 많았습니다. 따라서 키워드와 주제문이 어느 것인지 예상만 할 수 있어도 대략 맞힐 수 있는 것입니다. 그렇지 않고서는 정해진 시험 시간 안에 고난이도의 문제를, 시험의 긴장감과 압박을 느끼면서 제대로 해석하며 풀 수가 없습니다.

물론 지금 제가 설명한 이 방법은 단어와 문법의 베이스가 제대로 깔려 있어서 구문 분석을 하며 풀지 않아도 되는 사람들을 위한 것입니다. 때문에 먼저 단어와 문법 실력을 쌓는 것이 선행되어야 합니다. 그리고 단어와 문법 실력을 탄탄하게 잡은 후, 독해에 중점을 둬야 할 단계에 와서는 말 그대로 효율 싸움입니다. 독해는 방법을 제대로 알지 못하면 아무리 많은 문제를 푼다고 해도 실력이 잘 늘지 않기 때문입니다. 제가 앞에서 설명한 방식은 수능 언어 영역 문제집을 찾아보면 이러한 방식을 설명하고 연습할 수 있도록 구성되어 있는 책들이 많습니다. 따라서 그런 책을 통해 연습을 하는 것도 좋은 방법이라 생각합니다. 처음에는 힘들 수 있지만 계속 연습하다 보면 어느 순간 쉽게 키워드와 주제를 찾고 있을 것입니다. 언어 능력은 계단식으로 성장하기 때문입니다.

시간관리가 곧 합격의 길

저는 4월부터 편입 공부를 시작했습니다. 3월에 전역을 하고 우선순위 영단어만 공부한 후, 4월부터 고시원에서 살며 본격적으로 공부를 시작했습니다. 따라서 현재 설명하는 파트별 공부 스케줄은 저의 상황과 일정에 맞춘 것이기에 이것을 참고로 자신의 환경 및 일정 등에 맞추면 될 것입니다.

저는 스톱워치를 이용해 매일 실제 공부시간을 측정해가며 공부했습니다. 식사시간은 물론, 중간에 화장실에 가거나 잠시 책상에 앉아 딴 생각이 날 때에도 스톱워치를 멈추며 정말 제가 집중해서 공부하는 시간만 측정하며 공부했습니다. 그래서 보통 최소 8시간에서 10시간 사이의 실제 공부시간이 나오도록 관리할 수 있었습니다. 하루 종일 책상 앞에 앉아 있었다고 해도 스톱워치를 이용해 실제 집중해서 공부한 시간만 측정한다면 8시간 채우기가 생각보다 쉽지 않습니다. 아침 일찍부터 밤늦게까지 독서실에 있었기 때문에 대충 생각했을 때 식사시간이나 중간에 쉬었던 시간을 빼면 10시간 이상은 충분히 했을 것이라고 생각되지만, 실제로 스톱워치를 이용해 시간을 측정해보면 6, 7시간 정도밖에 나오지 않을 확률이 더 높습니다. 따라서 스톱워치를 이용해 실제 공부시간을 측정해가며 공부한다면 중간 중간에 버리는 시간을 절약하며 더 효율적으로 할 수 있습니다.

그리고 이렇게 시간을 측정하며 공부했기에 각 영역별로 얼마나 공부했는지를 정확하게 측정할 수 있었습니다. 제가 공부를 시작한 4월부터 8월까지는 공부시간의 90% 정도를 단어와 문법 공부에 투자했습니다. 단어는 하루에 4~5시간, 문법은 2~3시간, 독해 1시간 정도였습니다. 앞에서 이야기했던 대로 단어와 문법 실력이 제대로 자리 잡히지 않은 상태에서는 독해와 문장 완성 공부는 효율과 효과가 무척 낮고 의미도 없을 수 있기에, 독해만 조금씩 공부하고 나머지 시간을 단어와 문법에만 집중했습니다.

문법은 4~6월까지 이론서를 공부하고 기본적인 수준의 문법 문제들을 1000문제 이상 풀었습니다. 그러자 이론서 내용을 완벽히 숙지하게 되었고, 6월 말부터 1200제와 1500제를 풀어나갈 수 있었습니다. 하루에 문법 문제 100문제씩 풀며 부족한 부분이 발견되면 다시 이론서의 해당 내용 부분을 찾아 공부하며 7, 8월 두 달간 1200제와 1500제를 각각 2회독 할 수 있었습니다.

그렇게 9월이 되자 단어와 문법은 모의고사를 보면 90% 가까이 정답률을 높일 수 있었습니다. 또한 단어는 단어집의 80% 이상을 완벽히 암기하게 되었고, 문법은 더 이상 풀 수 있는 문제도 찾기 힘들고 이론서의 모든 내용을 완벽하게 숙지하게 되었습니다. 그래서 이때부터 단어와 문법 공부시간을 조금 줄이고 본격적으로 독해와 문장 완성 공부에 들어갔습니다.

9월부터는 단어를 하루에 3~4시간 정도, 문법은 1시간, 독해 3시간, 문장 완성 1~2시간 정도씩 공부했습니다. 그러자 11월쯤 되었을 때 단어, 문법, 문장 완성, 독해의 모든 파트 실력이 골고루 갖추어지면서 모의고사에서 상위권 점수가 안정적으로 나오기 시작했습니다. 그 전까지는 가끔 점수가 잘 나오는 경우도 있었지만, 잘 나올 때와 못 나올 때의 점수 차이가 무척 들쭉날쭉했습니다. 하지만 단어와 문법 실력이 탄탄하게 잡히고 독해와 문장 완성 파트에서도 감각이 붙게 되자 상위권 점수가 안정적으로 유지되었고, 독해나 문장 완성 부분은 다 맞는 경우도 자주 나왔습니다.

반면 외국에서 몇 년간 살다가 왔거나 독해와 문장 완성에서 타고난 감각은 있지만 문법이나 단어가 부족한 학생들은, 가을까지는 모의고사에서 상위권에 자주 들었지만, 시간이 지나면 지날수록 모의고사 점수는 떨어져만 갔습니다. 따라서 먼저 단어와 문법 실력을 탄탄하게 갖추고 독해와 문장 완성의 실력을 쌓아나가는 것이 중요합니다. 편입의 합격자는 상위권 극소수이기 때문에 기본 실력이 부족한 상태로 도전하는 것은 자신의 운명을 운에 맡기는 것이나 마찬가지입니다.

공부는 혼자 하는 것

학원에 다닐 때 학원 선생님이 했던 말이 있습니다.

"정말 열심히 하는데 성적이 오르지가 않아요."

울면서 상담하는 학생들 보면 대부분 학원에서 공부를 하는 것이 아니고 단순히 생활을 하는 학생인 경우가 많다고 했습니다. 저도 학원 자습실에서 공부하지 않고 고시원 근처의 도서관에서 공부했던 이유가 동일했습니다. 학원에서도 정말 열심히 하는 사람이 있는 반면, 공부하기 위해서가 아닌 자신이 공부하러 자습실에 다닌다고 자랑하러 오는 듯한, 또는 그렇게 공부하러 다니는 자신의 모습 그 자체에 대한 만족에 빠져있는 사람들이 많이 보였고, 이로 인해 아무래도 학원 분위기가 흐트러진 면이 많았기 때문입니다.

방석이며 주전부리며 짐을 바리바리 싸온 사람치고 한 시간 이상 자리에 앉아 있는 모습을 본 적이 없습니다. 또한 그런 사람들이 꼭 파일케이스와 집게로 책상 칸막이에 자신만의 성벽을 만드는 경우가 많습니다. 하지만 편입시험 볼 때 칸막이 같은 것은 없습니다. 즉 운이 나쁘면 바로 옆 사람이 발을 떨기도 하고 감독관이 구두를 또각또각 거리며 지나다니고, 늦게 오는 사람도 있고, 별의별 일이 있을 수 있습니다. 그래서 저는 그런 환경에 미리 적응하려고 막판에는 칸막이 없는 도서관을 일부러 찾아가기도 했습니다. 반면 칸막이 만들고 각종 다양한 살림살이를 책상에 끌고 와 공부하는 사람의 경우, 대부분 자신만의 아늑한 공간에서 만족하며 공부할 뿐, 정말 시험 그 자체에 초점을 맞춰서 공부하는 사람은 거의 못 봤습니다.

특히 요즘 학원들 대부분이 스터디를 만들다 보니 사람들끼리 친해지면서 자습실에서 가장 먼저 하는 일이 자기 아는 사람 한 명 한 명 찾아다니면서 인사하는 것입니다. 저는 일부러 사람들 알게 되는 것을 최대한 피했고, 거의 대부분 혼자서 분식집에서 밥을 먹었습니다. 그렇게 해야 식사시간도 30~40분 안에 해결할 수 있고, 하루에 순수 공부시간을 8시간 이상 채울 수 있기 때문입니다. 하지만 사람들과 몰려다니게 되면 보통 식사시간이 1시간 정도 걸릴 수밖에 없습니다. 밥 먹고 나서도 커피 한 잔 한다면서 몇 십 분을 이야기하게 됩니다.

때때로 가슴에 손을 얹고 스스로에게 진지하게 물어보세요. 내가 현재 정말 열심히 하고 있는 것인지 말입니다. 학원과 독서실을 왔다 갔다 하고, 책상에 앉아 책을 펼쳐보고 있다고 열심히 하는 것이 아닙니다. 항상 머릿속에 공부와 시험에 대한 생각만으로 가득 차 있고, 공부하는 순간에도 자신의 모든 역량을 공부에 집중하고 있는지 물어보세요. 그리고 그 질문에 정말 한 치의 부끄러움도 없이 대답할 수 있다면 정말 열심히 하고 있는 것이 맞습니다.

노력이라는 것은 기본적으로 누구나 다 하고 있습니다. 하지만 정말 진심을 다해 최선을 다하고 집중하는 사람은 똑같은 노력을 해도 그 결과가 훨씬 더 좋게 나올 수밖에 없습니다. 물론 그 결과가 나오기까지 개인 역량에 따라 약간의 시간 차이는 발생할 수 있습니다. 편입시험이 '어렵다 어렵다' 하지만 올림픽에서 금메달을 따거나 사법고시에 합격하는 것에 비하면 아무것도 아닌 시험입니다. 하지만 그렇다 해도 수많은 경쟁자와 싸워야 하기 때문에 다른 경쟁자보다 조금 더 노력하고 집중하지 않는다면 성취하기 어렵습니다. 그리고 이러한 편입시험에서 노력과 집중력이 부족해 경쟁자가 아닌 스스로에게 먼저 지는 사람이라면 편입은커녕 평생 어느 것 하나 이루기 힘들 것입니다.

수능이야 모두가 다 봐야 한다니까 얼떨결에 무리에 휩쓸리며 노력을 못했을 수 있습니다. 하지만 편입시험은 대부분의 경우 자신이 스스로 선택했을 것입니다. 그런데도 성인이 되어서 자신이 선택한 것에 최선을 다하지 못한다면 정말 부끄럽다고밖에 생각이 들지 않습니다.

공부할 때는 좀 외롭고 힘들어도 참아야 합니다. 공부할 때 외로운 것은 부끄러운 것이 아니지만, 나중에 결과가 안 좋고 무엇보다 스스로 생각하기에도 진심으로 최선을 다하지 못해 가족과 주위 사람들에게 부끄러운 것이 정말 부끄러운 겁니다. 궁금하면 다음이나 네이버에 있는 유명 온라인 편입 카페에 들어가서 1월이나 2월쯤에 올라온 글들을 찾아보십시오. 대부분의 글들이 후회와 부모님에 대한 죄송함과 자책감으로 넘칩니다.

편입뿐만 아니라 모든 시험은 대부분 마지막 한 달을 위해서 공부하는 겁니다. 즉 그 전에 아무리 자신이 열심히 완벽하게 공부를 했어도 마지막 한 달 마무리를 잘못하면 아무 소용없는 것입니다. 아마도 12월이 되면 고려대를 시작으로 모집요강이 하나 둘씩 나올 것이고, 그럼 아무리 정신 차리려 해도 손에 책이 안 잡히고 계속 인터넷만 들어오게 될 겁니다. 몇 명이나 뽑는지, 무슨 학과에 지원할지에 대한 고민들로 머리가 가득 차기 때문입니다. 하지만 이때가 가장 중요합니다. 고승덕 변호사도 아무리 그 전에 책을 10번 20번 봤다고 해도 시험 전날에 1번을 안 보면 떨어진다고 했습니다. 정말입니다. 마지막 1달에 그 동안 자신이 공부한 것들을 누가 얼마나 잘 정리해서 시험 보러 가느냐가 합격을 좌우합니다. 다른 것은 몰라도 지금 이것만은 꼭 명심하기 바랍니다. 물론 지금 생각으로는 어떻게 막판에 더 공부가 안 될 수 있느냐, 오히려 막판에 불안해서 알아서 더 열심히 하지 않겠느냐 하는 사람이 많을 것입니다. 저도 그렇게 생각했으니까요. 하지만 그때 가보면 압니다. 아마 그쯤 해서 온라인 카페에 올라오는 대부분의 글들이 공부가 손에 안 잡힌다는 글일 겁니다. 그러니 꼭 명심하기 바랍니다. 이 시기에 마음가짐만 제대로 유지하고 있어도 경쟁자들이 스스로 떨어져 나가고 있는 것이나 마찬가지입니다.

편입 후 편입에 대한 생각

편입의 목표는 사람마다 다를 것입니다. 저는 편입한 지 벌써 4년이 지나 이제는 또 다른 꿈을 위해 열심히 배워나가고 있는 사회인이 되었습니다. 지금 다시 돌아보며 편입의 메리트가 무엇인지 생각해보았을 때, 가장 큰 메리트는 사람과 정보라는 생각이 듭니다.

우선 대부분의 편입 준비생들이 걱정하는, 아니 편입 합격 후에도 졸업 전까지 대부분의 편입생들이 걱정하는 본교생 대비 편입생 차별에 대해서는 크게 신경 쓰지 않아도 된다고 말하고 싶습니다. 편입은 수시나 정시처럼 정식적인 대학교 전형 절차 중 하나입니다. 그리고 그러한 정식 절차를 통해 입학한 것이기에 부끄러움이나 죄책감을 가질 필요는 전혀 없다고 생각합니다. 학교생활에서도 편입생이라고 무시하거나 다르게 보는 경우는 한 번도 느껴보지 못했습니다. 사실 다른 학생들도 자신의 미래나 학업 등에 대한 고민으로 바쁘기에 누가 편입생인지 관심도 없습니다. 군대를 다녀온 사람인지, 복학을 한 사람인지, 편입생인지 신경을 안 쓰는 경우가 더 많습니다. 그리고 편입생이라는 것을 밝혀도 '그러세요?' 혹은 '요즘 편입이 더 힘들다던데 대단하시네요!' 같은 반응일 뿐입니다.

또한 취업 시장에서도 편입생이라고 차별 받는 것은 느껴보지 못했습니다. 어차피 요즘에는 모두가 다 취업하기 힘든 상황입니다. 가끔 자신이 편입을 했기에 취업이 안 되는 것 같다고 한탄하는 사람이 있는데, 그것은 편입이 문제가 아니고 편입 이후에 제대로 준비하지 않았거나 운이 좋지 않아서일 가능성이 훨씬 더 높습니다.

저 같은 경우, 학점은 3.0을 겨우 넘었고, 별다른 자격증 하나도 없그, 토익도 900점이 안 되고(편입생으로서 낮은 점수이죠), 상경계도 아니었지만 주변 사람들과 비교했을 때, 소위 말하는 스카이와 서성한의 상경계 전공의 남자인 경우를 제외하고, 제가 제일 서류 합격률이 높았습니다(인문계 취업 시장에서 상경계인 것과 남성이라는 것이 많이 유리한 편입니다). 즉 연고대 본교생인 비상경계 친구들보다 제가 더 서류 합격률이 높은 경우가 많았습니다. 그 친구들에 비해 제가 영어 점수나 학점이 높은 편이 아니었는데도 말입니다. 따라서 편입생은 본교생에 비해 차별을 둔다는 소문은 몇몇 소수의 기업을 제외하고는 신경 쓰지 않아도 됩니다. 저뿐만 아니라 제 주변 편입생들 대부분이 대기업이나 공기업에 합격하는 등 자신의 꿈을 성취해가고 있는 중입니다. 따라서 편입이라는 이유로 차별이 있지는 않을까 하는 고민은 하지 않아도 됩니다.

그리고 앞에서도 말했듯이 편입으로 인한 최고의 메리트는 바로 사람과 정보라고 생각합니다. 한 예로 저는 편입 전에 경영컨설팅은커녕 CPA 같은 것에 대해서도 전혀 알지 못했습니다. 앞으로의 목표가 단순히 대기업 취업이라는 막연한 생각뿐이었습니다. 그런데 서강대에 편입 후 동아리에서 친구들과 어울리며 이야기를 나누거나 학교 사이트의 커뮤니티 등을 통해 각종 정보들을 너무나도 쉽게 접할 수 있었습니다. 제가 CPA를 목표로 정하게 되면 CPA 시험에 관련된 정보를 얻을 수 있는 루트도 너무나 많았고, 삼일이나 삼정과 같은 곳의 회계사 선배들도 만날 기회가 많았습니다. 마찬가지로 경영컨설팅의 경우에도 동아리 선배나 캠퍼스 리크루팅, 교수님 등을 통해 얼마든지 정보를 얻을 수 있었습니다. 일반 대기업의 경우는 너무나 당연하고요. 그래서 저는 편입 후 제가 모르던 정보들을 다양한 루트를 통해 쉽게 얻을 수 있었고, 저의 목표와 꿈을 좀 더 효율적이고 구체적으로 그려나갈 수 있었습니다.

바로 이 점이 상위권 학교를 다니는 사람에게 있어서 가장 큰 메리트라고 생각합니다. 이제는 좋은 학벌만으로는 성공을 장담하지 못합니다. 제가 사회생활을 시작한 지 얼마 되지 않았지만, 사회에 나오니 아이비리그 출신들도 쉽게 볼 수 있고, 어떤 분야에서는 서울대와 카이스트가 양분화 되어서 싸우고 있습니다. 따라서 좋은 학교로 편입했다고 이제 더 이상 노력을 하지 않으면 졸업할 때 결국 아무것도 얻지 못하고 사회에 나오게 됩니다. 특히 최근에는 취업난이 심해 제 주변에 연고대나 서강대, 성대 등의 학생이지만 취업이 힘들어 2, 3학기 째 취업을 준비 중인 사람들이 무척 많습니다(편입생이 아닌 본교생의 경우에도 마찬가지입니다). 그렇기 때문에 편입은 끝이 아닌 새로운 시작을 위한 계기라고 생각됩니다. 더 좋은 인프라와 환경 안에서 자신이 노력하는 것에 좀 더 플러스가 되어 줄 수 있는 수단인 것이지, 좋은 학교의 졸업장 그 자체만으로는 아무런 의미도 없습니다.

힘든 편입시험을 이기고, 자신과의 싸움에서 이긴다면 앞으로 살아가는 데 있어서 큰 자산이 될 수 있는 성공 경험을 얻은 것입니다. 따라서 편입을 준비할 때의 마음가짐을 가지고 살아나간다면 분명 자신이 목표로 하는 것을 성취해나갈 수 있을 것입니다. 편입 후배님들의 성공과 행복을 기원하겠습니다.

valuedeveloper27@gmail.com

Read the following passages and answer the questions.

Atheism and Anarchy are not really ideologies, in that they are not complex ideological organisms. Each of these words represents opposition to a particular type of complex collective idea-organism. They both claim that the Idea-organism they are fighting is not necessary in order for people to lead good lives. There should be one word for both of them, but there is not, mostly because Church and State are not generally recognized as being the same sort of "multi-celled" ideological organism.

"Individualist" is perhaps the closest word we have to describing the autonomous human, standing apart from any collective mindset. A strong sense of individualism leads us to conclude that no Higher Power has any right to control our minds. Because both atheism and anarchy stand opposed to a number of large, popular, complex ideas there is a tendency to try to cast these (much simpler) ideas into the same mold; to make them into larger ideological constructs than they are, and to attach other ideas to them; in short, to turn them from simple ideas into complex idea-organisms.

Because of this, those who believe in the ideas of atheism and or anarchy are often actually convinced to end up _______ like having strong faith in their Atheism or forming Anarchist groups to fight the powers that be.

1. What is the best title for the passage?
   A. Simplifying Ideological Constructs
   B. Anarchy as an Alternative to Atheism
   C. The End of Collectivism
   D. Rethinking Atheism and Anarchy

2. Choose the one that best fills in the blank.
   A. compromising with each other
   B. making use of different applications
   C. doing strangely contradictory things
   D. weakening their ideological stances

3. Which of the following cannot be inferred from the passage about "atheism" and "anarchy"?
   A. The two are perceived to be a similar ideological construct.
   B. Both cannot be considered full-fledged ideologies.
   C. Both can be somewhat described with the word "individualist."
   D. The two are accepted widely at the State and Church level.

27 모의고사를 망쳐 슬럼프에 빠졌습니다

조급한 상황에서도 항상 여유를 가지고 큰 그림 그리기

유재홍

[협성대 ➡ 한국외대]

- **학사편입**
- **전적대학** : 협성대학교(3.5/4.5)
- **편입대학** : 한국외국어대학교 행정학과
- **나이** : 28세
- **성별** : 남자
- **합격한 학교**(2011년)
    - 동국대학교 행정학과
    - 숭실대학교 경영학과
    - 한국체육대학교 특수체육교육과
- **불합격한 학교**
    - 서강대학교 경영학과
    - 성균관대학교 경제학과
    - 한양대학교 행정학과

처음에는 간절함 없이 가벼운 마음으로 시작했던 편입이었습니다. 하지만 그 가벼움은 곧 큰 무게감을 가지고 저에게 다가왔습니다. 편입 준비생이라면 누구나 가지고 있는 그 부담과 스트레스를 알고 있습니다. 이 수기를 통해서 누군가에게 힘이 되고, 조금이나마 도움이 되길 바랍니다. 그리고 제가 느꼈던 희망을 전달해주고자 합니다.

유재홍

시선과 지인들의 학벌에 대한 막연한 부러움

가벼운 마음에 편입을 시작했다는 것은 바로 집에서 가까운 학교를 다니기 위해 시작했다는 뜻입니다. 어떻게 보면 웃기는 일이지만, 타향생활이 힘들어 단지 집에서 가까운 학교를 다니고 싶다는 생각이 처음 편입을 결심하게 한 이유였습니다. 하지만 지금 와서 생각해보면 알게 모르게 이런 가벼운 마음 또한 열등감의 산물이었던 것 같습니다. 단순히 가까운 곳이라기보다 주변 시선과 지인들의 학벌에 대한 막연한 부러움을 이런 식으로 표출하게 된 것 같습니다.

어떤 이유에서든 편입을 결심한 계기가 있다는 것이 중요하고, 결론적으로 편입 준비생들의 목표는 하나로 수렴된다고 생각합니다. 막연한 기대감으로 시작한 공부가 숨통을 조여올 정도의 스트레스로 다가올지라도 그 출발 계기와 목표를 항상 상기하여 자신을 돌아보는 원동력으로 이용해야 합니다. 그래야 마음이 틀어지는 순간 다잡고 앞으로 나아갈 수 있습니다. 또한 목표 달성 후에도 끊임없이 자신을 돌아보고, 힘들게 얻은 값진 결과라는 사실을 잊지 않고 나아가야 새로운 학교에서도 지치지 않고 자신을 다잡으며 공부해나갈 수 있습니다.

제가 편입 이후 가장 후회하는 부분이기도 합니다. 주변에서 어느 누구도 이런 이야기를 통해 제 마음을 다잡아주지 않았고, 허무하게 1~2년을 보낸 제 모습을 보면 안타까울 따름입니다. 단순히 목표 달성이라는 성취감에 빠져서 새로운 학교에 적응할 시간도 없이, 과거의 영광에 심취하여 앞으로 나아갈 생각을 하지 못했습니다. 하지만 지금 돌이켜보면 편입의 성공은 단지 인생 전환의 기회를 제공할 뿐입니다. 따라서 앞으로의 목표를 찾아나가는 것이 진정한 편입의 성공이라고 생각합니다. 따라서 이 글을 읽는 편입 준비생들은 저와 같은 실수를 범하지 않고 항상 더 먼 미래를 보며 그 목표를 향해 나아가길 바랍니다.

두 마리 토끼를 목표로

저는 체육교육과를 목표로 영어 공부와 실기를 병행했습니다. 처음에는 두 가지를 동시에 진행하는 데 부족한 부분이 생길 것이란 사실을 알고 있었습니다. 따라서 '두 마리 토끼를 잡을 수 있을까?' 하는 고민이 많았습니다. 하지만 이왕이면 원래 꿈이었던 곳에 도전해보고자 과감하게 시작했습니다.

남들은 영어만 하기에도 부족한 시간이라고 말하지만, 시간을 쪼개면 가능할 것이라는 생각과 경쟁에서 이기는 것이지 만점을 위한 시험이 아니라는 사실을 인지했습니다. 이에 제 자신의 결정에 더욱 확신을 가지고 도전할 수 있었습니다.

준비 초기에는 영어에만 시간을 투자했습니다. 1월부터 『우선순위 영단어』와 기초 문법책을 공부하고, 기본기가 잡히면 운동을 병행할 예정이었습니다. 하지만 운동을 바로 시작할 수 없다고 판단하여 헬스장에서 1시간 정도 기초적인 운동을 병행했습니다. 평소 스트레스 내구력이 강하다고 생각했기에 큰 어려움이 없을 것이라 생각했습니다. 하지만 스트레스보다 무서운 조급함이 있었습니다. 결정에 확신을 가지고 시작했지만 두 가지 목표를 동시에 이루어야 한다는 압박감은 조급함으로 이어졌습니다. 이러다간 영어와 운동 모두 그저 그런 상태로 머물 것 같았습니다. 이에 저는 영어 기초부터 집중하기로 했습니다. 무엇이든 기초가 가장 중요하다고 판단하여, 기초 영어를 잡고 운동에 돌입하면 좀 더 안정적인 심리상태로 임할 수 있을 것 같았습니다. 영어의 기초를 잡는다는 말의 기준이 모호하지만, 저는 기초 영단어, 기초 문법을 기준으로 세웠습니다. 공부법에서 언급하겠지만 수험생활 초반에 영어에 많은 시간을 투자했습니다.

본격적으로 운동과 공부를 병행하기 시작한 것은 입시체육 학원에 등록한 6월부터였습니다. 그런데 주 3회 3시간의 운동은 체력적으로나 시간관리 면에서나 부담이 많았습니다. 계획한 3시간에 이동시간, 샤워 및 정리시간 등을 합하면 2시간이나 늘어난 5시간 정도가 소요되었고, 과도한 운동으로 인한 피로감 때문에 휴식시간이 길어졌습니다. 그만큼 영어 공부 시간은 줄었습니다. 하지만 적응기에 당연히 나타날 수 있는 현상이었고, 어쩔 수 없는 기회비용으로 생각했기에 큰 스트레스는 받지 않았습니다. 오히려 빠른 적응을 위해 노력했습니다. 이때는 체력적으로 힘들었기에 조급하다는 생각조차 할 수 없었습니다. 아마 수험생활 후반부에는 다들 체력적으로 힘들어서 비슷한 경험을 할지도 모르겠습니다.

그렇게 영어와 운동을 1개월 정도 병행하자 몸이 적응하기 시작했습니다. 적응 이후에는 빡빡한 환경에서도 여유를 찾았습니다. 여유는 수험생활에서 굉장히 중요하다고 생각합니다. 수험생이라면 누구나 조급할 것입니다. 말처럼 쉽지 않겠지만, 조급해하지 않고 여유를 가져야 공부든 운동이든 지치지 않고 할 수 있다고 생각합니다. 저의 경우 두 가지를 병행했지만, 보통 영어 혹은 학사와 영어만 준비하는 경우에는 저보다 체력적으로나 시간적으로 좀 더 여유가 있을 것입니다. 따라서 조급함보다는 여유를 가지고 수험생활을 할 것을 권합니다. 자신만의 패턴을 찾는 것이 중요하겠지만, 간단한 운동 혹은 스트레칭으로 컨디션 조절과 체력관리를 한다면 장기 레이스에 적합한 컨디션을 유지할 수 있을 것이라 생각합니다. 조급한 상황에서도 항상 여유를 가지고 큰 그림을 그리며 단기적 목표를 이루며 나가야 한다고 생각합니다. 한 단계씩 발전하는 모습을 그리고 목표를 이룬다면, 그 단계들이 모여서 최종목표 달성에 도움이 될 것입니다.

좌절과 재도전 그리고 선택과 집중

두 가지를 1년 간 준비한 노력이 빛을 보기도 전에 좌절을 맛보았습니다. 11월 원서 시즌이 되어서야 체육교육학과는 편입생을 선발하지 않는다는 사실을 알게 되었습니다. 단계별로 준비한 노력이 도전해보지도 못하고 끝나버린 사실에 큰 좌절과 실패를 맛보았습니다. 말 그대로 모든 것을 놓아버린 상태가 되었습니다. 그날 이후 저의 모든 활동을 중단했습니다. 그저 멍하니 '어떡하지'를 반복할 뿐 별다른 묘책이 떠오르지 않았습니다. 그래서 그냥 실컷 놀았습니다. 어차피 다른 생각 속에서의 공부는 무의미하다고 생각했습니다. 즐기던 농구를 하고, 좋아하던 영화도 보는 등 제 자신을 그냥 놓았습니다.

그러던 중 문득 스스로 미래를 그려보았습니다. 밑그림조차 그려지지 않았습니다. 사실상 말 그대로 백지였습니다. 그래서 '백지 위에 점이라도 찍어야 하지 않겠나?' 하는 생각을 가지고 대안을 선택하여 집중하기로 했습니다. 바로 '경영학과 혹은 행정학과'를 선택하기로 했습니다. 백지에 일단 점이라도 찍으면 그림을 그리기 시작할 수 있을 것이란 생각이었습니다. 그리고 이런 선택을 하고 나서는 하루를 온전하게 영어에만 집중했습니다.

이 선택을 하기에 딱 한 달이 걸렸습니다. 이런 좌절감의 시기에는 누구의 말을 듣기보다는 스스로 느끼는 것이 중요하다고 생각합니다. 누구나 준비 중에 여러 시련과 좌절이 있을 것입니다. 저와 비슷하거나 전혀 새로운 일이 생길 수 있습니다. 하지만 우리는 성인이기에 스스로 책임져야 합니다. 다른 누군가의 조언을 구하는 것도 좋지만, 목표의 필요성에 대해 생각해보길 바랍니다. 즉 처음 내가 선택한 편입의 이유에 대해 스스로 자문자답해 보고, 선택을 이어나갈지에 대해 고민해보는 것입니다. 저의 경우에는 자신을 놓고 좋아하는 취미를 즐긴 시간을 통해 얻었지만, 수험생에 따라 여러 가지 방법이 있을 수 있습니다. 큰 좌절이 아니더라도 슬럼프의 시기에 스스로 편입의 이유에 대해 자문자답을 해보시기 바랍니다. 시련을 극복해나가는 방법 중 하나가 될 수 있을 것입니다.

편입 영어 파트별 공부법

■ 단어 ■

저는 중고등학교 기초도 부족했기 때문에, 처음 시작은 중고등학교 기초 영단어를 암기하는 것이었습니다. 누적복습과 암기 스터디를 통해서 영어를 읽는 법부터 배웠습니다. 단어를 처음 공부할 때, 조금은 힘들겠지만, 영영사전을 찾아보는 것을 추천합니다. 이는 나중에 단어 문제나 논리 문제에서 뉘앙스를 찾는 데 상당한 도움이 됩니다. 일반적인 영어사전은 한글로도 어려운 뜻을 나타내거나 모두 같은 뜻으로 해석하지만, 영어 단어는 그 뉘앙스가 다릅니다. 따라서 영영사전을 찾아보는 것이 습관화되어 있다면, 단어 공부에 좀 더 효율적으로 다가갈 수 있을 것입니다.

기초 단어를 하고 나서 학원을 선택했다면 학원 단어집을, 혹은 편입 준비생들이 많이 보는 책을 추천합니다. 이런 책에는 기초 단어부터 시작해서 고급 단어까지 나와 있기 때문에 도움이 많이 됩니다. 공부 방법은 저의 경우에는 주 3회 수업을 통해 학원 시험을 봤습니다. 학원 커리큘럼에서 대략 44개 챕터로 구성된 책자를 주 3회 수업을 통해 한 달 안에 1회독 할 수 있도록 분량을 조절하여 시험을 봤습니다. 처음에는 굉장히 힘들고 어렵습니다. 목표를 정해놓지 않으면 절대 끝낼 수 없는 분량입니다. 단어라는 것은 한 번에 다 외우는 것이 아니라 반복학습을 통해서 암기를 하는 것입니다. 잘 외워지지 않는 단어는 예문을 통해서 통으로 외우는 방법이 있을 수 있으며, 혹은 말장난을 통해 자신만의 방법을 통해 암기하는 것도 또 하나의 방법일 수 있습니다.

단어는 처음부터 스터디를 할 게 아니라, 중반 정도 시간이 흘렀을 때 스터디를 하는 것을 추천합니다. 서로 어느 정도 실력이 쌓여 있는 상태로 스터디를 해야 경쟁의식도 생기고 도움이 된다고 생각합니다. 단어는 분량을 정해서 암기하고 시험 보는 방법 외에는 왕도가 없다고 생각합니다.

마지막으로, 후반부에 들어서면(저는 10월부터 시작) 1:1 스터디를 추천합니다. 자신과 실력이 비슷한 사람과 스터디를 1:1로 진행하는 것입니다. 처음에는 단어집을 4파트로 나눠서 월화수목 시험을 보고, 금토에는 2파트로 나눠서 시험을 봅니다. 예를 들어 100페이지면 월화수목은 25페이지씩 시험을 보고 금토에는 50페이지씩 시험을 봅니다. 그리고 11월부터 2파트로 나눠서 매일 시험을 봤습니다. 시간은 오래 걸리지만 거의 매일 단어집을 빠르게 본다는 데 의의가 있습니다. 실제로 도움이 많이 됩니다. 가능할까 싶겠지만, 이 시기에는 아마도 안 보고도 50페이지 이상의 단어를 기억할 겁니다. 가능합니다. 경험이니 믿으셔도 됩니다. 간혹 다른 후기에서 7회독 10회독 얘기가 나오는데, 그건 정석적인 회독 수를 말하는 거라고 생각합니다. 제가 말한 방법처럼 셀 수 없을 정도로 많이 보는 것이 단어 공부에서는 최고라고 생각합니다.

모의고사를 망치면 슬럼프에 빠지는 사람들이 많습니다. 저는 총점은 무시하고 많이 공부한 부분의 목표치를 설정했습니다. 단어의 경우에는 알면 맞히고 모르면 틀리는 게 맞습니다. 따라서 모의고사를 볼 때는 아는 단어나 익숙한 단어만 무조건 맞힌다는 목표를 세워서 공부했습니다. 여러분들도 단기적 목표를 세워 공부하길 바라며, 모의고사 점수에 크게 영향을 받아 슬럼프에 빠지지 않기를 바랍니다.

■ 문법 ■

문법은 기초 문법에서 시작됩니다. 기초적인 8품사부터 시작해서 일반적인 중고등학교 수준의 문법책으로 공부했습니다. 그리고 품사를 배울 때는 부교재로 예문이 많은 책자를 선택하여 모든 문장의 단어에 품사를 표기하여 분석했습니다. 그 뒤에는 문장의 형식을 나눠서 분석하고, to부정사나 동명사, 동사, 시제 등등에 관련된 모든 문법 사항을 배우고 분석했습니다. 문장 구조에서는 모든 3형식 문장은 4형식으로 바꿔보고, 문법적으로 표현이 여러 가지인 경우에는 모든 문장을 여러 가지 표현법으로 바꿔서 문장을 분석해 보았습니다. 이렇게 예문을 분석하면서 공부하는 방법이 굉장히 도움이 됩니다. 이런 분석은 차후 독해에서도 빠른 직독직해 능력에 도움이 됩니다.

문법은 문장을 단어 하나하나 혹은 구와 절의 형태로 분석하여 공부하는 것이 큰 도움이 됩니다. 기초 문법뿐만 아니라 편입 문법을 좀 더 심도 있게 들어가도 공부 방법은 똑같습니다. 예문을 좀 더 심도 있게 분석하게 됩니다. 여기서 중요한 점은 분석에서만 끝나면 문제 적용에 어렵다는 것입니다. 따라서 처음 문제를 접할 때는 저처럼 문장을 분석해서 풀어보길 바랍니다. 어느 정도 숙달이 되면 분석은 눈으로도 금방 끝낼 수 있으며, 그럼 빈칸 혹은 밑줄 부분 중 어색한 부분이 한눈에 들어오게 됩니다. 처음에는 파트별 문제를 풀어봄으로써 파트 문제의 특징을 파악하는 것이 중요하며, 모의고사 이외에 문법 공부를 마무리할 때는 종합 문제가 큰 도움이 됩니다. 파트별 문제는 답을 몰라도 찍어서 맞히는 경우가 발생하기 때문에, 처음에는 파트별 문제로 시작하되, 마무리는 종합으로 하는 것을 추천합니다.

마지막으로 문법책은 여러 사람이 권하는 단권화 작업을 하길 바랍니다. 단권화를 통해 틀린 문제의 이론을 단시간 내에 찾아보고, 다시 확인할 때 큰 도움이 됩니다. 나만의 문법책

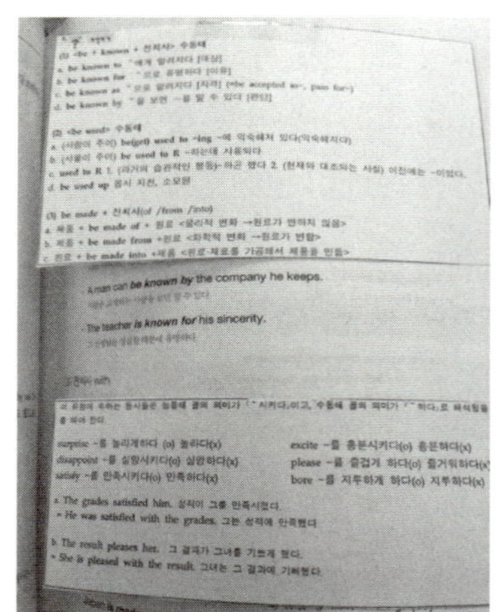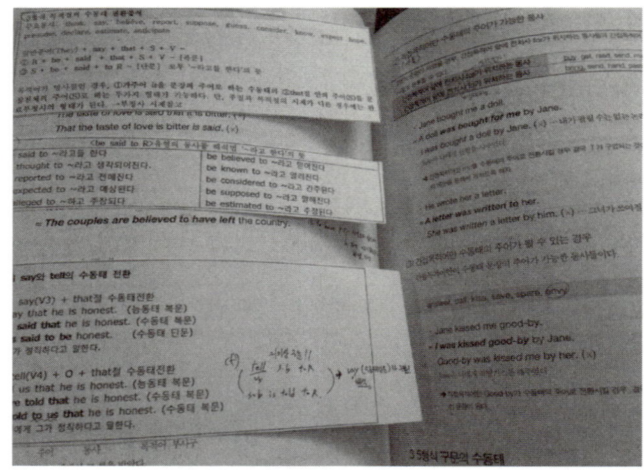

▲ 문법 관련 내용을 좀 더 보기 편하게 컴퓨터로 정리하여 보조 자료로 넣었습니다.

을 만들어서 내용과 위치까지 기억한다면 정말 자신의 책이라고 할 수 있습니다. 암기까지는 아니더라도 매일 1파트씩 읽기를 추천합니다.

앞서 단어에서처럼 모의고사의 경우 총점보다는 단기 목표 달성에 중점을 뒀습니다. 처음에는 50%, 다음달에는 70%, 자심감이 붙었을 때는 100% 정답률을 목표로 모의고사에 임했습니다. 이런 단기적이고 가시적인 목표를 통해 성취감과 자신감을 얻을 수 있습니다.

■ 독해 ■

독해의 경우 조금 늦게 시작했습니다. 이유는 문법을 공부할 때 부교재의 예문을 통해 문장 분석 및 해석이 자연스럽게 이어지면서, 이런 문장들이 모여서 독해 지문이 되는 것이라고 생각했기 때문입니다. 그래서 따로 독해를 준비하지 않았습니다.

독해는 처음 입문할 때 거부감이 더욱 많이 작용했습니다. 그래서 생각한 것이 관심 분야에 대한 지문을 선택하는 것이었습니다. 중고등학교 수준의 영화 및 스포츠 관련 책을 골랐습니다. 지문이 있고 간단하게 2개 정도 매우 쉬운 문제가 있는 독해집이었습니다. 너무 쉽다고 생각할지 모르겠지만, 처음 시작하는 사람들에게는 흥미도 유발하면서 직독직해에도 매우 도움이 된다고 생각합니다.

처음에는 가볍게 문제를 풀고 두 번째 볼 때는 문제 풀 때와 다르게 꼼꼼하게 단어 하나하나 해석해보길 바랍니다. 문제 푼다고 대강대강 해석할 때와는 차이가 큽니다. 그리고 마지막으로 눈으로 빠르게 읽으며 해석해보길 추천합니다. 이는 내가 알고 있는 내용이지만 눈으로 영어를 읽으며 해석한다는 느낌이 어떤 것인지 알기 위함입니다. 그렇게 훈련을 거듭하면 영어를 눈으로 읽고 해석하는 데 자신감이 생깁니다. 처음 시작하는 사람들에게 굉장히

508

좋은 훈련법이라고 생각하며, 저 또한 이렇게 훈련했습니다.

이후에는 분야별 독해집을 풀어보길 바랍니다. 300개 정도의 지문이 실려 있으며 경제, 과학, 사회 등 전반에 걸쳐서 많은 분야의 지문을 다룹니다. 이는 배경지식을 쌓기 위해서입니다. 배경지식이 있으면 비슷한 내용의 지문을 접했을 때 거부감이 좀 덜하다는 장점이 있습니다. 필요하다면 시중에 나온 독해집을 다 풀어보는 편이 좋습니다. 저는 그렇게 공부를 진행했습니다. 그리고 모의고사를 통해 독해 문제에 대한 감을 계속적으로 유지했습니다.

틀린 문제는 반드시 지문 어느 부분을 단서로 문제를 제공했는지 찾아서 직접 선을 그어 연결시켜보는 연습이 필요합니다. 이런 문제 분석 습관은 나중에 문제의 단서를 찾는 데 도움이 많이 됩니다.

마지막으로 이것은 선택사항으로 볼 수도 있습니다만, 난이도가 굉장히 높은 독해집을 풀어보는 것도 상위권 대학의 까다로운 문제를 접했을 때 당황하지 않을 수 있는 좋은 방법입니다. 독해는 푸는 것만 중요한 것이 아니라 틀린 문제에 대한 분석이 더욱 중요하며, 독해용 단어를 따로 정리하는 것이 중요합니다.

■ 논리 ■

마지막으로 가장 까다로운 논리입니다. 논리는 단어와 독해의 중간 형태인데, 정형화된 문제 유형들은 그저 단어를 알면 풀 수 있지만, 그렇지 않은 경우 난이도가 상당히 높아질 수 있습니다. 그래서 많은 수험생들이 어려워하는 부분입니다. 단순히 단어를 많이 안다고 해서 정답률이 높은 것도 아니며, 기본 단어를 가지고도 어려운 문제를 만들 수 있기 때문입니다.

저는 정형화된 문제에 대해서는 연결어와 자주 등장하는 단어를 집중적으로 암기했습니다. 그리고 평소 단어 공부를 할 때, 유의어와 반대어 그리고 형태에 따라 뜻이 달라지는 단어를 같이 공부했습니다. 이는 단어집을 최소 3회독 이상 진행했을 때 할 수 있습니다.

논리 문제 모음집을 통해 논리 파트를 공부했습니다. 논리는 앞에서 언급한 것처럼 쉬우면 쉽고 어려우면 굉장히 어렵기 때문에 논리 단어를 따로 정리하는 것도 좋은 방법이며, 틀린 문제에 대한 분석이 중요합니다.

저는 논리 문제집을 2권 풀었습니다. 기본적인 모음집과 난이도가 굉장히 높은 문제집이었습니다. 쉬운 문제는 누구나 맞히기 때문에 난이도가 높은 문제로 합격과 불합격이 결정될 것이라 생각했습니다. 따라서 주로 난이도가 높은 문제집으로 공부했는데, 시간이 많이 걸리는 만큼 얻는 것도 많았습니다. 그리고 짧은 지문이지만 계속 해석함으로써 차후 독해에도 많은 도움이 되었습니다. 특히 독해 추론 문제에 도움이 되었습니다.

틀린 문제에 대한 분석은 문장에서 제공하는 단서를 찾아내서 정리하는 것과 비슷한 단어의 쓰임의 차이를 따로 정리해두는 것이 굉장히 도움이 됩니다. 집중적으로 모의고사를 푸는 시기인 10월부터 각 모의고사에 포함된 논리 문제를 같은 방법으로 정리하고 분석하여 오답률을 줄여 나갔습니다.

시기별 공부법

■ 기초에 집중하라 ■

모든 공부는 기초가 중요합니다. 기초가 탄탄해야 마지막까지 점수를 끌어올리는 데 부족함이 없습니다. 초반에 얕은 술수나 편법을 이용해서 점수를 올린다면, 당장은 올릴 수 있겠지만 마지막에 웃는 결과는 얻지 못할 것입니다.

처음 시작하는 영어 공부의 기초는 '단어'라고 생각했습니다. 학원의 설명이나 편입 경험자들의 조언에 의하면 단어의 중요성은 언제나 강조되었고, 제 경험에서도 아무리 강조해도 부족함이 없습니다. 이 '단어' 공부의 목적은 단순히 단어 파트 문제의 정답률을 높이는 데 있다기보다는 영어에 대한 전반적인 이해력을 높이는 데 있다고 생각합니다.

1년을 기준으로 공부했던 경험을 바탕으로 저의 공부법을 적어봅니다.

먼저 1월에 영어를 시작한 저는 영어의 기초공사로 '고등학교 기본 단어집'을 보기 시작했습니다. 2월까지는 2~3권의 기초 단어집을 토대로 공부하면서 무작정 암기했습니다. 단어 공부는 지겹기도 하거니와 외워도 잊어버리는 경향이 많기에 대부분의 수험생들이 가장 싫어하고 귀찮아합니다. 하지만 처음 기초 단어를 잡아 놓지 않으면, 후반부에 가서 정말 고급 단어는 잘 알고 정답률이 높은데, 아이러니하게도 기초 단어 문제는 오답률이 높습니다. 심지어 기초 단어는 독해, 문법, 논리 파트까지 영향력을 미치기 때문에 절대 소홀히 해서는 안 되는 부분입니다.

1~2월의 기간 동안은 기초 단어집을 어디든 들고 다니며 읽기만 했습니다. 암기라기보다 처음에는 영어와 친해지기 위한 노력이었습니다. 2회 정도 읽기가 끝났을 때, 일정 분량을 외우고 시험을 보는 형식으로 암기를 진행했습니다.

3월부터는 영어에 대한 친밀도를 높였다고 생각하고 학원에 등록을 했습니다. 기초 문법부터 시작하여 영어를 좀 더 심층적으로 공부하기 위함이었습니다. 기초가 많이 부족했던 저로서는 학원 수업도 굉장히 부담이 되었습니다. 그러므로 여러 학원에서 상담 및 청강을 한 후에 자신에게 꼭 맞는 학원으로 결정하라고 당부합니다. 전문 과외가 아닌 이상, 대학생 과외는 복불복 경향이 강하기 때문에 추천하지 않습니다.

제가 선택한 곳은 소수정예의 작은 학원이었습니다. 대형 학원과 달리 3월 한 달의 커리큘럼이 기초 문법이었습니다. 대형 학원의 경우 단어, 문법, 독해, 논리를 모두 진행합니다. 기초 문법은 8품사부터 시작했습니다. 8품사를 제대로 배우고 나서는 단어를 암기할 때 품사도 같이 외우려고 노력했습니다. 3월 한 달간 기초 문법과 함께 기초 단어를 암기했습니다. 이어서 문장 형식, 동사, 시제, 동명사, to부정사 등등 일반적인 기초를 다졌다고 보면 될 것 같습니다.

3월 시기에는 주 3회 수업으로, 수업 후 복습 및 단어 암기를 계속적으로 반복했습니다. 복습할 때 부교재로 영어 문장의 형식별 예문을 나열한 것을 같이 공부했습니다. 단순히 이론만 암기한다고 영어 실력이 향상되는 것은 아닙니다. 따라서 부교재를 이용하여 당일 문법 사항을 문장에 적용시켜보고, 문장을 분석하는 공부를 함께 진행함으로써 영어에 대한 거부감을 줄일 수 있었습니다. 이런 공부법을 통해 나중에는 어떤 문장이라도 한눈에 들어와서 주어, 동사를 바로 찾을 수 있게 됨으로써 문법, 독해, 논리 문제풀이에 굉장히 큰 도움이 되었습니다.

4~5월 시기에는 기초 문법에서 좀 더 심화로 들어가, 표현이 이상하지만 '편입 문법'에 들어갔습니다. 간단히 표현해서 3월 한 달간 문장 형식을 위주로 살펴보았다면, 그 문장 형식을 좀 더 품사별로 세세하게 분석해서 보는 공부를 했다고 보면 됩니다. 이 시기에도 3월에 쓰던 부교재를 함께 공부했습니다. 또한 편입 문법 이론서를 정해서 단권화 작업을 했는데. 모든 이론을 한 권의 책에서 파트에 상관없이 한 번에 찾을 수 있을 정도의 정리가 필요합니다. 자세한 공부법은 앞의 내용을 참조하면 좋을 것 같습니다.

단어는 빠르면 3월에, 늦어도 4월에는 기초 단어를 보면서 편입 준비생들이 많이 보는 책 중에서 자신의 기호에 맞는 것을 선택해서 공부하는 것이 좋습니다. 저는 학원에서 주 3회 수업시간에 시험을 보았기에 암기하지 않을 수 없었습니다.

■ 기초를 발판으로 올라가라 ■

6~8월 시기에는 지금까지 탄탄하게 쌓아놓은 기초를 밟고 올라서는 시기입니다. 편입 문법을 복습하는 것과 동시에 문제풀이에 들어갑니다. 4~5월 시기에 단권화 및 적용(파트에 상관없이 내용의 위치까지 기억)은 사실 쉽지 않습니다. 따라서 이 시기에도 계속적으로 단권화된 이론서를 꾸준히 읽어야 합니다. 이 시기에는 문법 문제를 풀고 틀린 문제는 이론서

를 찾아서 계속 읽어줘야 합니다. 이런 공부가 시험이 끝날 때까지 계속된다고 보면 됩니다.

이 시기에는 독해를 시작했습니다. 그 전까지 독해는 예문이 많은 부교재를 이용하여 문장을 분석하고 해석하는 것이 전부였다고 하면, 직접적인 독해를 시작한 것이 이 시기부터입니다. 처음에는 독해에 흥미를 더하기 위해서 제가 흥미를 가지는 영화나 스포츠와 관련된 난이도가 낮은 책으로 시작했습니다. 독해 방법은 앞에서 자세히 기술했습니다.

흥미를 끌 만한 책을 이용한 독해는 2회독 정도로 끝내고 기초 편입 독해부터 차근하게 시작했습니다. 앞의 공부법들로 인해 영어에 대한 거부감이 많이 줄어든 상태였기 때문에 천천히 독해를 시작해서 끌어올리기 매우 수월했습니다.

이 시기에 단어는 회독의 스피드를 올리고, 혼자보다는 스터디를 구성하여 빠르게 단어를 암기한 후 반복하는 것이 중요합니다. 논리의 경우에는 논리 문제집을 1~2권 정도 풀어보길 권합니다. 문제 유형을 익히고 모르는 단어를 정리하기 위함이라고 볼 수 있습니다.

■ 체력과 정신력 싸움 ■

9~12월 시기에는 최소 6개월 이상 무작정 달려왔기 때문에 체력적으로나 심적으로 매우 힘이 듭니다. 특히나 1년 정도의 준비기간을 가지고 준비하는 편입시험은 중간 중간 모의고사를 제외하면 어떤 결과물을 바로 받아볼 수 없기 때문에 더욱 지치는 경향이 큽니다. 하지만 6~8월이 기둥을 올리는 시기였다면, 9~12월은 마무리 단계라고 봅니다. 사실상 1월에는 본격적으로 시험이 시작(고려대는 12월 중순)되기 때문에 마음을 다잡기 어렵습니다. 따라서 막판 스퍼트를 올릴 수 있는 단계는 바로 9~12월입니다.

또 이 시기에는 생각보다 편입 포기자가 많이 나옵니다. 성적이 안 올라서 답답한 마음에 포기하는 학생들도 있지만, 많은 학생이 체력 저하로 혹은 체력 저하로 인한 정신력 결여로 포기합니다. 따라서 이 시기에 슬럼프를 잘 극복해야 합니다. 이는 생활에 대한 조언에서 언급하겠습니다.

이 시기에 문법은 문제를 보면 어느 파트 문제라는 것이 대략적으로 그려질 것입니다. 따라서 이 시기에는 문법은 대략 모의고사 1회차(10~20문제)정도로 끝내고 틀린 부분을 이론서를 찾아보고 정리하는 정도로 끝내야 합니다. 왜냐하면 독해, 단어, 논리에 더 많은 시간을 투자해야 하기 때문입니다.

독해는 배경지식을 넓히기 위해서 분야별 독해집을 추천합니다. 배경지식이 있으면 비슷한 내용의 지문을 접했을 때 거부감이 덜하다는 장점이 있습니다. 단어는 스터디를 계속 이어가는 것이 좋습니다. 논리의 경우 제일 어렵다고 볼 수 있는 파트입니다. 앞서 풀어본 문제집에

512

서 틀린 문제를 골라 다시 한 번 복습하고, 좀 어려운 책을 선택하여 논리를 풀어보는 것도 좋은 방법입니다. 저는 난이도가 높은 책을 한 권 심도 깊게 공부했습니다.

10월부터는 매일 모의고사를 오전과 오후 각 1회씩 풀었습니다. 상위권 대학을 위주로 하여 최근 10년 기출을 모아서 공부 파트너와 함께 풀었습니다. 파트너와 함께 푸는 것을 추천하는 것은 집중해서 풀고, 틀린 부분에 대해 서로 간단한 코멘트를 주고받을 수 있으며, 문제의 난이도를 가늠하기 위함입니다. 모의고사를 푼 후에는 바로 복습하고 중간시간을 이용하여 단어 스터디를 했습니다. 그 뒤 바로 모의고사를 1회 더 풀었습니다.

모의고사를 통해서 4파트를 한 번에 풀어보고 공부할 수 있다는 장점이 있으며, 학교별 유형이 다르기 때문에 그 유형에 맞춰서 공부할 수 있는 장점이 있습니다. 하지만 이 방법으로 할 때는 결과에 너무 연연해서는 안 됩니다. 결과에 집착하다 보면 스트레스를 받게 되고, 슬럼프에 빠지기 쉽습니다. 그보다는 틀린 문제와 학교별 기출에 대한 분석이 필수적입니다. 이런 반복적인 패턴으로 10~12월을 보냈습니다. 11월경부터는 단어에 좀 더 많은 시간을 투자했는데, '빨간책'이라 불리는 단어집을 스터디를 하면서 심도 깊게 공부했습니다.

여기서 간단히 팁을 드리자면, 12월 말에는 쿠엣(KUET)이 시행됩니다. 하지만 KUET 시험 2~3주 뒤에 본격적 편입시험이 시작되기 때문에, KUET은 꼭 고려대를 가거나 멘붕 관리가 잘 되는 사람들에게만 추천합니다. KUET 이후에 학원생들은 좌절하고 학원 출석률도 50% 아래로 떨어집니다. 하지만 이를 극복하지 못한다면 결국 시험은 시작도 못하고 무너지게 됩니다. 따라서 KUET은 잘 선택해서 보길 당부합니다.

■ 긴 여정의 마무리 ■

1월은 본격적인 시험의 시작입니다. 시험을 보러 다니는 데 생각보다 체력적으로나 정신적으로 스트레스가 심합니다. 이때는 초심으로 돌아가서 시험에 임하는 자세가 중요합니다. 또한 인터넷 후기에 지나치게 의존하거나 친구들과의 잡담은 위험합니다. 서로 탄식과 한숨을 듣다 보면 흐름이 깨져서 남은 시험을 망쳐버릴 수 있습니다. 누구나 자신 있는 유형의 시험이 있기 마련입니다. 따라서 마지막 시험의 시험장을 나오는 순간까지 긴장을 늦춰서는 안 되며, 시험 중간 중간 발표되는 1차 발표 결과에 크게 기뻐하거나 낙심하지 않도록 마인드 컨트롤을 해야 합니다.

시험을 안 봤던 학교의 시험을 살펴보고 다른 학교 시험에 들어가는 것도 도움이 됩니다. 또 마지막까지 단어는 손에서 놓지 말아야 합니다. 문법의 경우에는 단권화한 이론서를 빠르게 스킵해서 읽는 것도 순간순간 이론 정리에 도움이 됩니다.

앞과 같은 방법을 꾸준히 유지하면서 전공시험을 보건 면접을 보건, 차근차근 준비하면서 최선을 다했습니다. 면접이나 전공시험의 경우에는 1년간 계속 해오던 영어와 다르게 좀 더 집중적으로 준비했습니다. 영어는 앞에서와 같이 단어와 문법을 빠르게 읽어나갔습니다. 그 감만 유지해도 성공이라고 할 수 있습니다. 다시 말하면, 이 시기에는 무엇보다도 스스로 마인드컨트롤을 통해서 낙오하지 않고 마지막까지 최선을 다하는 자세가 중요합니다.

패턴이 곧 성공을 부른다

편입 준비생으로, 또 조교로 다른 학생들을 볼 때 굉장히 답답한 부분이 많았습니다. 건강 관리만큼은 조금 더 강조하고 싶습니다. 모든 수험생활의 기본은 체력(건강)입니다. 하지만 많은 학생이 이 부분을 간과하는 것 같습니다. 공부를 열심히 하기 위해, 그리고 부족한 시간을 늘리기 위해 잠을 줄이고 먹는 시간을 줄이는 태도는 굉장히 바람직하다고 생각합니다. 하지만 사람이 기본적으로 지켜야 할 부분을 망각하는 학생들이 많습니다. 편입은 대부분의 학생들이 1년을 기준으로 길게는 2년을 생각하는 장기 레이스입니다. 단거리라면 그렇게 건강에 신경 쓰지 않아도 괜찮지만, 장기 레이스는 페이스 조절이 가장 중요하다고 생각합니다. 따라서 제가 강조하고 싶은 것은 3가지입니다.

■ 수면시간 확보 ■

여러 학생이 자는 시간을 줄여서 공부를 하겠다고 합니다. 하지만 밤에 자는 시간을 줄이면 학원이나 도서관에서 자는 시간이 늘어납니다. 이는 공부하는 시간을 늘리는 것이 아닙니다. 밤에 7~8시간을 충분한 숙면을 취하고, 학원 혹은 도서관에서 더 나은 집중력으로 공부를 한다면 더 효율적인 공부가 됩니다. 잠을 줄이는 학생들의 대부분은 중간에 체력적으로 떨어지거나 자신의 패턴에 적응하지 못하고 결국에는 낙오자가 됩니다. 그저 그런 수험생활을 하다가 편입 실패의 쓴맛을 봅니다. 생각보다 많은 학생이 이런 과오를 범합니다. 따라서 수면시간 확보는 장기 레이스를 위해, 효율적인 공부를 위해 중요하다고 생각합니다.

■ 균형 잡힌 식사 ■

식사만큼 수험생에게 중요한 부분은 없습니다. 시간을 아끼기 위해 빵이나 간단한 과자 등으로 식사를 마치고 들어가서 공부하는 학생들이 생각보다 많습니다. 그런 습관은 절대 좋지 않습니다. 하루 종일 집중해서 공부하는 수험생의 칼로리 소모는 엄청납니다. 그런데 그 에너지원이 보충되지 않는다면 집중력도 흐려지고 공부에 오히려 역효과가 나타납니다.

514

식사에 관해 한 가지 더 말씀드리면, 식사시간에 휴식을 하는 것인지 단어를 보며 공부를 하는 것인지 헷갈리는 모습을 많이 목격합니다. 자투리시간을 이용해서 단어를 보는 것은 좋지만, 식사시간만큼은 아니라고 생각합니다. 차라리 그 시간에는 신문을 보며 머리를 식히는 것이 좋다고 봅니다. 그 해 큰 이슈가 되었던 일들이 영어 지문으로 나오는 경우가 많으니 시사상식이나 배경지식을 위해 타임지나 프린트물을 가지고 가서 가볍게 보는 것도 괜찮다고 생각합니다. 식사시간은 기본적으로 휴식 및 배경지식을 쌓고 에너지원을 보충하는 시간이라고 생각하면 좋을 것 같습니다.

■ 운동은 필수 ■

저는 편입을 준비하면서도 운동을 게을리 하지 않았습니다. 체력과 스트레스를 다스리는 데 가장 효과적이라고 생각했기 때문입니다. 대부분의 수험생들은 운동을 하지 않습니다. 여기서 말하는 운동은 시간을 내서 하는 운동일 수도 있고 생활 속 운동일 수도 있습니다.

저의 경우에는 새벽 6시에 헬스장에서 러닝머신을 뛰고 근력운동 혹은 스트레칭을 가볍게 해서 40분 이내로 운동을 끝냈습니다. 그리고 아침식사를 하고 7시가 조금 지난 시점부터 공부를 시작했습니다. 이렇게 꾸준한 운동은 스트레스를 다스리는 데도 도움이 되었습니다. 또한 상쾌하게 하루를 시작할 수 있게 해주었습니다.

꾸준한 운동으로 1년이라는 수험기간 동안 단 한 번도 체력적으로 지친다는 느낌을 받지 않았습니다. 장기 레이스를 끌고 가는 데 운동은 매우 중요하다고 생각합니다. 사람마다 패턴은 다를 수 있지만 오전에 운동을 하든가, 시간을 내지 않고도 중간 쉬는 시간을 이용해 스트레칭 및 산책을 하든가, 혹은 자기 전에 20~30분간 스트레칭으로 혈액순환을 돕는다면 숙면에도 도움이 되고 체력적으로도 도움이 될 것입니다. 앞에서 언급했듯이 편입 준비라는 긴 여정은 체력과 정신력의 싸움이기 때문입니다. 다른 수기에서는 볼 수 없을지 모르지만, 앞의 3가지는 공부에 있어서 굉장히 중요하다고 생각합니다.

조언을 해도 그저 생각만 할 뿐 행동하는 수험생은 보지 못했습니다. 9~10월 사이에는 체력적인 문제와 스트레스가 발목을 잡아 포기하는 사람들이 기하급수적으로 늘어납니다. 따라서 제 조언을 꼭 명심해서 자신만의 생활패턴과 습관으로 만들어 자기관리에도 성공하길 바랍니다.

■ 합격하고 난 후 ■

우리는 과정보다 결과를 중시합니다. 결과가 좋아야 그 과정도 보이는 법입니다. 불합격한다면 핑계도 없이 그저 불합격입니다. 그래도 최선을 다했다고 위로받을 수 있지만, 그 위로를 위해 노력하는 것은 아닐 겁니다. 따라서 단기·장기의 목표의식을 가지고 수험생활에 임해주길 바랍니다. 또한 합격 이후 내가 나아갈 방향을 꼭 생각해보길 바랍니다.

저의 경우에는 편입 합격 이후 굉장히 나태해졌습니다. 너무도 오랜만에 하는 학교생활이라 그저 즐기기에 급급했습니다. 편입이라는 목표는 그저 과정일 뿐이었는데, 그 부분을 제가 놓치고 지내왔습니다. 따라서 이 글을 읽고 편입을 준비하는 학생들은 저 같은 실수를 범하지 않길 바랍니다. 편입을 준비하면서는 합격 이후의 목표에 대해서 생각하고, 편입에 성공한 이후에는 그 목표를 찾아서 차근차근 준비해나가는 자세를 유지하기 바랍니다.

졸업 시즌이 다가와서 발등에 불이 떨어져서 준비하기보다는 미리미리 하나씩 준비해나가는 자세를 가지는 것이 중요하며, 그렇게 준비한다면 자신의 궁극적인 목표에 한걸음 더 가까이 다가갈 수 있을 것이라고 생각합니다.

ryuwhyj@gmail.com

부록

가 일반편입과 학사편입

일반편입은 4년제 대학교에서 4학기 이상을 수료한 자, 2~3년제 전문대학교를 졸업하고 전문 학사를 취득하거나 학점은행제 등을 통해 전문 학사를 취득한 자가 지원 가능한 편입 전형이다. 학사편입은 4년제 대학교를 졸업했거나 그와 동등한 학력을 가지고 있는 자가 지원할 수 있는 편입 전형이다. 일반편입 전형으로 합격한 자, 학사편입 전형으로 합격한 자 모두 합격한 이후에는 해당 대학교의 3학년으로 진입하게 된다.

일반적으로 일반편입의 모집인원이 학사편입에 비해 적지만 지원하는 인원은 많다. 때문에 경쟁률이나 합격 커트라인 점수가 학사편입보다 일반편입에서 다소 높게 형성된다.

2012년, 교육과학기술부가 지방대 살리기 방안 중 하나로 내놓은 편입학 축소 방침으로 인해 학사편입의 모집인원이 입학 정원의 5% 이내에서 2% 이내로 축소됐다. 이 때문에 학사 편입의 문이 예전보다 좁아졌다. 그럼에도 불구하고 여전히 학사편입 전형으로 도전하는 것이 일반편입 전형으로 도전하는 것보다 합격 가능성이 높다는 것이 지배적인 의견이다.

편입학 전형으로는 일반편입 전형과 학사편입 전형 이외에도 외국인 전형이나 농어촌 전형과 같은 특별 전형도 있다. 해당되는 편입 준비생들은 원하는 대학의 요강을 확인하고 유리한 방향으로 준비하길 바란다.

○ 김재훈(일반)

현재는 학사 뽑는 인원이 축소돼서 이야기가 달라질 수 있겠지만, 2013년까지는 '학사가 꿀'이라는 말이 틀린 게 아니었다. 스터디를 같이 했던 8명의 성적은 모두 비슷했지만, 일반편입을 지원했던 사람은 모두 불합격했고 학사편입을 지원했던 사람은 모두 합격했다. 학사 인원이 줄었다고 하지만 공대는 아직 메리트가 있다고 본다. 학사든 일반이든 합격하면 차별이 없기 때문에 학원에서 잘 상담해보고 유리한 방향으로 선택하길 바란다.

○ 오새롬(학사)

저는 아직도 가끔 '좀 더 일찍 학사를 했더라면……'하고 생각합니다. 2013년 현재 제 나이가 26살입니다. 일반으로 시작해서 재수하며 학사로 끝을 맺었기에 괜히 1년을 허비했다는 생각만 들고, 지금까지도 후회와 아쉬움을 쉽게 떨쳐내지 못하겠습니다. 기왕지사 편입하는 거, 더 빨리 합격하면 좋잖아요. 전적대학에 너무 미련 두지 마세요. 편입을 결심한 마당에 벗어나고 싶은 전적대학에 대한 미련이라니, 이보다 더 아이러니한 상황이 어디 있을까요? 괜히 전적대학 안고 전전긍긍하면서 일반편입 준비하실 바엔 과감히 학사를 준비하시는 것을 추천하고 또 추천합니다.

○ 이훈희(일반)

저 때만 해도 학사편입은 신이었습니다. 항간에 이런 말도 있었지요. 학사+여학교 공대+여자=합격 치트키. 어느 정도는 납득이 되는 말이기도 합니다. 하지만 지금은 학사의 경쟁률이 너무 높아졌습니다. 일반 전형이든 학사 전형이든 실력 있는 사람들은 뭘 하든 붙기 때문에 소신 있게 지원하시길 바랍니다.

○ 이서현(일반)

합격한 이후에는 일반편입이 더 좋다고 말하기 어렵습니다. 학사편입은 편입 이후 상대적으로 커리큘럼을 자유롭게 선택할 수 있는 데 비해, 일반편입은 필수적으로 이수해야 하는 과목들이 배정됩니다. 일반편입생들의 졸업 요건이 조금 더 까다롭고요. 또 전적대학에서 이수했던 과목들을 합격한 학교에서도 동일하게 인정받을 수 있는지 심사하는 절차가 있는데, 이때 제대로 인정받지 못하게 되면 학사편입 학생들보다 수강해야 하는 수업도 많아지고 학교생활에 어려움이 올 수 있습니다.

○ 양우영(일반)

확률적인 부분을 먼저 말씀드리고 싶은데요. 100명 중에서 2명을 뽑는 것과 10명 중에서 2명을 뽑는 것 중 어느 것이 붙을 확률이 높을까요? 편입의 목적은 합격입니다. 저는 일반편입을 했지만 비슷한 성적의 학사 친구들은 더 좋은 학교에 합격하기도 하고 복수합격을 한 친구들도 많습니다. 저도 미리 학사편입을 알았고 시간이 있었다면 학사로 지원했을 겁니다.

○ 박성균(학사)

학사편입을 적극 추천합니다. 아슬아슬하게 막차 타려는 마음으로는 편입시험에서 1승도 어렵습니다. 압도적으로 승리할 각오를 하십시오.

○ 한도형(일반)

과거에는 학사가 일반보다 확실히 쉬웠다면, 이제는 점점 그 차이가 좁아지고 있는 느낌입니다. 하지만 그렇다 하더라도 학사가 일반과 비슷하게 혹은 그 이상으로 어려워질 일은 당분간 없을 것 같습니다. 일반과 학사 중 선택이 가능하다면, 아무래도 학사로 도전하실 것을 권합니다.

○ 김민규(학사)

저는 일반편입을 지원했다가 재수하면서 이듬해엔 학사편입으로 지원했습니다. 학사편입 인원이 줄면서 일반이든 학사든 최상위권이 돼야 합격할 수 있지만, 그래도 일반편입의 문이 더 높지 않을까 생각합니다. 단순히 뽑는 인원의 차이가 아니라, 합격의 커트라인을 이야기하는 것입니다.

○ 김정(일반)

영어 공부하면서 학점 취득과 같은 이런저런 것들을 병행할 자신이 있다면 무조건 학사를 추천합니다. 비록 올해부터 학사 정원이 많이 줄긴 했지만, 특히 공대라면 학사와 일반의 점수 차이는 정말 어마어마합니다. 저는 여러 가지 신경 쓰면서는 제대로 공부를 하지 못하는 타입이라 일반으로 준비했습니다. 개인의 특성을 잘 살려서 도전하면 좋겠네요!

○ 황명하(일반)

부산대, 경북대, 전남대, 충남대 등의 국립대 편입에는 일반편입을 추천합니다. 국립대가 인 서울에 비해 경쟁률이 많이 낮고, 앞으로는 더 낮아질 것입니다. 시간이 별로 없고 지방에 거주하는 분이라면 너무 인 서울 편입에만 목매지 말고 '일반편입-국립대 편입'을 추천하고 싶습니다.

○ 김수현(일반)

이공계에 한해서만 제 개인적인 생각을 말씀드릴게요. 상위권을 목표로 편입을 준비하신다면 일반이든 학사든 비슷한 것 같아요. 편입 동기들에게 물어봐도 점수 차이는 나지 않았어요. 오히려 학사 출신이 점수가 더 높은 경우도 있었고요. 제 주위의 분들만 보았기 때문에 정확하진 않지만, 제 생각으로는 평균적으로도 비슷할 것이라고 생각해요.

○ 심예솔(일반)

물론 학사편입이 유리하기는 합니다. 제 주변에 있는 사람들도 일반으로 지원할 때는 안 됐는데 다음해 학사로 지원해서 합격하는 경우 많이 봤습니다. 그런데 누구나 뜻이 있다면 어디든 길이 있지 않을까요? 학사가 유리하다, 유리하지 않다 이런 잣대는 어떻게 생각하느냐에 따라 다르다고 생각합니다. 상황과 여건상 일반으로 지원한다 하더라도, 그만큼의 실력이 있다면 합격하는 것이겠지요. 주변 환경의 탓으로 돌릴 것이 아니라, 더 열심히 해서 본인의 실력을 올리는 것이 더욱 중요하다고 생각합니다.

○ 조나연(학사)

일반편입과 학사편입은 경쟁률에서 가장 큰 차이를 보입니다. 저 또한 일반편입의 무시무시한 경쟁률에 겁을 먹고 학사편입을 알아보기 시작했습니다. 하지만 돌이켜보면 학사편입은 준비할 학점이 많고, 편입시험 과목과 함께 준비하기에는 평균 1년이라는 기간이 빠듯하게 느껴집니다. 경쟁률만 보고 일반편입과 학사편입을 결정하는 것은 어리석은 일이라고 생각합니다. 더군다나 2014년도 편입부터는 두 전형 모두 인원이 많이 축소되었기 때문에 무조건 경쟁률만 보고 판단하는 것은 능사가 아닙니다.

○ **유재홍**(학사)

저는 일반, 학사의 개념도 모르고 시작했습니다. 저처럼 모르는 사람들은 이 글을 통해 선택지를 넓게 가져간다고 봅니다. 저는 학사편입을 추천합니다. 저 또한 학사를 통해 합격했습니다. 아무리 경쟁률이 오른다고 하지만, 그 안에서도 학사 메리트는 존재하기 마련입니다. 학사 취득에 어려움이 있긴 하지만, 영어 공부에 크게 방해될 정도는 아니라고 생각합니다. 부득이한 경우에는 각자의 개인 상황을 고려하여 준비하길 바랍니다.

○ **고영석**(일반)

학사편입이 더 좋은지 일반편입이 더 좋은지는 상황에 따라 달라지겠지만, 편입시험은 변수가 많고 예측이 수능보다 더 힘들기 때문에 일반적인 이론을 따르는 게 유리하다고 생각됩니다. 저는 일반편입을 했지만 학사편입이 유리하다고 생각합니다. 편입에 대한 확신이 선다면 미리 학사편입을 준비하세요.

○ **이동곤**(학사)

저는 학사편입으로 지원했는데, 저로서는 일반편입으로 합격한 사람들 참 대단해보입니다. 학사편입 경쟁률의 두 배, 보통 2~3명밖에 되지 않는 선발 인원에 들었으니까요. 하지만 그나마 안전하게 편입에 성공하고 싶다면 학사편입을 추천합니다. 학사편입 인원이 축소된다고 하지만, 지원 인원은 해마다 비슷해서 메리트는 있을 것이라고 봅니다. 그리고 '대단하다'는 건 저의 주관적인 생각일 뿐, 편입 후 편입 유형 때문에 대학이나 회사에서 차별 받는 부분은 없으니 안심하세요.

🔶나 학사 학위 취득 어떻게 할 것인가?

학점을 받는 데엔 대표적으로 학점은행제, 독학학위제, 자격증 취득, 전적대학 수업을 통한 방법이 있다. 학사 학위 취득을 위한 공부는 처음에 학습계획을 어떻게 짜느냐에 따라서 시간과 비용 면에서 크게 차이가 난다. 때문에 자신에게 가장 좋은 방법이 무엇인지 초기에 신중하게 계획을 짜야 한다.

① 학점은행제란 국가평생교육진흥원에서 시행하는 학위 취득 교육제도이다. 국가평생교

육진흥원 외 비슷한 이름의 업체들은 대행업체다. 이에 관해서는 국가평생교육진흥원에서 인터넷, 전화, 방문 상담을 통해 정확한 정보를 알 수 있다. (국가평생교육진흥원 학점은행 www.cb.or.kr) 고등학교 졸업자나 동등 이상의 학력을 가졌다면 학점은행제를 통하여 학위를 받을 수 있다. 대부분이 대학교 2학년을 수료하여 일반편입의 자격을 갖춘 후 학사편입 자격을 얻기 위해 빠른 시간에 학위를 받을 수 있는 학점은행제를 이용한다. 학점은행제가 오프라인도 있지만, 대부분이 원격을 기반으로 한 교육훈련기관에서 인터넷을 통해 수업을 듣는다. 학점은행제를 통해 학위를 취득하기 위해서는 평가인정 학습과목이나 시간제 등록을 통해 18학점 이상은 반드시 취득해야 한다. ②독학사 시험은 총 1~4 단계까지 있으며 일반적으로 2단계까지 본다. 1단계는 교양으로 인정되는 시험으로 일부 과목은 전공 필수로 인정되기도 한다. 과목당 4학점 인정받으며 단계별 최대 20학점을 받을 수 있다. 편입 준비를 보통 3월에 시작하기에 2월에 접수하는 1단계 접수를 놓치지 않는 것이 중요하다. 2단계는 전공기초과정 인증시험으로 과목당 5학점이며 단계별 최대 30학점을 인정받을 수 있다. (독학학위제 홈페이지 http://bdes.nile.or.kr) ③자격증에 관해서 전문학사는 2개, 학사는 3개, 전공과 연계되지 않은 자격은 최대 1개만 인정받을 수 있다. 일반적으로 경영학사는 유통관리사 10학점과 텔레마케팅관리사 18학점으로 학점을 취득하는 편이다. ④전적대학에서 받은 학점은 중퇴 혹은 졸업 시 학점은행제 학점으로 인정받을 수 있다. 하지만 그 이전에도, 인정받을 수는 없지만, 학점은행제를 이용할 수는 있다.

모든 과목은 전공 필수, 전공 선택, 교양, 일반 선택으로 나뉘며 전공 60, 교양 30, 일반 40학점으로 총 140학점을 얻으면 학사 학위를 받는다. 전공과 교양에 관해 각 학점이 만족되고 남은 학점은 자동으로 일반 학점으로 인정된다.

덧붙여, 기간 내에 학점을 다 받지 못하면 일반편입으로 지원해야 하는 불상사가 생긴다. 실제로 근소한 차이로 학점을 채우지 못해 학사편입에 지원을 못하는 경우가 허다하기 때문에 여유롭게 준비해야 한다.

또한 학점은행제로만 취득할 수 있는 학점은 1년에 42학점, 계절학기를 포함한 한 학기는 24학점으로, 그 이상의 학점을 인정받을 수는 없다. 한 개의 교육기관에서 이수하고 인정받을 수 있는 최대 학점도 학사 학위 과정은 105학점, 전문학사 학위 과정은 60학점으로 제한된다. 이수 과목 간 중복 과목이 있을 경우에는 학점은행제에 학점인정신청을 할 시 중복 과목으로 하나의 과목만 인정받게 된다. 학습자가 선택하는 한 과목만 인정받을 수 있다. 학습자등록신청은 4,000원, 학점인정신청은 학점 당 1,000원의 수수료가 있다. 또한 학습자

등록신청은 학위신청 마감일 75일 전까지 해야 한다.

○ 배우리(학사)

우선은 학사에 관한 정보를 알아야 합니다. 이런 정보와 관련해서 학사 상담을 해주는 사이트도 굉장히 많습니다. 사이트에서 짜주는 계획을 그대로 진행해도 되지만, 자신에게 더 맞는 독학사시험이나 자격증시험이 반드시 있습니다. 상담원들에게 상담을 받되, 반드시 주도적으로 계획을 짜길 바랍니다. 덧붙여 독학사나 자격증을 공부할 때 영어 공부와 균형을 맞추려면 심리적으로 매우 힘이 듭니다. 독학사나 자격증에서 떨어지면 기회가 없을 수도 있고, 혹은 다시 공부해야 하니 시간은 배로 들고 심리적 부담은 더더욱 듭니다. 때문에 한번 공부할 때 확실히 공부했으면 좋겠습니다.

○ 김민규(학사)

공부할 때 독학사는 조금씩 하고, 시간제도 대충대충 하면서 영어 공부를 했습니다. 당부하고 싶은 말은, 절대 학사 학위를 취득하는 것이 무슨 대단한 일인 양 많은 시간을 투자하지 말라는 것입니다. 직설적으로 말하면 중고등학교 때 공부하는 습관이 안 들어 있는 사람인 경우에는 학사 학위 공부가 매우 어려울 수도 있습니다. 하지만 조금 더 마음을 대담하게 먹어야 합니다. 여러분들의 경쟁자 중에는 서강대 경영학과를 다니다가 오는 학생도 있고, 인 서울 학생들도 엄청나게 많습니다. 자기 자신만의 기준을 만들어서 자기합리화를 습관적으로 하지 말기를 당부합니다.

○ 오새롬(학사)

한 가지 조심해야 할 것이 바로 '학점은행제 플래너를 빙자한 사기'입니다. 학사를 받기 위해서는 정해진 시간 내에 해야 할 일들이 비교적 복잡하고 많기 때문에 자연스레 '대행업체'를 찾기 마련입니다. 그런데 이 과정에서 많은 분들이 초조하고 급한 마음에 섣불리 결제부터 하고 보는데, 그 전에 꼭 꼼꼼히 알아봐야 합니다. 실제로 나중에 알고 보니 피해 사례가 꽤 있었습니다. 또한 사이버강의를 듣는 경우에 학점 당 소요되는 비용의 평균치가 설정되어 있으니 가격 대비 조사도 따로 해보는 것을 권해드립니다. 아무래도 학사를 따는 데 돈이 들어가는 건 사실이니까요. 되도록 그 비용을 줄일 수 있으면 좋겠지요.

○ 조나연(학사)

제 경우는 독학사 1단계 시기가 지나고 편입을 시작했기 때문에 독학사 2단계부터 응시를 했습니다. 독학사 2단계에선 '마케팅원론'과 '인적자원관리', '조직행동론'을 합격했습니다. 저는 다루는 내용이 비슷하기 때문에 '마케팅원론'이나 '조사' 둘 중 한 과목만 열심히 하면

524

두 과목 다 잡을 수 있다고 생각합니다. 마찬가지로 '인적자원관리'나 '조직행동론' 중 한 과목만 열심히 해도 두 과목을 모두 잡을 수 있을 것입니다. 한 가지 팁을 알려준다면, 이듬해에 독학사 1단계를 응시했는데, 책을 한 번도 펴보지 않고 들어가서 '영어', '국어', '국민윤리', '문학개론'을 합격했습니다. 제가 책을 읽지 않고도 합격할 수 있었던 것은 시험 당일 시험장 앞에서 나누어주는 학원의 유인물 덕분이었습니다. 시험 날 아침이 되면 시험장 앞에는 과목 요약이 담긴 유인물을 많이 나눠줍니다. 저는 그것들을 모두 챙기고 교실에서 눈으로 외운 후에 시험을 봤습니다. 신기하게도 족집게 같은 문제들이 많이 있었기 때문에 덕을 많이 봤습니다. 여러분도 잘 활용하길 바랍니다. 마지막으로 학점을 모으는 일은 하고자 할 때에 확실히 해서 미루는 일이 없도록 해야 합니다. 그렇지 않으면 편입 공부와 겹치게 되고, 둘 다 잘하기는 힘들기 때문입니다. 학점을 취득하는 과정은 무조건 노력으로 얻는 과정들이기 때문에, 학점 취득 과정에서 미끄러진다면 자신이 매순간 성실히 준비했는지 의심해봐야 한다고 생각합니다. 가능한 한 모두 한 번에 패스하여 학점은행제에 신경 쓸 시간을 최대한 줄여야 스트레스를 줄일 수 있습니다.

○ 김진호(학사)

저도 학사를 취득할 때는 4개월 동안 학사편입에만 올인 했습니다(단어는 꾸준히 봤습니다). 학사와 영어를 병행하다 자격증시험이나 독학사시험에 떨어지게 되면 영어에도 집중하지 못하고, 나중엔 학사 취득도 힘들어질 수 있습니다. 사람마다 다르겠지만, 시간 여유가 조금 있다면, 학사를 먼저 취득한 뒤 영어 공부에 매진할 것을 추천합니다.

○ 유재홍(학사)

학점 취득 시 계획과 달리 미끄러지는 경우가 많습니다. 저도 독학사 한 과목을 0.5점 차이로 불합격한 적이 있습니다. 이런 경우 당황하지 않도록 항상 플랜B를 생각해놓길 바랍니다.

○ 이동곤(학사)

학사 취득을 도와주는 많은 기관들이 가이드도 자세하고 친절하게 해주기 때문에 과정대로 열심히 따라만 가면 문제없이 학사 학위를 취득할 수 있을 겁니다. 제가 드리고 싶은 조언은 되도록이면 빨리 학사를 취득하라는 겁니다. 학사 과정의 난이도는 사실 크게 어렵지 않은데, 공부는 해야 되다 보니 시간을 많이 잡아먹습니다. 그럼 편입 영어 공부를 못하게 되는 불상사가 벌어집니다. 가능한 한 학사를 빨리 따세요!

<table>
<tr>
<th colspan="2"></th>
<th>1월</th><th>2월</th><th>3월</th><th>4월</th><th>5월</th><th>6월</th><th>7월</th><th>8월</th><th>9월</th><th>10월</th><th>11월</th><th>12월</th><th>1월</th><th>2월</th>
</tr>
<tr>
<td rowspan="6">영어</td>
<td rowspan="2">큰 방향</td>
<td colspan="6">단어 영역 + 문법 영역에 더 큰 비중</td>
<td colspan="6">논리 영역 + 독해 영역에 더 큰 비중</td>
<td colspan="2" rowspan="6"></td>
</tr>
<tr>
<td colspan="6">단어 영역 + 문법 영역 완성,
논리 영역 + 독해 영역 다지기</td>
<td colspan="3">실전 문제풀이</td>
<td colspan="3">오답노트 활용 +
기출 중심 문제풀이</td>
</tr>
<tr>
<td>단어</td>
<td colspan="2">기본서 1회독</td>
<td colspan="2">2회독+3회독</td>
<td colspan="8">회독 수 늘리며 꾸준히 반복</td>
</tr>
<tr>
<td>문법</td>
<td colspan="3">문법 이해 +
문법 암기</td>
<td colspan="3">문법 적용 +
문제풀이</td>
<td colspan="6">문법 암기 + 문제풀이 꾸준히 반복</td>
</tr>
<tr>
<td>논리</td>
<td colspan="6" rowspan="2">기초 다지기</td>
<td colspan="3" rowspan="2">실전 문제풀이</td>
<td colspan="3" rowspan="2">오답노트 활용 +
기출 중심 문제풀이</td>
</tr>
<tr>
<td>독해</td>
</tr>
<tr>
<td rowspan="2">수학</td>
<td rowspan="2">큰 방향</td>
<td colspan="2">기초 수학</td>
<td colspan="3">미적분</td>
<td colspan="3">선형대수 +
편미중적</td>
<td colspan="1">공업
수학</td>
<td colspan="3" rowspan="2">오답 노트 활용 +
기출 중심 문제 풀이</td>
<td colspan="2" rowspan="2"></td>
</tr>
<tr>
<td colspan="9">각 진도별 문제풀이 + 실전 문제풀이 병행</td>
</tr>
<tr>
<td colspan="2">전공</td>
<td colspan="2"></td>
<td colspan="4">지원 학과 관련 수업
청강 등으로 준비하는
부류 1</td>
<td colspan="6">모의고사 1차 합격 점수 넘은 이후
혹은 넘을 것이 예상되는 이후부터
준비하는 부류 2</td>
<td colspan="2">1차 시험
이후부터
준비하는
부류 3</td>
</tr>
</table>

(1월부터 다음해 2월까지가 전체 대비 기간이라는 가정 하에서 짠 시기별 커리큘럼)

다 편입 영어

1. 편입 영어의 소개

편입 영어시험은 편입 영어시험만의 차별화된 특성과 유형이 있다. 그래서 TOEIC, TOELF, TEPS, GRE, GMAT, LSAT, TEPS, 수능 영어 등 다른 시험 영어에서의 고득점이 반드시 편입 영어에서의 고득점으로 연결되지는 않는다. 950점 이상의 TOEIC 고득점자나 105점 이상의 TOELF 고득점자가 편입 영어에서 불합격의 고배를 마시는 경우를 종종 볼 수 있다.

편입 영어시험에는 Speaking, Writing, Listening이 포함되지 않는다. TOEIC과 TEPS의 전형으로 거칠게 비교해본다면, 편입 영어시험은 오직 Reading Comprehension 영역만을 다룬다고 할 수 있다.

편입 영어시험은 크게 단어, 문법, 논리(문장 완성), 독해 4가지로 구성되어 있다. 학교에 따라 Paraphrasing이나 생활영어 등의 문제 유형이 추가되거나 문법이나 단어 문제 유형이 제외되기도 하지만, 일반적으로는 단어, 문법, 논리, 독해의 4가지 문제 유형으로 구성되어 있다고 할 수 있다.

학교마다 단어, 문법, 논리, 독해 중 어디에 비중을 두느냐는 조금씩 다르다. 가령 고려대학교와 한국외대 같은 학교는 독해와 논리에 비중을 크게 둔 편입 영어시험을 진행한다. 세종대는 문법에 비중을 크게 둔 편입 영어시험을 보는 학교로 알려져 있다. 일반적으로 많은 학교는 단어, 문법, 논리, 독해를 고른 비중으로 출제하는 종합형 시험이나 독해와 논리에 더 큰 비중을 둔 독해-논리형 시험을 진행한다.

2. 편입 영어의 구성 및 일반적인 접근법

① 단어 영역

편입 영어시험과 다른 영어시험의 차이는 우선 필요로 하는 단어의 수에서 볼 수 있다. 일반적으로 수능 영어시험은 5000개, TOEIC과 TOELF 시험은 7000개에서 10000개 사이를 요구하는 것으로 알려져 있다. 이에 비해 편입 영어시험이 요구하는 단어의 수는 15000개에서 30000개 사이로 다른 시험들에 비해 많은 편이라고 할 수 있다.

〈문제 예시〉

Choose on that is closest in meaning to the underlined expression.
They keep a <u>meticulous</u> list of client preferences : soda or soft drink, sofa or couch.

① consequential   ② final   ③ earlier   ④ integrative   ⑤ precise

영어 공부의 가장 기본이 되는 영역이 단어와 문법 영역이다. 그래서 편입 영어 공부의 시작은 단어와 문법 영역에 대한 공부로 시작된다. 편입 영어 단어는 워낙 방대하기 때문에 꾸준히 반복적으로 학습할 것이 공통적으로 권장된다. 손으로 쓰는 대신 눈으로 보고 암기하기, 스터디를 통해 단어 공부하기, 따로 정리노트를 만들어 암기하기 등의 방법들이 권장된다.

② 문법 영역

보통 다른 시험 영어와 크게 다르지 않은 문법 문제 스타일로 출제된다. 공부해야 하는 문법의 수준도 다른 시험과 크게 다르지 않다.

〈문제 예시〉

Select the one that is not acceptable for standard written english.
The earth is a planet <u>bathe in light</u>, it is therefore <u>unsurprising</u> that many of the
　　　　　　　　　　　　　　①　　　　　　　　　　　　　　②

living organisms that have evolved <u>have developed</u> <u>the biologically advantageous</u>
　　　　　　　　　　　　　　　　　③　　　　　　　④

capacity to trap light energy.

단어 영역과 함께 보통 가장 먼저 공부가 시작되는 영역이다. 일반적으로 ①문법에 대한 이해 ②문법에 대한 암기 ③암기된 문법을 문제에 적용 ④문제풀이의 순서로 진행된다. 단권화를 진행할 것, 오답노트를 사용할 것 등의 방법들이 공통적으로 권장된다. 단어 영역과 문법 영역에서 기본이 충분히 다져지면, 모의고사 점수가 한 단계 뛰어오르는 현상이 일어난다.

③ 논리(문장 완성) 영역

편입 영어 시험이 다른 영어 시험들과 차이가 있는 또 하나의 영역이라고 할 수 있다. 빈칸이 포함된 문장 혹은 문단을 제시하고, 빈칸에 들어갈 단어를 찾는 문제들로 이루어진다. 정확한 해석뿐 아니라 전체적인 흐름에 대한 논리적인 파악, 추론 능력이 중요하다. 높은 어휘력과 논리력, 독해력을 요구하기에 독해 영역와 함께 서서히 점수가 올라오는 영역이라고 할 수 있다. 많은 대학에서 단순 단어 문제 유형은 점진적으로 줄어들고 대신 논리 문제 유형은 늘어나는 추세에 있다.

〈문제 예시〉

Select the one that most logically fits the sentence(s).
One of the biggest threats to endangered species in other _______ the balance of nature.

① augment   ② placate   ③ upend   ④ rehabilitate

문장 구조에 대한 공부를 철저히 할 것, 소거법을 사용할 것, 오답노트를 사용할 것 등의 방법이 권장된다. 논리 영역은 높은 추론 능력을 필요로 하는데, 이러한 추론 능력의 향상은 단순히 많은 문제를 푸는 것보다 적은 문제를 풀더라도 확실히 정답의 논리를 깨달아 가는 과정을 요구한다.

④ 독해 영역

논리 영역과 함께 뒤늦게 점수가 올라오고, 많은 대학에서 독해 영역의 성적이 당락을 좌우하기에 흔히 '편입의 꽃'이라 불린다. 대학교마다 조금씩 다르지만 일반적인 문제 유형은 TOELF, GRE 등의 문제 유형과 비슷하다. 독해 문제의 난이도는 수능 영어보다 쉬운 지문과 문제로 출제되는 대학교부터 GRE 수준의 지문과 문제도 일부 출제하는 대학교가 있는 등 대학교에 따라 큰 차이를 보인다.

The greatest of all Greek scientific discoveries was the discovery — or rather, the invention — of nature itself. The Greeks defined nature as the universe minus human begins and their culture. Although this seems to us to be the most obvious sort of distinction, no other civilization came upon it. A plausible account o⁻ how the Greeks happened th invent nature is that they came to make a distinction between the external, objective world and internal, subjective one. And this distinction came about because the Greeks, unlike everyone else, had a clear understanding of subjectivity arising from the tradition of debate. It makes no sense for you to try to persuade me of something unless you believe that there is a reality out there that you apprehend better that I do. You may be able to force me to do what you want and even into saying that I believe what you do. But you will not persuade me until I believe that your subjective interpretation of some state of affairs is superior to mine. So, in effect, objective arose from subjectivity— the recognition that two minds could have different representations of the that the world has an existence blank.

1. Choose the one that best fills in the blank.

① contingent on a superior perspective

② balanced between these polar standpoints

③ rationalized through argument

④ independent of either representation

2. According to the passage, which aspect is associated with debate?

① A conclusion is reached when one is convinced by the other.

② The more knowledgeable person usually has more power.

③ Simple language is used in order to avoid misunderstanding.

④ One is required to provide details to undermine the other's argument.

3. What is purpose of the passage?

① to show the relationship between humans and nature

② to underscore the Greeks' contributions to natural science

③ to demonstrate how an effective dabate should be carried out

④ to explain how the Greeks developed the concept of objectivity

지문보다 문제를 먼저 볼 것, 단순히 문제를 풀고 정답을 체크하는 데 그치지 말고 피드백 과정을 철저히 할 것, 독해 스킬에 지나치게 의존하지 말 것 등의 방법이 권장된다. 논리 영역과 독해 영역에서 안정적으로 높은 점수가 획득된다면, 상위권 대학 편입 합격을 기대해볼 수 있다.

3. 편입 영어 시기별 접근

단어, 문법, 논리, 독해를 유기적으로 같이 공부하되, 1월에서 6~7월까지는 단어와 문법에 더 많은 비중을 두고, 후반에는 논리와 독해에 더 많은 비중을 두는 시기별 커리큘럼을 제시해볼 수 있다. 많은 학교에서 논리 영역과 독해 영역의 비중이 가장 크기 때문에, 논리와 독해를 공부할 시간을 최대한 일찍 확보할 수 있도록 하는 것이 권장된다.

라 편입 수학

1. 편입 수학의 소개

편입 수학은 자연 및 이공계열 1학년 때 배우는 미적분학과 공과대학 2학년 때 배우는 선형대수, 공업수학 부분에서 출제된다. 대부분의 대학에서 사지선다형으로 시험을 보고, 시험 시간과 문항 수는 평균 60분에 25문항이다. 문항 수에 비해서 시간이 짧기 때문에 빠른 문제풀이가 요구된다.

문과생들도 공대에 합격할 수 있다

요즘에는 편입 수학을 기존 이과생들만 도전하는 것이 아니라 문과생들도 많이 도전하고 있다. 그렇다 보니 문과생들은 고교 과정을 배우지 못한 것이 걸림돌이 될까 우려하곤 한다. 하지만 편입 수학은 고교 과정을 마스터하지 못했더라도 가능하다. 물론 고교 과정이 전혀 출제 되지 않는 것은 아니지만, 그 부분은 아주 적다. 추세가 많이 변하고 있기는 하지만 편입 수학은 논리력보다는 계산력이 관건이다. 개념을 잡은 후에 문제 유형을 파악하고 반복 연습을 충실히 한다면 문과생이라도 어렵지 않게 편입 수학을 정복할 수 있다.

2. 편입 수학의 구성 및 일반적인 접근법

편입 수학은 제일 먼저 미적분학으로 시작한다. 미적분학은 전체 과목을 통틀어서 가장 기초가 되는 부분이기 때문에 완벽하게 학습해야 한다. 미적분학은 미분, 적분, 편미분, 중적분, 급수를 포함하고 있다. 미적분을 일반적으로 복습하는 방법으로, 많은 학생들은 개념을 반복적으로 읽는 것에 20%를, 문제를 반복적으로 푸는 일에 80%를 투자할 것을 제안한다. 최근 출제 추세를 보면 정의를 묻고자 하는 문제들이 많이 출제되고 있기 때문에 정의 하나 하나를 소홀히 하지 않는 것이 장려된다.

미적분 학습이 충분히 이루어진 다음 선형대수 과목을 시작한다. 선형대수는 편입 수학에서 유일하게 미적분학과 관련이 없는 부분이다. 그렇기 때문에 선형대수를 배우는 초반에는 미적분학과 달리 쉽게 느껴질 수 있지만 기저, 차원, 선형사상 등을 배우기 시작하면서 상당한 어려움을 느낄 수 있다. 장문의 보기로 묻는 경우도 많고, 매우 추상적인 부분도 많이 차지해서 잘 와 닿지 않기 때문이다. 개념노트를 가장 많이 이용해야 할 파트 중 하나가 선형대수다. 개념만 머릿속에 잘 정립되어 있다면 문제는 빠르고 쉽게 풀리는 파트다.

편미중적은 미적의 응용 파트라고 생각하면 된다. 이 부분 공부법 또한 미적분에서와 마찬가지로 개념 20%, 문제풀이 80%로 둔다면 효과적인 공부법이 될 것이다. 하지만 편미중적은 응용 파트이기 때문에 처음에는 다소 어렵게 느껴질 수 있다. 특히 편미중적에서는 그래프로 문제를 해결하는 경우가 많아서 어려움을 겪게 된다. 자주 나오는 그래프는 확실히 암기해두어서 문제를 보면 바로 접근법이 나올 수 있도록 해야 한다.

공업수학에는 미분방정식, 선적분, 면적분, 라플라스 변환 등이 포함된다. 미분방정식은 주어진 미분방정식에 대한 풀이법이 정해져 있다. 일반적으로 문제 풀이법을 100% 암기하여 적용하면 되기 때문에 시간과 노력만 투자한다면 그에 비례한 성적 상승을 얻을 수 있다. 하지만 쉽게 습득한 만큼 휘발성도 강하기 때문에 꾸준한 문제풀이가 요구된다. 편입 수학에서의 공업수학은 한정된 틀 안에서 출제가 되었고, 크게 응용되지 않기 때문에 기출문제를 중심으로 공부하는 것이 효율적이다.

3. 편입 수학 시기별 접근

2월까지 기초수학을 공부한 후, 3월부터 5월까지는 미적분, 6월부터 7월까지는 선형대수, 8월은 편미중적, 9월은 공업수학을 공부하는 시기별 커리큘럼을 제시해볼 수 있다. 9월 이후로는 모의고사와 기출문제를 통한 문제풀이로 그동안 배운 내용들을 점검하고 다져나간다.

4. 영어, 수학 공부시간 안배

자연계열 및 공과대학을 준비하는 편입준비생들은 영어뿐만 아니라 수학도 준비해야 하는데, 이때 시간 안배를 어떻게 할지가 중요하다. 개인마다 차이가 있지만 일반적인 시간 안배는 다음과 같다.

수학 성적에 비해서 영어 성적은 천천히 상승하기 때문에 편입 준비기간 초반에는 영어 공부와 수학 공부를 각각 7:3 비율로 한다. 즉 하루 10시간을 공부한다고 했을 때, 영어 공부는 7시간, 수학 공부는 3시간을 한다. 이후 점차적으로 영어와 수학의 공부시간 안배에 변화를 준다. 1월부터 12월까지 1년의 기간을 편입 수학을 대비하는 전체 기간으로 가정하였을 때, 대략 6월쯤부터는 영어와 수학의 비율을 6:4로, 추석을 기점으로는 3:7로 조정한다.

일반적으로는 이런 식으로 12월과 1월, 편입시험이 가까워짐에 따라 영어보다 수학에 더 많은 시간을 투자한다.

📙 전공 준비

　모든 학교에서 전공시험을 보지는 않는다. 전공시험을 보더라도 큰 비중을 차지하지 않는 학교들도 많다. 주로 최상위권 학교에서 전공서술시험 혹은 전공면접시험을 비중 있게 본다. 서울대학교, 고려대학교, 서강대학교, 성균관대학교 등은 전공시험이 최종 합격 여부를 결정 짓는 데 중요한 것으로 알려져 있다. 특히 고려대학교의 경우 1차를 통과했다면 영어 점수는 사실상 의미가 없어지고 전공에서 당락이 갈린다고 해도 과언이 아니다.

　전공시험이 중요한 학교를 지원하는 학생들일수록 전공시험을 일찍 준비하는 경향이 높아진다. 영어 실력이 1차를 합격하는 데는 무리가 없다고 판단하는 시점에서부터 전공 대비를 시작하는 학생들도 있고, 대학교에서 해당 학과 수업을 들으며 미리 전공 대비를 하는 학생들도 있다. 그러나 일반적으로는 대부분 1차 합격 이후에 전공을 준비한다. 1차 합격 이후 전공시험을 보기까지는 보통 2주에서 3주 정도의 시간이 주어진다. 전공시험을 준비하는 많은 학생들은 이 시기에 '선택과 집중' 의 갈등이 이루어진다. 가령 전공시험에 중점을 두며 영어시험을 보는 타 학교에 대한 대비를 희생해야 할지 고민하게 된다.

　전공 공부는 ①해당 학부생에게 과외를 받거나 ②전공 교재로 독학을 하거나 ③학원이나 인강을 통해 수업을 듣는 방법이 있다. 우선 원하는 학교의 학과 학부생에게 과외를 받는다면 해당 교수님이 강조하는 점을 알 수 있고, 실제 중간고사나 기말고사 문제도 얻을 수 있다. 제한시간 내에 아는 내용을 체계적으로 쓸 수 있도록 첨삭도 받을 수 있다. 가고 싶은 학과의 학생을 보며 동기부여가 된다는 것도 장점이다. 하지만 100만 원 이상도 호가하는 고액과외라는 점과 선생님을 잘못 만나면 전공시험 자체를 망칠 수 있다는 위험부담이 따르는 것이 단점이다. 전공 교재로 혼자 공부할 경우, 가고 싶은 학교의 수강편람을 조회해서 실제로 수업하는 전공 교재로 공부하는 것이 좋다. 하지만 일반적으로 편입 전공시험은 대학 수업의 시험과는 다소 거리가 있기 때문에 커리큘럼까지 무작정 따라하는 것은 권장하지 않는다. 마지막으로 대형 학원에서 경영학이나 기계공학 같은 인기 높은 과들의 전공 강의가 개설되기도 하는데 그 효과에 대해서는 의견이 분분하다.

○ **김동영**(고려대 생체의공학)

고려대의 경우 1차 시험을 보고 난 뒤 전공 준비를 시작해서 합격하기는 정말 힘듭니다. 1차 영어 성적보다는 전공시험을 얼마나 잘 보았느냐가 합격을 결정하기 때문입니다. 제가 시험을 본 해를 기준으로는 전공 한 문제가 쿠엣 17점 정도의 비중을 차지했습니다. 1차 시험 이전부터 전공 준비를 꾸준히 하기 바랍니다. 고려대 이외의 다른 대학교 이공계는 대개 수학시험을 볼 텐데, 꾸준히 밸런스를 맞추며 공부하는 것이 중요합니다.

○ **김정**(고려대 전기전자전파공학)

저는 쿠엣 점수가 괜찮게 나와서 바로 다음주부터 약 2주 정도는 전공 모드로 들어갔습니다. 하루에 7시간 이상은 전공, 나머지 시간엔 거의 수학, 자투리시간에 영어, 이런 식으로 했습니다. 동일 계열로 전공 준비하는 분들은 수업 때 이 과목은 반드시 A+ 맞는다는 생각으로 악착같이 해야 합니다. 독학으로 공부할 거면 전공은 정말 어디 마땅히 물어볼 데가 없기 때문에 최대한 내가 많이 알고 있어야 합니다. 덧붙여 고려대 전공시험이 점점 어려워지고 있습니다. 비전공자는 절대 단기간에 승부 보려고 하지 말고 꾸준히 하십시오.

○ **김현석**(고려대 컴퓨터교육과)

시험을 마치고 돌아와서 가채점을 해보고 저는 그냥 고려대만 지원하기로 마음먹었습니다. 그리고 다른 학교 시험은 모두 포기하고 전공 준비에만 올인 했습니다. 제가 지원한 컴퓨터교육과는 비주류 전공이라 아는 사람도 드물고 자료도 거의 없기 때문에, 주로 제가 다니던 세종대학교에서 시험으로 공지한 과목을 신청해서 듣고 공부했습니다. 자료 구조, 컴퓨터 구조, C프로그래밍인데요. 솔직히 이 부분은 초보자가 1달만 준비해서 될 문제는 아닌 것 같습니다.

○ **한도형**(고려대 심리학과)

전공을 보는 학교를 지원할 것인지 말 것인지에 대한 판단을 가능한 빠르게 하고, 지원할 것이라면 전공 대비 역시 빠르게 시작하는 것이 합격 가능성을 높이는 기본적인 방법이라 생각합니다. 제가 생각하는 전공 준비의 이상적인 전략은 1차 시험 전까지 기출문제 분석, 기본서 1회과 단권화를 포함한 내용 정리를 끝내고, 1차 시험 이후에는 정리된 내용을 암기하는 것입니다. 하지만 저는 내용 정리 과정과 암기 과정을 모두 1차 시험 이후에 시작했습니다. 그 기간 동안은 오로지 고려대학교 전공 시험만 준비했는데, 그래도 시간이 넉넉하지 않았습니다. 이 글을 보는 분들은 저보다 빨리 전공 공부를 시작하시기를 바랍니다. 마지막으로, 지원 학과의 전공시험이 쉽다면 단점이 더 많은 것 같습니다. 본인이 두각을 나타낼 수 있는 기회가 그만큼 줄어들기 때문입니다. 본인이 철저하게 대비할 자신이 있다면, 전공이 어렵게 나오는 학과에 지원하는 것이 본인의 최종 합격 확률을 높일 것으로 생각합니다.

○ 김진호(성균관대 사회학과)

자신이 지원할 학교가 전공시험을 보는지, 전공면접을 보는지 확인한 뒤 전공 공부에 대한 계획을 짜야 됩니다. 우선 거의 모든 학교가 1차 영어시험을 통과해야 전공시험을 볼 수 있도록 되어있으니, 영어 점수를 합격권에 올려놓아야 됩니다. 그 후 영어 점수가 어느 정도 안정적이다 생각되면 그때부터 전공 공부를 시작하면 됩니다. 본인이 동일 계열이고 전공에 자신이 있다고 한다면, 1차 합격을 한 뒤 전공 공부를 해도 늦지 않다고 생각합니다. 저는 애초에 고려대는 전공시험이 있어서 포기를 했습니다. 솔직히 영어 점수를 안정권에 올리는 것도 힘든데 전공 공부할 시간도 여유도 자신도 없었습니다. 고려대는 '양날의 검'이 될 수 있습니다. 현명하게 선택해서 계획하기 바랍니다.

○ 박성균(고려대 생명공학)

전공 준비에 대한 고민은 영어 실력이 어느 정도 오른 때부터 하는 겁니다. 애초에 1차 붙을 실력이 안 되면서 전공을 미리 준비하는 건 의미가 없습니다. 재학생들이 보는 중간 · 기말고사 수준 정도로 출제되는 것이 일반적이기 때문에, 혹시 아는 선배가 있다면 소스를 확보해보는 것도 좋은 대비법이 될 거라고 생각합니다. 해당 학교 편입 합격자에게 과외를 받는 것도 하나의 방법입니다. 선생님만 잘 만나면 양질의 정보를 얻을 수 있습니다.

○ 김민규(고려대 경영학과)

우선 자기가 고려대학교에 지원할 것인지, 지원한다면 합격할 가능성이 얼마나 되는지를 판단해야 합니다. 가능성이 높다면 전공 준비를 빠르게 시작하는 것이 좋겠고, 아니라면 9월까지 영어 점수를 보고 추후에 판단해보는 것이 좋다고 생각합니다.

전공 준비는 7월부터 약 2달간 하는 게 좋습니다. 이렇게 한번 전공에 대해 훑고 난 뒤, 영어에 매진하다가 9월에서 10월경에 한 회독을 더 하는 겁니다. 이때는 쿠엣 끝나고 전공 준비할 경우를 대비해서 자료를 만들어두는 것이 중요합니다. 그리고 10월이 끝나고 나서는 무조건 영어만 공부하다가, 쿠엣이 끝나고 난 후에 만약 쿠엣이 상위 1% 안에 들 것 같다는 판단이 서면 영어 공부량을 약 10~30%로 줄이고 나머지는 전공 공부에 투자하는 방법이 가장 적절하다고 판단합니다. 제 경우에는 쿠엣을 보고 나서 가채점을 한 결과 88.5점이 나왔고, 미련이 생길 경우를 대비해서 집에 있는 영어책을 모두 버리고 전공 공부에만 매진했습니다. 당부하고 싶은 말은 영어는 하루 이틀 공부를 쉰다고 해도 점수가 5~10점이 떨어지지

534

않는다는 점입니다. 중요한 것은 수험생의 마음입니다. 마음 한가운데에 자리 잡고 있는 불안감이 점수를 떨어뜨립니다.

○ **오새롬**(성균관대 중어중문학)

저는 지금 중어중문을 전공하고 있습니다. 하지만 전적대학에서는 영어를 전공했습니다. 중국어를 잘했느냐? 아예 맨땅에 헤딩일 정도로 해당 학과 관련 지식이 없었습니다. 성균관대와 이화여대 면접 당시, 당당히 들어가서 씩씩하게 잘 마치고 나왔습니다. 중국어에 대한 질문엔 솔직하게 모르겠다고 대답하고 말이죠(아예 영어로 면접을 진행했습니다). 그런데 웬걸? 두 군데 모두 '합격'했습니다. 제가 말하고픈 것은, 적어도 제 경험상 고려대 같이 전공 시험 비율이 높은 학교를 제외하고는 다른 곳은 그다지 면접이 크게 영향을 미치지 않는다는 점입니다. 그러니 너무 걱정 마세요. 우선 영어시험에 통과할 생각만 하세요. 김칫국부터 마시지 말기를.

○ **김수현**(성균관대 전자전기)

저는 전공을 6월부터 준비했어요. 성적도 최상위는 아니지만 상위권이었고, 1월부터 공부를 시작해서 조금 여유가 있다고 생각했어요. 주말마다 전공서를 보는 식으로 했는데, 결론부터 말씀드리자면 고려대학교 1차에 떨어졌기 때문에 전공을 볼 수즈차 없었어요. 지금에 와서 생각해보면 전공 공부하던 시간을 영어에 더 투자했다면 가능성이 더 있지 않았을까 하곤 해요. 제가 만약 다시 편입을 준비한다면 1차에 합격할 성적이 나오기 시작한 순간부터 준비를 시작할 것이고(이상적으로는 10월), 성적이 나오지 않는다면 고려대학교 1차 시험의 결과를 보고 난 이후부터 준비를 할 것 같아요.

○ **심예솔**(이화여대 화학과)

전공은 사실 저에게 많은 부담이 되지는 않았습니다. 전적대학의 학과가 화학과였고 지원했던 학과가 모두 화학과여서 기본적으로 전공에 대한 지식은 있는 편이었습니다. 전공 문제는 생각보다 난이도가 높은 문제는 아니었던 것으로 기억합니다. 기본적인 개념을 물어보는 문제를 풀 수 있는 정도라면 충분하다고 생각이 되네요. 해당 전공 범위 내에서 원하는 학교에서 사용하는 교재를 미리 알아둔 뒤, 해당 개념과 문제를 풀어본다면 많은 도움이 되리라고 생각이 듭니다. 하지만 저와 달리 전적대학의 학과와 다르게 지원하는 사람이라면 편입 공부를 좀 더 일찍 시작하고, 시험 보기 2~3개월 전부터 속성으로 중요한 부분만 공부하는 것을 추천합니다.

○ **조나연**(인하대 화학공학)

전공을 보는 학교로는 고려대학교 수학과를 지원했습니다. 하지만 처음부터 공대가 목표였고, 수학과는 그 다음이었습니다. 그래서 처음부터 전공 공부를 병행하지는 못했습니다. 모든 시험이 끝났을 때 고려대 2차 시험까지 10일 정도의 여유가 생겼고, 그 동안에 '기초해석학' 과목을 1바퀴 돌렸습니다. 결과는 당연히 불합격이었습니다. 처음부터 전공을 보는 학교에 뜻이 있다면 시작 시기를 7월부터로 잡고 차근차근 준비하는 것이 좋다고 생각합니다.

○ **이동곤**(성균관대 사회학과)

저는 면접을 성균관대와 건국대에서 봤는데, 두 대학 모두 전공에 대해서는 많은 걸 준비하지 않았습니다. 두 대학 모두 1차 시험에 합격 뒤 면접 준비를 위해 개론서 1권만 읽었는데, 전공은 많은 걸 묻지 않더군요. 개론서로도 대비가 충분했습니다.

(바) 면접 보는 방법

복장은 단정하게 입고 가는 것이 좋다. 지원 학과와 관련된 정보와 교수님들의 성함, 지원 동기, 합격 후 진로 등을 정리하고 가길 권한다. 또한 전공 지식에 대해 질문이 들어올 수 있으므로 해당 학과의 전공에 대한 높은 이해가 필요하다. 많은 합격자들이 가장 강조하는 것은 자신감이다. 설령 모르는 문제나 대답하기 곤란한 질문을 할지라도, 당황하지 말고 최대한 자신감 있는 모습을 보여주는 것이 좋다. 마지막으로 본인이 왜 해당 학과를 지원하게 되었는지, 왜 자신이 뽑혀야 하는지 충분히 어필할 수 있도록 준비를 많이 해야 한다.

○ **고영석**(아주대 경제학과)

저는 비전공자였기 때문에 어려운 것들보다는 기초적인 것들을 확실하게 알아두는 것부터 시작했습니다. 다른 한편으로 면접을 보는 학교의 커뮤니티나 동문 카페에 가입해서 편입 선배들을 찾았고, 그 분들에게 면접을 어떻게 보았는지, 문제는 뭐가 나왔는지 등을 여쭤본 다음 그것에 맞게 준비해서 들어갔습니다. 아주대학교는 이전에는 면접이 어렵게 나왔다던데 제가 볼 때는 면접이 어렵지 않았습니다. 경제학과에 지원했는데, 전공면접이 아닌 일반면접이 이뤄졌습니다. 학생 3명에 교수님 두 분이 들어오셨고, 교수님은 수요의 탄력성과 독점 같은 기본적인 것들을 물어보았습니다. 그 외에 경제학이란 무엇이라 생각하는지, 경제학과에 지원한 이유, 아주대학교에 지원한 이유, 입학한 후에 학업계획이 어떻게 되는지 등에 대해서 질문했습니다. 면접을 보는 대학에서 사용하는 교재로 공부하는 것이 좋고, 면접관으로 들어오는 교수님이 평소 어떻게 가르치는지 미리 알고 공부하면 면접에서 유리합니다. 전공 관련 최근 이슈 등도 알고 가면 좋습니다. 면접은 말로 하기 때문에 말하는 것도 미리 연습해야 하고, 평소 다리를 떨거나 몸을 좌우로 흔드는 등 부정적으로 보일 버릇이 있다면 이 역시 연습을 통해 극복해야 합니다.

○ 김수현(성균관대 전자전기)

저는 비전공자(출신)로서 성균관대 전공면접을 치렀어요. 면접을 위해서 성균관대학교의 교육 이념과 전공 이수 체계 등을 암기했고, 학원과 카페에서 전공면접 자료를 입수해 기초 전공 과목의 기본 개념들을 공부했습니다. 면접을 볼 때 교수님은 두 분이었는데 한 분은 주로 인성에 대해 물었고, 한 분은 전공을 물었습니다. 자기소개부터 시작해서 8분 남짓 면접을 봤어요. 옷차림은 학생답게 머리를 단정하게 자르고 옷도 무난하게 캐주얼차림으로 했는데, 옷차림에 대해서는 많이 신경 쓰지 않아도 될 것 같았어요. 옷차림보다는 제 눈을 뚫어져라 보았거든요. 들어오거나 나갈 때는 서류만 보고 있었습니다. 제가 생각하기에 면접에서 가장 중요한 것은 자신감이에요. 제 경우는 자기소개 대본을 만들어서 100번은 넘게 외웠는데도 교수님들 앞에서 말하니 계속 버벅대고 침이 마르고 혀가 꼬여 이상한 발음을 하기도 했습니다. 하지만 쑥스러워도 쩌렁쩌렁하게 말했고 제 진심을 담아 말했습니다. 비전공자라 부족한 부분이 많았지만, 그 자신감을 좋게 봐주신 것 같았습니다. 자신감! 꼭 자신감 있는 모습을 보여드리세요.

○ 이서현(고려대 철학과)

고려대의 경우 먼저 제출한 성적증명서 등을 보고 질문을 합니다. 면접 전에 미리 숙지할 필요가 있습니다. 면접 바로 전에 전공시험을 치르므로 면접에서 어려운 전공 내용 등을 물어보지는 않았습니다. 다만 그 전공에 얼마나 관심이 있고, 또 미래 진로와 연관해서 어떻게 공부할 것인지에 대한 포부 등을 물어보니 미리 준비해 가야 합니다. 전적대학에서 전공과 관련해 어떤 공부를 했는지 등도 생각해보면 답변하는 데 도움이 될 것입니다.

○ 김진호(성균관대 사회학과)

우선 학교마다 면접 기출문제를 확인하고 주로 전공면접인지 인성면접인지를 파악하는 것이 중요합니다. 물론 기출이 전공면접이라고 인성면접을 안 하라는 법은 없습니다. 그래도 전공면접 대 인성면접의 비율이 대략 어느 정도인지 파악하면 면접을 준비하는 데 큰 도움이 될 것입니다. 저는 성균관대학교 면접을 봤는데, 명시적으로는 면접 비중이 10%로 낮습니다. 그러나 제가 합격하고 동기들과 이야기를 해본 결과 면접은 10%라는 수치 그 이상인 것 같습니다. 아무래도 교수님들이 직접 보고 채점을 하기 때문에 면접이 영어 점수와 비슷할 정도로 중요하지 않을까 생각합니다. 저는 동일 계열이 아니었고, 주로 전공면접 위주여서 전공을 준비했습니다. 준비기간은 1차 합격 후 일주일 동안 학과 관련 전공서들을 읽으며 예상문제를 정리했습니다. 물론 일주일 동안 전공서를 다 본 것이 아니고, 주로 전공에서 핵심적인 부분을 위주로 대비했습니다. 면접 때 전공 문제의 대답은 거의 다 할 수 있었던 것 같습니다. 실전 연습이 중요합니다. 실제 면접실 모습처럼 의자를 갖다놓고 가족을 면접관으로 앉혀 준비한 예상문제들에 답하는 형식으로 실전 연습을 했습니다. 물론 복장도 똑같이 입고요. 면접실 문을 열고 들어가는 것부터 나올 때까지 한 치의 오차도 없이 리허설을 계속 반복했습니다. 그리고 부족한 점(말할 때 떨림, 발음, 시선 처리)들은 계속해서 수정했습니다. 전공 외에 인성 부분은 학교 홈페이지에 들어가서 학교의 기본적인 교육 목표 등을 외웠고, 내가 지원하는 학과의 홈페이지에 들어가서 특이사항(그 학교에만 있는 관련 건물, 제도, 프로그램 등)을 외웠습니다. 그래서 면접 시 내가 지원하는 학과의 특이사항을 곁들여서 대답했고, 교수님께서 '이 학생은 우리 학과에 관심이 있구나'라는 것을 평가해줄 거라 생각했습니다. 또 교수님 사진과 성함을 대조하면서 한 분 한 분을 다 외웠습니다. 면접 시 교수님 성함을 말하면서 면접을 봤습니다. 무엇보다 면접에서 중요한 것은 자신감과 솔직함입니다. 제 후기에도 면접 내용이 있지만, 저는 모르는 것은 모른다고 자신감 있게 말했습니다. 단, 모르는 것에 대해 어떤 방법으로 보완을 하겠다는 것을 꼭 다시 말했습니다. 그리고 저는 마지막 한마디를 준비해 가서 면접을 끝냈을 때 손을 들고 말했습니다. 최대한 '간절함' 과 '내가 왜 이 학교에 와야 되는지'를 보여주려고 노력했습니다.

○ 양우영(서울과기대 환경공학)

깔끔한 용모, 적극적인 자세와 자신 있는 목소리, 이 정도로 요약하고 싶네요. 외모도 이제는 경쟁력입니다. 적극적인 자세에 노력하려는 사람은 안 뽑을 수가 없습니다. 교수님들이 우리에게 무엇을 요구할지, 면접으로 뭘 묻고 뭘 알고 싶은지 한번 생각해본다면 면접 대비가 그리 어렵지 않을 것입니다. 나머지 질문들은 인터넷에 돌아다니는 면접 질문 후기들만 봐도 될 것 같습니다. 결국 중요한 것은 자신감이란 걸 말하고 싶네요. 저는 군대 전후 학점이 확연히 달라 그 점에 대해 어필을 많이 했습니다.

○ 박성균(고려대 생명공학)

자신의 경험과 친구들의 경험으로부터 종합한 결론은 '노력은 배신해도 실력은 배신하지 않는다'는 것입니다. 압도적인 실력을 쌓고 그 뛰어남이 자연스럽게 드러나게 하십시오. 면접에 합격하고자 하면 우선 절박함과 겸손함이 있어야 하고, 마지막으로 부지런함이 있어야 합니다. 우선 내가 꼭 합격하고 말겠다는 절박함이 있어야 목표 학교에 대한 조사도 할 것이고, 그곳 교수님이나 선배님들과 연락을 한다든지, 아니면 가서 청강을 해본다든지 등등의 방법이 떠오를 것입니다. 또한 면접 가서는 그러한 노력들이 겸손함을 통해서 드러나야 인정받을 것입니다. 추가적인 팁을 하나 말하자면, 애초에 그 학교 학생인 것처럼 마인드를 세팅하는 것입니다. 저는 고려대에 들어오기 전부터 졸업 요건인 한자 2급을 받고, 고려대 교지를 읽었으며, 한 달에 한 번씩 고려대에 가서 청강을 했습니다. 또한 매일 잘 때 고려대 마크가 그려진 학교티를 입고 잠을 잤습니다. 여담입니다만, 제 친구 중어 서울대 간 친구는 팬티에 서울대를 자수로(!)로 새겨서 입고 다녔습니다. 지독해지십시오.

○ 배우리(이화여대 의류학과)

면접에 첫인상이 중요하다고 해서 옷과 신발을 새로 장만한 것이 생각납니다. 다만 너무 튀어 보이지 않도록 과한 화장은 하지 않았고, 가장 '깔끔한' 모습으로 면접장에 갔습니다. 면접 대비는 제 스스로 정리한 면접 예상문제를 보면서 제 나름의 언어로 자연스럽게 이야기하는 방향으로 진행했습니다. 여동생을 붙잡아두고 면접 연습을 계속했습니다. 계속 외우는 듯한 말이 나와서 걱정이 되었지만, 다행히 면접 당일에는 막힘없이 말이 나왔습니다. 면접에서 중요한 것은 첫째 깔끔한 외모이며, 그리고 면접 당일 '어떤 질문에 대해서든 자연스럽게 말할 수 있을 정도로 연습하는 것'입니다.

○ 한도형(서강대 사회학과/고려대 심리학과)

면접의 관건은 '얼마나 좋은, 그리고 강한 인상을 남기느냐'라고 생각합니다. 면접이 모두 끝난 이후에 '아, 그 학생!' 기억날 만큼 강한 인상을 남겨야 한다고 생각합니다. 그러기 위해서는 한정된 면접 시간을 자신이 원하는 방향으로 이끌 줄 알아야 합니다. 제가 생각하는 방법은 다음과 같습니다.

우선 자신이 정말 전달하고 싶은 점들을 정리합니다. 그리고 그와 관련된 구체적인 경험들과 스토리들을 정리합니다. 그 다음은 어떤 질문이 나오든지 앞에 정리된 두 내용과 자연스럽게 결부시켜서 대답하는 연습을 하는 것입니다. 실제 면접에서 면접관이 수험생이 말한 경험이나 스토리에 흥미를 가지는 순간, 수험생의 의도대로 풀려나갈 기회를 얻게 됩니다. 보통 그런 이야기들은 꼬리에 꼬리를 물고 이어지기 마련입니다. 면접관들은 의식하지 못하겠지만, 이런 식으로 '면접관이 주도하는 면접'이 아닌 '수험생이 주도하는 면접'으로 시간을 꽉 채울 수 있다면 좋고 강한 인상을 남기는 데 성공할 수 있습니다.

한 가지 더 태도에 대해 말한다면, 마냥 착한 태도나 저자세로 면접을 치르기보다는, '나는 완전히 준비되었고, 이 학교가 당연히 뽑아야 하는 그 한 사람이다.' 이처럼 당당한 자세가 좋다고 생각합니다. 전 경쟁률이 얼마나 높든 몇 명을 뽑든, 합격자에 적합한 그 한 사람은 바로 저임을 진심으로 믿었고, 실제 그러한 태도로 면접을 치렀습니다. 전 포부가 큰 사람인데, 포부도 숨기지 않고 드러냈습니다. 가령 서강대의 경우, 마지막으로 우리가 당신을 왜 뽑아야 하느냐는 질문을 받았을 때, "영화감독 봉준호가 연세대학교 사회학과를 빛낸 것처럼 저도 서강대학교 사회학과를 빛내겠습니다. 후배들이 서강대학교 사회학과를 지금보다 자랑스럽게 여기게 만들겠습니다."하고 대답했습니다(진심이었고요). 그때 두 교수님에게서 그동안의 웃음기를 거둔 저를 향한 진지한 눈빛을 읽을 수 있었고, 합격을 확신할 수 있었습니다. 제 기억에 제 앞의 면접자들은 한결같이 교과서적인 대답을 하고, 밝고 가벼운 분위기에서 면접을 마쳤습니다. 일부러 의도한 것은 아니지만 또 꼭 그렇게 할 필요는 없겠지만, 저는 고려대에서나 서강대에서나 밝은 분위기에서 면접을 마쳤던 적이 없는 것 같습니다. 늘 무거운 분위기에서 끝이 났습니다. 진솔하게 또 당당하게 저를 드러내는 것에만 최선을 다했던 것 같습니다.

○ 김민규(고려대 경영학과)

면접 스터디의 경우 학원에서 구할 수 있습니다. 면접 강의도 학원에서 열리는 것을 찾아서 본인에게 적합하다고 생각하는 것을 수강하면 됩니다. 저는 면접 준비를 하루 전날에만 했습니다. 고려대학교에서 최종 합격을 판가름하는 것은 영어 점수와 전공 필기 점수라고 생각했기에 그렇게 준비했습니다. 경영학과의 경우 영어로 자기소개를 하는 경우가 종종 있었으니, 당황하지 않도록 전날에 영어 대본을 준비해서 외워 가는 것을 추천합니다. 그리고 친구들이나 부모님과 함께 면접 시뮬레이션을 몇 번 해보는 것을 추천합니다. 이것을 동영상으로 촬영해서 자기가 몰랐던 자신의 문제점이 무엇인지 보고 고치는 과정이 꼭 필요하다고 생각합니다.

○ 김정(고려대 전기전자전파공학)

제가 치른 고려대, 성균관대, 서강대 면접을 기준으로 말하면, 우선 자기소개 1분은 필수입니다. 이때 대학 교수님들의 특성상 취업보다는 대학원, 그것도 자대 대학원으로 진학하는 쪽으로 말하는 게 좋은 이미지를 심어줄 수 있습니다(결정적인 영향은 없겠지만). 해당 학교의 커리큘럼도 한 번 정도 보는 것이 중요하고, 자기소개를 했을 때 그것에 대해 돌아올 예상 질문들을 만들어 대비하는 것이 좋습니다. 고려대는(전기전자의 경우) 인성 위주 5분 정도라면접 비중이 적지만, 서강대나 성균관대는 전공을 물어보고 면접 비중드 큽니다. 제 경우는 제가 2학년 때 배운 전공과목을 하나하나 노트에 정리했습니다. 이거 생각보다 며칠 안 걸립니다. 면접 때 나올 법한 내용만 정리하면 되니까 "ㅇㅇ가 무엇입니까?" 식의 개념 문제 위주로 정리하면 됩니다. 단 서강대는 꼬리에 꼬리를 무는 방식이므로 이렇게 가볍게 정리하면 바닥이 드러날 수 있습니다(그래도 전 붙었습니다).

○ 오새롬(성균관대 중어중문학)

자신이 준비한 것만 제대로 하되, '자신감'이 제일 중요한 것 같습니다. 영어만 전공했던 제가 마법을 부리지 않는 이상, 갑자기 중국어를 잘할 수 있는 방법은 없었습니다. 해당 분야의 권위자들 앞에서 괜히 어설프게 중국어를 하는 건 오히려 역효과라고 생각했지요. 그래서 전 자신 있는 제 주요 분야(?)인 영어로 최대한 당당하고 씩씩하게 말을 했습니다(앞으로의 포부). 사실, 모든 면접에서 빼먹지 않고 '자진'해서 영어 소개를 했었죠. 교수님의 질문 외에도 먼저 번쩍 손을 들고 무언가를 보여줄 수 있는 이러한 용기도 필요합니다. 거절당해도 한순간 창피할 뿐입니다. 안 하면 집으로 가는 길에 후회만 가득할 겁니다.

○ 황명하(충남대 정보통신과학)

면접에서 가장 중요한 점은 자신감이라고 합니다. 저는 총 4곳의 학교에 지원했지만 오히려 비전공학과에 붙은 케이스입니다. 면접을 볼 때 전공 문제는 많이 틀리더라도, 자신이 왜 이 학교에 합격해야만 하는지 잘 생각해보고 교수님들께서 인정하도록 만들면 됩니다. 저의 경우, 고3 정시 때 불합격하여 편입으로 두 번째 도전임을 어필했습니다. 교수님들께 하고 싶은 말을 정리하여 당황하지 않고 표현했습니다. 면접 의상에 대해서는, 면접은 보통 2월이기 때문에 깔끔한 코트에 정장차림, 그리고 심플한 슬림 넥타이 정도는 착용해줄 것을 부탁합니다.

○ 심예솔(이화여대 화학과)

첫인상이 중요하다는 말 알고 계시죠? 생각보다 면접 차림에 맞지 않는 의상을 입고 온 분들을 많이 봤습니다. 교수님들은 면접 보는 학생의 이미지를 첫 모습으로 판단하는데, 짧은 치마나 과한 화장을 하고 오면 안 된다고 생각합니다. 남자들은 최대한 편안하지만 깔끔한 옷차림, 여자들은 단정하다는 느낌의 복장과 한 듯 안 한 듯한 화장이 제일 좋은 면접차림이라 생각합니다. 전반적인 면접 대비 방법들에 대해서는 독편사에 올라와 있는 글들을 활용했습니다. 독편사에 면접 대비용 전공별 질문을 모아놓은 파일이 있었는데, 해당하는 질문과 답변을 모두 정리해서 암기했습니다. 3군데 학교에서 면접을 봤는데, 실제로 파일 안에 들어있는 질문들이 대부분이었던 것 같습니다. 질문도 거의 비슷하게 반복되는 편이니 전공 대비 질문은 모아놓은 파일 안에서 해결해도 무방하다는 생각이 듭니다. 그리고 무엇보다 중요한 것은 자신감과 얼마나 지원한 학교에 들어오고 싶은지 간절함을 표현하는 것이라는 생각입니다. 교수님께서 질문하는 내용에 어떻게 하면 간절함이 묻어나오면서 자신감 있게 말할 수 있는지를 곰곰이 생각해보고 대비하면 좋은 결과가 있을 것입니다.

○ 조나연(인하대 화학공학)

제가 면접을 본 학교로는 아주대와 숙명여대, 고려대가 있습니다. 아주대와 숙명여대는 자신이 쓴 학과가 본래의 전공과 다르면 전공에 대해서 거의 묻지 않았습니다. 그래서 비전공자일지라도 면접에 겁먹을 필요가 없습니다. 가장 중요한 것은 시험 점수입니다. 현재 저와 같은 학교로 온 동기도 저와 같이 아주대 면접을 봤습니다. 그 학생은 이과생이라서 대부분의 질문이 전공 질문이었고, 평소 전공 공부를 많이 해둔 터라 자신 있게 답했습니다. 하지만 결과는 불합격이었습니다. 반면에 전공 공부를 전혀 하지 않은 저는 합격이었습니다. 차이는 시험 문제 불과 한두 문제였습니다. 이렇듯 아주대에서 모든 결과를 좌우하는 것은 시험 점수입니다. 숙명여대 역시 기초의학과를 지원했지만 비전공자라서 전공 문제를 물어보기보단 앞으로의 다짐이나 계획을 주로 질문했습니다. 따라서 비전공자라도 지레 겁먹을 필요는 없습니다.

○ 이동곤(성균관대 사회학과)

복장은 대학생다운 캐주얼하고 단정한 옷차림이면 괜찮습니다. 회사 면접이 아닌 대학생 면접이니 양복은 좀 과하다는 것이 제 개인적인 생각입니다. 그래도 찢어진 청바지나 과한 화장, 액세서리, 미니스커트는 피해야겠죠. 사실 저는 아직도 면접의 기준이 무엇인지 모르겠고, 면접이 중요한가에 대해서도 좀 회의적입니다. 제 경험에서만 이야기할 수 있는 부분이지만 제가 봤던 성균관대, 건국대 모두 면접 시간이 각각 5분, 10분으로 굉장히 짧았습니다. 2~5개의 질문이면 끝나는 시간이죠. 때문에 질문도 기본적인 것을 벗어나지 않습니다. 인성에 관련된 질문은 자기소개, 동기, 편입 후 계획 등 기본적인 부분만 준비해가면 됩니다. 사회학과 전공 관련 질문에 대해서는 개론적인 질문들을 했습니다. 사회학이다 보니 최근 사회 이슈들을 사회 이론과 연결시켜 설명하는 질문이 있었습니다. 이 학자는 누구인가에 대한 질문도 했습니다. 다들 개론적인 부분의 응용이라서 개론서만 제대로 숙지해서 가면 문제없을 것이라고 생각됩니다.

해당 학교의 기출문제를 풀어보고 유형을 철저히 분석해보는 것은 필수다. 또한 시험 보기 며칠 전부터는 지금까지 자신이 틀렸던 문제를 정리한 오답노트를 보거나, 단권화된 문법서 또는 정리해놓은 책을 쭉 훑어보고 자신이 어려워했던 부분을 가볍게 보길 권한다. 자신이 헷갈려 했던 단어를 보는 것도 좋은 방법이다. 시험 당일 컨디션에 따라 점수가 크게 차이가 나기도 하기 때문에, 전날에는 컨디션 조절에 힘을 쓰고, 당일에는 여유롭게 시험장에 도착하도록 하자.

○ 배우정(女, 이화여대)

시험 전날 뭔가 특별할 줄 알았는데, 그런 것은 없었습니다. '모의고사 보러 가는 날이네'라는 생각을 계속 가지면 마음이 더 편해질 겁니다. 시험 전날은 시험 보러 가는 학교와 관련된 모의고사 또는 기출을 1회 풀고, 지금까지 풀었던 해당 학교 기출문제들을 다시 한 번 점검한 후, 여태껏 외웠던 영어 단어책을 보았습니다. 그리고 일찍 잠자리에 들어서 충분한 수면을 취했습니다. 시험 당일 일찍 시험장으로 출발했습니다. 단어장과 기출문제를 복습하며 갔습니다. 전 이화여대 시험을 보러 갈 때 마치 이 학교가 나의 학교인 것처럼 느껴졌었는데, 그 덕분인지 시험 볼 때 굉장히 차분하게 문제를 풀었습니다. 시험 보러 가는 학교에 들어설 때 마치 미래의 이 학교 학생인 것처럼 상상하면 마음이 더 편해질 겁니다.

○ 심예솔(女, 이화여대)

시험 전날에 영어 문제를 따로 풀지는 않았습니다. 대신 단어책을 한 번 더 읽고 정리하며 시간을 보냈습니다. 수학은 지퍼백을 활용하다 보면 시간이 지날수록 지퍼백 안에 들어있는 문제의 수가 현저히 줄어들게 됩니다. 시험 전날에는 남아있는 문제들을 다 꺼내서 다시 한 번 훑어보는 식으로 진행했습니다. 시험 당일에는 변수가 많기 때문에 시험 보기 30분 전에는 도착해야 합니다. 영어는 시험 당일 지하철 안에서 단어를 외우면서 갔습니다. 수학은 정리해놓은 이론서를 쭉 읽으며 복잡한 식을 다시 한 번 암기하고 시험을 봤습니다. 수학의 경우 끝까지 헷갈리는 공식들이 더러 있었습니다(특히 공업수학). 학교에 도착하고 나서부터는 계속 수학 이론서를 읽으며 암기했습니다. 즉 시험장까지 가는 길에는 단어를 암기했고, 학교에 도착한 뒤 시험 보기 직전까지는 수학 이론서를 봤습니다.

○ 김진호(男, 성균관대)

시험 시작 1시간 전에 도착해서 교실에 최대한 익숙해지려 노력했습니다. 해당 학교를 처음 가거나 그 근처의 지리를 잘 모른다면 전날 한번 방문하는 것도 좋습니다. 한 가지 복장 팁을 말하면, 모자 달린 후드티를 입고 가서 시험 시작 후 모자를 쓰고 시험에 임한다면 최대한 시야를 가린 상태에서 시험지에 집중할 수 있습니다. 시험이 시작하기 전에 모자를 쓰고 있으면 분명 감독관이 모자를 벗으라고 하기 때문에, 시험이 시작한 뒤 쓰길 바랍니다. 집중하는 데 효과가 정말 좋습니다.

○ 이훈희(男, 명지대)

'여태까지 공부했던 모든 날들은 시험 보기 전날을 대비하려는 것'이라는 말은 전혀 과장된 말이 아닙니다. 절대적으로 시험 보기 전날이 중요합니다. 일찍 잠자리에 들어 잠을 푹 자야 시험 당일 컨디션이 좋습니다. 교통편은 미리 숙지하기 바랍니다. 어떤 변수가 있을지 모릅니다. 공부는 새로운 것을 익히지 말고, 그동안 했던 것들을 리마인드 하세요. 시험 당일에는 준비물(컴퓨터용 사인펜, 샤프, 손난로, 수험표, 주민등록증)을 확실히 챙겼는지 확인합니다. 학교에서 난방을 안 해줄 때가 많으니 얇게 여러 벌 입고 가서 상황에 맞게 체온을 조절하기 바랍니다. 그리고 시작 1시간 전에는 도착하세요. 지각이라도 하면 심적으로 부담이 많이 됩니다. 마지막으로 초콜릿 같은 단것을 드세요. 두뇌 회전이 더 잘됩니다. 시험 도중에는 실전이다 보니 옆에서 시험지 넘기는 소리, 형광펜 칠해가며 푸는 소리 등 여러 잡다한 소리에 정신이 팔려 당황할 때가 있습니다. 정신이 무너지지 않도록 마음가짐을 다잡기 바랍니다.

○ 양우영(男, 서울과기대)

시험을 앞두고 편하게 생각했으면 좋겠습니다. 긴장하다 보면 풀 것도 못 풀고 보일 것도 안 보이게 됩니다. '좋았어! 이제 보여주는 거야.' 자신감을 갖고 가길 바랍니다. 아침 식사는 최대한 간단히, 살짝 배고플 정도로 했던 것이 저의 경우 집중하는 데 더 좋았습니다. 늦지 않게 미리 가서 분위기에 적응하는 것도 좋습니다.

○ 박성균(男, 고려대)

뻔뻔해질 때입니다. 저는 전날만큼은 긴장을 풀기 위해 수영장도 가고, 늘 가던 공원을 산책하기도 하는 등 여유를 부렸습니다. 전날과 당일만큼은 배짱 있는 사람이 되십시오. 찍는 것도 과감하게 골라야 답으로 향합니다. 실력이 있는 사람도 긴장하면 제 실력이 안 나온다는 말을 당부하고 싶습니다.

○ 배우리(女, 이화여대)

시험이 가까워질수록 굉장히 예민해지는 사람이 있습니다. 저 또한 시험이 가까워질수록 평소와 다르게 예민해지는 것은 어쩔 수 없었습니다. 시험 1~2주일 전에는 최대한 어수선한 장소에서 진짜 시험장이다 생각하고 모의시험을 보는 것도 예민함을 극복하는 좋은 방법인 것 같습니다. 시험 전날은 지금까지 배운 내용을 적당량 복습하며 보냈습니다. 당장 내일이 시험이라는 압박감으로 '더 많은' 공부를 하려는 사람들이 있을 텐데요, 그럴수록 차분하게 복습에 열중하기 바랍니다. 시험 당일에는 해당 학교의 지난 2년간의 기출문제와 영어 단어 집을 가지고 갔습니다. 이때 너무 어려운 단어는 외우지 않았고, 기존 빈출 단어 위주로 많 이 보았습니다. 단어 이외에는 그동안 풀었던 기출문제 중에서 잘 틀리는 유형의 독해들을 마지막으로 확인했습니다. 떨어져도 상관없으니 정말 후회 없이 보자는 태도로 시험에 임했 습니다. 지금까지 공부한 것을 테스트한다는 생각으로 임하니 마음도 더 편해지고 가뿐해 졌습니다.

○ **김민규**(男. 고려대)

첫해와 두 번째 해의 경우로 나눠서 말하겠습니다. 첫해는 무조건 합격해야 된다는 압박 감이 너무 심했습니다. 시험 전날 잠도 잘 못 잤고 무조건 시험장에 빨리 가서 지금까지 했 던 공부를 복습해야 된다는 생각에 쇼핑백 2개와 백팩 1개에 그동안 공부한 책을 엄청나게 많이 가지고 갔습니다. 하지만 막상 도착하니 긴장이 되어서 공부도 잘 안 되었습니다. 그렇 게 컨디션 관리에 실패했던 것 같습니다. 두 번째 해는 '나는 시험에 합격한다'는 자신감으로 똘똘 뭉쳐있었기 때문에 시험이 그렇게 걱정되지 않았습니다. 시험 전날 공부는 밤 8시 정도 에 마치고 휴식을 취하다가 잠자리에 일찍 들었습니다. 당일에는 단어책(빨간책) 한 권만 들 고 시험장에 갔습니다. 중요한 것은 정말 마인드컨트롤이라는 것을 다시 한 번 기억하면 좋 겠습니다.

○ **최헌영**(男, 서강대)

시험 보는 날 아침 일찍 시험장에 도착하여 단어장을 붙들고 있는 사람들을 많이 볼 수 있 는데, 저는 개인적으로 여기에 반대입니다. 편입은 3만 개의 단어를 알고 있어야 되는 수준인 데 시험 보기 몇 시간 전에 잠시 본다고 그때 본 단어가 시험에 나올 확률은 거의 없습니다. 시험 당일에는 무엇보다 마인드컨트롤이 중요합니다. 모르는 단어가 나왔다면 그 한 문제 를 틀리는 것이지만, 마인드컨트롤에 실패하면 10문제도 날아갈 수 있기 때문입니다. 시험 당일에는 스스로 마인드컨트롤 할 수 있는 자신만의 방법을 찾아 그것을 하길 바랍니다. 가 령 저는 2~3회독 정도 했던 독해책을 가지고 가 그 중에서 너무 쉽지도 너무 어렵지도 않은 수준의 지문을 2~3개 정도 가볍게 읽었습니다. 그러면 감각도 살아나면서 익숙한 지문을 술

술 읽기 때문에 자신감도 더 생기게 됩니다.

○ 오새롬(女, 성균관대)

시험 전날에는 '숙면'이 최고입니다. 괜히 전날이라고 무리해서 늦게까지 단어 체크하고 공부하는 것만큼 미련한 짓은 또 없습니다. 너무 과식하지 않는 것도 좋습니다. 다음날 긴장하게 되면 신경성 복통이 올 수도 있고 화장실에 자주 들락날락할 수도 있으니 자극적인 음식도 피하는 걸 추천합니다. 시험 당일에는, 커피가 체질상 맞는 분들도 있겠지만, 커피는 보통 이뇨작용을 활발하게 해주기 때문에 되도록 피하는 것이 좋습니다.

○ 이동곤(男, 성균관대)

시험 한 달 전부터 시험 당일을 준비해야 한다는 것을 잊지 않았으면 합니다. 한 달 전부터 2개월에 걸친 '편입시험 시즌'을 견딜 만한 생활패턴을 만들어두는 것이 좋습니다. 아침에 일찍 일어날 수 있도록 하고, 배탈이 나지 않도록 자극적인 음식을 피하며, 감기 같은 병도 약을 복용하는 등의 방법으로 사전에 차단합니다. 시험 당일 하루의 나쁜 컨디션이 1년의 노력을 망치지 않도록, 한 달 전부터 안정적인 생활패턴을 유지하도록 하세요.

아 독학 VS. 학원

학원의 경우 좀 더 체계적이고 다양한 정보를 얻을 수 있다는 이점이 있다. 또한 독학할 때 종종 빠지게 되는 나태함의 함정을 피할 수도 있다. 학원에서는 주변에서 열심히 공부하는 학생을 보고 스스로를 채찍질하는 계기를 가질 수 있다. 학원의 최대 단점이라면, 주변 동기생들과 어울리게 되고 자연스레 공부라는 본연의 목적을 잊게 될 가능성도 있다는 것이다. 학원에서 일방적으로 진행하는 커리큘럼과 본인이 원하는 커리큘럼이 맞지 않을 가능성도 있다.

독학의 경우, 자신이 원하는 시간대에 자신이 원하는 커리큘럼으로 자유롭게 공부할 수 있다는 이점이 있다. 독학의 최대 단점은 주변에서 잡아주는 사람들과 시스템이 없기 때문에 자기관리가 철저하지 않은 사람이라면 자칫 안일함과 나태함에 빠질 수 있다는 것이다.

편입시험을 준비하는 데 필요한 각종 정보들은 학원 사이트나 '독편사' 같은 편입 카페에도 많이 올라와 있다. 학원을 다니지 않는다 할지라도 학원에서 치는 모의고사 시험지와 교재를 구할 수 있는 방법은 얼마든지 있다.

○ 고영석(男, 상명대➡아주대)

학교가 지방인데 근처에 편입학원이 없거나 다른 이유로 편입학원에 다니기 어려운 사람이 있습니다. 그렇게 독학을 해야만 하는 상황이라면 본인만의 공부할 수 있는 공간을 만들고, 그 공간에서 집중력 있게 공부해야 합니다. 독학을 하다가 모르거나 강의가 필요하면 해당 영역의 인강도 추천합니다. 독학을 하면 아무래도 정보가 부족합니다. 인터넷 카페와 친구, 선배를 통해서 정보를 많이 얻는 것이 좋습니다.

○ 김수현(男. 경기대➡성균관대)

편입은 많은 전략과 정보가 필요합니다. 그런데 독학을 하면 우선 편입 정보를 얻기가 힘들게 됩니다. 편입 카페나 온라인에는 거짓 정보가 많기 때문에 잘못된 길로 빠질 수가 있어요. 또 독학을 하면 나태해지는 경우가 많습니다. 그러니 편입만큼은 독학하는 것보다 학원을 병행하는 것이 좋다고 봅니다. 자료도 제공받을 수 있고 매주 모의고사를 보기 때문에 실전 감각도 익히기가 수월합니다.

○ 김정(男. 충남대➡고려대)

자기가 정말 베이스가 제로다, 자신은 공부 한번 제대로 해본 적 없다 싶으면 독학은 좀 위험할 수 있습니다. 아무것도 모르고 공부 한번 안 해봤다면 이게 한두 달 한다고 성적이 늘어나는 것도 아니고, 쉽게 좌절할 수 있습니다. 이런 분들은 적어도 초반엔 학원이나 과외로 좀 잡아주는 게 좋다고 보네요.

○ 배우정(女. 성신여대➡이화여대)

어렸을 때부터 공부하는 버릇이 안 되어 있고, 영어 공부할 줄 모르고, 또 혼자 자신을 컨트롤하지 못한다면 절대 독학하면 안 된다고 생각합니다. 저 또한 만약 독학을 했다면 중도에 포기하고 싶어서 슬럼프에 많이 빠졌을 겁니다. 또 합격도 절대 못했을 것 같습니다. 학원을 다님으로써 자습실 자리를 차지하기 위해 새벽 일찍 일어나게 되었고, 학생들이 열심히 공부하는 모습에 자극을 받으면서 공부할 수 있었습니다. 선생님의 따끔한 충고에 정신 차린 날도 매우 많았습니다. 제가 독학을 했다면 절대 불가능한 일이었을 겁니다. 어렸을 때부터 나름대로 공부를 많이 해봤고, 자신을 컨트롤할 줄 알면서 슬럼프에 빠지지 않고, 영어 공부를 해본 사람이라면 혼자 공부해도 무난하다고 생각합니다. 이때는 학원 다니는 것이 오히려 자신이 꾸준히 잘해온 패턴을 어지럽혀 방황할 수도 있습니다.

○ 김진호(男. 남서울대➡성균관대)

처음에 저는 독학으로 시작했는데, 그래서 아무것도 모르는 상태에서 많은 시행착오를 겪었습니다. 인강을 통한 독학도 좋지만, 편입시험이 처음이라면 초반 적어도 2개월 정도는 학원에 가서 기초를 튼튼히 하고 이것저것 질문도 많이 하면서 편입에 대해 정보를 얻는 게 좋다고 생각합니다. 그리고 계속 학원 다닐 여유가 안 된다면 학원 다닌 후 독학을 해야 되겠지만, 웬만하면 학원을 계속 다니는 것을 추천합니다. 단, 스터디는 정말 비추천입니다. 저는 워낙 말이 많은 성격이라 학원에서 거의 혼자서 생활했습니다. 하루에 말 한마디 안 할 때도 있었습니다. 사람들과 친해지면 잡담을 하게 되고, 이런저런 말 한마디가 모여 시간을 엄청나게 낭비하게 됩니다. 시간관리가 편입 합격의 '키'입니다.

○ 이훈희(男, 대림대(전문대)➔명지대)

저는 공부를 전혀 하지 않은 분들에게 말하고 싶습니다. 착각하는 점이 있는데, 마음 독하게 먹고 혼자서 공부하면 잘 될 것이라는 생각입니다. 혼자서도 잘 할 수 있으면 그 많은 사람이 왜 학원엘 가겠습니까. 다 이유가 있습니다. 자신이 정말로 학력도 낮고, 영어도 까막눈이다 싶은 분들은 저처럼 독학할 생각하지 마시고 학원에 가서 공부를 어떻게 하는 것인지, 또 영어는 어떻게 공부해야 하는지 배우고 시작하기 바랍니다. 정말 아무것도 모르는 백지 상태에서 혼자 공부하다가 잘못된 길을 걷는 경우가 부지기수입니다. 특히 자신이 전체적인 숲을 보지 못하는 분들이라면 더더욱 독학(獨學)이 아닌 독학(毒學)이 될 경우가 많습니다.

○ 양우영(男, 배재대➔서울과기대)

학원에서 잘 가르쳐주는 것도 중요하지만, 학원에서 얻는 정보도 장난이 아닙니다. 각 학교마다 그해 바뀐 편입 전형, 내 위치, 어느 시기엔 무슨 공부를 해야 하는지 여러 가지를 학원이 잡아주고 정보를 주게 됩니다. 저는 편입 시작 전에 고등학교 수준의 영어 공부를 어느 정도 독학도 하고 동영상 강의도 보고 했지만, 독학보다는 학원이 도움이 많이 되었습니다. 혼자 했으면 5시에 일어나 공부할 엄두도 못 낼 게으름뱅이였거든요. 옆 친구들과 경쟁도 되고 서로 힘들 때 의지도 됩니다. 학원을 그저 문제 푸는 방법을 알려주는 곳이라고 생각하지 마시길 바랍니다. 학원에서 얻은 정보나 자료들이 도움이 많이 됩니다. 제가 편입한 학교도 학원에서 알려주지 않았다면 원서도 못 넣었을 테니까요.

○ 박성균(男, 지방교육대➔고려대)

자기가 학원 스타일인지 독학 스타일인지 잘 파악하는 것이 중요합니다. 저는 누구에게 지는 것을 정말 싫어해서, 학원에서도 기죽지 않고 당당해지려고 죽어라 단어를 외웠습니다. 마지막까지 단어는 저에게 자신 있는 부분은 아니었지만(최상위권 편입 합격생 평균으로 봤을 때), 편입에 발목을 잡지 않을 정도의 수준으로까지 단어와 문법 실력을 끌어올릴 수 있었던 것은 학원에서의 경쟁적인 분위기가 도움이 되었다고 말하고 싶네요. 자신에게 맞는 방법을 찾으십시오.

○ **한도형**(男, 세종대➡서강대➡고려대)

학원에 가면 편입에 대한 일반적인 정보들, 사람들, 면학 분위기 등을 얻을 수 있습니다. 저는 수강료는 지불했지만 수업은 들어가지 않았습니다. 처음부터 사람들(경쟁자들의 존재)과 면학 분위기가 학원을 다니는 목적이었기 때문이었습니다. 공부는 독학으로 했지만, 공부 환경은 독학이 아니었던 셈입니다. 학원이든 독학이든 본인에게 정말 맞는 방법이 무엇인지 깨닫는 것이 중요한 것 같습니다. 그러면 저와 같은 다소 독특한 조합도 가능해지는 것 같습니다.

○ **김민규**(男, 한국항공대➡고려대)

처음 편입을 시작한다면 학원을, 두 번째 해라면 독학을 추천합니다. 저는 첫해에는 학원을, 두 번째 해에는 인강과 독학을 했습니다. 이것은 절대적인 해답이 있는 것이 아니고 개인마다 적합한 방식을 택해야 하는 것 같습니다. 첫해에는 편입에 대한 정보도 별로 없기 때문에 종합반을 다니며 편입에 대한 감을 익힐 수 있었고, 매주 보는 모의고사가 매우 큰 도움이 되었습니다. 하지만 두 번째 해에는 편입에 대한 거의 모든 것을 알고 있었기 때문에 망설임 없이 인강과 독학을 선택했고, 시간관리와 스트레스관리를 잘 할 수 있었던 비결이었던 것 같습니다.

○ **최헌영**(男, 가톨릭대➡서강대)

학원이냐 독학이냐에 답은 없습니다. 각자 실력과 상황 등이 다르기에 자신에게 가장 잘 맞는 방법을 찾아서 그대로 하면 되는 것입니다. 단, 학원을 다닌다면 예습과 복습은 반드시 하기 바랍니다. 그것을 하지 않는다면 학원을 다니는 것이 오히려 혼자서 공부할 시간을 뺏는 결과를 가져옵니다. 그리고 순수 공부시간을 체크하면서 공부한다면 학원에서 수업을 들은 시간은 공부시간에서 제외해야 합니다. 수업을 듣는 것은 실제로 공부한 것이 아닙니다. 수업을 듣고 있는 당시에는 무엇인가 배우고 있다고 생각하겠지만, 그것을 다시 복습하지 않는다면 몇 주 안에 수업시간에 배웠던 것들은 머릿속에서 전부 사라지고 말게 됩니다. 따라서 언제나 학원 수업보다는 개인의 공부시간을 더 중요시해야 되고, 수업에서 들은 내용은 반드시 복습하여 자신의 것으로 만들어야 합니다.

○ **안지윤**(女, 광운대➡이화여대)

각자 장단점이 있겠지만, 저는 학원에서 공부했기 때문에 학원에 대해 말하겠습니다. 학원은 몇 년을 편입 공부를 시킨 분들과 함께 있으니 피드백을 지속적으로 받기 쉽다는 점에서 좋은 것 같습니다. 또 바로 옆에서 정말 열심히 하는 분들을 보면 긴장하고 공부하게 되는 점도 있고요. 하지만 학교 다니듯이 무리 지어서 다니거나 조교들과 조교-학생 이상으로 지내며 시간을 허비하지 않도록 주의해야 합니다. 그러지 못한다면 독학이 정말 훨씬 나아요. 냉정하게 생각해보고 잘 판단하길 바랍니다.

○ 황명하(男, 한밭대➡충남대)

토익 편입을 생각하는 분들이라면, 학원에 다니는 것을 추천합니다. 토익은 한마디로 정리하여 '단기간에 빡세게'입니다. 말 그대로 최대 6개월, 최소 2개월 올인 해서 공부할 계획을 정한 다음, 학원에 등록을 하고 스터디 모임으로 공부하는 걸 추천합니다. 물론 스터디가 맞지 않는 분들도 있겠지만, 저를 비롯한 토익 편입을 준비했던 많은 분들은 스터디를 함으로써 토익 점수를 많이 올렸습니다. 하루에 LC 4시간, RC 4시간, 단어 1시간은 필수고, 토익을 계획한 2~6개월 동안은 토익 공부 외에 다른 공부는 하지 마세요. 무조건 토익만 생각하고 공부하면 점수가 급상승할 겁니다.

○ 심예솔(女, 전북대➡이화여대)

저는 둘 중에 꼭 하나를 선택해야 한다면 학원 다니는 것이 좋다고 생각합니다. 하지만 상황에 따라서 불가능한 경우가 있지요. 저 또한 여건상 반 독학을 했다고 하면 되는데요, 월요일부터 금요일까지 평일에는 학교 수업을 들어야 했기 때문에 기숙사 독서실에서 혼자 공부하며 시간을 보냈습니다. 주말에만 서울로 올라와서 학원 수업을 들었고요. 저 또한 주변 분위기의 영향을 많이 받는 터라 혼자서 독학하는 것은 힘든 편이지만, 그때 당시에는 확고한 목표가 있었기 때문에 혼자서 독학을 할 수 있었던 것이 아닌가 싶습니다. 독학이 좋다, 학원이 좋다 주변의 말보다는, 혼자서 독학할 수 있는지를 자문해보는 것이 오히려 현명한 방법이라 생각합니다. 누구에게나 개인차는 있으니까요.

○ 조나연(女, 중앙대(안성)➡인하대)

저는 시골에서 자라서 학원보다는 인터넷강의가 더 익숙했습니다. 자연히 편입 영어도 굳이 학원에 다닐 필요성을 느끼지 못했고, 독학을 하기로 결심했습니다. 물론 편입학원의 인터넷강의를 보면서 준비했기 때문에 온전한 독학은 아닙니다. 하지만 홀로 정보를 찾아가며 공부하고, 학원 모의고사도 꾸준히 예약해서 매달 시험에 응시하고 퍼센트를 체크했습니다. 4월부터는 학원에서 몰래 위클리 시험지를 구해서 매주 풀어보았습니다. 독학을 하는 분들은 이런 시험 기회를 늘리면 아주 좋을 것입니다. 나태해지지 않기 위해 많은 자극제를 스스로 만드십시오.

○ **유재홍**(男, 협성대➡한국외대)

'독학은 정말 독하게 자기관리를 해야 성공하니, 웬만하면 학원에 다녀야 한다'고 하는데, 제가 보기엔 사실이 아닙니다. 독학이나 학원이나 스스로 독하게 공부해야 성공합니다. 선택 이전에 자신의 마음가짐을 정리하길 바랍니다. 그리고 자신의 실력과 성향에 따라 독학이나 학원이냐를 선택하길 바랍니다.

○ **백두산**(男, 한동대➡부산대➡가톨릭대)

기본기가 다져져 있으면 굳이 학원을 다니지 않는 게 낫습니다. 학원 왕복시간과 필요 없는 부분까지 수업을 들음으로써 자기만의 공부시간을 잃는 것을 생각해봤을 때 엄청난 손해이기 때문입니다. 인터넷강의를 듣는 것이 가장 좋습니다. 인터넷강의는 자신이 필요한 부분만 들을 수 있고, 배속을 높여 수업시간을 단축시킬 수도 있으며, 수업 듣고 바로 복습하기도 좋습니다.

○ **이동곤**(男, 청강대(전문대)➡성균관대)

개인적으로는 학원을 추천합니다. 독학은 일단 편입에 대한 정보(커리큘럼, 모의고사, 상담, 등등 모든 면에서)를 얻기가 힘듭니다. 인터넷에서도 얻을 수는 있지만, 거짓 정보로 인해서 편입 전략에 대해 잘못 알게 될 가능성이 많습니다. 편입 정보를 얻는다고 하면 보통 디시인사이드의 편입 갤러리나 네이버의 독편사 등을 통하게 되는데, 대학이나 학원으로부터 나오는 공식적인 정보 이외에 '카더라'의 추측성 발언들을 공식적인 정보처럼 유저들끼리 퍼뜨리는 경우가 많거든요. 때문에 학원과 같은 전문적인 기관을 통해서 정보를 얻는 게 안전합니다. 그리고 편입은 장기간 공부이기 때문에 '혼자'라는 상황 자체가 자신에게 압박감으로 작용합니다. 이때 같이 편입 공부를 하는 동료는 정신적인 면에서 큰 도움이 되죠.

자 모의고사

편입학원마다 모의고사를 진행한다. 학원에서 진행하는 모의고사에는 해당 학원의 수강생들만 치를 수 있는 모의고사와 외부생들도 함께 치를 수 있는 모의고사, 크게 두 종류가 있다. 외부생들도 치를 수 있는 모의고사는 다시 만 원 정도의 비용을 지불해야 하는 모의고사와 무료 모의고사로 나눌 수 있다. 대부분의 경우, 모의고사를 통해 본인의 점수와 석차, 퍼센티지를 알 수 있다. 편입에서 모의고사의 중요성은 모든 합격생들이 강조하는 바이다. 모의고사를 꾸준히 치르며 본인의 실력을 점검해보는 것이 좋다.

○ **김진호**(학사, 성균관대 사회학과)

모의고사는 대형 학원을 이용하세요. 실전이 중요하기 때문에 대형 학원 모의고사를 이용해서 실전감각을 키우길 바랍니다. 대형 학원의 모의고사에는 많은 학생이 응시하기 때문에 본인 위치를 좀 더 정확하게 확인할 수 있어서 자극도 될 수 있습니다. 이때 모의고사 '점수'가 아닌 '백분율'을 자세히 보길 바랍니다. 가장 정확한 나의 위치는 '백분율'입니다. 모의고사 점수에 너무 연연해하지 말고, 모의고사를 통해서 내가 어떤 문제 때문에 시간을 낭비하고 계속해서 틀리는지, 무슨 실수를 하는지 파악해야 합니다. 이런 점을 한 개씩 고쳐나가면 점수는 어느새 상승하고 있을 겁니다. 저는 모의고사를 볼 때 독해 먼저 풀기도 하고 논리부터 풀기도 했습니다. 모의고사를 보면서 문제풀이 방법도 연습해보길 바랍니다. 복싱선수들이 하루 경기를 위해 몇 개월 동안 연습을 하며 몸을 만드는 것처럼, 모의고사는 1월 편입시험 '실전'을 위한 '연습'입니다. 계속해서 실험해보고 시행착오를 겪으면서 결전의 날을 위한 '몸'을 만드시길 바랍니다.

○ **이동곤**(학사, 성균관대 사회학과)

저는 학사 취득을 늦게 해서 10월 전까지는 모의고사를 거의 친 적이 없습니다. 학사 취득이 늦다 보니 영어 공부가 늦어졌고, 모의고사도 마찬가지였죠. 아마 저만큼 모의고사 결과를 두고 불안에 떤 사람은 많이 없을 것이라 생각됩니다. 지금 와서 생각해보면 모의고사는 모의고사일 뿐입니다. 거기에 너무 많은 의미를 두지 말고 스트레스를 받지 않았으면 합니다. 모의고사에서 점수를 잘 받는 것 외에도 중요한 것은 '왜 틀렸는가'와 '얼마나 시간을 단축할 만한 풀이 방법을 찾아내는가'입니다. 오답노트를 통해서 틀린 문제를 모으고, 왜 틀렸는지 알도록 하기 바랍니다.

○ **이서현**(일반, 고려대 철학과)

전반기(여름방학 이전)에는 모의고사를 최대한 많이 보는 것이 좋습니다. 전반기에는 모의고사를 볼 기회가 많지 않기 때문에 학원에서 실시하는 모의고사를 빠짐없이 찾아다니고 신청해야 합니다. 성적이 나오지 않아도 괜찮습니다. 그냥 경험한다고 치고 보면 됩니다. 사실 전반기부터 성적이 나오는 경우가 예외적인 것입니다. 대다수의 학생들이 4, 5, 6월 모의고사에서 높은 점수가 나오지 않습니다. 점수보다 중요한 것은 최종적으로 목표로 해야 할 공부 수준이 어느 정도인지를 가늠해보는 것입니다. 그래야 미리 시작한 편입 재수생들과의 격차를 줄일 수 있습니다. 수능의 경우 3월 모의고사가 수능 당일 성적으로 직결된다고 하는데, 편입은 결코 초반의 점수가 후반까지 그대로 이어지지 않습니다. 마찬가지로 4월에 모의고사를 잘 봤다고 해서 12월에도 점수가 그대로 나온다는 보장은 없습니다. 후반기에는 모의고사를 거의 매일 보게 될 겁니다. 막판에는 거의 기출과 모의고사만 가지고 공부를 한다고 해도 과언이 아닙니다. 하지만 저는 오히려 후반기에는 너무 많은 모의고사가 독이 될 수 있다는 말을 하고 싶습니다. 저는 매일 모의고사를 보는 것이 힘들었습니다. 1회 시험을 치는 데 너무 많은 에너지를 소비하고, 시험을 치고 나면 정신이 빠져서 그날 공부에 지장이 갔습니다. 그러다 보니 모의고사를 볼수록 성적이 들쭉날쭉했고, 정신적인 스트레스도 쌓여갔습니다. 그래서 결국엔 매일 모의고사를 보는 것을 포기해버렸습니다. 학원 선생님들께 양해를 구하고 3일에 한번 꼴로 시험을 보는 것으로 바꿨습니다. 그러자 들쭉날쭉했던 성적 기복이 눈에 띄게 줄어들었고 점수가 잘 나오기 시작했습니다. 모의고사는 기본적으로 실제 시험보다 쉽게 나온다는 것을 염두에 두고 받아들여야 합니다. 대부븐의 학원 모의고사는 기출문제들을 바탕으로 출제될 수밖에 없고, 대다수 문제가 실제 기출이거나 아니면 기출과 비슷한 유형으로 만들어진 것입니다. 따라서 모의고사에는 공부하면서 한두 번 접해보았던 문제들이 나오게 됩니다. 점수가 잘 나온다고 하여 그것이 그대로 자기 실력이라고 보기 어려울 수 있습니다. 모의고사 성적에는 필연적으로(?) 거품이 낄 수밖에 없다는 것이지요. 그 편차는 사람마다 다르지만, 실제 시험 점수는 모의고사 결과보다 낮게 나온다고 생각해야 합니다.

○ **이훈희**(일반, 명지대 신소재공학)

모의고사에 겁먹는 분들이 많습니다만, 모의고사는 반드시 보길 바랍니다. 상대평가이다 보니, 자신의 위치를 아는 것이 정말 중요합니다. 자신의 공부가 완성되어 있지 않다고 해서 모의고사를 치르지 않는 것은 어리석은 짓입니다. 반드시 모의고사 일정이 있을 때마다 시험을 치기 바랍니다. 모의고사 등수가 잘 나온다면 좀 더 겸손한 마음가짐으로 정진하면 될 것이고, 등수가 낮다면 더욱 더 열심히 하면 되는 것입니다.

○ **박성균**(학사, 고려대 생명공학)

저는 기출을 전체적으로는 5회, 특히 목표한 대학의 기출은 10회독 이상 했습니다. 복사비가 아깝다거나 아는 것을 또 푼다는 마음은 버리고 그렇게 하십시오. 기출문제와 모의고사는 질적으로 다릅니다. 모의고사는 그냥 학원 수업을 듣는 것처럼 연습이고, 점수도 큰 상관관계가 없습니다. 그리고 모의고사 점수에 흔들리지 마세요. 제 기억에, 학원 다닐 때 월간 모의고사 보고 다음날 울면서 말도 없이 혼자 라면을 먹던 여학우가 있었는데, 그렇게 억울해하고 흔들릴 마음이 있으면 담배라도 한 대 피고 와서 다시 불태우는 사람이 되는 게 낮습니다. 합격하는 친구는 편의점 도시락을 먹어도 초라해 보이지 않는 담담함이 있는 법입니다.

○ 배우리(학사, 이화여대 의류학과)

제 의견은 좀 다른데요, 물론 모의고사를 꾸준히 풀면 자신의 상태를 가늠해볼 수 있고 실전감각을 키우는 데 최적이라고 생각합니다. 하지만 모의고사를 그냥 보기만 하는 것은 엄청난 시간낭비입니다. 저 또한 모의고사를 풀면 풀수록 자기 만족감에 빠져서 모의고사 복습에는 많은 비중을 두지 않고, 문제만 풀고 성적 확인하고 실망하고를 반복했습니다. 하지만 이는 겉핥기식 공부밖에 안 됩니다. 그렇기 때문에 초기에 모의고사를 많이 푸는 것은 오히려 독이라고 생각합니다. 1시간 시험을 봤으면 3배에 해당하는 3시간 정도의 모의고사 복습시간을 가져야 합니다. 초기 편입 영어를 접하는 분들께서는, 특히 영어 고수들이 아닌 이상, 모의고사 칠 시간에 단어를 더 외운다든지 배운 것을 복습하라고 하고 싶습니다. 정리하자면, 1~8월은 한 달에 한두 번이면 충분하다고 생각합니다. 후반기 9~12월은 매일 1개 이상의 모의고사를 풀어도 무방합니다. 이때는 어느 정도 실력이 되어 있을 테고 실력 점검과 실전경험이 중요하니까요.

○ 김민규(학사, 고려대 경영학과)

시험은 무조건 한 번도 빼놓지 말고 봐야 합니다. 그리고 웬만하면 아침 시험을 보길 권합니다. 실제 시험도 보통 오전 10시에 진행되기 때문에 이러한 리듬을 몸에 익혀놓는 것이 매우 중요합니다. 그리고 가끔 구석자리에서만 시험 보는 분들이 있는데, 실제 시험장에서는 자리가 어디에 배치될지 모르기 때문에 위치도 바꿔가며 훈련하기를 권합니다. 마지막으로 한 번의 모의고사에 웃고 우는 단기적인 시야를 버리고, 장기적인 시야를 가지고 실제 시험에서만 잘 보면 된다는 긍정적인 마인드를 가지길 당부합니다.

○ 최헌영(일반, 서강대 심리학과)

모의고사 점수를 너무 믿거나 거기에 너무 신경 쓰지 마세요. 모의고사는 모의고사일 뿐입니다. 물론 어느 정도 참고사항은 될 수 있습니다. 모의고사에서 항상 상위 30% 밖에서만 맴돌고 있다면 그 사람은 인 서울 편입도 힘들겠죠. 하지만 평균적으로 상위 10% 안에 들어가는 사람이라면 그때부터는 모의고사 점수나 실력의 차이보다 시험 당일 얼마나 마인드컨트롤을 잘하고 컨디션 관리를 잘해서 제 실력을 발휘하느냐가 훨씬 더 큰 결과를 가져옵니다. 편입은 인 서울 다 합쳐도 기껏해야 상위 10% 안에 드는 사람들의 싸움입니다. 그리고 상위 10%라면 실력의 차이는 그리 크지 않습니다. 그것보다는 운이나 컨디션이 더 크게 좌

554

지우지하게 됩니다.

○ **안지윤**(일반, 이화여대 심리학과)

모의고사는 정말 다다익선입니다만, 잘 활용하는 것이 훨씬 더 중요합니다. 틀린 문제만 확인하고 버린다면 너무 아까운 것 같아요. 맞힌 문제도 보기의 1번부터 5번까지 맞고 틀린 이유를 다 알아서 맞힌 문제인지, 그게 아니라면 뭘 몰랐는지 꼼꼼하게 확인하세요. 지문도 해석이 안 되는 문장 없는지 전체 다 해석하고요. 시험 결과는 %를 보며 자극 받거나 자신감을 갖는 것도 좋지만, 그보다 영역별로 어느 부분이 취약한지를 확인하는 게 더 중요해요. 모의고사로 드러난 취약점을 미루지 말고 바로바로 보완하면 실력이 빨리 오를 거예요.

○ **오새롬**(학사, 성균관대 중어중문학)

'모의고사=스트레스'라는 공식을 만들 수 있을 만큼 모두들 모의고사 결과에 연연합니다. 제 경우도 모의고사 결과가 붙는 날이면 등수와 점수 때문에 우울해져서 하루 공부를 망치는 일이 잦았습니다. 헌데 그걸 알아야 합니다. 우리의 라이벌은 '전국구'입니다. 바로 '내 앞에 앉아 있는, 상위권 반에 있는, 혹은 꾸준히 80점대를 유지하고 있는 그 학생'이 전부가 아닙니다. 그 학생만 이기면 제가 합격일까요? 좀 더 넓게 생각해야 합니다. 간단히 말하자면, 절대적으로 '내 자신'을 기준으로 삼아야 합니다. 다른 이와 상대적으로 비교해서 '아, 쟤는 이번에 또 80이네. 난 60대인데!' 하고 우울해할 것이 아니라, 내 점수를 기준으로 두고 '이전보다 올랐는지, 그 오른 폭이 어떠한지, 이전보다 떨어졌으면 왜 떨어졌는지' 등등을 우선 생각해야 합니다. 내 점수를 '분석'하고 앞으로 어떻게 공부해야 할지를 생각해야 하지요. 그것만 하기에도 모자랍니다. 그러니 모의고사에 너무 목매지 마시길!

○ **김수현**(일반, 성균관대 전자전기)

제 경우는 모의고사 시험지를 모두 모아서 피드백용으로 사용했어요. 시험지 양이 어마어마하지만 관리만 잘해 놓으면 재산이 돼요. 내가 어떤 부분이 약하고 어떤 문제가 약한지 등을 파악하기에 좋아요. 특히 수학 모의고사는 절대 빠지지 말고 다 보세요. 수학은 무조건 많이 푸는 것이 좋아요.

○ **심예솔**(일반, 이화여대 화학과)

학원 모의고사에 너무 연연하는 것은 옳은 방법이 아니라고 생각합니다. 모의고사는 보는 것이 중요한 것이 아니라 보고 나서가 더 중요하다고 생각합니다. 대개 틀리던 문제는 계속 틀리기 때문에 그 유형의 문제를 확인하는 절차 중 하나가 모의고사라고 생각하세요. 오답 노트를 작성하는 것이 처음에는 생각보다 쉽지 않을 겁니다. 하지만 이런 노력이 하나하나

쌓이다 보면 나중에는 큰 결과로 보상될 것입니다. 파이팅!

○ **조나연**(학사, 인하대 화학공학)

저는 2월부터 시험 보는 순간까지 매월 테스트를 빼놓지 않고 응시했습니다. 독학으로 공부했기 때문에 스스로 나태해지지 않도록 자극제가 필요했는데, 그 자극제 중 하나가 학원 모의고사였습니다. 나중에는 매주 시험까지 욕심이 생겨서 주말에 weekly시험지를 학원에서 훔쳐다가 풀었습니다. 책만 열심히 들여다보는 것이 능사는 아닌 듯합니다. 실전처럼 시간을 재고 문제를 많이 풀어보면 실력이 확장되는 것을 확인할 수 있습니다.

차 스터디

단어스터디가 가장 널리 찾아볼 수 있는 스터디 유형이다. 상대적으로 소수이지만 문법스터디, 모의고사스터디를 하는 학생들도 있다. 스터디는 학원과 편입 인터넷 커뮤니티에서 쉽게 구할 수 있다. 학원의 경우 보통 휴게실이나 화장실 같이 유동 인구가 많은 곳에 누군가 스터디 모집 글을 붙이면 그것을 보고 서로 연락을 주고받으며 스터디원 모집과 스터디 형성이 이루어진다.

좋은 스터디는 본래 스터디 목적 이외에 상호 간에 긍정적인 자극과 유용한 정보의 교류, 정서적 지지 등이 이루어질 수 있다. 반대로 나쁜 스터디에서는 본래의 스터디 목적에도 충실하지 못할뿐더러 잡담, 연애 등의 추가적인 부정적 현상이 일어난다. 본인이 찾아간 곳이 나쁜 스터디이다 싶으면 가능한 빨리 발을 빼는 것이 현명하다.

○ **김민규**(男, 고려대)

9월부터는 쿠엣 문제들을 가지고 OO학원의 최상위권 학생들 몇 명과 스터디를 구성했습니다. 아침에 만나서 모의고사를 풀고 채점하고 점수 비교하고 밥 먹고 해산하는 스터디였는데, 이 스터디가 정말 제가 고려대학교에 합격할 수 있도록 도와준 원동력이었습니다.

○ **김동영**(男, 고려대)

자신이 어느 정도 실력이 쌓였거나, 아니면 자신을 더 공부하게 만들 환경에서 공부하고 싶은 경우에는 그룹스터디를 하세요. 어느 정도 실력이 있는 사람들끼리 일주일에 한두 번씩 공부하고 중요한 포인트를 잡아주는 것은 매우 권장합니다. 선의의 경쟁도 하고, 다른 스터디원들이 얼마나 열심히 하는지 직접 볼 수 있기 때문에, 본인 자신도 자극을 받고 더 열심히 한다는 말을 들은 적이 있습니다. 저 이후에 들어온 편입생 후배들만 보더라도 전부 스터디를 했던 걸로 알고 있습니다.

○ 이동곤(男, 성균관대)

기회가 된다면 자습실, 독서실, 스터디를 활용하는 것을 권합니다. 그룹스터디의 경우 사람만 잘 만난다면(같은 학원의 사람들과 이야기한 바에 따르면) 같이 공부하는 것은 서로 시너지 효과를 불러일으킵니다. 반면 공부를 게을리 하는 사람과 같이 공부하면 같이 게을러지죠. 같이 공부할 분위기가 형성되지 않는다면, 과감하게 다른 그룹을 찾거나 혼자 공부하는 것도 좋습니다.

○ 김진호(男, 성균관대)

저는 스터디를 안 했습니다. 워낙 말이 많고 활발한 성격이라 사람들이랑 친해지면 제가 컨트롤을 못하는 성격이기 때문에, 애초에 그런 유혹을 차단했습니다. 만약 스터디를 하게 된다면, 오로지 '공부'를 위해서만 하길 바랍니다. 스터디원들과 친해지면서 밥을 같이 먹게 된다면, 그만큼 시간낭비가 엄청날 것입니다. 전 점심시간 10분 동안 단어장을 보면서 밥을 먹었고, 양치하는 시간 5분 동안 단어장을 보면서 양치를 했습니다. 하루 15분씩 1년을 모으면 몇 시간이 될지 생각해보세요. 내가 다른 사람을 이기고 합격할 수 있는 이유가 결코 대단한 것이 아닙니다.

○ 이훈희(男, 명지대)

저는 사실 스터디에 반대합니다. 스터디를 하게 되면 종종 자신의 진도에 맞춰 공부할 수 없게 됩니다. 자신의 공부를 하다가도 스터디 공동 과제 때문에 그것에 매달려 있는 자신을 보게 될 수 있습니다. 사람이 공부만 하다가 다른 사람과 말을 섞게 되면 그만큼 정신이 해이해지고, 다른 것에 정신이 팔릴 가능성도 많습니다. 한편으로 정말 이번 아니면 안 된다는 생각을 가지고 스터디에 임하는 이들은 별로 없습니다. 또한 자신의 스타일과 맞지 않는다는 생각에 쉽게 스터디를 빠져나오는 사람들도 많고, 그에 따른 스터디의 붕괴나 정신적으로 산만해지는 결과를 겪게 됩니다. 공부는 결국 혼자 하는 것입니다.

○ 박성균(男, 고려대)

취할 것만 취하고 빠지세요. 스터디는 양날의 검입니다. 흥하는 스터디는 다 같이 잘되고, 망하는 스터디원들은 다함께 불합격하는 게 스터디입니다. 스터디를 하면 서로 의지가 되고 위로도 되고 하니 금방 친해집니다. 연애 감정이 생겨나기도 합니다. 모두 불합격 위험 요소입니다. 너무 의지하지 말고, 자기가 약한 부분에서는 도움을 받고, 강한 부분에서는 조언을 주는 정도에서 그치길 바랍니다.

○ 한도형(男, 고려대)

편입이 무언지 채 파악이 되지 않은 상태로 덜컥 들어갔던 첫 번째 단어스터디에서 당시 학원에서 1등을 달리던 학생을 만났습니다. 그리고 엄청난 집중력과 공부량으로 매순간 전념하는 그 친구를 보면서 편입을 대하는 마인드가 완전히 달라졌습니다. 스터디는 미래의 합격자들과 함께 공부하고 옆에서 배울 수 있는 유일한 만남의 장이기도 합니다. 함께 무언가를 공부한다는 본래의 목적 이외에도 지금 말하는 이 장점을 충분히 살리기 바랍니다. 제 수기에 드러난 공부법 중 상당수는 스터디원들에게서 배운 것입니다. 마인드 · 공부법 · 생활패턴 · 경쟁심 등을 배우고, 얻을 수 있는 모든 것을 미래의 합격자들에게 받고, 그들을 따라잡고, 그들과 함께 경쟁하라고 말하고 싶습니다. 함께 스터디를 했던 김0태, 김0순, 이0린 같은 분들이 있었기에 합격할 수 있었다고 자신 있게 말할 수 있습니다.

○ 김정(男, 고려대)

단어스터디와 전공스터디를 해서 큰 도움이 되었습니다. 영어 단어 외우는 데는 정말 스터디가 최고입니다. 하루에 80~100개 단어씩, 단어 당 벌금 100원 50원 이렇게 강하게 패널티를 가하면 정말 단어 안 외울 수가 없습니다. 전공스터디를 한다고 하면 처음에 고만고만한 실력의 사람들이 모여서 서로 얼마나 도움이 될까 할 수도 있지만, 서로 모르는 것을 쌓아가는 과정을 통해서도 자연스레 실력이 늘게 됩니다.

○ 최헌영(男, 서강대)

저는 문법스터디를 주로 했기 때문에 문법스터디를 전제로 하겠습니다. 문법스터디는 한 번 모였을 때 1시간 이상이 걸리면 안 됩니다. 만약 문법 문제들을 갖고 스터디원들 간에 긴 토론이 계속 일어나고, 매번 스터디 시간이 1시간 넘게 걸린다면, 그것은 아직 스터디원들이 문법 문제를 풀 단계가 아닌, 문법 이론을 더 공부해야 할 단계인 것입니다. 문법이 독해처럼 논란의 여지가 있는 경우는 거의 없습니다. 대부분 몇 초 안에 답이 나올 수밖에 없는 구조이기 때문에, 어쩌다 한두 문제도 아니고 매번 긴 토론이 벌어진다면 문법 문제집을 덮고 이론서를 보는 것이 훨씬 더 효율적이고 효과적일 수 있습니다.

○ 안지윤(女, 이화여대)

사실 스터디로 얻을 수 있는 부분은 개인 공부로도 얻을 수 있다고 생각하기 때문에 어느 영역이건 스터디를 추천하지는 않습니다. 스터디로 득을 본 사람들도 많이 봤습니다만, 각자 냉정하게 생각해보면 될 것 같아요. 또한 스터디는 공부 용도로 현명하게 조절할 수 있는 분들만 활용했으면 합니다. 스터디 뒤풀이, 이런 건 정말 아니라고 생각해요.

○ **오새롬**(女, 성균관대)

‘스터디’를 양날의 검이라고 표현하고 싶군요. 정말 자칫하면 그저 ‘다과타임 갖는 소모임’ 정도로 전락할 수 있습니다. 그 목적을 확실히 해야 합니다. 제 생각엔 ‘어떤 분들과 함께 하느냐’가 가장 중요한 것 같습니다. 물론 스터디의 장점을 십분 활용하여 100%의 능력을 200%까지도 발휘해내는 분들도 여럿 보았습니다. 하지만 그만큼 그 반대의 경우를 많이 본 것도 사실입니다.

○ **황명하**(男, 충남대)

제가 진행했던 토익스터디에 대해 설명 드리겠습니다. 토익스터디는 대략 4~5명 정도가 적당하다고 생각합니다. 단어는 하루에 분량을 50~100개 정도 정한 다음 암기하고 매일 시험을 봅니다. LC와 RC는 하루에 한 회씩 풀길 권합니다. 문제풀이를 하다가 모르는 문제는 조원들끼리 공유하고, 다음날 돌아가면서 한 문제씩 서로에게 설명하는 방법을 추천합니다.

○ **김수현**(男, 성균관대)

단어스터디, 독해스터디 등등 다 좋아요. 단 이성은 절대 안 돼요. 편입 준비 때 이성끼리 만나면 정말 독약입니다. 그리고 스터디 인원은 최대 4명을 넘기지 않는 것이 집중이 잘 되고 관리도 잘 돼요. 저는 3명으로 스터디를 했어요. 그리고 정말 공부 열심히 하는 학생들과 스터디를 하세요. 저와 같이 스터디 했던 동생들은 저보다 공부를 잘했고, 상위권에 항상 있는 동생들이었어요. 이러면 스터디를 통해 배우는 것이 정말 많아요.

○ **조나연**(女, 인하대)

독학생들에게 가장 추천하고 싶은 것은 스터디입니다. 저 같은 경우는 수학스터디, 단어스터디, 생활스터디를 했습니다. 벌금도 크게 걸고 했기 때문에 강제적이라도 수험기간 내내 성실하게 살았습니다. 나태해지는 것이 두렵다면 스터디를 하길 바랍니다.

○ **유재홍**(男, 한국외대)

저는 스터디는 비추합니다. 스터디는 실력이 비슷한 학생들이 모여서 하곤 합니다. 하지만 이보다 상황이 비슷한 학생들이 모여 수다로 이어지기 십상입니다. 저는 이런 시간이 아까워서 스터디 한번 참석 후 두 번 다시 하지 않았습니다. 10월 정도 되면 비슷한 실력의 수험생과 1:1로 단어스터디 정도만 간단하게 하길 추천합니다.

○ **이서현**(男, 고려대)

저도 스터디를 했습니다만, 반드시 필요한 것은 아닙니다. 빠르고 가볍게 할 수 있는 단어스터디가 좋고, 시간이 너무 오래 걸리는 스터디는 추천하지 않습니다. 또한 자신이 가장 취약한 부분을 보완할 수 있는 스터디 하나 정도가 적당하지, 하루에 두 개 이상 스터디를 하는 것은 좋지 않다고 생각합니다. 결국 혼자 공부하는 시간이 많아야 실력이 오릅니다.

㉹ 학교와 학과 지원할 때 고려할 점

원서 접수는 보통 겨울에 하게 된다. 비용은 7~10만 원 정도다. 각 학교 홈페이지나 학원 홈페이지에 가보면 시험의 과년도 경쟁률을 볼 수 있다. 편입은 수능과 달리 본인이 지원할 수 있는 학교의 수가 정해져있지 않다. 그러나 한 학교에는 한 학과만을 선택하여 쓸 수 있다. 학생들의 지원 양상은 각양각색이다. 소수의 상위권 학교에만 소신지원을 하는 학생이 있는 반면, 10개가 넘게 가능한 많은 학교를 지원하는 학생도 있다. 모든 학교에 하나의 학과로 통일하여 지원하는 학생이 있는 반면, 그 해 그 해의 모집인원, 경쟁률 등을 참고하며 학교마다 학과를 달리하여 지원하는 학생도 있다. 보통 상위권 이상 학생의 경우 동일 학과로 지원하려는 경향이 비교적 높다. 특히 전공시험과 면접시험을 대비해야 하는 경우 같은 학과를 지원하여 합격률을 높이고자 하기도 한다. 지원 전략마다 장단점이 있다. 선택은 개인에게 달려있다.

○ **김정**(일반, 고려대 전기전자전파공학)

전 끝까지 저 자신을 믿어보고 싶었습니다. 과연 내 전적대학보다 단순히 높은 대학이 아닌, '이 대학에 합격했을 때 정말로 만족하면서 다닐 수 있을까'를 많이 고민했습니다. 아니다 싶으면 과감하게 접수를 포기했습니다.

○ **이서현**(일반, 고려대 철학과)

수능에서 이미 한번 겪어보았겠지만, 지원은 시험을 잘 보는 것만큼이나 중요합니다. 같은 실력이라도 원서를 어떻게 넣느냐에 따라 합불이 결정됩니다. 가장 경계해야 할 것은 특정한 전공(특히 인기 전공)으로 모든 대학에 동일하게 넣는 것입니다. 정말 실력이 있다면 붙겠지만, 애매하거나 약간 부족한 성적이라면 결과가 좋지 않을 가능성이 큽니다. 편입은 학과별로 한두 명만 뽑는 시험이기 때문에 1등을 할 자신이 없다면 최악을 피하는 방식으로 생각할 필요가 있습니다. 원체 잘하기로 소문난 학생들도 소신지원을 했다가 떨어지는 경우가 부지기수입니다. 누구도 자기보다 잘하는 사람이 한 명도 없다고, 그날 내가 가장 시험을 잘 볼 것이라고 자신할 수 없기 때문입니다. 모집정원이 한두 명인 학과는 더더욱 그렇습니다. 그럼 모집정원이 많은 경영학과는 괜찮을까요? 마찬가지입니다. 경영학과는 모두가 가고 싶어 하는 학과입니다. 학생들이 몰리지 않을 리 없습니다. 따라서 최대한 실력자들과 원서가 겹치지 않도록 전략을 짜야 하고, 마지막까지 경쟁률을 확인하며 줄타기를 해야 합니다. 명심하세요. 함부로 원서를 넣으면 시험을 잘 보고도 탈락합니다. 원서를 신중하게 넣는다면 실력이 약간 모자라도 합격의 행운을 누릴 수 있습니다.

○ 한도형(일반, 서강대 사회학과─고려대 심리학과)

저는 1명을 뽑는 곳이 2명을 뽑는 곳보다 반드시 불리하다고 생각하지 않습니다. 그곳이 2차, 특히 전공시험을 함께 보는 곳이라면 더욱 그렇습니다. 어느 대학이든 편입에서 일단 1차에 붙는 사람들은 모두 쟁쟁한 사람들이라고 생각합니다. 그러한 쟁쟁한 사람들이 2차에서 배수로 늘어난다는 것은, 제 생각에는 결코 좋은 상황이 아닌 것 같습니다. 또한 지원하는 학교가 복수전공이 된다면 무리하지 말고 하향지원을 하라고 말하고 싶습니다. 서강대와 같이 편입생들에게 복수전공을 허락하는 학교가 많을 것입니다. 그 기회를 최대한 살리라고 말하고 싶습니다. 편입이 워낙에 리스크가 큰 벼랑 끝 승부이기 때문에 본인의 실력이 객관적으로 보았을 때 미흡하다 싶을 땐, 여러 가지 경우를 생각해보기 바랍니다.

○ 김진호(학사, 성균관대 사회학과)

합격한 학교 레벨에 큰 차이가 나지 않는다면, 본인이 하고 싶은 공부를 할 수 있는 학과를 선택하길 바랍니다. 단지 학교 이름만 보고 들어가서 본인이 관심 없고 하기 싫은 학과 공부를 한다면, 수업을 따라가지 못해 재편입을 하게 될 수 있습니다. 하지만 '나는 무조건 학교 이름이 중요하다'고 하는 분은 편입학을 해서 복수전공을 하는 방법도 있으니, 미리 정확하게 알아보고 결정을 하는 게 좋을 것입니다.

○ 이훈희(일반, 명지대 신소재공학)

이공계열의 경쟁률은 인문계열에 비해 다소 낮습니다. 이걸 이용해서 좋은 학벌을 차지하고 싶은 마음에 편입 수학을 공부하여 인문계 분들이 이공계열로 가는 일을 많이 봤습니다. 저는 이렇게 '명문대 합격'이라는 맹목적인 목표 하나에 원하지 않는 분야로 가는 것은 말리고 싶습니다. 막상 합격해서 생활하다가 뼈저리게 후회하는 분들이 적지 않을 것입니다.

○ 박성균(학사, 고려대 생명공학)

자신의 장단점을 충분히 파악하고 5개 이하로 지원하기 바랍니다. 주위를 보면 10개 이상의 학교에 지원하는 경우가 많은데, 이러면 체력적으로도 큰 부담이 될뿐더러 원서비도 어마어마합니다. 모의고사와 기출 점수가 고득점이 나왔던 학교를 중심으로 선택해 집중하길 권합니다.

○ **김민규**(학사, 고려대 경영학과)

자신이 지원할 학교들의 리스트를 구성해놓고 날짜가 겹치지 않도록 지원합니다. 1차 시험 날짜가 겹치지 않더라도 2차 시험 날짜가 겹치는 경우가 있으니 유의하길 바랍니다. 높은 학교, 특히 고려대의 타이틀을 따고 싶은 경우라면 학과를 상관하지 말고 지원하세요. 편입 수험생들을 보면 가끔, 특히 남자가 많은데, '나는 무조건 경영학과를 가야 한다'는 분들이 있습니다. 물론 저도 그 중 한 명이었지만, 경영학과는 너무 경쟁이 치열하기 때문에, 만약 본인의 성적이 그 정도 되지 않는다면 다른 학과에 지원한 후 복수전공을 하는 방법을 추천합니다. 그리고 개인적으로 1명을 뽑는 학과는 정말 웬만한 자신감 아니면 지원하지 말기를 부탁드립니다. 제 생각에 한 명 뽑는 학과에 합격할 사람은 이미 정해져 있다고 생각합니다. 일명 '괴물'이라고 불리는 사람들입니다.

○ **오새롬**(학사, 성균관대 중어중문학)

초조함과 절실함이 어우러져 '철학과'를 지원하는 어리석은 짓은 제발 삼가길 바랍니다. 그만큼 바보 같은 짓이 없습니다. 합격할 것 같지요? 어림없습니다. 진심으로 이쪽을 공부하길 원하는 분이 분명 따로 있을 겁니다. 그런 분들의 진심을 비웃기라도 하듯 괜히 이전에 생각 없던 학과에 지원하는 일은 없길 바랍니다. 또 학사의 경우, 고려대는 계열 구분 없이 지원할 수 있다는 장점이 있는데, 어리석게 이용당하지 않길 바랍니다(저 같은 경우 문과인데 '지구환경과학과'에 지원하는 우를 범했지요). '내가 왜 편입을 시작했는지'를 떠올리며 초심을 잃지 마세요. 뚝심 있고 소신 있는 결정을 하기 바랍니다. 섣부른 계열 변경과 전과는 오히려 편입 후의 인생을 피곤하게 할 수 있습니다.

○ **황명하**(일반, 충남대 정보통신과학)

다른 전공을 지원하는 분들은 편입한 학교에 1학기~1년 정도는 더 다닐 것을 예상하고 지원해야 됩니다. 저의 경우 공과대학이지만, 다른 학과로의 편입이었기 때문에 전 학과에서 들었던 전공들이 편입한 학교에서는 교양으로 많이 학점 처리되었습니다. 대신 적성에 맞는 학과이기 때문에 후회는 없습니다만, 이런 점들도 잘 생각해보고 원서를 접수하길 바랍니다. 만약 경쟁률 때문에 문과에서 이과로 지원하는 분들이 이 글을 읽고 있다면, 부디 적성에 맞는 학과를 지원하기 바랍니다. 주위에 그런 방식으로 편입을 하고 많이 힘들어서 재전과, 재편입 하는 분들 많이 봤습니다.

○ **김수현**(일반, 성균관대 전자전기)

이공계에 한해서만 말할게요. 이공계 관련 학과는 대부분 연관되어 있어요. 공대라고 해도 자연대나 정보통신대 등등 서로 연관이 되어 있어요. 설령 원하지 않는 학과에 합격하게 되더라도 자신이 좋아하는 공부를 할 수 있는 방법은 많아요. 오히려 T형 인재가 될 수 있는 좋은 기회이기도 한 것이죠. 저는 일단 합격의 가능성이 더 높은 곳에 비중을 두는 것이 현명하다고 생각해요. 나머지는 합격한 후에 고민해도 늦지 않아요.

○ **심예솔**(일반, 이화여대 화학과)

가장 우선순위에 두어야 할 점은 자신에게 맞는 학과를 찾아가는 것이라고 생각합니다. 제 주변 합격생들 중에서도 막상 학교에 들어가서 학과가 맞지 않아 고생하는 사람들 많이 봤습니다. 자신이 왜 편입을 했는지, 그리고 후회하지 않을 자신이 있는지를 솔직하게 되물어보는 과정이 꼭 필요합니다. 또한 지원을 할 수 있는 한 다 써보는 것이 중요하다고 생각합니다. 어차피 떨어질 학교인데 지원해봤자 뭐하나, 혹은 지원하는 원서비가 아깝다는 생각에 본인이 선택해서 지원하는 사람들을 많이 봤습니다. 하지만 반대로 생각해보면, 자신이 챙길 수 있는 기회는 모두 잡아보는 것이 정답이 아닌가 생각합니다. 하다못해 시험에 떨어진다 하더라도 시험장 분위기를 미리 체험하며 실전감각을 높일 수도 있고, 시험을 치를수록 어떤 점이 부족했는지도 알게 되어 다음 시험을 대비할 수도 있습니다. 자신이 지원할 수 있는 대학이면 상위권 대학이건 하위권 대학이건 가리지 말고 모두 지원해보는 것이 옳은 방법이라 생각됩니다.

○ **유재홍**(학사, 한국외대 행정학과)

제가 대표적으로 점수에 맞춰 관심 없는 학과에 간 학생입니다. 원했던 특수과는 가지 못하고 다른 학과를 선택해서 갔었는데요, 졸업하고 취업도 하고 나서 생각해본 결론이 있습니다. 바로 '문과는 간판, 이과는 학과, 문과는 공대로 가지 말 것'입니다. 어느 학과로 편입을 해도 문과는 어느 정도 다 따라갈 수 있습니다. 저도 처음 공부하는 학과였지만 큰 어려움은 없었습니다. 그러니 여러분들도 가능합니다. 취업할 때도 문과는 대학 간판이 더 중요하다고 생각하는 바입니다. 하지만 이과는 조금 다르다고 생각합니다. 간판도 중요하지만 학과에 따라서 취업이 갈립니다. 그러니 학과를 잘 선택해서 가길 바랍니다. 그리고 취업을 위해 문과에서 갑자기 공대로 가는 것은 미련하다고 생각합니다(단, 뜻이 있거나 전공 준비가 되어있는 분들은 괜찮습니다). 그렇게 편입해서 고생하고 포기하는 친구들을 많이 봐왔습니다.

○ **백두산**(일반, 가톨릭대 간호학과)

편입을 하는 이유가 무엇입니까? 저는 제 꿈에 더 다가가기 위해서 했습니다. 단순히 높은 대학의 메리트를 가지려고 편입을 하기보다 학과를 보고 편입을 하면 좋겠습니다. 또 학과를 선택할 때 가장 중요한 점은 돈을 쫓지 말고 따라오게 하라는 것을 명심하길 바랍니다. 돈은 자신이 하고 싶은 일을 하면 따라옵니다. 행복도 따라옵니다. 그러니 정말 자신이 하고 싶은 것이 무엇인지 고민해보십시오. 저는 간호라는 일을 할 때 아무리 힘들더라도 제가 행복하고 뿌듯하기 때문에 선택했습니다.

○ **이동곤**(학사. 성균관대 사회학과)

아마 편입을 생각하는 분들은 자기가 어느 학교와 학과에 들어갈지에 대해서 미리 생각을 해놓고 있을 겁니다. 다만 문제는 뽑는 편입 인원이 해마다 다르다는 것, 심지어 자신이 들어가고 싶은 학교나 학과가 그해 인원을 뽑지 않을 가능성도 있다는 것입니다. 예를 들어 제가 편입했던 2011년의 경우 경희대가 학사편입 인원 전체를 뽑지 않았죠. 특정 학과에서 편입 인원을 아예 뽑지 않는 경우도 종종 있습니다. 이런 상황에 대비하기 위해서 공부하는 동안 여러 대학을 염두에 두고 시험 준비에 임하는 것이 좋습니다. 학과의 경우 비슷한 종류의 학과를 알아보고 대안을 여럿 생각해두면 후에 편입 지원에서 혼란을 방지하는 데 도움이 됩니다.

🅣 학업계획서

모든 학교에서 학업계획서 제출을 요구하지는 않는다. 학업계획서를 요구하는 학교들은 상대적으로 소수다. 연세대학교, 성균관대학교, 시립대학교, 동국대학교 등이 학업계획서를 요구한다. 일반적으로 학업계획서는 영어에 비해서 그렇게까지 중요하지 않다는 것이 중론이지만, 학교별로 학업계획서가 차지하는 비중에 차이가 있으니 확인을 바란다. 학업계획서는 보통 제출할 즈음이 되어 작성하기 시작한다. 대형 학원에서는 학원을 다니는 사람들에 한하여 학업계획서를 첨삭해주기도 한다.

○ **김수현**(성균관대)

학업계획서는 일주일 정도 수정을 반복하면서 혼자 준비했어요. 학원에서 첨삭을 해주기도 하는데 저는 스스로 했어요. 제가 대학을 가기 위해서 어떤 노력을 해왔는지를, 또 앞으로의 꿈을 위해 모든 것을 바칠 수 있다는 제 마인드를 어필하는 데 중점을 두고 작성했어요. 물론 진심이었고요. 최소 50번 이상은 첨삭했어요. 학업계획서는 자신의 정성이 가장 중요하다고 생각해요.

○ **안지윤**(이화여대)

자기소개서는 자신을 소개하는 문서가 아니라 전략적으로 자신을 어필하는 공간입니다. 지원하는 학과와 관련지어 내세울 만한 경험이나 교수님들의 관심을 끌 만한 것들을 적는 것이죠. 작성 요령을 살펴보자면, 먼저 두괄식으로 평가자의 흥미를 끌어야 합니다. 초반에 평가자의 흥미를 끌지 못한다면 별다른 인상 없이 넘어가거나 후반부에 훌륭한 내용이 나온다고 해도 강렬하게 인식되지 않을 거예요. 저는 숙명여대 미디어학부의 자기소개서 맨 앞에 제가 참여한 대학신문이 처음 나온 날의 감회를 일기 형식으로 썼어요. 그 다음, 구체적이고 객관적인 사례 제시가 없으면 허황된 말에 불과합니다. '열심히, 원만하고, 최선을 다하여' 등의 추상적이고 모호한 표현보다는 구체적인 사례를 들어야 신뢰성 있는 말이 됩니다. 예를 들어 본인을 성실하다고 어필하고자 한다면, "2시간을 통근해야 하는 회사에서 1년 동안 인턴십을 하면서 8시 출근에 지각 한 번 없었다."고 뒷받침 하는 근거를 드는 거예요. 저의 경우엔 숙명여대 미디어학부 학과 홈페이지에서 본 '인재상(도전정신, 대인관계의 구축과 팀워크, 조직에 대한 royalty와 문제해결 능력)'에 제가 부합한다고 어필하기 위해 하나하나 사례를 들어가며 설명했어요.

○ **김진호**(성균관대)

다른 계열로 편입할 때는 학업계획서에 '내가 왜 전과를 하려고 하는지, 이 학과를 위해서 무엇을 준비했는지' 등을 써야 합니다. 저는 대학교 홈페이지에 들어가서 학과 커리큘럼을 확인하고, 학교에서 시행하는 교환학생 프로그램 등을 참고하여 앞으로 어떻게 공부할 것인지에 대해 작성했습니다. 해당 학과의 특정한 프로그램이나 교수님의 논문 등을 언급하는 것도 도움이 많이 될 것입니다. 문장은 두괄식으로 쓰되, 형용사를 최대한 쓰지 말고 구체적인 내용이나 숫자들을 쓰는 것이 좋습니다. 내가 쓴 내용을 가족이나 지인을 통해 계속해서 첨삭을 받아서 완성해나가는 것이 중요하다고 생각합니다.

○ **배우리**(이화여대)

숙명여대를 준비하면서 학업계획서를 혼자 작성했습니다. ○○캠퍼스라는 곳에서 학업계획서를 다운받아 참고하면서 작성했고, 또 책을 통해서 계획서 세우는 법을 찾기도 했어요. 매우 구체적이고 솔직하게 작성했습니다. 제 진심이 들어간 학업계획서면 충분하다고 생각했습니다. 오히려 억지로 지어낸 학업계획서, 거창한 학업계획서라면 교수님들도 다 눈치를 챌 것이고, 읽는 사람에게 좋은 인상을 주지 못한다고 생각합니다.

○ 조나연(인하대)

성균관대학교에 지원할 때 학업지원서를 써본 적이 있습니다. 제 경우에는 직접 학과 커리큘럼을 찾아서 저의 장래희망과 결부지어 서술했습니다. 저의 장래희망에 필요한 과목들을 나열한 후 꼭 이수하겠다는 다짐을 썼고, 학과 공부 외에 도전하고 싶은 일들도 적어나갔습니다.

○ 김민규(고려대)

제가 시험을 치른 해의 경우 연세대학교, 성균관대학교, 시립대학교, 동국대학교 등이 학업계획서를 요구했습니다. 학원에서 첨삭을 받거나 아니면 개인적으로 대입 논술학원에 가서 첨삭을 받을 수도 있습니다. 저는 연세대학교만 학업계획서를 제출했습니다. 아는 여러 분들에게 첨삭을 받았는데, 실질적으로 연세대학교 합격을 좌우하는 것은 전적대학, 학점, 그리고 각종 대외활동 및 수상 경력인 것으로 판단됩니다. 학점은행제로 연세대학교 경영학과에 지원해서 1차 논술시험은 붙었는데, 2차 시험에서 면접관들이 저에게 질문을 거의 하지 않았습니다. 제가 느끼기엔 '학점은행제로 뭘 어쩌겠다는 거냐? 편입을 위해서 자퇴를 하다니!' 이런 느낌을 갖고 있는 것 같았습니다. 떨어질 것을 100% 예감했습니다.

○ 심예솔(이화여대)

무엇보다도 자신이 지원하는 학과와 어떤 점이 관련이 있는지를 어필하는 것이 중요하다 생각합니다. 왜 지원한 학과에 오고 싶은지에 대해 지금까지의 경험과 관련하여 어떻게 연관시킬 수 있는지 고민해보세요. 또한 학교에 들어와서 얼마나 열심히 노력할지를 보는 것이기 때문에 구체적인 계획서를 제시하는 것이 중요하다고 생각합니다. 특히 타과에서 온 분들의 경우 자신의 부족한 점을 인정하고 그 부분을 어떻게 보완해나갈 것인지에 대해 구체적으로 서술하세요. 특히 이과나 공대 계열의 경우 해당 학교의 특정 교수님의 연구실을 알아본 다음에 "제가 연구해보고 싶은 분야를 연구하고 있는 ○○○ 교수님의 실험실에서 인턴을 해볼 생각입니다." 같은 글을 써보는 것도 좋을 것 같아요. 특정 교수님의 연구에 관심을 갖는 학생에 대해 좋게 생각할 테니까요. 계획서는 학생이 얼마나 이 학교에 관해 구체적인 생각을 했는지, 얼마나 노력을 해서 작성했는지를 보는 것이기 때문에 해당 학교와 학과에 대해서 조사하는 것이 필요하다고 생각합니다.

편입을 결심한 이유

편입 목표 대학과 학과

편입을 준비하는 각오

편입 합격 후의 계획

편입 합격 후의 계획

학습 · 공부법

In 서울

이우성 지음 / 12,000원

일반고 중위권 학생에게는 SKY는 이미 먼 나라 이야기이고, 어떻게 In-서울이라도 하느냐가 지상과제다. 이 책은 철저히 교육특구(서울 강남 · 목동 · 중계동, 분당, 일산, 부산 해운대구, 대구 수성구)가 아닌 기타 지역 일반고의 중위권 학생이 'In-서울' 할 수 있는 전략에 포커스를 맞추었다. 고3 시작부터 추가합격자 발표까지 1년의 기간을 어떻게 보내고, 자신에게 맞는 지원전략을 어떻게 짜야 In-서울이 가능한지 각종 자료에 해설을 곁들여 자세히 보여준다. 복잡한 대입 전형 요강을 면밀히 분석해보견 지원 심리를 역이용하는, 남들이 생각하지 못하는 진정한 역전의 길이 열릴 수 있다.

학습 · 공부법

대학가기

김윤하 지음 / 13,000원

22년의 일반고 교직 생활 중 11년을 고3 담임과 진학부장으로 재직하며 대입지도에서 달인의 경지에 이른 저자의 특급 노하우를 공개하는 책이다. 학생의 현재 성적으로 갈 수 있는 대학보다 한두 단계 더 높은 대학에 합격할 수 있는 다양한 방법을 제시한다. 날로 복잡해져만 가는 대입 전형을 철저히 분석해 학생 개개인에 맞는 유형을 찾아내고 그에 따른 필승 전략을 짤 수 있도록 돕는다. 일선 학고에서 직접 적용해 성공한 사례도 다양하게 실려 있어 자신의 대입 전략을 짜는 데 유용하게 쓸 수 있다. 입시를 앞둔 고3 수험생과 학부모는 물론이고, 고1과 고2, 중학생도 미리 입시를 준비하는 데 큰 도움을 받을 수 있다.

학습 · 공부법

학원은 사기다 : 대치동 수학강사 준교 쌤의 수준별 수학공부 가이드

김준교 지음 / 13,000원

고3 수험생이 가장 많이 보는 수학교재인 〈자이스토리 수학1〉〈자이스토리 수학2〉와 〈셀파 해법수학〉의 저자가 직접 수학 잘하는 방법을 알려주는 책이다. 총 45개의 질문에 답하는 형식으로 학생과 학부모가 가장 궁금해 하는 수학을 잘하는 방법을 학년별, 수준별로 상세히 알려준다. 현직 수학강사로 사교육 1번지라는 대치동에서 학생들을 가르치면서 보고 느낀 사교육의 현실과 문제점, 올바른 학원 선택법 등도 알 수 있다.

학습 · 공부법

꿈을 이루는 공부습관 : 잠자기 전 복습이 기적을 만든다

권혁도 지음 / 12,000원

한마디로 공부의 최종 단계인 암기를 완벽히 할 수 있는 방법을 알려주는 책이다. 망각곡선이론과 간격효과 이론을 접목해 기억을 위한 최적의 복습주기를 정해놓고, 그에 따라 복습을 실시해 공부한 내용을 장기기억으로 보존하는 4단계 시스템인 RTM학습법을 소개한다. 이와 더불어 공부한 내용의 핵심만을 정리해 기억에 도움을 주고 복습시간을 줄여주는 코넬식 노트필기법을 병행한다면 누구나 공신이 될 수 있을 것이다. RTM 학습법은 공부하는 학생뿐만 아니라 부모님과 선생님도 학생의 학습 상황을 확인할 수 있도록 구성되어 있기 때문에 효과적인 학습지도가 가능하다는 장점도 있다.

학습 · 공부법

공신들의 7가지 습관 : '공부의 신'이라 불리는 사람들

서상훈 지음 / 12,500원

'공부의 신'이라 불리는 7인 공신들의 공부습관을 철저히 분석해 누구나 실천할 수 있고 성과를 거둘 수 있는 방법을 제시하는 책이다. 이 책은 학습동기부여가이자 독서법 전문가로 일선 학교를 비롯한 교육 전문기관에서 학생과 선생님을 대상으로 활발한 강연과 교육활동을 펼치고 있는 저자가 7년여의 연구 성과를 집대성한 책으로, 공부 때문에 고민하는 학생과 학부모, 선생님들에게 바른 길잡이가 될 것이다.

학습 · 공부법

내 아이 성적 인성 최상위권으로 올리기

신선옥 지음 / 13,000원

교육이라면 지식을 쌓는 교육과 인격을 쌓는 교육이 병행되어야 할 텐데, 지금의 교육 현실은 그렇지 못하다. 공부만 잘하면 무슨 잘못이든 용서가 되고 공부를 못하면 조그만 잘못으로도 낙인이 찍히는, 공부와 성적에 편중된 교육이 이루어지고 있다. 직장 맘으로 자녀를 최고의 인재로 키운 자신의 12년 경험을 나눔으로써 자녀를 둔 맞벌이 부부의 가장 큰 고민인 교육 문제를 해결하는 데 도움을 주고자 하는 책이다. 행복한 가정과 자녀의 성공을 바라는 모든 부모의 염원을 이루기 위해 실천해야 할 덕목과 방법을 알 수 있을 것이다.

학습 · 공부법

공부 리스타트 : 1등처럼 생각하고 1등처럼 도전하라

김상환 지음 / 12,000원

상급 학교에 진학하거나 학년이 올라가면 학생들은 의례 새로운 각오와 계획으로 공부에 대한 열의를 불태운다. 하지만 시간이 지날수록 절망하는 학생이 한둘 늘어나고, 학기말이 될 때쯤이면 포기자가 속출한다. 기초가 부족해 공부에 애를 먹는 학생, 공부하는 목적과 흥미가 없어 자포자기하는 학생, 반복된 좌절과 제자리 성적으로 고민에 빠진 학생들이 다시 한 번 심기일전하여 공부에 매진할 수 있도록 동기와 용기를 불어넣어주고, 노력한 만큼 성과를 거둘 수 있도록 도와주는 책이다.

학습 · 공부법

뇌 자극 공부법 : 누구나 천재가 될 수 있다

요시다 다카요시 지음 · 전경아 옮김 / 11,000원

뇌를 자극하여 기억력을 향상시키고 공부의 효율을 극대화하는 각종 방법을 망라하였을 뿐만 아니라, 참고서를 잘 고르는 방법을 비롯해 시험 직전 최상의 두뇌 상태를 유지하는 방법, 공부한 만큼 실력을 발휘할 수 있도록 긴장을 푸는 방법 등 시험을 잘 보기 위한 모든 방법을 소개한다. 지금까지 열심히 공부했음에도 불구하고 불합격의 고배를 마셔야 했던 수험생에게 가뭄의 단비와 같은 내용으로 가득하다.

학습 · 공부법

기억력 천재의 비밀노트

오드비에른 뷔 지음 · 정윤미 옮김 / 11,000원

숫자기억하기 세계기록 보유자인 저자가 직접 개발한 '기억력을 향상시키는 가장 쉬운 방법'을 공개한 책이다. 학생, 교사, 주부, 회사원, 오페라 가수 등 이미 수만의 독자가 이 책에서 제시하는 '헤드메모기법'으로 자신의 기억력을 향상시키면서 기억방법의 우수성을 입증했다. '헤드메모기법'은 어느 분야든 적용이 가능해서 각종 시험에 두루 사용할 수 있을 뿐만 아니라 그 효과 또한 탁월하다. 책에서 제시하는 방법대로 연습만 한다면 누구나 기억력천재가 될 수 있다.

학습 · 공부법

세상에서 가장 쉬운 글쓰기 : 공부하면 된다

김지노 지음 / 13,000원

예나 지금이나 글 잘 쓰는 사람이 성공한다. 글쓰기에는 왕도가 없다. 글쓰기는 어렵다는 고정관념과 처음부터 잘 써야겠다는 욕심과 부담을 버리고, 언어는 비유에 불과하다는 생각으로 자신의 생각을 담담히 풀어나가면 된다. 이렇게 그냥 글을 쓰다보면, 수도승이 면벽수도를 통해 깨달음을 얻듯이 '정신적 돌연변이'를 일으켜 자연히 좋은 글을 쓰게 된다.